线装经典

白话聊斋

（清）蒲松龄 著
《线装经典》编委会 编

地震出版社

图书在版编目（CIP）数据

白话聊斋 / (清) 蒲松龄著；《线装经典》编委会编.
—— 北京：地震出版社，2024.2
ISBN 978-7-5028-5623-6

Ⅰ.①白… Ⅱ.①蒲…②线… Ⅲ.①《聊斋志异》
Ⅳ.①I242.1

中国国家版本馆CIP数据核字（2024）第002508号

地震版　XM5695 / Ⅰ（6466）

白话聊斋

（清）蒲松龄　著
《线装经典》编委会　编

责任编辑：李肖寅
责任校对：凌　樱

出版发行：地震出版社
　　　　　北京市海淀区民族大学南路9号　邮编：100081
　　　　　发行部：68423031　68467993　　传真：68467991
　　　　　总编办：68462709　68423029
　　　　　http://www.seismologicalpress.com
　　　　　E-mail:dz_press@163.com

经销：全国各地新华书店
印刷：三河市中晟雅豪印务有限公司

版（印）次：2024年2月第一版　2024年2月第一次印刷
开本：715×975　1/16
字数：481千字
印张：24
书号：ISBN 978-7-5028-5623-6
定价：68.00元

版权所有　翻印必究
（图书出现印装问题，本社负责调换）

前　言

　　《聊斋志异》是中国小说史上杰出的文言短篇小说集，也是中国志怪小说的集大成者，它的作者为清代小说家蒲松龄。

　　蒲松龄（1640~1715），字留仙，一字剑臣，别号柳泉居士，世称聊斋先生，山东省淄川县（现淄博市淄川区洪山镇）蒲家庄人。蒲松龄出身于一个没落的小地主兼小商人家庭，蒲家为淄川地区的世家，十分重视子弟的功名。受此影响，蒲松龄一生都为功名所累。

　　他19岁时参加童子试，以县、府、道三考皆第一而轰动乡邻，此后连年赶考，却屡试不中，一直到70岁时才补了一个岁贡生。可以说，他的一生都深陷于科举考试之中。这样的人生经历对他的内心产生了深刻的影响。一方面，屡试不中的挫折及随之而来的贫苦生活使他对现实产生了强烈的不满，并对科举制度有所质疑；另一方面，他又深受传统价值观和家风的影响，始终无法割舍对"金榜题名"所抱有的那份希望。在这种矛盾心理的影响下，他常常有意无意地将自己对生活的一些企盼投射到作品当中。怀才不遇的落魄书生、不期而至的美丽女妖、在妖术的帮助下获取功名……这些出现在小说中的情节，与其说是蒲松龄的文学创作，倒不如说是他本人在内心极度绝望的情况下所做的"白日梦"。

　　当然，"白日梦"只是《聊斋志异》中很小的一部分。这部小说集是蒲松龄在广泛搜集民间传说和野史逸闻的基础上，精心整理、撰写而成的，因此可以说它是当时流传在纸面上或口头上的各种奇闻异事的一个大合集。清人邹弢曾在《三借庐笔谈》中这样描述蒲松龄创作《聊斋志异》的过程："蒲留仙先生作《聊斋志异》时，每临晨携一大瓷缸，中贮苦茗，具烟一包，置行人大道旁……见行道者过，必强执与语。搜奇说异，随人所知，渴则饮以茗，或奉以烟。必令畅谈乃已。偶闻一事，归而粉饰之。如是二十余寒暑，此书方告成。"虽然这只是邹弢的一家之言，并不一定真有其事，但足以想见蒲松龄在创作这部小说时所采取的虔诚态度、所付出的辛劳和汗水。

　　蒲松龄从青年时代就开始为《聊斋志异》搜集素材，到他40岁时，这部巨著才得以完成。可以说，他将自己人生中最好的时光都倾注在了这部巨著的撰写上。此后，他又对全书进行了多次增删，最后将其定为16卷，491篇。

　　《聊斋志异》的内容十分广泛，多谈狐、鬼、花、妖，并以此来影射当时的社会现实，反映当时的社会面貌。书中既有对风雨如晦的现实的不满，又有对怀才不遇、仕途难攀的不平；既有对贪官污吏狼狈为奸的鞭笞，又有对勇于反抗、敢于复仇的平民的赞叹；而其中数量最多、写得最美最动人的是那些人与狐妖、人与鬼神以及人与人之间的纯美爱情。

　　从艺术成就上看，《聊斋志异》将古代小说中"志怪""传奇"和"人情"融于一体，吸收了古代白话小说的长处，形成了独特的简洁优雅的文言风格。同时，它又采用现实主义与浪漫主义相结合的创作手法，充满了丰富的想象，并具有极强的社会批判性。它成功地塑造了众多的艺术形象，个个鲜明生动：写贪官污吏，无不面目丑恶、朋比为奸；写科举考试，则应举者鹦鹉学舌，科考官有眼无珠；写爱情，则痴男怨女，莫不多情；写女子，则拈花微笑，娴雅动人。从故事结构上看，其情节曲折离奇，布局严谨巧妙，让读者兴味盎然，不愿释卷。

　　《聊斋志异》问世后，一开始只是在民间传抄，直至蒲松龄去世51年后，才在浙江刻版问世。成书定名为《聊斋志异》，是因为"聊斋"是蒲松龄的书屋的名字，"志"是"记述"的意思，"异"指"奇异的故事"。此书刊行之后，风靡坊间，人们公认"小说家谈狐说鬼之书，以《聊斋》为第一"。此后，"聊斋热"一直持续着。截至目前，在我国的古典小说里，没有哪一部作品能够像它那样古今风靡、雅俗共赏、老少皆爱。

　　为了方便阅读，本书特选取《聊斋志异》中的经典篇章，翻译成白话文，定名为《白话聊斋》，让现代读者也能体味到这部经典的隽永魅力。

目录

考城隍 ………………… 一	胡四姐 ………………… 八四
瞳人语 ………………… 三	侠女 …………………… 八七
画壁 …………………… 五	酒友 …………………… 九一
王六郎 ………………… 七	莲香 …………………… 九二
偷桃 …………………… 一〇	阿宝 …………………… 一〇一
种梨 …………………… 一一	遵化署狐 ……………… 一〇五
僧孽 …………………… 一二	张诚 …………………… 一〇六
崂山道士 ……………… 一三	口技 …………………… 一一一
蛇人 …………………… 一五	红玉 …………………… 一一二
狐嫁女 ………………… 一七	林四娘 ………………… 一一七
娇娜 …………………… 二〇	胡氏 …………………… 一一九
妖术 …………………… 二五	金陵女子 ……………… 一二二
成仙 …………………… 二七	连琐 …………………… 一二四
王成 …………………… 三二	夜叉国 ………………… 一二九
青凤 …………………… 三七	连城 …………………… 一三五
画皮 …………………… 四二	商三官 ………………… 一三八
贾儿 …………………… 四六	庚娘 …………………… 一四〇
董生 …………………… 五〇	宫梦弼 ………………… 一四五
陆判 …………………… 五三	雷曹 …………………… 一五一
婴宁 …………………… 六〇	赌符 …………………… 一五四
聂小倩 ………………… 六八	阿霞 …………………… 一五五
海公子 ………………… 七四	翩翩 …………………… 一五八
丁前溪 ………………… 七五	罗刹海市 ……………… 一六一
张老相公 ……………… 七七	田七郎 ………………… 一六七
水莽草 ………………… 七八	公孙九娘 ……………… 一七二
凤阳士人 ……………… 八一	促织 …………………… 一七六

雨钱	一八〇	于中丞	二八八
姊妹易嫁	一八一	张鸿渐	二八九
续黄粱	一八四	折狱	二九四
小猎犬	一八九	查牙山洞	二九八
辛十四娘	一九〇	鸟语	三〇〇
寒月芙蕖	一九八	乔女	三〇一
赵城虎	二〇〇	公孙夏	三〇三
鸦头	二〇二	真生	三〇五
封三娘	二〇七	席方平	三〇七
花姑子	二一二	素秋	三一一
西湖主	二一七	胭脂	三一七
伍秋月	二二二	瑞云	三二二
莲花公主	二二五	仇大娘	三二五
绿衣女	二二九	葛巾	三三二
大人	二三一	黄英	三三七
向杲	二三二	书痴	三四一
鸽异	二三四	晚霞	三四四
八大王	二三六	白秋练	三四八
巩仙	二三八	王者	三五三
二商	二四二	竹青	三五六
阿英	二四五	香玉	三五九
青娥	二五〇	石清虚	三六四
胡四娘	二五五	嘉平公子	三六七
宦娘	二五九	王桂庵	三六九
阿绣	二六二	姬生	三七三
小翠	二六七	梦狼	三七五
局诈	二七二		
司文郎	二七六		
丑狐	二八二		
诗谳	二八四		
佟客	二八六		

考城隍

有个秀才名叫宋焘，住在县城里。他生性耿直，品行端正，为人正直大方，被大家尊称为宋公。

有一天，宋公生病了。他昏昏沉沉地躺在床上，恍惚之间，忽然看见一个官差打扮的人牵着一匹高大的红马走进来。这人径直走到他的床前，深深地作了一个揖，恭敬地说："宋公，请您起身吧，我是专门过来接您到京城赶考去的。"

宋公浑身酸软无力，脑子也迷迷糊糊的，便脱口问道："考官大人还没来，怎么突然说要开考呢？另外，笔墨纸砚替我准备了没有？"

官差并不答话，只是再三催他即刻启程。

宋公无奈，只得勉强挣扎着起身骑马，跟那官差去了。

官差领着宋公走到一条陌生的路上，路的两旁都是宋公从未见过的景色。走了很久，他们来到一座俨然是帝王居住的都城前。

马并没有就此停下来，而是径直走进一所雄伟庄严的府衙。

宋公抬头一看，只见正中大堂上坐着十多位衣冠楚楚、相貌威严的官员，可是自己大多都不认得。只有那赤面长须的关公，因为在庙堂多次见过他的塑像，倒是十分眼熟。考场就设在大堂下，那里并排放着两张书桌、两个绣花坐墩，桌上笔、墨、纸、砚应有尽有。

一位秀才不知什么时候已经端端正正地坐在那里，看样子仿佛等了很长时间，单等宋公来了开考。于是宋公赶忙快走几步过去，挨着那先到的秀才，在另一张书桌前坐了下来。

不一会儿，有人给宋公和秀才发了题，纸上写着："一人二人，有心无心。"

宋公和秀才时而拧眉苦思，时而又奋笔疾书。没多久，他们便各自将写好的文章呈了上去。

堂上诸官相互传阅，看到宋公在文章里写出"有心为善，虽善不赏；无心为恶，虽恶不罚"这样的妙句，都赞叹不已。

一位帝王模样的官员随即将宋公召上殿来，传谕说："现在河南省还空缺一个城隍职位，以你的才学、品德是当之无愧的。"

宋公听到要他去当城隍，这才恍然大悟，原来是自己死后的魂灵来到了阴曹地府。他想到家中还有白发老母亲无人奉养，不觉落下泪来，于是向堂上官员请求说："小人才疏学浅，如今受到封赏重用，本应欣然受命。可是我还有七十多岁的老母亲在世，请允许我为母亲养老送终之后，再听任各位大人的调用。"

帝王模样的官员听宋公这么说，立即命令手下查询宋母的寿数。一个长胡子的小官拿了一本名册，翻看了一遍，回答说："宋母阳间的寿数还有九年。"

堂上各官你看看我，我看看你，难以做出决定。

就在这时，关公起身说道："这样吧，干脆先让秀才替他干九年政务，九年以后再让他来替换秀才好了。"

帝王模样的官员点点头，转脸对宋公说："本应让你立刻走马上任，现在看你这么有仁孝之心，就给你九年的假期吧。"接着，他又勉励秀才要奉公守法，清廉为官。

宋公和秀才连忙叩头谢恩，一同下殿去了。

宋公要回阳间了，秀才拉着他的手，一直把他送到郊外。

秀才告诉宋公，他姓张，是长山人。临别还赠诗一首作为留念，诗中有两句是这样说的：

> 有花有酒春常在，
> 无烛无灯夜自明。

宋公骑马回到家里，好像做了一场噩梦，又突然醒了过来。他这才发现，家人以为他已病逝，将他抬入棺材了。宋母听见宋公在棺材里呻吟，又惊又喜，急忙走过去将儿子扶出来。半日之后，宋公渐渐开口说话了。

宋公病愈后，仍不忘梦中之事，托人去长山打听，竟然真有个姓张的秀才，在那天死了。

九年以后，宋母果然去世了。宋公将母亲安葬完毕，痛痛快快洗了个澡，然后躺进事先准备好的棺材里，闭眼死去了。

宋公的岳父，住在县城西关。这天，他忽见宋公身穿官服走来，后边还跟着很多车马、随从。宋公来到堂上向岳父拜了几拜便走了。岳父家的人都觉得很吃惊，不知道宋公何时成了大官，便派人到宋公的村子去打听，这才知道宋公已经死了。

宋公曾写有自传，可惜后来因为战乱而散失了。这里写的仅是个大概情况。

瞳人语

　　长安城里有个书生，名叫方栋，是远近闻名的才子。可是，他的品行却不太好，为人轻浮，一见到漂亮女子就色心大起。

　　清明节前一天，方栋独自在郊外散步，忽然看见几个骑马的婢女守护着一辆卷着大红绣花帘子的马车从大路那边缓缓走来。他发现其中有个婢女生得十分标致，就走近几步准备细看，却发现敞开的车帘内端端正正地坐着一位穿红着绿，若天仙一般美貌的女子。

　　方栋生平第一次见到如此俊美的女子，顿时心头痒痒的。他跟着车子跑前跑后地想看个够，不觉走出好几里路。

　　这时车子忽然停下来，车内女子把一个婢女叫到车边，说："快给我把车帘放下来，哪来这样一个疯少年，一直跟着偷看！"

　　婢女放下车帘，生气地盯着方栋说："你知道吗？这是芙蓉城七郎子的新娘，现在要回娘家。你当是一般的乡下女子，可以叫你这个穷书生随便看的？"说完顺手从车辙下抓了一把尘土，使劲朝方栋头顶扬去。等方栋用衣袖挥尽尘土，揉揉眼睛再看时，马车已经消失不见了。

　　方栋满腹惊疑地回到家里，觉得眼睛里很不好受，叫人翻开眼皮一看，原来里面长了薄薄的一层膜。

　　睡了一夜，他的眼睛难受得更厉害了，一天到晚流泪不止。薄膜长得很快，几天就到了铜钱厚。特别是右眼，里面竟长了一个螺旋状的肉块，即使用遍所有的药也不能治愈。从此，方栋就什么也看不见了。

　　方栋双目失明以后，心里十分烦闷。想起那天的举动，他后悔得要死。后来听说念《光明经》可以消灾除难，就买了一卷请人教他。初学时，方栋心里不免有些烦躁，后来也就慢慢安下心来。一年后，他心中的各种杂念都渐渐消除了。

　　一天，方栋正盘坐在那里专心念经，忽然听见左眼里有人说："这里黑漆漆的，活活憋死人哪。"

　　"咱们一块儿到外边透透气吧。"右眼里立刻有人回答。虽说声音细小得像蚊子叫，方栋却也听得清清楚楚。

　　方栋正觉得奇怪，又感到鼻孔里痒痒的，好像有什么东西从里面钻出来走了。过了一会儿，鼻孔又痒痒起来，他觉得那东西顺着鼻孔爬到眼眶里了。

　　接着，眼睛里又传出了说话声："哎呀，好久没到花园去了，珍珠兰怎么都枯死了？"

　　方栋平时十分喜欢珍珠兰。以前在花园里种了不少，他经常亲自浇灌，珍珠兰长得非常旺盛。自从他双目失明后，一直没再过问这些花草，刚才听了眼睛里的

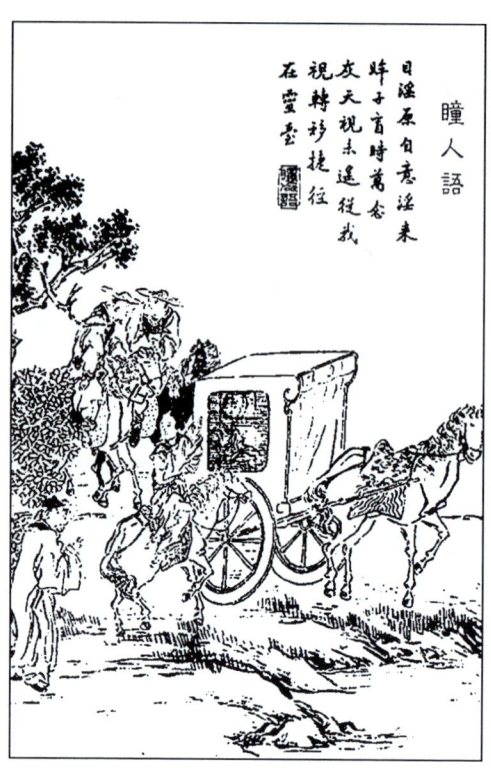

话，就把妻子叫来问："花园里的珍珠兰怎么都枯死了，你没有及时浇灌它们吗？"

妻子问他怎么会知道这事，方栋就把眼睛里有说话声的事告诉了她。妻子急忙跑到花园里查看，果然如此。

方栋的妻子觉得很奇怪，想看看到底从丈夫鼻孔里会爬出什么东西，于是一声不响地藏了起来。

时间不长，她就看见有两个豆粒大小的东西从丈夫的鼻孔里钻出来。仔细一看，是两个长着翅膀的小人儿，刚落到地上，便一前一后出门去了。又过了一会儿，只见那两个小人儿手挽手走了进来，接着"嘤"的一声飞到丈夫的脸上，像蜜蜂找窝似的爬来爬去，最后钻到鼻孔里去了。

就这样，这两个长翅膀的小人儿，在方栋的鼻孔里进进出出闹了好几天。

一天，方栋又听见左眼里说："路弯弯曲曲的，走起来真不方便，咱们干脆自己开个门吧。"

"不行，我前面的障碍太厚了，要开个门哪有那么容易？"长了螺旋状肉块的右眼里回答道。

"那就我先来试试，要是能办成，咱们打通一道门好了。"

左眼里的说话声刚停，方栋就觉得这只眼痛得厉害，好像要被人抓破似的。就这样剧痛了一阵儿，再一睁眼，哎呀，他的眼睛居然又能看见东西了。

方栋高兴极了，叫妻子过来看看他的眼。妻子发现他左眼里铜钱厚的膜破了一个胡椒粒大小的洞，黑油油的瞳仁闪着亮光。又过了一夜，左眼里的翳全部褪掉了，再仔细一看，里面竟有两个瞳孔。右眼依然没有什么变化，正应了眼里说的"打通一道门"那句话。

方栋虽然只有一只眼睛看东西，但视力并不比原来两只眼睛的时候差。从此，方栋不管做什么事，言谈举止格外检点，人们都夸他是个品行端正的人。

芙蓉城的主人不知是何路神仙，莫非是菩萨现身吗？那小瞳人劈开"门户"，让方栋能够重见光明。看来，鬼神即使再凶恶，又怎能不允许人悔过自新呢？

画 壁

　　江西有个人叫孟龙潭。他有一位朋友姓朱，是个举人。

　　一次，两人一起到京城游玩。这一天，他们在京郊游览时，不知不觉走进一座小寺院里。一位老和尚迎出来叫带他们四处参观。

　　寺院里有个大殿，殿里供有南朝僧人志保的塑像。大殿东西两壁是精美绝伦的壁画：亭台花木交相辉映，人物鸟兽栩栩如生。你看东壁的天女散花图，画中手持花束、面带微笑的少女宛若真人，一张樱桃小口欲言又止，一双含情的眼睛盈满笑意。

　　朱举人看得入了神，忽然觉得自己的身子变得轻飘飘的，就像驾了云雾一样，转眼间进到了墙壁的图画里。只见这里仙山处处，楼阁重重，与人间大不相同。

　　一个老和尚正坐在高处讲经说法，周围站着许多听讲的人。

　　朱举人挤进去听了一会儿，觉得有人轻轻扯他的衣襟。回头一看，刚才画中那个持花少女朝他嫣然一笑，便转身走了。

　　朱举人远远地跟在少女背后。少女转过曲廊，走进一间小屋。朱举人见状，停下了脚步，犹豫着不敢上前。少女扭回头来，见朱举人在那里徘徊，就举起手里的花招呼他进来，朱举人于是放心大胆地跟了进去。朱举人见屋内无人，立刻上前拥抱少女，少女半推半就同他做起夫妻来。事过之后，少女把朱举人锁在屋子里，嘱咐他不要咳嗽，不要发出声响，她晚上就会回来。

　　这样过了两天，少女的秘密终于被姐妹们发现了。她们把朱举人从屋子里搜了出来，对少女开玩笑说："瞧你，肚子里的小孩都那么大了，还散着头发充大姑娘呀！"

　　大家说笑着，有的拿来金簪，有的拿来耳环，替少女梳妆打扮，就要给他们举行婚礼。

　　少女羞羞答答，含笑不语，任凭女伴们摆弄、嬉笑。

　　过了一会儿，一个女伴站起身来，说："时候不早了，咱们走吧，再待下去人家会不高兴的。"

　　女伴们又说笑一阵，纷纷离去。这时再看少女，高高的发髻，低垂的刘海儿，比先前更加艳丽动人。

　　朱举人见已无人，便又将少女拥在床上，一股兰花和麝香的气味直沁心脾。

　　朱举人和少女正在缠绵之时，忽然传来"嗵嗵"的脚步声和"哗哗"的锁链声，接着是一阵杂乱的叱喝声与争辩声。

　　两人急忙翻身下床，从门缝里张望。只见一个面色漆黑的金甲使者，带着铁索，举着大锤站在众女伴中间，说："都到了吗？"

　　"都到了！"众女伴齐声回答。

金甲使者又说:"如果你们有人私藏下界凡人,要立即坦白!要是不说,可不要后悔!"

众女伴齐声回答:"没有。"

少女听到这里刚松了口气,那金甲使者突然又返过身来,用凶恶的目光打量着小屋,似乎想要搜查。

少女大惊失色,急忙让朱举人藏在床下,自己打开后窗逃走了。

朱举人悄悄藏在床下,连大气也不敢出。

一会儿,听见金甲使者在屋内转了一圈出去了。然后又听见靴子声、嘈杂声渐渐远去,他的心才不像刚才跳得那样厉害了,但是依然听到窗外有往来的人在议论这件事。

朱举人蜷在床下,时间一长,只觉得眼冒金星,耳鸣不止,那份难受劲儿简直无法形容。可他又不敢贸然出去,只好静静地听着外面的响动,等着少女回来。朱举人几乎忘了自己是从哪里来的了。

再说孟龙潭,正在殿中看画,一转眼竟不见了朱举人,心里十分奇怪。

他问老和尚,老和尚笑着说:"朱举人听讲经说法去了。"

孟龙潭又问:"在什么地方?"

"不远。"老和尚笑笑,用手指敲敲墙壁大声说道:"朱举人还没有游玩够吗?该回来了。"

老和尚话音刚落,就见画壁上出现了朱举人的画像。只见他侧耳倾听的样子,似乎听见了什么。

这时,老和尚又喊道:"快回来吧,孟先生已经等得不耐烦了。"

于是,朱举人便从墙上飘然而下,傻呆呆地站在那里,腿脚酸软无力。

孟龙潭见朱举人从墙上下来,不觉吃了一惊,问朱举人是怎么回事。朱举人告诉他,刚才正在床下藏着,猛地听到打雷似的敲击声,所以赶忙从屋里出来看看。

这时再看壁上持花少女,俨然一个新嫁娘,再不是刚才那副少女的打扮了。

王六郎

淄川北乡有一个渔夫，姓许。他每天晚上都走到河边"祭鬼"——即把酒洒一点儿在地上，口中念念有词："淹死鬼们都来喝口酒吧！"然后就拿着葫芦一边小口抿酒一边撒网捕鱼。说来也怪，别人打不到鱼的地方他总能打到，而且一打就是满满一网。

一天夜里，他正在河边自斟自饮，忽然来了一个素不相识的少年，在他身边来回转悠。老许请他喝酒，他就坐下来同老许一起开怀痛饮，连句客气推让的话也没有。

这一夜，老许一条鱼也没有打到。正当他感到很失意的时候，那少年站起来，说："别愁，我到河下游给你赶鱼去。"说完，便独自走了。去不多时又返回来告诉老许，有大批的鱼游过来了。

这时，河里真的传来鱼儿"唧唧""呷呷"的声音。老许一网下去就打住好几条尺把长的大鱼，他高兴得连连向少年道谢。

少年要回去的时候，老许送鱼给他，他不肯要，说："经常来喝你的美酒，这点小事儿算得了什么，还要你谢。如果你愿意的话，我可以每天来喝酒赶鱼。"

老许说："咱们才在一起喝了一次酒，怎么能说'经常'呢？你要是能经常来，那真是再好不过了。我只是觉得没法报答你为我赶鱼的盛情罢了。"

临别时，老许问少年叫什么名字。少年告诉他姓王，老许以后就叫他王六郎好了。

第二天，老许卖鱼的钱比往常更多，就打了更多的酒回来。晚上，老许又带着酒来到河边，王六郎早已等在那里了，于是两人高高兴兴地对饮起来。饮了几杯后，王六郎便又到下游赶鱼去了。以后天天如此，一晃就是半年。

一天，王六郎突然对老许说："和你相识以来，咱们相处得如亲兄弟一般，可惜不久就要同你分别了。"六郎话音里带着悲凉，让老许感到很惊讶。

老许问他为什么要走，王六郎过了好半天才说："我们相处得这样融洽，说出来也许你不会吃惊的。现在快要离别了，就实话告诉你吧。其实我是个鬼，因为喝醉酒淹死在这里已经好几年了。以前，唯有你打的鱼比别人多，都是我为了报答你在河边奠酒给我喝的恩情，暗中帮你捉的。明天我的罪孽就满了，等那个替死鬼一到，我就要到别处投生。这是我们最后一夜相聚了，怎能不伤感呢？"

老许乍听王六郎原来是淹死鬼，说不害怕也是假的。只是因为相处的时间长了，感情又深，想到他也不会伤害自己，才放了心；又想到很快就要分手，也不由地悲叹起来。于是老许斟满一杯酒递到王六郎跟前劝慰道："六郎，喝吧，不要伤心！相处不久就要分别，当然是会难过的。但是你的罪孽满了，要去投生，不也是值得

王六郎

一念仁慈感帝天 故人情重与周旋
苍茫往世生涯足 不向江头觅酒钱

高兴和庆贺的事吗？"

说完，见六郎露了喜色，两个人就痛痛快快喝起酒来。边喝着酒，老许问起那个替死鬼是什么人，六郎说："是个女人，明天晌午你到河边看看就知道了。"喝着说着，直到听见村里鸡叫了，两个人才依依不舍地洒泪道别。

第二天晌午，老许跑到河边，果然见到一个抱着小孩子的女人，刚走到河边就掉进去了。小孩子被扔在河岸，扬手踢足，哇哇直哭。那女人忽而沉到河底，忽而又浮到水面，反反复复好几次，最后总算拖着一身湿淋淋的衣裙，抓着岸上的树根、草藤爬上岸来。她在地上躺了一会儿，抱起孩子走了。

当那女人掉到河里在水中挣扎的时候，老许看着很不忍心，想跑过去把她救上来。但他又想这是六郎的替身，救了她六郎就不能投生了。正在那里犹豫的时候，女人竟自己爬上岸来，老许开始怀疑王六郎的话不灵验。

傍晚，老许仍在老地方打鱼，王六郎又来了。他对老许说："我们现在又相会了，而且短时间也不会分别了。"

老许问他原因，他说："那女人本来应该替我死的，只是我可怜她肚里怀着的孩子，不能因为我一个人葬送掉两条性命，所以就把她放了。今后还不知道哪年哪月才会有个替死鬼来，也许是我们的缘分还没尽吧！"

老许听了感慨地说："你有这样的好心，老天一定会保佑你的！"于是，他们又和往常一样，高高兴兴地一起喝酒，一起打鱼。

过了几天，王六郎又来告别。老许以为他又有了替死的人，但他说："这回不是了。因为上一次我的好心感动了玉皇大帝，现在他封我为招远县邬镇的土地神，明天就要走马上任。如果你顾念我们往日的交情，请不要嫌路途遥远，闲暇之时就到那里去看看我吧。"

老许等六郎说完，高兴地向他表示庆贺说："像你这样正直的人做了神，人们都会高兴的。但是神人和凡人隔着一个世界呢，即便我不怕路远，去了见不到你也是枉然呀！"

王六郎说："这个你不必担心，尽管来就好了。"他叮嘱了好几次，才和老许告别。

老许回到家里，立即收拾行装要去探望王六郎。他的老婆在一旁笑道："从这里到招远县有几百里路程不说，就是真有那么个地方，难道一个泥菩萨能和你喝酒、说话吗？"

老许不听老婆的劝阻，独自来到招远县。一问当地人，这里果然有个邬镇。老许找到那里，在一个客店住下，然后问店老板："土地庙在哪里？"

店老板见他问土地庙，吃惊地说："你莫非姓许吗？"

老许也很吃惊，说："是呀。你怎么知道我姓许呢？"

老板又问："你大概是淄川人吧？"

老许更奇怪了，说："对呀。你怎么全知道呢？"

老板也不回答，慌慌张张地跑了出去。过了一会儿，镇上的人扶老携幼纷纷赶来，哄哄嚷嚷，像一堵墙似的把老许围在当中，连姑娘们也挤在门口向里张望，弄得老许一时摸不着头脑。

当地的百姓告诉他：前几天，土地爷给他们托了个梦，说是淄川有个朋友要来，叫他们送些盘缠。他们已经在这里等了几天了。

老许觉得很奇怪，就到庙里去祭告，说："自从分别后，做梦也在想你。今天我照着咱们的约定来看你，你又给本地百姓托梦，实在叫我感激。可惜我没有带来什么礼物给你，只有一杯薄酒，如果你不嫌弃的话，只当我们在河边对饮，你就喝下去吧。"祝告完毕，烧化了纸钱。

不大工夫，就见神台后起了一阵风，旋转了好久才散。

这天夜里，老许梦见王六郎来了。

他装扮得整整齐齐，跟从前大不相同。他向老许道谢说："有劳你跑这么远来探望我，我高兴得不得了。只是现在公务缠身，虽近在眼前，却不能相会，心里很难过。这里的百姓送你一些礼物，就算我的一点心意吧。你走时我再来送你。"

老许住了几天，想要回去。

当地百姓再三挽留老许，东家请酒，西家请饭，一天就有好几家请他。后来，当地百姓见老许一定要走，有的送钱，有的送物，一大清早就收了满满一担礼物。

全镇男女老少成群结队地为他送行。到了村口，忽然刮起了一阵旋风，这阵风跟在老许后面走了十几里路。老许知道这是王六郎前来送行，便返过身来拱手作揖，说："请你多多保重，不劳远送了。你心肠慈善，一定会对老百姓好的，用不着老朋友多嘱托，你请回吧！"

这阵旋风又在老许身后盘旋了好久才离开。村里人也惊奇不已，告别后各自回去了。

老许带了许多礼物回来，家境自然比过去好多了。从此他改了行，不再打鱼了。后来遇到招远县来的客人，问起邬镇的土地神，都说有求必应，灵验得很。

偷 桃

　　春节前一天，做生意的商人和各种艺人都会弹唱吹打到官府门前表演一番，这叫作"演春"。这天，我也跟着朋友去看热闹。

　　公堂上坐着四位官员。有一个艺人挑着担子走上前来，身旁还跟着个小孩。官员们大声叫嚷着要艺人变戏法。艺人答应了，问："变什么戏法？"官员们便问艺人擅长什么。艺人说："善于改变各种果子成熟的季节。"于是众官命令艺人变桃子。

　　艺人故意作出为难的样子，说："大人真是糊涂！现在坚冰都还没有融化，哪里有桃子？"那个孩子说："父亲既然答应了，又怎能推辞？"艺人说："现在大地还有积雪，人间哪有桃子可摘？这个时候，只有王母娘娘的园内可能有桃子，必须上天去偷桃。"他的儿子说："哎呀！那有阶梯可上天吗？"

　　艺人说："有法术。"接着打开箱子取出一捆绳子，然后理出绳头朝天空抛去。绳子便直竖在空中，好像有什么东西把它挂住了一样。

　　艺人对儿子说，"孩子你过来！我年老体衰，不中用了，还需你上天替我走一趟。你只要抓住绳子就可以上天。"

　　儿子现出为难的神色："父亲您也太糊涂了！假如我爬到中间绳子断了怎么办，到时候您恐怕连我的骸骨都找不到啊！"

　　艺人说："我已经失口答应了大人们，后悔也来不及了。只有麻烦你去一下。假如你偷来桃子，我就给你娶个漂亮媳妇。"

　　儿子无奈地抓着绳子，好像蜘蛛一样，越爬越高，最后竟然爬到云霄上面去了。

　　过了很长时间，天上掉下来一个桃子。艺人很高兴，赶紧把它献到公堂上。官员们传看了很久，也分不清这桃子是真是假。

　　忽然，绳子落到地下。艺人惊慌地说："不好了！有人砍断了绳子，我儿怎能下得来！"过了一会儿，天上又掉下个东西，竟然是儿子的头。艺人捧起头大声哭道："肯定是被天上看园子的人发现了，我儿完了！"又过了一会儿，一只脚从天上掉下来；不一会儿，儿子身体的碎片也纷纷掉下来了。

　　艺人悲痛万分，把掉下来的残骸拾起来，放进箱子里关好后说："我老汉只有这一个儿子，今天他奉大人们的命令到天上去偷桃，不幸惨死，我要好好厚葬他。"于是走上堂跪着说："请各位大人可怜我，帮我安葬儿子，我当牛做马也要报答各位的大恩大德。"

　　官员们又惊又怕，赐给他不少银两。艺人接过银两后，敲着箱盖子大声说："八八儿，你还不快出来谢赏钱？"忽然，一个小孩用头抵开箱盖出来了，然后走上堂给官员们磕头——原来他正是艺人的儿子。

　　这个戏法变得太奇特了，所以至今我还记得清清楚楚。

种 梨

　　有个乡下小伙子运了一车梨到街市上卖。

　　他的梨子看上去又黄又大，猜想味道也不错，就是价钱要得太贵了些，所以买的人不多。

　　卖梨的小伙子正在招揽生意时，一个衣衫褴褛的道士来到他的车子前面讨梨吃，怎么赶都赶不走。

　　小伙子忍不住动了怒，嘴里不干不净地骂个不停。道士说："满满一车子梨，少说也有好几百个，就算吃你一个，能有多大损失，何必这个样子呢？"

　　围观的人都劝小伙子挑一个小的给道士吃，可他说什么也不肯。

　　旁边店铺里的一个小伙计见他们吵得太不像话了，就自己花钱给道士买了一个。道士谢了他，转身对周围的人说："别看我是个出了家的穷道士，可我不是那种小气之人。我也有好梨子，一会儿请大家吃个够。"

　　这时有人问道："既然有梨，为什么还向别人要呢？"

　　道士又说："我是专要这梨核做种子的。"

　　说完就大口大口地吃起来，很快梨就吃完了。道士把梨核放在手里，从肩上取下一个小铁铲就地刨个小坑，将梨核丢进去，又用土将它盖上。

　　道士站起身来，向街上的人要水来浇。有个好事的人从附近客店里要了一瓢滚开的汤给他。道士笑笑，什么也没说，就把那瓢汤浇到埋好的梨核上了。

　　无数双眼睛紧盯着浇了汤的地方。不一会儿，只见芽出来了并渐渐长大。又过了一会儿，它竟长成一棵枝叶茂密的梨树。一眨眼开了花，一扭头结了果，眼看着挂了一树又大又香的黄梨。道士就爬到树上摘了梨扔给大家吃，不多工夫，满树梨便一个也不剩了。

　　接着，道士又用小铁铲叮叮当当地砍起树来。道士把树砍倒后，就连枝带叶扛在肩上，一步步慢慢地向街外走去了。

　　起初，道士在那里变戏法的时候，卖梨的小伙子也站在人群里观看。因为看得入神，竟忘了自己是来干什么的。他见道士走了，才想起了装梨的车子，回头一看，车子已经空了。他这才猛然醒悟到，原来道士送给大家的，正是自己的梨子。他又仔细看车子，发现一只车把不见了，而且是新被砍断的。

　　他气急败坏地去追赶那个道士，转过一个墙角，发现自己那只车把被丢在那里，才知道刚才道士砍的梨树就是它。

　　道士已不知道哪里去了，满街的人都笑得眼泪直流。

僧孽

有个姓张的人突然去世了，他的鬼魂跟着阴曹地府的差役悠悠地来到阎王面前。

阎王往生死簿上一瞅，这人本不该死，是捉错了，就责令阴曹地府的差役把他送回去。

张某好奇心重，跟在差役后面，私下里请求他让自己看一看阴曹地府的牢狱到底是什么样子。差役同意了，领着他来到地底下最深的地方，把刀山狱、剑树狱、油锅、火海，一一指给张某看。

最后，张某跟着差役来到一个地方。他看见一个和尚大腿上穿着一条绳子，头朝下挂在那里。那和尚又喊又叫，像是要疼死了。

张某过去一看，原来是他的兄长。张某很吃惊，哀求差役告诉他兄长犯了什么罪，要受这样的苦。

差役说："因为他做和尚的时候，把善男信女捐献的钱财，全部拿来吃酒、赌博、奸淫妇女了，所以才这样处罚他。想要逃离这种苦难，除非他能够悔过自新。"

随后，地府差役把张某送回家，张某立刻苏醒过来。

他怀疑兄长已经死了，就到兄长居住的兴福寺去探望兄长。张某一进寺院门，就听见兄长因疼痛在大声叫喊。

张某来到兄长的房间，只见他大腿上生满了疮，脓血直流。兄长正把脚挂在墙壁上，和张某在阴曹地府见到的一模一样。张某吃惊地问兄长为什么要这样做，兄长告诉他说："这样挂着稍微好受一些，不这样就疼得心都要碎了。"

张某把在阴曹地府见到的情况绘声绘色地给兄长讲了一遍。

兄长一听心里非常害怕，从此便戒酒戒肉，日日虔诚地诵读经文，半个月后病就痊愈了。

从此，张某的兄长便成了一个遵从佛家清规戒律的和尚。

崂山道士

　　山西的某个小县城里，住着一个富家子弟名叫王七。这个人不知怎地就迷上了道家法术。听说崂山上住着很多法力无边的仙人，一心想学法术的他就辞别家人，带上盘缠，到崂山去了。

　　王七走了很久，好不容易才登上崂山的一个山头，见到一座绿树环绕的道观，非常幽静。一位老道士正在蒲团上打坐，虽是满头银发，但精神矍铄。他向道士请教道法，那道士讲得十分玄妙。于是他请求道士收他做徒弟，道士说："你过惯了富日子，平素娇生惯养，恐怕是受不了这份罪的。"王七怕道士不肯收留他，再三表示他什么苦都吃得了，道士只得同意他的请求。

　　道士手下有很多徒弟，傍晚全都来了。王七一个个拜见过他们，就在道观里住了下来。

　　第二天早晨，道士把王七叫过去，递给他一把斧子，叫他和别的徒弟一起去砍柴，王七恭恭敬敬地答应了。这样过了一个多月，王七的手上、脚上都起了茧子，他实在吃不下这份苦，心里暗暗生出回家的念头。

　　一天晚上，王七和大家打柴回来，见师父和两个陌生人在那里喝酒。天黑了，还没有点上灯烛，师父就剪了一块像圆镜那样的纸块贴在墙上。转眼间，那圆纸竟变成一轮明月，照得满屋通明，连掉在地上的一根针也能看得见。

　　所有的徒弟都听着吩咐，来来往往侍候师父。这时有一个客人说："这样美好的夜晚，应该让大家都来乐个够。"说着从桌子上拿起小酒壶来，要赏酒给众徒弟喝，还告诉他们要喝到醉为止。

　　王七在一旁暗想，只有一个小壶，哪能七八个人都喝到酒呢？于是大家各自找来盛酒的器具，争先恐后去吃酒，只怕晚了轮不上自己。谁知，喝第二次的时候，小壶里的酒依然不见少，王七心里惊奇得不得了。

　　过了一会儿，另一位客人说："虽然有了月亮来照明，但这样冷冷清清地干喝酒，也没有什么趣味，为什么不把嫦娥叫来？"说着拿了一支竹筷，把它扔进用纸剪的月亮里，于是一个美人从里面走出来，起初还不到一尺高，等下到地上竟和常人一样高了。那美人有着苗条的身段，秀美的颈项，飘飘然跳起长裙舞来。她边舞边唱道：

　　　　神仙呀，神仙呀，
　　　　你看人间多美呀！
　　　　深锁月宫烦闷多呀！
　　　　此时此身多自由……

歌声既嘹亮又动听，好像从洞箫里发出的一样。唱完了歌，美人又轻巧地飞旋着，跳到了桌子上。大家正惊奇地注视着，一晃眼，那美人又变成了一支筷子。师父和两个客人哈哈大笑起来。

一个客人又说："今天晚上实在高兴，酒已经喝得不少了，咱们再到月宫里喝两盅怎么样？"师父和另一位客人点点头，三个人就抬着桌子慢慢走进了月亮里。徒弟们看见这三个人在月亮里喝酒，眉毛、胡子都看得清清楚楚，好像在镜子里看到的人一样。

不久，月亮渐渐暗下去了，徒弟们点着了蜡烛，只见师父独自坐在那里，客人不知道哪里去了。桌子上吃剩的酒菜还在，墙壁上的月亮不过是一面镜子一样的圆纸罢了。道士问大家："酒都喝好了吧？"大家异口同声地回答："喝好了。"道士又说："既然都喝好了，就早点去休息吧，不要耽误明天砍柴。"徒弟们答应一声下去了。

王七暗暗羡慕师父的道法，也就打消了回家的念头。

又过了一个月，王七又渐渐吃不下苦了，再说师父一个法术也不传，就下决心要回去了。他向道士来告辞，说："徒弟大老远的到您这里学习道法，即使您不能教我长生不老之法，也该传我一点小法术，让我有个指望。现在已经两三个月了，无非是起早贪黑天天砍柴，徒弟在家时从来也没受过这样的罪。"

道士说："我就说你吃不了苦。怎么样，受不了了吧？明天一早就打发你起身好了。"

王七说："徒弟在这里做了那么多苦工，请师父教我一点小本事，也算没有白来一趟。"

道士说："你要学什么本事呢？"

王七说："我经常见您能够穿墙走壁，您就教我这个法术好了。"

道士笑着应允了，把口诀传给他，并让他自己念口诀，喊道："进去！低下头走，不要犹豫！"王七听了道士的话，果然在离墙还有几步远的时候，就低着头猛跑过去，好像墙根本就不存在一样，回头再看时，身子已站在墙外。这一下王七高兴了，马上回去拜谢了师父。

道士说："你回去以后要干干净净做人，不能倚仗法术做坏事。要不，法术就不灵了。"于是给了他一些盘缠，让他回家。

王七回到家里，很是得意，逢人就吹嘘他如何如何遇见了神仙，如何如何学到了穿墙的法术。王七的妻子不相信，王七就做给他的妻子看。

王七依然像在崂山过墙那样，离墙好几尺远，就低着头猛地跑了过去。说也怪，那墙竟不像在崂山那样似乎不存在，而是铁硬铁硬的。于是王七便跌倒在那里，他妻子过去把他扶起一看，额头上碰了个鸡蛋大的疙瘩。他妻子笑话他，他又惭愧又气愤，大骂道士不怀好心。

蛇 人

东昌府一带住着一个以玩蛇戏为生的人,单名一个甲字。人们已经忘了他姓什么,都叫他某甲。为了玩蛇戏,某甲专门养着两条青蛇,他给大的取名叫"大青",管头上有个红点点的小青蛇叫"二青"。二青的脾气很温顺,一举一动都是照着某甲的意思来。因此,某甲对二青十分偏爱。

过了一年,大青死了,某甲想再捉一条蛇来补大青的缺,就是没有时间。一天晚上,他在山上一个寺院里过夜,天明打开竹箱一看,二青也不见了。某甲气得要死,漫山遍野地搜寻、呼叫,连个影子也没见着。他突然想起平素每到树多草高的地方,就要把蛇放出来让它们去自由活动一番,不久它们就自己回来了。于是他就坐在那里等了起来,从早晨直等到大晌午,他觉得没希望了,才闷闷不乐地站起来要走。

某甲刚走几步,就听到一旁杂乱的柴草中传来窸窸窣窣的响声。他停下脚步扭头一看,哎呀,原来是二青,他简直就像得了无价宝一样高兴。他坐在路边休息,二青也停在那里,而且在二青后边还跟来一条小蛇。他抚摸着二青,自言自语地说:"我以为你不见了,谁知你还引来条小蛇。"说着便拿出东西喂它们吃。那小蛇显然是有点害怕,不走也不吃。这时,只见二青用口含了东西嘴对嘴去喂小蛇。等某甲再去喂小蛇的时候,小蛇就吃开了。小蛇吃完,便跟着二青一先一后爬进了竹箱里。

某甲开始教小蛇表演,那小蛇竟学得很快,时而盘旋,时而曲折,每一个动作都符合要求,灵活多变不亚于二青,于是某甲便给它起名叫小青。他带着二青和小青走江湖到处表演,挣了很多钱。

玩蛇戏的人养蛇一般都不超过二尺长,因为超过二尺,一来太重,二来太笨,就要换条小的。因为二青十分驯服,虽然已是二尺多长了,还是不忍心马上把它放掉。又过了二三年,二青已经有三尺多长了,盘起来把小竹箱都占满了,

某甲这才决心把它放掉。

一天，某甲来到淄邑东山，拿上好的食品让二青饱餐一顿，又安慰了它几句，终于把它放走了。但过了一会儿，二青又返回来围着竹箱爬来爬去不肯离开。某甲把手一挥，说："去吧！世上哪有百年不散的筵席！你从现在就隐居在大山里，将来一定会变成神龙的，一个小小的竹箱难道是你可以长期居住的地方吗？"说到这里，二青才走了。但过了一会儿，二青又返了回来，叫走也不走，一个劲用头撞那竹箱子，小青也在竹箱子里不安地爬动着，发出一阵阵声响。某甲立刻意识到，二青是来向小青告别的。他打开箱子把小青放出来，只见它们交头接耳，吐着舌头，似乎在互相嘱咐什么。亲热一番之后，小青竟跟着二青走了。某甲正担心小青不回来，小青却又独自返回来卧进竹箱里。

从此，某甲随时随地都在留心物色小蛇，可是一直也没捉着一条好蛇。这时小青也慢慢长大，不便于表演了。后来捉了一条，虽然也很驯服，却总也赶不上小青，而小青已经有小孩儿的手臂那样粗了。

再说二青被放到山里后，当地打柴的人经常见它。过了几年，二青长到好几尺长、有碗口粗细的时候，渐渐出来追赶过往行人了。一传十，十传百，那条路就再没有人敢走了。

有一天，某甲偶然从那里路过，从树林里窜出一条大蛇来，迅疾如风。某甲大吃一惊，抱头便跑。他跑得愈快，蛇追得愈紧，眼看就要追上了，忽然看见蛇头上有个明显的红点，才知道原来是二青。于是某甲连忙放下担子喊道："二青！二青！"大蛇立刻停了下来。二青仰着头看了某甲半天，便像过去一样，纵身缠在某甲身上。某甲觉得二青没有伤害他的意思，只是又大又重，缠得他喘不上气来。他躺在地上唤着二青的名字祷告了一番，二青才把他放开了。接着，二青又用头去撞箱子。某甲似乎看出了二青的心思，便把小青从里面放出来。二青和小青一见，立刻交缠在一起，像用蜜糖粘住了似的，半天才互相放开。某甲对小青说："我很早就想和你分手，今天你可算有伴了。"说完又转身对二青说："小青原是你引来的，现在你还领着它走吧！另外再嘱咐你几句：深山密林里不缺你吃的东西，千万不要再伤害过往行人。那样，要遭到上天惩罚的。"两条蛇都低着头，仿佛接受了他的劝告。于是两条蛇倏然而去，二青在前，小青在后，所经之处，草丛被分开了，树林被穿了个洞。

某甲一动不动地望着，直到二青和小青都看不见了，才下了山。后来，这条路又有人走了，那两条蛇也不知道到哪里去了。

狐嫁女

有个叫殷天官的人，家里虽然穷，但他长得气宇轩昂，颇有胆量和谋略。

殷天官家附近有一处废弃的住宅，本是富户人家的产业，占地几十亩，亭台楼阁也华美精致。但是，据说里面有鬼，不但晚上没人敢近前，就是大白天也没有人敢走进去，于是满院就长满了野草、蓬蒿，更像是鬼狐出没的地方了。

有一天，殷天官和朋友们一起喝酒，有人开玩笑说："谁要敢在那里住一夜，大家就办一桌酒席筵请他。"

殷天官一听，跳起来说："到那里住一夜有什么可怕的！"于是，就拿了一张苇席到那宅院去了。

朋友们把他送到宅院门口，说："我们就在门外等着。如果有什么动静，你就赶紧喊我们。"

殷天官笑着说："要是碰见鬼狐，我一定捉一个来给你们看。"说完，便转身进去了。院子里杂草把路都盖住了，蓬蒿密密麻麻长了半人高。这时正是夏月初八，幸亏有暗淡的月儿，还勉强看得见门户。

殷天官拨开蒿草，一连进了好几道门，才来到后楼。他见月台上又清洁又光滑，就在那里坐下来，观赏傍山的上弦月。他在月台上坐了好久，根本就没有听到什么响动，暗笑人们的传说都是些假话。于是便铺好苇席，枕了砖块，躺在那里看起牵牛织女星来。

一更多，殷天官恍恍惚惚正想入睡，猛听得楼下有人走动，接着传来"噔噔噔"上楼梯的脚步声。他连忙装作熟睡的样子，眯着眼睛偷看，只见一个仆人挑着盏荷花灯来到楼上。仆人猛然看见有人躺在那里，不由惊得退了几步，同后边正在上楼的人说："有个生人躺在这里。"

"那是谁？"楼下一个苍老的声音问。

"不认识。"

一会儿，有个白发老翁走上来，到殷天官跟前弯着腰看看说："这是殷天官，他已经睡熟了。咱们尽管办咱们的事，殷天官性情豪爽，他不会大惊小怪的。"

又过了一会儿，来回走动的人更多了，楼上灯火通明亮如白昼。殷天官假装翻身打了个喷嚏。老翁听得殷天官醒了，赶忙来到月台，倒身下拜说："老汉有个女儿，今日择吉成婚，不想打扰了贵人的好梦，万望不要怪罪才好。"

殷天官随即站了起来，挽着老翁的手说："不知道你们今夜要办喜事，也没有带什么贺礼来，感到很是惭愧。"

老翁谦虚地说："你能够光临我们的喜筵，为我们镇凶压邪，就是我们的福气了；再麻烦您陪陪客人，更是脸上有光。"

殷天官高兴地答应了。

殷天官跟着老翁来到楼上，正观看那华丽的陈设，有个四十来岁的老妇人出来向他拜谢。老翁告诉殷天官这是他的老伴，殷天官就向老妇人还了礼。这时，楼下忽然传来鼓乐声，接着有人跑上楼来说了声"来了"。于是老翁赶忙迎了出去，殷天官也站在那里等新郎来。没多大工夫，有两个婢女牵着红纱把新郎领上楼来。

那新郎十七八岁年纪，丰满俊秀，一表人才。老翁命新郎先叩见殷天官。新郎见殷天官像是来宾，就用半主礼去参拜他。接着，新郎又参拜了岳父、岳母，大家才一起坐了下来。婢女们来来往往，开始上酒菜了，有的端肉，有的送酒，杯、盘、碗、碟，不是金铸，就是玉琢的，在灯烛映照下闪闪发光。斟过几次酒以后，老翁让婢女把新娘子请出来。婢女应声去请新娘，好半天也没出来；老翁就亲自去唤，打着门帘催她快快出来。

一会儿，婢女和一个老妈子扶着新娘上楼来，只听金环、玉佩叮当作响，人过处留下一股兰麝的香味。老翁命女儿向长辈、贵客一一叩拜，女儿照做，然后挨着母亲入了座。

殷天官看了新娘一眼，只见她漆黑的发髻上镶满耀眼的珍珠、玛瑙，容貌美丽，世间少有。

这时，有人拿了一个很大的金杯向殷天官劝酒。殷天官看见金杯，心里暗想，如果拿了这个物件让朋友看看，他们一定会相信的。于是他喝完酒，趁人不注意，就把金杯藏在袖袍里，装作吃醉了酒，趴在桌子上睡起来，只听人们乱纷纷地说："相公吃醉了！相公吃醉了！"

时过不久，新郎要告辞了，楼下鼓乐声又响了起来，人们都纷纷下楼去了。

送走新郎，老翁回来清点酒杯时，发现少了一只，到处找也没找到。有人猜疑是殷天官拿了去，老翁急忙摆手制止，不让他们再说，只怕殷天官听见。不多会儿，殷天官听得里里外外都没了声息，才坐了起来，屋内无灯无烛，只是满屋里依然酒香扑鼻。

等到东方发白，殷天官才不慌不忙从那宅院走了出来，他摸摸袖袍，那只金杯还在里面。殷天官回到家里，朋友们早已等候多时。大家怀疑他夜里并不在那里休息，不过是早起去宅院里转了一圈罢了。殷天官也不争辩，只是从袖袍里拿出金杯给他们看。大家看了金杯很是吃惊，就问金杯是怎么来的。他便把夜间的所见所闻，细细说了一遍。朋友们觉得这样的金杯绝不是一个穷书生会有的，这才相信了他说的话。

　　后来，殷天官考中进士，到肥丘县做县官，有个姓朱的官宦人家请他去吃酒。姓朱的让人去取大酒杯，半天不见取来。一会儿，有个仆人进来，在姓朱的身边悄悄说了些什么，只见姓朱的满面怒容。又过了一会儿，仆人拿来了金杯，姓朱的便用金杯劝殷天官吃酒。殷天官一见这金杯和他从狐狸精那里取来的一模一样，心里十分惊疑，就问姓朱的这金杯是在哪里制作的。姓朱的说："这样的金杯，我家一共有八个，还是我先祖做京官时，找高手铸制的。这是我们家的传家宝，已经传了好几辈了。本想用金杯招待您，刚才从箱子里去取，不想只剩下七个了。说是被仆人偷去了吧，但是十年来箱子上落的灰尘却一动也没动，实在是难以让人想象啊！"

　　殷天官听了，笑着说："想必是金杯长了翅膀飞走了吧。不过既然是传家之宝，自然是不能丢的。我也有一个金杯，和你家的杯子样子差不多，就赠送给你吧。"

　　殷天官吃罢酒席回来，就派人把那只金杯给姓朱的送去了。姓朱的一看，惊奇得不得了，便亲自到县衙向殷天官道谢，并问他金杯的来历。殷天官就把狐嫁女的事情给他讲了一遍。这才知道，狐狸精虽然可以把千里以外的东西偷来，却不敢据为己有呀。

娇 娜

　　某地住着一个名叫孔雪笠的书生，据说他是孔夫子的后代，究竟是第几代子孙已经不可考了。孔雪笠写得一手好诗，且为人忠厚老实。

　　一天，有个在天台县任知县的好朋友写信叫孔雪笠到他家里玩几日，于是孔雪笠带上简单的行李动身了。可事情真不凑巧，孔雪笠到天台县的时候，他的那位知县朋友已经死了。他无处安身，幸而被一位菩陀寺的和尚雇了去抄写经文。

　　菩陀寺往西一百多步远，是单先生的府第。因为单先生吃了大官司，家里人口少了，就搬到乡下去住，于是偌大一个宅院也就空闲了起来。

　　有一天，纷纷扬扬的大雪下个不住，路上静悄悄的没有一个人行走。孔雪笠难解心中烦闷，漫无目的地在雪地里走着，偶然路过单先生的府第，看见一个衣帽整齐、面目清秀的少年从里面走出来。那少年一见孔生，赶忙快走几步来与孔生见礼，几句寒暄过后，就请孔生到府上闲话。孔生立刻对少年产生了好感，也不推辞，便跟了进去。

　　少年的住房虽不甚宽敞，陈设却很讲究。门窗桌椅，挂披着锦帘绣围，墙壁上贴着许多古人的书画，书桌上放了一本名叫《琅嬛琐记》的书。孔生拿起书来粗略地浏览一遍，里边的内容都是他从来不曾读过的。

　　孔生见少年住在单先生的府第，以为少年就是主人，也就不再打听少年的出身门第。可少年却一直追问他的情况，当少年得知他访友不遇、流落寺院的时候，便对他产生了无限同情。少年劝他办学教徒，孔生叹了口气，说："我为道路阻隔，流落异乡，人地两生，谁肯给我引荐呢？"少年说："如果您不嫌我愚笨的话，我愿意拜您为师。"孔生很是高兴，他告诉少年，不敢以师自居，交个朋友还是可以的，接着又向少年问道："你们家为什么经常锁着门呢？"少年说："这是单先生的府第，因为单公子早就搬到乡下去住了，所以屋子一直闲着。我家复姓皇甫，老家住在陕西，因为房舍被野火烧毁，才来到这里，暂时借了单家的房子住下来。"

　　当天晚上，孔生和少年说一阵、笑一阵，谈得很投机。夜深了，孔生被留在那里与少年睡在一张床上。

　　次日一早，有一个小书童来给火炉添炭，这时少年已经起来到里边去了，孔生正围着被子坐在床上，书童突然走进卧室告诉他，公子的父亲来了。孔生急忙穿衣起来，只见一个鬓发如霜的老汉进来向他道谢说："先生不嫌弃我的儿子，愿意教他读书，我要谢谢您了。不过，这孩子读书还不成个样子，可不能与先生以朋友相处，您要把他当作晚辈对待。"说完，就有人给孔生送来一件锦缎袍服，一顶貂皮帽子和鞋、袜各一双。老汉等孔生梳洗更衣后又叫来了酒菜美食。这时，在孔生眼里的桌、床、衣、裙，样样光彩夺目，不知道是用什么木头和衣料做成的。酒过数巡，老汉欢欢喜喜告别了孔生，拄着拐杖走了。

吃过早饭，公子把要学的书本递给孔生看，多是古人文章、诗词，没有一本是当时流行的专门为了应考的书。孔生问他为什么只看这种书，公子回答道："因为我不是那种贪图升官发财的人。"

转眼又到夜间。吃过晚饭，公子又命人端上酒来。他对孔生说："今天夜里咱们好好高兴一番，明天可不能这样了，家父知道是要责备的。"转身又把书童叫来，说："看看我父亲是不是已经睡了。要睡了，悄悄把香奴叫来。"

书童去不多时，抱着用绣花袋装着的琵琶来了，接着有一个穿红着绿、长得眉目动人的婢女走了进来，孔生心下暗想这便是香奴了。公子让香奴弹一支名为《湘妃》的曲子，但见象牙签一动，悲壮凄凉的声音应指而生，那抑扬顿挫的节拍都不像孔生平素听到过的。听着琵琶，公子又让人取来大酒杯同孔生畅怀欢饮，一直玩到三更时分才各自散去。

第二天一早，公子便和孔生一起开始读书。公子很聪明，过目不忘。两三个月以后，就可以写出令人叹服的文章来了。从此，公子和孔生的感情愈来愈深。他们约好每隔五天就要喝一回酒，而每次喝酒都要招善弹琵琶的香奴来陪伴。

一次，孔生酒喝多了一点，两眼不住地打量香奴。公子看出了孔生的意思，等香奴一走，便对孔生说："这是我父亲收养的婢女。兄长流落外乡，又没有家室，小弟白天黑夜都在替您考虑这件事，我一定慢慢给您找一个美丽的妻子。"

"如果要找的话，聪明俊秀，一定要比得上香奴才好。"孔生说。

公子一听，不觉大笑起来："您实在是个少见多怪的人呀！要以香奴作标准，您的心愿也就太容易满足了。"

光阴荏苒，不觉已是半年。孔生想到野外走动走动，但一到门口，发现门扇朝外锁着。孔生问公子为什么锁门，公子告诉他说："家父怕交往、游玩多了分心，所以就用这个办法来谢绝客人。"孔生听他说得有理，也就安下心来。

时值盛夏，天气炎热，公子和孔生都搬进花园来住。就在这时，孔生的胸脯上突然长起一个桃子大小的瘤子，一天一夜工夫就长了碗口大，痛得他一天到晚哼哼唧唧。公子废寝忘食地一直守在他身边。

又过了几天，孔生痛得更厉害了，一点东西也吃不下。公子的父亲也来了，只是唉声叹气，一点办法也没有。这时公子说："我想先生的病，只有妹妹娇娜可以医治，我已经打发人到外祖母家叫她去了，怎么还不见来呢？"话音刚落，书童进来说："娇娜姑娘来了，阿松姑娘也来了。"

公子和父亲立即出去迎接。一会儿，公子便领了妹妹娇娜来给孔生看病。娇娜十三四岁的样子，一双美丽的眼睛闪着聪敏的光彩，身腰像在风中摇摆着的绿柳那样优美动人。孔生一见这妙不可言的女子，不断的呻吟声立时就停止了，精神也突然好了许多。公子对妹妹娇娜说："这是我最好的朋友，不亚于一奶同胞。妹妹，你可要好好地给他看病。"这时，娇娜才一改那副害羞的神态，卷起长袖，坐在床边给孔生诊起脉来。孔生在娇娜给他把脉时，闻到一股兰花似的香味。

娇娜给孔生诊完脉，笑了笑说："是应该得这种病的，心脉跳得很快哩。病是不轻，但还是可以治好的。不过瘤子已经凝聚成块了，那就非动手术不可了。"说着便从手上摘下一只金镯放在孔生的病患处，轻轻向下按去，只见瘤子突起一寸多，高出金镯外面，但整个瘤子的根部都圈在金镯内，不像先时那样大了。接着，娇娜用一只手撩起衣襟取出一把刀刃薄得像纸一样的小刀。一手按着金镯，一手拿着刀子，轻轻地从瘤子的根部割开了，从伤口处不断地流出紫色的血，把床席都弄脏了。这时，因为孔生在近前看着娇娜越发动人，不仅不觉得痛苦，还只怕她很快割完，不能多依傍一会儿呢。一阵工夫，烂肉被剜出来了，团团丝丝的，腥臭难闻。娇娜又叫人取了水，亲自为孔生清洗割过的地方，接着从口里吐出一个珠子大小的红珠子，放在上面按着旋转。转了一圈，觉得火辣辣的；又转了一圈，觉得痒痒的；转到第三圈时，便觉得浑身清凉了。这时，娇娜又重新把红珠放进嘴里，说了声："好了！"扭身走了出去。孔生紧忙翻身下床，赶上去向娇娜道谢。

孔生的病很快就好了，但从此对娇娜产生了深切的怀恋之情，想控制也控制不住，一天到晚只是呆呆地坐着，什么也不想干了。公子已经看出了孔生的心思，就对他说："小弟日日给您挑选，现在给您选了一个很好的妻室。"

孔生忙问："是谁？"

"是我的表妹。"

"那就不必了。"孔生摇摇头，竟对着墙壁吟起诗来，道："曾经沧海难为水，除却巫山不是云。"那意思是，只有沧海的水才是水，只有巫山的云才算云，除了娇娜他是谁也不想了。

公子一听就听出了孔生的意思，便又对他说："我父亲很是羡慕您的才学，早就想同您结为姻亲。但是我只有一个妹妹，偏偏年龄又太小；我姨家有个女儿叫阿松，实在也不算丑陋。要是您不相信，等白天我阿松姐来花园散步，您到窗前就可以看见的。"

孔生听了公子的话，站在窗前等了一会儿，果然看见娇娜领了一个女子来到花园。但见那女子，有一弯漆黑的眉毛，穿一双描凤的绣鞋，身材相貌和娇娜不相上下。孔生看了心里十分欢喜，就请公子给他做媒。

过了几天，公子就来向孔生贺喜，告诉他事情已经办好了。

公子的父亲让人为孔生另外收拾了一所院落，要给孔生办喜事。那一夜，鼓乐喧天，鞭炮齐鸣，很是热闹。孔生心里想着，马上就要和希望中的仙女同床了，甚至怀疑月中嫦娥未必真的就在天上。

孔生和阿松结婚后，互相敬重，你恩我爱，自然是说不尽的舒畅。然而不久，公子突然告诉他，说是单公子家的官司已经结束了，马上就要回来，几次催要宅院，只得还回陕西老家去了。孔生听了，觉得再不能一起相聚了，未免有些伤感。他想跟了公子一同到陕西去，但公子再三劝他，让他回自己的家乡去。孔生因为路远，觉得要回去不大容易。公子说："这个您就不必考虑了，我可以马上送您回去。"说话间，公子的父亲就把阿松领了来，同时赠送给孔生一百两黄金。这时，公子一手拉着孔生，一手拉着阿松来到院里，嘱咐他们闭上眼睛不要看。

话音未落，孔生就觉得飘飘然腾空而起，但听耳边风声呼呼。不久，又听公子说声"到了"，睁眼看时，果然是自己的家乡，他这才知道原来公子并非凡人。孔生高兴地去敲家门，母亲一见儿子回来，自然喜出望外；又见带来个漂亮的媳妇，更是喜中添喜。正当合家团圆、感到分外高兴的时候，一扭头，公子不知什么时候飞走了。

阿松在婆母跟前十分孝顺，她的美丽、贤惠和善良远近闻名。孔生考中了进士，被派到延安府去做推官。孔生要带全家前去上任，母亲嫌路途太远没有去。孔生在延安府做官时，阿松生下个男孩，取名小宦。后来，有人指控孔生不听上司的话，孔生因此被免去官职，又一次流落在异乡。

有一天，孔生在郊野打猎，见一个骑马的少年总盯着他，仔细一瞧，原来是皇甫公子，二人见面悲喜交集。

公子领着孔生来到一个树木稠密、绿荫蔽日的村子里，到家一看，朱红大门镶着金钉，宛然一个官宦人家。问妹子，妹子已嫁；问岳母，岳母已去世，孔生心里十分难过。孔生在这里住了一夜，第二天，把阿松和儿子也带来了。娇娜也来了，她抱着小宦，一边逗阿松说："姐姐呀，看看，乱了我们的种子吧！"孔生走过来拜谢娇娜治病之恩。娇娜说："如今姐夫发财了，伤口早就好了，还没有忘记痛的时候。"一家人正说着笑话，娇娜的丈夫吴郎也赶来拜见了孔生夫妇……

一天，公子满面愁容地对孔生说："老天不久要给我家降大灾大难，您能救救我们吗？"孔生不知道将要发生什么事，便表示全力相助。公子见孔生答应了他的请求，立刻把全家人招来，围着孔生纷纷拜谢。孔生吃了一惊，连忙一一扶起，追问到底是怎么回事。公子说："今天只得向您实说了。我们都是狐狸精，现在要遭雷霆劫难。您要是舍身相救，全家都可以生存；要不，您就抱着孩子走吧，我们也不连累您。"孔生见如此说，便发誓同他们共死同生。于是，公子就叫孔生握了宝剑站在门口，嘱咐他，任凭雷霆怎么轰击也不要动。

孔生照着公子的话站在门口。不久，果见青天白日突然风起云涌，变得昏天黑地。回头看时，哪里有什么朱门金钉的府第，不过是一处高大的荒坟和一个深不见底的洞穴罢了。正当孔生惊愕的时候，只听霹雳响处，山摇地动，狂风卷着暴雨把大树都连根拔了起来。孔生虽然觉得眼花耳聋，还是站在那里一动不动。忽然，一团乌云朝坟头顶压来，只见从乌云中伸出尖嘴长爪来，从洞穴中抓出一个人就要离去。孔生看着衣、鞋，像是娇娜，就急忙跳起来用剑砍去。那人从空中掉下来了，孔生却被一声霹雳击倒在地死去了。

一会儿，云散天晴。娇娜先慢慢苏醒了，她见孔生死在身旁，便放声大哭起来，边哭边说："孔郎是为了我死的，我也不能活了呀！"

又过了一会儿，阿松也出来了，哭了一阵，便和娇娜把孔生抬进去了。

娇娜叫阿松捧着孔生的头，叫公子用金簪拨开孔生的牙齿，她自己双手捧着孔生的腮，用舌尖把口中的红珠吐在孔生的嘴里，接着又嘴对嘴吹了几口气，只听格格响了一阵子，那红珠便随着气，顺着孔生的喉咙下去了。工夫不大，孔生就苏醒了。他一看亲戚、妻子都在，仿佛做了一场噩梦。于是全家团圆，皆大欢喜。

孔生觉得住在这里终非长久之计，就劝他们一起搬到自己的老家去。一家人听了，都很赞成，只有娇娜闷闷不乐。孔生请娇娜同吴郎一起去，娇娜又怕公婆舍不下孙子。谁知正在商议不下的时候，忽然吴家一个小仆人汗流满面、气喘吁吁地跑了来。大家吃惊地问他出了什么事。原来吴家也在同一天遭了雷霆劫难，全家人都死去了。娇娜一听，捶胸顿足，悲痛不止，大家劝慰多时，才止住了泪。于是一起回去的事情就定下来了。

孔生进城忙了几天回来，就连夜收拾行装上路了。

回家后，公子家就住在孔生家闲着的花园里，但门却经常反锁着，只有孔生和阿松来才会打开。孔生和公子兄妹，经常饮宴、下棋，和和睦睦就像一家人。

小宦长大后，眉清目秀，相貌堂堂，只是性情仿佛狐狸精，在街市游玩，大家都知道他是狐狸精生的。

妖 术

　　明朝时候，有一位名叫于明允的读书人。他虽是一介书生，却非常喜欢武术。经过几年的锻炼，他已经成了远近闻名的大力士，手托四五百斤重的石鼎还能面不改色，健步如飞。崇祯年间，于明允到京城参加殿试，他从家里带来的仆人不幸得了重病，这让于明允很是发愁。一天，于明允听人们说，街上有个会卜卦相面的，可以准确无误地事先判断人的生死吉凶，就决定去替仆人问卦。

　　于明允到了那里，刚进门还没说话，算命先生劈头就问道："您是来替仆人问病的吧？"

　　于明允为他的预知感到惊奇，点了点头，求他点拨。算命先生对着于明允端详半天，又说："您的仆人倒没什么相干，只是您的气色不很对头，恐怕要遇到大难。"

　　于明允一听，心里害怕，就求算命先生给他好好推算推算，看看究竟要遇什么大难。算命先生又仔细端详于明允的五官和气色，掐着指头一算，便异常严肃地说："三天以内，性命难保。"

　　于明允因为刚才没有说话，算命先生就一语中的，道破了他的心事，就相信他给自己算的卦也一定是很灵验的。算命先生见于明允愣在那里发呆，就从从容容地安慰他，说："您不要着急，危难再大，也是有解救办法的。只要您肯花十两银子，我可以替您压邪镇妖。"

　　听到这里，于明允不由心下暗想：既然生和死是上天已经注定了的，怎么可以花钱去买，凭法术改变呢？他越想越觉得算命先生不过是借此敲竹杠而已，于是也不答话，站起来就走。算命先生见他要走，便冷冷地说："这么点钱都舍不得出，你可不要后悔！"

　　于明允回到店里，朋友们都很替他担心。有人劝他还是拿点钱，去央求算命先生想个办法。他只是不听，他对朋友们说："我倒要看看算命先生会怎么叫我死。"

　　第一天、第二天总算都平平安安地过去了。第三天，于明允端端正正坐在客房的椅子上，一声不响地观看将要发生什么变化。这天白天也还是平平安安地过去了。到了夜里，于明允把房门闩了，灯烛点了，把防身宝剑拿在手里，独个儿在灯前坐了下来。

　　转眼谯楼打过一更，于明允侧耳倾听，窗外静悄悄的没有什么响动，觉得威胁他生命的事情不会发生了。

　　于明允正铺好床，准备上床睡觉，忽然听见窗纸上传来窸窸窣窣小虫子爬的声音。他急忙扭头一看，原来是扛了枪的小人从窗缝里挤进来，跳到地上，一下长得和人一样高。于明允急忙舞动手中宝剑，对准那人拦腰砍去。那人轻轻一闪躲过宝剑，忽然又变作原来大小，慌慌张张跳上窗台，想找窗缝逃走。于明允赶上去又是一剑，小人应声而倒。点上灯一照，竟是个纸人，已被拦腰砍作两段。

于明允不敢睡了，把灯拨得更亮些，依然拿了宝剑坐在那里，眼睛一眨不眨地死死盯着窗户。过了一会儿，一个面目狰狞可怕的怪物，打破窗户窜进屋子里来。但是那怪物还没有在地上站稳，就吃了于明允一剑，怪物被砍成两截，却依然在地上蠕动着。于明允怕它还要作怪，就用剑朝它乱击乱砍，发出"噔噔噔"的响声。于明允觉得不像砍在肉上，低下头细看，原来是个泥捏的人，早被剁成碎块了。

于明允一连和两个妖物搏斗，气力耗掉大半，再看窗外，还是黑洞洞的。他担心妖物再来，于是干脆把椅子挪到窗下坐了等着。不多时，忽然听见窗外有像牛一样"呼哧呼哧"的喘气声由远而近，渐渐来到窗前。接着，有个什么东西用力推动墙壁，房子摇摇晃晃，泥土直往下落，眼看房子就要倒塌了。于明允心想：与其被压死在里面，还不如出去和它斗一斗。这样想着，便猛地"嗯啦"一声将门打开，跳在院子当中。

只见一个和房檐一样高的大鬼，正用肩膀在那里推撞墙壁，借着昏暗的月光，看见它脸像抹了煤那么黑，灯盏大的眼睛里闪着绿光，露着背膀，赤着脚，手里拿着弓，腰里别着箭。大鬼听到于明允的脚步声，倏然扭过身来，用闪着绿光的大眼盯着他。于明允吃了一惊，正要扑上去，那大鬼早已弯弓在手，对准于明允的咽喉"嗖"的就是一箭。于明允看得真切，用剑一拨，箭掉在地上。他正待用剑去刺大鬼，第二箭又射来了，连忙将身一闪，箭钉在墙壁上，箭杆还在剧烈地颤动着。

大鬼连发两箭没有射中于明允，气得哇哇直叫，从腰里拔出佩刀，抡起来带着风响朝于明允劈去。于明允弯着身子往旁边一躲，刀劈在阶石上，溅起了火花，石头被劈成两半。于明允趁大鬼拔刀的机会，窜到他的胯下，朝它的足踝骨"铿"地砍了一剑。这一来大鬼更加暴怒，发出打雷似的叫喊声，又转身朝于明允劈来。于明允瞅住它身长过高、管远不管近的弱点，双手挺剑，灵巧地钻在它的身下。大鬼一刀下来，砍掉了明允的后襟；于明允却一剑从大鬼的肋间刺了进去，它"扑通"一声倒在地上。于明允对准大鬼又一连砍了几剑，声音就像敲在报更的木梆子上一样。从屋里点着蜡烛出来一看，竟是一具木偶，弓箭还缠在身上，凶恶的面目都是用刀子刻出来的，中剑的地方有红色的血水渗出来。

于明允点着蜡烛一直坐到天光大亮。这时他才静下心来，把事情的始末又重新回想了一遍。他发觉三个鬼怪都是有目的地奔他来的，一定是受了什么人的指使；但是自己在京城，人地两生，是没有仇人来加害他的。于是他就自然而然想到那算命先生身上，一准是算命先生想要把他弄死，借以显示自己卜卦、相面断事如神。

这天，于明允把夜间发生的一切，一一告诉了他的朋友和店里的住客。大家听了很是气愤，就跟着他一起去找算命先生算账。算命先生远远看见于明允带着人来了，就把身子一晃，谁也看不见他了。于明允听街上人说过，这叫隐身法，用狗血可以破，他便立即回去，准备了狗血又来了。这一次那算命先生和上次一样，又一晃身不见了。于是于明允就把狗血往算命先生站立的地方洒，这一下，算命先生可就露了身形，只见他满头满脸都是血污，闪动着一双贼眼，像个鬼怪似的。

大家把算命先生押送到官府，经过审问，判了死罪，得到了应有的惩罚。

成 仙

　　周生和成生是山东文登县人，两人自幼一起长大，又一起读书，感情很好，就拜为兄弟。成生因为年幼一点，就自然而然地把周生夫妇当作自己的亲兄嫂；又因为自己家贫，就经常寄住在周生家里，跟他们相处得很和睦，出出进进就像一家人。

　　后来，周生的妻子生了个男孩儿，得了月间病，突然死去了。周生又续娶了王家女儿，因王氏年轻美貌，成生始终没有拜见她。

　　有一天，周生的内弟来看望姐姐，周生就在卧室设了家宴招待他。这时成生也正好来了，周生让仆人请他进来。成生知道周生在摆家宴，不便进去，只得借故告辞了。但是成生没走多远，就被周生追了回来，专门在外室设了酒宴。

　　周生拉着成生刚刚坐下，就有人慌慌张张跑来告诉周生：他家的长工正在田里做活，见黄吏部家有个放猪的仆人骑着牛把庄稼踩倒了，长工上去辩理，和那仆人吵起来。仆人跑回去告诉了主人，就把长工送到县衙打了个半死不活。

　　周生一听，见黄家欺人太甚，不觉大怒道："黄家一个放猪的，怎么敢如此无礼！他家上一辈人还在我祖父手下做过事呢，才得了势，倒目中无人了！"周生越说越气，站起来就要去找黄家辩理。

　　成生一把拖住周生按在椅子上，说："算了吧，在这豺狼当道的世界上，有什么青红皂白可分！更何况如今这些做官的，又有多少是不拿枪刀的强盗呢？"成生再三劝阻，周生只是咽不下这口气。成生急得哭了，周生才答应不到黄家去了。

　　话虽那样说了，但周生依然怒气未消，夜里躺在床上，翻来覆去，思前想后，无论如何也睡不安稳。第二日天明，他对家里的人说："黄家这样欺侮我，是我的仇人呀，暂且放着他。县官是朝廷的命官，不是哪一个有权有势人家的官，就是互相有争执，也应该两下调解，为什么像狗那样听人唆使呢？我也写个状子求县官惩治黄家的仆人，看他怎么办？"家里人听说，都说应该这样做，周生也就打定了主意。

　　周生拿着状纸来到县衙，县官接过一看，见是状告黄家，也不问缘由，就把状纸撕个粉碎，扔在地上。周生见县官如此横行霸道，气得把他骂了一顿。谁知这一骂，县官更火了，把惊堂木一拍，便叫差役们将周生捆了起来。

　　这天早饭后，成生去看周生，听说周生一大早到城里告状，知道事情不好，急忙赶去劝阻时，周生已经被投在监狱里，急得他干跺脚也没有办法。恰好这时县里捕住三个海盗，县官就和黄家串通一气，诬陷周生是海盗的同党，革去他的秀才，用尽毒刑，只把他折磨得死去活来。成生到监狱去看周生，两个人抱头痛哭一场后，商议去告御状。周生说："你看我身上戴着枷锁，像关在笼子里的鸟；虽然有个弟弟，年纪还小，只能给我送送饭罢了。"

　　成生听到这里，立即向周生表示，他愿意替周生去告御状，他对周生说："你

再不要说什么连累的话了,这是我的责任!你在难中,我怎能见死不救?要不,还要朋友干什么?"说完又安慰了周生几句,离了县衙。

周生的弟弟听说成生要替哥哥去告御状,就拿了许多银两去为成生送行,成生却早已走了。

成生一路忍饥挨饿,夜宿晓行,不日来到京都,但因无人引进,好久也没有把状纸递上去。

有一天,他忽然听说皇上将要外出打猎,就事先在树林里隐藏起来。不久,皇上的车驾果然来了。等车走近了,他就连忙跪在路当中,磕头礼拜,喊冤叫屈。皇上一时高兴,居然准了他的状纸,并将此案批给刑部和察院,命其审明上报。

这时已经过了十多个月,周生一直得不到消息,又受不了严刑拷问,已被屈打成招,问了死罪。刑部和察院接到皇上亲笔批文,不觉大吃一惊,连夜命人去提取案犯,准备复审。

黄家听说周家告了御状,心里十分害怕,为了杀人灭口,竟花钱买通监狱看守,想把周生活活饿死。

成生见周生的弟弟几次送不了饭,便又到察院催促办案,但是到提审的时候,周生已经饿得站不起来了。察院大人发了怒,就把那个看守打死了。黄家更是怕得要命,上上下下花了几千两银子才买了一条命。县官因犯贪赃枉法罪而被流放到边远地方。

周生回家以后,自然对成生更加敬重,发誓与他有福同享。但成生自从这个案子马马虎虎了结后,对人情、世态看得越来越淡薄了。他几次劝周生一起到深山隐居,而周生因为恋着年轻美貌的妻子,不仅不肯走,还笑他是个傻子。每逢这时,成生总是不言不语,决心却是早已下定了。

这样过了一些日子,周生见成生好久没来,就派人到他家看他忙些什么,可是到一问,成生的妻子还以为成生在周家呢。成生两个家都不在,他到哪里去了?周生想起成生说过要隐居的话,就打发人到处去找,可是不知找了多少寺院和深山,连个人影也没有。

成生失踪后,周生不断送些钱财和衣物去周济他的妻子、儿女。

光阴荏苒,转眼八九年又过去了。一日,周生正在家里闲坐,忽见成生独自走了进来,细细一看,是一身道士打扮。周生又惊又喜,连忙跑上去握住他的手说:"你这一向到哪里去了,害得我好找呀!"

成生笑了笑说:"我像一片孤云,又似一只野鹤,哪有什么固定的地方。分别几年,你还是这样结实,我真高兴。"

周生叫人摆了酒席,二人又说了些别后相思的话,周生便要他把道服换下来。成生只是笑,也不说话,也不动弹。周生见他这样,就对他说:"你真傻呀,为什么对老婆、孩子像扔破鞋那样随便呢?"成生又笑了,说:"这话就不对了。人世要抛弃你,你怎么能躲得脱呢?"接着他又告诉周生,他住在崂山上清宫。

二人说着话,不觉已到夜深,就打了通铺睡了。周生一合上眼,就梦见成生赤着身子压在他胸脯上,压得他喘不上气来。他问成生这是干什么,成生也不答话,便忽然惊醒了。他叫成生没人应声,坐起来一摸,也摸不见,定了定神,又觉得自己睡在成生那头,不觉奇怪地自语道:"夜里并没有喝醉呀,怎么糊涂到这等地步!"于是便喊起家里的人来。家里人点上灯烛一看,坐在床上的不是周生而是成生。周生原来生着许多胡茬,可他自己用手一摸,却只有稀稀拉拉的几根。他又对着镜子一看,不由得惊叫起来:"成生还在这里,我到哪里去了呢?"周生沉思片刻,终于醒悟到,这是成生用幻术想叫他去隐居。

这时,周生想到里边见妻子,弟弟见他不是周生的相貌,不让他进去。周生实在没办法解释清楚,只得带了一个仆人,骑着马找成生去了。

周生骑马一连走了好几天,终于来到崂山。马走得很快,仆人紧赶慢赶赶不上,于是周生便在一棵树下停下来。只见许多道士来来往往走动,周生见其中有个道士一直看他,便上去打听成生住在哪里。道士笑着说:"嗯,是听说有这么个人,大概在上清宫吧。"说完便扬长而去。

周生目送道士走出一箭之地。见他又同一个人说话,也是只说了一句就走了。

与那个道士说话的人过来了。周生一看,原来是他的同学。同学一见周生便惊讶地说:"好几年不见了,都说你在名山学道,不料如今还在人间混日子呀。"

周生一听,知道同学把自己当成了成生,就把那天的怪事说了一遍。同学更奇怪了,说:"刚才和你说话的那个道士,我以为就是你哩,也许现在还没有走远。"

周生说:"不对呀,刚才那道士也同我说了几句话,要是那样,我怎么连自己的面目也认不出来了?"

周生正在那里发愣,仆人寻来了。周生急忙打马去追赶刚才的那个道士,竟是毫无踪影。再看那大山,莽莽苍苍,连绵不绝,弄得他进退两难。当他想到,回去妻子也不会认他时,才不得不下决心继续追下去。但这时路却越走越难,见再也不能骑马了,就把马交给仆人带回去,又独自上路了。

周生走着、走着,远远看见山顶有个道童立在那里,便上去问路,并说明了自己的来意。道童立刻告诉他,自己是成生的徒弟,说着接过周生的行李,引他一起向山里走去。

周生跟着道童走了三天，才来到上清宫，但这上清宫却和世间传说的大不相同，已是十月天气，依然一路山花，满山松竹。周生趁道童进去通报的机会观赏景色，成生不知不觉来到他面前，这时周生才又变回了自己的相貌。

成生和周生手拉手来到上清宫内，一边吃酒，一边说话。周生看到许多叫不上名来的鸟，舞动着五光十色的羽翅，飞来飞去娇啼婉鸣，比笙簧所奏的音乐还好听。那些鸟好像并不害怕人，还不时飞落到座位上来。周生越看越感到奇异，但一心想着妻子儿女，也就不多留意了。

地上放着两个草编的坐垫，喝过酒，成生便又拉了周生并排坐在上面，一直坐到二更天气，周生正觉得什么也不想了，似乎忽然打了个盹，就和成生换了个位置。心里怀疑，连忙摸一下胡楂儿，自己又变成了成生。

周生就这样休息了一夜，第二天一早便想要回去了，成生再三相留，才勉强住了三日。夜里成生对他说："请稍歇一会儿，马上就送你回去。"

周生正昏昏欲睡，忽听成生喊他说："行李准备好了。"于是便跟着成生走了。

周生见走的并非是来时旧路，觉得走不多时，自己的家乡已经遥遥在望。这时成生便坐在路旁，让他自己回去。周生要成生同行，成生只是不肯。

周生孤零零独自来到家门口，敲了半天门，没人应声，正想着扒墙进去，就觉得身子像树叶一样轻，一跳就过去了。就这样翻过几道墙，才来到自己的卧室，只见室内灯光明亮，又听得妻子唧唧咕咕不知在和谁说话。用舌尖舔开窗纸一看，原来是妻子和一个仆人，用同一个杯子你喂他一口、他喂你一口地喝酒。周生见此情景，不觉怒火烧心，有心进去捉拿，又怕自己势单，于是便悄悄开了大门，跑去向成生求助。成生毫不犹豫地跟着他径直来到卧室。周生举起石头对着门就砸，室内妻子和仆人十分慌乱，外面敲得愈急，里面关得愈紧。这时，成生拔剑在手，"哗啦"一声就把门劈开了。

周生跑进卧室，那仆人却猛地从门口冲出来，正好遇上成生，被成生一剑砍下一条胳膊。周生捉住妻子一拷问，才知道自己被关进监狱时，她就和仆人发生了关系。于是便借了成生的剑把妻子的头砍了下来，并把她的肠肚挖出来挂在院里的树上。周生又跟着成生出来，正准备寻路返回崂山，忽然醒来，原来自己依然躺在上清宫里的床上。周生吃惊地对成生说："我刚才做了个奇怪的梦，真要把人活活吓死！"

这时成生笑了起来说："明明是梦，你却以为是真的；明明是真的，你却以为是梦。"周生不由得打了个冷战，问成生这话是什么意思，成生就拿剑让他看，只见剑上还有血迹。

周生一见血迹又惊又怕，但心里还是暗暗怀疑是成生变了戏法糊弄他。成生一眼就看出周生的心思，就连忙收拾行李要送他回去。

成生把周生送到村外，说："昨天夜里你在梦中，我不就是拿着剑在这里等你吗？好了，你自己去吧，我不愿意见到肮脏的东西，就还在这里等你吧。如果太阳出来你还不来，我就独自去了。"

周生来到家里，冷冷落落，不见一人，于是便来到弟弟家里。弟弟一见哥哥，不禁双泪交流，说："你走后，一天夜里来了响马，把我嫂子杀了，肠子都被挖去了，死得真惨呀！到现在还没有拿到凶手。"周生一听，这才如梦初醒，就把见到成生前前后后的事讲了一遍，并告诉弟弟不要追究了。

弟弟见哥哥说得那样奇怪，早被惊呆了。后来又见哥哥问起儿子，才叫一个老妈妈领了来。周生看看儿子，对弟弟说："这个吃奶的孩子，可是咱们周家的后代，你要好生抚养他，我就要离开尘世了。"周生说完便站起来，一直向门外走去。弟弟哭着想把他追回来，但他边笑边走连头也不回。

周生出了村，见到成生，便一起走了；走出很远，又回过头来嘱咐弟弟说："凡事要忍让，才能得到最大的快乐。"这时弟弟也似乎有话要跟他说，但成生却把袍袖一抖，立刻就不见了。他只得呆呆站了一会，哭着返回去了。

周生的弟弟是个朴实、蠢笨的人，不善于料理家务，几年以后，家境越来越穷。这时周生的儿子已经长大了。但因请不起先生，周生的弟弟只好自己教孩子读书。

有一天，周生的弟弟一早来到书房，见桌子上有封信，封得很紧，上面写着"弟弟亲启"四字。一看便知道是哥哥的笔迹，连忙拆开信看，却并无片纸只字，只有一枚二寸长的指甲。他心里觉得奇怪，随手把指甲放在砚台上，去问家里人信是谁送来的，但家里的人都说不知道。等他返回书房再看时，那只放指甲的砚台竟然变成了一块黄金，不禁大吃一惊。他又拿了指甲放到钢器和铁器上去试，也都一一变成了黄金。从此，周生的弟弟便成了一个大富翁。后来，周生的弟弟又拿出一千两黄金赠给了成生的儿子。于是，周、成两家有点金术的故事就传开了。

王 成

　　明朝时候，有个生性懒惰的人名叫王成。他整日里无所事事，游手好闲，一个原本非常富足的家也被他糟蹋得不成样子了。终于有一天，祖宗的遗产差不多被他"吃"光了，只剩下两间非常破旧的房子，因为卖不出去才留了下来，王成和妻子只好在那里安身。一日三餐吃了上顿没下顿，晚上和妻子盖着用草编成的垫子睡觉，连一条被子都没有。因为穷，夫妻经常吵嚷。就是穷到这样地步，王成还是照旧发懒，夫妻再吵也吵不出一粒米来。

　　王成住的村外，有周姓人家的一所花园，因为年久失修，围墙和房屋全都倒塌了，只有一座花亭还比较完整。每当盛夏酷暑，村中穷哥们多到亭子里寄宿乘凉，王成也随大家挤在角落里睡觉。

　　有一天，天刚亮，寄宿的穷哥们就都回村干活去了，唯有王成直到日上三竿才打个呵欠慢慢醒来。他懒洋洋地站起身来，东瞅瞅，西看看，正想抬脚回家，忽然看到离亭子不远的草丛里有一件金黄色的东西闪闪发光，赶紧跑过去拾起来，原来是一个金钗。仔细一看，钗柄上刻着"仪宾府造"四个极细小的字。

　　"仪宾"是明代对亲王、郡王女婿的称呼。王成的祖父曾是明代衡恭王的女婿，他家中祖遗旧物，大多刻有这几个字。王成在手中摆来弄去，心想："这很像我祖父的遗物，怎么会落到这个地方？"正拿不定主意，不知该怎么处理时，有个老婆婆慌慌张张走来，寻找金钗。王成虽然很穷，性情却还耿直，一听老婆婆是来寻找金钗的，就毫不犹豫地把拾到的金钗交给了她。老婆婆一见失物复得，连声夸奖和感谢王成。

　　老婆婆看着金钗颇有感触地说："这是我死去的丈夫留给我的一件遗物，所以我非常珍视它，其实它也不值多少钱。"

　　王成问道："请问您的丈夫是谁？"

　　婆婆回答道："是已故的仪宾王柬之呀！"

　　王成吃惊地说："他是我的祖父啊！您怎么和我祖父认识的？"

　　婆婆一听，也很吃惊地说："你就是王柬之的孙子吗？我是一个狐仙，百年前，我和你祖父曾为夫妻。你祖父亡故后，我就到别处隐居去了，昨日偶经此地，不慎将金钗遗失，可巧又被你拾到了，这不是天意吗！不然，你我怎么能相会呢？"

　　王成小时也听家中长辈传说过，祖父在世时有过一房狐妻，因此听了婆婆的话也就信了。王成请婆婆回家，婆婆也不推辞，就跟着王成回去了。走到门口，王成就呼唤妻子出来相见。婆婆一看王妻盛暑天气还穿件破棉袄，不觉在心中暗暗叫道："当日何等荣华，如今竟落魄到这等地步！"再进门一看，破灶冷火的，好像王成夫妻从来就不做饭吃。看到这里，婆婆不由得皱起眉头来，说："你们穷成这个样子，可怎么生活呢？"王妻抽抽泣泣讲开了他们的遭遇。婆婆听后，随即将金钗交给王妻，让她把金钗卖几个钱，买些米粮度日。接着对王成说："现在我要回去了，三天以后再来看你们。"王成十分感动，竭力挽留，要婆婆就住在他家。婆婆又说："你一个妻子都养活不了，再留下我，又多一张嘴，怎么过呢？"

婆婆走后，王成才给妻子讲了婆婆的来历。王妻听说是狐仙，心里很是害怕，尽管王成称赞婆婆心地善良，也还是多少有点不自在。王成又提出要把婆婆当亲婆婆侍奉，王妻觉得倒也可以此报恩，便高兴地答应下来。

过了三天，婆婆果然来了，一进门就交给王成几两银子。王成用银子买些米、麦回来，三个人的吃用暂时不用发愁了。

到了晚上，婆婆同王妻睡在一张短床上。起初，王妻一想到婆婆是个狐仙，心里就有些发毛；时间一长，慢慢觉察到婆婆很诚实，又知道疼惜她，也就不怀戒心了。

一天，婆婆把王成叫过来，说："王成呀，你要改改那懒毛病才好，学做小买卖，将本求利，也好维持生活。坐着吃，终不是长久之计。"

"祖母说得很是，"王成羞红了脸，低头嗫嚅道，"要是有本钱就好了。"

婆婆见王成有改悔的意思，便又说："你祖父在世，金银财宝任我取用，因为我是世外人，从来也没多取过，只攒下四十两买花粉的银子，现在还保存着。我留着也没什么用处，你拿去买几匹绸缎到京城去卖，也可得些余利。"

王成遵从婆婆的指教，到市上买了五十多匹绸缎回来，当天婆婆就为他备好行装，打发他进京去了。从家到京大约六七天路程，临行婆婆嘱咐再三，说："办事宜勤不宜懒，宜急不宜缓，错过一天，后悔也来不及了。"

王成当面表示谨记在心，可是在路上走了两天，忽然遇了大雨，衣服鞋袜被淋了个透湿。王成有生以来只知在家坐吃，哪里经过什么风霜雨雪之苦，这场雨已闹得他十分倦怠，因而就住了客店，想等天晴再走。不料雨越下越大，淅淅沥沥一直下到黄昏；到夜间雨更大了，屋檐积水像绳子一样不断地流着。王成焦躁不安地住了一宿，走到店门前一看，道路很是泥泞。来往行人滑滑跌跌，多半变成了泥人儿。王成实在受不了这样的苦，等到晌午，路上稍微干燥了些，正庆幸可以勉强行走了，忽又阴云复合，大雨又来了。只好再住下，再过一宿才上路。这样，就在

中途因为下雨耽搁了一天半。

快到京城了,听说京城市场上绸缎很值钱,王成心中暗暗喜欢,以为自己带的货物对路,这下可该发财了。傍晚,进了城,找了一家客店住下来。

店主见王成行李沉重,便问道:"请问客官,您进京带来些什么好货呀?"

"我带的是绸缎。"王成眉开眼笑,"怎么样?掌柜的,还对路吧?"

"唉,可惜您晚来了一天。"店主的口气分明带着几分惋惜,"前两天,因为南方丝绸产地雨多,路不通,来不了货,京城绸缎奇缺。王爷府因急用,到处收购,出价很高。要是您早来一天,能比常价多卖三倍,要发一笔大财哩。可是昨天,王爷府已将绸缎买足,不再收购,今天绸缎的卖价已经跌下来了。"

店主这番话,像一盆冷水浇在王成头上,弄得他瞠目结舌半天说不上话来,心里很是后悔,没有冒雨赶路,以致错过了机会。

又过了一天,因为天晴了,路通了,绸缎源源涌入京城,售价更低了。王成觉得无利可图,不肯出手,还希望再涨了价才卖。但是等了十几天,天天闲着。而店钱、饭费却不少出一文。天天要开支,货又卖不了,再下去,怕连老本也要丢了,因此天天愁眉不展。店主也替他着急,便好心劝他说:"您还是趁现在赔钱不多,赶紧把货卖掉算了,也好用剩下的银子做些别的买卖。不然,亏损就更大了。"

王成见店主说得在理,便到市上把货贱卖了,计算下来,总共亏损了十多两银子。

住了一宿,王成早早起来,准备回家另作打算。但在收拾行李时,发现钱包里的银子全都给贼偷去了。王成大惊失色,急忙告诉了店主,店主听了也没办法,不知如何是好。客商们也在一起议论纷纷,劝王成去告官府,要店主赔偿。但王成却叹了口气,自认倒霉地说:"也是我命该如此罢了,怎么好抱怨店主人呢?"店主见王成不肯牵累自己,心里很是感激,便赠给王成五两银子做盘缠,安慰他先回家去再想办法捞本。

王成觉得空空回去,没脸见祖母,心里非常焦躁,进来出去,拿不定主意。他闷闷不乐地踱到闹市散心,看见一群人围在那里不知观看什么,便好奇地走了过去,原来里边围着两个斗鹌鹑的。王成挤进去看了一阵,见两个斗鹌鹑的一下就是几千两银子的赌注。他心想,买只鹌鹑不过百来个钱,要是贩卖鹌鹑说不定还能赚些钱。计算一下口袋里的钱,也只够贩卖鹌鹑。回到店里,和店主商量,店主也竭力撺掇他做这个生意。为了报答王成不要他赔偿的恩德,店主答应王成住店、吃饭不出钱。王成大喜,就立刻从乡下买回来一担子鹌鹑。店主看了,让他赶快卖掉,说是定能赚几两银子。没想当天晚上下起雨来,彻夜未停。到了天明,街上水流如河,很少有人行走,市场上更无法交易了。王成只好等天晴再卖,可是一连几天雨也不停,到鸟笼看时,只见很多鹌鹑都死了,又过了一天,死得更多,只剩了几只活的。王成把活的鹌鹑并在一个笼子里,以便饲养,不想第二天,只剩下一只了。王成垂头丧气,难得止不住流泪。想到鸟也死了,钱也没了,到了山穷水尽的时候,还不如死了好。店主见他痴痴呆呆,只顾啼哭,怕有好歹,便劝道:"人有旦夕祸福，天有不测风云，我们大家想想办法，未必就没了生路，千万不能想得太窄了。您说还有一只活的，我们看看去，如果勇猛善斗，或许多卖几个钱呢。"

王成强忍悲痛，和店主一起到笼子旁边观看。店主仔细端详着，说："看样子这只鹌鹑很健壮很厉害，像个'斗士'，说不定那些鹌鹑是叫它斗死的。您白天闲着没事，可以调教调教它。如果是只良种，就带它到市上跟别人赌斗，也好赢些钱谋生。"

自从听了店主的劝告，王成就每天调训起那只鹌鹑来，不几天这只鹌鹑就被调训得很听指挥了。店主先让他带到街头和别人赌酒饭，见赌一次赢一次，就又取出些银子给王成作本，叫他到闹市和富家子弟去赌钱，头一天就三战三胜，赢了一些钱，半年多除日常花销，还净得二十多两银子。王成非常高兴，把鹌鹑当成了自己的命根子。

京城有个大王爷，很喜欢斗鹌鹑，府里养着很多善斗的鹌鹑。每到一年一度的元宵节，就大开府门，让民间斗鹌鹑的人，带着自己的鹌鹑到王府和王爷的鹌鹑赌斗。临近元宵节，店主人把这个情况告诉王成，并对他说："带你的鹌鹑到王府赌斗，十有八九要胜，那么你就可以立即得到大富大贵。"

转眼就是元宵节，店主人领着王成一起到王府。一路上店主再三嘱咐他说："这回到了王府，斗败就不说了；万一斗胜，王爷看中你的鹌鹑必是要买的，你可不要随便应承，要看我点了头才可以答应他。"王成点头说声"是"，二人就加快了脚步。

这时参加斗鹌鹑的人已经来了很多，王府银安殿前的平台下挤满了来看的人。一会儿，王爷登了宝殿，一个官员传下王爷的话来，说："有愿斗的请上殿来！"话音刚落，就看见一个人捉了只鹌鹑向殿上走去。王爷立刻吩咐仆人放鹌鹑，那人也同时放了出去。只见两只鹌鹑才斗了一两个回合，那人的鹌鹑就败下阵来。王爷看了，得意地放声大笑起来。接着又有好几个人上去，又都被斗败了。店主看看已到时候，便低声对王成说："你可以上去了。"于是两个人一起走上殿去。

王爷端详着王成的鹌鹑说："这只鹌鹑，眼睛里有一股怒脉，准是一个好样的，不可轻敌。"说完，命令他的仆人取出一只取名"铁喙"的鹌鹑来应战，可是才斗了一个回合就败了。王爷又连续命令换了几个更好的来斗，也没有一个取胜的。王爷不服劲，干脆把珍藏在宫中的一只取名"玉鹑"的、最勇敢的鹌鹑取出来参加决斗。这"玉鹑"浑身雪白的羽毛，个子又大，看着很是凶猛，不同寻常。王成一见，先有几分胆怯，就跪地哀求道："请王爷免斗吧。王爷的'玉鹑'是个神物，斗起来恐怕要伤了我的鹌鹑，我是指靠它生活的，伤了它，也就摔了我的饭碗了。"王爷笑道："这你就放心好了。如果我的'玉鹑'把你的鹌鹑斗败，我一定重重地赔偿你。"

王成听了王爷的话，才将他的鹌鹑放开。刚一放，王爷的"玉鹑"就直扑过来，而王成的鹌鹑却伏在地上一动不动。眼看"玉鹑"就要伤到王成的鹌鹑了，吓得王成出了一身汗，但就在这时，只见自己的鹌鹑忽然飞跃到"玉鹑"身后，然后猛一掉头，闪电似的用翅膀把"玉鹑"狠击了一下。两只鹌鹑你来我往，大约相持了一个时辰，眼看"玉鹑"只有招架之功了，王成的鹌鹑却斗得更勇，扑得更急，不大一会儿，斗得"玉鹑"落下一地羽毛，垂着翅膀落荒而逃。当时旁观者不下千余人，都齐声叫好。

王爷见王成的鹌鹑如此机智勇猛，不由暗暗惊叹。他从王成手里接过鹌鹑，从头到尾，从喙到爪，细细审看。看罢，便问王成道："你这个鹌鹑可以卖给我吗？"

王成恭恭敬敬地回答道："我家中没有什么产业，只靠它养家糊口，是我的命根子呀，实在舍不得卖掉它。"

"我愿意给你出一笔大价钱，使你得到份中等人家的财产，总可以了吧？"

王成低头思索了好一阵才说："本来舍不得卖，既然王爷爱它，又可以使我得到一份维持生活的产业，我还有什么其他要求呢！""那么，你要多少钱呢？"王爷高兴了。

"王爷就给一千两银子吧。"王成说。王爷笑了："哈哈，傻家伙，这并不是什么珍宝，就值一千两？"王成不让："在王爷看来，自然不算珍宝；但对我来说，就是最珍贵的宝物也比不上它。"王爷奇怪地问道："这是怎么说呢？"

"这还不好懂吗？"王成说，"我把它带到市上和别人赌斗，一天可以得好多银子，用来买米面、买衣物，全家人就不挨冻受饿，什么宝贝能比得了呢？"

王爷听了说："好了，我不亏待你，给你二百两银子吧。"王成偷看一眼店主人，见不动声色，又说："看在王爷份上，也只能少卖一百两。"

"算了吧，谁肯花九百两银子去换一只鹌鹑！"王爷故意装了一副冷漠的样子，王成也装作舍不得，拿了鹌鹑就要走，王爷这才急了，忙喊道："回来！回来！一句话，我出六百两银子，愿卖就留下，不愿卖你就走。"

王成已经心满意足，唯恐再坚持会失去发财的机会，也不管店主点头不点头了，就假装委屈地对王爷说："以这个数目卖给王爷，我心上着实不愿意；可是王爷说了半天，我要是再不卖，又怕得罪了王爷。没办法，就照王爷说的价让给王爷吧。"

王爷高兴极了，当面把银子如数交付王成，就命仆人把鹌鹑带到宫中去了。

王成收拾好银两，拜谢了王爷，就同店主人一起出了王府。

来到王府外，店主埋怨王成说："我怎么对你说的？为什么不见我点头就急着卖掉了？如果再坚持一下，卖八百两银子是蛮有把握的。"

回到店里，为了感谢店主人，王成把银子放在桌上让他随便取些去用，店主不肯；又再三推让，店主只按价收下王成几个月的饭钱。

王成又在店里住了几日，收拾好行装，和店主告别了。

王成回家后，向祖母和妻子诉述了在外谋生的经历，便把银子交给祖母保存起来，全家都很欢喜。婆婆让王成置买了三百亩好地，又盖起了新房，添置了家具，光景过得很好。

狐婆婆每天起得很早。一起床，就催促王成去耕种土地，催促王妻去纺花织布。稍微懒惰就要遭到狐婆婆的严厉责备；王成夫妻很感激狐婆婆的恩德，对她的责备从来也没有怨言。

这样过了三年，在狐婆婆的精心料理和督促下，王成家境越来越兴旺。一天，狐婆婆突然提出要回她的老家，王成夫妻哭着挽留她，她才说不走了。可是第二天到她住的地方一看，狐婆婆却不辞而别了。从此，再没有见到她。

青 凤

　　山西太原有一户姓耿的人家，据说祖辈曾出过大官，因而宅院十分气派。然而子孙却一代不如一代，家道衰败，人丁减少，那么大的一个宅院，大半都空闲着。后来那些空房子里还经常出现一些怪事：明明关好的门窗，不知怎么就自动开了；夜深人静的时候，常常能听到院子里有脚步声。家里的人都害怕极了，一夜一夜不敢睡觉。姓耿的非常害怕，就领着一家老小搬到村外的别墅去住，只留下一个老头儿看门。从此，整个大院更加荒凉。看门老头儿一个人住在里边，夜夜听到有说话的、有笑的，还有弹奏乐器和唱歌的声音，他虽说也害怕，但为了赚点钱养家，也就豁出去了。

　　姓耿的有个侄子，名叫耿去病。此人生性狂放，不信鬼神。一天，他听老头儿说起院里的怪事，就嘱咐老头儿以后要再听到什么或看到什么，就赶快告诉他，他要去看个究竟。

　　那天夜晚，老头儿看见楼上有灯光，一会儿明，一会儿暗，便跑去告诉耿去病，耿去病就要去看。老头儿不让他去，说："万一是什么妖魔，岂不是白送性命！"耿去病不听，急步朝大院走去。

　　院内的门户、路径，他本来就很熟悉，进去后，双手拨开一人深的蒿草，东拐西转，不很费事就来到楼上，然而楼上却是静悄悄的，什么也没有。

　　大户人家的楼都是几座通着的。耿去病见这座楼上没有什么，就想到另一座楼上再看看，可是刚走到门口，就听见里面有说话的声音。他闪到一旁，从门缝往里一看，桌子上两支很粗的蜡烛照得满屋通明。桌子后面挂有彩色帐幔，南北两面，一面坐着一个戴了读书人帽子的老汉，一面坐着一个老婆婆，年纪都在四十多岁。东西两侧，一侧是个举止文静的少年，一侧是位十五六岁的美貌姑娘，大家围着满桌酒肉吃喝谈笑。耿去病看了多时，突然闯了进去，大声笑着呼喊道："有一个不请自来的人叨扰你们了！"一桌人大惊失色，都跑到帐幔后去躲避，唯有老汉返身出来，大声责问道："你是什么人，为什么私自闯进人家女人住的地方来？"耿去病理直气壮地说："这本来就是我们家的闺房，你们占了我们的楼，在这里摆酒作乐，竟不邀请主人，未免太小气、太不礼貌了吧！"

　　这时老汉走近去病，仔细看看，说："你不是主人。"

　　"我是主人的亲侄子，名叫耿去病。"

　　老汉听说，连忙双手一拱，道："原是小主人到了，失敬得很，失敬得很。"边说边把耿去病让到主位上，呼唤家里人换一桌新鲜酒菜来。

　　耿去病连忙摆摆手，辞谢道："不必，不必，这就很好了。"

　　老汉也不客气，举杯在手，酌酒敬客。

耿去病吃过两杯，对老汉说道："看来我们还是有缘分的，我也不是外人，您老的家眷也无需回避，请把他们喊出来，大家一同欢饮吧！"

老汉一呼唤，那个少年先走出来。老汉介绍道："这是我的儿子，名唤孝儿。"少年向客人行个礼，就坐下向去病敬酒。

三个人一面吃酒，一面闲谈。问到老汉的家世，老汉说他姓胡，表字义君。耿去病平素就很豪爽，又很健谈，每议论一件事，都是旁征博引、义精词切、头头是道。孝儿也是个爽快人，因而虽是闲谈，两个年轻人却都有了倾慕之心，于是越拉越近，不觉称兄道弟起来。耿去病年岁二十有一，大孝儿两岁，就把孝儿当作弟弟。

"听说你的祖父编写过一本书，叫《涂山外传》，你知道吗？"老汉借两个青年说话中的停顿，插进来问。

"知道。"耿去病回答说，"我还读过这本书呢。"

老汉接着说："我就是涂山氏的后代啊！唐尧以后，我们家族的分支，大致还能记得；自五帝以上就记不清了。你既读过《涂山外传》，请你谈谈我们祖上的情况，好吗？"

耿去病见问，就大略谈了一下涂山女帮助大禹治水的功劳，还添枝加叶地穿插了许多曲折有趣的情节。老汉听了，很是喜欢，扭头盼咐孝儿道："今天我们很荣幸地听到了许多过去不知道的事。公子不是外人，去请你母亲和妹妹来，让她们也听听我们祖先的功德。"

孝儿进去不久，就陪着他的母亲和那个姑娘出来了。那姑娘长得千娇百媚，很是漂亮。等她们走到桌前，老汉指指孝儿的母亲说："这是我的老妻。"又指指姑娘说："这是我的侄女青凤，很聪明，凡是她亲眼见过和亲耳听过的，就永远也忘不了。所以特地叫她出来，让她也听听你的叙述，也好传给我们的后代。"

耿去病一见青凤早已心不在焉，胡乱谈了一阵，就要喝酒，可是举起酒杯，又忘记了往嘴边送，老是目不转睛地盯着青凤。青凤见此情景，羞得满面通红，低头默默不语。耿去病本来生性狂放，几杯酒下肚，更是忘乎所以，竟大胆借了桌子的遮掩去踩青凤的脚。青凤急忙将脚收回，但脸上却没有一点恼怒的表情。耿去病见青凤非但没有责怪，反而眉目含情，所以越发狂荡，居然不能控制自己，忽然拍着桌子大叫道："能娶得青凤做妻子，就是拿皇帝的位置来和我交换，我也绝不答应！"

老婆婆以为耿去病酒醉发狂，就急忙拉着青凤走了；耿去病见青凤一走，便索然无味，随即同老汉告辞了。

耿去病回家后，依然想着青凤。好容易盼到夜晚，又急急忙忙到楼上去了，可是静静地等了一夜，连一点声响都没有。天明回家，和妻子商量，动员她一起搬到耿家大院居住，想着到里边或可再遇到青凤。妻子不答应，他便独自搬进去，在楼下读书。

到了黑夜，他刚点上蜡烛，坐在桌边准备看书，忽见一个披头散发的鬼，脸黑如漆，张着血盆大口，吐着尺把长的舌头，瞪着灯盏似的眼睛，走近耿去病的桌子逼视他。耿去病却一点也不害怕，反而笑着在砚台里磨好了墨，用手蘸了，在自己脸上乱抹一阵，然后瞪着双眼，和鬼相对而视。互相瞪视了一阵，鬼觉得吓不倒他，反而惭愧地逃去了。

第二天的夜晚又来临了。等到三更以后，耿去病没有发现什么，正想吹烛睡觉，忽听有人开动套间的门，"砰"的一声门被推开了。他急忙起身去看，只见套间的门扇半开半掩着。不大一会儿，听见楼梯"腾腾腾"有人走动，接着传来细碎的脚步声，再接着，看见有烛光从门内射出来，随着烛光有一个人走到门边，举目细看，不是别人，正是青凤。青凤突然看到去病，大吃一惊，急速返身，赶紧将门关闭。耿去病昼思夜想，好不容易见到青凤，岂肯错过。见青凤将门关闭，就双膝跪在门外，连声央求道："我所以不避险恶，住在这个无人敢来的地方，实在是为了能见到你。现在幸而没有别人在此，能和我握手一笑，我就是死，也没有遗憾了。"

青凤在门内又羞涩又难为情地说："公子的深情，我岂不知？但是我叔父家教很严，实不敢答应公子的要求。"

耿去病跪地不起，又说道："我也不是奢望与你同床共枕，你能否发发善心让我再看你一眼呢？只要你允许我再见你一面，我的愿望就满足了。"

青凤听耿去病说得怪可怜的，而且自己也实在爱上了耿去病，就开门出来，把他从地上拉起。耿去病高兴得就势挽着青凤的手一同走到楼下的正厅里，情不自禁地把青凤抱在自己的膝盖上，两人依偎得紧紧的。青凤忧心忡忡地对耿去病说："也算我俩有缘分，还能在一起坐一会儿。但是过了今夜，就算再相思，也难相见了。"

"那是为什么呢？"耿去病忙问。

青凤答道："阿叔很惧怕你的狂荡，所以在你初来时，就扮了厉鬼来吓你，不料你不怕鬼。如今阿叔已在别处找下住处，今天一家人都忙着搬家，留下我一个人在此看守。明天就搬完了，我们就都走了。"说罢就要起身告别，青凤见耿去病还不放她，又说："他们快回来了，要让阿叔看见，又该遭责骂了。"

尽管青凤已经把话说尽，耿去病还是觉得不舍，想和她欢乐一场，正在推扯之间，老汉突然闯进来。青凤推开耿去病，两手搓弄着裙子上的飘带，低头不语，不知怎样才好。老汉十分恼怒，大骂青凤，羞得青凤急急地走了，老汉也跟了出去。耿去病尾随在后去听动静，老汉还是骂不住口，青凤被骂得哭哭啼啼。耿去病听到青凤的哭声，心如刀绞，愤愤不平地大声喊道："罪过在我身上，与青凤何干？如能宽恕青凤，要杀要剐，我甘愿领受！"等了会儿，听不到一点回音了，才回房睡觉。

从此，耿家大院再见不到什么怪事了。耿去病的叔父听说耿去病把鬼怪都吓跑了，觉得耿去病是个奇人，愿意把这个宅院全部卖给他，不计价钱多少，随便给点就行。耿去病很是高兴，出了些钱，把大院全部买下来，让全家都迁到里边去住了。

时光过得真快，耿去病迁进大院不觉已经一年多了。住在里边虽然宽敞舒适，但见景睹物，总是时刻想念青凤。

清明节时，耿去病上祖坟去扫墓，在返回的路上，忽然看见两只小狐狸被一只猎犬追赶着。一只小狐乖巧地钻进路旁草丛逃跑了，另一只小狐慌不择路，一看到耿去病，好像遇到救星，跑到耿去病跟前，耷拉着脑袋，蜷曲着身子，卧在他脚边，嗷嗷哀鸣，像是向他求救。他见小狐一副害怕、可怜的样子，心里很是不忍，就把小狐用衣襟抱了往回走。

回到家里，耿去病刚关上门，把小狐放在床上，一转身，小狐竟变成了一个漂亮的姑娘。耿去病很奇异，揉眼一看，原来坐在床上的姑娘就是他朝思暮想的青凤。耿去病大喜过望，深情地说："啊呀！原来是你呀！可把我想死了，你刚才受惊了吧！"

青凤感激地说："因为和伙伴在野外贪玩，才遭到这场大难。要不是你，怕是早就进了狗肚子里了。不过，你可不要以为我是异类就嫌弃我。"

"哪里的话！我白天想你，晚上梦你，盼都盼不到，今天见到你，比得了珍宝都高兴，哪能嫌弃呢。"

"这是天数啊，要不是遭此大难，我俩怎能相会？"青凤感激地看看耿去病，又说，"我的同伴从岔路逃走，一定以为我死了。阿叔知道我已死，就不会再找我们的麻烦，咱们可以永远在一起了。"

耿去病听了，更是高兴。就另外收拾了一间精致的房子，专门和青凤同住。两个你恩我爱，生活过得十分甜蜜。

又过了两年，有一天夜里，耿去病正坐在灯下读书，忽然从门外闯进一个人来，一看，是孝儿。去病非常吃惊，赶紧合上书本问道："你怎么来了？是从哪里来的？"

孝儿听了，跪在耿去病跟前，悲痛地说："我的父亲明天将遭大难，只有你才能救他。他原要亲自来求你的，怕你不谅解他，就叫我来了。"

耿去病冷冷地说："什么事儿？"

孝儿问："你认识莫三郎吗？"

"认识。他是我最要好的朋友，怎么不认识？"

"太好了，他明天要到你这里来。如果他带着一只打伤的狐狸，那就是我父亲，请你万万把它留下来，我们全家感恩不尽。"

耿去病可生气了，他说："当年你父亲在楼下，对我和青凤的侮辱，我什么时候也忘不了。这事我不管！必定要帮忙，非青凤亲自来不可。"

孝儿哭了，说："我青凤妹已经死了三年了。"

"既是这样，我就更不能管了！"耿去病故意装出很生气的样子，把袖子一甩，捧起书高声朗读起来，看也不看孝儿一眼。孝儿无奈，从地上爬起来，痛哭着走了。

孝儿走后，耿去病就到青凤的住处告诉她。青凤听罢，大惊失色，问耿去病道："你到底救不救他？"

耿去病笑了："看把你吓的。我所以没有答应孝儿，不过是想报复一下以前他对我俩的羞辱罢了。"

青凤这才恢复了常态，庄重地对耿去病说："我从小就失去父母，全靠阿叔把我养大。没有阿叔，我哪有今天？当年他虽然得罪过你，那是家规，应该那样，请你不要老记在心上。"

"你说得很对，但究竟还是件不愉快的事。"耿去病半开玩笑半认真地说，"如果你真的死了，我一定不救他！"

青凤也笑了："你真忍心呀！"二人调笑一番，上床安睡。

次日，莫三郎果然来了。他刚打猎回来，路过耿家大院，耿去病走到门外去迎接，见他猎获的禽兽很多，其中有一只黑狐狸，受伤的地方已经结了血痂，一大片毛也脱落了。耿去病用手一摸，觉着皮肉发热，还没有断气，就借口自己的皮袄坏了，请求莫三郎把那只黑狐狸留下，好用它补缀。三郎忙从绳子上解下来赠给耿去病，耿去病接着交给青凤，又让家里的人赶忙准备酒饭，招待客人。

吃罢饭，莫三郎就走了。青凤把那只受伤的黑狐狸抱在怀里，用自己的体温温暖它，这样一连抱了三天，老黑狐狸慢慢苏醒了。它在床头转动了一阵，就又变成一个白胡子老汉。老汉抬头看见青凤，很是惊讶。老汉心想，青凤已经死了三年，怎么在这里见到她？莫非自己也死了，要不怎么能见到青凤？想到这里，惨然问青凤道："孩子，这不是阳世了吧？"

青凤见阿叔还怀疑自己死了，就把耿去病怎样救他说了一遍。老汉听了忙去向耿去病见礼，谢过了救命之恩，还惭愧地检讨了那年在楼下对他的态度。

这时青凤对耿去病说："郎君若真爱我，请你还把楼房借给阿叔住，使我们全家能够常在一起，也使我有机会报答阿叔的养育之恩。"耿去病当即就慷慨地答应了。

老汉羞愧地暂向耿去病和青凤告别，到了晚间，果然领着全家都来了。从此，互不猜忌，和睦相处，就如同父子家人一样。

耿去病和孝儿一同住在书房里，情同手足。耿去病的嫡妻生了个男孩，长大后，就叫孝儿做他的老师。孝儿循循善诱，很有教育孩子的办法，是个好老师呢。

画 皮

　　山西太原住着一个姓王的书生，一天早晨，王生独自一人到野外去读书，他模模糊糊看见一个背着大包袱的女郎，很吃力地往前赶路。王生见状，就紧走几步过去帮忙，走近了一看，才发现那女郎不过十六七岁，唇红齿白，眉清目秀，身材窈窕，生得十分标致。王生见她体质瘦弱，行步艰难，不由产生了爱怜之心，就开口问她："天刚亮，路上行人还很少，你一个人走路，不觉得怕吗？"

　　女郎说："你一个行路的人，又不能给我分忧解愁，问这个干什么！"

　　王生说："你有什么为难的事，请告诉我。如果我能帮助，一定尽力而为。"

　　女郎似乎很悲伤："我的父亲贪图钱财，把我卖给一个有钱人做小老婆。他的大老婆很厉害，天天打骂我，我实在受不了她的打骂，昨夜就趁机偷跑出来，准备逃到远处去。"

　　王生说："你准备到哪去？"

　　女郎说："唉，一个逃亡人，还有什么一定的去处，哪里能安身，就到哪吧！"

　　王生因为爱上了她，就急忙说："我家离这儿不远，你不嫌委屈，就到我家去住吧。"

　　女郎听了很是欢喜，表明愿意到他家去。王生就替她拿了包袱，领着她一同回家。王生怕妻子知道了麻烦，就把女郎领到他读书的房间。女郎进去一看，见房内没有别人，问道："怎么，你还没有家人？"

　　"这是我读书的地方。"王生回答，"家里的人在另一处居住。"

　　女郎听了，正合她的心意，十分高兴地说道："这个地方真好。你要真心怜爱我，就给我保守秘密，千万不能让别人知道我在这里住。"

　　就这样，王生白天把女郎藏在套间里，晚上和女郎同床睡觉，过了好几天，别人都不知道。但是在他回家吃饭的时候，却将女郎的大概情况告诉了妻子。王生的妻子陈氏，怀疑那女子是富豪人家的小老婆或丫鬟使女，就劝丈夫说："如果是从富豪人家逃出来的，让人家知道了，可是吃罪不起。快些把她打发走吧，不然要吃官司的。"王生已被女郎迷住，陈氏的劝告他根本听不进去。

　　一天，王生偶然在街上遇见一个道士。道士一见王生就吃惊地问："你最近遇到过什么人没有？"他说："没有。"道士很认真地说："你身上已被邪气缠绕，怎么还说没有呢！"王生唯恐暴露了他玩弄女郎的丑事，就竭力向道士辩解，一直不敢承认。

　　道士见王生不说实话，便走了。一面走，一面自言自语道："世上就是有这么糊涂的人，眼看要被妖魔害死了，还不肯醒悟！"王生听道士话中有话，脑子里闪过一丝丝怀疑：莫非那个来路不明的女郎是个妖魔？转而又想，不对呀！明明是个漂亮的女人，怎么会成了妖魔呢？他觉得这是道士、和尚常借驱鬼镇妖骗取钱物玩弄的把戏，道士的话不足为信，于是便若无其事地回家去了。

　　走不多时，王生就来到书房大门外，走上台阶，用手一推，大门反闩着，怎么也推不开。不由心里暗暗思忖：这女郎大白天关了门，在里边干什么？该不是留别的男人在里边鬼混吧！想到这里，就绕到矮墙边，爬墙而入。一看，屋门也紧闭着，就脱下鞋来，蹑手蹑脚地走到窗子跟前，用手指蘸了唾沫把窗纸轻轻捅了个小洞，木匠吊线似的顺着小洞向屋里看去。不看还罢，一看，可把王生吓坏了。只见一个头大如斗，浑身毛刺，青脸红发，乌嘴獠牙的鬼怪，在床上铺了一张人皮，用笔蘸着彩色，在人皮上乱画。画了一阵，把笔扔了，取起人皮抖了几抖，披在了身上，当下就又变成了那个女郎。王生这才信了道士的话。

　　王生怕惊动鬼怪，便慢慢地爬着出来，一溜烟跑到街上寻道士去了。他走遍大街小巷也没寻着，最后在野外找到了。王生见了道士，跪下就叩头，苦苦哀求救命。道士说："好吧，那就把它赶走算了。这家伙修炼多年，也不容易，不是万不得已，我也不忍心伤害它的性命。"说完就把手里的拂尘交给王生，吩咐他挂在卧室门上，说是可避鬼怪，临走又说："以后有事，就到青帝庙去找我好了。"

　　王生再也不敢到书房去了，就径直回到妻子陈氏的住室，一进门，就把道士给他的拂尘挂在门扇上。大约到了晚上十点多钟的时候，忽听门外发出像鱼儿唧水一样的声音，王生早已吓破了胆，不敢去看，就对妻子说："你去看看是什么声响。"陈氏从门缝里往外一看，只见一个女人站在当院，两眼盯着拂尘，不敢进，但又不想走，站在那里恨得咬牙切齿，站了一会儿，就走了。走了一会儿，又返回来，看着拂尘骂道："你这个臭老道，竟敢用这个东西来吓唬我！我不怕你，休想让我把刚到口的东西吐出来！"她一边骂，一边将挂在门上的拂尘抓下来，撕了个粉碎，撞开门扇跑进屋来。

　　鬼怪一进屋，立刻扑到床上，将王生的肚子抓开，掏了心脏去了。陈氏大喊："救人！"女仆在厢房听见喊声就赶紧跑来，点上灯和陈氏到床边一看，王生已经死了，但见满床血污，使人不敢正眼去看。陈氏既心痛丈夫的惨死，又怕

畫皮

鬼怪再来害她，低着嗓子，趴在一旁痛哭流涕。

好容易等到天亮，陈氏就打发弟弟二郎到青帝庙去找道士。道士一听大怒道："我本来不忍杀害它，以为用拂尘把它吓走算了。不想它竟这样猖狂，非收拾它不可！"就随二郎来到王生家中。

道士在陈氏的住室和王生的书房搜查了一遍，那女郎已经不见了。于是便抬眼向四周望了一望，说："还好，还没有走远。"

道士回头又问二郎道："南边那个院子是谁家？"二郎急忙回答："那是我的住所。"道士说："那个鬼物就在你家。""没有吧，"二郎惊疑地说，"我家的人都没见到啊！"道士问："是不是有个不认识的人到过你家？"

"我一早就到青帝庙找你去了，实在不知道，让我回家问问。"二郎走了一会儿，就急急忙忙返回来对道士说："果然早晨有个婆婆到我家来，说是想给我们当个干杂活的老妈子，被我的妻子拒绝了，现在还在我家没走。"道士说："就是她。"然后让二郎把她领到南院。

道士来到南院，手拿桃木剑站在当院，大喊道："鬼怪，快快赔偿我的拂尘来！"

那个老婆子一听，立刻吓得脸色惨白，急忙从屋里跑出来想要逃走。道士手疾眼快，对准鬼怪就一剑。老婆子"咚"的一声倒在地上；刚倒下，又只听"哗啦"的一声，一张人皮脱落在一边，鬼怪显出了原形，伏在地上，发出猪一样的号叫。道士用剑砍了鬼怪的脑袋，鬼怪的尸体变成了一团浓烟。这时，只见道士从怀里取出一个小葫芦，拔去塞子，放在那团浓烟里，只听"咪溜溜"一阵响，眨眼工夫，把那团浓烟全吸进小葫芦里了。见道士收了小葫芦，大家才围过来，一同观看那张人皮，只见人皮上画的眉、眼、手、足，惟妙惟肖，样样俱全。道士将人皮卷起，放进袋子里，这才向众人告别。

道士走到大门口，见陈氏跪在那里拦住去路，哭哭啼啼，哀求他把丈夫救活，道士说："哎呀，我可没有这个本事。"

陈氏听他这样一说，越发跪在地上哭着不肯起来。道士觉得陈氏哭得实在可怜，又皱起眉头想了想说："我的法术浅，确实不能起死回生。现在我给你推荐一个人，你去求求他，或许会有办法的。"

陈氏忙问是谁，道士说："大街上有个经常躺在粪土中的疯子。你试着去央求他，不过，你可要诚心诚意。如果他用疯言疯语侮辱你，你也不能犯恼。"二郎也认得那个疯子，就谢过道士，同嫂子一起到街上寻找去了。

他们叔嫂俩来到街上，不用费事，就找见了道士说的那个疯子。这时，那疯子正坐在路边指手画脚地大声乱唱，鼻涕拖了足有三尺长，浑身上下，粘的不是人粪，便是狗屎，臭气扑鼻，脏不可近。陈氏顾不得这些，为了丈夫活命，她老远就跪在地下，用膝盖走到疯人面前。但是，没等她开口，疯子就大笑起来，说："咦！你这个美媳妇敢情爱上我了吧？"

陈氏羞得红了脸，却不敢计较，就悲痛地向疯人诉说丈夫的不幸，哀求他救活丈夫。

疯人笑得更厉害了，说："哈哈……是个男人就可以做你的丈夫嘛。死了，再找一个！救他做甚？"

陈氏羞得低下头，却不敢还口，只是苦苦哀求。

"好奇怪呀！人死了，求我把他救活，我是阎罗王吗？"疯人越说越火，举起手中拐杖在陈氏身上狠狠乱打一气。陈氏咬牙忍痛，并不反抗。街上的人都围来看稀奇，越聚越多，围得风雨不透。只见疯人故意把一口浓痰吐在掌心，举到陈氏嘴边，用命令的口气说："吃下去！"陈氏当着众人的面，简直羞得无地自容，再看那一大把浓痰，实在难以下咽。正在为难之际，忽然想起道士的嘱咐，就勉强把疯人手里的痰吞在口中，浓痰滑到喉边，觉得像团棉花，咯咯地响着顺喉而下，最后觉得硬硬的一块东西停在胸中。疯人见陈氏把痰吃了，乐得鼓掌大笑："嘿嘿，这个美媳妇爱上我了！"一边说，一边往前走，连头也不回一下。陈氏救夫心切，只管跟在疯人后面。疯人走进一座庙堂，她也跟着进去，但是寻遍各个角落，也找不到疯人的影子。陈氏悔恨交集，只得悲悲切切地往回走。

回到家里，陈氏既痛悼丈夫的惨死，又悔恨街市吃痰的耻辱，不由得号啕大哭，但愿自己也快死去。她想着先把床上的血污清除了，把丈夫的后事安排好，再去寻死。但是家里的人都远远站着，谁也不敢靠近床边。陈氏无奈只得亲自上床清理。她抱着丈夫的尸体，一面将流在外面的肠子收进腹腔，一面看着丈夫的脸哭着，几乎把嗓子都哭哑了。正在哭着，忽然觉得一阵恶心，急着想呕吐，只觉胸内有块硬的东西，从喉内突奔而出，来不及扭头，已吐在丈夫的胸腔里。她惊慌地低头一看，原来吐出来的是一颗人心，在胸腔内突突跳动，而且还冒着腾腾热气。陈氏感到奇怪，忙用手将胸腹破处合起来，极力挤压；稍微一松，就见热气从缝里往外冒，陈氏又忙撕了些布条，把胸腹裹起来；用手去摸尸体，居然渐渐有了热度，便扯了被子盖在丈夫身上。半夜揭开被子一看，听得丈夫微微喘息；到了天明，王生竟复活了。他向陈氏说："我觉得像做了一场梦，只是肚子还有点痛。"陈氏再揭开被子一看，只见丈夫胸腔破处结了一条细线似的痂。不几天，痂落了，人也就痊愈了。

贾 儿

从前有个四处经商的人，一年到头在外面，很少回家。家中只有妻子、儿子和做饭的老妈子三个人。妻子三十出头，儿子刚满十岁，因为商人常年不在家，儿子就跟母亲住在一个屋里，一人睡一张床。

有一天晚上，商人的妻子上床睡下不久，就梦见和一个男人发生关系。醒来用手摸了一把，被窝里竟然真躺着一个人，仔细观察了一会儿，觉得这个人和平常人举动不一样，就想到一定是个狐狸精。因为怕遭谋害，也不敢声张，只好吃了这个哑巴亏。睡了一会儿，那人下床要走，但是房门没开就不见了。

第二天晚上，商人的妻子怕狐狸精再来捣乱，就让做饭的老妈子陪伴她，把儿子也叫到一张床上来睡。等到半夜，老妈子和儿子都睡着了，狐狸精又来了。狐狸精一上床，商人的妻子就喃喃地说起梦话来。老妈子被惊醒，大声呼叫商人的妻子，狐狸精受了惊，急忙出去了。

自打这时候起，商人的妻子就精神恍惚，时时像丢了什么似的。每到夜间，不敢熄灯，还嘱咐儿子不要睡实。有一天，夜已经很深了，老妈子和儿子都熬累了，不觉靠着墙壁睡着了。醒来一看，不见了商人的妻子，猜想她可能是出去上厕所，但是等了很长时间也不见她回来。老妈子害怕，不敢出去，就叫醒她的儿子去寻找。儿子点着火把找了半天，找到一间空房子里，只见母亲一丝不挂地躺在地上。儿子走过去扶她，她也不知道羞。从此，商人的妻子竟疯了，有时哭，有时笑，有时唱，有时骂，一天不知要出多少洋相。到夜间不愿和别人同住一屋，不让儿子再到她的床上睡，把老妈子也撵走了。夜里，儿子一听到母亲的笑语声，就点起灯来，端着灯到母亲床边去看，母亲反而大骂儿子不该点灯。儿子习以为常，也不在意。

邻居们觉得，才一个十岁的孩子，就敢和狐狸精缠身的母亲住在一起，都暗暗佩服他的胆量；只是

有一样毛病，他玩耍起来太不像话，惹人嫌。这几天，他每天学泥瓦匠，把石头、砖块垒在窗台上，人们禁止他，他也不听，谁要取掉一块，他就滚在地上大哭大闹，因此没有一个人敢再去惹他。过了几天，两个窗口都被他堵得严严实实，而后又用泥把墙上所有的小洞都封住，一天到晚忙忙碌碌的也不怕累。垒上窗户，泥好墙，没事做了，又拿上菜刀霍霍地磨。看见他的人都说他太顽皮，都不喜欢他。但是谁也没有料到，这个仅仅十岁的小孩子，却是别有用心的。

　　小孩子把一切都准备停当，到了夜里，拿把菜刀藏在怀里，将灯用半个大葫芦瓢罩住，假装着呼呼睡起觉来。就在这时，他听到母亲又说开了胡话，就急忙把罩灯的葫芦瓢揭开，拿着刀堵在门口大声叫喊，儿子喊了半天，见没有什么动静，便假意离开门口，装出要到处搜寻的样子，而两眼却始终注意着门口。这时突然有个大猫似的东西，向门缝跑去。儿子看得真切，跑上去顺手就是一刀，可惜只砍下二寸多长一截尾巴，弯腰拾起，还在滴着鲜血。

　　起先，当儿子掀开葫芦瓢，堵在门口的时候，母亲就大骂起来，他却只当没听见；当他没有砍中狐狸精的要害，而只砍下一截尾巴的时候，便非常懊恨地上床去睡了。第二天一大早，儿子就起来了，他顺着血迹去察看狐狸精的去向，那血迹越过院墙，一直拖到何家花园。儿子心想，这一刀虽说没把狐狸精砍死，但它以后总不敢再那么猖狂了。这一夜，母亲果然不闹。但从此变成了一个痴人，一天到晚，不言不语像死人一样躺在床上。

　　不久，父亲从外地回来探家。他知道妻子病了，就到床边去探望。母亲一见丈夫，不但不欢迎，反而破口大骂，就像见了仇人。儿子将母亲的情况详细讲给父亲听，父亲很吃惊，连忙请医生来诊治。可是把药煎好让她喝时，她却把药汤泼在地上，又破口大骂起来。没办法，就把药混在汤饭里哄着她喝。这样服了几服药，才渐渐安静了。父子俩都很高兴。

　　可是有一天黑夜，当儿子睡醒一觉，却又不见了母亲。父子俩寻找了一阵，又在那间空房里找到了她。

　　母亲又癫狂了，不愿意同丈夫同住一屋。傍晚，竟又到了那间空房里，儿子上前拖拽她，她骂得更加厉害。父亲没办法，就把空房锁起来。奇怪得很，母亲一跑到门前，门就自动开了。父亲很发愁，想方设法为妻子治病，总也治不好。

　　儿子见父亲天天愁眉苦脸，就在一天黄昏，不声不响悄悄来到何家花园，藏身在草丛里，想窥探狐狸精的巢穴，以便采取对策。等到月亮初升的时候，忽然听到有人说话，儿子拨开草丛偷偷望去，看见有两个人走在前边，后边跟着一个长着长胡子、身穿黑黄衣服的人，手里捧着酒壶，来到前面的亭子上喝酒。他们的说话声很低，也听不清说的是什么。过了一会儿，只听一个人说："明天再弄一瓶来！"说罢，那两个人都走了。只有那个长胡子的人留下，脱了衣服，躺在亭子边的石头上。仔细看去，四肢和人都一样，就是屁股上长着条毛茸茸的尾巴。儿子侦察清楚，想要回去，又怕惊动狐狸精，就伏在草丛里不敢动。天快亮的时候，又听见走了的两个人又来了,他们和长胡子低声说着话,走进一片竹林。这时,儿子才起身回家。

儿子去了一夜,父亲一见就问:"一整夜,你到哪里去了?"

儿子怕狐狸精听去,就诓骗父亲说:"到伯伯家玩耍,天晚了,不敢回来,就住下了。"父亲也没在意。

吃过早饭,儿子跟着父亲到街市上摆杂货摊,看见鞋帽市上挂有狐狸尾巴,就求父亲给他买一条。父亲不肯,他就扯着父亲的衣服撒娇。父亲不忍心惹孩子不高兴,就给他买了一条。摆好货摊,父亲只顾做买卖,他就在一旁玩耍,终于趁父亲往别处看的空子,悄悄在摊子上拿了些钱走了。他在酒店打了一瓶酒,寄放在别处,接着又来到他舅父家。他舅父是个打猎的,就住在城里。儿子找舅父,可巧舅父不在家。妗母问他母亲的病,他说:"这几天好些了。就是家里老鼠很多,把衣服都咬坏了,气得母亲直哭。让我来要点打猎的毒药,治治老鼠。"妗母拿出一点,用纸包好了交给他。他嫌少,就趁妗母下厨房给他做饭时,开开柜子,又抓了一大把,用纸包好,藏在怀里。然后走到厨房,向妗母说:"天气还早,父亲还在街上等着我呢。"说罢,不等妗母回话,就跑走了。

儿子返回街市上,先到卖酒的地方拿了酒,把毒药都放进去,然后就到街市上去游逛,直到黄昏时候才回到家里。父亲问他:"你到什么地方去了?我在街上等了半天,都没等着你!"他还和上次一样哄骗父亲说:"我跑到舅父家玩了。"

打这天起,儿子把买的狐狸尾巴设法缀在屁股后,拿着那瓶毒酒,天天都要到街市上逛。一天,他看见那个长胡子也在人群里挤来挤去,就挤到他身旁,跟着他走,故意搭讪着跟他说话,问他:"你是哪里人?"长胡子道:"北村。"同时也反问儿子:"你呢?"儿子眼珠一转回答说:"我住在山洞里。"

长胡子对他住在山洞很奇怪,儿子笑着说:"我祖祖辈辈就住在山洞,您不是吗?"

长胡子听了,更是惊疑,便问了儿子的姓氏。儿子知道长胡子一连串的表情都是故意装的,自己也装得更像了,说:"我姓胡。我好像在什么地方见过你跟两个人在一起,可是一下子又想不起来了。"

长胡子仔细打量着儿子,像是有些相信,但还略有怀疑。这时儿子把后襟微微一掀,稍稍露出一截假尾巴,暗示长胡子说:"我们虽能变成人,只有这个东西变不掉,真是一件遗憾的事啊!"

"你干什么来了?"长胡子不再怀疑,就和儿子攀谈起来。

儿子说:"我父亲让我来买酒。"

长胡子也说是来弄酒。儿子便问:"你买到了没有?"

"唉,"长胡子叹了口气说:"我们大多都很穷,哪里有钱去买?只能偷了。"

"这可真是个苦差事。"儿子深表同情。

长胡子又说:"受了主人的委托,不得不这样啊!"

"你的主人是谁?"

"就是你以前见过的那兄弟俩呀！"长胡子说，"一个和北村姓王的儿媳妇私通，一个和东村一个商人的妻子纠缠。那个商人的儿子很厉害，把它的尾巴都砍断了，养了十来天伤，现在又去缠商人的妻子了。"说罢，就向儿子告别："再见吧，不要误了我的事。"

儿子拦住他说："不要去偷了吧，那多危险！我已买好了，现寄放在别处，先给了你吧。我还有钱，可以再买。"

长胡子说："那我该怎样报答你呢？"

儿子很慷慨地说："我们本是同类，还分什么你我！等闲了的时候，我还要请你们痛痛快快喝一次呢！"说罢，就领着长胡子到寄放酒的地方，取出来交给了他。长胡子高高兴兴地走了，儿子也回了家。

这天晚上，母亲竟安安稳稳地睡着了，不再往那间空房子里跑。儿子知道定是狐狸精中了自己的计，这才把他的计谋详细地告诉父亲。

天明，儿子和父亲一同到何家花园去验看，只见两只狐狸死在亭上，一只狐狸死在草丛里，嘴、鼻、耳、眼都流出血来。瓶子放在一边，儿子拿起摇了一下，还没有喝完。

父亲对儿子的聪明十分赞赏，他问儿子："你为什么不早点告诉我呢？"

儿子说："狐狸精是非常狡猾的，一说出口，它很快就会知道，所以谁也不能告诉。"

父亲抚摸着儿子的头夸奖说："孩子啊，你真是个讨伐狐狸精的大谋士呀！"

父子俩把三只死狐狸扛回家来，看见有一只狐狸是个秃尾巴，还清楚地能看清刀痕。从此，家中再没有发生什么怪事。母亲的神志也渐渐清楚了，只是经过这番折腾，身体非常瘦弱，再加上又添了咳嗽的病，每天要吐一大堆浓痰，不久就死去了。北村姓王的儿媳妇，一向被狐狸精缠身，这时派人去打听，已经病好了。

从此，商人更加喜欢自己的儿子，就教他学习文韬武略。儿子长大后做了总兵。

白话聊斋

蒲松龄

贾儿

董 生

有个姓董的读书人，表字遐思，是青州西乡人士。

一个冬天的傍晚，董生烧好炕，摊开被褥，正想吹灯睡觉，忽然听见敲门声，原来是一位朋友来邀自己去喝酒，便锁上房门，跟着朋友高高兴兴地走了。

在朋友家喝酒的人当中，有个看病的大夫，据说通晓脉学，可以凭切脉断定人的祸福和寿命。于是，吃了一阵酒，他就挨个给在座的人诊起脉来。末了，他端详着董生和另一位叫王九思的人说："我看过的人不算少了，但是还没有见过像你们俩这样奇怪的脉象：一个是长寿的脉象，却有短命的征兆；一个是富贵的脉象，却有贫贱的苗头。这并不是我胡说，我也不希望会是这样，但是董君的脉象尤其不佳。"

董生和王九思听了，心里非常害怕。别的朋友也很为他们担心，纷纷问大夫是什么原因，有什么办法。大夫见大家都很着急，想了一下又说："事情到了这个地步，我也实在没有别的法子，不过我说的话也不是绝对的，希望你们要自己珍重自己。"问了半天，见大夫尽说些模棱两可的话，董生和王九思也就不把这事放在心上了。

半夜时分，董生带着几分醉意，摇摇晃晃回到家里，一看门虚掩着，吃了一惊；朦胧中一想，又觉得一定是走得匆忙，忘记了锁门，才不去怀疑什么了。

董生进了屋子，还没顾得上点灯，就先走到床头，把手伸进被子里，想试试被窝里还热不热，谁知刚一探手，就觉得里边肉乎乎地躺着一个人，吓得他缩回手来，急忙点灯看时，竟是一个花容月貌、神仙一般的少女。董生高兴得发了疯，想去摸她，可是才把手伸进去，就摸到一条毛茸茸的尾巴。这下可把董生吓傻了，正要逃走，少女已经醒了。她从被子里伸出一只白嫩的手拖住董生的胳膊，问："您要到哪里去呢？"

董生更觉害怕，战战兢兢地只求少女可怜他、饶恕他。少女笑着说："您看到什么了，这样怕我？"

董生心慌意乱："我……我不怕头，怕、怕尾巴。"

少女笑出声来："您弄错了吧，我哪里有什么尾巴？"说着，牵了董生的手，强迫他再摸摸看。董生一摸，皮肤滑腻腻的，肌肉软乎乎的，尾巴骨光光的，果然没有什么尾巴。于是少女略带娇嗔地说："怎么样？喝得醉醺醺的，还弄不清我是谁，就这样冤枉好人。"

董生本来就被少女的美丽所吸引，现在不仅更加喜欢她，而且还埋怨自己刚才的举动有点太冒失了。只是由于少女来得不明不白，心里还多少有些顾虑。这时少女早已看出他的心思，说："您不记得东院那个黄头发的女孩子了吗？我们搬家后，转眼已经十年了。当时我们都还是没有成年的顽童呢。"

听少女一讲，董生这才恍然大悟："你一说，我倒仿佛想起来了。啊呀，十年不见，你却长得这样苗条。可是，你怎么会突然来到我这里呢？"

少女悲悲切切地回答："我嫁给了一个傻丈夫，才四五年，公公和婆婆就先后下世了。后来，丈夫也死了，剩下我一个人，无依无靠，实在活不下去了。想到小时候只认识你，所以才来找你，希望你能够收留我。来到你门口，天已经黑了，正好又有人请你去喝酒，只得独身进来，藏在屋里等你回来。因为等的时间长了手脚冰凉，才盖了你的被子想暖和暖和，你可不要见怪呀。"董生见少女说得句句在理，心中的疑云便消失了。一高兴，再顾不得说什么，脱了衣服，和少女钻在一个被窝里睡了，觉得十分得意。

这样过了一个多月，董生的身体慢慢变得消瘦无力。家里的人感到奇怪，可是问他时，他总是支支吾吾地说，自己也不知道。又过了一段，形容更加憔悴，他才感到了后怕，急忙去找那个给他看脉的大夫。大夫又给他诊了脉，说："哎呀，这是妖脉啊！看来我那次说的话就要应验了，你这病怕是瞧不好了。"

看大夫的脸吃惊得变了颜色，董生放声大哭，怎么也不肯走。大夫实在不得已，便用钢针给他扎了手上的一些穴位，又用艾绒给他熏灸了肚脐，还赠给他几帖中药，并嘱咐他，如果再遇到她，一定要竭力拒绝。董生心里害怕，连连点头称是。

董生回到家里，那少女早已等候多时，一见面就拖住他笑嘻嘻地让和她睡觉。董生恨恨地说："不要再纠缠我了，我现在连命都快要保不住了！"少女见董生看也不看自己一眼就要走，又羞愧又恼怒地朝董生喊道："难道你还想活吗？"到了夜里，董生吃了药，独自躺下。刚打个盹，就梦见又与少女欢好。醒后越想越害怕，就搬到内室，和妻子睡在一张床上，让妻子守着他。就这样，还是照样做梦，过了不几天董生就吐血死了。

再说王九思，董生刚死不久，一天，他正在书房闷坐，突然有个少女来了。他见少女生得很美，没说几句话，两人便很容易地勾搭上了。他问少女从哪里来的，少女说："我是董生的邻居，他过去也跟我很要好，想不到却叫狐狸精缠死了。狐狸精们的妖气很厉害，读书的人一定要小心提防。"王九思见少女不仅貌美，还很

白话聊斋

蒲松龄

董生

五一

会体贴人，心里更受感动，于是便日日相聚，夜夜欢好，难分难离。少女和王九思同居几日后，王九思便病倒了。迷糊间，忽然梦见董生走来，对他说："和你好的那个少女，是个狐狸精。它已经把我害死了，现在又来害你。我已经告到阴曹地府，要出出这口怨气。初七黑夜，你在门上插一炷香，千万不要忘记！"

王九思醒来，想想梦中董生的话，觉得很奇怪，便对少女说："我病得很重，怕是朝不保夕了，还是不要同床吧。"少女说："命该长寿，同床也没有什么妨碍；命该死，不同床也活不长。"说完便挨着九思坐了，装出百样娇态、千种风流，说笑着挑逗他的情欲。王九思实在控制不住自己，就又和少女做起那事来。事毕，心里很是后悔，但又拒绝不了。说话间，已到了初七晚上，王九思照董生梦中说的，在门上插了炷香。可是那少女一来，就立刻把香弄灭了。于是，王九思又梦见董生来，说他不该不听劝告。

第二天晚上，王九思暗暗嘱咐家里人，等他睡下后，再把香插到门上。家里人照着九思的盼咐，等他刚睡下，就把香插在了门上。这时，躺在床上的少女忽然吃了一惊，说："你又插香了吗？"王九思说他不知道。少女急忙起来去拔掉香，又返回来问："这是谁教你这样做的？"王九思说："恐怕是家里人担心我病重，听了巫神的话去压邪的吧。"少女听了，心烦意乱，闷闷不乐。就在这时，家里见香灭了，便又插了一炷。少女忽然叹了一口气，说："你的福分不薄。我害了董生，又来害你，实在是我的过错。我现在就要去阴曹地府和董生对质去了。如果你还不会忘记咱们相好的日子，就不要毁坏我的尸体。"少女下床烦躁地走动了一阵，便倒在地上死去了。王九思急忙点灯一看，果真是一只狐狸。他怕狐狸再活过来，急忙喊来家里的人，把狐狸皮剥掉了。

可是过了不久，狐狸精又来了，说："我和董生在阴曹的官司已经打完了。阴曹司法的曹官听了我的申诉，说董生见色而生淫心，罪有应得；我不该迷惑害人，收了我多年苦炼的金丹，让我还生。我的尸体哪里去了？"王九思说："家里人不知道，已经剥掉了。"

狐狸精惨然色变："我杀的人太多了，确实早就该死的！不过你也太狠心了吧！"说完，怒气冲冲地走了。王九思几乎病得要了命，半年后才慢慢好起来。

陆 判

大明末年，安徽太平县有一个秀才叫朱尔旦，表字小明。这个人性格豪爽，天不怕地不怕，唯一的缺点就是脑子转得比较慢。所以，即使他学习很用心，文章也写得不好，在秀才中平平庸庸，不甚出色。

有一天，秀才们在文社完成当天的学业后，有人提议摆酒设宴，欢乐一番。大家当然乐意。于是，买来酒菜，共同聚饮，猜拳行令，不觉到了深夜。

酒席间，有一个秀才和小明开玩笑说："人人都说你胆大，你要是敢在今夜到十王殿把东廊的判官神像背到这里来，我们大家就凑钱摆酒请你。"

小明不以为然地笑着说："这有何难！"说罢，就离开座位，出门走了。

原来，在太平县城内有一座神庙叫十王殿，也就是传说中的阎王殿。庙中的神鬼像都是用木料雕刻成的。由于民间工匠的高超技术，做出来的神鬼像栩栩如生：一眼望去，好像在走动；手拿铁索的，好像要捉你；高举刑棍的，好像要打你。在庙中的东廊下，雕塑着一位站立着的判官，碧绿的脸色，朱红的长胡子，龇牙咧嘴，相貌丑恶，比其他神像更是吓人。再加上有人传说，每到夜间，就听到庙中传出审问和拷打鬼魂的凄惨声响，所以很少有人敢去庙内。即使有几个胆大的聚众到庙内游览，一见到那凶恶的神鬼相貌，也吓得毛骨悚然。

小明离去以后，秀才们一边饮酒一边议论，都说他不敢去，用不了多久就会空手回来。正说着话，忽听门外大声喊道："我把长胡子老师请来了，你们快来迎接！"

众人听了，都惊得离座而起。还没站稳，小明已背着判官走进门来。他将判官安放在桌子上，恭恭敬敬地斟了三杯酒，奉在判官神像面前。众人不敢正视，斜眼望去，都吓得浑身打战，坐立不安，于是便不约而同地央求小明仍将神像背走。

小明又斟酒举杯，将酒泼在地上，向判官神像致敬说："学生我憨直粗鲁，还望老师体谅，不要见怪。我家离此不远，如果老师有兴趣，请常来我家饮酒，莫分彼此！"说罢，仍背着判官神像送回十王殿。

次日，众秀才没有失信，果然凑了些钱，备办了酒席，宴请小明。黄昏时分，方才散席，小明吃得半醉而归。因为酒兴未足，就又点起灯来自斟自饮。小明正饮得高兴，忽然听到有人打开门帘走进来。扭头一看，原来是十王殿的判官，他吓得连忙站起来。

"啊呀！我恐怕该死了！"小明望着判官说，"昨夜我冒犯了您，您今夜是来要我的命吗？"

"不是，不是。昨夜你不是说，要我有空就来你家吃酒吗？今夜，我可巧没事，就来赴你的约会来了。"判官用手掀起浓密的红胡子微笑着说。

小明听了大喜，赶忙走上前去，邀请判官入座。又亲手洗净酒器，倒满好酒，点起火来去温酒。

判官见他忙忙碌碌，就很客气地说："不必温酒了，天气很暖和，我们就喝冷酒吧！"

小明听了判官的话，就将酒壶放在桌子上，急忙跑到后院，告诉自己的妻子，要她赶快炒几个菜，以便下酒。妻子一听来客是十王殿的判官，非常害怕，不让小明再回去。小明不听，逼着妻子做好菜肴，亲手端出来摆在桌上，然后和判官推杯换盏，欢饮起来。饮了一阵，小明才问判官："您老贵姓？"

"我姓陆，没有名字，你称我陆判官好了。"判官回答说。

酒席间，小明三句不离本行，就和判官谈起作文里如何运用典故来。判官回答问题非常敏捷、准确，小明很是惊服。接着又问判官："您知道八股文的作法吗？"

判官回答说："八股文的好坏，我也粗略能辨别出来。在阴司诵读的文章，也和阳世差不多。"

判官酒量很大，一次就喝十大杯。喝了好大一阵，还看不到他有醉意。而小明因为喝了一整天酒，这时已经酩酊大醉，迷迷糊糊地倒在桌子上睡着了。等他醒来，只见蜡烛已快燃尽，烛光昏黄不亮。再看桌子对面，不知什么时候，判官已经走了。

从此，判官三两天就来一次。来往多了，二人的感情也就一天更比一天融洽。有时，判官住下不走，二人就同盖一床被子，抵足而眠。有时，小明把他的文章底稿拿出来，请判官批阅。判官看了后，就毫不客气地用红笔大删大改，说是小明所作文章都不好。

一天夜里，判官又来饮酒。小明醉了，先上床安寝。判官一人在桌旁独酌。小明在醉梦中，忽然感到肚子疼。睁眼一看，只见判官坐在床前，将自己的肚子用刀破开，把五脏六腑都掏出来了，正在用手整理。小明大惊道："咱俩素无仇怨，您为什么要杀死我？"

判官笑着说："请你不要害怕！我并不是加害你，我是想替你换一个聪明的心脏，让你能作出好文章啊！"

判官将肠胃五脏整理好后，从从容容地仍按顺序把它们放入肚子里，再把破开的肚子缝好。最后，用一条长条布，将小明的腰裹紧。之后，小明爬起来低头一看，只见床上干干净净，并无一点血迹，只觉得肚子稍微有点麻。抬头一看，又见判官把一块肉放在桌子上。小明奇怪地问："那是什么？"

判官说："这个就是你的心脏啊！你作文不好，主要是你心脏的孔窍被堵住了。刚才，我在阴间从成千上万个心脏中，拣了一个最好的，为你调换了一下。拿走你的笨心，好补足阴间的数。"说罢，就拿起那个心脏，出了屋门，并返身替小明把门关好。

等到天亮后，小明解开腰间裹着的布条仔细一看，只见肚子上的伤口已经愈合，只是肚子上留下一道红线似的痕迹。打从这天起，小明的思想豁然开朗，读书是过目不忘，作文则条理分明。他拿出最近的文章底稿请判官批改，判官看后对小明说："文章作得很可以了。但是你生来福薄，不可能得到大富大贵。最多不过考中举人罢了。"

小明问道："我在什么时候可以考中？"

"今年一定能考中。"判官很有把握地说。

果然，小明在当年预试中，列第一名。在全省的举人考试中，列第五名，成了全省的出名人物。过去秀才们因他作不出好文章，都很轻视他，见他竟考中举人，而且名列前茅，都很惊奇。当看到他的文稿后，见他的文章主题突出、层次分明、条理清晰、语言流畅，和他以前作的文章大不一样，众人更是惊奇。众人问他为什么一下子作文能变得这么好？听他说了判官为他破肚换心的经过，才知道是判官的功劳。因此，纷纷求小明向判官介绍一下，说大家都愿和判官交朋友。

小明向判官说明众人的诚意，判官也很慷慨地答应了众人的要求。众人就准备了丰盛的酒食来招待判官。到了夜晚，判官来赴席。众人见他浓密的红胡子左右飘动，铜铃般的大眼睛光亮如电，一个个吓得脸色煞白，牙齿打架，谁也不敢坐下来和判官一同饮酒。你看看我，我看看你，渐渐地都轻手轻脚地偷偷离去。

小明见那些胆小鬼都偷跑了，就邀请判官到他家去饮酒。酒到半酣，小明带着酒意向判官说："承蒙您的大恩，为我洗去肠胃上的污垢，除了脏腑内的病毒；特别是给我换了一颗聪慧的心，使我能够考取功名。您对我的帮助真是太大了，我真是感恩不尽。但是我还有一件不称心的事，想麻烦您一下，不知是否可以？"

判官说："可以，可以。我们交情深厚，情同兄弟，只要我能办到，一定帮你解决。你快说，是什么事？"

小明嗫嚅着说："我是这样想，心肠既然可以更换，人的面目想必也能更改。我的妻子，身材还长得不错，就是面貌不大好看。我想麻烦您也想法儿给她换一下，不知道行不行？"

判官很同情地笑着回答："能，但是不能着急，让我瞅机会给你想个办法。"

过了几天，判官忽然半夜来叫门。小明急忙起床开门，把判官请进来。二人走到灯下，见判官用衣襟包着一个圆不溜丢的东西，便开口问道："您这衣襟里，包着的是什么?"

判官说:"前几天你托我办的事,我一直挂在心里。经过多方寻觅,今天才找到一颗美人头。"

小明走近判官身前,拨开判官的衣襟一看,只见美人头脖子上的血还是温的。判官顾不得啰嗦,急催小明快领他到他妻子的卧房,并嘱咐他不要惊动四邻。小明本来担心深更半夜的,妻子正在熟睡,卧室的门也必定关着,开口叫门,会惊动四邻。不料判官走到门边,只用一只手推了一下门,那扇门就自己开了。小明引着判官走到妻子的床前,见妻子侧身而卧,睡得正香。判官把美人头交给小明抱着,低头从靴筒中取出一把明亮的小刀子。判官左手按着小明妻子的脖子,右手拿刀,像切豆腐一样,轻轻一按,小明妻子的头就跌落在枕边。然后急从小明怀中取过美人头,合在小明妻子的脖子上。安放端正后,就用手去按接合的地方。最后,把枕头移到头下,并让小明把切下来的头埋到僻静的地方,收拾停当就告别而去。

小明妻子天明醒来,觉得脖子周围微微发麻,脸上的肌肉发皱,很不自然,下意识地用手去搓。这一搓不打紧,竟搓下很多凝固的血片来。想来想去,不知怎么回事,心中非常害怕,急喊婢女拿水来洗。婢女听得女主人呼喊,就急忙送来洗脸水。只见女主人的脸上、脖子上满是血污,吓得腿都软了。等女主人洗过后,只见满盆的水都成了红色。抬头再看女主人,竟然变了样子,不是本来面目,不由得惊叫起来。

小明妻赶忙拿镜自照,发现镜中人竟不是自己。正在惊慌纳闷,正好小明进来。小明走到妻子身边,仔细端详,只见她弯弯的两道眉毛,水汪汪的杏眼,雪白透红的脸蛋上,嵌着两个看不厌的酒窝,真是美丽极了,简直比画工画的美女还美。解开妻子领扣一看,只见脖子上留着一圈红线似的痕迹,而红线上下的肉色却不相同。小明就把判官换头的经过,告诉给妻子,这才解开了大家的疑惧。

这个美人头,究竟是怎么来的呢?原来,本地有个姓吴的人,曾在京城做御史官。他有一个女儿,长得很美丽。但是和未婚夫订婚后,还没等到结婚,未婚夫就死了。后来又和另一个人订了婚,那个人不到结婚也死了,所以已经十九岁了,还没有对象。春节期间,她随大家去逛灯市。有一个无赖,看见她生得美丽,探明她家住址后,就在夜间偷入女家,挖了个墙洞,钻进她的闺房。无赖先把她的丫头杀死在床下,又上床去强奸她。她用力挣扎并且大声呼救,无赖怕被人逮住,就把她也杀了。吴夫人在睡梦中听到女儿房中有响声,就派使女去看。使女见床上、床下躺着两具被杀的尸体,非常惊惶,急忙告诉吴夫人并喊醒全家人。一家人都起床去看,见此惨状,都大哭起来。一面哭着,一面整理尸体——把吴小姐的尸体停在厅堂上,把被砍下的头放在脖子边。全家人都守着尸体痛哭,整夜没有断过人。谁知第二天早晨,掀开覆盖尸体的被子一看,只见尸体,不见了人头。吴夫人既死了女儿,又丢了女儿的头,悲伤加上恼怒,就拿使女们出气。她对使女们审问拷打,说她们没有尽心看守好,让狗将头叼去偷吃了。天亮后,吴御史到知府衙门报了案,命令知府迅速破案。知府哪里敢怠慢，即刻打鼓升堂，严令刑房的捕快班头限期捉拿罪犯。但是，三个月过去了，还没有捕到凶手。

因为案情奇特，顿时传遍全县。而小明妻子换头的奇闻，也渐渐传开了。有人就把这一奇闻在闲谈中告诉给吴御史。吴御史听了，非常怀疑。他想："我的女儿丢掉了人头，他的妻子换了个头，这其中是不是有联系？我倒要弄个清楚。"因此，就暗中派了个老妈子去朱家窥探。

老妈子到了朱家，见到小明妻子面貌和吴家小姐一模一样，就赶紧返回去，把见到的情况告诉了吴御史。吴御史虽是吃惊，但想道："我女儿的尸体，现在我家停着；我女儿的头，是被凶手砍下来以后，在半夜失掉的。可人家还活着。女儿的头怎么能长在人家的脖子上？可是，看面貌，又确实是我女儿。这该怎么办？"一时间，吴御史也拿不定主意，转而又想："传说会邪术的人，无所不能。可能小明是用邪术杀了我女儿吧。"因此，就亲自到朱家去质问。

小明告诉他："我妻子是在睡梦中，梦见换了一个头，我也找不出缘故来。要说是我杀了你的女儿，实在是天大的冤枉。"

吴御史不相信，就到府衙去控告小明。知府当然不敢不听，就将小明的全家都逮捕到公堂去审问。逐个审问一遍，口供都和小明说的一样。知府找不到小明的杀人证据，也不敢轻易决断，只得将小明全家释放。

小明被释放回家后，向判官求计，判官说："这好办，我让他女儿自己说清楚。"

当天夜里，吴御史梦见女儿对他说："我是被苏溪人名叫杨大年的杀害了，与小明没有干系。小明因为嫌他的妻子生得不漂亮，所以请十王殿的陆判官取去我被杨大年杀下的头，给他妻子换上。虽然我的身体死了，但是我的头还活着，父母见了她，也如见了我一样。请父亲不要难为朱小明。"醒来后，吴御史向夫人诉说梦情，夫人说她也梦见女儿说了同样的话。

天明后，吴御史就去见知府，把女儿在梦中的话告诉了知府。知府访问了一下，果然有个名叫杨大年的人，就派人把他捉来。经过审问，杨大年供认了自己的罪行。这个疑案终于弄明白了，吴御史的疑惑也解开了。

吴御史就准备了礼物，到朱家去探望。见到小明妻子，分明和自己的女儿一模一样，就与小明商量，把她认作女儿。小明也叩拜了吴御史，认作岳父，并且将小明妻子的头刨出来，安在吴女的尸体上入土安葬。从此，两家来来往往，处得很好。

由于判官的帮助，小明不但有了一颗聪慧的心，而且又有了一位美貌的妻子，最后还认了一位有权有势的丈人。按说该可以了吧！但是他并不满足，还想考中进士，因此在家发愤读书，准备应试。可是连着三次进京报考，三次都因违反考场规则，被取消了考试资格。小明碰了这三次钉子，闹得心灰意懒。回忆当年判官说的不能大贵大富的话，也认定命该如此，所以从此不再参加考试，在家中安享清闲。

转眼三十年过去了。在一个夜晚，判官在饮酒时对小明说："实话告诉你，你的寿命不长了。"

小明惊讶地反问："还能活几天？"

判官以肯定的口气说："五天。"

小明恳求道："您能救救我吗？"

判官严肃而深沉地说："人的生死，不能逆转。我怎能因私情来救活一个该死的人？况且在明理人看来，生和死都一样。物品用的时间长了必损，人活到一定岁数必死。生者不一定都欢乐，死者不一定都悲伤！"

小明听了，觉得有道理，就让家人赶制寿衣、棺材。寿衣、棺材制成以后，也到了第五天。小明自己穿戴好寿衣，自动躺入棺内，合上眼就断气了。

次日，小明妻子正抚棺痛哭，忽见小明隐隐约约地从外边进来。小明妻子以为是鬼，很是害怕。小明走过来安慰妻子说："我真的是个鬼，但和活着的时候并没有什么两样。只是留下你们寡母孤儿，我心里也实在难舍啊！"

小明妻子听了，泪如泉涌，衣襟尽湿。小明很温存地抚摸着妻子，说了许多安慰的话。妻子慢慢止住了哭泣，向小明说："自古有还魂的传说，你既有灵，为什么不还魂复活呢？"

小明说："这是天数，谁也不能违抗呀！"

"那么，你在阴司做什么事？"

"陆判官举荐我督办秘书工作，也是有委任的官职，工作还顺利，没有什么苦处，请你不必挂念。"

妻子还想再问什么，只听小明说："陆判官和我一同来了，现在书房等我。请你赶快准备酒菜，我们想痛饮几杯。"说罢，就离开灵堂，朝书房走去。

小明妻子遵照丈夫的嘱咐，备办上好酒好菜，才准备送上去，小明已亲自来端。只听得屋里爽朗的笑声和杯盘的碰击声清晰可辨，和小明活着的时候一样。妻子半夜到窗前去偷看，看不到一个人，不大会儿，就听不到声音了。

自从这天起，每隔三四天，小明就来家探望。有时就留在家中住宿，也顺便料理家事。所生一子，名叫朱玮，年方五岁。小明来了，就抱着孩子玩耍。儿子长到七八岁，小明就亲自教儿子读书。孩子生得也很聪明，九岁时，就能做文章，十五岁就考中了秀才。因为常能见到父亲，竟不知道自己是个失去父亲的人。

自从儿子朱玮考中秀才后，小明回家的次数明显减少了，只是偶尔来一次。有一夜，小明忽然又来了，带着伤感的语气对妻子说："今夜是我最后一次回家了，我是来向你们告别的。我们见上这一面，以后就要永远离别了。"

妻子和儿子齐声问道："您要到哪里去？"

小明说："上司委派我做太华卿，管理华山一带，我马上就要启程去上任。以后我管的事情多，路途又相距很远，所以不能再回来看望你们了。"

母子听了，难以抑制永别之情，都抓着他的手臂，哭了起来。

小明悲怆地对妻子说："不要这样悲痛。孩子已经成人，能够自立。家中的财产，虽不算太富，但还能维持全家生活。哪有百岁拆不散的夫妻呢？"回头又嘱咐儿子说，"你已能自立，要努力做一个正直有用的好人。不要荒废了学业，也不要败坏了家业。十年后，咱们父子还能见一面哪！"

说罢，就径自出门走了。从此再没有回过家。

儿子朱玮在二十五岁时考中进士，在朝中做了官。就在这年，朱玮奉命去祭祀西岳华山。路过华阴县的时候，忽然看见对面有一支仪仗队，簇拥着一辆官车，迎面行来。朱玮仔细辨认，车上乘坐的官员原来竟是他的父亲。朱玮看见父亲，就赶忙下马，跪在路边哭泣。小明命令将车停住，低头对儿子说："你做官的名声很好，我很高兴。"

朱玮跪在地上不起，还希望能和父亲多说几句话，而父亲竟催促他快走。走了不远，又回头望着儿子，解下身上的佩刀，派一个人拿去赠送给朱玮。在远处大声对朱玮说："把佩刀带在身边，以后保你能升官！"

朱玮想追上去，和父亲团聚。可是看见父亲的车马人从，飘飘忽忽，像刮风一样，一眨眼就看不见了。朱玮站在路旁，呆呆地望着父亲走的方向，心里很不好受。抽出父亲赠给他的佩刀细看，只见制作得非常精致，刀柄上刻着一行小字："胆欲大而心欲小，智欲圆而行欲方。"朱玮将刀入鞘，佩在身边，命令侍从往华山进发。

朱玮后来一直升官，最后做到了兵部尚书。他的妻子为他生了五个儿子。长子名朱沉，次子名朱潜，三子名朱沕，四子名朱浑，五子名朱深。一天夜里，朱玮梦见父亲对他说："佩刀应当赠给朱浑。"醒来后，他就遵照父亲的嘱咐，把佩刀送给四子朱浑。后来，朱浑的官做到都察院左都御史。

婴 宁

　　山东省莒县罗店村有个叫王子服的人，他还是一个婴儿的时候，父亲就不幸去世了。王子服从小就很聪明，书只要读过一遍就记住了，而且能灵活运用，十四岁就中了秀才，人们视之为神童。

　　母亲因为只有他这么一个独生子，而且又聪明好学，所以特别爱护他，平时总不让他去野外游玩。封建社会的男女婚姻，都是父母包办，而且实行早婚，甚至有十二三岁就结婚的。王子服家中只有母子二人，他母亲当然急于给他操持婚事。十多岁上，就和一家姓肖的姑娘订了婚。但是，还没等到结婚，肖家的姑娘就死了，所以还没有找到一个合适的对象。

　　有一年，在农历正月十五大闹花灯的节日里，他的表兄——舅舅的儿子吴生，来请他同去游览。因为是一年一度的元宵节，又是和至亲表兄一同外出，母亲也很放心，所以没有阻拦他。

　　表兄弟二人出得门来，沿街观赏，倒也很有兴趣。逛到村边，遇见舅舅派来的仆人，有事叫吴生回去。吴生走后，由于王子服平时很少见到野外的美景，又见许多姑娘们也在郊外游逛，兴趣更浓了。忘了母亲平时的教导，独自随着人群往村外走去。

　　走到一座开满梅花的小山脚下，迎面碰着一位美丽的姑娘，手拿一枝梅花，身后跟着一个丫鬟，满脸微笑地向他走来。子服哪里见过这样的美女，不由得神魂颠倒，两眼一眨不眨地紧盯着姑娘不放，竟忘了顾忌。那个美丽的姑娘，很大方地在人行小道上擦着他的身子走过去，几乎把他撞倒。走了几步，姑娘回头对丫鬟说："你看这个小伙子！两只眼生得和贼一样，老看着人！"一面说着，一面把手里拿着的梅花，扔在地上，和丫鬟说说笑笑地往远处走去。

　　王子服目送姑娘远去，直到看不见了，返身拾起姑娘扔在地上的梅花。他手拿梅花，心想姑娘，十分怅惘，好像失掉了魂魄似的，一步一回头地往家里走。回到家里，把那枝梅花藏在枕头底下，一头栽倒就睡。到吃饭的时候，母亲把他叫醒，他既不说话，也不吃饭。母亲非常忧虑，以为是在野外招了邪气，鬼神作祟。又请和尚，又请法师，敬神拜佛，烧香许愿，都不顶事。子服的病，反而更重，眼塌身枯，一天比一天消瘦；请医师来诊治，服了一剂发汗的药，反而更加迷迷糊糊。母亲十分心疼地问他病的因由，他也不做声。

　　有一天，吴生来探望姑母，姑母嘱咐他背地里询问一下儿子得病的原因。吴生走到病床前，子服一见是表兄来了，两眼就流下泪来。吴生赶忙坐在床边，百般安慰。渐渐问到他的病因，子服这才把实话向表兄说了，并且请求表兄给他想个办法。本来吴生并不知道那个姑娘是谁，为了安慰表弟，竟违心地诳他说："你真是个痴人！这一点儿小事，有何难办？我一定想法儿给你找到。你想，一个姑娘家，不坐车，不坐轿，而是步行，必定不是富贵人家的女儿。如果她还没有对象，这很好办，我去了一说就准。如果已有对象，我们多给她一些彩礼，让她退了婚嫁给你，也必定能办到。只要你病好了，这事包在我身上。"

子服听了表兄的话，很开心地笑了。吴生把问到的病因告诉给姑母，并且到处打探姑娘的下落。可是，邻村近舍都访遍了，也没人知道这姑娘是哪里人。母亲怕儿子的病情复发，很是担忧，但也想不出什么办法。幸喜，自吴生来了这一次后，儿子有说有笑了，也能吃点东西了。过了几天，吴生又来了。子服急不可待地询问表兄寻觅姑娘的情况，吴生又诳他说："已经找到了。我以为是谁，原来也是我一个姑母的女儿，也就是你的一个姨表妹，现在她还没有婆家。按理说，姨表亲是不能通婚的。不过，不要紧，只要我一句话，没有办不成的。"

王子服乐得眉开眼笑，急问："她住在哪个村？"

吴生还是用谎言诳他说："她家住在西南山中，离咱这儿三十多里。"

子服又向表兄再三嘱托，请表兄务必办到。吴生只求表弟能很快恢复健康，所以又假意答应："你放心！这事交给我，我一定能办到。"

王子服听了表兄带来的消息，又得到表兄的保证，欢喜异常。饮食增加了，身体也胖了，精神也更饱满了。可是思念姑娘的心，也更急了。每天不止一次地翻开枕头，拿起那枝干枯了的梅花玩来玩去。梅花虽然干了，可是还没有凋落。子服眼看梅花，想入非非，好像那个姑娘就在他的面前。每天看着梅花，也每天盼着表兄，埋怨表兄没有快些来回报喜讯。等得急了，就给表兄写了一封信，要他赶快来。本来吴生所说的话都是假的，见了面，实在难开腔，所以推托有事，不肯来。子服非常恼火，每天又闷闷不乐。母亲怕他再病了，就遍托媒婆给他找对象。每当媒婆找到一个愿意嫁给他的姑娘，征求他的意见时，子服又总是摇头，只是天天盼望表兄。而表兄不但没来，而且连一个信儿也没有，因此对表兄更加怨恨。他想：三十来里路也并不算远，何必指靠别人！于是把那枝干梅花揣在怀里，赌气自己去找。

王子服独自离家，连母亲也没告诉一声。离家后，孤零零地一个人，望着西南的方向，急步走去。因他走的都是荒僻小道，一路上也没见到一个过路的人。大约走了三十多里，到了一处，见四面环山，满山荒草杂树。远望山谷的深处，隐隐约约有个小村落。子服看到村子，感到有希望了，就急步下山，走进村子来。村子不大，房屋不多，都是用茅草棚盖的小屋。看起来，很是整齐幽雅。有一座大门朝北的院子，门前栽着成排的垂柳。从篱笆外向院内望去，院内一排一排地栽种着很多桃树、杏树，间杂着一些长得很高的竹子。好多种不知名的野鸟，唧唧啾啾地在树上飞来飞去。子服以为是一个花园，也不敢贸然进去。回头看见对院门外的西边，摆着一块光洁巨大的石头。子服这时才感到累了，就走过去，坐在大石上休息。

刚刚坐下，忽然听到对面篱笆内传出一声娇滴滴的女子的声音，细声细气的呼唤"小荣"。子服正想听听接着的话音，忽然看见一位姑娘从篱笆内走出来，手拿一枝杏花，低着头向这边走来。一面走，一面往头上插杏花。抬头看见子服，就停住往头上插花的动作，微笑着走进门内。子服仔细辨认，原来就是在元宵节时所遇见的那个姑娘。子服能突然见到昼思夜想、梦寐以求的美人儿，真是欢喜不尽。可是无缘无故，找个什么理由可以进门去见面呢？说是来拜望姨母吧，只是听表兄说的，可从来没有来往过，谁也不认得谁，要是弄错了，多么难为情啊！想探问一下，门内又没人可问，该怎么办呢？一时间子服心神不定，坐立不安。从早晨一直到天色过午，他只是在门外走来走去，回去实在不愿意，进去又不敢。两眼只是向门内盯看，一心想能得到一个见面的机会，连一天的饥渴都忘了。每隔一会儿，就看见一个女子从门内露出半个脸来偷看，好像是奇怪他为什么老在这里磨蹭。眼看太阳快落山了，忽见一位老妇人拄着拐杖从门内走出来，盯着子服说："你是哪里人？听说你早晨就来了，一直磨蹭到现在，你究竟想干什么？是不是饿了？"

子服急忙上前行礼道："我是来这里探望亲戚的。"

不料这位老妇人有点耳聋，听不清子服的话，子服又大声说了一遍。

老妇又问他："你的亲戚姓什么？"

子服答不出来。老妇人笑着说："真奇怪！你连姓名都不知道，探的什么亲？我看你也是个书呆子啊。天色已经晚了，你也难回家了。山野荒村怪害怕的，不如暂且住在我家，吃点东西，虽然没有什么好吃的，粗茶淡饭总能管你饱。我家还有一张剩余的小床，也勉强能睡一夜。等明天早上回去，问清了亲戚的姓名，再来探访吧！"

子服正饿得头晕眼花，想吃东西。特别是想到进屋后，可以见到那个美丽的姑娘，心中万分欢喜，就跟随着老妇人进了大门。

进得门来，只见白石砌路，两旁落花片片，坠落满地。沿着曲曲折折的石路往西走，到了一所小院前。推门进去，又见豆棚花架，布满庭院。老妇人把客人让进屋里。抬头一看，墙壁粉刷得雪白光亮；窗外的海棠，从敞开着的窗口伸进屋内来。一切家具、摆设，都收拾得干干净净。子服才坐下，就隐隐约约看到有人在窗外偷看。老妇人把子服安置好后，就大声呼唤道："小荣，赶快做些饭！"

只听得窗外有个女子高声答应了一声。在坐等饭菜的工夫，老妇人和子服谈开了自己的家世。

老妇询问道："你的外祖父莫非姓吴吗？"

子服回答说："是。"

老妇吃惊地说："啊呀！那么，你是我的外甥了。你母亲是我的妹子。近年来，因为家境贫困，又没有个男孩子替我出远门，以致互不上门，断绝了音信。外甥这么大了，我还不认识。"

子服接着说："我这次来，就是要探望姨母。因为来得急促，竟忘了姨母姓氏。"

姨母说："我姓秦，一辈子没有生养过儿子。仅仅有一个女儿，也是姨太太生的。她母亲已经改嫁，留下她来由我抚养。此女也还聪明，就是少有家教，光知嬉耍，不知忧愁。待会儿我把她叫来，你们认识一下。"

说话间，丫鬟小荣已将饭菜端来。姨母陪着子服吃罢饭，小荣就来收拾碗筷。

姨母吩咐小荣说："把宁姑娘叫来！"

小荣应声而去。等了好大一会儿，听得门外隐约有笑声，姨母又唤："婴宁！你表兄在这里，还不快来！"

只听门外咻咻笑个不停。小荣用手将婴宁推入门内，婴宁还用袖子掩口而笑，难以制止。

姨母看着婴宁愠怒地说："有客人在这里，嘻嘻哈哈像个什么样子！"

婴宁受了母亲的责骂，强忍住笑，站在一旁。子服走上前去，给婴宁行了一个礼。姨母向婴宁介绍说："他是你妈妈的儿子，姓王，叫子服。我们是大水冲了龙王庙，一家人不认一家人。真是可笑得很。"

子服乘机问道："妹妹多大年岁了？"

姨母没有听清楚，子服又大声问了一遍。婴宁在旁，就又纵声大笑，笑得抬不起头来。姨母转脸对子服说："我原说她缺少教训，你看见了吧？已是十六岁的大姑娘了，还和个小孩子一样。"

子服说："她比我小一岁。"

姨母说："外甥已经十七岁了，是属马的吧？"

子服点头应承。姨母又问："外甥媳妇是谁家的姑娘？"

"我还没有媳妇呢。"

姨母很可惜地说："外甥生得这样的好才貌，已经十七岁了，为什么还没有娶媳妇？婴宁也还没有婆家。看起来，你们俩倒是一对，可惜是姨表内亲。"

子服听了姨母的话，难以对答。只是两眼盯着婴宁，不往别处看一眼。小荣在旁看了，向婴宁耳边小声说："目光灼灼，贼样未改。"

婴宁一听，又大笑起来，回头看着小荣说："咱们看看碧桃花开了没有？"

说罢，就突然站起来，用袖子掩着嘴，快步地向门外走去，走到门外，又纵声大笑起来。因为时间不早了，姨母也离座而起，唤小荣来，为子服安置床铺。对子服说："外甥来一趟，也不容易。应该住上三五天，再送你回去。如果嫌寂寞烦闷，房后有小园一处，可以散闷消遣。书房中，也有书可读。"

姨母说罢，就回屋去休息了。

次日，王子服散步到屋后，果然有半亩大的一座小花园。地上长满了细小的嫩草，像铺着绿色地毯一样；路面撒落着各色的花瓣，如同一幅五色织锦；园中有茅屋三间，四面栽种着奇花异草。王子服在花丛中踱来踱去，心情十分舒畅。踱到一株垂柳下，忽听树上发出苏苏的响声，抬头望去，原来是婴宁在树上玩耍。看见王子服，婴宁又狂笑起来，笑得前俯后仰，几乎要从树上掉下来。

子服担心地仰面呼喊道："不要笑！再笑，就掉下来了！"

婴宁听了，一面笑着一面下了树，眼看快要下到地面时，终于失手掉了下来，这才止住笑。子服一见，赶紧上前搀扶。一边搀扶，一边暗中捏婴宁的手腕，婴宁就又大笑起来，笑得全身酥软，靠在树上，不能行走。

子服等婴宁止住笑，就把怀中揣着的干梅花取出来，让婴宁瞧。婴宁接过去，端详了一阵，不解地说："梅花已经枯干了，你留着有什么用？"

子服说："因为这是元宵节时妹子丢掉的花儿，所以我不忍得抛弃，一直保存到现在。"

婴宁很诧异地问道："你保存这个有什么意思？"

子服深情地说："留着它以表示我对你的爱情，看见花儿就如同见到妹妹一般。自从元宵节在郊外见到妹妹，我就昼夜想念，想得我得了病，自以为活不成了，没有想到，今天还能够见到你。好妹妹！可怜可怜我吧！"

婴宁装作不解地说："这点小事，还值得向我求告！咱们是姨表近亲，我有什么舍不得的？等我回去，我一定叫人把园中的各样花儿，折上一大捆，赠送给你。"

子服无可奈何："妹妹真痴！"

婴宁问："痴是什么意思？"

子服说："我并不是爱花，我是爱拈花的人哪！"

婴宁一本正经地说："这还用你说，我们是亲戚，你当然应该爱我。"

子服解释说："我所说的爱，并不是一般亲友的爱，乃是夫妻间的爱。"

"这两者之间，还有什么不同吗？"

子服见妹妹如此痴呆，急得他只好直说："夫妻之爱，是到了黑夜，同枕一个枕头，同在一张床上睡觉哪！"

婴宁低头想了好久，才憨态可掬地说："我不习惯和生人一起睡……"

话还没说完，小荣悄悄走来。子服看见小荣，就赶快躲开了。

不大会儿，都回到姨母的屋里。

姨母问："你们到哪儿去了？"

婴宁小声地答道："在后花园闲谈来着。"

姨母说："午饭早已做熟了，你们竟忘了吃饭。有什么要紧的话说不完？"

婴宁憨憨傻傻地说："表哥想和我在一块儿睡……"

话才出口，把子服窘得不知如何是好，急忙向婴宁使眼色。婴宁看见子服的窘态，才微笑着没有说下去。幸而姨母没有听清，还是絮絮叨叨地追问。子服急用不相关的话来掩饰。回转头来，低声责备婴宁。

婴宁还是傻里傻气："刚才的话，不该说吗？"

子服低声地说："那是背着人的话，只有夫妻俩才能说。"

婴宁似乎满有理："背着别人还可以，哪能背着老母亲？况且，睡觉也是常事，是人都要睡觉，有什么可避忌的？"

子服深恨婴宁不懂事，但也没有办法使她能理解。

吃罢午饭，子服到院门外散步，看见一个人牵着两头驴，从村外走来。走近一看，原是他母亲派出找他的人，可巧寻觅到这里，子服就把他领进院去。

原来，子服偷偷离家后，母亲起初以为他出去散散心就会回来，谁知等到中午也不见人影，这才着了急，派人找遍全村也没找着；又打发人到舅舅家去看，也不在。因而询问吴生，吴生回忆起诳骗子服的话，就让他们到西南山中去找。来人找了好几个村庄，最后才找到这里。

子服领着家中来人去见姨母，并且请求准许婴宁随他一同回去。

姨母很高兴，她说："我有一桩心事，早就盼着能和你母亲相商。只因年迈体弱，不能远行，才未办成。甥儿能带着你妹妹同去，这再好不过了。也让她认识认识没见过面的姨母。"

说罢，就大呼婴宁。婴宁应声，笑着进屋。姨母责备道："有什么喜事？老是笑！如能改了笑，就是个很好的姑娘。"接着告诉婴宁说："表哥想让你随他一同回家，你赶快打扮一下，马上就走。"

婴宁自去装束去了。姨母又让小荣招待来寻找子服的家人吃饭。不一会儿，收拾停当后，就打发他们起身。临行时，嘱咐婴宁道："你姨母家田产丰裕，养几个闲人，不算什么。你到了那里，可以多住些时候，不要急着回来。在姨母、表哥跟前学学诗书礼节，将来也好侍奉公婆。"

子服、婴宁骑上驴子，就出发了。走到拐弯的山坳处，二人从驴上回顾，还仿佛看见姨母依着门向北眺望。

到了家中，母亲看见儿子领回来一位绝世美貌的姑娘，不禁又惊又喜，便问道："这位姑娘是谁？"

"是我姨母的女儿。"子服坦然地说。

母亲惊疑道："你表兄以前和你说的都是假话。我根本没有姐姐，哪来的甥女？"回头又问婴宁，婴宁说："我不是嫡母所生。我父姓秦，他死时，我才生下几个月，所以很多家事都不了解。"

母亲想了想说："我有一个姐姐，确是嫁给秦家，可是早已死亡，怎么还能活在世上？"问了一下相貌特征，说得都很符合，弄得母亲疑疑惑惑。

正在这时，吴生来了，婴宁急忙躲避进内室。吴生听了，也莫名其妙，怅惘了好久，他忽然问道："这姑娘名叫婴宁吗？"

子服答道："是。"

"奇怪！奇怪！真是怪事！"

"怎么回事？"子服迫不及待地问。

吴生这才一字一板地说："秦家姑姑去世后，姑父孤身鳏居，被狐仙纠缠。狐仙生下一女，名叫婴宁，每天在床上卧着，家中人都看见过。秦家姑父被狐仙缠得病死后，狐仙还常来他家，照看婴宁。后来，家中人求了天师的符咒，贴在墙上，狐仙才把婴宁抱走。难道这个姑娘就是她吗？"

大家正在外面谈论，内室忽然传出婴宁止不住的笑声。母亲随口说："这个丫头也太娇惯了。"

吴生请求当面见见她，母亲点头答应，就亲自到内室去叫。走进内室，婴宁还笑个不止。母亲催促她出去会见客人，她才极力忍住笑声。出到前庭，刚向客人行了一个礼，就急急转身入室内，又放声大笑。在她的影响下，引得全家人都笑起来。

吴生和子服娘俩商量，愿到西南山中去探听一下究竟，顺便为子服做个媒人，向秦家提婚。娘俩自然高兴地答应。吴生寻到村子原处，看不到有一处院落房舍，他回忆起姑母埋葬的地方，似乎离此地不远。然而荒树遍野，坟墓早被湮没，也难于识别，只得空空返回。

吴生将探寻到的情况告知子服娘俩，母亲怀疑婴宁是个女鬼。她故意将吴生的话说给婴宁听，想借此试试婴宁有什么反应。可是婴宁听了，并不惊骇，也没有什么特殊表情。母亲又假意悲叹她失去亲生母亲的苦痛，然而婴宁并无伤感，只是嘻嘻哈哈地不住憨笑。大家都猜不透婴宁的心思。母亲以做伴为名，请来邻居的女儿和婴宁一块儿睡，也未发现什么异样举动。每天，天还没全亮，婴宁就来子服母亲床边问安。无论纺织刺绣，婴宁样样都能干，而且做得非常精巧。唯一的缺点，就是爱笑，禁也禁不住。可是笑得很美，即使是狂笑，也损不了她的妩媚。所以人们见到她的笑，都乐而不厌。邻居的大姑娘、小媳妇们都乐意和她交往。

经过一段时间的考验，母亲选定了日期，准备为他们办婚事，但是终究怕她是个鬼。一天中午时分，偷偷在日光下窥探她的身影，与常人一模一样。母亲这才放了心，就按预定的日子，让婴宁穿戴好衣服，与子服举行婚礼。才准备行礼，婴宁已笑得弯腰按肚，抬不起头来，只得马马虎虎收场。

婚后，子服顾虑到婴宁似憨似傻，唯恐她也把夫妻间房中的隐秘，随便告诉别人，所以很是担心。殊不料婴宁守口如瓶，从未向别人透露过。每逢母亲有了忧愁或者发怒，婴宁一来，笑一阵子，母亲就宽慰了。丫鬟们做了错事，恐怕受责骂，就请求婴宁一同去见母亲，多因婴宁的笑语，为她们解了围，免除了鞭打。

婴宁不但爱笑，而且爱花成癖。如果闻知哪个亲戚家有奇花异草，就一定要设法弄来。还把自己戴的金钗也卖了，托人到处购买种。不到几个月，阶前窗下，墙角院内，到处都栽满了花卉。庭堂的后面，有木香一株，紧靠西邻的院墙。婴宁每每攀登上去，摘下木香花簪头玩耍。母亲碰到过几次，曾经告诫过她，可是终究改不了。

有一天，西邻人家的儿子望见婴宁在木香树上摘花，见婴宁生得美貌，不由神魂颠倒，两眼紧盯婴宁，龇牙咧嘴，神态十分轻薄。婴宁并不退避，看见邻儿的丑态，反而大笑起来。西邻儿子以为婴宁对他有意，就越发放荡起来。婴宁见此恶劣情状，想戏弄他一番，就用手指了指墙下，笑着退下树来。西邻儿以为是给他暗示相会的地点，大喜过望。盼到黄昏时分，就来到所指的地方，见婴宁果然在墙下等他，来不及搭话，就急步上前搂住她按倒在地。但刚一举动，就觉得有如遭到锥刺，痛彻骨髓，不由得大哭大号，滚在一旁。仔细一看，并不是个女人，原来是一截枯木。他刚才挨近的，原是一个长在枯木半腰的烂窟窿。

他父亲听到他的号哭声，急忙跑过来追问，他只是呻吟不语。等他的妻子到来时，他才说了实话。他父亲点了灯火，到窟窿边细看，见其中藏着一个如同螃蟹大小的蝎子。其父用斧劈碎枯木，把蝎子砸死，才把他背回家去。由于中毒很深，半夜就死了。

邻人痛惜儿子惨死，就把子服告到公堂，诬指其妻婴宁是个妖精。幸而县官平时对子服的品行很了解，知道子服是个正直的人，认定邻父是诬告，将要执行刑罚，打邻父的屁股。子服为邻父说情，县官才将邻父免罪释放。

结案后，母亲埋怨婴宁说："自古道：'乐极生悲'。像你这样嬉笑无度，我早就料到要出麻烦。多亏县官断案神明，没有难为我们；倘若遇上个糊涂官，必定要把你逮到公堂去对质。要是那样，我儿有何脸面去见人？"

婴宁听了母亲的话，非常庄重地向母亲表示悔改，并且保证："从今往后，一定不再笑了。"

母亲又很体贴地对婴宁说："凡是一个人，哪能不笑？只要有分寸就好。"

打从这天起，婴宁真的不笑了。就是有人故意逗她，她也不笑。可是，也没有人见过她有不高兴的表情。

一天夜晚，婴宁忽然对着丈夫哭起来。子服很是奇怪，从来没有想到婴宁会哭，便很体贴地给以安慰。

婴宁哽咽着说："我有一件心事，一直不敢明说。过去，因我们相处的日子还浅，说了，恐怕引起误会。今天，细细体察婆母和郎君的心意，都对我过于爱护，没有丝毫见外之心。说了，也许没有妨碍吧！"

子服说："有啥心事，你说吧！事到如今，还有啥避讳的。"

婴宁这才如实地讲出真情："我本来是狐母生的。我母亲临离开我的时候，把我托给了鬼母，也就是你早死的姨母。我和鬼母相依十余年，是鬼母把我抚育成人，才有我的今天。我既无兄弟，也无姐妹，所能依靠的，只有郎君你一个人。我的鬼母埋葬在深山野谷，非常孤寂。后人已将她遗忘，无人将她的尸骨和父亲合葬。鬼母在阴间常以为恨，这也是我的不了心事。郎君倘若不怕麻烦，不惜花费，是否可以为我了却这桩心事，使地下的鬼母消除悲恨？这样，也可以使世上不会生男孩的人，不致抱怨养女无用！"

子服听了，非常感动，也十分同情，便很慷慨地答应了。

第二天，夫妻俩就用车载着棺材，到山中去寻鬼母的尸骨。到了山中，婴宁在丛杂的树林草棘中，指示出坟墓所在。刨开坟墓，果然得到鬼母的尸体。只见尸体仍然完好，皮肤肌肉还没有腐烂。婴宁见了，大哭失声，跪在地下，抚尸哀痛。二人将尸体装入新棺后，雇人将棺材抬回来，寻找到秦家坟墓，和婴宁的父亲合葬在一起。

夜里，子服梦见鬼母来致谢。天明，子服告诉婴宁，婴宁说："我昨夜还见到过她，她不让惊动你。"

子服责备婴宁没能留下鬼母，婴宁解释说："她已成了鬼，留在家中，生人多，阳气盛，实在不能久住。"

子服问到小荣，婴宁回答说："小荣也是个狐狸。狐母走时，留下她照顾我。我在鬼母处长了十六岁，都是她设法取来饭食，来养活我的。所以我也时常感念她的恩德，昨夜听得鬼母说，她已嫁了人了。"

子服听了，感慨万分。为了纪念死者，每到清明，夫妻俩就一同到秦家坟上去扫墓。过了一年，婴宁生下一个男孩。这孩子在怀抱中就不怕生人，见人就笑，很像他母亲的样子。

聂小倩

宁采臣,浙江人,品行端正,性格豪爽。除了自己的妻子外,他从来不和别的女人接近。

有一年夏天,采臣到金华办事,恰好路过金华北郊的一座寺院。他见那座寺院虽年久失修,院中长满高大的蒿草,但殿宇却十分壮丽,一点都不破旧。寺院东西厢都虚掩着门,显然多年没人居住,只有南面的一所小房子,门上上了锁,似乎有人住。正殿的东边长着又粗又高的一丛竹子;台阶下边,有一个巨大的水池,池中长满了野荷花,已经开了花,环境很是幽静。

当时,主持考试的官儿正好到了金华,准备进行三年一度的考试。各地的秀才都涌进城来,城里的房价一下子涨得很高。采臣觉得这个寺院闲着许多房子没人住,就想住在这里,免得到城里去拥挤。于是,他就在寺中散步,等待住持和尚。到了太阳快落山的时候,见有一个秀才模样的人来到寺中,径直走到南边的那间小房子前去开门。采臣就走上前去,向秀才行礼,并且说了他想在这里借宿的意思。

秀才说:"这个寺院没有主人,我也是在这里暂住,你要是不嫌荒僻,就住下。我也可以早晚向你请教,这是很幸运的事。"

采臣听了,很是喜欢,就将一间厢房打扫了一下,到外边抱来一大捆稻草,铺在地上,当作床铺;又找了一块木板,支在墙边,当作桌子,打算在这里久住。到了夜里,皎洁的明月高挂天空,照得满院清亮。月光透过窗户射入屋里,也很亮堂。面对月色幽景,二人面对面地坐在大殿的廊下,叙谈起来。

秀才自我介绍说:"我姓燕,表字赤霞。"

采臣以为他是赶考的秀才,可是听他的口音,却不像是浙江人。问到他的家乡住址,才知道他是陕西人。

从谈话中,采臣看到秀才朴素诚实,因此谈得很投机,直至谈得没话说了,才各自归寝。采臣因为初来乍到,躺在床上怎么也睡不着。半夜时分,忽然听到屋子的北边有低声谈话的声音,似乎有人家住在那里。起身趴到北墙的石窗上窥视,原来短墙外面,是一个小院。有一个四十来岁的妇人,正和一个穿着已经变色的红衣服、头戴一个尺把长的银梳子、皮肤黑皱而又消瘦、看来很衰老的老婆子,在月光下说话。只听得那妇人说:"已经隔了好长时间了,小倩为什么不来?"

老婆子说:"大约今夜就要来了。"

妇人又说:"她是不是对你说过怨恨的话?"

老婆子说:"没有听到过,可是看她的脸色好像有点不高兴。"

妇人说:"你不要对她太客气!"

正说着,看见一个十七八岁的大姑娘走来。月光下虽看不很清楚,但从轮廓上看，仿佛很漂亮。

老婆子笑着说："我们俩正谈论你，你就来了。幸而我们没有说你的短处，不然，你该骂我们了。你这个小妖精真鬼头，不声不响就来了。"稍停，她又酸溜溜地接着道："你长得真俊俏，和画儿上的人一样。我要是个男人，也要叫你把魂儿摄去。"

只听姑娘说："姥姥要不夸我，谁夸我！"

又看见那个妇人和姑娘凑近身来，听不清她们在低声说些什么。采臣猜想她们必定是邻人的眷属，便返到睡处去，又等了好大一会儿，才听不到声音了。迷迷糊糊地才要入睡，忽觉得有一个人走了进来，急忙坐起来细看，原来是刚才看到的北院的那个姑娘。

采臣一惊，问道："你来这儿干什么？"

姑娘笑着说："月夜睡不着，愿意和你交个朋友。"

采臣正色道："你要防止别人谈论你的坏处，我也恐怕别人胡扯我的不是。一个人如果做了不可告人的事，就会丧失廉耻，你为什么不知道廉耻？"

姑娘毫无顾忌地说："我一个人孤孤单单的，实在想找到一个要好的朋友。"

采臣听了，把她训斥了一番。姑娘似乎还想说什么，采臣又怒声喝道："赶快滚出去！否则，我要去叫南屋的秀才！"

姑娘一听"南屋秀才"四字，显出害怕的样子，就赶紧出门去了。刚走出门，又返回来，从口袋里掏出一锭金光灿灿的黄金，放在采臣的褥子上。采臣一见，就顺手取起，扔到门外，大声斥责道："来路不明的不义之财，把我的褥子都污了，快滚！"

姑娘遭到训骂，不由得脸上一阵阵发烧，她拾起金子，自言自语道："这个人，真是铁石心肠。"

天明后，又有一个兰溪的秀才，带着一个仆人，寄住在东厢房里。他是来参加考试的。到了夜间，忽然死了。只见他的脚心有一个像用锥子刺的小孔，小孔内还流着细细的鲜血，但又找不出原因来。隔了一夜，仆人也突然死了，症状和主人一样。傍晚，姓燕的从外边回来后，采臣就将主仆暴死的情况讲给他听，姓燕的以为是妖魔作怪。采臣生来不怕鬼神，也没有把这回事放在心上。谁知天刚一黑，那个姑娘又来到采臣的住处。

姑娘很敬重地对采臣说："我见过的人，实在不少，可还没见过一个像你这样刚直的人。因此，我实在不愿意欺瞒你。我姓聂，名叫小倩，十八岁上就病死了，葬在寺院的旁边。因为我是孤身弱女，常常受到妖魔的威胁，被迫为他们做那下贱的事，舍着脸不顾羞耻地为他们去迷惑人。这实在不是我乐意干的。现在，寺中没有一个可以杀害的人，恐怕今夜妖魔要差遣夜叉来害你。因为我很佩服你的诚实耿直，所以将实情告诉你。"

采臣听了小倩的话，也害怕了，就求姑娘想个办法。

小倩说："你搬到燕赤霞的房子里去，和他同屋居住，就可以免遭毒手。"

采臣奇怪地问道："你们为什么不去蛊惑燕赤霞？"

小倩说："他是个奇人，我们不敢接近他。"

采臣又问："你们是怎样去迷惑别人的？"

小倩以实道实："凡是和我亲近的人，我就悄悄地拿锥子去刺他的脚心，经锥子一刺，他就糊涂了。我就从锥孔内吸取他的鲜血，供给妖魔去喝。有时，我又用金锭去引诱人。实际上那并不是金子，乃是一块恶鬼的骨头。如果有人爱财，留下它，他的心肝就会被恶鬼挖走。一用女色，二用金子，这都是投人所好。"

采臣非常感谢小倩的情意，同时又问她是否知道妖魔害他的时间。

小倩很诚实地答道："妖魔决定在明天黑夜下手。"说完，就向采臣告别。临行时，哭着对采臣说："我已陷进苦海里，虽想上岸，也无能为力。你这样诚实、耿直，必是个有义气的人，一定肯伸出手来，救人苦难。你如果肯将我的尸骨，埋葬在你的家乡，使我不再受妖魔的侵扰，我将感谢你再造之恩。"

采臣慷慨答应，又问她尸骨葬在何处。小倩说："我的尸骨埋在寺院的北边，墓上长着一棵白杨树，树上有一个乌鸦窝。"

采臣一一记下，小倩便走出门去，不见了。

天明后，采臣怕燕赤霞出门不归，就早早地去见他，请求和他谈谈。天色正午时，采臣又准备了酒饭，端到赤霞屋里与他同饮。边饮边谈，一直到黄昏才散。晚上采臣又借口寂寞，请求来和赤霞同睡。赤霞却借口喜欢清静，不愿答应。采臣不顾赤霞反对，已把被褥取来，放在床上。赤霞不得已，只得勉强应下。临睡时，赤霞嘱咐采臣道："我深知老兄是个大丈夫，不胜佩服。不过我有一点私情，实在不好对老兄直说。我请求你万不要翻动我的箱子，否则，对你我都不利。"

采臣自然做了保证，于是赤霞把一个箱子放在窗台上，就上床睡觉，躺下不大会儿，就鼾声如雷。采臣因心中有事，怎么也睡不着。大约快到一更天的时候，看见窗外隐隐约约地有人影晃动。一会儿，只见那人走近窗子向屋内探视，两眼炯炯发光。采臣大惧，正想呼喊赤霞，忽见一道白光从箱内射出，直向窗外冲去，只听"崩"的一声，把窗上的石棂碰断了。接着如同闪电一般，又折返回箱子里。这一下，把赤霞也惊醒了。他"呼"地坐起来，采臣却假装睡着的样子，眯缝着两眼偷看。只见赤霞急速下床，走到窗前，开了箱子，从中取出一件东西，长有二寸多，宽约一片韭叶，闪烁着晶莹的白光。他拿在手中，对着月光，又嗅又看。然后数层包裹，仍旧放回破箱子里。

只听他自语道："是个什么妖魔，如此胆大！把我的箱子也弄坏了！"说罢，又上床睡觉。

采臣觉得很奇怪，就爬起来问他，又将先头所看到的情况说了一遍。

赤霞十分诚恳地说："既然被你看见了，也深知你很尊重我，又何必隐瞒你？实说吧，我是一个剑客，箱子里藏的是炼成的宝剑，要不是被石窗棂阻住，必定将妖魔杀死！不过，它虽然未死，也受伤了，因为我刚才嗅到剑上还有妖气。"

采臣想看一看，赤霞便慷慨地把剑取出来交给他。这确是一柄锋利无比、白光闪闪的小剑。由此，采臣对赤霞更加敬重。

采臣因想起聂小倩的托付，就到寺院的北边寻找她的坟墓。离开院墙不远，果然有棵白杨树，树上确有一个乌鸦的巢窝。于是，他抓紧把要办的事儿办妥，就准备离此返家。赤霞知道后，就整备了酒菜，为他饯行。依依惜别，二人道不尽友情之深。酒罢，赤霞取过一个破布袋赠送给采臣，并对他说："这原是装宝剑的袋子，你把它带在身边，妖魔鬼怪就不敢靠近你了。"

采臣请求向赤霞学习剑术，赤霞说："像你这样刚直、诚实、重品德、讲信义的人，本来是可以学剑术的。但你还不能摆脱为富贵奔忙，所以还不能教你。"

采臣觉得所言有理，也不敢再加强求，就借口有个妹妹葬在此地，要搬尸骨而告别了赤霞。他到墓地刨了小倩尸骨，用锦缎包好，雇用舟船，随身携带返回家乡。

采臣到家后，就在他屋子旁边，为小倩修建了坟墓。安葬完毕后，他在墓前祝祷说："我可怜你孤魂寂寞，就把你安葬在我的住室附近。这样，无论你发出什么声音，我都能听到，妖魔就不敢来欺负你。今天奠祭你的菜肴并不丰盛，只是表表我的一点心意，请你不要嫌弃。"

祝祷完了，就收拾上祭品往回走。正走着，忽听背后有人喊道："慢点儿，我们一块走！"

采臣回头一看，原是小倩跟着来了。她走过来，向采臣致谢道："你这样费心帮助我，我就是为你死上十次，也报不了你的恩情。请你准许我随你回家，让我拜见婆母和公公，就是给你做个小妾，哪怕当个丫鬟使女，我也愿意。"

采臣边听边端详小倩，觉得她在白天阳光照耀下，显得更加美丽，便和她一同回到家里。采臣先把小倩领进书房，让她稍等一会儿，自己先到正房去禀告母亲。母亲一听，又惊又怕。当时采臣的妻子正卧病在床，母亲担心引起病人的惊恐，不让儿子再告诉媳妇。正说着，小倩已轻轻走进门来，紧走几步，跪拜在母亲面前。采臣向母亲介绍道："妈！这就是小倩。"

小倩向母亲道出一片真情:"孩儿远离父母兄弟,孤苦伶仃,幸赖公子的照顾,才不致遭受强暴的欺侮。我愿侍候公子一辈子,来报答他的恩情。"

母亲看见小倩身材苗条,面貌美丽,态度和善,很是引人怜爱,这才敢和小倩说话。

"小姑娘愿意跟随我儿,老身我是欢喜不尽的。可是,我一辈子只有这一条命根,依靠他来承先继后,实在不敢让他和一个鬼魂结合。"

小倩恳求道:"孩儿我实在没有加害公子的心,母亲既然不相信我,请准许我把公子当作哥哥来看待。这样,我也可以有机会早晚服侍父母,用以报答公子的恩情。"

母亲见她确是出于诚心,就答应了。小倩请求拜见嫂嫂,母亲怕儿媳犯疑,就婉言推辞了她。小倩只好进入厨房,替母亲料理饭菜。她端茶倒水,里外洒扫,像在自己家中一样。到太阳落了,母亲又有点害怕,故意不给她准备床铺,让她回自己原来的地方去睡。小倩体会到母亲的心意,只得离开。经过采臣书房的时候,想进去,走到门前,却又退回来。在门外踱来踱去,好像见到什么骇人的东西。采臣从窗上看到她,就喊她进来。

小倩畏缩着说:"你的房中,有一股剑气,使人不寒而栗。以前在回家的路上,所以没有和你见面,就是因为这个缘故。"

采臣想到是赤霞赠送的剑袋的缘故,就把它取下来,挂到别的屋子里。小倩这才走进采臣的书房。可是坐下半天,一言不发,呆了好大一阵,才问采臣道:"你夜间读书吗?我幼年的时候,念过佛教的书籍——《楞严经》,现在已经忘掉了一大半。请你给我一本,到夜间闲暇时,好向你求教。"

小倩接书在手,既不诵读,也不说话,呆呆地坐着。已经到三更天了,还不肯离开。看看夜色已很深了,采臣就催促她去睡觉。

小倩很不乐意,说:"我这个孤魂,来到了异乡,要我仍到荒墓去,实实有点胆怯。"

采臣无可奈何地说:"这个屋里只有一张床,我们又是兄妹关系,应该避嫌,实在不好办。"

小倩这才站起来,愁眉苦脸地似乎想哭,趔趔趄趄地好像迈不开步,慢慢地出门去了。采臣很可怜她,心中感到很不是滋味,想喊她回来,又怕母亲责怪。

第二天天刚亮,小倩就来了。先向母亲问了安,又端来洗脸水,照料母亲梳洗,然后去做其他家务。无论什么活儿,都做得精精干干、妥妥帖帖,很合母亲的心意。每天一到黄昏,就向母亲告别;每天路过书房,就要进去读一会儿书。觉察到采臣要睡了,才凄凄惨惨地离去。

自从采臣的妻子卧病不起以来,母亲昼夜操劳,既要料理家务,又要侍候病人,常常累得腰酸腿疼。小倩来了后,一切都替母亲办了,母亲感到十分轻松,心里很感激这位姑娘。日子长了,相处得也很熟了,对待小倩如同亲生女儿一般,竟忘记了小倩是个鬼,不忍心再让她天天夜里走,就留下她和自己一处睡。小倩初来时，并不吃饭，半年以后，才渐渐吃些稀粥。母子俩对她很爱护，忌讳说"鬼"，因此别人也都不知道小倩是鬼。没有多久，采臣的妻子病死了。母亲暗中有续娶小倩的心事，但又觉得她终究是个鬼，担心对儿子不利。小倩觉察到母亲的心事，瞅了个空儿对母亲说："我在咱家已经住了一年多了，母亲当然能看透我的心意。因为我不愿意随着妖魔去祸害人，才跟着公子来到咱家。我并没有其他的心，只是佩服公子耿直诚实、襟怀坦荡。公子对我恩深似海，我岂能害他？"

母亲也知道小倩确确实实没有什么恶意，只是担心她不能生孩子。

小倩说："子女是天赐的。你儿一生正直，必有善报。他命里注定应该有三个儿子，不会因为我是鬼妻，就不生孩子。"

母亲被说服了，就和儿子商议，采臣当然很乐意。便选定了日子，举行婚礼。这一天，宁家大摆酒席，亲友邻里都来庆贺。众人都要求看看新媳妇。小倩很大方地走出来和亲友相见，众人见了这个端庄美丽的新娘，都以为是仙女下凡。于是，亲友、家族的妻女们也都拿上礼物来会见小倩。这小倩善于作画，尤其是梅花和兰花，画得特别好。她常拿上画幅去送人情。得到画的人，都用好几层包皮布包起来，当作珍宝藏在柜子里。

一天，小倩低头坐在窗前，好像是失掉什么宝贝似的闷闷不乐。忽然，她抬起头来问采臣道："剑袋子在哪里？"

采臣说："因为你怕它，我已包起来放到其他地方。"

小倩说："我早已得到了生人气，不再怕它了。你可以取出来，挂在床头。"

采臣问她为什么，小倩惆怅地说："三天来，我老是心神恍惚。我想，我们离开金华后，金华寺院的那两个妖魔，必定恨我，我很担心它们会找上门来。"

采臣听了，就立即把剑袋取来。小倩拿在手中，反复细看，口中喃喃地说："这是剑仙用以装人头的袋子，破成这个样子，不知道杀了多少个坏人啊！我今天看了，还是心惊胆寒啊。"

采臣把剑袋挂在床边。第二天，小倩又让他移挂到门上。到了夜晚，她点燃明烛，要求采臣不要睡觉，夫妻二人对烛而坐。等到夜深，忽然听到一个什么东西从高处掉在院内，吓得小倩赶紧藏在夹幕中。采臣向门外一看，只见一个夜叉瞪着一双闪闪发光的大眼睛，口中吐出尺把长的血红的长舌头，跳跃着向屋门扑来。走到门前，又站住不动了。东瞅瞅，西看看，又一步一步往门边挪，渐渐走近剑袋，突然伸出爪子去摘取，似乎想把剑袋撕烂。这时，忽听从袋中传出一声巨响，随着响声，剑袋也忽然变大了，恍惚看见一个神将，从袋中突出半个身子，长臂一伸，就把夜叉抓了进去。一会儿，听不到响声了，剑袋也恢复了原来的大小，惊得采臣目瞪口呆。小倩一下子从幕后出来，高兴地喊道："不怕了！不怕了！"接着让采臣把剑袋摘下来，同往袋中看去，只见里边装了半袋子水。

数年后，采臣考中了进士，小倩也生下一个男孩。后来，采臣娶了个小妾，和小倩又各生下一个男孩。三个儿子长大后，都考中了进士。

海公子

茫茫东海中有个小岛，名叫"古迹"。这古迹岛上有一种花，五颜六色、四季不败，名字叫"耐冬"。可是，就是这样一个美丽非凡的小岛，却从来没有人烟，更没有人造访。

登州府有个姓张的书生，好奇心强，喜欢观景览胜。他不知从哪里听说古迹岛风景好，就准备了美酒佳肴，独自驾一叶扁舟漂洋过海到古迹岛去了。

这时，岛上繁花似锦，几里以外便可以闻到扑鼻的香气；古树参天，最粗的，十多个人拉起手来才能搂住。张生在各处流连忘返，越看越高兴，于是便席地而坐，乘着游兴喝起酒来，只恨没有一个同伴作陪。

张生正自一边喝酒，一边观赏，只见花丛中走出一个女子，身穿光彩夺目的绣花红裙，乌黑的头发镶满了明闪闪的珍珠玛瑙，眉目传情，粉面含娇，长得好不动人。那女子见到张生，走过去笑着说："我说我今天的兴致怎么这样高，原来有个志趣相同的人先已来到这里。"

张生见女子如此大方，不由吃了一惊，说："你是谁？"

女子答道："我是胶东的一个妓女，是跟海公子来的。现在海公子到别处游览去了，我因为走不动路了，所以留在这里。"

张生正感到孤独寂寞，有了美人陪伴，自然是大喜过望，于是便招呼女子坐下对饮起来。饮酒间，张生见女子说话和顺，举止温柔，便动了心。他怕海公子回来，不能乐个够，急忙抱住女子求欢，那女子竟也高高兴兴地顺从了。

张生和女子相依相抱，正在难分难解之际，忽听风声呼呼，树木和野草发出折断声和沙沙声。女子急忙推张生教他快起来，说："海公子来了！"

张生一边慌乱地整理着衣服，一边吃惊地向声音传来的方向看去。这时，女子已经不知到哪里去了，只见一条比水桶还粗的大蛇，张牙舞爪地从树林里钻出来。

张生心里害怕，急忙将身子躲在一棵大树后面。他满以为这样蛇就看不见他了，不料那蛇偏偏来到这棵树前，用身子连树带张生缠绕起来，使得张生无法动弹。接着，那蛇昂着头，吐出舌头把张生的鼻孔刺破了，鼻血直往下边流，在地上聚了一小洼。蛇低下头去，就着地去吸吮鼻血。

张生以为自己没救了，但就在这时，他猛然想起，挂在腰间的荷包里还有些用来毒狐狸的药，于是便用两个指头把纸包夹出来，把纸弄破，将毒药倒在了掌心里。然后又把脖子一低，看着手掌，让鼻血滴在上边，一小会儿，就流了满满一把血。

蛇把头反过来，见张生手掌中有血，便就势去吸吮。可是还没等吸吮完，那蛇便突然伸了一下身子，摆动尾巴猛打在另一棵树上，像打了一声巨雷，树被劈了一半，像房梁一样长短粗细的大蛇，就躺在地上死去了。

张生迷迷糊糊的，过了半天才醒过来，于是便用船载了蛇回去了。张生回去，大病了一个多月。他怀疑那女子就是蛇精变的。

丁前溪

山东诸城县有个富豪叫丁前溪,他生性豪爽,仗义疏财,平日里更是爱打抱不平。在他的心目中,西汉人郭解就是榜样,于是一举一动都按照郭解的样子学。

郭解喜爱交游,窝藏过在逃的囚犯,还私下里铸造钱币;事发后,郭解被汉武帝发配到关中,但仍然旧习不改,最终因为纵容家丁杀人,被指控反叛罪而满门抄斩。

有个御史到山东视察,听说丁前溪也是这样的人,就想去暗访一番,若发现劣迹,就趁机捉拿他。但是御史还没有到,丁前溪就听到风声事先趁夜逃走了。

一天,丁前溪逃到了安丘县,恰好下起雨来,没办法,只得暂到一家小店去躲避。

雨从早晨一直下到中午都没停,他正呆呆地望着屋檐下的滴水出神,有个小伙计给他端来了热腾腾的饭菜。

转眼天黑了,雨还在继续下着,丁前溪就在这家小店住了下来。

上灯以后,店里的小伙计又拿了最好的吃喝款待他,照顾得很是周到。丁前溪心里十分感激,就忍不住问起小伙计的名姓来,但小伙计却不做正面回答,只是笑着对他说:"这家店的主人姓杨,我是他的内侄儿。我的姑父喜好交游,已经出去多天了,只有姑母留在家里,因为家里比较穷,照顾有不周到之处,还请您包涵着点呢。"

丁前溪见说家贫,便问:"那么,您姑父是干什么的?"

小伙计告诉他,他姑父家什么财产也没有,只靠开设赌场,每天赚点小钱,将就过活。

第二天,天气还不见晴,雨虽停了,但阴云依旧密布着。虽然说这家小店对丁前溪的招待依然很好,但他心里却生出无限的烦闷,怎么赶也赶不走。

坐得无聊,他随便到后院走走,见小伙计正在那里给牲口铡草。过去看时,饲草湿漉漉的,而且十分零乱。他觉得奇怪,就问小伙计,草是怎么弄湿的?

小伙计叹了口气，说："不怕您笑话，实在是因为家里穷得连饲草也买不起了，这是姑母才从茅屋上揭下来的。"

听了这话，丁前溪以为小伙计是故意装穷，借此和他要钱的。可是第二天早上，他拿了钱给小伙计，小伙计却说什么也不肯收。他把钱强塞给小伙计，小伙计到里面走了一趟，立刻出来，说："我姑母说了，'我们家并不是靠留住客人生活的；再说，你姑父出门经常是一走几天不带一文钱，客人刚来，怎么就要和人家讨钱呢？'"说完又把钱还给了丁前溪。

丁前溪实实赞叹了一番，天晴后，便同店家告别上路了。临走时再三嘱咐小伙计说："你姑父回来后，请你转告他，我家是山东诸城县的，有时间请他到我家做客。"

丁前溪走后，不觉就过了好几年，这中间两家并无片纸只字往来。

只是这一年杨店主的家乡遭了灾荒，实在困难得没有一丁点法子，他老婆才劝他去找丁前溪试试看。

杨店主听了妻子的话，简单收拾一下，当天就上路了。

杨店主来到诸城县，不很费事就打听到了丁前溪的住处。他让丁家看门人进去通报，丁前溪起初听名字怎么也记不起来，又听看门人说是安丘县一个开赌场的，才忽然想起当年避雨的事情，于是便连鞋子也没顾得穿好，急忙把杨店主迎了进来。

他见杨店主衣服穿得很破旧，面容很憔悴，一副风尘仆仆的样子，心里很是难过。他给杨店主安排了最暖和的房子，提供最舒服的被盖，换了最好的衣服，五天一大宴，三天一小宴，一日三餐，酒足饭饱，像招待贵客一样招待杨店主。

杨店主心里万分感激，可是一想到家里的人还饿着肚子，这种款待反倒更增加了他内心的忧愁。他本来是求丁前溪周济他的，已经过了好些日子，丁前溪还是不提及此事，他实在等得急了，只得把实情告诉丁前溪说："对您的热情招待很感动，吃的是山珍海味，穿的是绫罗绸缎，我怎么能不高兴呢？只是我来时，家里的米连一升都不满了，一家老小怎么办呢？"

丁前溪听了，笑着说："我说您怎么老是闷闷的，原来是为了这个呀！不用愁，我已经替您安排好了。您痛痛快快再住几天，再给您拿些钱，就让您回去好了。"于是，丁前溪就召集了很多赌博的人，在家里设了赌场，让杨店主坐在那里打些抽头，一夜就得了一百多两银子。

第二天，丁前溪又赠给他一些银两，便送他上路了。

杨店主高高兴兴来到家里，进门一看，只见妻子从头到脚穿戴一新，还多了个添茶倒水的小丫鬟，跑里跑外侍奉他们。

妻子见丈夫满脸惊奇的神色，就告诉他说："自从你走后，就有人赶着好几辆车，送来不少粮食和绸缎，把屋子都堆满了，说是丁客人赠送的，还给留下个小丫鬟，每天伺候我。"

丁前溪只在他家避雨吃了几顿饭，就给他这样丰厚的报酬，使他十分感慨。从此，杨店主家一天天富裕起来，就不再开设赌场了。

张老相公

　　山西有个张老相公，因为女儿即将出嫁，就带了家眷不远万里去江南给女儿置办嫁妆。

　　路途上很顺利，没几天就来到金山脚下。

　　张老相公要人把船停下来，自己想先到城里转转看看，要家人在船里等候着。临走的时候，张老相公再三嘱咐说，江里有一种水怪名字叫鼍，一闻到肉香就会出来毁船伤人，所以煎鱼煮肉的时候一定要小心，千万别冒出腥膻味来。

　　张老相公是北方人，听说是听说，到底没有亲眼见过，所以他上岸不久，家里的人就把他的话忘了，竟在船上炒起肉来。

　　等张老相公回来时，船只已被恶浪打翻，夫人和女儿也早被鼍怪吞进肚子里去了。

　　张老相公又难过又气愤，坐在江边痛哭一场，便怀着一腔仇恨到金山去了。他向金山寺的和尚打听鼍怪出没的情况，决心要为妻子和女儿报仇。和尚听了，吃惊地说："我们和鼍怪离得很近，怕遭它祸害，每天都像敬神一样敬奉它，求它不要发怒；还经常宰牛杀羊给它吃。半个牛扔到江里，它一口就吞去了，谁还敢想着制服它呢！"

　　和尚的话确实骇人听闻，然而张老相公从中得到了启示，想出一个制服鼍怪的办法来。

　　他花钱雇了很多炼铁工人，在半山腰垒了个炼铁的炉子，经过七天七夜，炼出一块一百多斤重的生铁。他又详细打听了鼍怪潜伏的地方，叫了几个身强力壮的后生，用大钳子把那块烧得通红的生铁，向鼍怪时常出没的地方扔下去。

　　只见鼍怪"哗啦"跃出水面，一口便把那块生铁吞下肚里。时过不久，又见波涌浪翻，但等风平浪息后，浮上来的已经是鼍怪的尸体。

　　行人客商和金山寺的和尚们，听说除了鼍怪，人心大快。

　　人们为了表彰和纪念张老相公的功德，就在江边盖了座祠堂，并塑了他的肖像，把他当作水神供奉起来。据说，有求必应，很是灵验。

水莽草

南方生长着一种水草，叫水莽草。它长着像葛一样的藤蔓，开着跟扁豆一样的紫花。水莽草样子很漂亮，但也含有剧毒，人要是吃了，立即就会死亡。

相传吃了水莽草后就会变成水莽鬼，不得转世；只有等到又有被水莽草毒死的人来代替，才可以去投生。因此，水莽鬼就千方百计用水莽草去毒害人，给自己找替身，这种鬼在桃花江一带最多。

这里讲的水莽鬼的故事，发生在一个姓祝的书生去拜访他的同年的路上。南方风俗，凡是同岁生的，互称同年，互称对方的父辈为庚伯，而且关系也较为密切。

有一天，祝生到邻村看望同年，走在半路上渴了，想找点水喝。这时，正好有个老婆子，在路边搭了个茶棚卖水。他刚走过去，那老婆子就把他邀进棚里，既和善又殷勤。可是闻闻茶水，却有一股怪味，于是他便把杯子放在桌子上。正起身要走，只听老婆子说了声"等等"，急忙扭头向里边喊道："三娘，快换一杯好茶来。"

语声刚落，一个女郎捧着一杯茶从茶棚后走出来。看样子约莫十四五岁，步履轻盈，体态柔美；面似桃花，牙如碎玉，再加上戒指、手镯等明晃晃的饰品的映衬，越发显得妩媚可爱。因此，在祝生接杯的当儿，心早被那女郎勾了去了；闻闻茶，茶香喷喷的，喝了一杯接一杯。他喝着茶，见老婆子出去了，便走近去调戏女郎，抓着女郎的手脱下她一枚戒指。女郎不仅不怪罪，还含着羞不住地向他微笑，使得他更加心摇意动。他问女郎住在哪里，女郎娇滴滴地说："您要是晚上来，我还在这里等您。"祝生又向女郎讨了一撮茶叶，连那戒指藏在怀里，高高兴兴地走了。

祝生来到同年家，才说了几句话，就觉得肚子里恶心得想要呕吐。他怀疑是茶水作怪，就把在路上的事告诉了同年。同年一听，立刻变了脸色，说："坏了！这是碰上水莽鬼了。我的父亲就是这样死去的，看样子是没救了，这该怎么办呢？"祝生心里怕得要死，把要的那一撮茶叶拿出来一看，果然是水莽草。又拿出戒指，详细说了那女郎的穿戴、模样。同年一边听一边想，想了半天突然说："照你说的样子，那一定是寇三娘了。"

"你怎么会知道的？"祝生想起老婆子也是这样叫那女郎的。

同年说："南村有个姓寇的大户人家，女儿叫寇三娘，生了一副好模样。几年前，因为吃了水莽草死去了，这一定是她在作祟。听人说，要是知道水莽鬼的名字，拿她穿过的裤子煎了汤喝就会好的。"

同年立时来到寇家，把来意老老实实讲了一遍，跪在地上求告三娘的父母，讨三娘穿过的裤子。但三娘的父亲觉得女儿好不容易得了替身，任凭同年怎样哀求也不肯给，同年只得怀恨而归。祝生见同年满脸闷闷不乐，知道事情没有办好，便咬着牙恨恨地说："既是这样，我死后偏不让他的女儿转世！"同年忍着悲痛把祝生抬回家去，刚到门口，祝生就咽气了。

祝生死后，留下一个刚满周岁的孩子，可他的妻子却不肯守寡抚养孩子成人，半年以后就改嫁走了。只剩下老母亲，身体又多病，又要抚养孙子，因此，一天到晚只是暗暗落泪。

那天，祝母正抱着孙子在屋里哭泣，忽见儿子轻轻走进门来，她吃了一惊。毕竟母子情深，稍一定神，也不觉可怕，擦把泪水，问他是怎么来的。

祝生说："儿在阴曹，每天听您啼哭，心里好像扎刀子般难过。我是来侍奉您老人家的，儿子虽然死了，但在阴曹娶到一个妻子，特地同她一起来，为老母分忧代劳，您就不必再悲伤了。"

祝母听说儿子有了妻室，便问："儿妻是谁家的女儿？"

祝生说："南村寇家见死不救，我实在恨透了他们。我死后想寻三娘报复，可又不知她在什么地方。最近遇见庚伯，才告诉我，三娘已经投生到任侍郎家。等我跑到任家，三娘已生下三天了，我把她硬拉了来，成了亲。我们相处得很好，也不觉有死的痛苦。"

祝生的话刚说完，就有一个穿戴华丽、容貌姣好的女郎从门外走进来，跪在地上向祝母叩头。祝生指着女郎告诉母亲说："这就是您的儿媳妇寇三娘了。"

祝母见儿子和儿媳都来了，虽然不是活人，却也觉得稍微得到了些安慰。三娘叩拜了祝母，祝生就叫她去操持家务，虽然大户人家的女儿很不习惯做这些粗活，却也听话，很惹人怜爱。从此，祝生夫妇就在原来的屋子里住了下来。

几天后，三娘要祝生去告诉她的父母。祝生心怀旧怨，很不乐意，但祝母却不忍心让儿媳难过，当天就打发人到南村送信去了。

三娘的父母听到三娘在祝家的消息，又惊又喜，便即刻备了车马，向祝家奔来。进门一看，果然是三娘，母女二人抱头痛哭起来，三娘的父亲此时也很伤感。后来，还是三娘先收住泪，劝了母亲一会儿，才都不哭了。三娘的母亲细细打量祝家的摆设，见缺东少西，心里很不过意。三娘看出母亲的心思，便说："人已经变成鬼了，还怎么会嫌穷呢？况且祝家母子又对我极是疼惜，孩儿已经心满意足了。"

母亲见女儿高兴，便也不再说什么，就又说起卖茶的事来，问女儿道："那个和你一起卖茶的老婆子是谁？"三娘回答道："我光知道她姓倪，因为她年纪大了，觉得迷惑不了人，所以才求我帮忙的。现在，她已经投生在省城一个卖豆腐的人家。"三娘扭过头来，看看一直没有说话的祝生，说："你现在已经成了寇家的女婿，还不拜见我的父母，难道就不怕我心里难过吗？"这时，祝生才上前向岳父和岳母见了礼。

三娘见祝生和父母说起话来，便去到厨房替祝母炒菜做饭，准备招待亲家。

三娘的父母见祝母和女儿亲自下厨房做饭，心里很难受，于是一回去，便送来两个婢女侍候他们，还送来一千多两银子，几十匹绫罗绸缎，粮食酒肉更是隔几天就要送一次。从此，祝家的家境也就很宽裕了。寇家还经常把女儿接到家里去住，但是住不上几天，三娘就说："家里无人照应，应该早点送我回去才对。"有时父母故意延迟，三娘便自己回去了。

后来，寇家为祝生盖起了高楼大厦，各式家具应有尽有。但祝生却始终也没有去拜望过岳父一次。他一心留意的只是那些屈死的冤鬼。

有一天，村上有个中水莽草毒死而复活的人。大家竞相传告，都说很奇怪。这时，祝生对母亲说："这个人是我救活的。他是叫李九害死的，我去把李九这个水莽鬼赶走，他才又活了。"

母亲说："那么，你为什么不给自己找个替身呢？"

祝生说："我对那些害人利己的水莽鬼早就恨死了，我还想把他们统统赶尽杀绝呢，怎么能学他们？况且，我能够孝顺您老人家，就很高兴了，我不愿意再去投生。"

这样一来，凡中了水莽草毒的人，都会办了丰盛的筵席，到祝生门上来祷告，求祝生替他们驱逐水莽鬼，往往很有效。

过了十来年，祝母下世了。祝生夫妇为母亲办丧事，但却不肯会见客人，只教给儿子一些办丧事的礼节，让他披麻戴孝，里外照应。

祝母死后，又过了两年，祝生为儿子娶了一个漂亮、贤惠的媳妇。

他的儿媳，是任侍郎家的孙女。原来，任侍郎有个小老婆，生了个女儿几个月上就死了。后来，他听说祝生可以驱鬼救人，就亲自到祝生门上去拜访，当时就把他的孙女许给了祝生的儿子为妻。从此，两家往来不断。

祝生夫妇为母亲养老送终后，又抚养儿子长大成人，本应享受儿子、媳妇的侍奉，过几天清闲日子，但却又要和儿子永别了。

一天，他把儿子、媳妇叫到跟前说："玉皇大帝因我救人有功，如今封我为'四渎牧龙君'，去管辖长江、淮河、黄河和济水的龙王。今天，我们就要走了。"话音刚落，只见院里突然出现了一辆黄色的四套马拉的轿车，马的四条腿上都生着鳞。于是，祝生夫妇立刻穿戴整齐，一同上车去了。儿子和儿媳哭着向二老跪拜，一抬头，车马已经不见了。

就在同一天，寇家也看到三娘前来拜别，她把祝生向儿子说的话，跟寇家二老说了一遍就要走，三娘母亲却哭着挽留她。只听三娘说了声"祝郎已经先走了"，一出门就不见了。

祝生的儿子，单名鹗，表字离尘。父母走后，他征得寇家外祖同意，把三娘的尸骨和父亲的尸骨合葬了。

凤阳士人

凤阳有个书生，带了书籍、行李出门游历。临走时，书生对妻子说："你别担心，我游历半年就回家。"

转眼，半年过去了，书生没回来；十个月过去了，还是没有丝毫音信。妻子心下焦虑得要命，不知道丈夫在外面出了什么事，因此日夜悬念。

有一天晚上，因为劳思过度，她躺在床上怎么也睡不着觉，望着满窗月色，更勾起了别离的痛苦。正在床头辗转反侧，见一个身穿绛紫裙服、满头珠翠的俊俏女子，掀起床帐，笑容可掬地对她说："姐姐，你不是想要见你的丈夫吗？"女子一句话正问到她心思处，连连应和，急忙起了床。

女子请她跟自己去寻她的丈夫，她怕路远山高走不动，女子却说："尽管走吧，没事的。"说完，牵着她的手趁着如水月色离开了家门。

大约走了一箭之地，她觉得那女子走得太快，而自己却跟跟跄跄，一步只挪二寸远，于是便喊住女子，等她回去换双合脚的鞋来。女子似乎怕她耽搁时间，就把她拉了坐在路边，脱下自己的鞋子，要和她换了穿。她试了试，不大不小，心里很是高兴，再起来跟女子往前走的时候，觉得自己好像长了翅膀一样，走得飞快。

她跟女子飞快地走着，不大工夫，就看见丈夫骑着一头白骡子，迎面走来。丈夫见是妻子，不禁吃了一惊，急忙翻身下来，说："深更半夜的，你这是要到哪里去？"

"正是要去探望你。"

听了妻子的话，又看看女子，说："那是谁呀？"

妻子还没来得及回答，女子用长袖把嘴一遮，笑着说："先不要说这些吧。你的妻子连夜奔波，很不容易；你也走到这般时候，人和牲口想来都很疲惫了。我家离这不远，就到我家住上一夜，明天一早赶路，也不算晚。"

夫妻俩顺着女子手指的方向一看，果然隐隐约约有个村庄。

他们跟着女子，走进一所整洁的院落，女子急忙唤起已睡的婢女来招待客人，并吩咐："今夜明月皎洁，就不要上灯了。天气又热，把饭菜也端在外面的小石桌上好了。"

丈夫说了些谦让话，就和妻子在石凳上坐了下来。这时女子对他的妻子说："我的鞋你穿恐怕不太合脚，路上觉得很累赘吧？幸好你回去有了骡子骑，请你把它还给我吧。"妻子自然说了些感谢的话，二人就又把鞋子换过来穿了。

说话间，婢女端上果品、酒菜来。女子一边给他们夫妻斟酒，一边说："你们两口子分别很久，今夜团圆了，是大喜事，薄酒一杯，聊表祝贺吧。"丈夫喝完，也斟了一杯酒回敬女子。

宾主相互敬酒，杯盘叮当，笑语不绝，谈得很火热。丈夫和女子的靴、鞋，在石桌下不断磕撞，不觉逗引起双方的情欲来。丈夫乜斜着眼盯着女子俏丽的面庞，不时说些轻薄、淫荡的话挑逗她；而女子也是不住眉目传情，应答些隐晦的情语。好久不见面的妻子，却被冷落在一旁。

妻子早已看出他们的意思，只是在别人家做客，不好发作，索性一声不响地坐在那里装傻。又过了一阵，丈夫和女子渐渐带了醉意，言语更加不堪入耳。接着，女子又换大杯给丈夫劝酒，见丈夫说醉了，劝得更是殷勤。于是丈夫便笑着说："你要是能给我弹唱一曲，我马上就喝。"

女子见说，也不推辞，立刻拿了琴弹起来，唱道：

> 黄昏卸得残妆罢，
> 窗外西风冷透纱，
> 听蕉声，一阵一阵细雨下。
> 何处与人闲磕牙？
> 望穿秋水，不见还家，
> 潸潸泪似麻。
> 又是想他，又是恨他，
> 手拿着红绣鞋儿占鬼卦。

唱罢，又笑着说："这些民间歌谣，俗里俗气的，怕是您要见笑吧？不过也都是现时流行的曲子，我也赶赶时髦。"她唱得娇声娇气，举止神态也很风流，惹得丈夫神魂颠倒，简直控制不住自己了。

一会儿，女子装作吃醉酒走了，丈夫也急忙站起来，跟了她去。

妻子在那里等了半天，劳累的婢女已趴在西廊下和衣睡着了，还不见丈夫回来。

她独自坐着，一会儿气，一会儿恨。有心悄悄走了吧，半夜三更的又记不清来路，心里翻腾了好一阵，也没定下个主意来。她又想不如先去看看丈夫再说，于是便起身向女子的屋子走去。

刚走到窗台下，就隐隐听见屋里传来哼哼唧唧男女同床的声音；又趴在窗户上仔细一听，丈夫竟把平素和自己同床的情态，一五一十，绘声绘色，全都向女子吐露了。她听到这里，直气得手发抖、心作痛，一股挡不住的怒火在胸间燃烧着，心想要这样，倒不如死了干净。

她正欲愤愤地走出去，到野外跳崖自尽，抬头一看，只见弟弟三郎乘着匹高头大马来了。

三郎见是姐姐，立刻翻身下马，问她在这里干什么。她就把刚才发生的事情，原原本本哭着告诉了弟弟。

三郎一听，登时火冒三丈，就叫姐姐领了他怒气冲冲地返回女子家。三郎和姐姐又来到女子的住室，只见屋门关得死死的，一听，姐夫依然和女子在枕头上说着悄悄话。

这时，三郎可急了，顺手举起一块大石头朝着窗户扔去，窗棂被"咔嚓"一声砸得七零八碎，只听女子在里边大喊："哎呀，不好了！郎君的脑袋破了！可叫人怎么办呀！"

妻子在外面听见丈夫被石头砸破了脑袋，便放声大哭起来，说："我并不是想要害死你姐夫的，可是现在……你说怎么办呢？"

三郎听姐姐这么一说，就立刻瞪了眼："刚才不是你哭着求我来的吗？要消消这心中的恶浊气！现在你却护着姐夫，怪罪起我来了，我不是你家的婢女随你想怎么使唤就怎么使唤的！"三郎返身要走，她吃了一惊，醒了，原来是梦。

第二天，丈夫果然骑着白骡子回来了。妻子觉得奇怪，就是不好意思讲出口来。但丈夫却给妻子讲了昨天晚上做的梦，和妻子的梦完全一样。

夫妇两个正在那里奇怪呢，三郎听说姐夫远道而归，这时也赶来看望他。

三郎和姐夫一见面就说："昨天晚上才梦见你，今天你真的就回来了，你看怪不怪！"

姐夫听了，笑着说："幸亏没被石头砸死，要那样可就回不来了。"

三郎一听，愣了，问他为什么要说这话，他又把昨天夜里的梦讲了一遍。三郎也很惊奇，原来昨天黑夜，他也梦见姐姐向自己哭诉，由于恼怒，便拿了大石头向窗户扔去的事。

三个梦竟然完全相合，只是不知道那个女子是什么人罢了。

胡四姐

泰山山坳里有个小村庄，村中有个尚秀才。此人喜爱清静，经常独自居住在一处幽雅的院落里。

一个初秋的夜晚，明月高挂，银河悬空，院落里菊花盛开，不时随风飘来一阵阵清香。尚秀才在花间小路上徘徊着，心旷神怡，神思飞扬。

忽然，有个女子从短墙翻过来，走近尚秀才，说："秀才，什么事叫你想得这样入神啊！"尚秀才先是吃了一惊，回头看时，却是个风华绝代的美人，心里十分高兴。他立刻把女子搂在怀里，那女子也不推拒。二人亲热一番以后，尚秀才问她家住哪里，她却只是吃吃地笑着，半天才说，她姓胡，名叫三姐。说到这里，尚秀才便不再追问，互相发誓，要永远相爱。自此，那女子每夜必来。

一天晚上，尚秀才和三姐坐在灯下促膝谈心。三姐见尚秀才一直目不转睛地盯着她，便笑着问："你只管看着我做什么？"

尚秀才回答说："我觉得你就像红叶碧桃一样好看，就是看一黑夜也看不厌的。"

三姐笑得更厉害了，说："我才是这副模样，就惹得你如痴如醉了。要是见了我家四妹，你还不定要怎么样呢？"

尚秀才听说竟还有比三姐美貌的女子，不觉更加动心，于是便跪在三姐面前，请求她从中周旋，无论如何让他见四姐一面。

次日晚，三姐果然把四姐领来了。但见她十四五岁年纪，笑靥承欢，满身风流，又恰似雾中杏花，雨里红莲，喜得个尚秀才又打躬又倒茶，忙得不亦乐乎。看外表，他依然和三姐像平日一样说说笑笑，但眼角却直往四姐身上瞟。四姐也看见尚秀才倾心于自己，羞得低下了头，不住地在那里搓弄裙带。

过了一阵，三姐起身要告别，四姐也立刻站了起来准备要走。这一来，尚秀才倒撑不住气了，一面紧紧挽住四姐的衣袖，一面频频向三姐丢眼色，想让她替自己说句话。三姐瞧尚秀才急成那样，便忍着笑说："好妹子，看在姐姐的面上，你就留一会儿吧。不然，看把他急疯了！"三姐说完就出门去了，四姐也没再说什么，顺从地留了下来。

三姐一走，尚秀才便忘情地将四姐一把搂在怀里，心肝宝贝地叫着抱在床上，做起了风流事来。一时间，你恩我爱，说不尽千般欢乐；如胶似漆，打不开水上鸳鸯。而后，二人又相互枕了对方的胳膊，脸对脸诉起衷肠来。说话中，尚秀才得知，原来胡家姐妹都是狐狸，但由于一味贪恋美色，便也不觉得可怕和奇怪。这时，又听四姐对他说："我姐姐生性狠毒，已经害过三个人了。只要被她迷住，凭谁也逃不掉的。现在你这样爱我，自然不忍心看着你死去，你应该趁早和她断绝关系。"

尚秀才听了，心里十分害怕，连忙请四姐给他想个办法。"这也不用着急，"四姐说，"我虽然是个狐狸，却也懂得仙人法术，只须画一道符贴在门上，她就不敢接近你了。"

第二天，天刚亮，三姐早早就来了。她一见门上贴着符，吓得连连倒退，然后转到窗下，向屋里说："好没良心的四妹呀，才得了如意郎君，倒把牵线的人忘了！这也是该着你们成其好事，我也不加害你们，但又何必这样呢？"说完便自走了。

尚秀才和四姐食同桌，宿同床，坐相依，形影不离，就这样欢欢乐乐过了几天。有一天，四姐告诉他，要出去办事，一两天就回来了。但是尚秀才就这两天也等不得，就像盼过年一样盼着四姐回来。这日，他独自坐在那里感到实在烦闷，便信步走出门来，向山下眺望。

山下有片郁郁苍苍的槲树林，尚秀才看着看着，忽见有个女子从里边走出来，心里不由一阵高兴。可是，等女子走近看时，却又不是四姐，不过倒也有几分姿色。那女子走到尚秀才跟前说："秀才呀，您何必要天天恋着胡家姐妹呢？她们又不能给您一文钱花！"女子说着，随即把一贯钱慷慨地放在尚秀才手上，又说："您先拿回去买点好酒，我马上取些下酒肉来，咱们好好高兴高兴。"

尚秀才果然照那女子的话做了，不大工夫，那女子也果然取来一些熟肉，并亲手切好调了味。于是，二人便欢欢喜喜喝起酒来，喝着喝着，不免眉来眼去、动手动脚、打情骂俏起来。而后，干脆你拥我抱，来到床上灭灯睡觉了。

一觉醒来，天光大亮，女子忙起来，正坐在床头穿鞋时，忽听外面有人说话；刚想再仔细听听，说话声已经来到屋内；接着，床帐一下被人掀了开来，女子一看，见是胡家姐妹，不禁吃了一惊，鞋也顾不得穿，就慌慌张张地逃走了。

胡家姐妹大声骂道："臭狐狸！怎么敢同人一起睡觉？"说着追出门去，过了好久才又回来。这时，四姐面带怨色，对秀才说："你真不长进啊，怎么和一个臭狐狸来往。从今以后，我再也不来了！"

尚秀才见四姐气呼呼地要走，连忙上去挡住去路，千不是、万不是地赔开了不是，还表示再也不敢这样了。三姐也在一旁不住劝解，四姐的脸色才稍微好看了些，与秀才言归于好了。

尚秀才和四姐相处日深，感情愈厚。可是就在这时，有个骑驴的陕西人来到尚家门上，说是他不分昼夜寻找的妖物，终于在这里发现了。尚秀才的父亲见他的话说得奇怪，就问他妖物的由来。陕西人说："我是个久走江湖的术士，因为成年累月不在家，弟弟竟被狐狸精迷上害死了。我心里恨得要死，发誓要找它们报仇，我跋山涉水跑了几千里路，连影子也没找见，不料竟藏在你们家里。要是不把它们除灭，怕你家也会有人像我弟弟那样死去。"

当时尚秀才的父母，对儿子和四姐的秘密往来，也隐约有所觉察，只是没有想到会是狐狸精。现在听那陕西术士一说，才害怕起来，于是立即把术士请到家里，让他做法除妖。

陕西术士叫人设了法坛，又在法坛上插了黄、白、黑、蓝、紫五色纸旗，接着，从怀里拿出两个瓶子放在地上，便手执宝剑念起咒语来。念着念着，忽见四团黑雾，分别钻进两个瓶子里。这时，陕西术士高兴地说："好了，狐狸精一家全到了！"说完又用猪尿泡把瓶口封紧。尚秀才的父亲也很高兴，再三留术士吃过饭再走。

尚秀才知道四姐也被装进瓶里，心里十分难过。趁术士去吃饭，把耳朵贴近瓶子，只听四姐在瓶中说道："见死不救，难道你竟是这样一个负心的人吗？"尚秀才越发动了要救四姐的念头，便急忙动手去开瓶口，但是怎么也弄不开。这时，又听四姐在瓶中说道："不要这样闹，你只要放倒法坛的旗，用针在猪尿泡上扎个小洞，我就出去了。"

尚秀才果然照着四姐的吩咐做了，只见一股白气从小洞里冒出来，飞到天上不见了。

陕西术士吃过饭出来，见旗倒在地上，不觉大惊道："哎呀，妖物跑了！这一定是尚秀才干的。"说着连忙摇摇瓶子，又贴近耳朵听听，说："幸亏只逃掉一个。也是它命不当死，还是可以饶恕的。"说完拿了瓶子和尚秀才的父亲告别了。

后来，有年夏天，尚秀才在田野督促佣人收割小麦，远远看见四姐坐在一棵树下，便跑了去，握着她的手问她逃出去后在哪里安身，一向可好？四姐说："你我一别，不觉十年，现在我的仙丹就快炼成了，只是依然忘不了你的恩德，所以再来看看你。"尚秀才要四姐和他回去，四姐又说："我现在可不能和过去相比了，万不能再陷到情海里。我走了，以后还有见面的机会呢。"四姐说完，转眼就不见了。

又过了二十年，尚秀才正独自在屋里坐着，忽然看见四姐从外面走来，尚秀才高兴地拉着她说话。四姐说："我现在已经成了仙家，按说不应再来尘世，但为了报答你的恩情，特来告诉你下世的日期，要及早把后事准备准备。也用不着忧愁，你死后，我度你去做鬼仙，也不会受罪的。"

四姐走后，尚秀才便随即把后事一一做了安排，到了四姐说的那天，尚秀才果然死去了。

侠 女

　　姓顾的书生是南京人，多才多艺，然而家里十分贫穷。顾生看着母亲年事已高，不忍心抛开她到外地讨生活，便在家门口支了个小摊，每天靠着卖些字画来养家糊口。因为家贫，媒婆也不愿意登门，所以顾生到了二十五岁，还是形单影只。

　　顾生的对门，原来有一所闲房子，后来由一个老妇人和一个少女租下来住了。因为她们家里没有男人，所以一直没有来往。一天，顾生从外面做事回来，见少女自母亲的房里走出来，看样子约莫十八九岁，那秀美端庄的容貌很是少见。少女看到顾生，大大方方也不躲避，只是神情又冷淡又严肃。顾生进去问母亲，母亲说："那就是对门的少女，来借剪刀和尺子用的。刚才她告诉我，家中只有一个老母，再无旁人。我看她言谈举止不像穷家小户出身，问她为什么还没嫁人，她说母亲老了无人奉养。明天我去看望她的母亲，顺便探探口风，如果要的彩礼不多，就把她娶过来，也好替她养活母亲。"

　　第二天，顾母来到她家，原来少女的娘是个聋老婆子；再看看她们家，没有一粒隔宿粮，问了一下，才知道只靠女儿十个指头做些针线活儿卖了维持生活。于是顾母就慢慢把两家合在一起过活的想法提了出来，少女的母亲似乎有点同意，和她女儿商量，女儿却不声不响，看意思心里很不乐意。

　　顾母回来，把详细过程跟儿子说了一遍，说："莫非少女嫌咱们家境贫寒吗？那少女不多说，也不多笑，容貌像桃李花开一样美丽，而神情却像霜雪一样冰冷，真是一个奇怪的人呀！"母子二人又是猜疑，又是赞叹，议论了好久。

　　一天，顾生正在屋里读书，有个少年来求他作画。那少年生得眉清目秀，举止也很轻佻；问他住在哪里，说是就住在不远的邻村。从此，少年每隔三两天就要来。顾生也就慢慢地和他亲热起来，往来更加频繁。

　　有一回，少女正好来顾生家，少年目送她走进顾母房里。之后少年问顾生那是谁，顾生告诉他是对门邻居的女儿。少年说："这个少女生得这样美丽，为什么神态却又那样令人可畏？"

　　过了一会儿，顾生送走少年，来到母亲屋里。母亲说："刚才那女子来借米，说是已经一天没做饭吃了；女子很是孝顺，穷得教人可怜，应该顾恤她一点才对。"

　　顾生听了母亲的话，立刻背了一斗米送了过去，并且转达了母亲的心意。少女把米收下，但是却连个"谢"字也没说一声。

　　少女经常到他家来，见顾母做衣服或者鞋子，就抢着去做，每日出出进进，就像儿媳妇一样替他们操持家务。顾生对少女更加敬佩，每次弄到好吃的东西，总要分一些给她的老娘，但少女还是不谢一声。

　　这时，恰好顾母的下体长了一个脓疮，痛得她一天到晚直叫唤。少女每天都要来照看老人，并亲手为她洗疮换药，一天三四遍。顾母见少女这样对待自己，又不嫌脏，又不嫌臭，心里感到非常不安，对少女说："唉！从哪里能得到像你这样的儿媳妇把我奉养到老，就是死也高兴！"说着竟低声饮泣起来。

"别难过，您的儿子很孝顺，比我们寡母孤女怕要强一百倍呢！"

"你说得也是。不过，在床头爬上爬下的事，可不是孝子能干得了的。况且我又老了，就像草上的露水朝不保夕，而现在还没有接香火的人，我怎么能不担忧呢？"

她们正说着话，顾生进来了，顾母对他说："多亏这位好心的姑娘照顾，你可不能忘记报答她的恩德。"

听了母亲的话，顾生赶忙上前向少女施礼道谢。而少女却说："您孝敬我的母亲，我不谢；我孝敬您的母亲，不也是应该的吗？谢什么呢？"

顾生对少女的为人更加爱慕，但少女却老是神态冷峻，显出一副让人不可侵犯的样子。

有一天，顾生目送少女走出门去，只见少女猛然回过头来，给了他甜甜地一笑。顾生不由得喜出望外，随即跟着来到少女家里，用言语挑逗她，她也不恼，于是二人高高兴兴地做起夫妻来。事毕，少女告诫顾生说："这见不得人的事只能做这一次，下一次就不行了。"顾生没有说话，满心喜悦地回去了。

过了一天，顾生又去和少女相约，少女脸色冷峻，看也不看他一眼就走开了。以后，少女依然天天来，天天见面，却不笑一声，不说一句私情话。如果稍有调笑，她就用冷冰冰的话来刺他。

一次，在没人的地方，少女问顾生："天天来的那个少年是谁？"顾生告诉了她。她说："我看他的形容举动，经常对我显出无礼的样子，因为是你的好朋友，所以我才忍着。请你转告他，再这样，他就是不想活了。"

到了晚上，顾生果然把这话转告给了少年，说："你以后应该小心着点，那人是千万惹不得的。"少年笑了，说："既是不敢惹，你怎么就可以和她偷偷摸摸的？"顾生极力为自己辩解，少年又说："既是没有，这枕头话，你是怎么知道的？"少年见顾生被问得张口结舌，更是得意："好了，也请你转告她，不要假装正经。不然，我可要把你们的事情张扬出去。"顾生一听发了火，脸色很不好看，少年这才讨了个没趣走了。

此后的一天晚上，顾生正独自坐在灯下翻书，少女忽然走进来，笑着说："我和你的情缘还没有断，这也是天注定了的呀！"顾生高兴得简直像发了疯似的，上前把她紧紧抱在怀里。正准备宽衣解带，就听见外面有脚步声，两人吃了一惊，急忙站起时，少年已经推开门走了进来。顾生恼悻悻地问："你这是要干什么？"少年笑着说："我特地来看看这个贞洁的人。"又转身对少女说，"怎么样，今天可不能怪我了吧？"

少女立时气得竖起了眉毛，瞪起了杏眼，脸都涨红了，她解开上衣，露出一个皮囊，"嗖"地拔出一尺来长明光闪亮的匕首。少年一见，吓得拔腿就跑。少女追出门去，四下一看，不见了少年踪影，便把匕首向空中一扔，只听"嘎"的一声响，又见在天空划了一道耀眼的光亮，随即就有一个东西"砰"的一声掉在地上。

顾生忙点了蜡烛来看，原来是一只白狐狸，脑袋已经被砍下来，流下一摊血。

少女对顾生说："这就是你的那个好朋友。我本想饶它不死，它硬是不愿意活，有什么办法！"少女说着把匕首收起来，见顾生拉她进屋，就说："妖物把我的兴头也给败坏了，明天晚上再来吧。"说完就走了。

第二日晚上，少女果然又来了，于是二人便欢欢喜喜熄烛睡觉了。谈笑间，顾生问到她的剑术，少女说："这不是你可以知道的，但你要替我保密，不然的话，对你也不会有什么好处。"顾生又提出要娶她为妻，少女说："我和你已经同床了，不是夫妻是什么？已经是夫妻了，又何必再结婚呢？"顾生说："莫非是嫌我穷？"少女说："你固然很穷，难道我就富了？我所以过来，正是同情你的贫穷。"临走又嘱咐顾生说："这种不可告人的事，不能常做。该来，不用你说，我自己会来的；不该来，你再是勉强我也没有用。"后来，二人也不是经常见面，顾生想和少女私下谈谈心，但少女总是设法躲避。不过缝补浆洗、做饭刷锅等家务事，样样给他办得很熨帖，和妻子简直没有什么区别。

几个月以后，少女的母亲去世了，顾生千方百计将她安葬了，这样少女就独自住在那里。顾生觉得她一个人住着受不了冷落，一定很容易孤单，就爬墙进去，可是隔着窗子叫了半天，也没有应声。走到门口一看，门上着锁，于是就怀疑她另有情人。夜间再去看，和白天一样，门上依然上着锁，就把一块佩玉留在窗台上走了。

隔了一天，顾生和少女在母亲的房里碰面了。他从房里出来，少女也跟出来，说："你对我生了疑心了吧？不过，人各有各的心事，我也不能告诉你，现在要叫你不疑惑，哪能办得到呢？但是，现在倒有一件事，需要同你商量一下。"顾生忙问："什么事？"少女说："我已经怀孕八个多月了，怕早晚就要生产。因为我的身份还不明白，能给你生下孩子，却不能为你抚养。你可以把这事悄悄告诉母亲，及早寻一个奶妈子，只说是要了个孩子，千万不要说是我生的。"顾生点了点头。

白话聊斋

蒲松龄

侠女

顾生把少女的话告诉了母亲，母亲笑着在心里说："她这个人实在奇怪，要娶她不愿意，却愿意和我的儿子私下往来。"母亲高高兴兴地等盼着，不觉过了一个多月，她见少女有好几天没来，怀疑她出了什么事，就到那边去看，门紧关着，院子也没打扫，叫了半天，少女才披头散发地从床上下来开了门。母亲推门进去，听到床上小儿哭叫，便吃惊地问："生了几天了？"少女说："三天了。"母亲过去抱了看时，竟是个男孩，而且大脸盘、宽额头，一副福相，不由高兴地说："你虽然为我生了个胖孙子，可是你孤苦伶仃，将来靠谁过活？"少女说："我有我的心事，还不能明白告诉您老人家。等晚上没人，您就把孩子抱过去吧。"母亲回去，和儿子都暗暗奇怪她的为人。晚上就把孩子抱过来了。

　　几天以后的一个深夜，少女忽然来叫顾生的门。顾生急忙将门打开，只见她手里提着一个皮袋子，说："我的大事已经完成了，特地来向你告别。"顾生问她什么大事，少女说："你奉养我母亲的恩德，我时时刻刻都记在心上。过去说，男女之事只可办一次，不可办第二次，因为我觉得要报答你的恩情本来就不在这种事情上。我是因为你娶不起媳妇，才愿意给你一个传宗接代的人。本来以为同床一次就可以生育，不料月经又来了，才有第二次。现在已经报了你的恩，心里也就没什么牵挂的了。"问她皮袋子里装的什么，她说是仇人的头。打开一看，是头发、胡子粘在一起、血肉模糊的一团，可把顾生吓坏了，忙问究竟是怎么回事，她才说："过去一向不肯跟你说明，就是怕泄露了机密，传到仇人的耳朵里去。现在大功已成，告诉你也没有什么妨碍。我是浙江人，父亲做兵部尚书时，被仇人陷害而死，又抄了家。我背着老母逃出来，隐姓埋名已经三年了。当时所以没有报仇，是因为老母活着，不愿让她跟着担惊受怕。母亲死了，又怀了孕，才一直推迟到今天。以前我夜里出去，并不是有别的事，而是去探查仇人家的道路和门户的，恐怕杀错了人。"少女说罢，来到门外，又嘱咐顾生说："咱们的孩子你要好好抚养。我看你福薄，寿数也短，这个孩子倒可以光宗耀祖。夜深了，不要惊扰母亲，我走了。"

　　顾生正想再问少女到哪里去，只见她像闪电一样，一晃眼就不见了。顾生木头人似的站在那里，唉声叹气，像丢了魂魄。

　　第二天，顾生把此事告诉了母亲，也只好相对叹息、称奇罢了。三年后，顾生果然死了，孩子十八岁上就中了进士，奉养祖母欢欢乐乐度过了晚年。

酒 友

有个人姓车，是个书生，家境一般，却嗜酒如命。他的床头上总是挂着酒瓶子，每天晚上喝到酩酊大醉才能睡得着觉。

一天晚上，车生睡醒一觉，翻身的时候，似乎觉得有个人躺在身边。起初他还以为是盖在被子上的衣服掉下去了，用手一摸，是个比猫大的毛茸茸的东西；点上灯一看，原来是个喝醉了酒的狐狸；再看酒瓶，酒瓶里的酒已经被喝光了。看到这里他不觉笑着自语道："这真是我酒中好友呀。"他不忍心把狐狸惊醒，就把衣服盖在它身上，依偎着它一起躺在那里，留着灯烛，观察它的变化。

半夜时分，狐狸伸了个懒腰，车生笑着说："哎呀，你睡得真美呀！"说完，掀开盖在狐狸身上的衣服，一看，竟然变成了一个俊俏的少年书生，起来跪在床前，拜谢车生不杀之恩。车生急忙把它扶起，说："因为我好喝酒，人们都把我当傻子，只有你才是我的知心人。如果你不怀疑我，咱们可以结为酒友。"

说着把它拉到席上，又躺下了。还告诉它："你有空就来吧，不要有什么疑心。"狐狸高高兴兴地答应了。

天明，车生醒来，狐狸已经走了。他专门为狐狸准备了一只酒杯，等狐狸再来。到了晚上，狐狸果然又来了。两人就欢欢喜喜对饮起来。狐狸的酒量很大，并且还会说笑话，车生只恨相见太晚。喝了一阵酒，狐狸说："经常来喝你的美酒，让我怎么报答你呢？"

车生说："几杯酒罢了，何足挂齿！"

狐狸说："你的话虽然说得对，可你毕竟是个穷书生，手头的钱来得很不容易，我应当给你找些买酒的钱来。"第二天晚上，狐狸来告诉他，说："出门向东南方走六七里路，路旁有人丢在那里一些银子，你可以早起去把它拾回来。"

车生第二天早晨去看，果然发现那里有二两银子，他拿了银子随即到街上买了些准备晚上下酒的好菜。狐狸又告诉他后院埋有金钱，可把它刨出来。他依照狐狸的吩咐，果然刨到了一百多贯钱。

一次，他高兴地对狐狸说："现在钱袋里有了钱，这就不愁买酒喝了。"

狐狸却说："不能这样说。这不过是车辙里的水，怎么可以常有呢？我再给你想个更好的办法。"

一天，狐狸告诉车生，说："市场上的荞麦很便宜，可以囤积居奇。"

车生听了狐狸的话，就到市上买了四十多担荞麦，人们纷纷讥笑他不会做买卖。可是，时过不久，这地方遭了大旱，各种庄稼都死了，只有补种荞麦。车生就把买下的荞麦全部当种子卖出去，赚了十倍的利润。

从这以后，车生越来越富了，一下就买了二百亩好地。至于种什么，什么时候种，一切听从狐狸的安排：叫多种麦，麦子果然就丰收；叫多种黍，黍真的就年成好。

车生和狐狸的感情越处越深，狐狸管车生的妻子叫嫂嫂；待车生的儿子就像自己的儿子，直到车生下世后，才不再来了。

莲 香

桑晓，字子明，山东沂州人，自幼父母双亡。他独居久了，感到孤单难耐，就到一个朋友家附近的房子借住。这个地方叫红花埠，桑晓因为性情内向，喜欢清静，所以很少和别人交往。他自己不会做饭，就拿上米、面，在一个近邻家中搭伙。除了一天两次到邻家吃饭外，整天坐在屋里不出门。

有一天，他的朋友偶然来看他，见他独自一人静坐在家里，就和他开玩笑说："你一个人住在这里，整天不出门，白天还可以，到了黑夜，不感到寂寞吗？你就不怕鬼、狐来打扰你吗？"

桑晓也开玩笑说："大丈夫生来不怕死，还怕鬼、狐吗？要是来了一个公的，我就拿剑斩了它；倘若是个母的来了，我还要开门欢迎它呢。"

两人说笑了一阵子，那个朋友就告别了。

那个朋友回去后，就和他的另一个朋友商量，想和桑晓开个玩笑，试试他的胆量。到了晚上，他们就找了一个妓女，让她用梯子从墙上到桑晓的院子里。妓女来到门前，就举手敲门。桑晓问是谁叫门，妓女故意吓唬他，自言是个鬼。桑晓听了，吓得浑身颤抖，牙齿打架。妓女故意在门外、窗下走动走动，弄出种种响声，然后离开。第二天，那个朋友早早地就来到桑晓家里，若无其事地坐在那里。桑晓被吓得一夜不敢睡觉，巴不得有个人来做伴。一见朋友，就绘声绘色地把夜间见鬼的情形说了一遍，并且告诉朋友说，不敢再在这里住了，要马上搬回老家去。

那个朋友鼓掌大笑，说："哈哈！你为什么不开门请她进来？"

经朋友这么一说，桑晓顿时醒悟，知道是朋友故意逗他，夜间的女鬼是假的。一想开，便不再害怕，也就不提回老家的事了。

隔了半年，又听到一个女人半夜来敲门。桑晓以为又是朋友来戏耍他，就毫不胆怯地开门把她请进来。抬头一看，见女子生得十分美丽，便开口问道："你是什么人？

是从哪里来的？"

女子说："我叫莲香，是住在村西的一个妓女。"

在红花埠这个地方，有很多妓院，所以桑晓很相信她的话。和莲香笑谈了一会儿，就吹熄了灯，一同上床睡觉。二人你亲我爱，很是投机。从此，隔个三天五夜，莲香就要来和桑晓睡一夜。

又是一个夜晚，桑晓正在灯下独坐想念莲香，忽然见一个女子闯进来。桑晓还以为是莲香来了，就迎上前去说话。谁知近前一看，并非莲香。这女子年纪不过十五六岁，头上梳着两条小辫，身穿一件长袖子的衣服，身材窈窕，面貌秀丽，走起路来轻飘飘的，像是前进，又像是后退。桑晓大惊，怀疑她是狐狸变的。

那女子说："我姓李，是正直人家的女儿。我很羡慕你的人品，你瞧得起我吗？"

桑晓能够和一个十五六岁的小姑娘在一起，当然欢喜不尽。但是，握了一下她的手，觉得冰凉冰凉的，就怀疑地问："你的手为什么这样凉？"

李女回答说："我自幼体质很弱，再加上夜间出门，饱受霜露，哪能不凉？"

桑晓相信了，就急不可待地把她抱上床，替她脱了衣服，用手一摸，居然是个处女，便甜丝丝地搂住她不放。

欢罢，李女对桑晓说："我为了爱情，今夜失去了处女之身。你如果不嫌我丑陋，我愿意常常来陪伴你。你这里还有别的女子来吗？"

桑晓老老实实地告诉她："没有其他人，只有一个住在村西的妓女。不过，她也不常来。"

李女告诫他说："我和妓女不一样，请你不要把我来这里的事告诉她。我应当避开她，不要让她看到我。她来我就走，她走我再来。"

说着话，天已近黎明，鸡一叫，李女就要离去。临别时，李女把一只绣鞋赠给桑晓，并对他说："这是我脚上穿的东西，你想念我时，可以取出来看看它，看到它就和看到我一样。可是，如果有人在这里的时候，你可千万不要动它。"

桑晓接过一看，见刺绣工整、式样美观，非常喜欢。第二天黑夜，他趁屋里没有人，取出绣鞋来玩弄。刚一翻看，李女就轻飘飘地进了门，二人立即上床寻欢。从这夜起，只要取出绣鞋，李女就来了。桑晓觉得奇怪，就询问起来。

李女笑着说："这没什么奇怪的，不过是碰巧罢了。"

有一夜，莲香来了，一见面就吃惊地问桑晓："你的气色为什么那么难看？"

桑晓说："我并没什么感觉呀！"

莲香不再言语，和桑晓告别，约定十天以后再来。莲香走后，李女夜夜都到，嬉笑中忽问桑晓："你的情人为何好久不来？"

桑晓说："她和我约定，十天后才要来的。"

李女笑着问："依你看，我和莲香谁美？"

桑晓嘻嘻笑着，好半天才说："都美！不过，莲香的肌肤比你温和。"

李女脸一沉，很不高兴地说："你说都美，是对着我说的。想必她是月宫仙女，我定是不如她。"

桑晓不知该说什么，后悔自己失口，一句话弄得很不欢乐。李女扳着手指算了一下，十天期限已经满了，就嘱咐桑晓，到时要来偷看莲香，不准他泄露。

次夜，莲香果然按时来了，二人说说笑笑，感情很是融洽。及至上了床，躺进被窝里，莲香忽然大惊道："不对劲吧！仅仅十天不见，你怎么又瘦又没精神？你能保证你没有别的遭遇？"

桑晓问："你这是什么意思？"

莲香说："我刚才按了一下你的脉搏，竟然跳动如丝，再根据你的神气来看，可以断定，这是鬼症。"

次夜，李女来了后，桑晓问："莲香到底怎样？美吗？"

李女有点妒忌地说："当真漂亮。我向来怀疑人世间没有这等美人，果然不出所料，她是狐狸变的。昨夜她走的时候，我暗中在她背后跟踪她，亲眼看到她走进南山，钻进一个洞穴里。"

桑晓怀疑她心存嫉妒，没有多在意，只是漫不经心地随口应答。

隔了一夜，莲香来了。桑晓故意戏弄她说："有人说你是个狐狸，我根本不相信。"

莲香听了，再三追问说这话的人。桑晓笑着遮掩："没有其他人说，是我自己和你开玩笑。"

莲香半信半疑，因又问道："狐狸和人，有什么不同？"

桑晓一本正经地说："如果有人被狐狸蛊惑了，就要身患大病，甚至死亡，所以很可怕。"

莲香辩解道："你说得不对。像你这样的年纪，性交后三天，精神就恢复了，纵然是狐狸，有什么害处？如果纵欲过度，夜夜离不开女人，就是个人，也比狐狸有害。普天下患痨病而死的，难道都是被狐狸蛊惑死的吗？看来，必然有人在你面前议论过我，不然，你不会说出这样的话。"

桑晓竭力辩白，莲香追问更紧。桑晓被问得再也找不出借口，就把李女说了出来。

莲香说："我本来就很奇怪，你的精神为什么突然萎靡下来。可是，还没想到你竟又突然瘦弱到这个样子。那个李女，恐怕不是个人吧？到了明天夜里，我定要像她偷看我一样暗中看看她。"

这天晚上，李女来了后，刚说三两句话，就听得窗外有人咳嗽。李女闻声，就急忙跑了。莲香走进来，十分着急地说："你真不要命了？刚才我在窗外仔细辨认，她是个真正的鬼！如果你只顾贪恋她的美丽，而不赶快和她断绝关系，死期就不远了。"

桑晓以为她也是心怀嫉妒，因而心地坦荡，默不作声。莲香接着又说："我本来知道你非常爱她，不容易和她断绝，可是我实在不忍心看着你死。明天我会带一些药来，先给你解除一下阴毒。幸而你的毒中得还不深，花十天时间来医治，就可痊愈。我愿在这里侍候你十天，亲眼看着你把病治好。"

次夜，莲香带来药品，亲手调配，侍候桑晓服下去。不多一会儿，桑晓就到厕所里泻下一大堆脏东西。顿时，觉得满肚轻松，精神清爽。虽然很感激她，但总不相信自己患的是鬼病。莲香夜夜和桑晓睡在一个被窝，依偎着用身子来暖他。桑晓忍不住感情冲动，就想和她交合，莲香严肃地拒绝了他的要求。到第九天上，莲香看到他的病已痊愈了，身体也吃胖了，就向他告别，并且再三嘱咐他不要再和李女往来。桑晓假意答应。

莲香走后，桑晓闭了房门，坐在灯下，情不自禁地取出李女的绣鞋来玩弄。刚一翻弄，李女忽然来了。因为隔了十天没来，李女脸上不免露出埋怨的表情。

桑晓见状，安慰她道："请你不要吃醋。人家连日为我治病，应当感谢人家才对。只要我爱你，咱们二人就可以常常相会。"

听桑晓这么一说，李女才稍为平静下来，脸上有了一点喜色。桑晓急忙把她搂在床上躺下。桑晓在枕头上悄悄对她说："我实在爱你，可是却有人说你是个鬼。"

李女听了，张口结舌，说不出话来。停了好大一会儿，竟出口骂起人来，她说："必定是那个淫狐狸来煽惑你。你要不和她断绝，我就不来了！"说罢，就呜呜地哭起来。经桑晓百般劝慰，才止住了泪。

隔了一夜，莲香来了。她知道李女又来过，十分恼怒，一进门就没好气地说："你是一定要想死吧？"

桑晓笑着说："你真是个醋罐子，怎么这样爱嫉妒？"

莲香越加愤怒地说："你得了该死的病，是我想办法把你医治好，现在你又要往死路上走，我能不嫉妒吗？"

桑晓故意和她开玩笑说："人家说我的病是受了狐狸的蛊惑。"

莲香感叹一声，说："你真是执迷不悟！如果是像你说的这样，万一你将来有个什么不好，我就是有一百张嘴，也难以分辩。现在我们可以暂时离别，一百天以后，当你病倒在床上的时候，我再来看你！"

桑晓再三挽留，莲香不听，很不高兴地走了。

从这天起，李女夜夜必来。过了两个多月，桑晓觉得自己的精神很是萎靡，四肢软弱无力。开始时还自己给自己宽心，但是渐渐地一天比一天瘦弱，一顿饭只能吃半小碗稀粥；想回老家去疗养，又舍不得离开李女。他的朋友来看望他，见他病成这个样子，每天打发人给他送点儿吃的和喝的，好在他也吃不了多少。到了这个时候，桑晓方才怀疑起李女来。

他向李女说："我很后悔不听莲香的话，以致病成这个样子。"

刚说完，就昏过去了。好大一阵子，才慢慢苏醒过来。睁开两眼，四下搜寻，李女已经不见了。从此，李女再没有来过。

桑晓痛苦地卧在床上，盼星星盼月亮似的盼望着莲香的到来。一日，正在思念莲香的时候，忽然听得有一个人掀开帘子走进来，翻身一看，正是莲香。莲香走近床边，微笑着说："你这乡下佬，我的话不假吧？"

桑晓又后悔又惭愧，抽抽噎噎地哭着承认了自己的错误，请求莲香快想办法救救自己。

莲香说："你的病情已经很严重了，实在无法医治。我这次来是和你永别，以表明我并不是嫉妒。"

桑晓万分悲痛，他怎么能舍掉莲香？于是只好下了狠心，对莲香说："我的枕头底下有一件东西，麻烦你替我毁掉它！"

莲香从枕头底下搜出一只绣花鞋来，拿到灯前，反复摆弄，李女忽然闯进来了。一见莲香，返身就想逃走。莲香赶紧用身子挡住门口，李女窘得不知该怎么办。

桑晓很严厉地责备她，李女低着头一声不吭。莲香笑着说："到今天，我才能和她面对面地来对质，过去你说郎君的病未必不是由我害的，现在究竟怎么样？"

李女只得承认了自己的不是。莲香又说："你生得这样美丽，应该自爱，难道还能贪图一时之乐，拿上爱情来结仇吗？"

李女听了，无地自容，就跪伏在地上痛哭起来，哀求莲香救救桑晓。莲香见她哭得可怜，就双手扶起她来，细问她的身世。

李女很难过地说："我是李通判的女儿，少年早死，埋在这个房子的墙外。虽然死了多年，但忘不了男女间的情爱。和桑郎相爱，是我的本意；把桑郎害死，实在不是我的本心。"

莲香说："传说，鬼物最希望活人早死，以为死了就可以常在一起，是这样吗？"

李女说："不是。两鬼相逢，并无乐趣。如果有乐趣，阴间的少年郎也并不少，为什么不和他们相爱，岂不省得麻烦吗？"

莲香说："你真是个傻子啊！男女夜夜在一处，人都受不了，何况是个鬼！"

李女也想弄个明白，便问道："听说狐狸能害死人，你有什么办法，独独不害人？"

莲香说："只有吸取生人精血来补养自己的那种狐狸才害人。我不是那一类，所以世上有不害人的狐狸，绝对没有不害人的鬼。"

桑晓听了她们的谈话，才知道莲香真是狐狸，李女真是鬼。由于见惯了，习以为常，也就不感到害怕。但是想到自己奄奄一息，已是快死的人，不由得失声痛哭起来。她二人见了，也都十分悲痛。

莲香盯着李女问："桑郎成了这个样子，你说该怎么办？"

李女羞愧地说："我实在无能为力，请你想个办法吧！"

莲香笑道："恐怕桑郎强健了，你这个醋罐子就要偷吃杨梅了。"

李女跪在地上恳求道："如果有一个最好的医生能把他治好，使他不致因我而死，我一定永远不再来了。"

莲香从药包里取出药来对李女说："我早就料到有这么一天。所以离开后，我就跑到仙山去采药。花了三个月的时间，跑遍了高山野岭，才把药采全。得了痨病的人，服了我这药，没有一个不苏醒、复活的。可是解铃还须系铃人，服药时必须用原人的东西作药引子才有效。因此，还得求你效点力。"

李女说：“需要我的什么东西，你尽管说好了。只要能治好桑郎的病，就是割我的肉，我也愿意。”

莲香说：“用不着割你的肉，不过用你樱桃小口中一点儿香唾罢了。我把丸药放在他的嘴里后，麻烦你口对口，用你的唾沫把药送下去就行了。”

李女听了，羞得满脸通红，低下头只顾看着自己的脚尖。

莲香戏弄她说：“看你羞羞答答的，大概妹妹最得意的就是那双绣花鞋吧！”

李女更加羞愧得不敢抬头。莲香又说：“这本是你平时常做的事，为什么面对别人就不愿意了？还有什么舍不得吗？”

说着，就将丸药送进桑晓的嘴里，转身催促李女赶快过来吐唾沫。李女不得已，只好跪在床边，低下头来把自己的嘴对着桑晓的嘴，"吓"的一声，将一口唾沫唾了进去。

莲香紧催着说："再唾！"李女就又唾了一口，一连唾了三四口，丸药才送下咽喉。药才下咽，就听得桑晓的肚子里"嗦噜噜"地响起来。这时，莲香又送进桑晓口中一粒丸药，自己口对口地向他口中吹气。几口热气吹将下去，桑晓就觉得小肚子里热乎乎的，精神也随着振作起来。一时间，病痛尽失，马上就痊愈了。李女听到鸡叫声，不敢再留，难舍难分地告别了。

因为桑晓的病刚好，还需要有人看护；到邻人家中再去搭伙，也不是个办法，莲香就把院门朝外上了锁，假装桑晓已经回了老家的样子，以断绝和外面的来往。她却日夜在房内守护着桑晓，侍候他养病。

李女每天夜间也来陪伴，服侍得非常殷勤。她把莲香当作姐姐来看待，莲香也很怜爱她。这样精心看护了三个月，桑晓很快恢复了健康。李女见他已经好了，就隔上几夜才来一次。偶然来了，也是看望一下就走。三人闲谈时，她也是闷闷不乐。莲香常想留住她同睡，她也绝不肯答应，返身就走。桑晓追到门外把她抱回来，觉得她的身体轻得和草一样。李女被桑晓、莲香缠得走不脱了，就穿着衣服躺在床边。莲香见她蜷缩起身子还不到二尺长，更产生了怜悯她的心，就暗暗调唆桑晓去抱住她嬉耍，但是，摇动半天，总是叫不醒她。没办法，桑晓只得去睡，等一觉醒来去摸她，却不知她在什么时候已经偷着跑了。等了十几天，每夜总盼望她来，可是她竟再也不来了。桑晓、莲香很想念她，就取出她那只绣鞋来玩弄，还想着玩弄一下绣鞋她就来了。不料，绣鞋竟然也不起作用了。

莲香慨叹着说：“像她那样温柔、漂亮，我见了都十分动心，何况一个男人？”

桑晓也很悲伤，说："以前，我玩弄一下绣鞋，她就来了，心里本来很怀疑，可是并没有料到她是个鬼。今天看着她的绣鞋，心里很难受。"说着，不由得掉下泪来。

真是无巧不成书。就在这个时候，村里有一户姓张的富豪人家死了个女儿。这个姑娘名叫燕儿，十五岁了，因患伤寒出不了汗而病死的。可是死了一夜之后，又复活了。复活后，起身向周围一看，从床上跳下来就往外跑。她父亲赶紧关了门，不让她走，燕儿大声说："我是李通判女儿的魂灵，我的爱人桑晓常常想念我，我的绣花鞋还放在他家里，我是个鬼啊！你把我关在你们家里有什么好处？"

家里人问她为什么要来这里，她又说不出个究竟来。有人告诉她，说是桑晓早已回老家养病，她却说桑晓还在这里住，她家的人因此非常疑惑。桑晓的朋友听到这个奇闻，就跳过桑晓住的院墙去探看，从窗口向内一望，只见桑晓正和一个漂亮的女人坐着说话，就趁其不备，突然推门进去。不料，才一进门，女人已不见了。那个朋友非常惊奇，就向桑晓询问究竟。

桑晓笑着说："早就向你说过，母的我就要收留她呀！"

朋友就将燕儿复活的经过和她所说的话，一并告诉给他。桑晓让朋友打开院门上的锁子，打算到张家去察看，可是又觉得无缘无故，不能莽撞。那个朋友就把桑晓确实没回老家的事，告诉给张家。燕儿的母亲听了，更加奇怪，就差遣一个雇佣的老妈妈到桑晓家里去要那只绣鞋。取回绣鞋后，燕儿见了，十分欢喜。试着去穿，脚大鞋小，却怎么也穿不上去。燕儿觉得很奇怪，怎么自己的鞋自己竟穿不上了？拿起镜子一照，镜中的人又好像没有见过，这才醒悟过来，自己是借尸还阳了。就把过去的一切都说出来，张家的人这才相信了。这时，燕儿又拿起镜子，照着镜子大哭起来。想当年自己的相貌多么美丽，今天竟成了这个样子，小鼠眼、婆婆嘴，真是难看！做这样的人，还不如当一个鬼。越想越伤心，就拿着绣鞋号啕大哭起来，别人劝也劝不住。

哭了老半天，燕儿就上床去，用被子连头蒙上，直挺挺地躺在床上不动，家人们送来吃的，她也不吃。这样僵卧了七天，也饿了七天，却没有饿死，但是全身都浮肿。七天后浮肿逐渐消了，觉得肚子也饿坏了，这才要吃要喝。过了几天，又觉得遍身发痒，脱了一层皮，皮屑落下一大层。早晨起床，睡鞋也竟然自动脱落下来了。拾起来再去穿，却是大得出奇。试着去穿那只绣鞋，不大不小，不肥不瘦，正好合适，心里很是高兴。再拿镜子去照，见眉目面貌，和以前的自己一模一样，心里更是喜欢。洗了脸，梳了头，去见母亲。全家人见到燕儿忽然变得这样好看，也都十分高兴。

莲香听到这个情况，就劝桑晓托媒人去说合。桑晓认为两家贫富悬殊，很难成事，不敢去说。有一天，可巧是燕儿的母亲过生日，桑晓就混在张家子侄女婿一辈人中也去祝寿。燕儿母亲在礼品名单上看到桑晓的名字，就有意让燕儿站在竹帘里去辨认。桑晓是最后到的，燕儿在竹帘里一看到桑晓，就急急跑出来，扯住桑晓的衣襟，想和桑晓回去。母亲看到他俩拉拉扯扯，就斥责了几句。燕儿受了母亲的责备，才惭愧地回到屋里。桑晓看到这个燕儿，确实和李女的面貌一样，想到李女的情义，不由得哭哭啼啼，跪在燕儿母亲面前不肯起来。燕儿母亲赶紧把他扶起来，并不感到耻辱。桑晓当场请燕儿的舅舅做媒，燕儿的母亲毫不犹豫地答应了。但是她坚持要让桑晓到张家入赘，不肯把女儿嫁出去。

桑晓回去后，就将议婚的情况告知莲香，并且向她征求今后如何相处的意见。莲香听了，心里很不痛快，就向桑晓告别，要离开这里。桑晓见她要走，很是吃惊，急得哭了起来。

莲香说:"你到张家去做上门女婿,我跟着你去,算什么事?我还有什么脸面?"

桑晓又向她提出自己的打算:先回老家,然后把燕儿娶到自己家里。莲香同意这样做,也就不说离别的话了。桑晓坦白地把这个情况告知张家,说明不能入赘的理由。张家听到他家中还有一个媳妇,很是愤怒,就大声责备他。燕儿听了,就在父母面前找了很多理由为桑晓辩护。这样,张家才答应了,并且约定了迎娶的日子。

桑晓带着莲香回到老家不几天,约期到了,莲香就打发桑晓到张家去迎亲。由于桑晓家中很穷,婚礼准备得非常简单。可是,当桑晓将燕儿娶回时,看见自家院门口直到正堂屋,沿路都铺着大红地毯,几十对大红灯笼,明光透亮地挂满庭院。拜过天地,莲香亲自扶着新媳妇进入新房,揭去新媳妇脸上的红绸子盖头,隔世相见,分外欢喜,三人就喝起喜酒来。谈到高兴处,莲香就细问起还魂的事来。

燕儿告诉他们说:"离开你们那一天,我心中很是悲伤,觉得自己是个鬼,本来是爱他,反而几乎害了他,实在没脸再见你们。我自恨自怨不想再回墓里去了,就随风飘泊,到处游荡。每碰到活人,很羡慕人家,到了白天,就依附在草木上休息;到了夜晚,就随便乱跑。偶然进了张家,见一少女卧在床上,我就近前,依附在她身上。我并没有想到,能够借她尸体复活过来。"

莲香听了,呆呆地坐在那儿,好像在思索着什么。过了两个月,莲香生下一个男孩。产后,忽然得了重病,一天比一天厉害。一天,莲香握着燕儿的手嘱咐道:"我的病,恐怕难以治好了。我死后,就把孩子托付给你了。我的孩子就是你的孩子,我相信你一定会抚育好他。"

燕儿哭着听完了她的话,很体贴地安慰了她一番。他们给莲香请来医生,她也不让给她诊断;买了药,她也不吃。病到快要断气的时候,桑晓和燕儿都围着她哭泣。莲香似乎听到了他们俩的哭声,忽然睁开眼对他俩说:"你们不要哭!你们乐意活着,我却很乐意死。如果有机缘,十年后,我们还可以再相见。"

说罢,她就断气了。桑晓和燕儿掀开被子,准备给她穿寿衣,她的尸体竟变成了死狐狸。桑晓不忍心把她当异类看待,就按照葬人的习俗,把她厚葬了。孩子取名狐儿,燕儿待他如同自己亲生儿子一般。每年清明节,必定抱上狐儿到莲香的墓上去哭。过了几年,桑晓中了举人,家中渐渐富裕了。但是燕儿不会生孩子;狐儿生得虽很聪慧,就是身体很弱,常常生病,因此燕儿常劝桑晓再娶个小老婆,想着能再有个孩子。

一天,婢女向燕儿禀告,说是门外有一个老婆子带着一个小姑娘愿意卖给她。燕儿就让婢女把她们叫进来。燕儿见到老婆子带来的那个小姑娘活像莲香,很是吃惊,就走过去对着小姑娘说:"莲香姐又复生了吗?"

桑晓看到小姑娘确实很像莲香,也很惊讶,就向老婆子问:"这个姑娘十几岁了?"

"十四岁了。"

"你要多少银子?"

老婆子痛苦地摇了摇头，然后说："我只生了这一块肉，只要嫁到个好人家，我也能得到一碗饭吃，日后我这副老骨头不至于被抛弃到山沟里就行了。"

桑晓就多给了她一些银子，把那个姑娘留下了。燕儿拉着姑娘的手，走进自己的卧室里，托着她的下巴，笑着问她："你认识我吗？"

"不认得。"

"你姓什么？"

"我姓韦，是徐城人。"

燕儿扳着手指算了一下，莲香恰恰死了十四年了。细看韦女的面貌身材，没有一样不像她的，就拍着韦女的头呼叫着说："莲香姐！莲香姐！十年相见的约定，你忘了吗？"

这时，韦女似乎大梦初醒，叫了一声，两眼盯视着燕儿，想了一阵，流着泪说："听我母亲说，我刚生下来就会说话。父母以为是不祥之兆，就拿狗血来灌我，以致把我弄糊涂了。今天想来，像做梦一样。你莫非是耻于做鬼的李妹吗？"

三个人坐在一起，悲喜交集地谈论起前生的事来。旧情加新爱，他们生活得更美满了。

时光过得飞快，转眼又到了清明节。燕儿对韦女说："年年这一天，都是我和桑郎哭你的日子啊！"

说罢，就让人准备好祭品，夫妻三人同去扫墓。走到墓地，只见荒草长了很多，墓头的树，也已经长到两手合抱那么粗了。

燕儿对桑晓说："我和莲香姐姐是两世交情，不忍心再分离，应该把我们俩前世的尸骨埋葬在一起才好。"

桑晓听从了她的话，取来李女的尸骨，和莲香的狐尸合葬在一个墓穴里。亲友邻里们听到后，都穿着节日的服装，到墓前祝贺，事前并未约定，可是闻讯而来的竟有好几百人。

阿 宝

　　湖北有个名叫孙子楚的人，是个远近闻名的才子，却天生六指。此人忠厚老实，不善言辞，而且容易相信人，即使有人撒谎骗他，他也往往信以为真。他素爱清静，从不到歌女舞蹈、弹唱的地方去凑热闹。朋友们见他这副模样，就故意将他诓骗来，让歌女戏弄他，只羞得他头不敢抬，眼不敢看，面红耳赤，汗如雨下，逗得大家哄堂大笑。从此，人们便根据他的言谈举止，给他起了个绰号叫"孙痴"，到处宣扬。

　　本乡有个和王侯一样富有的大商人，他的儿女亲家都是贵族、官宦的后代。他有个小女儿唤做阿宝，因为生得如花似月，一心想给她找个才貌双全的女婿，虽有不少争着来下聘礼的富家子弟，却没有一个合他心思的。

　　就在这个时候，恰好孙子楚的妻子下世了，有人和他开玩笑，要他托媒到商人家去求亲，他也没有掂量掂量自家的出身门第，就真的照着别人的话去做了。

　　商人平日里也听说孙子楚为人忠厚，文才出众，只是嫌他家境贫寒，不肯将女儿阿宝许配给他。

　　媒人从商人家出来，准备去向孙子楚回话，不料刚出门就遇上迎面走来的阿宝，见阿宝打问，就把孙子楚求亲的事告诉了她。

　　阿宝一笑，带着戏弄的口气说："行呀。他要能把那个多余的手指头砍掉，我就嫁给他。"

　　原是一句玩笑话，孙子楚倒当了真了，当即向媒人表示：这事并不难办。媒人一走，他便拿把快斧"砰"的一声将那个多余的手指头砍掉了，流了一摊血，几乎要把他疼死。

　　过了几天，孙子楚来到媒人家。媒人见了大吃一惊，连忙到商人家把孙子楚断指一事告诉阿宝，阿宝听了也暗暗称奇，于是又笑笑说："那么就再请他把那股痴气去掉吧，我一定嫁给他。"

　　说也奇怪，孙子楚听了这话，突然变得能说会道、谈笑风生，说自己并不痴，只恨没有机缘见到阿宝亲自说个明白。但转念又想，阿宝未必比天仙还美，为什么要把自己的身价抬得那么高？这样一想，以往对阿宝的怀恋之情，便也渐渐冷却下来。

　　转眼已是清明节，按当地风俗，妇女们要到野外游玩，叫作踏春，一些轻薄少年往往借此机会，三三五五跟在她们后边任意品头论足。

　　这一天，孙子楚也被几个朋友邀了去游玩，一路上不断有人笑他，说他是想去看心上人。孙子楚明知道这是故意开他的玩笑，但由于曾受到阿宝的戏弄，也真想看看阿宝到底是什么样子，便高兴地随了大家，留心在人群里寻找阿宝。

　　正行走间，远远看见在一棵柳树下，有个歇足的女子被一伙浪荡公子围着。有人说:"那女子定是阿宝无疑了。"近前细看,果然不假。但见她:面如桃花三月开,腰似弱柳不禁风。说是世间少有也不过分。

这时,人越来越多,阿宝突然站起身来含嗔带怒而去。

围观的人们被阿宝的美丽弄得神魂颠倒,发疯一样纷纷品头论足。只有孙子楚一言不发,别人早已散去,他还是痴呆呆地站在那里,叫也叫不应。朋友们拽了他的胳膊笑着说:"难道你的魂给阿宝勾走了?"孙子楚还是不声不响。大家以为他平素就少言寡语,也不觉得怪,于是你推我拉把他弄走了。

孙子楚回到家里,一头倒在床上,迷迷糊糊像吃醉了酒,怎么也叫不醒。家里的人怀疑他丢了魂,就到他去过的地方去招魂,也不顶用;拍打着问他,只是含含混混地说:"我在阿宝家。"欲待详细盘问,他又不说话了。家里的人又急又怕,弄不清是怎么回事。

原来,孙子楚一见阿宝,以往那渐渐冷却的怀恋之情,又立刻重新燃烧起来。他见阿宝突然站起来要走,自然是难分难舍。这时,孙子楚只觉得自己的身子已经跟在阿宝后面,而且悄悄地挨着阿宝,也没有被人发现,心里别说有多么高兴。

就这样,孙子楚便跟着阿宝回了家。阿宝坐在哪里,他也坐在哪里;阿宝躺在哪里,他也躺在哪里,紧紧依傍着阿宝形影不离。有时觉得又饥又渴,想回家走走,又忘记了道路。

再说阿宝,自那日踏春回来,夜夜梦见和人同床,问那人是谁,那人告诉她是孙子楚。阿宝觉得奇怪,但因自己是未曾出阁的少女,又不好对别人言讲,只得暗暗闷在心里。

孙子楚迷迷糊糊躺了三天,气喘吁吁好像快要死去。家里的人十分着急,就托人婉转地告诉阿宝的父亲,要到他家里去招魂。阿宝的父亲笑着说:"平素没有什么来往,是什么原因能把魂掉在我们家?"经过再三央求,阿宝的父亲才答应了。

于是巫人便拿了草人和孙子楚原来穿的衣服到了阿宝家。阿宝一听说是给孙子楚招魂,才知道前因后果,心里很是害怕,便将巫人直接领到了自己的卧室。

巫人招魂回来,孙子楚已经在床上呻吟开了。苏醒过来之后,阿宝屋里梳妆打扮的用品,什么颜色,什么名称,他都说得一点不差。阿宝听了更加吃惊,心里暗暗感激他的深情厚爱。

过了几日,孙子楚已经下了床,坐思站想却什么也记不起来了。他经常留心观察阿宝的行踪,希望能够再见她一面。

四月初八是浴佛节,听说阿宝要去水月寺烧香。孙子楚早早地到路边去等候。已经等得眼睛发困了,时过中午,阿宝才来。

阿宝在车里,用纤细白嫩的手牵着绣花车帘,目不转睛地注视着他。孙子楚更加动心,就在后边跟着她向前走去。忽然,阿宝教一个婢女来问他的姓名,他便热情地告诉了婢女,自己高兴得心摇意晃,等车子去远,才返回来。

孙子楚到了家里,上次的病又犯了,迷迷糊糊,不吃不喝,一入梦就唤阿宝的名字，只恨自己的魂魄不再像上次那样灵。这时他家里过去养的一只鹦鹉忽然死去，他看见孩子正拿了它在床上玩耍。心想，假若能变成鹦鹉，一展翅就可以飞到阿宝的屋子里该多好。孙子楚正这样想着，身子已经变成鹦鹉，突然飞出去，一直飞到阿宝的屋子里。

阿宝高兴地把鹦鹉捉住，用绳子拴了它的腿，喂它麻籽吃。鹦鹉突然口吐人言："姐姐，不要锁我，我是孙子楚呀！"阿宝很吃惊，解了绳子，鹦鹉也不飞去。阿宝赶忙祝告道："你的深情，已经刻在我的心上。现在人和飞禽已不是同类，怎么可以再结为夫妻呢？"鹦鹉说："能够依傍着你，就已经心满意足了。"别人喂它东西，它不吃；阿宝亲自喂它才肯吃。阿宝坐着，鹦鹉就落在她的膝盖上；阿宝躺下，鹦鹉就挨着她落在床上，阿宝十分怜惜它。

这样过了三天，阿宝背地派人去偷看孙子楚，回来的人告诉她，子楚已经死了三天了，但身上还有热气。于是阿宝又对鹦鹉祝告道："你要是再变成人，就是死我也要嫁给你。"鹦鹉接口说："你骗我！"阿宝见它不信，就起了誓。这时鹦鹉歪着头，像在考虑什么。稍停，阿宝把绣花鞋解开带子脱在床下，鹦鹉突然飞下来，衔了一只飞去，呼叫的工夫已经飞远了。阿宝打发一个老妇人去孙家探听，孙子楚已经醒了过来。

事情的经过是这样的：正当孙家人守着子楚犯愁的时候，忽见一只鹦鹉衔了一只绣花鞋飞进来，随后掉在地上死去了。大家正觉得很稀奇，孙子楚一会儿便苏醒了，一睁眼就要那只绣鞋，大家都不知道是什么缘故。

当时阿宝打发的老妇人可巧也来了，到屋里看望孙子楚并问他那只绣鞋放在什么地方。孙子楚说："那是阿宝给我的定情物品。请您转告她，我忘不了她许下的诺言。"

老妇人将此事回复阿宝，阿宝更感到奇怪，专门让自己的侍女把事情的前因后果泄露给她的母亲。母亲经过详细盘查，事情一点不假，就说："这个人才名倒也不错，就是像司马相如当年那样贫穷。好几年挑了这样一个女婿，恐怕要被有钱人家笑话的。"阿宝却以绣鞋已经落在孙子楚手中为借口，誓死不再嫁给别的人。父母亲见女儿决心已定，只得顺从了她，并立即派人把消息告诉了孙子楚。孙子楚一听，病马上就好了。

阿宝的父亲和孙家商议想把女婿招过来，阿宝说："做女婿的不能长住在岳父家，况且孙郎又贫穷，时间一长就会被人看不起。女儿既然许诺了，就是住茅屋也心甘情愿，吃野菜也不抱怨二老。"

于是，孙子楚就亲自把阿宝迎娶回来，就像隔了一辈没有见面那样高兴。

从此，因为家里得到岳父家许多陪送，也算有了点钱财，便购买了些房屋、田产。但是孙子楚只知道埋头读书，不懂得怎样管理家务，阿宝善于经营、囤积，也不因别的事情影响丈夫读书。

阿宝在孙家住了三年，家里越来越富，但孙子楚却忽然得了消渴病死去了。阿宝哭得非常痛心，终日泪流不止，甚至到了不吃不睡的地步，谁劝也不听。一天，趁着黑夜上了吊。幸亏被侍女发觉，经过急救苏醒过来，但还是不肯饮食。

过了三日，召集亲戚朋友安葬孙子楚，忽然听到棺木里有呻吟出气的声音，打开一看，孙子楚已经复活了。

孙子楚告诉大家，说他见到阎王，阎王认为他平素朴实可靠，命令他在阴间做部曹官。就在这时，忽然有鬼卒向阎王禀报说："孙部曹的妻子就要到了。"阎王查了查生死簿说："她还不该死。"鬼卒又说："不吃饭已经三天了。"阎王对孙子楚说："因为你妻子的行为实在感人，让你再生以示奖赏。"于是便派了一个牵马的鬼卒用马把他送回来了。

自此，孙子楚的身体日渐恢复。这时正值三年一次的大比之年，入考场之前，几个少年为了戏弄他，共同拟定了七道隐晦、生僻的命题，把他领到一个没人的地方告诉他说："这是通过某家的关节弄到的，因为我们都很尊敬您，才悄悄传给你。"孙子楚听了，信以为真，昼思夜想，作了七篇文章。那几个少年暗暗笑他。

那时，主管考试的学官，考虑到熟题会有被人抄袭的害处，便一反常规，出了生僻的命题。孙子楚打开发下题纸一看，正符合提前写的那七篇文章，于是孙子楚就考中了第一名。第二年，又中了进士，被派到翰林院做官。

皇帝听到关于孙子楚的奇异传说，把他召来询问。他便把事情的前前后后详细奏明，皇帝对他大加赞赏。后来又召见阿宝，赐给她更多的财物。

遵化署狐

邱先生是诸城县人，曾经做过遵化道的道台。

据说道台府衙很多年以前就住上了狐狸精，后面有座旧楼是狐狸精聚居的地方，好像已成了它们的家。那里的狐狸精说不定什么时候就要出来祸害人，越是想把它们赶走，它们就越闹腾得厉害。因此，凡是在这里做官的人，只好杀猪宰羊来供奉它们，谁也不敢轻易冒犯它们。

邱先生到任后，听说狐狸精如此胡为，心中十分恼怒。

狐狸精知道邱先生性情刚烈，也很害怕，于是就变成了一个老婆婆，对邱先生家里的人说："请千万转告大人，不要伤害我们，容我再住三日，就带着全家都走了。"

邱先生听了，也没有说什么。

只是在第二天，他检阅完兵马后，不让散去，让士兵把各营的火炮全部扛了来，悄悄布置在楼的四周，然后突然命令千炮齐发，几丈高的楼，顷刻间被轰成一块平地，但见皮毛、血肉像雨一样从天上降下来。

这时有一道白光，从滚滚烟雾中腾空而去，士兵们看着白气喊道："不好了，有一个狐狸精逃跑了！"

自此，遵化府衙平安无事。

两年以后，邱先生派了个贴身公差，带了许多银两到京城请客送礼，为他谋划提拔的事。后来，因为没有办成，就把银两暂时埋放在一个家在京城的差役家中。

事后不久，忽然有个老汉闯进朝廷喊冤，状告邱先生无辜杀害他一家妻儿老小，还告他克扣军饷、行贿买官，并指出银两埋藏的地方，要求去验证。

于是，一位钦差大臣领了圣旨，押着老汉来到差役家，但是搜了半天，每个角落都搜遍了，却什么也没有搜出来。

钦差正待向老汉发作，只见老汉用一只脚点了点地，钦差看出他的意思，就命令手下的人照老汉指点的地方刨下去，果然刨出许多元宝，而且每一块都刻有"某郡解"的字样。

刨完元宝，回头看老汉，老汉不知哪里去了。按老汉自己说的姓名、住址去找，也没有找见。邱先生就因这事被官家逮捕法办了。他这才知道那老汉就是逃走的狐狸精变的。

张 诚

河南某县住着一个姓张的老汉,他原是山东人。明朝末年,清兵入关的时候,他的房屋被乱兵烧毁了,年轻貌美的妻子也被乱兵抢走。那一年,张老汉才二十多岁,他在坍塌的房边坐着哭了一夜,第二天便一路流浪来到河南,后来在河南娶妻安家。他的妻子生了个男孩,取名张纳;张纳三岁时,妻子死了;为了养活孩子,他又续娶牛氏为妻,过了一年,也生了个男孩,取名张诚。

张老汉的续妻牛氏,性情凶狠,蛮不讲理,根本不把丈夫放在眼里,把前房儿子张纳更看作眼中钉、肉中刺,变着法子虐待他,把他当作牛马使唤。张纳才十一二岁,牛氏就叫他独自上山打柴,每天必须打一捆,偶尔少了些,就得挨打受骂,身上经常带着伤痕。而对自己的亲生儿子张诚却当作宝贝百般溺爱,凉了怕冻着,热了怕晒着,恨不能每日把他含在嘴里。牛氏不仅让张诚吃好的、穿好的,还把他送到书房去读书。这样过了两三年,张诚渐渐长大了,加上聪明好学,小小年纪就懂了很多事理。他见哥哥每天吃的猪狗食,干的牛马活,还要挨打受骂,就私下劝说母亲不要再虐待哥哥。母亲不但不听,还骂他是个大傻瓜,不跟她一条心。

有一天,张纳正在山里打柴,忽然下起大雨来,他在山岩下躲避了一会儿。等雨停了,天色已晚。张纳这时又饥又渴,实在走不动了,就背了柴一步一跌挨回家来。牛氏一看,见柴打得比往日少,先就动了火,不让他端碗,张纳饿得支撑不住,只得回到房里,蜷曲着身子躺在床上忍着。张诚下学回来,见哥哥眉头紧锁,一语不发,便心痛地走过去问:"哥,你病了?"张纳说:"不,是肚子饿了。"张诚又问哥哥为什么不去吃饭,张纳就把因为下雨没有打够柴的事告诉了他。张诚听哥哥这样一说,闷闷不乐地走了。过了不久,他又来了,从怀里掏出几张烙饼让哥哥吃。张纳急忙问他,这饼是从哪里弄来的。

"是我找了面,让邻居大娘做的。"张诚说,"哥,你快吃吧,别

多说了。"

张纳因为饿极了，便狼吞虎咽地吃起来。吃完，摸着弟弟的头说："以后可不能这样了，要让母亲知道了，会连累你挨骂的。再说，一天有一顿饭，就是饿也不至于饿死的。"

"可是，你的身体本来就不很好，吃不饱饭，就没劲，哪能打那么多柴？"

张纳见弟弟对自己这样知冷知热，心里很是感动，他不忍叫弟弟为自己难过，就故意装出不犯愁的样子来安慰弟弟，然而偏是骗不过弟弟的眼睛。后来，他们又说了些别的话，便各自睡去了。

次日早饭后，张诚背着母亲和书房的先生到山里来找哥哥。张纳一见弟弟，吃惊地说："你来这里干什么？"

"帮你打柴。"弟弟回答道。

"是谁叫你来的？"

"是我自己要来的。"

张纳一听，急了："好兄弟，快回去吧。你还小，不会打柴的；就算会打柴，我也不能让你来打。"不管张纳再怎么说，张诚只是不听，索性用手折、用脚踹，帮哥哥打起柴来，嘴里还嘟哝着，明天来的时候要带上一把斧子。不一会儿，张诚就出了满头大汗，张纳走过去制止他，见他的手已经被划破了，鞋子也磨了个大窟窿，不由心痛得掉下泪来，说："你要是再不快回去，我可要用斧子砍我自己了。"张诚见哥哥哭了，只好答应回去。于是张纳便拉着弟弟的手，一直把他送到山下，等到看得见村子，才又返回去砍柴。

傍晚，张纳背着柴下了山，先转到书房对先生说："我弟弟年纪小，您要多管着点，山上又是虎又是狼的，可不能让他乱跑。"先生说："今天上午不知道他哪里去了，问他还不肯实说，原来是上山淘气去了，我已经把他打了一顿。"

张纳听说弟弟挨了打，急忙背了柴回到家里，他掰着弟弟的手说："看看，不听我的话，挨打了吧。"张诚把手挣脱，说："打得又不痛，怕什么哩。"说完笑着跑开了。

第二天，张诚果然揣了把小斧子，又到山上来了，急得张纳直跺脚，说："我再三叫你不要来，不要来，就是不听话！"张诚连理也不理，径自找个地方砍起柴来，砍得出了一身汗，也不休息一下，不大工夫就砍下一大堆。他擦擦汗，理理衣服，想告诉哥哥自己要回去，又怕哥哥去送他，耽误砍柴，就悄悄地下山去了。

张诚来到书房，先生已经开讲多时。先生责问他，他低着头一言不发；先生拷打他，他才哭着向先生讲述了真情。先生平素也知道张家一些情况，听张诚一说，想不到这样小小年纪，竟有如此高尚的品行，心里不由得暗暗赞叹，不仅不再责难他，还答应只要他学好每天的功课，就替他保密。从此，张诚不顾哥哥的劝阻，每天都要上山帮哥哥打一阵柴，才去上学。一连几天，张纳背回的柴多了些，也就很少受继母的打骂了。

一天早晨，山里雾气很大，十几步开外就看不清人了。张纳兄弟正和村上的几个人一起砍柴，忽听一阵风响，从树林里跳出一只老虎来，吓得大家东躲西藏，只有张纳顾不得自己，到处寻找弟弟，可惜弟弟人小腿短，躲闪不及，竟被老虎咬住了。张纳见弟弟落入虎口，顿时吓出一身汗来，连忙赶上去，照着老虎就是一斧。原来老虎因为衔着人走得很慢，冷不防后胯吃了一斧，痛得狂奔起来。张纳拼命地追赶老虎，追过几个山头，终于寻不见老虎的去向了。急得张纳到处呼叫弟弟的名字，但是回答他的只有幽山空谷的阵阵回音。张纳哭着回来了，大家愈解劝，他哭得愈厉害。他说："我这个弟弟可不比一般的人，他是为我死的，我还能活着吗？"说着便把斧子朝自己的脖颈上砍去，大家忙去夺斧子，斧子已经砍进去一寸多深，因为流血过多，一会儿就昏死过去了。大家连忙撕了衣服，七手八脚给他包了伤口，抬回去交到张老汉家里，并把前后经过一五一十告诉了张老汉和牛氏。牛氏一听宝贝儿子被老虎衔去，便呼天抢地大哭大骂，她见张纳刚能出上口气来，就一步抢上去，跺着足、咬着牙骂道："好你个丧良心的，你把我的儿子害了，还想用划破点皮来搪塞老娘吗？"张纳慢慢睁开眼睛，有气无力地说："娘啊，您老不要烦恼，果真弟弟死了，我也绝不活着！"

张纳被放在床上，痛得不能入睡，只好靠着墙壁昼夜啼哭。张老汉见一个儿子被虎衔走，这个儿子眼看也怕保不住，心里刀扎一样难过，不时到床边喂儿子一点汤水喝，可是一让牛氏看见就要遭到唾骂。张纳不忍心老父亲跟着受累，干脆赌着气，既不吃也不喝，活了三天就死了。

张纳死去了，但是他的魂灵却没有散，依然心心念念要找他的弟弟。这天，张纳的魂灵正飘飘忽忽地不知该往哪里走，忽见前边有个人，过去一看，原来是本村那个会走无常的神汉。他把自己的苦衷向神汉诉说一番，便打听起弟弟的下落来，神汉告诉他，没有听说过，但是表示愿意帮他的忙。

神汉领着张纳来到一座城外，正碰上一个穿青衣戴小帽的公差从里面出来，神汉上前拦住他替张纳问弟弟在哪里。公差从怀里拿出一本名册，只见上面写着百八十个男女姓名，而且各有去处，就是没有张诚的名字。神汉怀疑在别的名册上，公差说："不会的，这一带属我管，别人怎么可以到我这里随便捉人。"神汉见张纳还是不相信，就又领着他进了城，城里新鬼、旧鬼来来往往，不知都在忙什么，其中也有张纳认识的，碰见就问弟弟的下落，问来问去，还是没有一个知道的。就在这时，突然听见人们纷纷乱喊："菩萨来了！菩萨来了！观音菩萨来了！"张纳仰头一看，只见五色祥云上站着一个很高、很大的人，浑身上下放着耀眼的光芒，一时把天地照得通明。神汉向张纳恭贺道："您真是个有福气的人啊！观音菩萨几十年才来阴曹地府一次，救苦救难，可巧就让您碰上了。"说完忙把张纳一推跪在了地上，别的鬼魂也都纷纷跪下，合着手掌大声念起佛来。众人的声音汇在一起，震得耳朵嗡嗡直响。观音菩萨用杨柳枝蘸了玉瓶里的甘露水，不断洒在众鬼魂的身上，好像下了一场毛毛细雨。过了一会儿，雨雾散了，天地暗了，菩萨也不见了。张纳觉得脖颈上湿润润的，斧子砍伤的地方也不再痛了。于是神汉便和张纳一起寻路而返，一直把张纳送到家门口，才拱手作别。

张纳死了两天，忽然苏醒过来，忙把他看到和听到的，细细地给父亲和继母讲了一遍，说弟弟并没有死去。父亲脸上似乎略带喜色，继母牛氏却以为是张纳编造了假话哄弄她，反而骂得更凶了，口口声声要他给儿子偿命。张纳见继母不信，自己一肚子冤枉又不好申辩，幸而一摸伤痕已经愈合了，便竭力支撑起来，瞅继母出去的工夫，跪在父亲面前说："您老人家好好保重，我要走了，就是上天入地也要把弟弟找回来。要是找不见，我也不活了，您就只当我这次没有醒过来好了。"张老汉听了儿子贴心的话，泪水沿着面颊落在儿子的头上，但由于缠不过老婆，也不敢把他留下，只好暗暗给他些盘缠、干粮，打发他上路了。

张纳拄了根木棍去寻弟弟，爬了不知多少山，过了不知多少河，树林里寻，村庄里问，见人就打听。盘缠花完了，干粮吃光了，就一路讨要些吃的，喝点河里的水，继续寻找。

才是花落，又是花开，不知不觉一年过去了。此刻，张纳身上的衣服，因为整日跋山涉水、穿林过崖，已经烂成了布条条，头发长了三寸长，脸又黑又脏，简直成了一个野人。这一天，他一跛一拐来到南京城外，饿得实在不行了，就借势倒在路上想休息一会儿。就在这时，忽然看见有十多个骑马的人打马而来，便急忙躲在路旁。骑马人中，有个当官模样的人，约莫四十来岁，仆人、家丁前呼后拥好不威风，长官后面是一个眉清目秀的少年，一直用眼睛注视张纳，张纳以为是贵公子，吓得头也不敢抬。少年来到张纳身边，忽然停鞭下马喊了声"哥哥！"张纳抬头一看，见是张诚，立刻紧紧握住弟弟的手，悲喜交集，禁不住失声痛哭起来。张诚也哭了，说："哥，几千里路，您是怎么来到这里的？"张纳把寻找他的经过简单讲了一下，张诚更是感动得泣不成声。骑马的人纷纷下马，问清了是怎么回事，禀报了官长。于是官长就叫手下的人腾出一匹马来让张纳骑。张纳和张诚并排跟在官长的后面走着，不一会儿便回了张府。这时，张诚才把被老虎衔走后的遭遇细讲给哥哥听。

那天，老虎冷不防吃了张纳一斧，衔着张诚猛跑起来，不知道爬过几道山，翻过几道岭，也不知道什么时候，老虎实在跑不动了，就把张诚扔在路旁走了。张诚迷迷糊糊在路上躺了一夜，次日早晨，恰好有个姓张的通判从京城回来路过这里。张通判见是一个文雅的少年书生，十分可怜他，就叫手下的人去抢救，抚摸、呼唤了半天，张诚终于慢慢醒了过来。张通判一问他的家乡，已经离开很远，索性把他带回自己家里，并立即请来医生给他治疗伤痛，又调养几日，很快好了。张通判四十多岁还没有儿子，就把张诚认在自己膝下。刚才，张诚随同义父在外面游山玩景回来，恰巧半路遇到了哥哥。

张诚刚把话说完，张通判走了进来，张纳急忙上前叩拜他的救弟之恩。张通判把张纳扶起，又叫张诚去取了好衣服给张纳换了，才摆了酒席，叙起家常来。张通判给张纳斟了酒，说："你们张家这一族在河南有多少家口？"

张纳说："没有。我父亲小时候是山东人，是后来流落到河南的。"

"哎呀，我老家也是山东。"张通判见是同乡，显得分外热情起来，把椅子往近靠了靠，"贵乡是属于什么地方管辖的？"

"听父亲说，是东昌府。"

"这样说来，咱们倒越发近了，我也是东昌府的。"张通判为如此巧合感到惊奇，"那么，你们为什么要迁到河南去住呢？"

"四十多年前，清兵入关时，前一个母亲被抢了去了，家中房产也被大火烧了，没办法，父亲才来到河南做小商贩，时间一长，也就落下脚来了。"

张通判听到这里，不觉更加惊奇，急忙问张纳的父亲叫什么名字，张纳告诉了他。张通判瞪大眼睛，看看张纳，又看看张诚，低下头想了想，连忙站起来，向内室跑去。

张纳和张诚被张通判的举动惊呆了，正不知什么原因呢，只见张通判扶着老太太来到外面厅堂里。张纳和张诚给老太太磕了头，老太太突然问张纳，说："你可是张炳之的孙子吗？"张纳连忙回答"是"，心里却奇怪老太太怎么会知道，正在暗暗纳闷，老太太说："我就是你们的前一个母亲。嫁给你父亲三年，就被清兵抢去，跟了清兵一个名叫黑固山的将领，半年后生了你大哥，又过了半年黑固山死了，你大哥才补到他的帐下升了通判。现在你大哥退职了，他时时刻刻想念家乡和父亲，就恢复了原姓。几次派人到山东打听，一直没有消息，原来你父亲早就迁到河南了。"又转对张通判说："你把弟弟认作儿子，真是太让人笑话了。"张通判说："以往我也问过张诚，并没有说他是山东人，想是他年纪小，没听父亲说过吧。"

事情弄清了，便按大小称呼起来。张通判四十一岁为大，张纳二十二岁为次，张诚十六岁最小。张通判突然得到两个弟弟，心里十分高兴，宴同桌，睡同席，拉往事，叙家常，相处得格外融洽。

一天，张通判和母亲商量返乡的事，老太太怕丈夫现在的妻子不肯收留，张通判说："这也用不着犯难。肯收留就住在一起，不肯收留，可以分开过活，没有什么也不能没有父亲呀！"老太太见儿子说得有理，就叫儿子卖掉所有房产，准备好行装，择日启程了。

一家人一路上欢欢喜喜，不觉已经来到家乡。老太太打发张纳和张诚先去给家里报讯。

那张老汉自张纳出走后，牛氏也得了一场大病死去了，剩下他一个人孤零零的，整天哭哭啼啼。这一天，正独自坐在那里抹眼泪，忽见张纳进来，正以为是梦呢，又看见了张诚站在那里，一时高兴得说不上话来，只顾扑簌簌地掉眼泪。当他听说张通判母子也来了，更是不会哭，也不会笑，只是木呆呆地站在那里。一会儿，张通判母子来到家里，张通判拜过父亲后，老太太把着张老汉的手哭诉了一番。这时，街坊邻居挤了一屋子，都不知道是怎么回事。张诚环视一周，不见他的妈，一问，才知道已经死了，不觉哭得昏了过去，有一顿饭工夫才醒过来。

后来，张通判花钱盖了一所宽绰的宅院，还请了先生教两个弟弟读书。那真是人丁兴旺，牛马成群，居然成了村上数一数二的富户。

口 技

　　一年农闲时，村里不知从何地来了个年轻女子，约莫二十五六岁。她随身携带着一个药箱子，自称以看病、卖药为生。但她看病的方法很奇特，有人求她看病，她就说自己开不了药方，要等到夜深人静的时候请教神仙，所以让病人等到夜晚再来找她。

　　到了夜里，她清扫了一间小房子，问明病人的病症后，就让人们到房外去。她却把房门关了，独自一个人留在屋里。人们都聚在门窗下等候。开始时，偶尔也有人低声说话，接着大家连咳嗽都不敢出声，生怕听不到屋里的声音。渐渐地屋内、屋外静得连微细的声响都没有了，大家都屏住呼吸静听房内的动静。

　　大约到了将近一更天的时候，忽听房内传出掀起帘子的声音，听得那个年轻女子说："九姑来了吗？"另一个女声回答："来了。"接着又听女子说："腊梅跟随九姑来了吗？"似乎是一个丫鬟的声音："来了。"

　　接着又听见三个女人互相闲谈。一会儿，又听得掀帘子的声音，只听得女子又说："六姑来了！"此时又听见几个女子同时说话的杂乱声音："春梅也抱上孩子来了？"

　　一个女子回答说："这个小顽皮，怎么哄也不睡，定要跟着来。重的像一块大石头，真要累煞人！"接着，听到年轻女子殷勤接待客人的声音、九姑询问的声音、六姑寒暄的声音、两个丫鬟奉承主人的声音、小孩子嬉笑的声音，声音有大有小，有粗有细，几种声音交织在一起，但又音色分明。嘈杂中，又听年轻女子说："小公子也太顽皮了，那么远的路，还抱个猫儿来。"

　　随着年轻女子的话音，声音又渐渐稀疏下来了。但是，忽然又听得掀帘子的响声，随着帘子响，听得满屋的人都同时说："四姑为什么来得这样迟？"只听见一个小女子细声细气地说："路远一千多里，阿姑又走得慢，我和阿姑走了好长时间才到。"接着又听到互相问候、应酬的声音，移动坐凳的声音，呼唤添座的声音。声音同时喧闹，但又先后参差，粗细高低，错综复杂，各有各的特点。大约一顿饭工夫，才慢慢静下来。

　　这时才听到年轻女子的问病声。接着又听到九姑等研究用药的声音。九姑说应该用人参，六姑说应该用黄芪，四姑说应该加白术。斟酌了一会儿，才听见九姑要笔砚的声音、折叠纸张的声音、拔笔的声音、扔笔帽的声音、磨墨的声音、写字的声音、放笔的声音。各种声音震震作响，惟妙惟肖。最后又听到撮药、过戥、包药的声音。药剂包好后，才见那个年轻女子开门掀帘而出，将药方和药剂分别交给病人，然后返身再进房中。

　　女子进房后，又听到四姑、六姑、九姑和三个婢女的互相告别声，小孩子的呀呀声，猫儿的咪咪声，一时并起。九姑的声音，清脆响亮；六姑的声音，粗涩低缓；四姑的声音，娇细婉转。三个婢女的声音，也各有特色。房中只有年轻女子一人，而却能在同一时间内发出好几个人的声音，还夹杂着其他响声，又让听者能明确地辨清声音的不同，真不简单。怪不得人们都相信她是真神治病。可是服了她的药，也很少见效。其实，这就是所谓口技。那个年轻女子不过迎合人们的迷信思想，借口技来骗钱罢了。

红 玉

河北永年有个姓冯的老人，他有一个儿子，名叫相如。父子俩都是安分守己的读书人。冯翁一生勤俭持家，为人忠厚，可是家里却一直很穷困。他的遭遇也很不幸，在三两年里，家里就死了两个人，才埋葬了老伴，接着又死了儿媳妇。因此，所有家务的担子，就落在了他的肩上。

一个月光皎洁的夜晚，儿子相如独坐在院子里观赏月亮，忽然看见东院的姑娘扒在墙头上，露着半身，朝这边窥探。相如抬头细看，见姑娘生得很美，就走近墙边，想和她搭话。还未开口，姑娘就朝他微笑。相如用手招她，不过来也不离去。经过再三请求，才让相如搬过梯子，蹬着梯子过墙来。相如就把她请到自己的卧房，一同上床去睡。他们夜夜往来，就这样大约过了半年之久。有一天夜里，相如和那女子正在枕头边说笑，恰好被冯翁听到了。冯翁怒火中烧，大声把相如呼唤出来，指着他骂道："你这个畜生！办的什么好事？活得这样被人小看，还不知道刻苦勤奋，倒学会了浪荡！让别人知道了，要败坏你的名誉；就是不知道，也要损害你的品德。"

相如跪在父亲面前，一边承认错误，一边痛哭流涕地表示一定悔改。冯翁的火气才稍微消了一点儿。

冯翁又对着窗户斥责红玉道："一个姑娘家，一点儿也不知道羞耻！玷污了自己，又玷污别人！倘使让人逮住了，也不光是败我家的名声！"

冯翁骂罢，就愤愤地回屋去睡。红玉哭哭啼啼地对相如说："你父亲的责骂，真使人惭愧，也是我终生的耻辱。咱俩的缘分算是到头了，从此，咱们分手吧！"

相如恳求说："父亲在世，固然不能由我。你如果对我有情有义，就该忍耐一时，仍旧维持我们的关系。"

红玉说话非常绝，说要一刀两断，不再来往，急得相如哭泣起来。

红玉被相如哭得心软了，就对相如说："咱们俩既无媒人说合，也无父母主婚，私通苟合，怎么能白头到老？有一个好姑娘，可以做你的妻子，你可以请媒人去说合。"

相如说："我家里很穷，哪能聘得起媳妇？"

红玉很有情义地说："明天晚上你等着我，我给你想个办法。"

次夜，红玉果然又来了。从身边取出四十两银子赠送给相如，并且告诉他说："离这儿六十里，有个村子叫吴村，吴村有一个姓卫的姑娘，现年十八岁了，因为要的聘礼多，至今还没有许配给人。你多出些彩礼，一准能办成。"说罢，就起身告别，这一夜没有再留下。

天明后，相如把卫姓姑娘的情况告知了父亲，想去吴村相媳妇，但是不敢把红玉赠送银子的事说出来。冯翁觉得自己穷得连锅都揭不开，怎么能娶起儿媳妇，所以不让相如去。相如又婉言说服父亲，说是先去试试看。冯翁不忍再扫儿子的兴，也就答应了。

相如向一家亲戚借了一身好衣服，还借了一匹马和一个仆人，就到吴村姓卫的家里去提亲。卫家祖祖辈辈都是种地的老农民。相如首先借着扯闲话，介绍了自己的家世，渐渐地引到了找对象的正题上来。卫老汉得知相如出身于一个很有声望的书香门第，又看到相如穿着整齐，骑马随仆，心中暗暗称赞，很愿意把女儿嫁给他。只是怕他不肯多给钱，但又不好意思明说，说话吞吞吐吐。相如看透了他的心事，就把带在身边的四十两银子全部取出来，放在桌子上。卫老汉一见大喜，就跑出去，请来一个邻居，求他当媒人。当面书写了订婚的大红帖，很不费力地就把婚事办成了。相如重新拜见了丈人，又去拜见丈母娘。因为房子很窄小，女儿就藏在母亲背后来遮避。哪能完全遮得住，相如偷眼相看，虽是农家姑娘，面貌却十分娇好，心中不由得暗暗欢喜。

卫老汉备办上好饭菜来款待女婿和媒人，吃饭时，对相如说："女婿不必再来迎娶，等我们给女儿备办了嫁妆，就用轿子把她送去。"

相如和丈人订好婚礼日子，就告别回家。到家后用谎言来诓骗他父亲，说是卫家爱他是名门子弟，情愿把女儿送来，不要钱。冯翁听了，当然喜欢。

到了约定的日子，卫老汉果然派人把女儿送过来。卫女十分勤俭，很尊敬公公，也很顺从丈夫。夫妻间的感情十分要好。过了两年，卫女生下一个男孩，取名叫福儿。

清明时节，卫女抱着福儿，跟随丈夫到祖坟上去扫墓，想不到竟遇见了一个姓宋的大乡绅。这个乡绅曾经做过御史，因为犯了贪赃枉法的罪，罢官为民，回到乡间来居住。这个人生性恶毒，仗凭他做过几天官，就作威作福，大肆欺压老百姓。这天他也上坟扫墓，见卫女生得好看，就起了歹意。他向一个村民打听了一下，得知卫女是相如的妻子，他想：有钱买得鬼上树，一个穷秀才，多给他几两银子，定能把他的妻子弄到手。就厚着脸皮，派人找相如去说。相如骤然听到时，很是愤怒，可是想到很难敌过宋家的权势，就假装笑脸，说是和家人商量商量再说。回到家里，把这事告诉了父亲。冯翁听后怒火万丈，就跑出门去大骂宋家派来的人。那个人被骂得抱头鼠窜。

宋家来人回报了遭骂的经过，那个宋乡绅老羞成怒，就派了几个家将打手去相如家胡闹，把相如父子打了一顿，打得父子俩倒地呻吟，不能起身。卫女把孩子扔在床上，披头散发，大声呼救。这伙打手见到卫女，不管三七二十一，一拥而上，抢了人就走。四邻虽都被惊动前来，但因惧怕宋家势力，谁也不敢上前去救。

冯家父子被打伤在地，福儿不见了母亲，也在床上呱呱啼哭。邻居们很可怜他们，便把冯家父子扶到床上，轮流照料。过了一天，相如能拄着拐杖下地了，而冯翁却因气恼，再加上伤势太重，吃不下东西，整天呕吐鲜血，三两天就死了。相如见父亲惨死，异常悲痛。轻棺薄殓地葬埋了父亲后，就抱着孩子去告状。从县里一直告到省里，因为大小官员都是宋乡绅的熟人，官官相护，一直申不了冤。

后来，相如听到卫女被抢去后，在威胁利诱下，坚贞不屈，自杀而死，心中更加悲痛。他冤气塞满胸膛，但又无处去申；想着拦路去刺杀那万恶的乡绅，可人家出门时随从很多，不容易下手，而且自己的孩子也无人照顾，只能瞪着两眼，昼夜长叹。

有一天，忽然来了一个身材高大、气魄雄伟、满脸络腮胡子的人，向他表示慰问。相如根本不认识这个人，但想到人家既然登门来访，就应该以礼相待。于是，很客气地请客人坐下，才想开口问其身世，那客人已先开了口："你有杀父之仇、夺妻之恨，你就不打算去报仇吗？"

相如怀疑他是被宋家派来侦探自己的行动的，所以只假装懦弱地说了一声"是"。客人听了，勃然大怒，两眼圆睁，眼眶都快要瞪裂了，怒视着相如说："我以为你是个人，谁知道你是个不足挂齿的东西！"说着，转身就走。

相如从其言语表情中，体会到他的好意，就"扑通"一声跪在地下，不住声地说道："我唯恐你是被宋家派来的，故意来诳套我，所以刚才不敢说实话。现在我把心里话告诉你，我卧薪尝胆，想报大仇，已经不是一天了。但又考虑到，我报了仇，官府必定要抓我，万一我死了，剩个吃奶孩子怎么办？我知道你是一个好打抱不平的义士，你能带了我的儿子逃走吗？"

客人不以为然地说："这是妇女们办的事，我不能办。你想托人办的事，你自己去办；你想自己办的事，我替你去办。"

相如听了，跪在地上连连给客人磕响头。客人看都没看，就出门走了。相如赶忙追出去，请问客人的姓名。

客人非常干脆地说："问这个干什么！办不成功，你不要怨我；办成功了，我也不希望你报答我。"

说罢，就迈开大步走了。相如顾虑到万一不成功，很可能连累自己和孩子，就抱上孩子偷跑了。

这一夜，宋家全家人都睡了后，有人翻墙入院，杀了宋乡绅父子三人，还杀了他一个儿媳妇和一个婢女。宋家写了状子去告，县官一看五条人命，非同小可，十分惊慌。宋家的人一口咬定相如是凶手，县官就派捕役去逮捕相如。捕役到了相如家里，见大小门都上了锁，扑了个空。县官以为相如作案后畏罪潜逃，更相信了宋家的诬告，于是又派出大批捕役，协同宋家的家将打手，到处去搜捕。黄昏后，有一伙捕役到南山去搜查，在一个山沟中，忽然听到小儿的啼哭声，照着儿啼的方向去寻，果然在一个草丛中找到了相如。捕役就用绳将他捆了，押他回城。一路上，孩子越哭越厉害，捕役就从相如怀中夺下他的儿子，扔在一旁。相如见了，几乎要气死。回到城里，县官就击鼓升堂。

县官问他："你为什么要杀人？"

相如哭诉说："冤枉啊，老爷！宋乡绅是黑夜才被杀死的，我是白天就离开家门的，况且我还抱着一个呱呱啼哭的孩子，怎么能够跳过墙头去杀人？"

县官说："你既没有杀人，为什么要逃跑？"

相如一时找不出理由，被问得无话可说。县官就下令把他押到监狱去。

相如委屈地说："我就是死了，也不足可惜，可小小的孩子有什么罪？你们为什么把他扔在山沟里，岂不喂了狼虫虎豹！"

县官说："你杀了人家两个儿子、一个儿媳，杀你一个儿子，还有什么可怨恨的？"

相如被取消了秀才的资格，多次受到严刑拷打，并被戴上了手铐脚镣，但是他坚决不承认杀人，没有招供。在一个深夜，县官刚躺在床上，忽听"乓"的一声，觉得有个什么东西撞击到床上，震得床帐摇摇晃晃，吓得他浑身颤抖，大喊起来。喊声把家中人都惊起来，聚集在县官床前来询问。听了县官的话，都拿着蜡烛，在床边察看。只见有一柄锋利的短刀，插入床框子上有一寸多深，用尽力气也拔不出来。县官看了，想是有了刺客，吓得丧魂落魄，不敢再睡。命令衙役们扛枪执刀，四处去搜，也找不到踪迹，很是胆怯。县官想反正宋乡绅已经死了，不怕他再来威胁，就呈报到上面衙门，替相如辩解。上司批准了他的呈报，就将相如释放了。

相如回到家里，家中没一个亲人，瓮里无半升粮食，孤身单影，十分凄惶。亲友们可怜他遭受冤枉，又弄得家破人亡，纷纷拿食物来送给他。靠着亲友们的周济，相如才马马虎虎地勉强活下去。想到大仇已报，就沾沾自喜；念及家破人亡，常暗暗落泪。又想道：半辈子家贫如洗，小儿子杳无踪影，就在无人时失声痛哭，怎么也控制不住自己。这样过了半年，官府不再追究杀人案件一事，他就去哀求县官，请求判还死在宋家的妻子的尸骨。县官根据他的请求，下了判决。相如领回卫女的尸骨，把她安葬在祖坟里。返到家中后，见物思人，更加悲痛。独自一人在床上翻来覆去，左思右想，觉得实在没有活路，就起了自杀的念头。正想起来寻短见，忽然听得有人叫门。执耳细听，仿佛有一个女人在门外嘟嘟哝哝和一个小孩子说话，急忙起来从门缝向外张望，那女人竟是红玉。刚把门开了，红玉就对小孩子说："这是你的爸爸，你忘了吗？"

小孩子拖着红玉的衣襟，呆呆地看着相如。相如仔细辨认了一番，果然是福儿。心中十分惊奇，哭着问红玉："你是从什么地方把孩子找来的？"

红玉说："实话告诉你，以前我说是东院女儿，那是诳你的。其实我是个狐子。你被捕的那夜，我可巧路过南山，见到福儿在山沟里啼哭，就把他抱到陕西去抚养。探听到你的大难已经过去了，就把孩子带来和你团聚。"

相如激动得泪如雨下，一边擦着眼泪，一边上前拜谢。而福儿坐在红玉怀中，亲亲切切，好像是在依偎着母亲，竟不认得爸爸了。天还没亮，红玉突然起床，相如问她："天还很早，你起来干什么？"

红玉答道："我想走。"

相如听了，顾不得穿衣服，就光着身子跪在床头，哭得抬不起头来。红玉看到他那可怜的样子，很不忍心，笑着说："看把你吓的，我是诳哄你啊！大难之后，什么都得重新开创。我们非早起晚睡，勤勤恳恳，共同努力不可。"

红玉像个男子一样，每天起早搭黑，辛勤劳动，一切家务整理得井井有条。相如忧虑家中贫困，不能自给。红玉对他说："你尽管专心读书，别的事情不要操心，一切由我来办，或许不至于饿死。"

相如放了心，就去读书。红玉取出一些钱，购置了一架织布机，又向人租了二三十亩地，雇了一个老农来耕种。她自己不是在地里松土、锄草，就是在家中修补房子，没有清闲过一天。乡亲们见她非常贤惠，也都乐于资助她。经过半年的努力，家业一天比一天兴旺，吃穿都有余了。

相如很感激地向红玉说："我们家中已如一堆灰烬，你两手空空，把家业开创得富富有余，你对我真有再造的大恩。不过还有一件事没有安排好，你看该怎么办？"

红玉问他："是什么事？"

相如说："考试的日期快到了，而我参加考试的资格还没有恢复呀！"

红玉笑着说："前些时候，我已给主管秀才的教官寄去了四两银子，你的考试资格早已恢复了。若是等你说了再办，早就误了。"

相如更是惊奇她的预见，也更加敬重她。在这次全省大考中，相如中了举人。这时他已是三十六岁了。在红玉的料理下，家中已有数十亩肥沃的耕地，也盖起了高大的房子。红玉的体态轻盈优美，走起路来像随风飘动，而劳动起来却比一般农家妇女还过硬。虽在严冬雪地，两只手也光滑得有如油脂一般。她说自己已经三十八岁了，但在别人看来，却像二十来岁的人。

林四娘

青州道台，姓陈名宝钥，福建人。

一天夜里，陈公闲暇无事，独坐书房，突然有一女子打起门帘喜盈盈地走了进来。陈公仔细一看，素不相识，她身穿长袖宫服，头戴金钗珠串，艳丽无双，笑着说："清夜独坐，你不觉得太寂寞吗？"

陈公见问，吃了一惊，问："你是谁？"

"我家离这儿不远，就在西边隔壁。"

陈公心疑是鬼，但出于喜爱，并不害怕，扯扯她的长袖把她扶在椅子上坐了，见她谈吐风雅，陈公十分高兴，就上前去拥抱她，她也不怎么推拒，只是红了脸面，说："屋里没有别的人吧？"

陈公急忙闩上房门说："没有。"

说着，催促她卸妆安眠，这时她却扭捏开了，显出十分害羞的样子。陈公只得亲手去替她解衣脱鞋，双双进入床帐。女子说："我二十岁了，却依然是个处女，用力过猛可实在受不了。"陈公答应着，一时做起夫妻之事来，事毕一看，床褥间果是流红点点。接着二人相依相偎说起枕边话来。女子说她姓林名唤四娘。陈公又问她家乡住址，家中还有何人，女子说："一生贞洁，已经叫您破坏了，要是有心爱戴，就立誓永远相好罢了，唠唠叨叨，尽管问个什么？"又过了好久，女子听得鸡叫，就起来走了。从此，每夜必来。

陈公经常和四娘关着门，饮酒叙情。偶尔谈到音乐，她竟也说得头头是道。他怀疑她一定善于弹唱，她说："小时候倒也学过。"陈公让她唱一曲，她又说："好久没唱，歌词、节奏多半忘记了，恐怕懂音乐的听了要笑话的。"

女子被陈公催迫不过，才低着头，用脚点地打着拍子，唱起了"伊州"和"凉州"两支歌曲，声音哀怨婉转，如泣如诉。唱完，四娘竟低声饮泣起来。陈公也觉得心中酸楚，就把四娘抱在怀里安慰她，说："你不要再唱这悲凉的亡国曲调了，听了叫人心里难过。"

四娘说："歌曲是表达人的思想感情，心情不畅的人绝对唱不出使人高兴的曲子，心情欢快的人也绝对唱不出使人悲伤的曲子来。"

就这样，两个人来来往往，恩恩爱爱，比夫妻还处得密切。时间一长，家里的人也知道了，听见她的歌声，没有一个不为之泪下的。陈公的妻子暗中偷看了四娘的容貌，觉得人世上根本不会有这样美丽的女子，怀疑她不是鬼魂，就是狐狸。妻子怕那女子祸害丈夫，再三劝陈公同她断绝关系，陈公总是不听。不听归不听，不过也想弄个明白。四娘见陈公老是追问自己的来历，便悲悲戚戚地说："我原来是衡王府的一个宫女，十七年前遭难而死。因为你是重情义的人，我才托身于你，根本不敢来祸害你。如果你怀疑我，害怕我，我可以马上就走。"

"哎呀，你可不能冤枉人。"陈公拽着四娘的衣袖说，"我并不嫌弃你，只是咱们既然像夫妻一样情投意合，不能不知道你的真实情况罢了。"说完，又问起她在宫里的事来。四娘一五一十地向他倾诉着，谈到禁身宫中、不得自由的时候，就哽哽咽咽，泣不成声了。

林四娘每天夜里睡得很少，常是半夜三更就起来诵念《准提经》和《金刚经》等经文。陈公见她天天如此，十分虔诚，就问："九泉之下也能悔过自新吗？"

四娘说："可以的。但对我来说，却是不图今世，但图来生。"四娘除了读经，还经常和陈公谈论诗词，遇到不好的句子，就能指出哪里不好；遇到好的句子，就不禁轻唱娇吟起来。她那风流的姿态，往往使人忘掉了疲倦。

一次，陈公问她会不会写诗，她说："生前也偶尔写写。"

见陈公要她赠诗，又说："不过是些俗里俗气的东西，哪敢让你这高才人看。"

一转眼，三年过去了。

一天晚上，四娘满面愁容地来向陈公告别。

陈公惊问："为什么？难道我得罪了你？"

四娘说："冥王念我生前无罪，死后还不忘诵念经文，让我投生王侯之家。今日一别，就再也见不到你了。"说完，不觉怆然泪下，陈公也陪着哭泣起来。哭了一会儿，又想到马上就要分别，连忙备酒，为四娘饯行。两人痛饮几杯后，四娘为陈公唱起曲子来，曲调悲凉，一字百转，每唱到痛心处，就哽咽无语，中断了好几次，才勉强把曲子唱完，以致不能再痛痛快快地饮酒了。四娘站起身来，恋恋不舍地向陈公告别。陈公只是拉着她的手不肯放。四娘又依偎着陈公坐了一会儿，忽听村头鸡叫，才说道："实在不能久留了。你平日总怪我不肯赠诗，如今就要永别，胡乱凑几句给你吧！"说着，就和陈公要了纸笔，想了一阵，挥笔而成。

四娘又说："心悲意乱，不及推敲。韵律、章节难免有错，望谨慎收存，不要让别人看见。"说完，长袖掩面，含悲而去。

陈公把四娘送到门外，见她消失在夜幕里才回来。陈公伏在桌子上难过了好一阵，才拿四娘留赠的诗细细品味。只见字体秀丽，词意缠绵，就把它当宝贝珍藏起来。

那首诗写道：

静锁深宫十七年，谁将故国问青天？
闲看殿宇封乔木，泣望君王化杜鹃。
海国波涛斜夕照，汉家箫鼓静烽烟。
红颜力弱难为厉，惠质心悲只问禅。
日诵菩提千百句，闲看贝叶两三篇。
高唱梨园歌代哭，请君独听亦潸然。

胡 氏

　　河北有一个大户人家，很注重子孙教育。在孩子们很小的时候就到处寻找饱学之士来家中坐馆当先生，但挑来选去，始终没找到一个合意的。

　　一天，有个自称姓胡的秀才找上门来，向主人自我推荐，说他很乐意担任这项工作。主人为了试探他的才学，随即叫人预备酒席招待他。问答间，见他风度非凡，语出不俗，心里十分高兴，于是便当面议定每月薪金，把他请到家里，办起了私塾。

　　胡秀才教书果然很有办法，管得严格，教得认真。他知识丰富，学问渊博，远非一般文人学士可比，因此，时间不长，孩子们都很有长进。

　　但是，胡秀才不时出外游玩，往往深夜才回来。这也不足为怪，奇怪的是，大门关得好好的，他从不叫人开门，便可以回到自己的住房。家里的人都怀疑胡秀才是个狐狸精，但是观察他的言行，没有一点恶意，所以依然很敬重他，不因为他是异类而失礼。

　　这样过了些日子，胡秀才和这个大户人家就处得很熟了。他知道主人有个女儿，便几次从话语中透露出愿意娶她为妻的意思，而主人每次都故意装出不明白的样子。

　　有一天，胡秀才突然向主人请假走了。第二天一早，就有一个骑黑毛驴的客人来拜访。主人把客人请了进去，只见他五十多岁年纪，衣着整齐干净，态度文雅和善，刚入座便讲了自己的来意。主人这才知道，原来是胡秀才打发来的媒人。

　　主人一时不知如何对答，想了半天才说："我和胡先生已经结为知心朋友了，又何必要提婚姻的事呢？再说，我的女儿早就许配给别人了，麻烦您替我回去谢谢先生的好意。"

　　"我早打听过了，您的女儿并没有许配人家，为什么要这样拒绝呢？"

　　客人再三请求，见主人只是不肯答应，不觉面带愧色，说："胡秀才也是名门望族，难道配不上你们？"

　　主人被问得哑口无言，只好实话实说："我实在不是这个意思，主要嫌他和我们不是同类。"

　　客人一听，气得变了脸色；主人也发了怒，二人一声高一声低，越骂越凶。客人猛然站起身动手打主人，主人闪过一边，喊来家丁，叫家丁用棍棒把他赶了出去。客人连驴子也顾不得骑就跑了。那是一头黑色的驴子，耳大尾长，长得很是高大。家丁去牵，牵不动；用鞭子驱赶，竟顺势倒在地上，仔细一看，原来是用草绑扎的。

　　主人见客人生着气，一路叫骂着走了，知道狐狸精早晚要来报复，就吩咐家丁日夜小心防守。

第二天，狐兵果然来了：有骑兵，有步兵，有手执长矛大刀的，有挽弓带箭的，人喊马嘶，气势汹汹。主人吓得躲在房里不敢出来；又听外面喊声连天，扬言要纵火烧房，主人更是心惊胆战。这时，一个胆大力强的家将，率领家丁们呐喊着冲到阵前，相互飞石放箭，你冲我闯，各不相让，互有伤残。打了一阵，狐兵终于敌不过，纷纷落荒而逃，长矛大刀扔了一地，在阳光下闪闪发光，拾起一看，却都变成了高粱秆和高粱叶子。家丁们看了，笑着说："原来就这么点本事呀，没什么了不起。"

话虽然如此，但防守却更加严密。

又过了一天，众人正聚在一起谈论昨天发生的事，忽然有一个一丈多高、肩膀宽数尺的人从天上降下来，抡动一把门扇似的大刀，逢人便追杀。家丁们慌忙用箭乱射，拿石乱投，那巨人"扑通"一声倒在地上不动了。家丁过去一看，发现竟是一个草人。从此，人们更觉得狐兵容易对付了；再加上狐兵三天没敢再来，防守也渐渐松懈下来。

一日，主人正上茅房，只见一群狐兵，张着弓、搭着箭朝他乱射一气。主人吃了一惊，但等他把家丁们喊来，狐兵已经走了。拔下箭一看，全是蒿草棒子。

此后，狐兵不时出没，来去无常，虽没有什么大的祸害，但日日防守，弄得人们精疲力竭，实在有点受不了。

这样又直直闹腾了一个多月后，有一天，胡秀才亲自领着狐兵来了，指名要主人答话。胡秀才见主人在家丁保护下从房中出来，急忙藏在狐兵中间，不料主人早已发现了他。见主人一直喊他，胡秀才不得已才从狐兵中走出来。

主人走到胡秀才跟前，说："我再三考虑，并没有得罪你的地方。你为什么要大动干戈？"

狐兵听主人这样说，正要放箭，被胡秀才挡住了。主人又握住胡秀才的手，把他请到他原来的住处，设酒招待他，说："先生是有学问、明事理的人，应当能够谅解我。像我们两个人相处得这样好，我还不乐意把女儿嫁给你吗？但是话反过来说，你的车马、房子都和我们不一样，让我女儿相从，你也应当知道是不可以的。俗话说'强扭的瓜果味不甜'，难道你真的愿意这样吗？"

听了主人的话，胡秀才觉得十分惭愧。主人见胡秀才不好意思地低着头，又说："不要紧的，虽然发生了点冲突，但你对我旧日的恩情，我是永远忘不了的。我那个跟你读书的儿子，今年十五岁了，你要是不嫌弃，就让他做你家的女婿吧，不知道你家是否有年貌相当的女子？"

胡秀才十分高兴，说："我有个妹妹，比公子小一岁，长得也还不丑，就让她嫁给公子怎么样？"

主人急忙起身拜谢，胡秀才也还了礼。于是，二人欢欢乐乐吃喝起来，从前的不愉快，此时全都忘了。接着，主人又命大开酒筵，凡是跟了胡秀才来的都有赏赐，上上下下皆大欢喜。酒过数巡，主人详细打问胡家的住址，准备去下彩礼，而秀才却用别的话支吾过去了。胡秀才和主人一直吃到掌灯时分，喝了个酩酊大醉才告辞去了。从此，各自相安无事。

光阴似箭，不觉一年过去了，胡秀才一直没有来。有人怀疑狐精的信约靠不住，但主人却不听这话，依然耐心等待着。

又过了半年，胡秀才忽然来了。二人见面寒暄一阵，打听了一些别后的情况后，胡秀才说："我家妹子已经长大成人了，请选择一个良辰吉日，把她迎过来，也好侍奉公婆。"

主人见说，很是高兴，于是双方共同商定了一个日期，就分别了。到了那天晚上，胡秀才果然用轿马把新娘送来了，嫁妆很多，几乎把屋子全摆满了。新娘不仅容貌美丽，而且性情温和，主人大喜过望。胡秀才这次来送妹妹还带了一个弟弟，和胡秀才一样，谈吐高雅，也善于饮酒。第二天一早，胡秀才兄弟告别主人回去了。

这位新娘能预知来年丰歉，所以一切农事，都要请她安排。胡秀才兄弟和他们的母亲不时来看望女儿，村里的大人小孩全都见过。

金陵女子

　　有个人姓赵，是沂水县人。有一次，他到城里去办事。办完事，归途中遇见一个披麻戴孝的女子坐在路边悲伤地哭泣。他仔细一看——女子虽满面泪痕，却艳丽异常——当下怦然心动，忍不住驻足左右打量起来。

　　女子早已哭成个泪人儿，两只眼睛模模糊糊什么也看不清楚，只觉得天旋地转。好半天她才像认出什么似的，哼哼唧唧地说："啊呀呀……原来是个人呀！你不走路，看我做什么？你看我做什么？"

　　赵说："茫茫旷野，你哭得那么哀痛，使我心里也感到悲伤。"

　　女子抽泣着说："丈夫死了，无依无靠，心里实在难受啊！"

　　赵听了这话，心中一动，便有意地劝她再选择一个合适的伴侣。

　　女子擦去满腮泪水，为难地说："我在这里人生地不熟，孤身一人，怎么去选择？如果能得到你的帮助，找个合适的人，就是做妾也是可以的！"

　　赵从女子的言语中，似乎听出点意思，便试探着说："你看我……我怎么样？"

　　女子见赵大胆自荐，反倒有些不好意思起来，半天不知该如何回答。

　　赵又说："怎样？……不合你的心吗？"

　　女子仍不言语，只是含情地望着他。于是，两道目光不时相碰。

　　赵越看越觉得她那么美，那么迷人，情不自禁地去抱她。她羞涩地一笑，终于被他征服了。

　　赵觉得离家路远，想去雇一头驴子，女子不让，说着便先走起来。只见她在前边像仙女飘飞一样，走得很快。

　　回到家中，这女子十分勤快，汲水、舂米，样样家务活都干得利利索索，小日子过得倒也不错。

　　两年多以后，有一天，女子忽然对赵说："感谢你对我恋恋不舍之情，你我欢爱相处不觉已经快三年了，今天我该走了。"

　　赵说："往日你一直说没有家，今天要往何处去？"

　　女子说："当时我是随便说的，怎么没有家呢？我的家在金陵，父亲在那里开药铺。以后想再会面，可以带些药去，行旅费用我资助你。"

　　女子要离去，赵自然不忍心她走。可是她决意要走，也没法强留，只好张罗着去给她雇车马。

　　女子说："不用了。"说着已出门而去，走得飞快。赵追着追着就看不见她了。

　　日月如梭，一晃又是数年。

　　赵因思念女子非常厉害，便买了一些药，带了一些盘缠，雇了一匹马，直往金陵奔去。

到了金陵，赵将货物往旅店一存，便去街上寻找那女子家。

走到一家药店时，老板走出来，说："噢，原来女婿到了。"连忙把他迎进去。说话间，已派人到旅店把货物拿来放好。

赵在客厅坐了半天，只见老板一人忙碌着，不见女子出来，心中不觉起了疑团，就询问她的去向。

老板说："她正在洗衣裳。"说着便领赵来到后院。

一见面，女子既不言语，也不笑，只是洗个不停，似乎不认识他是谁。

赵受到冷遇，心里又恼又恨，一跺脚，转身就出去了。

老板见女婿生了气，赶忙又把他拉回来。谁知女儿依然如故，绷着脸，不理不睬。

金陵女子

萍水相逢事已奇，岂知既合复离。
投掷竟来又作，似此行踪大可疑。

老板见女儿态度冷淡，不知什么缘故，也不便相问。只是张罗着准备酒饭，并合计着以厚礼相赠，以讨得女婿欢心。

这时，女子出来制止说："父亲不知，这人福薄，送他太多怕他消受不了。只要少给他一点，再送他十几个药方，他就吃穿不尽了。"

老板听了此话，再没有说什么。一会儿老板又问道："他带的药呢？"

女子说："已经卖了，钱在这里。"

于是，老板开了十几个药方，取了一些钱，连同路费、卖药得来的钱等，一并交给赵，并亲自送他上了归途。

赵回到家里试验药方，果然有特效。其中一方是，用捣烂的蒜接茅檐下的雨水洗疣赘，效果尤为明显。这个良方在沂水一带迅速传开，给人们带来的好处自不待说。

连 琐

青年书生杨于畏，山东泗水人，因父母双亡，家境贫苦，为读书方便，便独自搬到泗水边一座孤庙中居住。这座寺庙年久失修，周围荆棘丛生，古墓垒垒，初来乍到，不免让人产生一种荒凉冷落的感觉。然而对他来说，倒是一个难得的清静所在。

一天黑夜，风吹得白杨树哗哗作响，其声犹如波涛汹涌，扰得他读不成书，睡不着觉，只好躺在床上闭目养神。半夜以后，风停了，四周死一般的沉寂。他便点亮蜡烛，又埋头苦读起来。

这时，忽听墙外有人吟诗道：

玄夜凄风却倒吹，
流萤惹草复沾帏。

如此反复吟诵，声音是那么凄凉、哀楚。他仔细玩味，领会那诗的意思：元宵之夜，本来是男女相邀、出外游戏的良辰，然而悲凉的风却吹个不止；看见飞行无定的萤火虫招引野草，想到自己孤苦伶仃的命运，不禁眼泪又浸湿了帏帐。

杨于畏被这诗情感动了，他站起来，走至窗前，侧耳静听。那声音纤细、婉转，好像是个女子。他很疑惑，深更半夜的，在这荒郊野外，从哪来的这么个女子呢？他又听了半天，直到声音断绝，方才就寝。

第二天一大早，他就到墙外去看。转了半天，找不到一点人迹，只是在荆棘丛中发现一条紫色鞋带，他便捡回来放在窗台上。

这天晚上，约莫二更时分，他又听到和昨晚一样的吟诵声。他想看个究竟，便搬了个凳子，悄悄地放在墙下，慢慢地踩上去，刚抬头探望，吟诵声戛然而止。这一下他明白了，吟诗者不会是人，肯定是鬼。然而，那凄苦的情绪却引起他深深的同情和爱慕。

次夜，他干脆伏在墙头上侦察。一更以后，只见一女子缓步从草丛中走出，手扶小树，低首哀吟。杨于畏轻轻咳嗽一声，那女子急忙藏进荒草中。于是，他由墙上滑下来，蹲在墙下谛听。不一会儿，那女子又吟诵起来：

玄夜凄风却倒吹。
流萤惹草复沾帏。

听她吟毕，杨于畏隔墙续吟道：

幽情苦绪何人见，

翠袖单寒月上时。

续诗的意思是：深沉的感情，痛苦的思绪，有谁看见呢？每当月亮上来时，孤立荒野，无人相伴，只有寒风灌进青白色衣袖。

这样吟罢许久，听不到外边有啥动静，杨于畏便回到室内来。刚坐下，忽见一个美人从外边走进来，敛起衣襟一拜，娇声嫩气地说："只因您才学高深，风度不凡，所以我不敢轻易接近，怕您耻笑。"

杨于畏心中很是高兴，但见她身瘦体弱，弱不胜衣，便拉她坐下，问她家居何处，是否久寄此地。

女子回答道："我是甘肃陇西人，跟随父亲流落到这里。十七岁上突然得病，不幸死亡，至今已二十余年了。在这九泉荒野，孤苦伶仃，实感寂寞。因此作诗自吟，以寄托心中之恨。可是，仅仅做了两句，想了好久也连接不起后面的句子。今天您代我续起后两句，续得实在是好，使我在九泉之下也感到高兴。"

杨于畏想和女子求欢，女子皱着眉头说："我是个夜间出没的鬼魂，同活人不能相比。一旦和你幽会，要折损你寿数的，我实在不忍心祸害你呀！"

杨于畏这才断了念头。他又用手去摸她的乳房，发现女子依然是个处女；接着，又看她裙下的两只脚。女子低头一笑，说："你太啰嗦了，老看我这脚做什么？"

杨于畏不回答，只是左一眼右一眼地看个不休。只见她足上穿着丝线扎成的月色锦袜，一只鞋上系着紫带，另一只鞋上系一条彩线，他便问道："你这两只鞋带为何不一样？"

女子说："前天晚上因怕你看见，慌忙躲避时把一条鞋带挂掉了，不知遗落在何处？"

杨于畏微微一笑，说："我给你换了它。"说着便从窗台上取了紫带还给她。

女子惊奇地问："这带是从哪儿来的？"

杨便以实相告。女子高兴地抽去彩线，将紫带换上。接着，二人面对面坐在案前。她随手翻看案上的书，翻着翻着，忽然翻出一本《连昌宫词》，她一看，不胜感慨地说："我活着的时候，最爱读这本书。今日看见，仿佛在梦中一样。"

杨见这女子如此爱书，便和她谈起诗文来。从先秦散文到楚辞、乐府，从唐诗、宋词到元曲、杂剧，她样样都懂，尤其是宋词，她能一口气背诵几十首。女子天资聪明，令人喜爱。杨于畏好像遇到一位知心朋友，越谈越投机，越谈越热乎，越谈兴致越浓，直到窗纸发白，还舍不得离开。

从此以后，每到夜晚，只要听到轻轻的吟诵声，不多一会儿，她就来了。临走时，总是嘱咐道："咱们二人的关系，你要保密，别告诉外人。我从小就很胆怯，最怕那些不正道的人欺侮。"

杨于畏也总是说："不怕，请你放心。"

于是二人便像鱼儿得水，尽情欢乐，常常整夜整夜地在一块儿。尽管这样，但他们从不乱来，行为非常正派。

杨于畏觉得，他和这女子虽不是夫妻关系，然而相亲相爱，却胜过夫妻。每当她在灯下给杨写书，端庄秀丽的字体，总会使杨赞不绝口。她又选择了宫词一百首，整整齐齐地抄录下来，二人齐声吟诵，不胜喜悦。她还叫杨画了棋盘，买了琵琶，每夜教他下围棋；要不就拨弄弦索，弹奏各种乐曲。每当她奏起辛酸的曲调，常常使他痛楚得听不下去；这时，她又弹起欢乐之声，顿时又让他觉得心怀舒畅。二人在灯下歌唱舞蹈，往往高兴得忘了天明，忽见窗上现出曙光，她才张张慌慌离去。

一天，一个姓薛的书生来访，正值杨于畏卧床睡觉。他环视室内，只见又是琵琶又是棋局，他很奇怪，觉得杨于畏向来不善于玩耍，为何突然对这些东西发生了兴趣呢。他又翻书，翻出一本抄写的宫词，一看字迹，显然不是出自杨于畏之手，他更加怀疑。杨于畏醒后，他便问道："你这琵琶、围棋从哪来的？"

"我自己买的，想学习学习。"

"这诗卷呢？"

"是个朋友的，我借来用用。"

薛生反复细看，见最后一页有细字一行，写着某月某日连琐书。他心中已明白八九，便笑着说："这是女郎小字，何必这样欺哄我呢？"

杨于畏被弄得很不好意思，吞吞吐吐答不上话来。薛生苦苦追问，杨于畏就是不肯相告。薛生将诗卷挟在腋下，这下杨于畏可没法子了，只好告诉了他。薛生要求见连琐一面，杨于畏就把连琐嘱咐他的话也以实说了。薛生一听，更加仰慕，更想见见这位多才多艺的女子。杨于畏无奈，只好答应。

这天夜半连琐到来后，杨于畏便将薛生的要求透露给她。连琐一听，大怒道："以前说的什么？叫你保密、保密，你偏偏向人说。"

杨于畏有苦难言，只好把薛生来访的经过详详细细叙述一遍。

连琐说："什么也别说了，我和你的缘分已经尽了。"

杨于畏急得什么似的，又是安慰又是解释。可是，好话说了千千万，连琐终究不高兴。她双眉紧蹙，脸色阴沉，痛心地说："我只好暂去避一避。"说完，告别而去。

第二天薛生到来，杨于畏便代连琐转告她身上不舒服，不能相见。他怀疑是杨于畏有意推托，心中很是不乐。当晚，他邀集两位同学来到杨于畏住处，久留不去，故意扰乱，终夜喧哗，惹得杨于畏十分讨厌，可是也无可奈何。

这样一连几夜，不见连琐踪影，他们也就心灰意懒，喧闹声渐渐平息。正欲走时，忽闻吟诵声从墙外传来，凄凉、婉转，令人痛绝。薛生正聚精会神地倾听，其中一个会武术的王生，端起一块大石头隔墙扔了过去，大声喊道："装模作样不见客，念的什么好诗！悲悲切切的，活活把人闷死！"

薛生等好不容易才听到连琐的声音，不料被王生这一砸，把刚发现的线索砸断了，几夜工夫也白费了，心中好生不快，埋怨王生太鲁莽。杨于畏对此举动更是恼恨，说了许多难听的话。

次日，这伙人扫兴而去。杨于畏独个儿在室内躺着，他希望连琐再来。可是，眼巴巴等了一天，连个人影也没有。过了两日，连琐忽然来到杨于畏室内，哭着说："你招来的那些孬人，几乎吓死我！"

杨于畏深感不安，连忙向她认错。

连琐竟然转身出门，说："缘分已尽，我们从此离别吧。"

杨于畏急忙上前欲拉她，已不见踪影。自此一个多月不来。杨于畏日夜思念，身子一天比一天消瘦，只剩一副骨头。然而，她一去不返，到哪里去找她呢？

一天黑夜，杨于畏坐在床头独自饮酒，忽见连琐撩起帏帐进来，杨于畏喜悦万分，便说："你对我宽容了？"

连琐默不作声，眼泪像断线珠似的滚落到胸上。

杨于畏急切地问她因为何事，连琐欲言又忍，半天才说："我一气之下，弃你而去，今又急来求你，难免惭愧啊！"

杨于畏再三追问，连琐才说："不知从哪里来了一个龌龊小吏，硬逼我给他做妾。我想我是清白人家的后代，岂肯屈身于一个肮脏的鬼吏？可是，我身软体弱，怎能抗拒过他呢？你若念及旧情，咱俩重新和好，我再也不过独身生活了。"

杨于畏勃然大怒，恨不得将那个龌龊鬼吏打死；但又考虑到人鬼隔世，怕是有力也使不上。

连琐说："这倒不妨。来夜你早点睡觉，我在梦中邀请你替我出气就是了。"

于是二人又倾诉衷肠，一直谈到天明。连琐临走时，嘱咐杨于畏不要白天睡觉，等到晚上好在梦中约会。杨于畏点头同意。

这天傍晚，杨于畏喝了几盅酒，乘有醉意，上床蒙衣仰卧。迷糊中忽见连琐进来，给了他一把佩刀，拉着他的手就走。去到一个院里，刚关上大门要说话，忽听外边有敲门的声音，连琐惊叫一声："仇人来了！"杨于畏突然开门冲出，见一人头戴红帽，身穿青衣，一脸横肉，胡须绕嘴。杨于畏愤怒地斥责恶吏，恶吏不甘示弱，立眉竖眼，谩骂不休。杨于畏怒冲冲地奔过去，不想那恶吏已将石头朝他打来，一块接一块，骤如急雨，飞石正好打在杨于畏手腕上，痛得不能握刀。正在这危急之间，远远看见一个人，腰中悬挂弓箭。仔细辨认，原来是王生，他便大声呼救。王生急忙跑过来，张弓一箭，射在那恶吏大腿上，又一箭，那恶吏一命呜呼。杨于畏见恶吏死在地上，很是高兴，连忙上前感谢王生。王生问因为何事，他便一五一十地告诉了王生。

王生射死恶吏，感到可赎以前投石之罪，就和杨于畏一起走进连琐住室。连琐惊魂未定，又害怕又害羞，远远站在那里低着头不说一句话。王生向室内扫视一眼，只见案上放有一把小刀，虽只有尺把长，然而却用金玉装饰。抽出一看，明光闪闪，他高兴地赞叹着，爱不释手。王生与杨于畏略谈数语，见连琐又羞又惧，怪可怜的，便出门而去。杨于畏也独自回去了，他来到墙外，正要骑墙而入，一失手摔了下来。他惊醒了，原来是个梦。

这时，他听见村里的鸡已啼叫，忽觉得手腕痛得厉害。天明一看，皮肉又红又肿。待到中午，王生来了，进门就告诉昨夜梦中除恶救人之事。杨于畏问道："你梦见射箭没有？"王生对他预先知晓感到很奇怪，杨于畏便伸出手来让王生看，并将昨夜之梦细述一遍。说完，同声大笑，想不到两个人同梦到一件事。王生极力回忆梦中连琐的容颜，只恨不能真见一面。他庆幸自己救了她，觉得立了一功，于是就请求先见她一面，杨于畏满口答应。

夜间，连琐前来道谢，杨于畏把功劳归于王生，并提出王生诚恳的请求。连琐听了却说："武士相助，感恩不尽，岂能忘怀？不过，他气势雄伟，我实在有点怕他。"停了一会儿，她又说："武士不是爱我的佩刀吗？那刀是我父亲去广东时，出百两银子买的。因我十分喜爱，父亲就给了我。我用金线相缠，用明珠装饰。父亲可怜我夭亡，便把此刀作为殉葬品带在我身边。今日我情愿割爱相赠，他见了刀，也就等于见我了。"

第二天，杨于畏向王生转告了连琐的意思，王生大为高兴。这天夜晚，连琐果然把刀带来，对杨于畏说："嘱咐他珍重，因为这是海外奇宝，并非中国之物啊！"从此二人来往密切，情同当初。

数月后的一天夜晚，连琐突然出现在灯下，望着杨于畏微笑，似乎想说什么，可是欲言又止，脸蛋儿红得像熟透的苹果。杨于畏问了几遍，她才羞羞答答地说："很久以来承蒙你的爱慕，得到你的人气，又吃了人间的饭，我这白骨已有生还之意。但还需你的精血，我才可以复活。"

杨于畏笑了笑，说："只是你固执不肯，难道是我舍不得精血？"

连琐说："你可要大病二十多天。不过，也没有什么，吃点药就会好的。"

接着，两个人同入帏帐，紧紧地抱在一起。

云雨方毕，连琐又说："还须你一点热血，你能忍痛割爱吗？"

杨于畏立即取来利刀刺臂出血，连琐躺在床上，让他将血滴入肚脐中。起来后，她又说："我就不来了。请你在百天头上到我坟前，见有青鸟在树上鸣叫，就赶快掘墓。"出门后又嘱咐道："千万记住！准准一百天。迟了早了都不行。"说完，便离去了。

过了十余天，杨于畏果然病了，腹胀得要命。他服了医师开的药，泻下的粪便像黑泥一样。二十天头上病就痊愈了。

转眼已到百日之期，杨于畏叫了仆人扛着锄头来到连琐坟前。等到日头偏西，果见两只青鸟在树梢上鸣叫，杨于畏高兴地说："动手吧！"

仆人立刻斩荆掘墓，只见棺木已朽，而女子的容貌却和生时一样，抚摸胸口，还有点儿温热。杨于畏赶紧给她蒙上衣服，抬回来放在暖处。不多一会儿，听到呼吸的声音，渐渐地可以喝下汤，咽下稀粥。半夜以后，就复活了。

从此，连琐常常对杨于畏说："二十余年如同一梦啊！"

夜叉国

有一个姓徐的商人,是广西交州人,他经常乘船出海做买卖。有一次,正在航行,忽然刮起一阵大风,小船在风浪中飘摇,很久才靠岸。

姓徐的商人系舟上岸一看:群山苍茫,荒野无边,哪里是有人烟的地方!他背着干粮,刚走进山谷,就瞧见两边石崖上密密麻麻的尽是洞口,好像蜂房一样。洞内隐隐约约似有人语。他走到洞外踮足一看,里边有两个夜叉,牙如利戟排列,目似灯光闪闪,正伸着长爪撕一只生鹿吃。徐吓得丧魂落魄,急忙要逃时,夜叉已经发现了他,于是它们便放下鹿肉,把他捉进洞来。

两个夜叉像鸟鸣兽叫一样不知说了些什么,接着便争相撕徐的衣服,看来是想把他吃掉。徐大惊失色,急忙从干粮袋里取出油饼和干牛肉献给它们,夜叉一边嚼着一边品着滋味,似乎觉得很香,吃完又去翻徐的干粮袋。

徐连连摆手,意思是告诉它们袋里没有了。夜叉两眼一瞪,牙一龇,又抓住他。徐哀求道:"你放了我,我船上有锅、有柴、有米,拿来给你们烹煮。"夜叉不懂他说的话,仍然怒气冲冲。徐用手势比划了半天,夜叉这才稍微理解了他的意思,就跟随他去到船上把炊具取来。徐在洞内把锅支起来,又从洞的深处打来水,将它们吃剩的残鹿放进锅里,便点火煮起来。夜叉很稀罕地看着,议论着。一会儿,肉熟了,徐端过去,示意让它们吃。二夜叉嚼着煮熟的鹿肉,高兴得眉开眼笑。

夜里,它们用巨大的石头把洞口堵住,似乎怕徐逃跑。徐心里很害怕,不敢接近它们,只好远远地在靠近洞口的柴草堆上屈身躺下。可是,整夜睡不着觉,心想,它们不放,逃又难逃,恐怕这条命就送在这里了。

天明以后,两个夜叉相继出去了,走时又用大石头把洞口堵住。不多一会儿,它们弄来一只鹿交给徐。徐把鹿皮剥掉,切成小块,煮了好几锅。当肉快煮熟时,有七八个夜叉相继跟着来了,它们一齐下手抓着吃,一个个狼吞虎咽,眨眼工夫,抢吃一空。吃完,围在锅前,指指划划说着什么,看意思好像是嫌锅太小。过了三四日,一个夜叉背来一个大锅,和人类所常用的大锅差不多。于是,众夜叉都往这里送猎物,煮熟后,叫徐同它们一道吃。

这样住了七八天,夜叉渐渐与徐混熟了,徐外出也不加阻止,白天同食,晚上同睡,相处得好像一家人。徐也渐渐能察其声、知其意,便模仿它们的音调、口音和它们说话。夜叉见徐一片诚心,也就愈加喜悦。

一天,它们带来一个雌夜叉,说是要给徐当妻子。起初,徐还有点畏惧,不敢接近。后来见雌夜叉一直撩逗他,徐才和它办起那事来。事毕,雌夜叉非常高兴,便对徐愈加体贴、爱护,常常省下肉给徐吃;徐对它也很亲热。从此,两人和睦相处,俨然一对贴心的伴侣。

夜叉國

深山苍莽少人跋，
习俗几疑颜毒龙。
不是徐生还故国，
安知海外卧眉峰。

一日，众夜叉早早起来，各往脖子上挂了一串明珠，轮流到洞外探看，好像在等候什么贵宾似的。一会儿，又命徐多煮些肉。徐问妻子，妻子说："今天是天寿节。"接着，她走出洞外，和众夜叉说："徐郎还没有珠串哪！"众夜叉一听，忙从各自的珠串上摘下五颗珠子，一齐交给雌夜叉。

雌夜叉又解下自己的十颗，共是五十颗。她用野苎麻拧成绳，把珍珠穿好，挂在徐脖子上。徐一看，一颗珍珠至少能值一百多两银子。

不大一会儿，众夜叉都出去了，留下徐一人在洞内煮肉。当把肉全部煮熟后，雌夜叉来叫他，说是一块儿去迎接天王。于是，他跟着雌夜叉来到一个大洞里。这是一个宽敞的大石洞，高有丈把，大有几亩，中间是几排光滑如镜的石桌，四周布有石座，最高处的一个座上蒙着一张豹皮，其余座位都蒙着鹿皮。二三十个夜叉，在洞中等候。

少顷，大风呼呼，扬起满天灰尘，众夜叉慌慌张张出洞迎接。只见一个庞然大物已来到洞口，徐仔细看时，面貌和夜叉差不多，只是身材魁梧，气势雄伟。那大物急步奔入洞内，踞坐高处，像鹗鸟一样环顾四周。众夜叉跟进洞来，东西列成两队，仰起头，双臂交叉胸前听候训令。

大物将众夜叉挨个儿看了一遍，问道："卧眉山的夜叉都在这里吗？"

众夜叉齐声应答："在！"

这时，大物忽然看见徐，便问道："他是谁？"

雌夜叉连忙答道："是我女婿。"

众夜叉便当面称赞徐烹调技术高超，做出的肉食非常可口。说话间，已有两三个夜叉奔跑着把熟肉取来，摆放在石桌上。大物用手取了一块，一尝，果然味道很美，于是便大口大口地吃了个饱。吃罢，连声不住地赞美，并且责令它们经常供给。接着，大物又仔细端详着徐，问道："你的珠串为何那么短？"众夜叉替他回答说："因为他才来不久，没有赶上准备。"大物便从脖颈上摘下珠串，脱了十颗，每颗都如指甲那么大，圆溜溜的好像弹丸。它要给徐，雌夜叉急忙接住，代徐穿挂。徐也把两臂交叉胸前，用夜叉语，向天王表示感谢。说完，大物就离洞而去，只见它双足腾空，踩着风，像飞一样，眨眼不见了。众夜叉返回洞内，把余下的肉食吃尽，方才散伙。

徐在这里住了四年多，雌夜叉生产了，一胎生了三个，两个雄的，一个雌的，都是人形，不像其母。众夜叉对这三个娃娃非常喜爱，不是这个抱，就是那个亲，如同宝贝一样，共同抚养着。

有一天，众夜叉都出去觅食去了，只有徐一人在家守门。他刚把子女哄着睡下，忽然从别洞来了一个雌夜叉，提出要和徐私交。徐不肯，那个雌夜叉就大怒，把徐扑倒在地。恰在这时，徐妻回来了，见状，怒不可遏，就扑上去与那雌夜叉搏斗，咬断它的耳朵。不一会儿，那夜叉的配偶来了，得知其妻不办正事，很是恼火，便一面向徐妻解释、道歉，一面喝令她回去。自此，雌夜叉天天守着徐，不论白天干活，还是晚上睡觉，总是在一块，不肯相离。

又过了三年，子女都会走路了，徐就一句一句地教他说人话，渐渐地学会叫"爸爸""妈妈"，也会说一些生活常用语，笑声和哭声也都和人类一样。虽然还是孩童，但奔走山路却如同在平地上跑一样，非常敏捷。他们与徐依依恋恋，很有父子之情。

一天，雌夜叉与一子一女相随出去了，半天多没有回来。正值北风大作，徐触景生情，凄凄然地思念起故乡来。他想，趁此顺风，不正是回归故乡的极好机会吗？可是已经七八年了，系在海边的船还在不在呢？这样想着，便带着儿子来到海岸，一看，那条小舟依然完好地在那儿。他便和儿子商量一同回乡，儿子也很愿意，就说："我回去告诉母亲一声。"徐说："不用了，她外出还没回来。等你找到她，或许风向变了，就不好走了。"儿子觉得说的是，就赶忙随父亲登上小舟。

因为是顺风而行，船走如飞，一昼夜就抵达交州。回到家里，妻子已经改嫁了。四顾院舍，残墙断壁，蛛网交错。但是徐并未伤感，他只用两颗珍珠，就卖了很多钱。当下修房盖屋，置办家产，很快富裕起来。

他的儿子取名叫彪，越长越强悍，十四五岁时，双臂能举起三千斤重的物品，被人们称为"大力士"。一次，村民比武，大力士以一当十，百余后生都敌他不过。这当儿，可巧有镇守交州的元帅打这儿路过，见此情景，非常惊奇，便将这个粗莽好斗的大力士招到军中，并委以千总官职。当时，正值边乱，徐彪领兵出阵，所向无敌，屡建战功。因此，十八岁上就被提升为副将。

就在徐彪晋升副将之后不久，有一个商人泛舟海上，也被大风吹到卧眉山下。他刚登上海岸，见一少年向这边走来。他仔细看时，见少年人面兽身，不禁惊得倒退三步。少年看此人和父亲面貌一样，知道他是中国人，便上前问询他家居何地。

商人回答说住在广西交州。少年一听，得知他与父亲同乡，便想打听打听父兄的下落。于是拉着他走进幽谷深处的一个石洞里，嘱咐他稍等一会儿，不要出走。少年出去后，商人环顾四周，只见小洞不过数尺，洞外荆棘丛生。他害怕地愣愣出神。大约过了一个时辰，少年拿着煮熟的鹿肉来了，与商人边吃边谈。少年说："我父亲也是交州人呀！"

商人往下一问，知道他父亲就是自己做生意的熟人徐。于是对少年说："你父亲是我的老朋友啊！现在，他的儿子已经当了副将啦！"

"副将是什么？"少年不解地问。

"这是中国的官名。"

"什么叫官？"

商人解释说："出门乘车骑马，回来高坐堂上，一呼百应，威风凛凛，让人见了不敢正面看，只敢侧目视、侧足立，就是官。"

少年听了，欢喜得手舞足蹈。可是商人只知道徐有一个儿子，心中纳闷怎么这里还有一个，就问道："既然你父亲在交州，你为什么不回去，长期待在这里？"

少年被问得一下子难过起来。他擦了擦涌在眼眶的泪水，便将当年父兄不告而别的实情诉说了一遍。商人听了，很同情他们母子三人的处境，便劝他尽早南归，与父兄团圆。

少年忧虑地说："我也常常有此念头。但因母亲不是中国人，言语不同，相貌有别，担心去中国会受人讥讽。况且，又怕走不利索，一旦被同类发觉必然遭受残害，因此犹豫不定。"

他们的谈话持续了很久，少年对这位被大风吹来的中国客人很热心，也很关照，安顿他不要出洞，每天给他送些肉食，保护他免遭祸害。临别时，再三对商人说："待北风大作时，你才能起身，我来亲自送你。烦你给父兄捎个信息。"

商人在洞中潜藏了将近半年，好在这儿是深山幽谷，洞口又长满荆棘，没有被异物发现。这当中，他曾透过草丛向洞外窥探过多次，见山中总有夜叉往还，心里非常恐惧，不敢露面。一天，北风突起，少年匆匆跑来，引上商人急速奔窜，边跑边嘱咐："我和你说的事，你千万别忘掉啊！"商人答道："请你放心，我一定办到！"

商人回到交州，就先去副将府，把所见之事详细说了一遍。徐彪听了，不胜悲痛，立刻要去寻找。然而父亲思虑重重，一来担心大海无情，怕出意外；二来又觉得妖物巢穴，好进难出，说不定会遭残害，因而极力阻拦。徐彪想到母亲和弟弟、妹妹的处境，愈加心酸，便抚胸痛哭起来。父亲无法劝止，也只好应允。于是，徐彪向总帅请了假，携带两个卫兵，急速入海。

徐彪恨不得马上飞到卧眉山，可是老天偏偏不顺人意。海上逆风千里，波涌浪翻，顶的小舟不能前进。他们费尽九牛二虎之力，在海中颠簸了半个月，仍然不见海岸，四望无涯，辨不清东西南北。正在踌躇之间，突然大浪滔天，小舟倾覆，三人落入海中，被汹涌的波涛吞没。幸而徐彪水性较好，随波逐流。不知过了多长时间，总算靠近海岸，可是徐彪已经筋疲力尽，昏迷过去了。他只觉得迷迷糊糊被一物拉上岸去，背到一个去处，睁眼看时，只见有房舍，一物如同夜叉。徐彪便用夜叉语感谢其搭救之恩。夜叉见他面目像人，说的却是夜叉话，感到很惊奇，就详细询问起他的来历来。徐彪见这夜叉面和心善，乐于助人，便像遇到知心朋友似的，把前前后后的经过一五一十地告诉给他。夜叉听了，被徐彪这种千里寻母的精神感动，高兴地对他说："卧眉，是我的故乡啊！那里可是个保守野蛮的国度，触犯了规戒可要遭罪啊！你离开原道已经八千里了，从这儿走是毒龙国，不是去卧眉国的路。"

徐彪着急地说："这该怎么办呀？"

夜叉说："只能绕远路走啦。"

徐彪满脸愁容，为难地说："这八千里路叫我怎么走哪！一没船，二无帆的……"

未等他说完，夜叉就说："这个无妨！我送你去就是了。"

徐彪连忙称谢，夜叉却说："谢什么哩！谁敢保证一生不遭点灾难呢？"说罢，便去找船。

不大工夫，徐彪乘坐小舟离开海岸，夜叉潜入水中，推舟如箭，瞬息千里，只过一宵，便抵达北岸。远远看见一少年，临海瞻望。徐彪知道这山中并无人类，疑是弟弟，上岸一看，果然不差。久别重逢，感慨万分，兄弟二人紧紧抱在一起哭了起来。哭了一阵，徐彪就问母亲和妹妹的情况，弟弟说都安健。徐彪便要一同前往，弟弟连忙阻止道："不行，一旦被发觉，就走不了啦！你在这儿等着，我去叫母亲。"说着，匆忙奔去。徐彪回过头来，想对夜叉好好感谢一番，不料已经杳无踪影。他望着波涛汹涌的大海，深深一鞠躬，感激涕零地说："生生世世忘不了你啊！"不多一会儿，弟弟领着母亲和妹妹急急来到海边，一见面，都哭起来。徐彪强忍悲痛，擦去眼泪说："我这次历尽艰险，没有别事，就是来接母亲和弟弟、妹妹回去的！"

母亲一听，心中很是高兴，可是，也有几分忧虑，说："恐怕去了被人凌辱啊！"

徐彪说："这个不怕！儿子在中国很荣贵，人们不敢欺负。请母亲放心！"

弟弟、妹妹齐声说："哥哥说的是，咱就一块儿走吧！"

母亲见子女三人一个意思，也就同意了。可是，怎么回去呢？海上正是逆风，别说没有舟楫，即使找到一条船，也实在难以渡海啊！母子正在彷徨间，忽见布帆徐徐向南飘动，彪大喜，说："贵人有难，老天相助啊！"说着，便相继登上舟船。

舟船顺风顺水，像箭一样向前驶去，只用三日，就回到了故乡。

人们看见他们光身赤足，以为是什么怪物，吓得纷纷奔逃。徐彪赶紧把身上的衣服、裤子脱下来，分给母亲和弟弟、妹妹穿上，赶忙回到家里。

雌夜叉见了丈夫，不由火起，怒骂他不该不商量就偷偷出走，怨恨他只顾自己不管别人。徐翁只好向她谢罪认错，同时也解释说当时机会难得，又时间紧迫，来不及商量，只好不辞而别的客观处境。子女们对父亲的行为都原谅了，他们说："没有当初诀别，也难有今日团圆。"于是一家人欢欢乐乐地过起新的日子来。

仆人们听说女主人回来了，都来拜见，当他们看到主母的狰狞面貌时，无不心惊胆战。不过没有几天就习惯了，大家都很尊敬她、亲近她，她感到非常高兴。尤其是这里有穿不完的锦绣衣裳，尝不尽的佳肴美味，更使她大为欣慰。

徐彪见母亲心情愉快，就鼓励她学说中国话。母亲不分昼夜，耐心苦练，数月后，便可以说一般的常用语言。弟弟、妹妹也由于吃了香美的饭食，渐渐变得皮肤白净，和中国人几乎没有什么区别了。所不同的是，妹妹和母亲都穿着男儿服装，因为她们生性好动，脚也大，腿也粗，不习惯中国女人的扭扭捏捏。

弟弟名豹，生得五大三粗，强壮有力，最喜欢挽强弓、骑烈马。徐彪觉得他不认字，感到羞愧，就亲自教他。这徐豹脑筋挺聪明，可就是屁股坐不住，经史读上一遍，就扔在一旁，之后仍然去练他的武艺。徐彪批评他，他说不想做读书人，无奈只好由他。徐豹经过一番苦练，终于考中武进士，最后和一个姓阿的游击将军的女儿结了婚。

妹妹名叫夜儿，因为是异种，没有人愿意和她结婚。恰巧，徐彪管辖下有个姓袁的守备官死了老婆，就强把夜儿给他做了妻室。这夜儿虽然容貌不出众，但练得一身好武艺，双臂能开百石弓，在百步以外射小鸟，箭无虚发。袁守备每次出征，总是与妻同往。后来袁被提拔为同知将军，其中有一半是妻子夜儿的功劳。

徐豹三十四岁时挂了将军印，母亲曾经随同他南征，每当遇到强敌，她便披甲挥戈、冲锋陷阵去接应，敌人见了莫不胆战心惊，慌忙败退。胜利后，皇帝下命令，要给有功的将士封官，但仅限于男儿，并未涉及女性。徐豹就代母亲写了奏章，上报皇帝，详细说明母亲的赫赫战功。皇帝看了，很受感动，便破例封她为诰命夫人。从此，徐家满门武将，名震四方。

连 城

  晋宁县有个姓乔的书生，才华横溢，少年时就已远近闻名。但是，一直到了二十几岁，他也没能考取功名。他是个善良、诚恳的人，与一位顾姓书生是多年的好友。一年，顾生不幸得了一场急病，不治而亡，留下了年迈的母亲和无所依靠的妻子儿女，乔生便经常去看望、接济他们。晋宁县的县令非常欣赏乔生的文章，对他寄予厚望。后来，县令死于任上，他的家乡与晋宁千里相隔，家眷们无法返回。乔生就拿出自己的积蓄，跋山涉水将县令的灵柩和家眷们送回了家乡。因为这件事，他的声誉更好了，但其家境也自此衰败。

  本县有个孝廉，姓史，其女连城擅长刺绣，又知书达理，深得父亲的宠爱。有一天，史公拿出了一幅连城绣好的《倦绣图》，征集四方的少年才俊，为其题诗，想借此为连城挑选如意郎君。乔生一见那图，脱口而出：

  慵鬟高髻绿婆娑，早向兰窗绣碧荷。
  刺出鸳鸯魂欲断，暗停针线蹙双蛾。

  吟罢，他又对连城刺绣的技术大为赞叹，赋诗道：

  绣线挑来似写生，幅中花鸟自天成。
  当年织锦非长技，幸把回文感圣明。

  意思是说：连城穿针引线，就像是在写生，那图中的鸟栩栩如生；想当年，窦滔的娘子不是因为织锦的技艺不凡，而是因上面所题的回文诗才深深地打动了圣上。

  连城看到这两首诗后，大喜过望，连连对父亲夸乔生文采非凡。但是，由于乔生家徒四壁，史公并没看上他。连城没有死心，而是见人就夸乔生才思敏捷。她还在暗地里遣佣人借父亲的名义，资助乔生。乔生大为感慨，说："我的知己，非连城莫属啊！"因而，他将满腔的相思，都倾注于连城。

  不久，史公将连城许配给了一个盐商的儿子，他叫王化成。乔生知道后心痛不已，但还是对她日思夜想。不久，连城得了一场大病，卧床不起，史公遍请名医，却都束手无策。一天，有个西域的和尚来见史公，说有办法治好连城，但必须用一钱青年男子胸脯上的肉做药引子。史公连忙派仆人去见王化成，希望他能舍弃这一钱肉。王化成一听，冷笑道："这个蠢老头子，竟想挖我的心头肉，真是痴人说梦！"仆人回来后，如言相告。史公一听火冒三丈，当众宣布："谁愿意割舍这一钱肉，我就将女儿许配给他！"乔生听说后，二话没说，就从胸口割下肉送来给和尚。和尚见他鲜血直流，染红了衣襟，忙替他敷药包扎。然后，他便用乔生的肉做引子，制作了三丸丹药，叫连城每天服一丸。三天后，连城果然痊愈了。史公遵守约定，要和王家退婚，王家人一听就勃然大怒，不依不饶地要去告官。史公无奈，只好宴请乔生，在席间拿出一千两银子，说："王家不肯退婚，这事若闹到官府，终究是不好看的，所以，史某不得不辜负公子的大恩了，区区薄银，还请笑纳。"乔生顿感受了莫大的耻辱，怒气冲冲地说："我忍痛割肉，是为了报答知己之情，难道你以为我是为了这些钱而卖肉不成！"说完就拂袖离去。连城知道这件事后，深感内疚，又打发佣人安慰乔生，并托其带话给乔生说："公子才华出众，将来定会飞黄腾达。天下比我更好的女子多的是，我做了个梦，知道自己活不过三年了，公子没必要跟人争我这个一只脚已踏上了黄泉之路的人。"乔生听完，叹了口气说："自古有言：'士为知己者死。'我并不是因为小姐的美貌才爱她的。小姐恐怕不是真懂我的心啊，如果两个人真知心，能不能结合又有什么关系呢！"佣人替连城表明心迹，说她对乔生是一片痴心。乔生说："要真如此，下回见面时，她若能为我而一展笑颜，我就死而无憾了！"佣人回去后，如言相告。几天后，乔生在街上遇到了从叔叔家回来的连城。四目相对时，连城含情脉脉地对着乔生嫣然一笑。乔生欣喜异常，说："连城真是我的知己呐！"

　　过了一阵子，王家便来商量结婚的日子，连城便又开始犯病。几个月后，她竟然不治而亡。乔生知道后，悲痛欲绝，勉强支撑着去史家吊唁，但一看见灵柩就伤心地昏死过去。史公忙派人将他抬回了家，家人一看，早已气绝身亡了。乔生知道自己灵魂出窍了，反倒觉得很开心，因为这样他就有可能见到连城了。他走出村庄，看见前面有一条大路，路上行人熙熙攘攘。他稍一犹豫，便也加入人群。

　　不知走了多久，他来到了一所官衙前。他刚一进门就被人拉住了，原来是好友顾生。顾生死后被封了个小官，在此管理文件。他见乔生进来，吃了一惊，不知他怎么来了，便拉住他，说了句"乔兄为什么会在这里"，就将他往外推。乔生挣脱他的手说："我还有未完的心事！"顾生说："需要我帮忙吗？我在这里主管文件，上级很信任我。"乔生忙问："顾兄可知连城现在何处？"顾生想了想，没有印象，便拉着乔生四处去找。终于，他们发现连城跟一个身穿白衣的女子坐在墙角的草垫子上，满脸都是泪痕。她一见乔生，又惊又喜，忙问他为什么会在这里。乔生说："你都不在人世了，我活着还有什么意思！"连城深为感动，流着泪说："像我这样的负心女，你又何必如此执着呢？今生不能与你在一起，只好来生再报了！"乔生对顾生说："顾兄去忙公事吧，不用管我，我反正是不想活了，只是拜托你将我和连城安排在一起，她去哪我就去哪。"顾生应承着离开了。白衣女子问乔生是谁，连城就将他们的事细细地说了，女子听完也感慨万千。连城对乔生说："这位妹妹是长沙史太守的女儿，乳名宾娘，我们一直都互有照应。"乔生看时，只见那宾娘生得楚楚动人，十分惹人怜爱。他正要问她更详细的情况，顾生突然跑了过来，祝贺乔生说："我已帮你和小娘子打点妥当，你们去还阳吧。"两人一听大喜过望，刚要动身，就见宾娘失声痛哭，说："姐姐你不能丢下我，求求你带我一起走吧，我甘愿为姐姐当牛做马！"连城也觉得难以割舍，便泪汪汪地望着乔生。乔生只好再央求顾生。顾生显得很为难，但经不住乔生的一再乞求，便又答应再去试试。约莫过了一炷香的时间，他才回来，叹着气、摇着头说："这回我是无能为力了！"话音未落，宾娘失声痛哭，紧紧抓住连城的衣袖，生怕一放手她就不见了。连城也伤心万分，不停地擦眼泪。二人那伤痛欲绝的样子，看得顾生的心也软了，于是他咬了咬牙说："你们都走吧，要是上级怪罪下来，我担着就是了。"三人闻言喜不自胜，千恩万谢地告辞出来。乔生见宾娘无人陪伴，很不放心。宾娘说："我不回去了，跟你们一起走。"乔生啼笑皆非地说："姑娘真是糊涂了，你不回去，又怎么活过来呢？"宾娘这才恍然大悟，不好意思地笑了。刚好，路边走来两个要送公文到长沙的老妈妈，乔生就拜托她们带着宾娘同去，也好有个照应。三人这才挥泪而别。

　　乔生和连城走得很慢，差不多每走一里路就要歇息一下，不知道歇了多少回才远远望见家门。连城对乔生说："我们复活后，家人可能还是不答应我们的事。所以，你先重生吧，然后跟我爹把我的尸骨要到你家去，我要到你家去还阳，那时候，他们不答应也不行了。"乔生点头称是。快到家门口时，连城开始觉得心惊肉跳，连走路都不稳当了，乔生只好扶着她走。连城说："我一到此，就浑身酸软，没着没落的，我们的计划恐怕要遭到破坏。我们还得从长计议，想个万全之策。"于是，两人一起来到厢房，依偎着坐了很久。突然，连城含笑对乔生说："你不爱我吗？"乔生被问得一头雾水，忙问她什么意思。连城一下子双颊绯红，娇声说："我担心事情不能如我们所愿，又拖累你，所以我愿意现在就与你结为夫妇。"乔生一听非常高兴，于是二人共偕上床，极尽缠绵，在厢房中停留了三天。第四天，连城说："俗话说得好，'丑媳妇终要见公婆'，我们早晚还是得回去的。"说完，她就拉着乔生走进了他的灵堂……家人见乔生突然睁开眼睛坐了起来，真是又惊又喜，忙喂水给他喝。定了定神，乔生就打发人请来史孝廉，告诉他自己有办法让连城复活，但必须得把连城的尸体送到自己家才行。史公一听，大喜过望，忙叫人将连城的灵柩抬进了乔生的屋子。只见灵柩尚未放稳，连城就醒过来了。她起身跪地，给父亲行礼，说："女儿在阴间已经成为乔郎的妻子了，没有理由再回家去了。您要是不答应，我只有再去死。"史公连忙答应，回家后差人送了很多日常用的东西给他们。

　　王家得知这些事情后，一纸诉状将史家告到了衙门，并花了大把银子买通关节。所以，官府判连城回王家。连城满心愤懑，却又无计可施。到了王家后，她就开始绝食，只要身边没人就上吊，只求尽早死去，没几天，她就奄奄一息了。王家的人见状，怕闹出人命不好办，只好又将连城送回了史家。史公又派人将她送到了乔家。至此，王家也没有办法了，事情总算是有了个结果。连城身体康复之后，又开始记挂宾娘的情况，想修书一封去问问，但终究因路途遥远而没能如愿。

　　一日，忽然有丫鬟报告说："有几辆马车停在了门外。"乔生夫妇感到困惑，刚想去看个究竟，就见宾娘已到了院子中间。三人重逢，欣喜异常。宾娘指着身边的一位老人介绍说："这是家父。"原来，史太守亲自将女儿送了过来，乔生连忙行礼。史太守说："小女仰仗公子，才得以复活，发誓非公子不嫁，我只好随她所愿了。"乔生受宠若惊，连忙磕头答谢。就在此时，史孝廉也来了，与太守共话同姓之谊。

　　从此以后，他们三人朝夕相处，生活得幸福美满。

商三官

　　山东诸城县，有个名叫商士禹的文人，因为喝醉酒说胡话，辱骂了本县的一个豪绅，豪绅就怂恿他的家奴把商士禹狠狠打了一顿，抬回家去就死了。

　　商士禹有两个儿子，长子叫商臣，次子叫商礼，还有个女儿名叫商三官。

　　商三官十六岁了，已经许配了人家，本来已定好吉期准备出嫁，现在因为父亲的变故，只得把婚事拖延下来。

　　她的两个哥哥为父申冤告状，打了一年多的官司也没个结果。女婿家等不及，就派人来和三官的母亲商议，想尽早完婚。

　　母亲正准备答应下来，三官却不同意，她说："哪有父亲的尸骨未寒，仇还没有报，就办喜事？难道他就没有父母亲吗？"

　　女婿家听了三官理直气壮的回答，心里很受感动，就不再催促了。

　　不久，两个哥哥打输了官司，含着一肚子冤情回来了，一家人都很悲愤。

　　两个哥哥计划留着父亲的尸体不埋，借了盘缠再去告状，三官说："人被杀了，官府竟徇情枉法，不闻不问，这是什么世道，已经很清楚了。难道老天会专门为你们俩再生个包公吗？放着父亲的尸体不埋，我们做儿女的又于心何忍呢？"

　　两个哥哥听三官的话说得很有道理，就把父亲埋葬了。

　　埋葬父亲后的一天晚上，商三官突然失踪，不知哪里去了。

　　母亲又难过又羞愧，唯恐女婿家知道了这没脸见人的事，所以也不敢往外声张，只叫两个儿子暗暗到处察访，但是半年过去了，还是杳无音信。

　　一天，豪绅家请了一个戏班，大摆酒筵，为豪绅庆贺诞辰。

　　有个名叫孙淳的艺人，带了两个徒弟来酒席筵前弹唱。

　　两个徒弟，一个叫王成，相貌平平，但音调激越，吐字清晰，很受欢迎；另一个叫李玉，生得唇红齿白，柳眉杏眼，活脱脱像个美丽的少女。让他唱，他推说记得不熟；再三强迫，他才唱了一阵，但多是俗里俗气、儿女情长之类的曲子，惹得满座鼓掌大笑。

　　孙淳也顿时脸红了，上前向豪绅禀告说："这是不久前才收的一个徒弟，只懂得给大家倒酒传杯，还请不要怪罪才是。"说完，就命令他去给人劝酒。

　　李玉在酒席间，来来往往给人们敬酒奉承，很善于观察主人的意向，深得豪绅欢心。

　　人们一个个喝得醉醺醺各自告别了，豪绅只留下李玉和他同睡。李玉替豪绅又是铺床，又是脱靴，照顾得很是殷勤周到。豪绅带醉戏耍他，他只是笑靥承欢，这时豪绅更为李玉的美貌动心，就把侍奉他的仆人全部撵走了。李玉见仆人们都出去了，急忙上去关了房门。

仆人们从主人那里出来，并没有立即去睡，而是聚拢在另一间房子里喝酒。

过了一会儿，听见主人的房子里似乎有什么响动。有个仆人去看，只见屋子里黑洞洞的，并无声响，正准备返回，忽听屋里"扑通"响了一声，好像有个很重的东西从上面掉下来。仆人在屋外喊了两声，也没人应，便急忙把所有的仆人都叫了来。众仆人别开门窗进去一看，豪绅被杀死在床下，李玉也悬梁自尽了，绳子已断，尸体掉在地上，房梁和李玉的脖颈，还有绳子缠在上面。

见此情景，仆人们大惊失色，慌忙去向夫人等内眷禀报，他们哭了说，说了哭，但是谁也弄不清是什么原因。

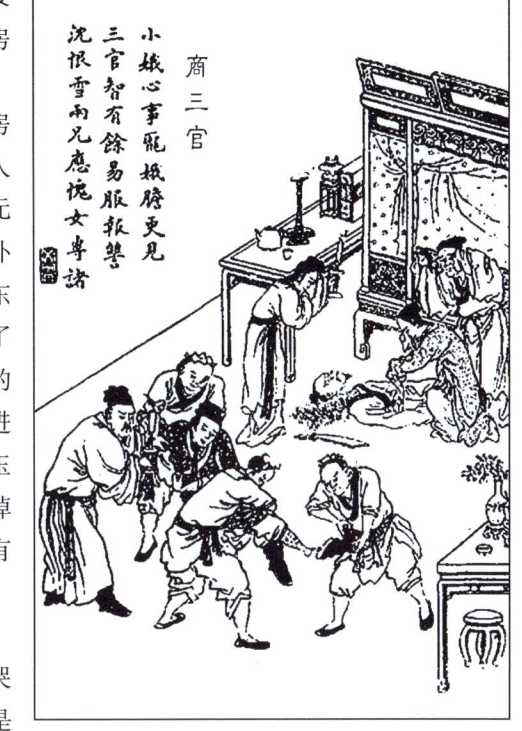

人们把李玉的尸体抬到院子里，觉得他的鞋袜虚囊囊的，脱下一看，露出一双穿着白鞋的小脚，原来竟是个女子。

人们更加吃惊，叫来孙淳盘问，吓得孙淳不知如何对答，只是说："李玉是一个月前来投我这儿做徒弟的，说是愿意同我一起来给主人贺寿，实在不知道她是从哪里来的。"

听了孙淳的话，见死者又穿着孝服，就怀疑是商家派来的刺客，于是便派了两个人暂时把尸体看守起来，一面叫人去告诉官府。

李玉虽然已死，但面目依然像活人一样，用手一摸，四肢还暖和和的带一点温气。两个看守的人见色起意，商议想悄悄奸淫她。

其中有个人正抱着尸体要解开裤带，忽觉脑后像被什么东西捶了一下，口吐鲜血，一会儿就死了。另一个人心里害怕，忙把此事如实告诉大家，使得大家对女子像对神明一样尊敬，并将此事一并告知了官府。

郡官把商臣和商礼叫来询问，都说不知道，只知道妹妹失踪已经半年了。郡官带着商家二兄弟亲自前往验看，那女子果然就是商三官。

郡官很是佩服三官的为人，便判令商家即刻把三官的尸体领回来安葬，并判令豪绅家不准加害商家。

庚 娘

有户姓金的人家，世居河南洛阳，在那一带颇有名气。户主名叫金大用，年方三十，他的妻子比他小八岁，名叫庚娘，是个美丽贤惠的女子。庚娘的父亲任洛阳太守多年。尽管她出身官宦之家，但一点也不娇气。自从她与大用结婚后，孝敬公婆，体贴丈夫，既贤惠，又能干，人们都称赞金家娶了个好媳妇。

不久，因为流寇造反，洛阳一带兵荒马乱，战火纷纷，溃败的官兵更是奸淫掳掠，无恶不作。金大用看着实在无法安居，就同父母商量外逃。可父母一辈子不曾出过远门，在外地又无亲朋，感到没个去处。正好庚娘老家在浙江，于是决定南逃浙江避难谋生。

金大用带全家走了两天，遇到一个少年也带着妻子向南逃跑。那少年说他是江苏扬州人，姓王，名叫王十八，与妻子在家乡结婚不久就来河南办货，因为兵乱，只好空手回去。当他得知大用要去浙江时，便自告奋勇，愿意在前引导，说他对南行的路很熟悉。金大用没有出过远门，搭了这么个伙伴，心里暗暗庆幸。他看那王十八，年龄和自己差不多，性格却活泼好动，能说会道，有点江湖义气，因此很高兴地和他日同行，夜同宿，紧紧相随，一步不离。

不几日，他们来到一条河上，庚娘悄悄对大用说："别和那少年同乘一条船吧。一路上他老看我，眼珠滴溜溜转，嬉皮笑脸的，我看他不是个正派人。"

大用想了一阵，答应自去雇船。这时，王十八汗水淋淋地回来了，说他找了一条大船，两家可以合伙搭乘，一边说着就动手替大用往船上搬运行装，两腿跑得飞快，忙忙碌碌，殷勤得很。看着这景况，大用不忍离去，他想：那王十八也带着一个少妇，该是不会有什么问题吧；再说那少妇也挺温婉的。这么一想，他也就打消了顾虑，招呼着父母和庚娘一起上了船。

风尘仆仆走了几天，大家都有些疲乏了。上船后不多一会儿，就都东倒西歪地迷糊着了。特别是两位老人，躺在舱里一动不动。

只有王十八坐在船头上，东张张，西望望，不时地与那摇橹人侧耳私语，好像他们很熟识。太阳落山后，船头一转，拐进一条宽阔的水路，金大用环顾四周，大水漫漫，无边无际，一片昏暗，分不清东西南北，心里不免有点起疑。又过了一会儿，皎月初升，朦胧的月光下，只见满眼尽是芦苇。这时，船已停住了，王十八走进船舱，很体贴地对金家父子说："初次乘船，不习惯吧。走，到外边活动活动，随便看看水乡风光。"

父子俩以为他是一片好心，就跟着来到船头。王十八趁金大用不注意，猛然一挤，"扑通"一声，将金大用挤落水中。金父一见，正要呼叫，摇橹人举篙打去，老人惨叫一声落水。金母闻声出来看时，又被一篙推下船头。王十八这才喊叫起来：

"救人哪！救人哪！"

就在金母出舱时，庚娘在后边已经看得一清二楚。她知道一家人都遭杀害，却不惊慌，只是放声大哭起来："天哪！丈夫、公公、婆婆都没啦，叫我怎么活啊！我该往哪里去啊？"

王十八走进舱内，劝慰道："娘子不必担忧，请随我到南京，我家里土地房产有的是，吃有吃，穿有穿，保你好活一辈子。"

庚娘收住眼泪说："真的如此，我的心愿也就满足了。"

王十八喜得眉开眼笑，急忙端茶倒水，殷勤侍候。夜色越来越浓，王十八不肯离去，像一条贪婪的狗，急于求欢。庚娘灵机一动，说："这两天我正有月经，请不要勉强我。"

"真的吗？"

"我哪敢相瞒？"庚娘羞涩地一笑。

王十八这才回到前舱。约莫一更将尽时，王十八夫妇发生了争吵，不知因为什么事。只听妇人气愤地说："你做的事，太无人性！终究要被天轰雷击！"

王十八拳打脚踢，妇人倔强地叫着："宁可一死，也不愿为杀人贼做妻！"

王十八恶狼似的怒吼着，把妇人抓起来提出船外，"咚"的一声扔至河心，随即嚷叫着："哼！跳河自尽，是你自己活够了！"

这一切，庚娘听得清清楚楚，她恨不得将这杀人贼推下水去，叫他去喂王八。可是，她身孤力薄，怎敢冒这个险呢？只好将满腔仇恨压在心底，强忍着巨大的悲痛，等待时机。

第二天的傍晚，船到了南京。王十八让庚娘收拾金银细软和随身衣物跟他上了岸。

王十八带领庚娘回到家，就登堂去见老母。母亲看了半天，认出不是原来的媳妇，正疑惑间，进来一个小伙子，王十八介绍说："这是我弟弟，名叫十九。"又转身向母亲解释："唐氏不幸坠水死了，这是在河南新娶的一个媳妇。"

母亲没说什么，只是无可奈何地摇了摇头。

回房以后，王十八又急不可待地要寻欢作乐。庚娘却很沉着，不慌不忙地笑着说："三十岁的男子汉了，难道你还没有经过这事？城市里的人初次成婚，少不了一杯薄酒，你家既然富足，该也不难吧？像这样清清醒醒地就办那事，像什么话？"

王十八听了，觉得在理。于是，喜滋滋地亲自去街上买酒买菜。庚娘趁此机会，装作认地方的样子，到厨房转了一趟，回来又找到纸笔，匆匆地写了一阵，将写好的东西折叠好装入口袋，然后坐到梳妆台前，若无其事地梳起头来。

一会儿，王十八端着酒菜来了，关上门，二人对酌起来。庚娘手执酒杯，劝饮殷勤，应酬自如。王十八得意忘形，喝了一杯又一杯，渐渐有些醉意，推辞不饮。庚娘斟满一个大碗，强作媚态，劝王饮尽。王十八不忍拒绝，就"咕嘟咕嘟"灌了下去。霎时，酩酊如泥，倒在床上。庚娘敏捷地收拾了饮具，吹灭蜡烛，推说小便，出房取一把菜刀进来。她暗中用手摸索王的脖颈，王还捉住她的手臂"娘子、娘子"

地叫个不停，庚娘一咬牙，用力切下去，没有切死，呼号而起，庚娘又猛砍数刀，才结果了这条恶狗的性命。母亲恍惚听到有响动，急忙跑来询问。庚娘也把她砍倒。王十九发觉了，庚娘知道跑不脱，当即自刎。可是刀钝不入，于是她将写好的那个东西扔在窗台上，打开窗户，跳进后院。她早已留意到后院有个池塘，等王十九撞开房门，跳过窗户追来时，她已一头栽进水中。

王十九急忙呼来左邻右舍，当众人捞起庚娘时，人已经没气了，然而美貌仍和生时一样。众邻居又一起去验王尸，只见这个恶贯满盈的家伙躺在地上，像死猪一般，浑身糊满了血迹。有人发现了窗台上的书信，拆开一看，字字血、行行泪地叙述了她的冤情。众人感到这是一位杀身报仇的烈女，死得不平凡，因而商量筹集资金，为她准备棺木。天明后，消息传开，成群结伙来看的，竟达数千人。人们为她的精神感动，一个个眼望遗容，拱手朝拜。许多人自动捐资献钱，仅一天时间，就累计一百两银子。一些好事者为她买了珠冠、袍服以及各种陪葬物，热热闹闹地安葬在南郊一个松树林里。

再说金大用当初被王十八挤进水里后，可巧抓住一块木板，没有淹死。将近傍晚时，漂到淮河里，被一只小舟救了起来。这小舟上是一个姓尹的老翁，他虽单身度日，生活却很富裕，心地也非常善良，专门架着小舟在这河上拯救落水的人。金大用苏醒过来后，就拜倒在老翁面前，再三感谢他的搭救之恩。老翁便问他家住哪里，因何落入水中。大用就把全家逃难、路遇王十八、船上遭到谋害的经过诉说了一遍。老翁担心地说："既是这样，恐怕你父母、妻子也难免出事，图财害命，古来如此。我看救人要紧。"说着，他划着小舟，逆流而上。不一会儿，看见水里漂着两个人，打捞上来一看，果然是大用的父母，已经死了。大用哭得抬不起头来。老翁一边帮他将父母尸体抬进舱内，一边安慰他说："孩子，请你放心，你父母的棺木，由我包下了。你先歇息，让我再去观察一下。"说着，出舱去了。

金大用看着无辜死去的双亲，大颗大颗的泪珠滚落下来，想起那狼心狗肺的王十八，恨不得抓住他千刀万剐，剥皮抽筋。就在他悲恨交加、陷入极度痛苦的时刻，老翁在船头又捞起一个抓着树枝漂来的

少妇，那女子神志还清醒，扒上船就对老翁说，她的丈夫姓金。金大用听了猛然一惊，急忙出舱看时，发现不是庚娘，而是王十八的媳妇。

少妇进舱后，向金大用哭求道："我确实是你的妻子啊！请不要抛弃我！"

金大用对她的话感到非常奇怪，心绪烦乱地说："我自己家破人亡，心里乱糟糟的，哪还顾得去图谋别人的媳妇呢？"

少妇听了，越发悲痛起来。尹翁详细询问经过，才弄明白他们之间的关系。于是，高兴地对大用说："这是老天报应啊！你就收纳了她吧！"

金大用说："我现在正在守丧，况且还要报仇，身边要有这细弱的女人，势必是个累赘。"

少妇说："照你说的那样，假使庚娘还在，你又要守丧，又要报仇，难道就抛弃了她不成？"

尹翁听了，认为少妇的话很有道理，就向大用请求说："我暂且代你收养，你看如何？"

金大用这才应许下来。接着，尹翁又说："我身边无儿无女，有心留你给我做个义子，不知你同意不？"

大用和少妇当即拜过。于是，随同老人一起回到家中，备了棺木，占卜了日期，就地葬埋了父母。出殡这天，少妇披麻戴孝，哭得十分哀痛，就如同她的亲生父母死了一样。

葬完父母以后，金大用就化装成一个化缘的和尚，怀揣利刃，手托瓦钵，要到扬州找王十八报仇。少妇一见，阻止道："我本唐氏，祖居南京，与那狼子是同乡。咱们初遇时，他自说是扬州人，那是欺骗你啊！再说，江湖水寇，有一半人是他的同党，你孤身前往，只怕是报不了仇，还要遭祸。"

金大用听了，犹豫徘徊，不知如何是好。正在这时，忽然听到传说女子杀人报仇一事，河渠上下，议论纷纷，姓名、事件说得有枝有叶，详尽具体。金大用一听仇人已被杀死，胸中出了一口恶气，感到非常痛快。然而想起庚娘，又使他十分悲痛。因此，他就对唐氏说："幸亏我还没有玷污了你。你想，我的妻子如此义烈，我怎能忍心背弃她而再娶呢？"

唐氏不由泪下，她想：这是原先当着义父的面说好了的，事已成为定局，怎好中途离开？于是，她向大用表示说："我很佩服庚娘，她理当是你的妻子。我情愿给你做妾，服侍你一辈子。"

金大用听唐氏这样一说，也不好再推辞了。恰巧这时候，有位姓袁的副将军，要领兵向西进发，因与尹翁是故交，特来向尹翁辞行。他见金大用言谈不俗，举止非凡，大加赏识，就请他做了自己的书记。没有多久，流寇扰乱，袁将军率军讨伐，立了大功。金大用也因为参谋军机大事，被袁将军保举，提升为游击将军。后来请假回家，才与唐氏正式完了婚。小两口亲亲热热，尹翁也高兴得打心眼里往外乐。

金大用在家住了几天，就携带新婚夫人去南京祭扫庚娘之墓。路过镇江时，见游人络绎不绝，他们也想利用这个机会，登临金山，饱赏一番胜地风光。于是，租了一条小船，二人泛舟而去。行至中流，忽见一艘游艇从身旁穿过，艇中坐着一位衣着讲究的老妇人和一位年轻美貌的少妇。金大用见那少妇有点儿像庚娘，心中觉得奇怪。那少妇也在一闪而过的刹那间，从窗口不住观察金大用，那神情简直和庚娘一模一样。金大用又惊又疑，可也不敢追问。他只好先试探一下，便急呼道："看群鸭儿飞上天了！"

艇中少妇听见，也呼叫道："馋猫儿想吃猫子肉吗？"

啊！多么熟悉！分明是当年闺阁中两口子开玩笑的话！金大用大惊，急忙返舟，飞速划向游艇，近前一看，果真是庚娘！他跳上去，将她扶过舟来，二人相抱痛哭，感动得过往的旅客都掉下泪来。唐氏上前，以对待正妻的礼节见过庚娘，庚娘惊问缘故，金大用才从头至尾、详详细细告诉了一遍。庚娘紧紧握住唐氏的手，不胜感慨地说："同舟一席话，心中常不忘。想不到，江苏、浙江两省人竟合为一家了。蒙你代我埋葬父母，本应先感谢你，怎敢接受你这样的大礼呢？"

她当即提出以年岁分长幼，因为唐氏比庚娘小一岁，所以庚娘就当了姐姐，唐氏就成为妹妹。

原来，庚娘自从杀死王十八、跳池自尽，被当地居民埋葬到南京郊区松林里后，自己也不知道经历了几个春秋，迷迷糊糊中，忽然听到有人叫道："庚娘，你的丈夫没有死，还应当重新团圆。"于是，她就像做梦醒了一样，神志一下子清醒过来。可是，伸手一摸，四面都是墙壁，这才明白自己身已亡故，被埋进墓里，她只觉闷得慌，也没有什么愁苦。可巧有两个少年，听说庚娘葬具丰美，就来盗墓。当他们掘开墓穴，打开棺材，正待搜罗时，庚娘突然站了起来，把两个少年吓得倒退三步。庚娘也十分恐惧，怕盗贼把她害死，所以哀求道："小兄弟，幸亏你们来，才使我能够重见天日。头上的发簪、耳环，你们全拿去。但愿把我卖了，让我当尼姑去，更可以多少得一些售金。你们这样做了，我绝不会泄露的。"

盗贼连忙伏地叩首，说："娘子贞烈，神仙和人都钦佩，小人们不过因为贫穷，没办法才来做此不仁之事。但愿你不要揭发我们，就算幸运了，怎敢把你卖为尼姑呢？"

庚娘笑了笑说："这是我自己愿意的。"

另一盗贼说："镇江有个耿夫人，寡居无子，倘若见了娘子，必定大喜。"

庚娘很感谢他们，就从头上拔下珍珠首饰，全部奉送。盗贼不敢要，庚娘非给不可，他们这才一齐拜谢，将首饰收起。然后，用车子载着庚娘前往镇江。送到耿夫人家里后，推说是船儿被大风所迷，没有着落，才来投拜。耿夫人是朱门大户，只有她一个寡妇老婆子自己度日，见了庚娘，喜得什么似的，待她就像亲生女儿一样。可巧这天母女二人也上金山游玩，不料回家途中，竟和丈夫相遇了。

庚娘把往事叙述完后，金大用就登上游艇拜见耿夫人。耿夫人像待亲女婿一样，把他邀回家中，留他们住了数日才让离开。往后，一直来往不绝。

宫梦弼

河北保定人柳芳华，家里资产颇丰，在当地首屈一指。他为人慷慨大方，特别喜欢结交朋友，花钱如流水一般。到他当家后，更放开了手脚，大肆挥霍，动不动就摆酒设宴，宾朋挚友往来不绝，上百人在他家里吃饭，几乎成了寻常事。柳芳华还有个优点，就是他能够急人所急，只要你有求于他，张口就行，即使千金，他也舍得，毫不吝惜，而且从来不打什么借条，也不留底据，借出去就算了。所以一些宾友借了他的钱，常常不说还，他也不去追问。

其中只有一位宾客，姓宫名梦弼，陕西人，和柳芳华交往多年，从未借过一文钱，但和柳的感情很深厚。每次来到柳家，总要住个一年半载。由于他性格开朗，言语潇洒，柳芳华非常愿意和他交谈，所以，他们同宿相处的时候最多。柳芳华的儿子名叫柳和，当时不过六七岁，叫宫梦弼叔叔，宫梦弼很喜欢同他一块儿玩耍。每当柳和放学回来，宫梦弼就和他拿着小锹小铲，把贴地的方砖起出来，刨个坑，埋进石子、石块，然后再把方砖铺好。他俩管这种游戏叫作"埋金子"，每天都要玩一次。五座房子的屋地差不多都埋遍了。众人看了，都忍不住哈哈大笑，认为宫梦弼太幼稚。然而柳和却喜欢这种游戏，也非常喜欢这位宫叔叔，在众多客人中只和宫叔叔最亲密。

柳芳华挥霍了十多年，家产渐渐消耗空了，不能像以前那样供养大批宾客、随便帮人了。于是，客人渐渐稀少。但是十数人彻夜欢谈的小型宴会还是常有的。随着柳芳华越来越年迈，家境日益衰落，但他讲排场、抖阔气的脾气依然如故，靠卖些田地来维持昔日的场面，只是比过去简便罢了。柳和才十几岁，也学着父亲的样子，结识许多年轻朋友，常邀在一起大吃大喝，柳芳华也不加禁止。

没有多久，柳芳华病死了，这时他家里窘迫得连棺材都买不起了。过去的酒肉朋友早已远远离开，谁也不来帮他。只有宫梦弼，听说老友病逝，急忙赶来，见此情

景，便把自己带的一些银子掏出来，为柳家安排料理，筹办丧事，总算风风光光地把老友埋葬了。从此，柳和对宫叔叔更加感激，把他当作最贴心的人，留他在家照料，不论大事小事完全委托给这位叔叔经管。宫梦弼时常出门回来时，衣袖里总带些石头、瓦片，到家就随手抛掷在房子的角落里，柳家母子也不理解他是什么意思。柳和过惯了花天酒地的生活，成天只是发愁没钱花，躺在床上唉声叹气。每当这时，宫梦弼便严肃地对他说："孩子啊，你只知道饭来张口，衣来伸手，不知道穷苦之难啊！现在不要说没钱，即使给你千两黄金，也会立刻花完。男儿最怕不自立，穷怕什么？"柳和听了宫叔叔的话，似乎觉得有道理，可是一时又无法摆脱困境，也不知道该怎样立志，只是无聊地打发日子。

一天，宫梦弼提出要回陕西去看看，柳和哭着嘱咐他快快回来，宫梦弼答应着走了。宫梦弼走后，柳和母子生活一天比一天困难，就连家具衣物，也卖的卖、当的当，出脱净尽了。柳和天天盼望宫叔叔早日回来，能为他出主意、想办法。然而，宫梦弼一去再无音信。

当初柳芳华活着的时候，曾为柳和订过一门亲事，是无极县黄家的女儿，也算是一个中等富户。后来，黄家老汉听说柳家穷困潦倒得不像样子，就暗暗下了决心悔婚。柳芳华病死后，曾有讣告送去，黄家故意不来吊丧，推说路途遥远以遮人眼。柳和服丧期满后，母亲就打发他亲自去岳父那里商量结婚之事，并希望黄家能够同情可怜，给予帮助和照顾。柳和一路跋涉来到无极县，黄老汉听仆人说他衣衫褴褛，一副穷酸模样儿，就告诉守门人不准放他进来，还捎出话来说："让他回去拿上一百两银子再来，不然的话，就绝了这门亲事。"柳和听了，羞愤交加，不禁失声痛哭起来。

对门有个姓刘的穷困老婆子，见柳和远道来投亲竟遭到如此冷遇，很是可怜他，就把他叫回家里，一边安慰，一边给他做了一锅粥吃，并凑了三百文钱，送给他作为路途盘缠。柳和感谢不尽。回到家后，他把黄家的绝情话向母亲一诉说，母亲又哀痛又愤怒，气得没有办法。后来她一想，便对儿子说："我看他黄家是难不住咱们的。你父亲在世时有许多朋友，他们都借过咱的钱。现在咱向他们张个嘴，一家十两银子吧，十家就是一百两哩。"

"我看不行啊！"柳和叹了口气说，"现在我才懂了，过去那些人和咱们交好，只是因为咱们有钱，想来沾光讨便宜。假如咱家仍像以前那样，儿骑着骏马，或乘华丽的车子去找他们，就是借千金也不难。可今天咱们是这般景况，谁还肯念旧日交情，想起父亲的恩惠呢？"

母亲说："咱不多求他们的，欠咱们的总该还吧。"

柳和说："父亲讲义气，借出去的钱没个借据。咱们说人家欠钱，空口无凭啊！"

"没有凭据，难道也没有良心？"母亲不相信那些人都会背信弃义，硬要他去试一试，柳和只得听从。他今天跑西，明天投东，一连二十多天，竟连一文钱也没有借到。只有一个穷苦的艺人，名叫李四，过去受过柳芳华的恩惠，听说柳和被迫到处借钱，他于心不忍，就亲自送来了一两银子。柳和母子见亲戚朋友一个个绝情绝义，不由得满腔怨愤，日夜痛哭，认为从此再没有什么希望了。

黄家的女儿这时已经成人了，她听说父亲悔掉了柳家的亲事，心里感到很不应该。父亲要把她另外许配给富贵人家，女儿执意不从。她哭着对父亲说："柳郎并不是生来就穷的，如果现在比以往更富，谁能把我抢走呢？今天他穷了，就把婚事悔掉，实在太不仁义了。"

黄老汉听了，很不高兴，一次又一次劝说，女儿扭着脸不听。父母都气得发怒了，从早到晚骂她，吓唬她，可不管父母怎样唾骂，女儿仍不动摇。没多久，一天深夜里，黄家忽然遭到强盗抢劫，老两口被强盗剥光衣服，用烧红的火柱烙烫，几乎被折腾死，最后只好献出全部财产才算买下两条命。由于财产被席卷一空，辗转三年，家里越来越衰落，一天天穷困下去。

有一个西路商人，听说黄家女儿长得很漂亮，情愿出五十两银子聘她为妻。黄老汉穷得不能活，也顾不得和女儿商量，就悄悄收了人家的银子，答应让那商人娶走。女儿觉察到父亲歹毒的主意，就换了一身破烂衣服，往脸上涂了黑灰，打乱了头发，连夜逃出家门。她一边要饭，一边问路，整整走了两个月，才到达保定。经过东访西问，摸准柳和的住址，径自闯了进去。柳和的母亲见一个要饭的妇人闯进门来，连忙喝道："看你这个讨吃的，怎么要到家里来了？"

黄女不禁哭出声来："娘，我是黄家之女，您的儿媳啊！"

柳母听了大吃一惊，急忙上前握住她的手，泪珠滚滚地说："孩子啊！你怎么成了这个样子呢？"

黄女就把父母逼嫁，无奈连夜毁装，千辛万苦逃来保定的经过诉说一遍。柳和母子听了，感动得热泪盈眶。三人哭了一阵，就让儿媳梳头、洗脸、换衣服，一会儿，现出了原来的模样儿：白里透红的脸蛋，柳叶似的眉毛，一双水灵的大眼睛，母子看了十分喜欢。但是，一家三口每天只能吃一顿饱饭，柳母怕儿媳受不了，就抹着泪说："我母子受穷挨饿是应该的，可怜让你也跟上我们受罪，娘我实在对不起你啊！"

黄女笑着安慰道："我一路上要了两个月饭，尝到了讨饭的滋味。今日看来，咱家虽穷，和要饭比起来也有天地之别。"

柳母听了，这才反悲为喜。从此，娘儿仨互相体贴，互相关照，日子过得倒也和和美美的。

一天，黄女走进那间无人住的破房子中，只见屋里乱七八糟尽堆放着一些碎柴杂草，连个空隙也没有。进入内室一看，墙上地下满是灰尘，黑暗的角落里一堆一堆的，不知是什么东西；上前一踢，踢不动，拾起一块，一看，竟是银子！

她又惊又喜，急忙告知柳和。柳和便同她一起去察看。原来，宫梦弼叔叔以前扔到那里的砖头瓦块，全都变成了白花花的银子！柳和又想起小时候，宫叔叔常领着他玩"埋金子"的游戏，那房子里的地下都埋有石子、石块，莫非也都是银子吗？可那房子已经抵押给别人了。于是，小两口和母亲一合计，就找出契约文书，秤了银子，向邻家赎回了房屋。可这屋让人家住了多年，已经很破旧了，原来"埋金子"的方砖，有些已经碎了、残缺了，埋下的石块，有不少露在外面，可石块还是石块，并不是银子。柳和看了半天，不免有点儿失望。他又把别的方砖刨起来一看，下边埋的一块一块全都是白银，满屋子灿灿发光。顷刻间，柳家聚起白银万两。接着，就赎田产、修房屋、制家具、添衣着，又重新雇了一大帮丫鬟奴仆。几天时间，宅第豪华，门庭兴旺，富足程度超过了当年柳家鼎盛时期。

柳和经过了这几年的磨难，看透了世态炎凉、人情冷暖，也尝够了穷苦的滋味，他变得聪明起来了，再不像过去那样挥金如土了，也不再滥交那些酒肉朋友了。他暗自想道：如果再不发奋自立，就辜负了宫叔叔对我的教诲和期望。于是，他下定决心，闭门读书。经过三年努力，终于考中举人。

柳和中了举人以后办的第一件事，就是亲自带了银子到无极县去酬谢那位曾在困难时周济过他的刘老婆婆。去的那天，柳和穿了耀眼夺目的举人服装，带了十多个俊美的奴仆，个个骑着高头大马，人欢马腾地来到刘家门口。刘老婆婆只住着一间小屋，柳和让仆人把礼物送上，他便坐在床头向刘老婆婆说不尽感谢，道不完问候，刘老婆婆高兴得浑身上下热乎乎的。

再说黄家老汉，自从女儿逃走后，西路商人逼他退聘礼，可他已将银子花掉大半，只好把房屋卖掉才得偿还。老两口住在留下的一间矮屋里，少吃无穿，穷困得如同柳和当年那样。这天他听说原来的女婿柳和又发了财，带着人马来酬谢刘老婆婆，脸上只觉得火辣辣的，心中好似打了五味瓶，羞得不敢见人，只好关紧门窗，坐在家里长吁短叹，后悔自己不该悔婚。

那刘老婆婆与柳和亲亲热热谈了一阵，就忙着打酒备饭，款待贵宾。吃饭中间，他又告诉柳和，黄家女儿非常贤惠，只可惜被他父亲逼得逃出家门，至今没有下落。又问起柳和娶亲了没有，柳和笑着告诉她已经娶了。饭罢后，柳和就提出要刘老婆婆到保定去看看他的新媳妇。刘老婆婆觉得路远不想去，柳和就再三请求，她推辞不过，就锁了屋子随柳和一起来到保定。刚进门坐下不一会儿，见有十几个丫鬟使女簇拥着一位满身珠光宝气的美妇人来拜见她。老婆婆擦擦老花眼一看，不禁大惊，原来她竟是黄家的姑娘！黄女见到老邻居，感到分外亲切。霎时，多少往事，多少悲欢，话语滔滔，共叙不尽。黄女问起父母，自然免不了难过一番，嘱咐刘老婆婆回去代她向父母问好。柳和夫妇留刘老婆婆住了好几天，盛情款待，又赶做衣服，上下换了一新，才送她返回无极县老家。

刘老婆婆到家后没停脚，就赶忙去给黄老汉报喜，并转达了女儿对二位老人的问候。黄家夫妇听说女儿在柳家，真是又惊又喜又惭愧。刘老婆婆劝他们前去投靠女儿，黄老汉只是痛苦地摇头、叹气，觉得没脸去见女婿。

没多久，冬天到了，黄家老两口吃的没吃的，烧的没烧的，缩在矮屋里实在难以忍受，不得已，黄老汉只得厚着脸皮去保定找女儿。到了女婿家门口一看，只见房屋高大华丽,守门人怒目相看,不给他通报。从早上一直等到太阳落山,好不容易等出一个仆妇来,老汉这才上前赔着笑脸,说了许多好话,求她暗暗转达给女儿知道。那仆妇进去禀告后出来,把老汉引到一个耳房里,对他说:"娘子很想来见您一面,但怕公子知道,还需等个机会才行。"接着问道,"您老人家几时来到,肚里饿不饿?"

黄老汉一天没有吃东西,早就饥肠辘辘,便说了实话。仆妇去了一会儿,端来一壶酒、两盘菜,又放下五两银子,对老汉说:"公子正在内房喝酒,娘子恐怕不能来看您了。您吃了饭,就在这儿休息,明儿打早回去,别让公子知道了。"黄老汉点头应诺。

第二天天刚亮,黄老汉就背了一个小包袱急急忙忙走出屋来,来到大门口,见大门还关着,只好坐在一旁等候。这时,忽然听到里面有几个人喊叫:"快开大门,公子要外出!"

黄老汉正要躲避,柳和已看见他,便问:"这是谁?"

奴仆们没有一人回答,柳和怒声喝道:"必定是个盗贼!把他捆起来,送官府审问!"

众奴仆应声上去,用一条短绳子把黄老汉捆在树上。老汉又惭愧又害怕,不知该说什么,正为难着,昨晚那个仆妇赶来了,忙跪下对柳和说:"这是我舅舅,昨天很晚才到的,所以没来得及禀告公子。"

柳和这才命令松绑放人。那仆妇把老汉送出门,悄声对他说:"昨晚上忘了让看门的早点开门,竟出了这差错。娘子要我转告您,如果老夫人想念她,可以化装成卖花的,随同刘老婆婆一道来。"

黄老汉回到家里,把到女婿家的经过和女儿叫传的话告诉了老伴,老伴想女儿想出了病,巴不得去见一面。于是,急忙告知刘老婆婆,二人约定好,便一同到柳家来。进了柳家,过了十几道门才来到黄女的住所。只见她穿着披肩短衣,梳着明光光的发髻,遍身罗绮,珠翠满头,走起路来香气扑人。轻轻哼一声,大大小小的丫鬟、女仆都奔来伺候。这个移动镶金的躺椅,那个放置垫腿的竹具,聪慧的婢女烹茶倒水,忙得不亦乐乎。刘老婆婆和黄母进去坐下,由于眼前人多,只好用暗语和黄女相互问好,可是母女相视,两个人眼圈里都泪汪汪的。到了晚上,黄女开了一个内室,让母亲和刘婆婆一同住进去。黄母看着床上的锦褥缎被,都是她家当年富贵时也没有见过的。一连住了三五天,女儿招待得非常殷勤周到。黄母一有机会就把女儿引到无人处,哭着诉说以前做错了。女儿说:"我们是母女,有什么过错不能忘。只是柳郎愤恨未消,须防他知道!"

每次柳和进屋,黄母就赶忙躲开。一天,母女俩正促膝谈心,柳和突然闯进来,看见一个乡村老婆子坐在那里,一下子瞪起了眼:"这是什么人?敢与娘子坐在一起!就该把她的头发给我拔掉!"

刘老婆婆忙上前排解说:"她是我的亲戚王嫂,来卖花的,请公子不要责怪。"

柳和见是刘老婆婆的亲戚，就拱手道歉，随即坐下来说："刘老婆婆已经来了几天了，我忙得有事，没有来得及和您好好谈谈。黄家那一对老畜生还在不在？"

　　刘老婆婆笑着说："都还健在，就是太贫苦啊！公子大富大贵，何不念及翁婿之情，照顾他一些呢？"

　　柳和拍着桌子说："想当年，要不是你刘老婆婆给我吃了一碗粥，我哪里能回得了家，哪里还能活到今天？他们老两口无情无义，我恨不得吃其肉、寝其皮，有什么可念的？"他越说越有气，最后竟然跺着脚骂起来。

　　黄女听不过去，也恼了："他们二老无情无义是不好，可总是我的爹娘啊！我路远迢迢，千辛万苦逃到你这儿来，手冻坏了，脚也磨破了，算对得起你吧！为什么当着我的面辱骂我父母，使人难堪呢！"

　　柳和这才平息了怒气，招呼一声，起身出去了。

　　黄母听着女婿的辱骂，又羞惭又沮丧，脸色红一阵、紫一阵，简直坐不下去了，当即就要告辞离去。女儿也无法再留，便偷偷给了妈妈二十两银子，派人把她和刘老婆婆一同送了回去。

　　自这次走了以后，长时期不通音信，黄女十分挂念爹娘，柳和也稍微消了点气，就打发人把他们接来。老夫妇俩见了女婿，惭愧得连头都不敢抬。柳和向他们道歉说："以前二老来，我不知道，又没有人明白告诉我，因此多有得罪。"老汉只是连连点头而已。柳和为二老换上新衣、新鞋，留着住了一个多月。黄老汉总觉得心里不安，几次告辞要走。柳和取出一百两银子送给他，说："那西路的商人给你五十两，现在我加一倍！"

　　黄老汉无话答对，只好厚着脸皮收下，柳和用车马送他们回去。老两口晚年总算还平平安安地过着小康生活，没有再受什么罪。

雷 曹

乐云鹤和夏平子是同乡，也是好友。两人经常在一起读书学习，相处得十分融洽。

夏平子从小就聪明过人，十岁上就以文才闻名乡里，乐云鹤对他很是敬重，有不懂的问题就虚心向他请教，而夏平子也很乐意解答乐云鹤的问题。在夏平子的帮助下，乐云鹤有了很大进步，不久也像夏平子那样出名了。然而他们两人却双双失利在名利场中，每次考试都名落孙山。

不久，夏平子得了瘟疫死去，因家里贫穷，无力安葬。乐云鹤挺身而出，一手包办了葬礼，还把夏平子留下的妻子和一个不满周岁的孩子照管起来，每每得到斗二八升的米，也要两家平分。夏平子一家全靠乐云鹤生活。文人学士对乐云鹤的行为十分赞赏，但由于乐云鹤家中祖产不多，又代替夏平子养家糊口，家境越来越艰难。乐云鹤不由叹口气，说："像夏平子这样的文才，还碌碌无为被埋没掉了，何况我还不如他呢！人生富贵须及时，要这样苦挨岁月，恐怕比狗、马还要死的快些，这不是白活一生吗？不如及早另想办法。"从此，乐云鹤便放弃读书做起买卖了。

乐云鹤做了半年买卖，居然成了小康人家。有一天，乐云鹤来到南京，正在旅店休息，忽然走进一个身材细长、瘦骨伶仃的人来，在他身旁徘徊，神色黯淡，面带愁容。乐云鹤问那人道："你是否想吃点什么？"

那人也没说话。乐云鹤又把饭菜推过去让他吃，只见他用手抓起饭菜就往嘴里填，不大工夫就吃完了；又要来两个人的饭，又吃完了；乐云鹤见那人似乎还没有吃饱，干脆叫店主人拿来许多熟猪肉和蒸饼，他很快又把好几个人的饭食吃掉了。这时，那人才腆着肚子向乐云鹤道谢说："三年以来，还没有吃过这样一顿饱饭。"

乐云鹤说："您是一位壮士，为何落魄到这般地步？"

"遭了天谴，不能说啊。"那人说完，见乐云鹤问他家乡住址，又说："陆地上没有我的房子，水里面没有我的舟船，只能到处流浪罢了。"

乐云鹤整顿行装要上路了，那人一直跟在他身边恋恋不舍。乐云鹤向那人告别，那人说："您将遇大难，我不忍心忘掉您让我吃饭的恩德。"

乐云鹤觉得那人说的奇怪，就跟着他上了路。路上乐云鹤叫那人吃饭，那人辞谢说："我一年只吃几顿饭。"

乐云鹤更是惊奇。

第二天，他们上了船，忽然狂风大作，波起浪涌，许多商船被水吞没，乐云鹤和那人也都掉进江里。一会儿，风停了，那人背着乐云鹤从水底钻出来，送他上了一个客船，又独自跳到江里破浪而去。又过了一会儿，那人用手拖来一只船，把乐云鹤扶到上面，嘱咐他躺在船舱里等着，就又跳到江里，用两臂夹着货物上来，扔到船上。这样，几次入江，捞上的货物把船都堆满了。

雷曹

踏波雨出擎
雷上手捧
云辰行雨
回神报
事放人
宵由少
微有
烨胎
尘尘

乐云鹤感动地说："您救了我的命我就永世难忘了，哪里还敢烦您替我捞取财物。"说完，一看货物一样不少，心里更加高兴，暗想这一定是个神人了。正要开船，那人却要告辞了，乐云鹤苦苦相留，才应允了。

乐云鹤笑着说："真不敢想呀，这场灾难才只失掉一枚金簪。"

本是一句笑话，那人却要去寻来。乐云鹤正要劝止，那人已经跳到江里。

乐云鹤吃惊地望着江面，过了许久，忽见那人带着笑从水里出来说："幸亏找到了，没有违了你的心愿。"江上的人们见了，没一个不惊异的。

乐云鹤和那人来到家里，一直睡在一处，形影不离。那人隔十多天才吃一次饭，而每次都要吃很多很多。

一天，那人又提出要分别的话，乐云鹤只是不放他走。这时，天忽然阴了，天上雷声大作。也是触景生情吧，乐云鹤说："云彩里不知是什么样子？雷也不知是什么东西？要是能到天上看看，这个谜也就解开了。"

那人听了笑了，说："你莫非想到天空游玩吗？"

二人说着话，乐云鹤觉得很困倦，就躺在床上睡去了。一觉醒来，只觉身子摇摇晃晃的好像不在床上；睁眼一看，原来身子已在云气之中，周围好似一团团的棉絮。他吃惊地站起来，头晕得像在船上一样，用脚踩一踩，脚下软绵绵的。抬起头来，满天星斗就在眼前，怀疑是在梦中。细看嵌在天上的星斗，犹如荷叶间的莲蓬。大的像瓮，次的如瓶，再小的像茶盅；用手去摇，大的摇也摇不动，小的还可摇动，似乎可以摘下来，于是就摘了一颗，藏在衣袖里。拨开云絮向下一看，只见银河茫茫，城镇只有豆粒大小，不由吃惊地想，要是一失足，这个身子还不摔得粉碎。一会儿，只见两条龙驾了一辆缦车走来，龙的尾巴一甩，就像打鞭子一样响，车上载着许多容器，每个都有几丈粗细，里面装满了水。还有几十个人，用一些小点的容器从里面舀了水，向云中洒泼。洒水人忽然看见乐云鹤，都很奇怪。

这时，乐云鹤见那人也在洒水人中，只听那人对大家说："那是我的朋友啊。"说完，又拿了一个容器递给乐云鹤，让乐云鹤也洒水。当时旱情很重，乐云鹤接住容器，拨开云彩，望着大概是家乡的地方尽情洒泼。

乐云鹤正洒着，那人走来对他说：“我本是天上的雷曹，以前因为耽误了行雨，被贬到凡间住了三年，今天期限满了，请从此分别。”说完把驾车的万丈长绳扔在乐云鹤面前，让他抓住一头滑下去。

那人见乐云鹤害怕，又笑着说：“尽管放心好了，不会出事的。”

乐云鹤这才照那人说的，"咻溜溜"一转眼就滑到了地上。睁眼一看，自己已站在村外，那条绳子也慢慢收到云彩里看不见了。

久旱逢雨，自然是件大喜事，但是十里以外的地方却只下了一指雨。独有乐云鹤家乡的雨下得沟满河平。

乐云鹤回到家里，一摸袖子，摘的那颗星星还在。拿出来放在桌上，原来是块黑油油的石头，到了夜里，就亮光闪闪，照得满屋通明。于是，便把它当作传世奇宝，用锦缎裹了藏起来。只有交情很厚的朋友来了，才肯拿出来，用它照明，一同饮酒。要是对着它看，光线刺得人眼都睁不开。

一天夜里，乐云鹤的妻子正对着星星坐了，用手理弄头发，忽见星光慢慢变得像萤火虫那样小，而且飞动起来。妻子才吃惊地喊叫了一声，已经觉得星星飞进嘴里，吐也吐不出，竟咽到肚子里，她急忙跑去告诉了乐云鹤，乐云鹤也觉得很奇怪。不过，当时妻子也没有什么不舒服的感觉，两个人又乱猜了一阵，就睡下了。

乐云鹤刚刚入梦，就梦见夏平子来了，说："我原是少微星转世，因先父偶然做了一件缺德的事，阎王减了我的寿数。您对我的好处，我一直记在心里。现在您又把我从天上摘回来，可以说是有缘分的，今天我就给您做儿子，来报答您的大德。"

乐云鹤已经三十多岁还没有儿子，做了这个梦很是高兴。说也奇怪，妻子也果然从那夜起怀了孕。

后来，妻子生了个男孩，生产的那天，满屋生辉，就像星星在桌上放着时那样亮。因此，乐云鹤就给孩子取名叫"星儿"。

星儿生得十分聪明，十六岁上就考中了进士。

赌 符

我县天齐庙里住着一个韩道士，据说此人法力高强，特别擅长幻术。我有个叔父名叫先子，和韩道士是好朋友，两人很谈得来，所以每次进城办事，先叔总要去天齐庙拜访他。

有一天，我和先叔进城，正打算去拜访韩道士，恰巧在路上碰见了他。韩道士把门上的钥匙递给先叔，说："你们先开开门坐一会儿，我马上就回来了。"我们依着他的话来到庙里，可是开门一看，他已经端端正正坐在那里。类似的事数不胜数。

原来，我有个本家，十分喜好赌博，因为我先叔的关系，他也认识了韩道士。当时，大佛寺来了一个和尚，专门从事赌博，而且赌注很大。本家一听很高兴，便将家中所有的钱都带去，与和尚掷骰子，结果输得一干二净。本家不甘心，又将田产押出去，找和尚赌博，一夜间又输了个分文不剩。本家连输两次，心情十分郁闷，在回家的路上经过天齐庙，忽然想起韩道士，就进去了。韩道士见他面色晦暗，语无伦次，问他什么原因，他就把与和尚赌博输钱的事据实讲了。

韩道士听了笑着说："经常赌博没有不输的道理，倘若能从此戒赌，我保你把输掉的钱全部赢回来。"

本家脸上微露喜色，说："如能物归原主，我就把骰子砸碎，再也不赌了。"

韩道士用纸画了一道符，叫他佩在衣带上，嘱咐道："只是得到你原来输的钱就住手，千万不可得陇望蜀。"说完，又给他拿了一千文钱作本，并约定要他赢钱后如数归还。就这样，本家又高高兴兴地找那和尚去了。

和尚看了他的钱，说是太少，一会儿就完了，不肯和他赌，本家却缠着非赌不可，说是只赌一回，输了拉倒，和尚这才笑着从了他。赌博开始了，本家一下就把一千文钱全押上了。和尚每次掷骰子都输，而本家一掷就赢了；和尚又拿两千文做赌注，又输给了本家；和尚渐渐把赌注加到十多千文，而且明明看着是胜采，一吆喝，反倒变成了输采。本家一计算，原来输掉的很快就全部赢回来了，他心里暗想，如果能再赢几千文更好，于是就又赌开了，但手气却慢慢变坏了。本家觉得奇怪，站起来看看衣带，原来衣带上的纸符不知什么时候不见了，他吃了一惊，这才住了手。

本家带着钱返回天齐庙，除归还了韩道士的一千文外，细细清点一下，去掉最后输去的，正好把他原来输去的钱赢回来了。

本家清点完钱，又向韩道士道歉，说是把符丢了。

韩道士拿着符笑着说："符已经回到我手里了。我再三嘱咐你不要贪得无厌，而你偏是不听，所以我就把它取了回来。"

阿 霞

　　文登县有个名景星、字庆云的书生，少年时以文才出众而闻名远近。他和陈生是近邻，两个人的书房只隔一道矮墙。

　　一天傍晚，陈生路过荒郊，听到树林子里隐隐约约传来一个女子的哭泣声。他走过去一看，见树枝上搭着一条绳子，那女子好像要在这里上吊寻死。陈生问她原因，女子收住眼泪对他说："母亲出了远门，把我托给表兄照管，不料表兄是个狼心狗肺的人，竟把我赶出门外。我这样孤苦伶仃，还不如死了干净！"说完，又哭起来。

　　陈生从树上解下绳索，劝她嫁人，她又说她在这里人地两生，怕一时找不到个可靠的人。陈生请她暂到他家住几天再说，她同意了。

　　陈生把女子带到书房，点了灯仔细一看，竟是个绝色佳人，不由心中大喜，即刻上去抱住女子求欢。女子厉声呵斥着、抗拒着。直到隔壁的景星听到吵嚷，翻过墙来看时，陈生才松了手。女子看到景星，用含情脉脉的目光凝视他好一阵，才转身跑出去了。陈生和景星到外面追赶她时，已不知去向。

　　景星回到书房，正拴了门准备睡觉，一扭头，只见女子从内室轻飘飘地走出来。景星忙问她为什么跑到这里来了，女子回答说："陈生德薄福浅，不能终身相依。"

　　景星听了，很是高兴，忙问她的身世。女子说："我祖上是山东人，我姓齐，小名叫阿霞。"

　　景星进到内室，用话挑逗她，她只是笑，并不拒绝，于是二人就一起上床安歇了。

　　后来，因为景星的书房里朋友来往甚多，阿霞一直住在一间密室里。这样过了几天，阿霞对景星说："我暂且出去走走。你这里人事烦杂，闷死人。从今以后，我只在夜间来。"

　　"你家在哪儿？"

　　"不远。"

　　于是，阿霞和景星白天分手，晚上欢聚，天天如此，如胶似漆，难舍难分。

　　又过了几天，阿霞又对景星

说：“你我二人虽然情投意合，但毕竟没有父母之命、媒妁之言。我父亲在西疆做官，明天我将和母亲一起去探望他，那时我便可趁机禀明父亲，正式把终身托付给你。”

景星问她走几天，阿霞告诉他走十天左右。

阿霞走后，景星暗想：她回来后要正式完婚，自然不能长期住在书房里，搬到内宅，又怕妻子嫉妒。想来想去，不如干脆把妻子撵走。决心既下，景星便天天寻衅生事，妻子一来，不打就骂。妻子受不了他的侮辱，哭着要寻死。景星大发雷霆说：“就是死，也不能死在我家连累我，趁早给我滚蛋！”

妻子见丈夫再三撵自己走，哭着说：“我嫁给你十多年，并没做出对不起你的事情，为什么竟这样无情无义！”

景星依然无动于衷，撵得更急了。妻子无奈，只好忍痛离开景家。

景星又是粉刷墙壁，又是打扫灰尘，把屋里屋外收拾得干干净净。他夜里盼、白天望，只待阿霞回来。谁知几个十天过去了，阿霞却音信皆无。

再说妻子，自被景星赶回娘家，她曾几次请丈夫的好友去规劝丈夫回心转意，但景星执意不从，死也不愿再把妻子接回来。也是出于无奈，妻子就由父母做主，改嫁到一个复姓夏侯的人家。这夏侯氏住的村和景星住的村接界，两家的土地紧挨着，曾因地界争执，两家结下世代冤仇。景星一听妻子改嫁给夏侯家，心里十分恼怒。但是他还期望着阿霞再回来，以此安慰自己。

光阴如水，不觉过去一年，而阿霞依旧音信杳然。那天，是海神的寿诞日，海神祠里里外外，游人如云，这时景星也混杂在人群里。他远远看见有个女子很像阿霞，但是等他走过去，女子已挤入人群当中。景星一直跟着女子走出祠门，又跟了一段，那女子竟头也不回，飞快地走了。景星没有追上女子，只得闷闷地返回家来。

大约又过了半年光景，景星正在路上走着，前面有个身穿朱红裙服的女郎，骑着一头黑驴子缓缓走着，后面跟着一个老仆。景星一看，原来是阿霞。但又怕认错了人，就向老仆问道：“那女郎是谁？”

老仆说：“是南村郑公子的继室。”

"几时娶的？"

"半个月啦！"

"莫非我认错人了？"景星自语着，声音却并不小。

女郎听到语声回过头，景星这才认清确是阿霞无疑。景星知道她已经嫁给别人，不由怒火中烧，大喊道：“霞娘！为什么忘了旧约？”

老仆听景星竟唤起他家夫人的名字来，就要举起拳头打他，被阿霞喝住了。阿霞揭下面纱对景星说：“负心人，还有什么面目来见我？”

景星急忙分辩道：“是你自己辜负了我，我何尝有负于你？”

"你辜负了妻子，比辜负了我还要可恨！对结发的妻子还这样，何况对别人呢？"阿霞越说越火：“过去，因为你祖上德高望重，本来是有功名的，我才愿意把终身托付于你；现在因为你抛弃妻子的过错，阴曹地府已经取消了你中举做官的资格。今年乡试第二名是王昌，就是顶替你的人。如今我已经嫁给郑公子，不劳你再想，你就死了心吧！"

阿霞的话句句在理，说得景星低着头哑口无言，等他抬头看时，阿霞已打着驴子飞奔而去，留给他的只不过是一腔悔恨、满腹愁苦罢了。

这年乡试，景星果然落了榜，第二名也果然是王昌。从此，景星便落了个薄情人的坏名声。后来一直到四十岁还没再找到一个女人，他家里也越来越穷，不得不经常到亲戚朋友家讨个一茶半饭。

一次，景星偶然去拜访郑公子，郑公子热情地招待了他，并留了他过夜。阿霞看见那客人正是景星，不禁产生了怜悯之心，她对郑公子说："厅堂里那位客人莫非是景庆云吗？"

郑公子说："是呀，你怎么认识他的？"

阿霞说："没嫁给你的时候，曾经在他家避过难，也待我不薄。他的品行虽说不好，但祖上的德行还未被他丧尽；况且又是你旧日的朋友，也是不应该忘掉旧情的。"

郑公子见阿霞言之有理，就给景星换了一身新衣服，还留他住了几天，好酒好肉款待他。

一天夜里，景星正准备睡觉，一个婢女给他送来二十两银子。这时阿霞站在窗外对他说："这是我自己存的体己银两，就算报答你往日对我的好处吧！你拿回去，找一个好对象。幸亏你祖上德厚，还可以给后代带来好处，再不要做那些缺德的事，那会折你寿数的。"

景星听了，感谢不已。

景星从郑家回来，用十两银子从一个绅士家买来个又丑又厉害的婢女做妻子。后来他们生了个男孩，长大后果然中了两榜进士。

郑公子的官一直做到吏部侍郎。郑公子死后，阿霞亲自去送葬。但送葬回来，家人掀开阿霞坐的轿子一看，里面却空无一人。这时大家才知道阿霞并非凡人。

啊！没有良心的人，搞喜新厌旧的鬼把戏，终究落个鸡飞蛋打的下场，上天的报应也实在是够惨的了！

翩 翩

　　山西汾县有个叫罗子浮的人，他很小的时候，父母就不幸去世了，多亏叔父罗大业收养了他。罗大业官拜国子左相，家中资产丰厚，唯独没有儿子，因此对待罗子浮就像亲生儿子一般。

　　罗子浮十四岁那年，被坏人诱骗了去，到处眠花宿柳，风流浪荡。

　　当时有个南京娼妓正好住在汾县，罗子浮见她生得美貌，很快就和她勾搭上了，而且打得火热，难分难舍。后来娼妓要回南京，罗子浮就背着叔父偷了许多钱跟着人家走了。

　　他在南京只住了半年光景，携带的钱物已经花光用尽。大凡娼妓总是爱财的多，爱人的少，罗子浮没了钱，受到娼妓同行姐妹的冷遇，自然是情理中的事了。但是尽管如此，总算还没有把他断然拒绝。不久，罗子浮生了一身脓疮，娼妓见他一天流脓滴水，又脏又臭，就把他赶出去了。

　　罗子浮在南京人地两生，举目无亲，只好去沿街乞讨。然而街上的人见他这副模样，唯恐躲避不及，不是十分善心的人谁肯给他一茶半饭？罗子浮怕自己死在外乡，就决计一路讨吃要饭回老家去。就这样，饥一顿，饱一顿，拄根柴棒一步一步往前挨，一天最多才走三四十里路。

　　一天，他好不容易才来到汾县地界，但由于浑身脓疮，一身破衣，觉得回家去没脸见人，就在邻近的县份转悠着乞讨度日。

　　到了晚上，他想到山里找个寺院歇宿，半路上遇见一个貌似天仙的女子。女子走到他跟前问他到什么地方去，他把自己的遭遇如实说了一遍。女子说："我是个出家人，处处以慈善为本，我住的山洞可以歇宿，也可以防避虎狼。"

　　罗子浮高兴地跟了女子来到深山，抬头看时，面前果然有一座洞府。走进洞门，只见洞门里有一条溪水，一座石桥架在上面。过了石桥，再走几步，是两个石屋，屋中并无灯烛，却是光明如昼。那女子叫他把破衣服脱了，到溪水里去洗澡。她说："洗一洗，你身上的脓疮就会好的。"接着，又拉开幛幔，铺好被褥催他睡觉，说："快睡吧，我给你做条裤子。"说完，摘来几片芭蕉叶大小的叶子裁剪起来。罗子浮躺在床上看着，不久她就做好了，折叠好放在床头说："你明天早晨取上穿吧！"然后就在对面床上躺下了。

罗子浮在溪里洗了澡后，就觉得身上的脓疮不痛不痒了。一觉醒来，用手再摸时，已经结了厚厚的一层痂子。第二天早晨快起床时，心里正怀疑叶子做的衣服不能穿，可是取过一看，竟是绿色的锦缎，又光滑，又软和。一会儿，要吃早饭了，女子明明取来的是树叶子，却叫作饼。放在嘴里一吃，果然是饼；又用叶子剪成鸡和鱼炒了吃，都和真的一模一样。屋子里还放着一坛子好酒，经常从里面舀了来喝，少了，再往里面添些溪水，出来还是好酒。

几天以后，罗子浮的脓疮好了，他就爬到对面床上向女子求爱，女子瞅了他一眼说："你好轻薄呀，才得到个安身的地方，就要痴心妄想了！"罗子浮说："我这样做不为别的，主要是报答你对我的恩德。"见女子没再说什么，就搂在一起做了夫妻，二人十分相爱。

一天，一个少妇笑着走进来，嚷嚷道："翩翩！你这个小鬼头倒快活！什么时候做下了好事？"

翩翩迎着笑道："花城娘子，你那贵脚好久不来我这里走动了，莫非今日西南风紧，把你给吹来了！小孩子抱来没有？"

花城娘子说："快别提了，我刚生的又是个女娃儿。"

翩翩笑了起来："敢情你成了光出女孩儿的瓦窑！怎么不抱来让我看看？"

"方才还哭哩，刚哄她睡下了。"

于是宾主一起坐下来喝酒。花城看了罗子浮一眼，说："你真是烧了好香，娶了这个好媳妇。"罗子浮注视着她，大约二十三四岁年龄，模样生得很动人。他心里十分喜爱她，就故意把果子失落在地上，然后又假装弯腰去拾果子，暗暗捏了一下花城的脚。花城也装作不知道，只是望着别处笑。罗子浮正被惹得如痴如醉，忽然觉得浑身发冷，低头一看，原来身上的衣服都变成了枯黄的树叶。心里惊吓得不得了，急忙去掉邪念，端端正正坐了一会儿，身上的衣服才复了原。他暗中庆幸没有被两个女人看出。

又过了一会儿，在相互劝酒时，他又动了邪念，悄悄用手搔花城的手掌。花城依然装作全然不觉的样子，谈笑如常。他正在心跳，衣服又变成了枯叶，半天才又复了原。这样，一连闹了两次，他才不敢再生妄想。

花城笑着说："你家男子太不规矩，要不是遇上你这个爱吃醋的能管住他，怕他早就飞到天上去了。"翩翩冷笑道："这个没良心的，只配叫他冻死。"二人说着鼓掌大笑。

花城站起来要告辞了，说："我那小女娃怕是醒来，在那里要哭杀了。"

翩翩也站起来，开着玩笑说："你只顾在这里勾引人家男人，哪里还管她哭杀不哭杀！"

花城走后，罗子浮担心翩翩会责备他，讥诮他，可是她却毫不在意，和平时一样对待他。

又住了一些日子，已是深秋天气，风冷霜寒，树叶都凋落了。翩翩就收集了树叶，准备做过冬的衣服。她见罗子浮缩头缩脑很是怕冷，就拿了衣服，到洞口抓了些云做棉花，塞进衣服里给他穿。他那衣服穿着和棉衣一样暖和，而且很松软，老是像新棉衣一样。

一年以后，翩翩生了个又聪明又漂亮的小男孩，取名保儿。两口子天天在洞里逗着孩子说笑。但罗子浮常常思念家乡，请翩翩同他一起回去。翩翩说："我是不能同你去的，要走，你就自己走好了。"罗子浮又舍不下，这样又拖了两三年，孩子慢慢长大了，就和花城的女儿订了婚。这时，罗子浮又想着叔父老了，想回去。翩翩又说："叔父确实年纪高迈，但身体还好，无需一直挂念，等保儿完过婚后，想走想留都由你。"从此，翩翩在洞里，常常拿树叶写了字，教保儿读，保儿非常聪明，只要读过一遍就记住了。翩翩说："这个孩子长得有福气，如果叫他去到人世间，不愁没有大官做。"

转眼，保儿到了十四岁，花城就亲自把女儿送来让他们完婚。那女儿穿得十分华丽，光彩照人，罗子浮夫妇很喜欢她，于是立即摆了家宴表示庆贺。这时，翩翩敲着金钗唱道：

  我有个好儿子呀，
  不羡慕升官发财；
  我有个好儿媳呀，
  不羡慕绫罗穿戴；
  今夜团聚呀，
  全家笑开怀！
  为您劝酒呀，
  要多进饭菜！

花城走后，父子两对各住在洞屋里。新媳妇很孝顺，依傍着公婆，像亲生女儿一样。但就在这时，罗子浮又提出要回去的话。翩翩叹了口气，说："你生就一副凡人俗骨，终究成不了仙人。保儿也是富贵中人，你就带他去吧。我不想耽误孩子的前程。"新媳妇想着该告诉母亲一声，可巧花城来了。儿女们对母亲都恋恋不舍，各自眼里都含满了泪水。两个母亲安慰他们说："走吧，将来还可以再回来。"于是翩翩就用树叶剪了驴子，让他们三个骑着走了。

这时罗大业已经告老还乡，他原想侄儿早已离开人世，不料却突然带着个漂亮的孙媳和一个英俊的孙子回来了，高兴得老人家像得了宝贝似的。

罗子浮他们回到家里，一看身上的衣服，全都是芭蕉叶，一拆，里面的棉花都热气腾腾地飘到天上去了，于是就一同换了人间的衣服。

后来，罗子浮想念翩翩，就带了儿子去探望，只见黄叶落满了路径，云雾罩着洞口，怎么也找不见翩翩，只好伤心地返回来了。

罗刹海市

某地有个商人的儿子名叫马骥，字龙媒，他性格活泼，喜欢唱歌跳舞，且长得眉目清秀，一表人才。马骥小时候经常跟着戏班的小演员玩耍，有时也学着他们的样子用锦帕缠头，那扮相活像一个俊俏的姑娘。因此，乡里人送了他个"俊人"的美称。

马骥不仅人长得漂亮，而且脑筋特别聪明，十四岁就考入府学，以写得一手好文章出名。后来，父亲年老体衰，放弃生意回了家，见儿子整天抱着书本不放，就劝他说："几卷烂书，饥了不能煮着吃，冷了不能做衣穿。依我看，你还是继承我的事业，仍然做买卖好了。"马骥听了父亲的话，稍微权衡了一下本钱和利润，就跟随一些商人漂洋过海，做起买卖来。

有一次，出海后遇上飓风，船被打沉了，他独自攀上一只小船，任风吹着，漂了几天几夜，到了一座城市里。那里的人一个个生得奇形怪状，非常丑陋。然而，他们却把马骥当作妖物，一瞧见他就惊叫着逃走。起初，马骥看见他们的面目非常害怕；后来发现那些人都惧怕自己的时候，就反而借此欺侮他们。遇到正在饮食的人们，他就奔跑过去，那些人吓得没命地逃跑，他就把余下的食物饱餐一顿。

这样久而久之，马骥逐渐转入山村。山村里的人倒也有和自己的面貌差不多的，但他们穿得破破烂烂，如同乞丐一般。马骥在树下休息，村里的人不敢近前，只是远远地望着他。时间长了，觉得马骥并不是一个吃人的妖魔，才稍微敢和他接近，马骥笑着和他们说话。彼此的言语虽然不通，但大半还可以理解。于是，马骥就把自己的来历告诉了他们。村里人听了很高兴，忙跑去一家一户告知邻居，说来客并不是什么吃人的妖物。但村里那些面目丑陋的人望他一眼就跑了，始终不敢走近。那些敢于来接触的人，五官位置都长得和中国人相同。他们有的拿来酒，有的送来食品，供马骥吃喝。

马骥问村里人为什么会怕他，村里人回答说："曾经听祖父说过，离此往西走二万六千里，有个中国，那里的人模样全都很奇怪，非常特别。但过去仅仅是听说，今天才相信果然不假。"问他们为什么这样贫穷，村里人说："我国所重视的，不在学问和才能，而在相貌。那些最美的人当大官，次一点的做地方官，再差一点的也能受到贵人的宠爱，获得丰衣足食，养活妻儿。像我们这些人，呱呱一落地，父母都以为不吉利，往往就扔掉了；就是不忍抛弃勉强留下来的，也都是为了传宗接代罢了。"马骥又问："这叫什么国家？"回答说："大罗刹国。都城在北边，离这里三十里。"马骥请求领他去看看，村里人就答应了。

第二天，鸡刚打鸣，村里人就领着马骥动了身，天亮时才到达京城。只见那城墙全部用墨黑的石块砌成，楼阁有十来丈高。但顶上很少用瓦，覆盖的全是红石头；拾起一块残石片在指甲上一磨，颜色血红血红的，和朱砂没有差别。

马骥和村民进城后，正遇上国王退朝，一位大官坐着车马出来，村民指着悄声说："这是宰相啊！"马骥仔细看去，那宰相丑极了：两个耳朵是背生的，鼻子是三个孔，睫毛好像帘子一样把眼睛盖着。接着又有几个骑马的出来，村民说："这是大夫啊！"依次把那些大小官员指给马骥看，果然个个都是面目狰狞的怪物；不过官职渐低，丑相也渐减。马骥看了一会儿，准备返回去，街道上的行人看见他，纷纷叫喊起来。他们跌跌撞撞地狂奔乱跑，如同见了妖魔鬼怪一样。同来的村民们连忙向他们解释，城里人才敢远远地站着观望。

　　回村以后，国内都知道这村里来了一个奇特的怪人。于是那些高官大夫，都争着想亲眼看一看，长长见识，便派人来邀请马骥到他们那儿去。可是每到一家，那些官宦人家都把大门紧闭着，全家老小都惊惧地自门缝中偷看着议论；整整一天，没有一个人敢把马骥请进屋里去。天快黑时，陪伴他的村民忽然想起一个人来，便说："这里有位老人，是一个在朝中任过执戟的侍郎，曾经为先王出使过外国，到过很多地方，见过各种人，或许不会怕您。"于是，他们便登门拜访。

　　侍郎一见，果然十分高兴，把马骥当作贵客招待。马骥看那侍郎的面貌，好像八九十岁的人。两个眼睛琉璃蛋似的突出在眼眶外面，满脸络腮胡须又粗又硬，活像刺猬。侍郎邀马骥入座后，就大大咧咧地说："我年轻的时候，奉王命出使到过许多国家，唯独没有去过中国。如今我一百二十多岁了，能有幸见到上国人物，这件事不能不禀告天子知道。不过我已经退职了，十多年没有踏过朝阶，但为了马君的到来，明天早晨，我愿意专门去走一趟。"说完，就吩咐下人摆上酒宴，按照主客的礼节，盛情款待。酒过数巡，叫出十多个歌女，在堂前轮番歌舞。歌女们的相貌类似夜叉，她们都用白色锦缎缠头，长长的红舞衣拖在地下。唱的不知是什么内容，声调奇异，节拍零乱，难听得很。然而，主人似乎很满意，他一面津津有味地欣赏，一面问道："中国也有这样的歌舞吗？"马骥答道："有的。"主人便请他唱几句听听，马骥用手敲着桌面打拍子，亮开歌喉唱了一曲。主人听后高兴极了，说："实在奇妙啊！你的歌声如同凤鸣龙啸，我跑了那么多地方，还从来没有听到过。"

　　第二天，侍郎就进宫朝见国王，极力推荐马骥，说这个中国人善于歌唱，很有才干。国王也很想见见这个海外奇客，立刻就要下诏书。旁边有几个大夫曾经看到过马骥，他们向国王描述了一番马骥如何如何丑陋，说是一旦见了，圣体受惊，非同小可。国王一听，只好作罢。侍郎回到家告诉马骥，深表自己无能为力，但仍然留马骥住在家里。

　　马骥与侍郎同住多天，感情越来越融洽。一天，他与主人一块喝酒，趁着醉意，便往脸上涂了黑煤，扮成舞台上的张飞模样，挥着宝剑舞蹈起来。侍郎看了，觉得很美，就说："请您就以这个模样去见宰相，一定会受到欢迎，高官厚禄也就不难到手。"马骥说："装扮起来玩耍玩耍还可以，怎么能改头换面去求官图荣呢？"侍郎再三劝说，马骥只好答应试一试。

　　于是，主人大摆筵席，邀请朝中那些当权的显贵们同来赴宴。宾客来到后，主人就唤预先已经装扮好的马骥出来相见。客人端详着马骥的脸，非常惊讶，连连说："奇怪！奇怪！怎么过去那么丑陋而今天这样美丽啊！"于是就邀马骥同他们一块喝酒，边饮边攀谈，很是欢乐。席间，马骥唱了一曲弋阳腔，满座宾客无不拍手叫好。

第二天，这些官员果然纷纷举荐马骥，国王十分高兴，以隆重的礼节召见他。见面后，国王就问中国治国安邦之道，马骥婉转曲折地陈述一番，国王听了，大加赞赏，立即在便殿里设宴招待。酒喝到有些醉意的时候，国王笑着说："听说你善唱优美的歌曲，可不可以让我欣赏一下？"马骥便站起来，仿效罗刹国歌女的样子，也用白锦缎裹了头，演唱了几段靡靡之音。国王大为喜悦，当日就封他为下大夫。

从此，马骥很受国王的信任和恩宠，经常设私宴招待他。时间长了，那些官僚深知马骥的脸是装扮的，就对他逐渐疏远、冷淡起来。他走到哪儿，就瞧见有人窃窃私语，不多和他接近。马骥感到自己很孤立，而且老扮着假面目，心里很是危惧不安。于是，就上疏要求辞官，国王不答应；又请求休养，这才给了他三个月假期。

马骥用传驿载着金宝，再次回到原来的村子。村民们跪着迎接他，马骥把金银财宝分送给过去与他交好的那些穷苦人，大伙感动得欢呼起来。他们说："我们这些卑贱人受到老爷如此恩赐，实在无法报答。明日到海市去采些珍贵的礼物送给老爷。"马骥问："海市在什么地方？"村民说："就是海里的市场呀！那里繁华极了。四海鲛人，拿着珠宝云集市上；四方十二国都来做买卖，市上还有许多神仙在游玩。不过，那里云霞遮天，波涛汹涌，瞬息万变。贵人们为了保重自己都不敢去冒险，只是把金帛交给我们，让我们给他们代购些珍宝回来。现在离集市日期不远了。"马骥问他们怎么知道哪天是集，村民说："每当看见海上有红色飞鸟往来，七日后前去就是。"马骥又问哪天动身，自己想同去游览一番。村民劝他保重贵体，马骥说："我本来是漂洋过海的人，还怕风涛吗？"

不几天，果然有人上门送钱托他们买东西，马骥便同他们一起把金银财帛装上船。船身不大，可容几十个人，平平的船底，高高的栏杆。十个人摇橹，激水破浪，如同飞箭一般行进。航行了三天，远远望见云水荡漾之中，浮现出层层叠叠的楼阁；各地来的贸易船只，如同蚂蚁一样挤满了水路。不一会儿来到城下，一看城墙上的砖，足有人的个儿那么长，巍峨的城楼高耸云天，甚是壮观。

马骥他们把船系好就进了城。只见市上陈列的，全是奇珍异宝，光彩夺目，大都是人世间所没有的。他们正看得出神，忽然有一个阔气的少年骑着高头大马走来，街上的人急忙躲开让路，说是东洋三太子来了。那太子过来看见马骥，打量着说："这不是外国人吗？"随从的人员立即过来询问。马骥站在路旁，行了礼，就将自己的籍贯、身世一一相告。太子听了高兴地说："既然先生不惧风险远路来此，定是缘分不浅。"说罢，就给了他一匹好马，邀他同去游玩。

　　马骥随着太子出了西城。刚刚来到岛岸，他的马就嘶叫着跳进水里，马骥不禁惊叫一声，定睛一看，海水从中分开一条道路，两边的水像墙壁一样直立着。走了不大一会儿，便看见一座宫殿，玳瑁作梁，鱼鳞作瓦，四壁都是透明的水晶，光华耀眼，人的影子也映照得清清楚楚。

　　他们来到宫殿门口一齐下马，太子作揖行礼，把马骥迎了进去。抬头一看，只见殿堂上坐着龙王，太子上前奏道："我到海市游玩，遇着一位中国文人，特地引来参见大王。"马骥便上前拜见。龙王说："先生既是一位文人，必然会写出高出屈原、宋玉的文章。我想烦劳你的大手笔，写一篇描绘海市的文章，希望你不要推辞。"马骥叩头答应了。龙王便给了他水晶砚、龙须笔、雪白光洁的纸以及散发着兰花香气的墨。马骥文思如泉，片刻工夫就写成一篇一千多字的文章呈献上去。

　　龙王诵读一遍，高兴得眉飞色舞，夸赞道："先生如此大才，给我这小小水国添了光彩！"于是把龙子龙孙统统召集来，在采霞宫内举行盛宴。酒过数巡，龙王举杯向马骥说："我有个爱女，还没有婚配，愿把她许给先生，不知先生心意如何？"马骥站起来不胜感激，便唯唯诺诺地应承了。龙王回头向左右说了几句什么，不一会儿，几个宫女扶着公主走出来，满身珠玉撞击有声，接着在吹吹打打的音乐声中为他们举行了婚礼。夫妻交拜完毕，马骥偷偷看了一眼公主，她漂亮极了，真是一位仙女啊！

　　公主行完礼就走了。不多一会儿宴也散了，两个丫鬟挑着绘有彩画的灯笼，引着马骥走进了一间幽静的宫室。公主坐在那里等候，灯光下她美得简直像一朵花儿；一张精巧的珊瑚床，装饰着各种奇珍异宝，帐子外面的流苏上缀着斗大的明珠，满床被褥又香又软，令人陶醉。天刚亮，丫鬟使女都跑来侍候。马骥起来后，就匆匆上朝拜谢龙王。龙王喜得合不拢嘴，当即封他为驸马都尉，并把他的文章迅速传送到各个海洋里。各海的龙王接到喜讯后，都派专差来祝贺，并纷纷发来请帖，邀请驸马去饮酒。于是，马骥穿了锦绣衣裳，骑着青龙，在仪仗队的簇拥下，吆吆喝喝地走出宫殿。他的前后走着几十个腰挎弓箭、身带武器、骑着高头大马的武士，随从的乐队也分别在马上和车内一路演奏不停。这样浩浩荡荡地游历三天，把所有的龙宫都游遍了。从此，"龙媒"的名声，便传遍了四海。

　　宫内有一株合抱粗的玉树，树干好似晶莹透明的白玻璃，中央有一圈淡黄色树心；树枝比胳膊细些，铜钱厚的树叶像碧玉，密密匝匝地洒下满地浓荫。马骥常与公主在树荫下唱歌吟诗。树上开满了像檐葡一样的花朵，偶尔一瓣飘落在地上，发出清脆的音响。拾起来一看，好像红玛瑙雕成的一样，光洁可爱。这里还经常有一种奇异的鸟儿飞来啼叫，它长着一身金绿色羽毛，尾巴比身子长，叫起来的声音婉转、凄凉，好似哀怨的曲调动人肺腑。

马骥每当听到这鸟儿的啼叫声，就思念起家乡来，因此对公主说："我离开家乡三年了，父母长期不得见，每次想起来，止不住心酸流泪。你能不能跟我回去？"公主说："仙界和尘世路途不通，我不能随你走；可是我也不忍心为了我们夫妻的恩爱，夺去你们父子之间的欢乐。请容我慢慢想个办法。"马骥听了，不禁眼泪又流下来。公主也叹息着说："事到如今也不能两全其美啊！"

第二天，马骥从外边回来，龙王对他说："听说都尉很想念家乡，明天让你起身，可以吗？"马骥连忙拜谢道："我孤身一人流落异乡，蒙受大王过分宠爱，这种恩德已铭刻在我的肺腑。请容许我暂时回去看望一下父母，还希望以后再来团聚。"当夜，公主置酒话别。马骥想约定一个再会的日期，公主说："咱俩的情缘已经到头了。"马骥听了，难过得掉泪，公主说："你回去奉养父母，可见你有孝心。人生一世，聚散无常，百年犹如旦夕，很快就过去了，何用凄凄惨惨、伤心落泪！只要离别以后，我为你守节，你为我守义，人在两地，心在一起，这就是夫妻啊！何必非是朝朝暮暮挨在一起，才叫白头到老呢？假如你违背了盟约，把我抛弃了另外去娶妻子，那么你的婚姻一定是不吉利的。如果你担心家里无人照料，可以收一个婢女服侍你。"她停了一下，接着又说："还有一件事要告诉你：自从结婚以后，我似乎已经怀了孕，请你给孩子起个名字吧。"

公主的一席话，使马骥心里一阵酸一阵甜，当他听到要给孩子起名字时，一种幸福的感觉涌上心头，就说："如果生个女儿，可叫龙宫；如果生个男孩子，就叫福海吧。"公主要他留下一件东西作为凭证，马骥便把在罗刹国得到的一对红玉莲花拿出来交给她。公主说："三年以后的四月八日，请你驾舟到南海岛上，我把孩子送还给你。"公主用鱼皮缝了一个口袋，装满了珠宝，交给马骥说："请你好好珍藏它，几辈子也用不尽啊。"

天刚发亮的时候，龙王设宴，为马骥饯行，又赠送了很多珍贵礼物。马骥拜别龙王走出宫殿，公主乘着车子把他送出海去。马骥上岸，公主说了声"你要保重"，便回车去了。马骥站在海岸上，目送公主走远，直到海水又合在一起，再也看不见了，他才独自一人往家走。

自从那年马骥出海未归，家里人都以为他已经死了。等他回到家后，人们非常惊异。幸亏父母都健在，只有妻子已经改嫁了。这时他想起公主叫他"守义"的话，才知道她已经预先知道了啊。父亲想给马骥再娶一个妻子，他不让，只收了一个婢女照料家务。

马骥牢记着公主临别时的嘱咐。三年后的四月八日，他驾着小船来到南海岛边，果然见两个孩子坐在水面上，拍着水嬉笑，不动也不沉。马骥靠近了伸手去引，一个孩子抓住他的手臂，用力一跃，跳进了他的怀抱；另一个却大声啼哭起来，似乎怪他不抱自己，马骥便伸手也把那孩子拉上来。仔细一端详，一男一女，面貌生得都很俊秀，头上的花帽子镶满珠玉，他留给公主的那对红玉莲花也缀在上面。背上缝着一个锦缎小口袋，拆开一看，里面有一封信，信上写着：

　　公婆身体无恙吧！自从离别，眨眼已过了三年。仙界尘世，永远把我们隔开，浩浩大水，使我们信息难通。我十分想念你啊，想得我常常做梦；我伸直脖子盼望你啊，盼得我身心疲劳；望着茫茫苍天，满腔愁恨也无可奈何啊！但是一想到奔月的嫦娥尚且孤独地守在月宫里，投梭的织女还在银河一岸独自惆怅，我算什么人，怎能要求和丈夫永远团聚呢？这样一想一比，也就破涕为笑了。

　　别后两个月，竟然生下一对双生儿女；如今咿咿呀呀地已经会说会笑了，也会寻枣抓梨自己找着吃东西，不用哺乳也可以生活了。因此，我把他们送还给你，把你赠给我的红玉莲花，缀在帽子上作个凭信。当你把孩子抱在膝头上的时候，就好像我在你身边啊。

　　知道你实践着分别时的盟约，克制自己没有再娶妻子，我心里感到很快慰。至于我，这一辈子也不会产生二心，宁可死了也决不再嫁他人。我的奁匣里，早就不再存放化妆品；对镜梳妆时，也早已不搽粉抹脂了。你好比是久出远门的男子，我就如同苦守在家的妇人，虽然不在一块居住，但怎么能说我们不是夫妻呢？我唯独考虑的是，公公、婆婆已经抱上孙子孙女，却没有见过新儿媳一面，这在情理上讲，也是一个缺陷。不过，一年以后婆婆安葬时，我将亲自到墓前，去尽儿媳妇的义务。从今以后，只要龙宫长大成人不遇什么灾祸，还会有见母亲的机会；福海长生不老，或许能在陆上海底之间自由往返。

　　我想说的话很多很多，纸短情长，只能就此停笔。希望你保重自己！

　　马骥捧着书信反复读了几遍，不住擦着滚滚的泪水。两个孩子抱着他的脖子喊叫道："咱回去吧！"这声音使马骥更加痛酸，他轻轻抚摸着孩子说："儿啊，你们知道咱们的家在哪里呢？"孩子们都哭起来了，咿咿呀呀嚷着要回家。马骥望着茫茫大海，水天相连，无边无际，云雾中看不见公主的踪影，波涛里找不着道路在哪儿。只好抱着两个孩子，划着小船，满腹惆怅地返回家来。

　　马骥读了公主的信，知道母亲的寿数不长了，便将装裹棺木全部预备好，还修建了坟墓，在墓周围植了一百多株松柏树。过了一年，母亲果然死了。灵柩抬到坟地时，有一个女子披麻戴孝走近墓穴。人们正吃惊地注视着她，突然狂风大作，迅雷炸响，紧接着就来了暴雨。转眼间那女子已不见了。墓前新植的松柏树多数已经枯死，被这阵大雨一浇洒，居然全都活起来了。

　　福海稍稍长大，常常想念母亲，有时候就自己跳进海里，过上几天才回来。龙宫因为是女孩子，去不了，时常闭住房门在屋里哭泣。一天，她又在啼哭，突然天色昏暗起来，公主匆匆地走进房内来，劝她说："儿就要成家，有什么为难事，哭哭啼啼的？"说着就给了她八尺高的珊瑚树一株，龙脑香一包，明珠一百颗，八宝嵌金盒子一对，作为陪送她的嫁妆。马骥听说公主来了，突然奔跑进来，握住她的手就哭。刹那间，一声惊天霹雳，几乎把房屋震塌，定神一看，公主已经无影无踪了。

田七郎

　　有个辽阳人名叫武承休，生平最喜欢交朋友，特别爱结交那些有点名气的文人。有一天夜里，他躺在床上，梦见一个人走近床前，说："你的朋友虽说遍及天下，但是能跟你同甘苦、共患难的却没有一个。你为什么不舍弃酒肉朋友，去结交这个值得结交的人呢？"

　　武承休急问："这个人是谁？"

　　梦中人说："田七郎，他是田七郎。"说完后渐渐隐退。

　　武承休醒后，觉得这个梦很奇怪。第二天一早起来，看见路上的行人，他就打听田七郎的下落。后来从一个朋友那儿得知田七郎是住在东村的一个以打猎为生的年轻猎户，他就怀着敬佩的心情专程去拜访。

　　武承休来到田家门外，用马鞭敲了敲门，不多一会儿，走出一个人来。那人约莫二十几岁，宽宽的肩膀，细细的腰身，两只眼睛炯炯有神，头戴一顶油腻的帽子，黑色的衣服上打了许多白色补丁。他把两手一拱，举在额头，很有礼貌地询问武承休的来意。武承休说了自己的姓名，假托途中身上不舒服，说想在这里稍微休息休息。又问谁是田七郎，那人说："我就是田七郎。"说着就很客气地将武承休请了进去。

　　武承休进门一看，只见几间破屋东倒西歪，倾斜的墙壁用几根木桩支着。走进一间狭小的房子里，墙上和梁头悬挂的尽是虎、豹、狼、狐等兽皮，屋内连个凳子也没有。田七郎在地上铺了一张虎皮，请客人坐下。

　　武承休与七郎谈了一阵，觉得他很坦率、质朴，心里十分高兴，马上取出银子赠送他作生计用。七郎不肯接受，武承休再三要给，他只好收了去禀告母亲。一会儿，七郎回来又将银子原封不动地还给武承休，说是不能收。武承休又一再强给他，正在推让之间，田七郎的母亲拄着拐杖进来了。她板着面孔说："老身只有这么一个儿子，不想叫他去伺候贵客！"武承休讨了个没趣，心情懊丧地离开了田家。

　　在返回的路上，他翻来覆去地想，怎么也理解不透田家母子是什么意思，正巧跟他一起去的仆人在房后听到七郎母亲说的话，便将当时的情况告诉了武承休。原来，七郎拿着银子去禀告母亲时，母亲对他说："我刚才看那公子，脸上有晦气，想来必有灾祸。常言说：'受人知者分人忧，受人恩者急人难。'有钱人报恩拿财物，贫穷人报恩只能拼义气。无缘无故得到重礼，是不吉利的，恐怕要舍命去报答人家。"

　　武承休听了，深深感叹七郎母亲的贤良，同时对田七郎也愈加倾心爱慕。第二天，他就摆了酒宴，邀请田七郎，七郎怎么也不来。武承休没办法，就又到七郎家，坐下向七郎要酒喝。七郎并不见怪，拿出酒来，烧了鹿肉，尽心竭力地招待他。

　　又过了一天，武承休邀请田七郎，想要酬谢他，七郎只好来了。武承休款待得很是热情，二人交谈得也很欢乐。临走时，武承休又要赠送银子，七郎仍然不肯接受。武承休推说要买他一些虎皮，七郎这才把银子收下。

七郎回到家里，一看贮存的虎皮不够偿还武承休的银两，思量着再打几只老虎，就进山去了。可是，他进山转了三天，一只老虎也没有打着。恰巧这时妻子得了病，他守护着熬汤煎药，没工夫再去打猎了。十天以后，妻子不幸死去。为办丧事，只好把武承休给他的银子花掉了。武承休亲自上门吊唁，并送了很丰厚的礼品。

七郎把妻子埋葬后，就背着弓箭进了山林，越发想着报答武承休。武承休得知这种情况后，劝他不要着急，并且希望他到家中去聊聊，可是田七郎总觉得欠人家的债，心里过不去，不肯去。武承休急于想见七郎，就要他先把贮存的旧虎皮快点送来。七郎翻捡着一看，发现旧虎皮都让蛀虫咬了，毛都脱落光了，觉得拿去不好交代，心里很是懊丧。武承休知道了，急忙去田家，向七郎说了许多安慰、劝解的话。他一看虎皮，说："这也是很好的货呀！我想要的就是这种虎皮，不在乎毛不毛。"说完，就拿了虎皮出来，并邀请七郎同归。七郎婉言谢绝，武承休只好一个人回了家。

田七郎总感到几张虫蛀的虎皮不够报答武承休的恩情，想再打一些好的送给他。于是，便背了干粮在深山老林里，一连几夜，终于猎获一只毛色斑斓的老虎。他把这只完整的老虎送到武家，武承休非常高兴，便大办酒宴，要他留下住上三四天。七郎执意不住，非走不可。武承休便将几道门都上了锁，使他想走也走不了。

武家的那些宾客们，见七郎衣着简陋，举止粗鲁，就偷偷议论武承休乱交朋友。可是武承休却忙着招呼七郎，对待七郎比任何人都特殊。他给七郎拿来新衣服，七郎不换，就趁七郎睡觉悄悄地把他的旧衣服拿走，留下新衣服，七郎不得已，只好穿上新的。

回去后，田七郎的儿子奉了奶奶的吩咐，把新衣服送来，要讨还那件打补丁的旧衣服回去。武承休笑了笑说："回去告诉奶奶，旧衣服已拆了做了鞋垫了。"

从此以后，田七郎常常给武承休送兔子和鹿肉来，武承休邀请他，他却再也不过去了。

武承休很想念七郎，一天他去了田家，可巧七郎打猎未归。七郎母亲走出来，靠在门上对武承休说："你不要再招引我儿子了，我看你一直来，定是不怀好意。"武承休面红耳赤，行了个礼，惭愧地走了。

过了大约半年光景，仆人忽然对武承休说："七郎因为争捕一头豹子闯下大祸，听说把人打死了，被官府捉了去。"

武承休大吃一惊，连忙去探看，田七郎果然已经被关进监狱里。七郎见了武承休，并无他言，只是说："往后麻烦你照顾一下我的老娘。"

武承休听了很伤心，连忙花了很大一笔钱，贿赂县官，又给死者家属送了一百两银子，要他们不要再打官司了。过了一个多月，县官见原告不再告状，就把田七郎释放了。

田七郎回到家里，母亲感慨地说："你能活着回来，多亏了武公子啊！老娘虽然疼爱你，也难以救你的命。但愿公子一辈子不遭灾祸，就是儿子的福气啦。"

七郎想去酬谢武承休，母亲说："去倒可以去一趟，见了公子可不要道谢。小恩小惠可以用口头谢，如此大恩大德是不可以用口头谢的。"

田七郎去到武家，武承休很体贴地安慰他，他只唯唯应诺，一个谢字也没有说。武家的人们都怪田七郎无情无义，武承休却喜欢他诚实忠厚，待他更亲密了。从此，七郎就经常去武家，有时一住好几天。武承休给他东西，他也乐于接受，不再推辞了，也从来不表示报答的意思。

有一次，武承休做寿，家里客人很多，晚上把房间都住满了。武承休和田七郎就同睡在一间小房子里，三个仆人没地方歇，就在他们床下铺了席子睡了。二更快尽的时候，三个仆人都呼呼大睡了，武承休和田七郎还在床上说着话。七郎随身携带的那把腰刀挂在墙壁上，这时忽然从刀鞘内跳出几寸高，发出铮铮的响声，寒光像闪电一般。武承休吓得跳起来，田七郎也猛地坐起来，问："床下睡的是什么人？"

武承休说："就是几个仆人。"

七郎说："这里边一定有恶人。"

武承休问他什么缘故，七郎说："我这把刀是从外国买来的宝刀，杀人从来不沾血丝，迄今已经传了三代了。它砍下的头怕也快上千个了，可它仍像新刀一样锋利。这把刀怪得很，一见恶人就鸣叫着跳出鞘，看来离杀人已为期不远了。你应该亲君子、远小人，不要和那些坏人来往，或许万一可以避免意外的灾祸。"

武承休听着不住点头，不过他对灾祸的到来似乎并没有感到那么紧迫。田七郎却思绪烦乱，闷闷不乐，翻来覆去睡不着。武承休就劝他说："人生祸福是命里注定的，何必那样担忧？"

七郎说："我其他什么都不怕，就是担心老母啊！"

武承休说："怎么竟然想到这上头去了？"

七郎说："无事当然更好。"

原来当夜睡在床下的三个人，一个叫林儿，是武家老奶妈的儿子，很得主人的欢喜；一个小童，才十二三岁，是武承休经常使唤的；另一个叫李应，脾气很坏，时常因为一些琐碎小事同主人瞪着眼争论，武承休早就讨厌他了。当时武承休以为，如果三个人中有恶人，一定是李应，所以第二天早晨起来，他就把李应唤到跟前，好言好语把他辞退了。

武承休的大儿子，名叫武绅，娶妻王氏。一天，武承休外出，留下林儿看守书房。当时书房庭院里的菊花盛开，甚是好看。武绅媳妇以为公公不在，书房内没有人，便想去摘几枝赏玩。不料刚进庭院，林儿就从室内突然跑出来调戏她。媳妇正想逃走，林儿一把将她拖住，两臂一抱，挟进室内。媳妇一面挣扎、抗拒，一面气得脸色都变了，哭着呼叫。武绅闻声赶来，林儿才慌忙放开手。武承休回来听说此事，气恼极了，寻林儿，林儿已经不知去向了。过了两三天，才知道他投到当地一个御史家里做仆人去了。

这个御史在京城里做官，家里的事务都委托给他的兄弟做主。武承休觉得都是场面上的人，为了面子的关系，就写了一封信讨还林儿回来，谁知那御史的兄弟蛮横得很，竟然置之不理。武承休更加火了，就到县衙去告状。县衙都害怕御史的权威，虽然出了拘票，但差人们并不去捉人，县官也不加追问。武承休正在愤愤不平，刚好田七郎来了，武承休对他说："你说的话果然应验了。"便把林儿的事情前前后后说了一遍。七郎听了，脸色惨变，一句话也没说，径自去了。

武承休气得不行，就命令精干的仆人日夜巡逻，侦察林儿的行踪。一天黑夜，林儿回家，被武家巡守的人逮住了，扭着他来见武承休。武承休狠狠地把他痛打一顿，林儿也恶言恶语地不住回骂。武承休的叔父武恒，是一个老实忠厚的长者，怕侄儿暴怒之下惹出祸来，劝他不如把林儿送到官府，让官府去处治。武承休依了叔父的意思，绑着林儿送到公堂。不想人刚到，御史家保释林儿的信也到了，县官就把林儿交给御史家的仆人领了回去。

这一下林儿就更加肆无忌惮了，竟然在大街上公开扬言，说武承休的儿媳妇早就和他相好，是那媳妇缠着他私通的，不是他想强奸她，等等。武承休听到后，气得要死，可又拿他没办法，只得也到御史门上去叫骂。街坊邻居再三安慰解劝，他才愤愤地回来。

过了一夜，忽然仆人来报告说："林儿已经被人杀死了，尸首抛在野地里。"武承休又惊又喜，郁闷的心情稍微得到一些舒展。不多一会儿，又听说御史家告了他们叔侄的状，县衙来了差役，他只得同叔父一道赴公堂对质。那县官不容分说，就要责打武恒。

武承休争辩说："杀人的事，我们不晓得，这是莫须有的罪名；至于辱骂官宦人家，那是我干的，没有我叔叔的事。"县官哪里听他的，武承休急得眼珠子都要滚出来了，他想冲上去，但被一群衙役又扯又打地拦住了。那些操杖的差役都是官家的走狗，武恒又上了年纪，板子未打到一半，就口吐白沫咽了气。

县官一见武承休的叔父死了，也就不再追究。武承休又号叫，又痛骂，县官好像没听见一样。武承休只得流着眼泪把叔父抬回家，满腔哀愤，却毫无一点办法。此刻，他多么想听听田七郎的主意啊！可是自他家出了这事，七郎竟连问也没有问一声。他暗暗寻思："我待他不算薄吧，他怎么如同路人一样无情？"也猜到杀林儿的必定是七郎，可转念又想："如果真是他，为什么不事先来和我商量商量？"武承休越想越着急，于是就派人到七郎家里去探问。一到田家，只见大门紧锁着，院里无声无息，打听四邻，谁也不知道他们一家到哪里去了。

一天，那御史家的兄弟正坐在县衙的内厅，鬼眉鬼眼地和县官计议着什么，这时，有一个樵夫挑了一担山柴，经过内厅往厨房送。忽然，那樵夫扔下担子，从柴捆里抽出一把雪亮的短刀，直奔上来。御史的兄弟惊慌失措，连忙伸出两手去挡刀，那樵夫一刀下来，将他的两只手齐齐砍掉，接着又一刀，他的脑袋也滚落到地上。县官吓得魂不附体，连滚带爬，没命地逃去。樵夫正在四下寻找，衙门里的差役、书吏发觉了，急忙关了大门，一齐拿了棍棒刀枪，大喊大叫地从四面围拢上来。樵夫看看脱身不得，就自刎而死。差役们纷纷上前来看，有人认出，原来这樵夫正是田七郎啊！

那县官听说凶手已经死了，惊魂才稍微镇静下来，立时又恢复了神气，便乘了车子大模大样地出来查验。只见田七郎直挺挺地躺在血泊里一动不动，手里似乎还牢牢握着那把短刀。县官停下车，大摇大摆地走过来，正低下头审视，忽然间，尸体一跃而起，一刀砍下了县官的脑袋，这才又重新倒下。衙门里的人忙着去捕捉七郎的母亲、儿子，但他们已走了好几天了，再也找不着了。

武承休听说七郎杀掉仇人、死在县衙的消息，又是悲痛又是感激，他顾不上嫌疑和连累，急忙赶到现场，抱着七郎的尸体号啕大哭。很多人都说七郎的行刺是他主使的，武承休便倾家荡产，多方求人，好容易疏通那些当权的，才得以免罪。

田七郎的尸体丢在荒野一个多月，天上的鹰鸟、地上的猫狗都在周围守着他。后来，武承休把他隆重地安葬了。田七郎的儿子流落在山东登州，改姓为佟，参加军队，以后立功做了同知将军。回到辽阳的时候，武承休已经八十多岁了，还领着他去看父亲的坟墓。

公孙九娘

　　清朝顺治年间，吏治腐败，民不聊生。山东栖霞县人于七不堪忍受官吏的剥削和压迫，领导农民举起了义旗。于七领导的农民起义军曾接连占据了好几个县，历时十五年之久，但最终被清朝统治者用暴力镇压下去。当时被杀的人很多，因受牵连而被杀害的，要以栖霞、莱阳两县最多。每天总有数百人被捕，尽被杀于山东首府的演武场。当时真是血流成河、尸骨堆山。官府怕因血腥的镇压再次激起民变，就假仁假义地捐了一些棺材。济南城中所有的棺材铺都被买空了。被杀害的人，大多埋葬在南郊。

　　康熙十三年，有个莱阳县的秀才带着一个仆人因事到稷下，想到他也有两三个亲友因受于七一案的牵连被杀害，就买了一些祭品特意到乱葬坟中祭奠了一番。晚上他在荒坟附近的一座寺院中向老和尚借了一间房子，暂且住下。

　　第二天，这个秀才进城去办事，到日落西山后仍未返回。这时，忽然有一个少年来到秀才寄宿的房间里访问。少年见秀才不在屋里，竟很没礼貌地摘下帽子，径直上床，穿着鞋仰卧在床上。秀才的仆人问他是谁，他竟闭着眼不回答。

　　不大一会儿，秀才回来了。因为已到黄昏时候，屋内光线很暗，不易辨认，他就走到床前去询问。那个少年连看也不看一眼，注视着屋顶说："我是要等候你的主人。你为什么唠唠叨叨地尽管逼着追问，难道我是个强盗！"秀才笑着说："嘻嘻，我就是主人啊！"

　　少年听说是主人来了，就急忙起身，戴上帽子，向秀才作揖行礼，热情地问候。秀才听到少年的话音，感到似乎是个熟人，就急忙呼唤仆人点灯，在灯光下才认清原来是同乡朱生。朱生也是在于七一案中被杀害的。秀才知道他是鬼，非常害怕，就吓得一步一步地往后退。朱生走上前去，一把将秀才拖住，急切地说："我们从小就是同学，你为什么这样无情？我现在虽然是个鬼，但是对同学好友，却是十分想念。今天我来找你，是有一件大事想拜托你，希望你不要因为我是个鬼就怀疑鄙视我！"秀才听到他并无害人之意，心才安定下来，就开口询问他有什么事。朱生说："你的外甥女，现在还没有嫁人，我想娶她为妻。好几次请媒人去说，她常以无尊长之命来推辞。你是她的长辈，请求你顺便为我说几句好话。"

　　原来，秀才的确有个外甥女，很小就死了母亲，一直住在外婆家，由秀才负责抚养。长到十五岁时，才回到父亲家中。清顺治年间镇压农民起义时，她父女二人也被俘虏到济南。后来，她父亲被杀害，这个少女也吓得病死了。

　　秀才听了朱生的话，就回答说："她自有父亲做主，你应该求告她的父亲，何必来求我！"朱生解释说："她父亲的尸骨，已经由他的侄儿搬走，现在不在这里了。"秀才问道："那么我的甥女一向依靠何人？"朱生说："她和一位邻居老婆子在一处同住。"秀才认为活人不能给鬼做媒，朱生说："如果得到你的允诺，还请你不惜为我跑一趟。"说罢，就起身拉住秀才的手，要拉他一同出门。秀才再三推辞说:"要到哪儿去?"朱生说:"请你只管跟着我走,我绝不让你为难。"秀才没法儿再推托,只好勉强随着朱生出门。

出门后,往北走了大约一里多地,来到一个很大的村子,大约有几百户人家。朱生领着秀才走到一家门外,抬手拿着门环叫门。不大一会儿,见一个老太婆开门问朱生:"你来干什么?"朱生回答说:"麻烦您转告小娘子,就说舅舅来看望她了。"老太婆听了,就返入院内,很快地又走出门来,邀请秀才进去;同时两眼看着朱生说:"我们只有两间小草房,很是狭窄。请你暂且在门外坐着稍等一会儿。"

秀才跟着老太婆走进院子,只见一个很小的院里有两间小草房。外甥女站在房门内望着秀才,低声哭泣。屋内点着灯火,颇为明亮。秀才进屋,在灯光下见甥女的面貌和活着的时候一样。甥女眼含热泪,遍问至亲的情况。

秀才回答说:"他们都很好,但是你的妗母已经死了。"甥女一听,不由哭出声来,哽咽着说:"甥儿我年幼时,舅父、妗母亲手抚育我长大成人,还没有来得及报答你们的恩情,想不到我已先葬荒野,实在是一生的遗憾。去年我伯父家的大哥,将我父亲的尸骨搬走,竟不念一点兄妹之情,把我扔在这里不管。离家数百里,无亲无故使我孤孤单单,和秋天孤雁一样。舅父今天来看我,真使人悲喜交集。"接着秀才将朱生求婚的话告诉甥女,甥女听了,红着脸低头不语。老婆婆插嘴说:"朱公子曾托杨姥姥来过好几回,我本来说是件好事。但是小娘子不肯轻易许人。今天,有舅舅替她做主,她一定很满意。"

说话间,忽见一位十七八岁的女郎,身后跟着一个丫鬟,闯进屋里来。一看见屋里有个男子,回头就要走。甥女赶紧用手扯住她的裙子,对她说:"不需要这样避忌!他是我的舅舅,并不是其他生人。"秀才听了就向女郎作揖行礼。女郎也垂手牵裙,向秀才还礼。甥女向秀才介绍说:"她姓公孙,名九娘,是栖霞县人。她父亲本是富家出身,现在成了破落户,所以九娘很不称意。她常和甥儿来往,我俩很要好。"秀才仔细端详,只见九娘眉毛弯弯,眼睛像秋月那样明亮,颜色白里透红,像朝霞那样美丽,实在和从天降下的仙女一样,就笑着说:"可见是大户人家出身的人,小户人家哪能生得这样好!"甥女又笑着说:"而且还是个女学士呢!诗词都作得很好。昨天我还得到她的指教。"九娘听了微笑着说:"你个小东西!无缘无故地取笑我,惹阿舅笑话了。"甥女又笑道:"阿舅死了妗母，还没有续娶一位新妗母，这个小娘子能合舅舅的意思吗？"九娘听了，一面笑，一面往外跑，笑骂道："小东西！你疯了？"说罢就出门走了。虽然说的是戏话，而秀才却爱上了九娘。甥女似乎觉察到阿舅的心思，就对秀才说："九娘实是才貌双全，阿舅如果不以死鬼见疑，我当向她母亲求问。"秀才听了十分高兴，可是又顾虑到活人和死鬼，实难成婚。甥女说："没有关系，她和你有缘分。"秀才这才告别出来。甥女送到大门口，嘱咐秀才道："五天以后，当月明人静的时候，我一定派人去接你。"

秀才出得门来，却不见了朱生。抬头往西边的天边一望，上弦月还高挂在天空。月光虽不甚明，但在昏黄中，还能辨认出路径。向前走了几步，看见朱生坐在一个坐北向南的院门外的石头上。

见秀才走近，他立起来迎接道："我在这里已经等了很久，这就是我的家，请到我家待会儿。"说罢二人就携手入内。宾主坐定后，朱生很殷勤地向秀才致谢，并且取出金杯一个，珍珠一百颗，赠给秀才说："没有什么其他多余的东西，这两样东西，就作为聘礼吧！"秀才谢过朱生，就辞别出来。朱生一直送到半路上，才和秀才告别。秀才回到住处，老和尚和仆人都来询问，秀才隐瞒了真情，诓他们说："以前说他是鬼，是我故意吓人，其实不是。刚才，我是到朋友家去吃酒了。"

过了五天，果见甥女派朱生来请。只见朱生穿着新鞋，摇着扇子，表情很是欢乐。一进门来，就向秀才跪拜行礼。坐定后，眉开眼笑地对秀才说："你的婚礼，订在今天晚上举行。现在就请你随我去完婚。"秀才说："因为没得到你们的回音，一切都没准备。我还没有向九娘赠送聘礼，怎么能突然举行婚礼呢？"朱生说："关于聘礼的事，我已替你送给九娘家了。"秀才听了，很是感激，就随朱生一同走了。一直走到朱生的内室，见甥女穿着很漂亮的衣服，笑容可掬地欢迎舅父。

秀才开口问道："你是哪天出嫁的？"朱生代她答道："已经三天了。"秀才就将朱生所赠送的珍珠送给甥女作为嫁妆。甥女再三推辞，然后才接受了。这时甥女又对秀才说："我把舅父想娶九娘的意思说给公孙老夫人，老夫人也很乐意。只是她因为年岁很老，家中没有其他骨肉至亲，不愿让九娘嫁到外地。我们就约定在今天夜里，让舅父到她家做招赘女婿。她家没有男子，让朱郎伴你一同去吧。"

说罢，朱生就领着秀才起身。走到将近村子的尽头，见有一家的院门还开着，二人就进得院去，走到正房。不多一会儿，有人传话说："老夫人来了。"只见有两个丫鬟，搀扶着老夫人慢步走上台阶，进入房来。秀才见了要上前施礼，老夫人推让说："我老腿老胳膊的，不能还礼，我们就不必拘泥于礼节了。"说罢就吩咐丫鬟们摆上酒菜，举行盛大的宴会。这时，朱生又呼唤家人，另外摆出一桌菜肴，放在秀才面前；同时又烫了一壶酒，来款待秀才。酒席间，行酒令、上菜肴，和人间没有不同。只是主人只顾自己饮食，也不向客人劝酒劝食。等到酒宴罢了朱生才告辞。

朱生走后，丫鬟领秀才进入内室。见九娘正坐在光亮的红色蜡烛下，等待秀才的到来。新婚恩爱，夫妻二人说不尽的亲昵。枕席上，谈到以往的旧事，才知道在官府镇压于七起义时，九娘母女也受了牵连。官府原要将她母女解往京城，路过省城时，母亲被差役折磨死了，九娘因痛失母亲，也自杀了。说起这些不幸的遭遇，九娘不由得抽抽噎噎地哭了起来，不能入睡，就顺口念出两首七言绝句来：

> 昔日罗裳化作尘，空将业果恨前身；
> 十年露冷枫林月，此夜初逢画阁春。
> 白杨风雨绕孤坟，谁想阳台更作云？
> 忽启缕金箱里看，血腥犹染旧罗裙。

天色将要亮的时候，九娘催促秀才说："郎君应该暂时离开这里，不要惊动其他人。"从这一夜起，秀才白天回来，夜里就去九娘那里，很是迷恋九娘。一天夜里，他问九娘道："这个村子叫什么名？"九娘回答说："莱霞里。因为这儿埋葬的都是莱阳、栖霞两县死难的义民，所以就以此为名。"秀才听了，想到一些亲友的被害，不禁抽抽噎噎地哭了起来。

九娘也很悲痛地说："我母女俩孱弱的鬼魂，离乡千里，像蓬草一样随风飞转，没有个归宿。母女相依，孤苦伶仃，说起来，很使人悲伤。希望你念我们夫妻一场，把我的尸骨带回去，葬在你们家的坟里，使我能够永远有个依靠。"秀才当面答应了。九娘又说："人和鬼，终究不一样，你也不应常在这里停留。"说罢就取出一双用丝罗织的袜子赠送给秀才做纪念，抹着眼泪催促秀才赶快离开。

秀才十分悲伤地离开九娘，心中悲悲切切，如同死了亲人那样难过，不忍心回去，就去叫朱生的门。朱生来不及穿鞋，赤着脚就走出来迎接。甥女也随着起床，吃惊地询问出了什么事。秀才惆怅了好大一会儿，才把九娘的话告诉了朱生夫妇。

甥女说："就是妗母不说，我也早已谋算到这件事。这里不是人间，常住这里，实在不合适。"说罢，因为想到就要永别，不觉流下泪来。秀才也含着眼泪告别出来。他回到住处，叫开房门，上床去睡，但翻来覆去怎么也睡不着。

到了天明，想去寻找九娘的墓，但是在临别时，由于心慌意乱，竟忘了问问坟地的记号。到了夜里他又去九娘家，想问个究竟，可是到了那里，只见到千百个坟堆，密密麻麻，竟找不到去九娘家的路。既叹息再无法找到九娘，又痛恨自己没有问清楚，只好返回去。回到住处，背着人取出九娘所赠的罗袜来摆弄，谁知竟和灰烬一样，随风而化。秀才看到没希望了，就收拾行李，回了老家。

半年过去了，秀才还是不能忘了九娘，就又到旧地重游，希图能够再遇到九娘。走到南郊时，天色已晚，就在一家的院外拴住了马，步行到乱葬坟地。但见坟墓一个接一个，蒿草遍地，磷火萤萤，还夹着呜呜的狐叫声，真使人心惊肉跳。

秀才悼念了一番，就回去了。第二天秀才无心再住下去了，就仍然骑着马回老家。走了一里多路，远远望见一位女郎独身在墓丘间行走，一举一动很像九娘。秀才赶快鞭打着马儿上前去看，果然是九娘。他下马来，想上前去搭话，九娘竟装作不认识的样子，扬长走了。秀才再逼近她，见九娘怒目而视，举起袖子遮住了脸。秀才突然叫了一声"九娘"，而九娘竟忽然不见了。

促 织

　　明朝宣德年间，皇宫里流行起了斗蟋蟀的游戏。为了满足皇帝和后宫的这种需要，朝廷每年都向民间征收大批蟋蟀。

　　陕西一带受地理环境所限，本来不大出产这种小虫，然而有个华阴县令为了讨好上司，想尽办法捉到一只献了上去。没想到拿到皇宫一试，竟然斗得很好，使得龙颜大悦，因此下了命令，要华阴县经常供应。县令把这个任务作为公差派给里长。于是街上一些游手好闲不务正业的人，每天专门搜寻蟋蟀，捉到一只好的就用笼子养起来，抬高价格，当作奇货出售。那些刁诈的差役假借名目摊派，趁机勒索老百姓。这样，每派到一只蟋蟀，常常使得几户倾家荡产。

　　华阴县有一个穷书生，姓成，叫成名，一直想通过读书求取功名，但多次参加秀才考试，回回落榜，总是"成"不了"名"。这成名，为人忠厚怕事，笨拙迟钝，见了人话都不会说。狡猾的差役们故意捉弄他，上报让他充当里长，也就是把上交蟋蟀的任务派在他身上。成名好说歹说也推辞不掉，只好硬着头皮顶下来。可他不忍心坑害乡亲，为了向上头交差，自己贴上钱买蟋蟀，一年不到头，已将薄薄的一份家产赔光了。

　　第二年夏天，征收蟋蟀的任务又下来了，成名不敢勒派乡里，而自己再没有钱可贴，整天忧愁苦闷，想着寻死。妻子劝他说："死了能顶什么用！还不如出去捉捉看，或许万一能逮到一只。"

　　成名一想，觉得妻子说的话也对，就早出晚归，每天提着竹筒、铜丝笼子，到野外去捉蟋蟀。可是，残墙根、草丛中，他又搬石头又探土洞，所有的地方都跑了，什么法儿也都用了，还是不济事。即使捉到三两头，也都又小又弱，不合乎官府规定的标准。县官严格限定日期，又追又逼，交不上去就得挨板子。十几天时间，挨了一百多下板子，两腿被打得皮开肉绽，脓血淋漓，不能行走，蟋蟀也捉不成了。成名躺在床上翻来覆去地想，觉得无路可走，只有自尽了。

　　正好这时，村里来了一个驼背巫婆，说是会借神预卜凶吉。成名妻想看看丈夫能不能逮到一只蟋蟀，便带了钱去求问。来到巫婆住的地方，只见红颜少女和白发婆婆把门口都堵塞了。她进去一看，屋里有一间密室，密室门上挂着竹帘，帘外设有香案。求问者在香炉里烧上香，磕个头。巫婆就在一旁望着空中代为祝祷，嘴唇一张一合，不知念的什么词。求问的人都恭恭敬敬地立着听候。隔一会儿，帘内扔出一张纸，纸上写的都是各人想问的事，没有丝毫差错。

　　成名妻把银钱交在案上，也和前边的人一样焚香礼拜。约莫一顿饭工夫，竹帘一动，一片纸抛出落在地上，成名妻拾起一看，纸上不是字，而是一幅画。画面中间绘着一座殿阁，类似寺院的房舍，殿阁后边是一座土山，土山下横七竖八地卧着奇形怪状的石头，石头中间的荆棘丛中伏着一只"青麻头"蟋蟀，旁边还有一只好像要跳跃的癞蛤蟆。成名妻看了半天，不懂是啥意思。见画中有一只蟋蟀，倒也暗合自己的心意。她便将片纸折叠起来，拿回家中交给成名看。

　　成名玩味半天，反复念着："这画莫非是告诉我找蟋蟀的地点吗？"他又细审一遍，觉得画中景状，很像村东的大佛阁。于是，便挣扎起来，拄了根拐杖，带着画往大佛阁去寻。

　　成名来到大佛阁，转到寺庙后边，只见高耸的古陵墓像一座小山一样。他沿山而走，果然见乱卧着许多嶙峋的怪石，俨然和画上差不多。他猫着腰在草丛中、石缝里到处寻找，细细地听，慢慢地走，像在寻找一枚绣花针那样专心。可是寻了好半天，也看不到蟋蟀一点点的踪迹，听不见蟋蟀微弱的响动。尽管这样，他仍然屏住呼吸，细细搜索，不肯罢休。忽然，一头癞蛤蟆从草丛中一跃而起，成名觉着正合画上所示，更加惊异了，急忙跟着它追去。那癞蛤蟆一跳，钻进草丛中去了。成名蹑手蹑脚地扒开乱草一看，啊！一头蟋蟀正伏在荆棘根下。他急忙用手一扑，没有扑住，那小家伙钻进一个石洞里。他用一根尖草轻轻去戳，不出来；把竹筒里的水灌进去，蟋蟀才跳出来了。哈！那蟋蟀实在俊美、健壮！成名追了半天，终于逮住了，仔细一端详，大身架，长尾巴，青色的颈项，金闪闪的翅膀。成名高兴极了，装进笼子带回家中。全家人欢天喜地，真比得了无价之宝还高兴。成名把蟋蟀养在盆子里，用螃蟹肉、栗子粉喂它，极为爱护，准备限期到时，送到官府去交差。

　　成名有个儿子，年幼不懂事，趁父亲不在，就偷偷打开盆盖来看。那蟋蟀趁机跃出瓦盆，孩子赶快去逮。一扑，空了；再扑，又空了；三次猛扑上去，总算捉住了，可是把一条大腿打掉了，肚子也给压破了，不多一会儿蟋蟀就死了。孩子很害怕，哭着告诉母亲。母亲一听，脸色灰白，惊恐地骂道："祸种！死期到了！等你父亲回来，再跟你算账！"

　　孩子哭哭啼啼，吓得跑出门去。

　　不一会儿，成名回来了，听了妻子的话，就像迎头倒了一桶冰雪。他气得浑身发抖，怒吼着要打儿子，可是找了半天也没找着，最后竟在井里发现了儿子的尸首。成名妻趴在井口"儿啊！儿啊"的哭得死去活来，成名强忍着悲痛把儿子打捞上来，抱着水淋淋的尸体瘫在地上，心中好似扎了万把刀子。

儿子死了，夫妻俩越想越伤心，面对着墙角，一把一把擦眼泪，谁也没有精神去生火做饭。他们相对望一眼，连话也不想说，浑身少气无力，觉得实在活不下去了。天快黑时，成名准备用草席子把儿子尸首裹了埋葬，走近一摸，儿子似乎还有微弱的气息，于是又转悲为喜，赶忙将儿子抱回屋里放在床上，盖了被子暖着。半夜里，儿子果然苏醒过来了，只是神气痴呆，呼吸急促，不睁眼，不说话，迷迷糊糊地睡着。夫妻俩见儿子活过来了，心中多少得到一点安慰，但是一看空空的蟋蟀笼，不禁又发起愁来，儿子的死活反而不再考虑了，整整一夜不曾合合眼皮。

第二天早晨，太阳光已经照上了窗户，成名依然无力地躺在床上长吁短叹，愁得要死。忽然间，门外传来一阵蟋蟀的叫声，成名猛然一惊，急忙起来跑出门外去看。啊！原来的那头蟋蟀居然还活着！你瞧，长尾巴，金翼翅，多美啊！成名喜的什么似的，立刻上前捕捉。那蟋蟀鸣叫一声，跳走了。成名再一扑，以为扣住了，张开指缝一看，啥也没有；又刚举手，那蟋蟀"嗖"地飞起，赶忙追去，见它好像落在墙根，过去一看，又不见了。他东张西望四下寻找，才看见蟋蟀趴在墙壁上。成名仔细看它，个儿短小，黑红色，立刻觉得它不像先前那只。成名因它个儿小，看不上，仍不住地来回寻找，找他所追捕的那只。这时，墙上的那只小蟋蟀忽然跳到他衣袖上了。成名再仔细看，见它梅花翅膀，方头长腿好像还不错，就高兴地捉住了它，准备献给官府。但是，成名的心里还是不很踏实，怕不合县官的心意，他想先试着找人斗一下这个小蟋蟀，看看它怎么样。

村里一个好事的少年，养着一只蟋蟀，给它取名为"蟹壳青"，每日拿着与其他少年斗，无往不胜。这天，少年上门来找成名，看到成名所养的蟋蟀，只是掩口笑，接着取出自己的蟋蟀，放进比试的笼子里。成名一看对方的蟋蟀又长又大，自己越发羞愧，不敢拿小蟋蟀跟少年的"蟹壳青"较量。少年坚持要斗，成名心想养着这样低劣的东西，终究没有什么用处，不如斗一斗开开心。于是一起把各自的蟋蟀放在斗盆里。那头小蟋蟀伏在那里一动不动，呆若木鸡。少年又大笑起来，试着用猪鬃撩拨它的须牙，小蟋蟀仍然不动。少年又笑起来。这样多次撩拨，小蟋蟀终于被激怒了，它暴跳起来，直奔"蟹壳青"。于是双方咧着大嘴，蹬着眼睛，你冲我杀，斗得不可开交。不一会儿，只见小蟋蟀一跃而起，张开尾巴，伸直须子，跳到对方身上，一口咬住它的脖子。少年大吃一惊，急忙将它们分开，宣布"停战"。小蟋蟀翘起尾巴，得意地鸣叫着，好像在把获胜的喜讯报告主人知道。

成名喜出望外。他正与少年观赏着这头奇异的"小英雄"，忽然，一只大公鸡窜过来，对准盆里的小蟋蟀猛地一啄，吓得成名惊叫起来。幸亏没有啄中，小蟋蟀跳出瓦盆一尺多远。大公鸡瞪着两眼直扑过去，小蟋蟀已经陷在它的爪下了。成名惊慌失措，不知该怎样搭救，又跺脚，又搓手，脸色都变白了。转眼间，却见那公鸡伸颈摆头，扑打着翅膀直叫唤。成名一看，原来是那小蟋蟀跳到大公鸡的红鸡冠上，用力咬住不松口。成名越发惊喜，赶忙把它捉下来，放在铜丝笼子里。

第二天，成名把蟋蟀送进官府。县令一见蟋蟀个头小，就怒气冲冲地训斥成名。成名说它有奇特的本领，县令哪里肯相信。吩咐左右拿来最凶猛的蟋蟀跟它斗，接连斗了几只，都被它斗败了。接着又捉来大公鸡试验，果然如成名所说，小蟋蟀真的把大公鸡咬得乱叫乱跳。县令大为高兴，当下奖赏了成名。随后，县令把小蟋蟀献给抚军，抚军如获至宝，眉开眼笑，立即装进金丝笼子里，连夜护送进京，并在给皇帝的奏章上详细说明它的奇异本领。

小蟋蟀进宫以后，皇帝就命令把全国各地所贡的最好的蟋蟀，什么"蝴蝶""螳螂""油利挞""青丝额"……一切奇形怪状的蟋蟀拿来和它斗，没有一个能胜过它的。特别是每当听到琴瑟之声，小蟋蟀就跟着乐曲的节拍跳跃，好像舞蹈一般，这就更让宫中视为奇品。皇帝万分喜悦，大加赞赏，马上下令赏给抚军名马和衣服、绸缎。

抚军没有忘了是谁献上来的，不多久，华阴县令就以"卓越的才能"而闻名全省。县令欢喜不尽，就宣布免除成名的徭役；又叮嘱省里主管学务的长官，让成名入了县学，成为一名特殊的"秀才"。从此，成名便以善养蟋蟀，多次得到抚军不同寻常的恩宠。

过了一年多，成名的儿子精神恢复过来了。他自己说："我梦见自己变成一只蟋蟀，灵巧善斗，斗败许多蟋蟀，还战胜了大公鸡，现在才醒过来。"

没有几年，成名就变成一个家有良田百顷、楼房亭阁无数、牛羊数以百计的堂堂富翁了，一出门，穿着美服，骑着好马，比那些官宦人家还要阔气。

雨 钱

滨州一带住着一个秀才。这一天，他独自坐在书房里读书，正读到精彩处，忽听有人敲门。秀才吃了一惊，诧异地起身开门一看，门口站着一个奇特的老头儿，银须飘飘，很有些古人的风度。秀才把老头儿请进书房，互通姓名。

老头儿自我介绍说："我叫养真，姓胡，实际上是个狐仙。因为仰慕您高洁文雅的为人，愿意和您朝夕相处。"

秀才一向心胸开阔，并不把老头儿看作精怪，就和他一起评古论今。老头儿的学识非常广博，他那华丽动听的言词就像雕画的花纹图案，闪烁在唇齿之间。不时提出经书中的一些重要内容，分析得既精辟又深刻，往往出乎一般人的意料。秀才对老头有这么大的学问既惊奇又佩服，留下他谈了很久。

有一天，秀才私下里向老头儿请求说："您对我的感情是很深厚的，但我如此贫苦，只要您一举手，金钱自然可以立刻出现在眼前，您为什么不稍微接济我一下呢？"

老头儿沉吟半晌，似乎认为不能那样做。隔了一阵，笑着说："这事并不难办，但必须有十几个钱作母钱。"

秀才遵从老头儿的要求，拿来十几个铜钱，便和他一起来到密室里。老头儿迈着小步，念起了咒语，不一会儿，就有成千上万的铜钱像下暴雨一样从梁上叮叮当当落下来。转眼间，铜钱淹没了膝盖，秀才才拔出脚来站到铜钱上，接着降落的铜钱又淹没了他的脖子。一丈见方的屋子，大约已快有三四尺厚的铜钱了。这时，老头儿才看着秀才说："是不是满足了您的心意了？"

"满足了。"秀才回答着，只见老头儿一挥手，钱一下子就止住不落了，于是一起锁好门走出来。

秀才暗暗高兴自己突然发财了。过了一会儿，他到密室取钱用，满屋的钱都化为乌有，只有那十几个本钱，依然稀稀落落地洒在地上。秀才大失所望，就怒气冲冲地跑去质问老头儿为什么要诳骗他。老头儿生气地说："我本来和你是文字朋友，不是想来跟你去做贼的！要是照您这位秀才的意思，只好去找那些小偷做朋友了，老夫我实在不敢遵从您的命令！"说完，把袖子一甩就走了。

姊妹易嫁

　　山东掖县出了个在朝做宰相的人，当地人都很引以为荣，尊称他为毛公。据说，毛公幼年时，家里很贫穷，连半分土地都没有，他的父亲只好常年给有钱的人家放牛以维持全家老小的生活，日子过得很是艰苦。

　　那时，县里有个姓张的大户人家，祖上世代为官，人们都称他张大户。这张大户新开了一块坟地，在东山的向阳坡，那是请阴阳先生给他选择的，据说占了这块地方可以保证他家辈辈富贵。谁知怪得很，有人从那坟地旁边经过时，听到墓中发出大声呵斥的声音："你们赶快躲开，不要久在这里玷污贵人的住宅！"张大户听人说起这件事，并不十分相信。不久，他又接二连三地在梦中听到神人警告说："你家的坟地，原本是毛公的墓啊，你怎么长期借占人家的地方？"从此他家里屡次发生不吉利的事。有位朋友劝他说："生有所，死有地，由不得人。你还是把坟地迁迁好。"张大户听了朋友的话，只好把新建不久的坟墓迁移到别的地方去。

　　一天，毛公的父亲赶着牛群上山放牧，当走到张家的旧坟地时，突然下起雨来。他赶紧跑进废弃的墓穴中去避雨。不料人刚进去，倾盆暴雨就越下越大，山上的积水像野马似的奔入墓穴，顷刻间把墓穴灌满了，毛父竟被淹死在里边。当时，毛公还是个孩童。母亲哭哭啼啼独自找到张家门上，乞求恩赐一小块地方以掩埋孩子的父亲。张大户问明死者的姓氏后，十分惊异，又亲自到淹死的墓穴去看，发现毛父正好躺在他家原来放棺材的地方，这就使他更为惊异。于是就叫毛母在原地将丈夫埋起来，并且让她下次把儿子带来。葬完后，毛母带着儿子一同到张家去致谢。张大户一见毛家的孩子，喜欢得什么似的，当即留在家里，教他读书，把他看成是自己的子弟，并且愿意将大女儿许给这孩子做未婚妻。毛母觉得与张家门户悬殊，害怕人家将来变卦，所以只是领情，不敢应亲。张大户的妻子说："这个请你放心，既然老爷有言在先，还能中途更改？"毛母再不好说什么，终于答应了。

　　但是，事情偏偏不是想的那么顺利。张家的大女儿对这门亲事很不满意，她根本瞧不起毛家。怨恨、羞愧的心情，常常从言语中和脸色上流露出来。有人偶尔提到这件事，她就把耳朵捂上，连听都不想听。她经常对人说："我死也不嫁给放牛儿！"

　　后来，到毛家娶亲那天，新郎已经进门入席，花轿停在张家门口，而大女儿却掩着衣袖面对屋角啼哭。催她梳妆，她不动；劝她别哭，也劝不下。不一会儿，新郎起身告行，鼓乐声喧喧闹闹地吹打起来，她还在那里蓬头散发地哭个不止。父亲亲自进屋来劝说，她也不听。父亲火了，硬逼她上轿，她反而哭得更厉害了。父亲奈何她不得。这时，家人又进来报告说："新郎要走了。"

　　父亲急忙走出去，对新郎说："还没梳妆好，请你再稍等一会儿。"又转身奔进屋里看女儿。这样奔进奔出，往复几次，仍不见女儿回心转意。父亲感到再没法

儿了,气得想寻死。正好他的二女儿在旁边,很不满意姐姐的态度,苦苦催促和劝导她。姐姐却发了脾气,怒声说:"小婢子也学人多言!你怎么不跟他去?"

妹妹说:"父亲当初并未把我许给毛郎,要是把妹子许给毛郎,何需麻烦姐姐来劝?"

父亲听得二女儿的话慷慨直爽,心中一下子有了主意,便和她母亲暗暗商量,想用二女儿代替大女儿。母亲当即把二女儿叫到跟前,说:"忤逆的丫头不听话,活活气死人啊!爹娘有心让儿去代替姐姐,儿肯去吗?"

二女儿感慨地说:"父母之命就是将来当乞丐也不敢推辞。怎么知道毛家郎会贫穷一辈子而最后饿死呢?"父母非常高兴,马上将大女儿的嫁妆给二女儿穿戴上,打发上轿去了。

进门以后,夫妇俩亲亲热热,相互都很尊重。由于那二女儿一向患有秃鬓角的毛病,毛公看见稍微有点不乐意。后来,当他渐渐知道了当初有姊妹易嫁这一说,于是就更加感动,把她视为贴心人。

不久,毛公被选为国子监监生,去省里参加乡试,可巧要路经历城县东的王舍人店。店主人在前一天夜里梦见神仙对他说:"明天晚上有个毛解元要从东边过来,此人日后会救你于危难,你要好好招待他。"

店主一早起来,就专门留心观察东来的客人。等到见了毛公后,十分欣喜,备了很丰美的酒食款待他,而且不要一个钱。毛公问是什么缘故,店主就特地把梦里的祥兆告诉了他,毛公因此有些自负。他暗暗想着妻子的秃鬓角,担心会被显贵们讥笑,于是就产生了富贵之后另换一个夫人的念头,却不料考试下来竟然名落孙山。他又气又恨,十分懊丧,连走路都抬不起步子,感到有愧于店主的盛情款待,没脸再路过王舍人店,只好绕道回了家。

过了三年,又去赴试,店主人仍像上次那样热情接待他。毛公说:"你的话前一次没有应验,觉得实在对不起你那一番好意啊!"

店主人说:"上次是因为您暗中想换个妻子,所以您的名字被阴间管福禄的官府勾去了,哪里是我的梦没有应验?"毛公听了,惊愕地问他是怎么知道的。店主人说:"您走后,神仙又在梦中把情况告诉了我。"毛公又悔恨又害怕,像木头人一样呆呆地站在那里。店主人又说:"秀才应该自爱,您终究会做解元的。"

不久,毛公果然中了举人。他夫人的鬓发也长出来了,那云朵般的黑油油的鬓发闪着光亮,更增添了几分美丽。

张家那大姐,在妹妹代替她去了毛家以后,曾嫁给同街一个财主的儿子,自觉称心如意,很有点趾高气扬。不想那丈夫是个又懒又馋的浪荡公子,几年光景家境渐渐衰败,财产出脱净尽,贫穷得连锅都揭不开了。她听说妹妹做了孝廉夫人,越发惭愧了,有时和妹妹在路上相遇就躲开走。过了不久,丈夫又死了,家里更加破落。接着,又听说毛公高中进士,这就更使她万般悔恨,觉得实在没脸见人,于是便愤愤然去削发当了尼姑。等到毛公以宰相身份归乡时,她才勉强打发女弟子到毛府去拜问,希望有所馈赠。女弟子来到毛府后,毛公夫人赠以罗绮绢帛若干匹,并将一百两银子裹在里边。那女弟子不知道里边还有银子,当她携带回去交给师父时,师父大失所望,带气地说:"给我点金钱,还可以作柴米费,这些东西于我有何用!"于是又让女弟子送了回去。毛公和夫人很疑惑,打开一看,银子全在里面,这才明白了送回的意思。毛公笑着说:"你师父连一百两银子都受用不了,哪里还有福气跟随我这个老尚书啊!"随即拿了五十两银子交给女弟子说:"带回去作为你师傅的生活费用;就这些,也怕她福薄难以消受。"

弟子回去,把情况禀告给师父。师父默默无语,不住叹息,茫然地回想着她的前半生。

后来,王舍人店的店主人因为人命案子被捕入狱,毛公为他出力排解,才使他免罪获释。

续黄粱

　　有一位福建的曾姓举人，在会试后考中进士，于是与几个同科进士相约，到京城的郊区游玩。半路上，有人告诉他们附近的一座佛寺里住着一位算命先生，几个人一听来了兴致，便一同前往，想请先生给自己算一卦。

　　他们进屋行礼后，便落了座。那算命先生见曾某神气十足，便故意奉承了他一番。曾某面带微笑，摇着扇子问道："那先生看看，我有没有穿蟒袍、系玉带的福分呢？"算命先生掐掐指头，郑重其事地说："将来，你会做二十年的太平宰相。"曾某一听满心欢喜，更加趾高气扬。

　　就在这时，天空下起了小雨。众人一时不能出行，便到一间和尚住的屋子中去避雨。屋里有个老和尚端坐在蒲团上，眼睛深陷，鼻梁很高，神情冷漠，见有人进来也不主动打招呼。众人见状，也随便地打了个招呼，就争先恐后地爬上床榻，谈笑风生。大家都称曾某"宰相"，你一句我一句地奉承他，只把曾某说得洋洋自得。他指着其中的一个名叫张年丈的同伴说："等我做了宰相，就推荐张兄你去做南京巡抚；你的亲戚朋友，都可以当参将、游击；至于你家中的那些老仆人，完全可以当个小千总或小把总。"一席话，惹得大家哄堂大笑。

　　大家说了很久，外面的雨不但没有停的意思，反倒越下越大。曾某一时困乏，就躺倒在床上。突然，两位皇上的使者来见曾某，说是皇上召曾太师进宫，有要事相商，还奉上了皇上的亲笔诏书。于是，曾某意气风发地跟着使者来见皇上。皇上见到曾某后，赐座给他，并将自己的座位向前移了移，挨近他，语气温和地和他谈了很久。他告诉曾某："爱卿可以随意任免三品以下的官员，无需上奏。"然后，他又赐给曾某蟒袍一件、玉带一条，另外还有两匹极其名贵的千里马。曾某穿戴停当后，叩谢隆恩，起身离开。他一到家，就发现昔日的旧房子全都不见了，已换成了金碧辉煌的宰相府。他欣喜非常，捋着胡须轻声一唤，仆人们就鱼贯而出，答应声如同雷鸣一般。不一会儿，文武百官都前来进献佳肴珍馐、奇珍异宝，他们点头哈腰、毕恭毕敬，前呼后拥地出入宰相府，一时间门庭若市。曾某对他们区别对待，六部尚书一来，他连忙出门相迎，满脸堆笑；侍郎一级的官员来了，他便只是作揖相让，寒暄几句；而见到其他级别更低的官员，他就只点头示意罢了。山西巡抚献给他十个美丽动人的歌女，他最爱那最为娇美妩媚的袅袅、仙仙二人。一旦不上朝，他就沉溺于声色犬马之中。

　　一天，曾某突然想起自己还没有当官时，本县士绅王子良曾经接济过自己。如今，自己已经是平步青云，但王子良还没能谋个一官半职。于是，他决定帮他一把。次日一大早，他就写了一道奏折，推荐王子良做谏议大夫。皇上准奏，立即将王子良调入朝中。然后，曾某又想起郭太仆曾经和自己发生过一些小的摩擦，于是暗中叫来谏和侍御陈昌，如此这般地交代了一番。第二天一上朝，陈昌就带着自己的党羽，纷纷将弹劾郭太仆的奏章呈给了皇上。不久，皇上就下旨罢免了郭太仆的官职。就这样，曾某让自己的恩人升官，仇人失势，好不痛快。

一次，他行至京城郊外的大路上时，一个醉汉冲撞了他的仪仗队。他勃然大怒，下令将那人五花大绑交给京官，可怜那人还没有完全清醒，就已经惨死在乱棍之下。那些与他家院墙相接，或田地相连的有钱人家，也都害怕他的权高势重，纷纷将自家的豪宅沃土献给了他。慢慢的，他变得富可敌国了。后来，袅袅、仙仙两位美女先后离世，曾某一下子觉得生活索然无味。突然，他想起东邻的女儿姿色出众，往年他曾多次想将其买下来做妾，可惜囊中羞涩，一直都未能如愿，而如今，要得到她，真可谓易如反掌。于是，他下令让几个家奴带着一些银两前去接人。那些奴才到了那女子家，哪管人家愿不愿意，留下银子就强行将女子抬了回来。曾某细看时，发现那女子出脱得越发水灵、妩媚了，不由得心花怒放。自此，他回想自己的平生，发现所有的愿望都已经达成了。

转眼间，一年又过去了。曾某经常听说有人在背后对自己议论纷纷，但他一直都没将这事放在心上。在他看来，那些人就像是朝廷门口的那些仪仗马一样，摆摆样子而已。他们都怕丢了官职，不敢站出来说话，只能在背后嚼舌根，不足为惧。不料，竟然真有那么一位不畏权势的清官——龙图阁大学士包公，大胆上奏，历数曾某的罪行。他说：“微臣以为，曾某原本只是市井中的一个嗜饮好赌的泼皮无赖，只不过因为说了一句迎合圣意的话，而得到了圣上的恩宠，使得父亲穿上了紫色的官袍，儿子也得以红袍加身，全家沐浴皇恩，享尽了荣华富贵。可以说，圣上的恩宠，已经达到了无以复加的地步。但是，曾某不仅不思恪尽职守、为国捐躯、肝脑涂地，以报圣上隆恩，反而倚仗权高位重，在朝中恣意横行，结党营私，横征暴敛，犯下的滔天大罪，可谓罄竹难书。他总揽朝中重要官职的任免大权，然后视官位的高低、权势的轻重，作价卖官。所以，朝中的文武百官，都在其门下奔走，估摸各级官职的价格，伺机投机倒把，就像做生意一样买卖官职。如此一来，溜须拍马、仰承鼻息的人简直是难以计数。对于那些不肯俯首逢迎的贤良的大臣，他轻则降低他们的官职，让他们去做一些无足轻重、没有实权的闲官，重则将其贬为平民。更为严重的是，只要是不愿与他站在同一条船上的官员，都会被这个指鹿为马的奸相看成敌人；他们若有片言只语的冒犯，就会被发配边疆。这些，让朝中的有识之士心寒，圣上您也就因此而陷入了孤立的境地！另外，他们大肆搜刮民脂民膏，强占良家妇女。邪恶的气息，百姓的怨愤，弥漫在天地之间，几乎使得整个世界都暗无天日！曾某的奴仆狐假虎威，到处作威作福，就连太守、县令，也都要看他们的脸色行事。只要接到他的书信，就算是按察司、都察院也都不得不为他枉法徇私。甚至是他那些走狗的家人亲朋，出门也都要搭乘公家的车马，不可一世。地方纳贡稍有耽搁，立即就会惨遭鞭打。他们坑害百姓、役使各地官府，护卫队伍每经过一个地方，连当地田野中的青草都会踩踏干净。然而，曾某如今正是气焰嚣张的时候，他仗着圣上的恩宠，根本就没有悔改的意思。每每圣上召见他，他就借机进献谗言，陷害别人。他刚一下朝，他们家的花园里就歌舞升平、丝竹贯耳，他不分昼夜地沉溺于声色，荒淫无度，从不将国家大计放在心上。世间怎么能有这样的宰相呢？现在，朝野内外，群情激奋，人心惶惶，要是不立即铲除这个奸相，过不了多久，势必会发生像曹操、王莽篡位那样的大祸啊！微臣为圣上您日夜忧虑，坐卧不安，所以今天冒着杀头的危险，在此列举曾某的滔天罪行，报于圣上知晓。臣在此跪地，请求圣上诛除奸佞，没收他的家产。对上，以平息老天的震怒；对下，以告慰百姓。微臣所言，如有作假，甘愿接受斧锯鼎沸之罪。"

曾某得知包公上奏的内容后，吓得魂飞魄散，霎时间，浑身像跌进了冰窖一般冰凉。幸好，皇上对他依然恩宠有加，按下奏章，并不作任何处理。然而，包公此举，可谓一呼百应，各科各道、三司六部的文武官员，纷纷上奏弹劾曾某，就连昔日他那些唯他马首是瞻的义子干孙们，也翻脸不认人，争相攻击他。刹那间，弹劾奏章像雪片一般飞向皇上的案头。皇上终于按捺不住了，下旨尽数抄没曾某家产，将其发配到云南充军，并派人提审他那任山西平阳太守之职的儿子。

跪接圣旨的曾某惊魂未定，就有几十个举枪握剑的武士冲了进来，摁住他，扒了他的蟒服玉带，将其全家老小都捆绑起来。接着，他看到有很多差役进入他家搬运财物，金银钱币数以百万计，珍珠、宝玉、翡翠、玛瑙有几百斗，帐帘、幄幕、床榻之类的，数以千计，而那些小孩子的衣物、女人的鞋袜，更是屋内屋外，散落满地。不一会儿，一个差役将曾某的爱妾拖了出来，她蓬头散发，吓得六神无主，玉容全无血色，一声接着一声地娇啼……这些，让曾某心如刀割、痛不欲生。等家产全部查封完毕后，差役便用绳子套住曾某的脖子，呵斥着、像拉驴马一样将他拉了出去。

曾某和妻子一起，在差役的推推搡搡下上路了。他低声下气地请求差役给自己找一辆由老马拉的破车，以缓旅途劳顿，却只换来了差役的一顿斥骂和鞭打。刚走出十里路，小脚的妻子就已经不胜脚力，一步一跌，曾某只好搀着她走。这样勉强又走了十里后，他自己也累得筋疲力尽了。忽然，他看见前面出现了一座高耸入云的大山，便一下子绝望了，他哪里还有力气去翻这么一大座山呀！夫妻相对，双双痛哭流涕。但差役毫不理会他们的痛苦，依然紧紧催促，根本不让他们停歇。他们见天色已晚，荒山野岭也无处投宿，只好咬咬牙，踉踉跄跄地继续前行。爬到半山腰，妻子再也迈不了步了，"扑通"一声跪在地上大哭起来。曾某也一屁股坐在地上，大口大口地喘着粗气，任凭差役如何斥骂，也不起来了。

突然，山林里冲出了一群强盗，举着刀斧嗷嗷叫着冲了过来。差役大吃一惊，慌忙逃命去了。曾某见状，内心倒升起了一线希望。他翻身跪在地上，哀求强盗放过自己。他说："我是被发配边疆的罪人，身上根本就没有值钱的东西，求求各位好汉高抬贵手，放我一条生路。"谁知，那些强盗个个怒目大睁，咬牙切齿地说："我们就是被你冤枉迫害的百姓，今天在这里等待，就是为了要你的狗命！"话音未落，他们就抡起手中的刀斧向曾某砍来，曾某清晰地听到了自己人头落地的声音。

他还没有回过神来，双手就被两个小鬼捆了起来。小鬼押着他走了几刻钟，就到了一座城池。他们进了一座庄严的宫殿，只见长相丑陋却极其威严的阎王靠在大殿之上的一个长长的案几上，审理案件。曾某连忙俯身跪地，请求阎王饶恕自己。阎王伸手翻看簿籍，只看了一眼就怒火冲天地说："欺君误国，给我下油锅！"殿下群鬼齐声应和，声如响雷。曾某被一个大鬼一把抓起，摔下台阶。他抬头看时，只见面前是一堆熊熊燃烧的火炭，中间摆着一口七尺多高的大油锅，锅内热油翻滚，冒着油泡，连锅的腿都给烧得通红。曾某吓得浑身抽搐、四肢酸软。大鬼一把抓起他的头发，将他扔进了油锅。曾某的身子随着油波上下翻滚，皮肉被炸得滋滋作响，很快就焦了。一阵撕心裂肺的剧痛传遍全身，曾某张口大叫，但沸腾的油顺势钻进他的嘴里，顺着喉咙往下流，将他的五脏六腑都炸干了。曾某不想活了，可无论如何也死不了。

约莫一顿饭的工夫，他才重新被大鬼给捞了出来，带到大殿下跪下。阎王又查阅卷宗，很快又勃然大怒，吼道："仗势欺人，该上刀山！"那大鬼答应着，又将曾某揪了起来，来到一座山前面。那山不是很大，但山势峻峭，上面尖刀密布，利刃纵横。山上已经有几个人被刺穿了肚肠，尖声凄厉地嚎叫着，让人不忍心看，也不忍心听。曾某双腿打颤，向后退缩。大鬼见状，拿毒锥刺他的头，逼他上去。曾某忍着剧痛，拽着大鬼的裤腿，祈求它饶恕自己。大鬼大怒，一把将他提起来，抛向了空中。曾某只觉得自己先跃上云端，然后昏头昏脑地往下掉，不由得心肺紧收。他一落地，明晃晃的尖刀就刺穿了他的胸膛。他在刀身上停留了一会儿，但由于身体太重，渐渐下压，刀口也随着越来越大。他感觉就像是过了几百年，终于从刀上脱落下来。

大鬼抓起蜷成一团的曾某，又来见阎王。阎王看了他一眼，对身边一个胡须卷曲的鬼说："算算他这一生强取豪夺、卖官鬻爵所得的田产、财物总共有多少。"那鬼答应着，数着筹码，掐着指头一算，说："三百二十一万。"阎王冷笑着说："他既然那么爱财，就让他把它们全都喝下去吧。"不一会儿，就有小鬼将这些金钱取了来，在大殿的台阶前堆起了一座金山。然后，它们又将其放入架在烈火上的铁锅中，使其熔化。最后，几个小鬼上来将曾某捉住，用勺子将那滚烫的金汁灌到他的口中，顷刻间，他只觉得五脏六腑都扑腾腾地燃烧了起来。有些金汁流到了脸颊上，皮肉立即四分五裂，发出焦臭味。曾某生前总觉得搜刮的钱财太少，这会儿又悔恨自己攒得太多了。

过了大半天，他才将那金汁全部喝完。最后，阎王下令："把他送到甘肃甘州，转生为女。"曾某被大鬼押解着走了几步，只见一个架子上架着一根有好几尺粗的铁梁，铁梁上穿着一个巨大的火轮，火轮上有五色火焰燃烧，光照霄汉。大鬼用鞭子抽打曾某，让他去蹬那火轮。他没得选择，只好定了定神，深吸一口气,闭上眼睛纵身一跃,跳了上去,顿时觉得那火轮随着他的脚转动了起来。倏地,他觉得身子向下坠落,浑身冰冰的。

他轻轻地睁开眼睛,发现自己已经变成了一个女婴。再看看父母,他们都衣衫褴褛。她的家,就是一间低矮而四面漏风的土房,里面放着破瓢和棍子。于是她明白了——自己转生成了乞丐的女儿。她从会走路的时候开始,就每天都跟着一群叫花子托钵沿街乞讨,总是吃不饱饭,饥肠辘辘。严寒的冬天,她也只能穿着又薄又破的衣服,北风呼啸,她浑身都被冻得刺骨的疼。十四岁的时候,她被一个姓顾的秀才买回来作小妾。虽然自此有吃有穿了,但是秀才的大老婆凶狠刁悍,每天都会用鞭子抽她,或用板子打她,还动不动就用烧得通红的烙铁烙她的乳房。可以说,她每天都是在痛苦中煎熬着的,还好秀才比较同情她、心疼她,总算是还有点安慰。

她家东邻有个流氓少年,有一天突然从院墙上翻了过来,逼着她要与她通奸。她想到自己前世作恶多端,遭了报应,现在无论如何是不能再做不轨之事了。所以,她疾呼救命,将秀才和大老婆都吵了起来,那流氓少年才慌忙逃走。

不久之后的一天夜里,秀才来到她的房里睡觉,她正在向他诉说心中的愁苦,突然咣当一声,房门洞开,两个盗贼带着大刀闯了进来,见了秀才挥刀就砍,切下了他的头,然后将房间里的财物抢劫一空,扬长而去。她蜷缩在被子下面,不敢发出一点声音。等到盗贼都走远了,她才爬起来,连哭带喊地冲进了大老婆的房中。大老婆见状大吃一惊,慌忙去查验丈夫的尸首。然后,她怀疑是小妾在外面有了男人,招引奸夫杀死了秀才。所以,她一纸诉状将小妾告到了州官刺史那里。刺史对小妾大用酷刑,进行逼供,使她屈打成招。依照当朝律法,刺史判她凌迟处死。衙役们得令,绑着她,将她推向刑场。她怨气盈胸,一直堵到了喉咙口,跳着脚直呼"冤枉",心想就算是阴曹地府的十八层地狱,也没有这么黑暗啊!

就在她呼天抢地的时候,耳边突然传来了同伴的声音:"喂,曾兄,醒醒,你是不是做什么噩梦了?"曾某这才魂还原身,清醒过来。他睁眼一看,见老和尚依然双腿盘起,端坐在那里。同伴们问他:"你怎么睡了这么久啊?天都要黑了,我们都饿了。"曾某这才从床上爬起来,面色苍白,四肢无力。老和尚微微一笑,对他说:"那算命先生说你能做二十年的太平宰相,灵验吗?"曾某一听更加吃惊了,连忙恭恭敬敬地跪地行礼,请和尚指点迷津。那和尚看了看他,说:"自己的德行,是要自己去修养的,如果你行的是仁义之道,就算是跳进了火坑之中,也自然会有青莲花生成,将你托起。阿弥陀佛,贫僧不过是山野之中的一个和尚,又怎么能参透这其中的玄机呢!"

曾某踌躇满志地来,垂头丧气地返回,那官至极品、步步青云的志向,从此也渐渐地淡薄起来。最后,他隐匿山林,不知所终。

小猎犬

朝中的卫中堂，原是山西人，在他还是秀才的时候，为了读书方便，就寄宿在一个幽静的寺院里。这个寺院虽然很清静，但是不知为什么，房子里的臭虫、蚊子和跳蚤却很多，经常咬得他一夜睡不成觉，惹得秀才很是烦恼。

有一天，他吃完饭仰卧在床上休息，忽然看见一个身高二寸多的小武士，头插野鸡翎，骑着一匹大小像蚂蚱一样的马，套着青色臂套的手臂上架着一只苍蝇那样小的鹰。那小武士从外面走进来，一会儿走，一会儿跑，在屋地上转圈子。卫秀才正看得出神，忽然又发现一个小人奔进来，装束和刚才的小武士一样，腰里挎着弓箭，牵着一只大蚂蚁那样大的小猎犬。又过了一会儿，步行的，骑马的，数以百计的小武士架鹰牵犬纷纷而来。

小武士们看见蚊蝇飞起，就将鹰放出去扑击，把它们全部消灭了。小猎犬跳到床头、爬上墙，到处搜寻虱子和跳蚤吃。凡是藏在被缝和墙隙里的，被小猎犬一嗅就都乖乖地钻了出来。不大工夫，小猎犬就把所有的虱子和跳蚤全捉完了。卫秀才假装睡觉，斜眼偷看，只见鹰飞落在他的身上，小猎犬在他的身上跑来跑去。过了一会儿，一个身穿黄袍的人，头戴平天王冠，像是一个帝王，跳上另一张床，把马拴在苇席上。跟在后面的骑士也都下了马，于是众猎人有的献上苍蝇、蚊子，有的献上虱子、跳蚤，熙熙攘攘聚集在王者身旁，也听不清他们在说些什么。不久，王者坐上一辆小辇，卫士们都忙起来，各自命令手下人备好了鞍马，一时间成千上万的马蹄一起奔腾，纷然杂沓如同撒豆，烟飞雾漫，转眼全部离开了。

这些活动，卫秀才都清清楚楚看在眼里，很是惊诧，但又不知他们是从何处来的，赶忙穿了鞋到门外察看，已经渺渺然无声无迹。他又赶忙返回来环视整个屋子，还是什么也没有。只有墙壁砖上留下一只又细又小的小猎犬。卫秀才急忙过去捉下来，发现它很温驯，放在砚台盒里反复观赏，那小猎犬浑身上下长着细茸茸的毛，脖子套了一个项圈，喂它饭粒吃，它嗅一下就走开了，反而自己跳到床上，专门寻食被缝和衣缝里的虮和虱子。隔了一会儿，它又返回来，卧在砚台盒里。过了一夜，秀才怀疑它已经跑掉了。过去一看，依然像昨天一样安静地盘卧在那儿。从此，卫秀才一睡下，它就跳上床席，遇到臭虫就咬死，蚊子和苍蝇没一个敢落下来。卫秀才很爱小猎犬，简直觉得比一块价值连城的宝玉还贵重。

一天，卫秀才躺在床上睡午觉，小猎犬悄悄卧在他身边。卫秀才睡醒一翻身，把小猎犬压在腰下。他觉得腰下有东西，就疑心是小猎犬，急忙起来一看，小猎犬已经被压得像纸片一样死去了。小猎犬虽然死了，但是从此墙壁上再也没有臭虫之类的害虫了。

辛十四娘

听一个常年在广平做买卖的朋友说，在广平一带住着一个姓冯的读书人。他年轻的时候很是放荡不羁，而且嗜酒如命，毫无节制。

有一天，因有急事，他一大早便起身到朋友家里去。因为当时天色尚早，一路上很是安静。这时，冯生在路上遇见一位少女，身着一件红色披风，容貌秀丽，身后还跟着一个小婢女，一前一后急急地向前赶路。因为路面上生长着一层小草，草上结满了露珠，所以她们的鞋袜都被沾湿了。冯生见那位少女生得娇小貌美，心里很是爱慕她。黄昏时，他在朋友家喝醉了酒，带着醉意回家。半路旁，有一所寺院，但是久已荒废，无人居住。他走到这里时，忽然看见一个女子从寺院走出来，仔细辨认，原来竟是在早晨遇见的那位少女。少女看见他走近寺院，就急忙转身返回。他想：这个寺院早已荒废，那个少女怎么住在这里？就把自己骑的驴子拴在门边，想进去看个究竟。

冯生进入寺院，但见墙倒屋塌，院内长满杂草，阶上廊下，细草如毯。四下搜寻，也看不到一个人。正在这时，忽见一个衣服整洁的半白头发的老翁从寺里的后院走出来，见了冯生，开口问他："这位客人是从哪儿来的？"

"偶然经过这里，所以进来看看。老先生你是从哪儿来的？"冯生答道。

老翁说："老夫我因无房产，所以到处寄住。因为一时找不到合意的地方，暂时借这个破庙安顿家属。你既然来到这里，我备有山茶可以当酒，请到屋里坐。"

老翁说罢就很诚恳地领着冯生往殿后走去。只见殿后有一所院子，中间用青石铺路，路面光洁明亮，没有一点杂草。随着老翁进入屋内，见帷幔床帐悬挂满室，绣帷上飘出特异的香味。冯生问到老翁的姓名，老翁回答说："我姓辛，名叫蒙叟。"

冯生趁着酒意又突然问道："听说您有一位女公子，还没有出嫁，我冒昧替自己做媒，希望能将女公子嫁给我。"

蒙叟见冯生面带醉意，语无伦次，就应付道："我和老伴商量一下再回复你。"

冯生当面要来笔砚，在纸上抄写了一首求婚的诗：

千金觅玉杵，殷勤手自将。
云英如有意，亲为捣玄霜。

意思是：我用千金购得这一用玉石做的杵，为了表示我对您的爱慕，我要非常殷勤地双手捧着献给您。可爱的云英姑娘啊，您如果有意嫁给我的话，我将亲手操持玉杵，为您捣制成仙的丹药。

写完，就双手献给了主人，主人不在意地微笑着将诗笺交付给左右侍候的人。不大会儿，有一个婢女从帷幕内出来，走到辛翁跟前，向辛翁低声耳语。辛翁听后，就起身请客人稍坐一会儿，走入帷幕内。只听得隐隐约约说了三两句话，就又从幕内出来。冯生以为辛翁在幕内已经商量好了，一定会听到喜讯了。不料辛翁只是坐下来和他兴高采烈地谈笑，并没有一句有关婚事的话。冯生忍耐不住，就开口直问道："不知您老对我的请求有什么意见？希望直说出来，以解除我的猜疑！"

辛翁缓缓地答道："您不比寻常人，我们从来就很佩服您的品德。但是我有一句心里话，不敢在先生面前直说。"

冯生再三请求，辛翁方才说道："我有十九个女儿，已经出嫁的有十二个。婚嫁的事，全由我的老伴做主，老夫我向来不参与意见。"

冯生接口道："我只要今天早晨那位领着一个小婢女冒露而行的姑娘。"

辛翁听了不做声，两人相对哑坐，一时无言，但闻幕内嘤嘤细语。冯生借醉掀开帷幕，大声说道："既然不能成为夫妻，也该再见一面，以消除我的遗憾。"

幕中人听得帘钩响动，都惊得站起来，以吃惊的眼光盯着冯生。冯生遍看幕中人，果然有一位穿红衣的女子，蓬松着小辫，挽起两袖，手拈飘带，姿态非常优美地站在一边。家属们见了生人，都很惊惶。辛翁见冯生这样无礼貌，勃然大怒，就命令几个人把他推出去。经过这一拖一摔，再加晚风一吹，冯生的酒劲涌了上来，东倒西歪，站立不稳，倒在了荒草上。一霎间，只见碎石破瓦像雨点一般向他袭来，幸而没有击中。

冯生在草地上躺了大约一个时辰，酒渐渐醒过来。听到驴子在路旁吃草的声音，才想起驴子，就连忙起身，跨上驴子，摇摇晃晃地鞭打着驴子往回走。因为夜深人静，天黑路暗，难辨东西，竟走差了道儿，误走进一个两山高耸的深谷。只听得山上谷底狼嚎鸮叫，吓得他发竖心寒，徘徊着向四周探望，也不知是到了什么地方。远远望去，在一片苍茫的树林里，有几处灯火，一会儿明一会儿灭，心想必定是个村庄，就鞭打着驴儿向树林跑去，想着在那儿借宿一宿再走。走到近处，果然看见一处高大的院落，就从驴身上跳下来，用鞭子上前去敲门。只听得门内有人询问，冯生就说自己是个迷路的人。门内人让他等会儿，等请示过主人再决定去留。冯生无奈，在门外站着等。过了一会儿，只听有人在里面开了门锁，打开大门，只见一位健壮的男仆走出门来，替他牵了驴儿，邀请他进入院中。举目四望，只见屋宇很是华丽，正厅上灯烛辉煌。仆人将冯生引到正厅，坐了不大会儿，见一个妇女从内室走出来，问到了他的姓名，冯生据实告知。过了不大工夫，又见四个青衣婢女搀扶着一位老太太走出来，婢女们齐呼："郡君来了。"冯生听了，立即离座，恭恭敬敬地上前拜见，老太太止住他，让他坐下说话，接着开口问他道："你莫非是冯云子的孙儿吗？"

冯生很恭敬地答道："是。"

老太太说："算起来，你当是我外甥的儿子。老身我已年迈，犹如风中之烛，残年已尽，实似钟鼓并歇。我们虽是骨肉至亲，但因长期离别，就显得疏远了。"

冯生说："孙儿我少年丧父，和祖母相处过的人，我都不认识。平素我没有拜见过您，也从来没有向您请安问好，请您把我们的至亲关系指示明白。"

老太太说："你自己就知道，何必我说。"

冯生不敢再问，呆呆地坐在那里苦思，也想不出个所以然来。

老太太又问冯生："深更半夜，你怎么来到这里？"

冯生自吹自擂地炫耀了一番自己的胆量如何大，并将在破庙中所遇到的情况添枝加叶地叙述了一番。

老太太听了笑着说："这是一件十分好的事。况且甥儿是一个出了名的读书人，并不辱没他们。野狐精竟敢这样自高自大！甥儿不要发愁，我保证能给你办到。"

冯生恭敬地谢了老太太的好意。

老太太又看着身边的侍女说："我不知道辛家的女儿竟生得这样好，你们见过吗？"

侍女回答说："他有十九个女儿，都长得漂亮。"转脸问冯生："不知小官人爱哪一个？"

冯生急忙答道："就是年龄大约有十五六岁的那个。"

侍女说："那么，小官人看中的是辛家十四娘了。今年三月，她曾跟随她母亲来给郡君祝寿，郡君怎么就忘了？"

老太太哈哈地笑道："是不是那个穿着刻有莲花瓣的高底鞋，里边装着香料粉，脸上蒙着锦纱走路的那个姑娘？"

侍女回答道："是的，就是她。"

老太太夸奖道："这个小妮子太会出花样、弄媚态，果然长得很漂亮。甥儿的眼力真不错。"说罢，扭头命令一个侍女说："可派一个小丫鬟把她叫来！"

那个侍女应声走出厅外。去了不多一会儿就返回来，向老太太禀报道："辛家十四娘已经叫来了。"

话音未落，只见一个身着大红衣服的小姑娘走进厅来，望着老太太跪下磕头。老太太一面搀扶，一面对小姑娘说："你以后就是我家重外甥的媳妇，不要再行侍女们的礼了。"

辛十四娘站起身来，很娇媚地站在老太太身边。老太太爱抚地理了一下她的鬓发，捻弄一下她的耳环，很关心地问她："十四娘，你近来在闺房中做什么营生？"

辛十四娘低声应道："闲暇时，只做些绣花营生。"回头，忽然看见冯生也在这里，羞羞答答，想避开他也不能，很是不安。

老太太看到十四娘的窘态，笑着说："这就是我外甥的儿子，也就是我的重外甥。他一番好意想和你结为夫妻，你们为什么在深夜把他驱逐出来，使他迷路，终夜在深山狭谷中游窜？"

辛十四娘听了老太太的责备，低垂着头，不敢答话。

老太太又说："今天我派人把你叫来，没有其他什么杂事，只是想给我的重外甥当媒人。"

辛十四娘听了，只是默默无语，不表示反对，也不表示同意。老太太以为不说反对，就是同意，这是一般姑娘家的常情，因而就命令侍女们打扫新房，要马上给他俩举行婚礼。辛十四娘见老太太如此仓促，就十分害羞地说："儿女婚姻大事，非同儿戏，请让我回家禀告过父母，再定。"

老太太不高兴地说："由我来给你主婚，还有什么差错！"

十四娘回复说："郡君既然有命，我父母一定不敢违抗，可是像这样潦潦草草地成婚，我却至死也不敢奉命。"

老太太听了，反怨为笑说："别看你小小年纪，却立志坚定，不为威武所屈，真是我家重外甥的好媳妇啊！"

一面说着一面从十四娘头上拔下一朵金花，交给冯生保存，并且当面选定婚期，让辛十四娘回去告知父母后，即可成亲。随即派侍女将十四娘送回去。

不多会儿，听到远处的雄鸡纷纷报晓，老太太就派人牵着驴儿将冯生送出门来。走了几步，冯生猛然回头一看，想不到村舍房屋竟都不见了，但见松、柏、椿、楸浓黑一片，乱草遮满了一堆堆的墓丘。冯生定定地站在那儿，根据眼前展现的景象，回想了一阵儿，才想到这儿原是薛尚书的墓地。薛尚书原来是冯生的祖母的弟弟，所以相见时以甥儿相称。心中醒悟到是遇见了鬼，但是也不知道十四娘究竟是什么人，慨叹了一番，只得骑驴而回。

冯生回家后，日日翻着农历，盼望婚期的到来，而心中又担心那是鬼的约定，深恐不可靠。可是心中总是放不下，就专程到那个破寺院去验看，进庙一看，只见殿宇荒凉，并无人烟。到附近村庄向居民一打听，都说寺中根本没人住，只是往往能见到狐狸窜出。冯生暗中想：如果能得到一个美丽的少女为妻，就是个狐狸也很好啊！到了约定的婚期，冯生急忙把屋内、院中和大门外的路上，打扫得干干净净，并且派遣仆人轮番到村边眺望，一直等到半夜，还是没有音信。到了这时，他以为没有希望了，很是难过。正在乱想，忽听大门外人声喧哗，冯生一听顾不得穿好鞋子，趿拉着鞋就跑出去看。只见花轿已停放在庭院，两个小丫鬟已经扶着新娘子坐在喜房中。细看带来的嫁妆，也没有什么值钱的东西，只有两个长胡子的奴仆抬着一个像大瓮一样大的、小口径、扁圆形的瓷罐子，将它放在了庭堂的角落处。冯生得到了美丽的妻子，并不因她是异类而有所疑惧。见过了新娘，说了一番爱慕的话后，就问十四娘道："那位老太太不过是个死鬼，你们家为什么对她那样服服帖帖？好像是很惧怕她。"

十四娘回答道："薛尚书现在做了天堂的五都巡环使，这方圆几百里内的鬼、狐都归他管辖调遣，所以我们必须听他的。他常在外巡环视察，很少回墓，老太太的话我们一向尊重。"

冯生很感谢老太太的撮合，新婚后的第二天，就专程到薛尚书的墓地去拜祭。祭罢回来，见两个身着青衣的仆人，带着两疋绣有贝壳花纹的锦缎来庆贺他们的婚礼，二人并没有多说话，把锦缎放在桌子上就离开走了。冯生还不知是哪家亲友送来的礼物，就手捧锦缎去告知十四娘。十四娘见了，说是老太太的东西，必定是她派人送来的。

本县有一位姓楚的公子，父亲在省城做大官，少年时和冯生是同学，是一个贪色酗酒的花花公子。他二人气味相投，很相好。听说冯生娶了一位狐媳妇，在第三天也带着礼物来贺喜。进了客厅就举杯向冯生敬酒，表示祝贺，吃喝了一顿，也就走了。过了几天，楚公子又差人送来请帖，请冯生到他家去饮酒。十四娘知道后，对冯生说："那天楚公子来咱家，我曾从窗缝中暗暗窥视他。见他五官相貌很凶恶，猴眼睛，鹰鼻子，这种人不可和他常来往，你还是不去为好。"冯生依了十四娘的主意，就没有去赴楚公子的约会。不料，第二天楚公子竟来责问冯生不去赴宴。言谈中，取出他新近作的诗，让冯生看。冯生看了，见他作得诗不诗、文不文，当面嘲笑他。他听后，又羞又恼，二人不欢而散。冯生回到内室，笑着把品评诗作的事向妻子叙了一番。十四娘听了，惨然地说："楚公子豺狼成性，不该嘲笑他，你不听我的话，恐怕大祸要来了。"

冯生笑着感谢妻子的好意，但是过了不多久，又和楚公子勾搭在一起了，好像把那次不愉快的见面忘了似的。

不久，省里的学台大人来考试秀才，不料楚公子竟中了第一名，冯生反列第二。楚公子中了头名，当然沾沾自喜，就又派人来邀请冯生去饮酒。开始时冯生借故推辞了，但是他素来嗜酒如命，又经不起楚公子的再三邀请，竟忘了十四娘的劝告，背着她去赴宴。到了楚家，才知道是楚公子的生日，宾客满堂，筵席很丰盛。宾客入座后，楚公子便将这次考试的试卷取出来交给冯生看。亲友们见是考中头名的试卷，都围在冯生肩后观看，说了些称赞奉承的话。大家一面喝酒，一面听着音乐，宾主都很快乐。正在这兴高采烈的当儿，楚公子忽然乘兴对冯生说："俗话说'考场不论文'，这句话，我现在才知道说得不对。我在这次考试中，所以榜上比你在前，主要是因为文章开头几句，略微比你高一着罢了。"

公子说罢，满座亲友都交口称赞。这时冯生已吃得醉眼蒙眬，忍不住大笑道："哈哈哈……到了现在，你还以为是你的文章做得好，才考中头名的吗？"

客人们听了，都大惊失色，目瞪口呆。主人听了，感到羞辱难当，更是气急败坏。客人们感到不好意思，渐渐散去。冯生也觉大煞风景，就偷偷地带着醉意溜走了。

冯生回家酒醒后，也很后悔自己的言行，就把经过告诉给妻子。

十四娘很不高兴地说："你真是个穷乡僻壤的轻薄人哪！君子受了你的羞辱，虽然不会报复你，你的品德也丧失了；小人要是被你羞辱了，必然要恼羞成怒，想法子来报复你，看来你的大祸不远了，我不忍看到你的这种结局，请允许我今天就向你告别吧！"

冯生怕妻子要离开他，再三求告，表明要悔改，直到流下泪来，十四娘才说："你要想让我留下不走，现在咱们就约定：从今天起，你要关门闭户，断绝交游，并且不准你再酗酒。"

冯生对妻子的要求，都诚恳地一一接受了。

十四娘性情开朗，持家勤俭，每天不间断地从事纺织，有时偶尔回娘家探亲，也从来不在娘家过夜，总是当天就返回来。平时也拿出些银子来让家人做些生意，有了盈余，就投进结婚时带来的那个扁形小口大瓮里去。她还成天关着大门，不和外人交往，如果有人在外敲门要来访问，她就让一个听差的老头儿在门内借故谢绝。有一天，楚公子又派人送信来。十四娘接到后，用火烧了，不让冯生知道。

隔了一天，冯生到城里的亲友家去吊丧，不料在那里竟又和楚公子相遇了。公子拉住冯生的手，苦苦邀请他，冯生只说有事不能去，但是楚公子竟让马夫将他拥到马上，强行把他带走了。到了楚家，公子就立即命令家人，摆出丰盛的酒宴。冯生又继续辞谢，说天亮前有事必须回去。而楚公子又坚决拦住不让他走，并且唤出家养的女乐师弹筝为乐。冯生本来是个放荡惯了的人，近来被十四娘关在家中，也确实有点烦闷。现在桌上摆着佳肴美馔，眼前看着漂亮的女乐师，耳边听着婉转的靡靡之音，一时忘乎所以，竟大吃大喝起来，不大一会儿就吃得醉醺醺的，趴在桌子上站不起来。

楚公子的老婆阮氏，性情悍妒，家中的姨太太和婢女们平时连粉脂都不敢抹。前一天，有一个婢女到书房中去和楚公子说话，被阮氏撞见了，阮氏醋意大发，竟用一根粗木棍向婢女当头打去，只一下子就把婢女打得脑裂而死。楚公子自受了冯生的嘲笑侮辱，非常记恨他，天天想着报复他的计谋。可巧出了这件事，就阴谋用酒灌醉他，再诬告他杀人。这时看到冯生已烂醉如泥，就趁他醉睡在桌子上，便把被他老婆打死的婢女的尸体安放到床前地上，紧闭门窗而去了。到了五更天，冯生酒醒了，才知道自己在桌子上趴着睡觉。想着到床上舒舒服服地睡他一觉，快到床边，只觉得有个什么东西绊了他一下，蹲身一摸，原来是个人，心想：可能是主人派仆人来陪伴我。用脚踢了一下，觉得那人身体僵硬，一动也不动。冯生心中很害怕，就走出房门狂呼怪叫，惊得楚家的奴仆们都来了。点起灯来去查看，原来是个婢女的尸体。奴仆们不由分说就将冯生抓住闹嚷开了。到了这时，楚公子才假装无事地从内室走出来，假意检验了一下尸首，就一口咬定是冯生逼奸害命，让人捆了，把他送往广平府。

隔了一天，十四娘才听到了丈夫的信息，心中十分焦急。按日把冯生吃用的花费，派人送往监狱。冯生在受审时，因为原告的捏造有指有证，自己找不出申辩的理由，有口难言。那时候，逼供是法定的审讯办法，知府在每天审问他时，都要严刑拷打，逼他供认因奸害命之罪。别说冯生从小娇生惯养，就是个身强力壮的人，也经不起天天折磨。冯生被打得皮开肉绽，奄奄一息。一天，十四娘前去探监，冯生见了妻子悔恨交加，悲愤填胸，又气又悔，一句话也说不出来。十四娘知道楚公子诬陷冯生，蓄谋已久，所设陷阱很深，不是短时间能够平反的。因而劝丈夫暂时屈认诬陷的罪状，先免受皮肉之苦。冯生答应了妻子的劝告，就屈招了因奸害命之罪。十四娘来往于监狱，即使从人们的眼前通过，别人也看不见她，所以能和丈夫自由交谈。十四娘探监回家后，唉声叹气，寻求解救丈夫的办法。当她想好主意后，就突然将她的贴身丫鬟派出门去，别人也不知何往。她一人在家独居了数日，又托告媒婆为她买了一个名叫禄儿的十五岁的很漂亮的少女。十四娘与禄儿同吃同睡，十分爱护，待她与别的手下人不同。

冯生被屈打成招后，被判处了绞刑。他家的老仆人得信后，向女主人诉说，恸不成声。而十四娘听了，非常坦然，似乎并不以为意。执行死刑的日子快到了，她才显得着急起来，坐卧不安。白天出门晚上回来，整天忙个不停。每每在寂静无人的地方，独自郁闷悲伤，以至吃不下饭，睡不着觉，像是很疲乏似的悲卧在床。

一天下午，那个被她派遣出门的贴身丫鬟忽然回来了。十四娘一见丫鬟，顿时来了精神，就赶紧起来，把丫鬟引到僻静的屋中，背着人和丫鬟说话。当她们说完话出来时，她就笑容满面地和平时一样，料理开家务。

就在丫鬟返回的第二天，那个老仆人到监狱探监回来，说冯生让她到监狱去，在死前做最后一次诀别。十四娘听了，漫不在意地应了一声，脸上没有一点不高兴的样子，根本不当一回事。家中人看了她这个样子，都在背地里议论她的狠心。

正在这个时候，人们忽然听到道路上的来往行人，正沸沸扬扬地传说，楚公子的父亲楚通政使被撤职了。平阳府的道台大人，接到朝廷的特旨，负责重审冯生的冤案。老仆听了很喜欢，就把听到的风声，告知女主人。十四娘听到时，也很欢喜，就派人到平阳府城去探听。派去的人赶到府城时，冯生已被无罪释放。主仆二人相见，又悲又喜。原来是平阳府道台大人将楚公子逮捕，只审了一堂，就审出了楚家诬陷好人的实情。

冯生被释放回家后，见到妻子时，不由得涕泪交流。十四娘见了丈夫，也情不自禁地和丈夫相对悲泣。过了一阵子，想到能够昭雪冤枉，平安回来，夫妻二人又都转悲为喜。然而冯生很奇怪朝廷怎能知道自己的冤情，和妻子谈到这件事时，十四娘带笑地指着那个贴身丫鬟说："这个丫头，是你的大功臣哪！"冯生听了，很是惊异，就急着追问缘故。十四娘这才让那个丫鬟自己说出了详细经过。

原来，那个丫鬟受十四娘派遣离家后，遵照辛十四娘的吩咐，径直奔赴京都，想混进皇宫，亲自向皇帝告御状，为冯生申冤。但是皇宫重地，戒备很严，丫鬟在皇宫附近，守候数月，很难找到入宫的机会。那个丫鬟怕耽误大事，正想回去和十四娘另作谋划，忽然又听到正德皇帝将要到山西大同去。丫鬟就预先到了大同府，假扮流窜江湖的妓女，投身到一家妓院中。正德皇帝到大同后，到妓院去游逛。看见她比其他妓女生得美貌，所以非常宠爱她。枕席间，正德皇帝怀疑她并不是一般妓女。丫鬟就趁机在正德皇帝面前，垂首悲泣。正德皇帝见她哭得十分悲伤，就问她有什么冤苦，丫鬟就向皇帝编造说："我原来是广平生员冯生的女儿，我父因受人诬陷，被错判成死刑，因为家中穷苦无法偿还官府需索，所以把我卖到妓院中来。"正德皇帝听了很同情她，当面赏给她黄金百两。临离开妓院时，又细细询问了冯生的冤情，用纸笔记下了姓名，并且向丫鬟说："我想要和你共同生活，共享富贵。"丫鬟委婉地回答说："但愿能父女团聚，实不愿享受荣华富贵。"皇帝点头称赞，就离大同回京。丫鬟将申冤经过说完后，冯生感动得泪满两眼，急忙向她拜谢。

冯生出狱回家后不多久，辛十四娘忽然对他说："我要不是因儿女情长所牵扯，哪能受到这许多烦恼！当你被诬陷逮捕时，我跑遍亲友家，并无一人替我想一点办法。那时，我的悲苦痛楚，实在找不到一个人可以诉说。今天看透了世态人情，实在讨厌这个世道。我已经给你找了一个好对象，我俩可以从此离别。"冯生听了跪在地上，哀哀痛哭，不肯起来。辛十四娘看到冯生诚恳的样子，就暂时不提离别的话。到了当天晚上，十四娘不再陪伴丈夫睡觉，却让买来的禄儿去陪伴，而冯生又拒不收留。可是第二天早晨，见十四娘的容貌，忽然一夜之间容光消退，不如平时那样美好。过了一个多月，渐渐显出衰老的样子。半年后，只见她又黑又瘦，像一个老太婆。虽然看来又老又丑，但是冯生仍很敬重她，没有丝毫嫌弃的意思。

一天，十四娘忽又向冯生告别，并且对他说："你现有一个年轻美貌的伴侣，应该和她相偕到老；我又丑又老，你一定要我做什么？"冯生听了，仍像上次那样，痛哭着哀求她不要走。可是又过了一个月，十四娘忽然得了暴病，不能吃，也不能喝，卧床不起。冯生如同侍奉父母一样，煎药送汤，一点也不嫌麻烦。可是，虽有丈夫的疼爱，十四娘终因医药无效死亡。

辛十四娘死后，冯生恸哭流涕，悲痛得要死，就用正德皇帝赠送给丫鬟的黄金，备办一切，为十四娘办理丧葬。葬后不几天，那个丫鬟也走了。冯生就遵照十四娘的遗愿，把禄儿娶为妻室。

过了一年，禄儿生下一个男孩，但因连年荒旱，收成不好，家中更贫困了。冯生夫妻想不出生财之道，只有对着影儿发愁。有一天，冯生忽然想起和十四娘结婚时，她家陪送来的放在庭堂角落的那个小口大瓷罐。他常见十四娘在世时，将钱投入罐内，不知是否还在那里，就到存放的地方去找。走近一看，只见粮缸、菜钵、箩筐等杂具，堆满屋角。冯生一件一件地将杂物移开，最后才露出那个大瓷罐。他用一根筷子，从小口往里试探，只感觉到罐里非常坚硬，筷子根本扎不下去，最后只有把那个大罐子打碎。罐子一破，金钱就顺着破处流溢出来。冯生得到这笔数额不少的钱，家中就富裕起来。

后来，他家的老仆因事远出，在太华遇见辛十四娘，她骑着一头青骡子，原来的那个丫鬟骑着一头毛驴，相随着走路。看到冯家的老仆时，十四娘还向老仆问起冯生说："冯郎平安吧！请你替我向他致意，就说我已成了仙，请他不要惦记我。"说罢就忽然不见了。

寒月芙蕖

　　从前，济南有个道人，无论春夏秋冬都穿着一件单衣，也不穿短衣和裤子。每天用半截梳子梳头，把头发拢得像顶帽子。白天光着脚在街上走，夜晚露宿街头。

　　此人刚到济南时，就在街上表演幻术。许多人争着送东西给他。街上有个泼皮，送酒给他，请他传授幻术，他不干。

　　有一次，道人在河里洗澡，泼皮突然抱起他的衣服威胁他。

　　道人说："请把衣服给我，我会传授给你的。"

　　泼皮怕他变卦，坚决不给他。

　　道人说："真不给我吗？"

　　泼皮回答："是的。"

　　道人默不作声，他的黄腰带忽然变成一条几拃粗的蛇，在泼皮的身体上缠了七八圈。只见那蛇昂着头，怒睁着眼，吐出舌信子对着他。泼皮脸都吓青了，气也接不上，连忙跪在地上求饶。于是道人收起黄腰带。

　　其实黄腰带并不是蛇，但确实有条蛇，蜿蜒爬进城里。这样一来，道人的名气更大了。

　　有个官员听说他有幻术，便请他做客。从此，道人经常出入大户人家，州、府的官员每次宴会都请他陪席。

　　一天，道人决定在水亭上设宴，请众官饮酒，以回报他们。

　　众官来到宴会的地方，道人弯腰迎接他们。进去后，只见亭内空无一物，桌椅全无，众官怀疑是假的。

　　道人对众官说："我没有仆人，借用一下你们的仆人，帮我个忙。"

　　大家同意了。

　　道人就在墙上画了两道门，用手敲了一下，里面看门的人就把门打开了。

　　大家跑上前往里看，只见隐隐约约的人来往不断，屏帷床桌，应有尽有。不一会儿有人把东西传到门外，道人叫众官的仆人接着放在亭中，并嘱咐他们不要与里面的人说话。一边送，一边接，只是相视而笑。不一会儿，亭内摆设已满，而且非常豪华。美酒香气扑鼻，熟肉热气腾腾，都是从墙上的门里传递出来的。众官无不惊奇。

　　亭子背靠湖水，每到六月时，几十顷的荷花一望无际。现在时值严冬，窗外一片空茫，只有一湖绿水。有个官员感叹说："今天盛会，可惜无莲花助兴！"

　　话音刚落，一个小吏突然跑来说："荷叶满塘绿了！"

　　众官大吃一惊，打开窗户远眺，果然满湖青葱，间杂有几朵荷花。转眼间，千万朵荷花一齐开放，北风吹来，阵阵荷香沁人心脾。

众官派人划船去摘莲花，远远看见小吏到了荷花深处；后来，他掉转船头，空手回来了。众官问是什么原因。

小吏说："小人划船去，见荷花在北边，渐渐快到北岸时，又见荷花远远地在南边。"

道人笑着说："这是幻化出来的假花。"

众官无不叹服。

后来，酒席散了，突然刮起北风，荷梗尽被折断，一朵荷花也不见了。

济东有个观察公很喜欢这个道人，邀他回府，每天与他玩乐。有一天，观察公和客人饮酒。他家有缸家传的好酒，每次只请客人喝一杯，不让客人多喝。

这天，客人喝了一杯后觉得味道很美，还想再喝。观察公坚持说没有了。

道人笑着对客人说："你这个贪杯老饕真要喝个够，就向我要好了。"

客人于是请求再喝几杯。

道人把空壶放在衣袖里，过了一会儿拿出来，给每人斟了一杯，与观察公家传美酒的味道一样。大家喝了一醉方休。观察公很奇怪，去看自家藏酒的酒缸，发现封条没动，里面的酒却被喝光了。

观察公又羞又怒，把道人当妖怪抓起来，拷打他。当杖刚打下去时，观察公觉得自己大腿突然疼了一下；再打一下，自己屁股上皮开肉绽。道人虽然在阶下喊叫，而观察公坐的椅子上已血水淋漓。观察公这才下令不再打道人，并赶走了他。

道人离开济东，不知到了哪里。后来有人在金陵遇见他，穿着和以前一样。问他近况，他却笑而不答。

赵城虎

兽中之王老虎向来被看作是人类的大敌，它会通人性吗？有这么一个故事。

赵城有个七十多岁的老太婆，只有一个儿子。一天，她儿子进山打柴时，被老虎吃掉了。她得知这个噩耗，撕肝裂肺，简直不想活在世上了。老太婆觉得：光哭也没有用，就到赵城县官那里告状。县官一听不由得大笑起来，他对老太婆说："怎么能用朝廷的法律惩治老虎呢？"绝望的老太婆号啕大哭，谁也劝不住。县官呵斥她，她也不害怕。县官怜悯她年迈，不忍心对她施加威怒，于是答应为她捕捉老虎。谁知，这个执拗的老太婆还是伏在地上不肯离开，一定要等县官签发拘捕老虎的公文下达、拘捕老虎的差役出发了才肯走。县官拿她没办法，问手下的差役，有谁愿意前往拘捕老虎。一个名叫李能的差役醉醺醺地到县官座下说："我能去。"说完拿着公文走了，老太婆这才离开县衙。

李能酒醒以后感到后悔，他认为这是县官设的骗局，暂且用它来解脱老太婆的搅扰，也就没把这件事放在心上，于是，他拿着公文去见县官。县官生气地说："捕虎之事本来是你自己答应的，现在怎么又反悔了？"李能非常难堪，请求县官再下一道公文，令猎人一同前往。县官采纳了他的意见。于是，李能集合猎人，日夜埋伏在山谷里，希望捕到一只老虎好去交差。但过了一个多月，还是没捕到一只虎。

因为没有捕到老虎，李能挨了几百棍子，冤苦无处诉说。于是到城东的岳庙里跪着祷告，求神保佑。李能在庙里痛哭失声，这时，一只老虎突然从外面进来，李能大吃一惊，害怕被老虎吞食。老虎进庙以后，并没有伤害李能，只是站在门内。李能祷告说："如果是你吃了老太婆儿子的话，你最好低下头驯服地让我把你捆起来。"看看老虎没有伤人的意思，李能便拿出绳索捆住老虎的脖子，老虎竟垂着耳朵让他捆绑。李能觉得十分奇怪。但重任在肩，耽搁不得，于是，他忐忑不安地把老虎牵到县衙。

县官审问老虎："老太婆的儿子是你吃的吗？"老虎微微点点头。县官又说："杀人要偿命，这是自古以来的法律。再说老太婆只有一个儿子，你把他吃掉了，她风烛残年，依靠什么生活呢？如果你能够做老太婆的儿子，我将赦免你吃人的罪过。"老虎又微微点点头。县官就松绑让老虎走了。

老太婆埋怨县官没有杀老虎为她儿子偿命，准备再到县衙告状，但天亮后，打开房门，发现房门外有死去的鹿。老太婆卖了鹿的肉和皮，用它作为日常生活费用。从此以后，老虎有时用嘴衔了金银丝绸扔在她的院子里，有时给她叼来能卖钱的动物。老太婆从此丰衣足食，老虎对她的供养超过了她的儿子，她心里暗暗地感激老虎。有时老虎来了，躺在屋檐下，整天不离去。人和老虎相安无事，彼此都不猜疑。

几年后，老太婆死了，老虎像人一样赶到堂中悲号。老太婆平日积蓄的钱财，用来安葬绰绰有余，本家族的人共同埋葬了她。坟丘刚刚垒好，老虎突然跑来，宾客吓得全部逃走了。老虎径直跑到老太婆的坟前，像雷声轰鸣一样号叫，过了许久才离去。

为纪念这只通人性的老虎，当地人在赵城东郊建了一座"义虎祠"。

鸦 头

山东聊城县有个秀才名叫王文，相貌堂堂且老实忠厚。有一年他外出办事路过六河县，住在一家客店里，恰好遇见了同乡赵东楼。赵东楼是个大商人，在外做买卖，常常数年不归。他见到王文自然十分高兴，二人握着手相互寒暄一番，赵东楼就请王文到他的住处坐坐。

王文来到赵东楼的住处，看见屋里坐着一个漂亮的大姑娘，感到十分惊愕，连忙退了出来。这时赵东楼一把拖住王文，又隔着窗子叫大姑娘回避了，王文才跟着赵东楼进去。

赵东楼备了酒菜，和王文共话冷暖。王文问东楼说："这是什么地方？"东楼回答说："这里是妓院，因我长期在外，暂时在这里借宿。"说话间，王文见大姑娘不断进进出出，心里感到很不安。他要起身告别，赵东楼偏强拉硬拽让他坐下。这样又过了一会儿，一个小姑娘从门前走过。当她扭身看见王文时，便不住地用美丽的眼睛打量他，眉目间含着倾心爱慕的神情。那个小姑娘举止文雅，容貌端庄，简直如仙女一般。王文的为人素来坦荡正直，但这时却惘然若失了。于是便问赵东楼道："那个美丽的小姑娘是谁？"

"老太太的二姑娘，小名叫鸦头，今年十四岁了。"赵东楼说，"有的嫖客经常拿巨款来贿赂老太太，企图让鸦头陪他们作乐，但鸦头执意不从，以致经常受到母亲的毒打。后来，母亲见她苦苦哀求，又可怜她年幼，才不强迫她接客了，如今还等着嫁人呢。"

王文听了此话，低头不语，只是痴痴呆呆地坐着。东楼问他一些什么，也是语无伦次，答非所问。东楼看出他的心思，就挑逗他说："假若您愿意娶鸦头做妻子，我就给您当个媒人。"王文显出怅然失意的样子，说："这个念头我倒不敢有。"嘴上这样说，但天色已晚，却还没有一点告辞的意思。赵东楼又用刚才说的话挑逗他，他才说："您的好意我是非常感激的，可口袋里钱不多怎么办？"

赵东楼知道鸦头是个烈性的女子，一定不会答应这件婚事，就故作大方地答应帮助王文十两银子。王文拜谢了东楼，急忙回去，将自己仅有的五两银子拿出来，硬要赵东楼去向老太太通媒。老太太嫌少，不愿意。这时，鸦头却对母亲说："母亲天天说我不能给您当摇钱树，今天请您允许我遂了您的心愿吧。我初学做人，报答母亲的日子长着呢，不要因为钱少，就把财神爷放走。"

老太太深知女儿性情执拗，什么事只要依了她，她就会十分高兴。于是就一口答应下来，并打发一个婢女去请王文。赵东楼也不好中途反悔，只得加了十两银子交给老太太。

王文和鸦头一见面，如鱼得水，不由你恩我爱欢好一番。之后，鸦头对王文说：“我是出身卑贱的妓女，本来不能跟您相匹配，既然您深深地爱着我，情义是很重的。不过您把所有的钱拿来买这一夜的欢乐，明天又该怎么办呢？”

王文听到这里，不觉很难过地哽咽起来。鸦头急忙劝慰说：“您不要悲伤。我沦落在这个地方，实在并非是心甘情愿的。只是没有遇到像您这样忠诚老实可以托靠终身的人，现在我愿意同您一起连夜逃走。”

王文十分高兴，急忙起了床，鸦头也起来了。这时，听谯楼钟鼓，正是三更三点。鸦头忙换上男装，二人慌慌张张相互搀扶着出了后门。来到王文的住处，敲开了店门。王文离家时，带着两头驴子，他和鸦头一人骑了一头，推说有急事，叫仆人跟着一起走。鸦头把纸符分别系在仆人的腿上和驴子的耳朵上，然后放开缰绳，那驴子便飞快地向前奔驰，叫人连眼睛都睁不开，光听见耳边呼呼风响；天刚亮就来到汉口。他们租了房子在那里住下来。王文奇怪鸦头和一般人不一样，鸦头说："我告诉你，你该不会害怕吧？我并不是人，而是只仙狐，母亲贪图钱财，每日要虐待我，我心里十分恼恨她，幸喜今天脱离了苦海，跑出百里以外，母亲就不知道我的去向了，现在我们可以安安稳稳地过日子了。"

王文听了，一点也不害怕和怀疑，他从从容容地说："眼看着美人，家里却穷得只有四堵墙，实在难以自我宽慰，我真怕最终还是被你遗弃。"

鸦头说："您怎么会有这样的忧虑？如今街市上的东西都可以买来做生意，两三口人，过个一般的日子，还是可以自给自足的。您先去把驴子卖掉做本钱用。"

王文依照鸦头说的去办，在门前搭了个小店铺，和仆人一起操作，在店里卖酒卖茶；鸦头做披肩、绣荷包，也可以赚回一些钱，吃、喝、穿、戴都很宽余。这样积攒了一年多，慢慢可以买得起婢女和老妈子了。王文从此便不再亲自操作，只在一旁检查、督促。

一天，鸦头忽然闷闷不乐地对王文说："今天夜里当有大难降临，怎么办呢？"

王文问她为什么说这样的话，鸦头说："母亲已经知道我的下落，一定会来强迫、欺侮我。若是派姐姐来，我倒不害怕，只恐怕母亲是要亲自来的。"

转眼到了夜半时分，鸦头庆幸地说："不妨事了，是我姐姐要来了。"

不久，大姑娘果然推门进来，鸦头笑着上前去迎接她。

大姑娘骂道："不害羞的小贱人，竟敢跟人逃走，母亲让我把你捆回去。"说着就拿出绳子搭在鸦头的脖颈上。

鸦头发了火，说："我只跟一个人相好有什么罪？"

大姑娘见妹妹冲撞她，更加愤怒，便打起鸦头来，把鸦头的衣襟都扯断了。这时家中的婢女和老妈子闻声赶来，大姑娘害怕，就逃走了。鸦头见姐姐一走，便对王文说："姐姐回去，母亲就要亲自来了，大祸不远，要赶快做别的打算，远走高飞。"

夫妻二人正收拾了行装，准备搬到别处去住，母亲已经不声不响地走进门来，怒形于色地说："我就知道你这小贱人没有礼貌，必须我亲自来一趟。"说完，揪住鸦头的头发活活拖走了。

鸦头一走，急得王文满屋乱转，痛苦得吃不下饭，睡不着觉。他急忙赶到六河县，想用钱把鸦头赎买回来，但到了那里一看，门庭还是老样子，住户却不是原来的人了。问了问住在里边的人，都说不知道鸦头一家迁到什么地方去了。王文怏怏不快地返回汉口后，便遣散了所有的婢女和仆人，交了租赁的房屋，带着钱财回了老家。

几年以后，王文偶然到燕京去办事，路过育婴堂时，看见一个七八岁的小孩在街上玩耍。他的仆人觉得那孩子很像自己的主人，感到很奇怪，不住地用眼睛打量他。王文问仆人说："你老看那小孩子干什么？"仆人笑着把自己的想法告诉了他。王文一听，也笑起来。他仔细看那孩子，举止大方，眉目清秀，很讨人喜欢。他想到自己没有儿子，又因那孩子和自己相仿，就花钱从育婴堂把孩子买了来。他问孩子叫什么名字，孩子告诉他叫王孜。王文又问："你刚出世就被扔掉了，怎么会记得自己的名字呢？"孩子又说："常听师傅说，拣到我的时候，我胸襟上有字，写的是'山东王文之子'。"王文听了，不禁大吃一惊，心里说："我就是王文呀，哪里会有儿子呢？"转念一想，又觉得也许是同名同姓吧，因此心中暗暗高兴，对孩子十分爱怜。他把孩子带回家去，人们见了，不用问姓名，也都以为是王文的亲生骨肉。

王孜慢慢长大了，身材魁梧，勇力过人，喜欢打猎，不务生产；尤其是好斗、好杀，王文也管制不了他。王孜自己还说，他能看见鬼和狐精，人们都不大相信。正好同街有个邻居被狐精缠上了，就请王孜去看。他到了邻居家，就指着狐精隐藏的地方，叫人随着他的指点去打，只听狐狸哀鸣，毛飞血流，不久一点声息也没有了。从此，这家邻居再不发生狐狸作怪的事了。人们便更觉王孜不同常人。

有一天，王文在街市闲走，忽然碰上了赵东楼。王文见他衣帽不整，面黄肌瘦，连忙吃惊地问他是从哪里来的。赵东楼伤心地请他找个地方谈。王文就把他邀到家里，叫人端来酒菜，一边吃喝，一边叙谈。赵东楼说："鸦头被母亲弄回去狠狠打了一顿。后来搬到北边去，又想叫她改嫁别人，但鸦头誓死不嫁第二个人，因此，被囚禁在一间房子里。不久，鸦头生了个男孩，被扔在一个僻静的胡同里。后来听说给育婴堂拾去，想来已经长大成人了，那是您的骨肉呀。"

王文听到此处不觉涕泪交流，说："靠老天保佑，我那儿子已经回到我身边了。"接着把燕京遇子一事，从头至尾讲了一遍。又问赵东楼："您怎么穷困到这般地步？"

"叫我说什么好呢？"赵东楼叹了口气说，"现在我才知道，和妓女相好，是不能过分认真的呀。"

原来在这之前，老太太北迁，赵东楼以商贩的身份随着她。一些笨重、不好运载的货物全都贱价出售了，在路上雇车马、脚夫和生活的一切开支全由他负担，亏损已经很大了，再加上大姑娘过分地向他索要，几年工夫，一万多两银子就花得一文不剩了。老太太见他手里没了银钱，就每天给他白眼看。大姑娘也慢慢对他冷淡起来，常到有钱人家去过夜，一走几个夜晚不回家。赵东楼又气又急，但也没有什么办法。

一天，正好老太太不在家，鸦头从窗口喊来赵东楼，对他说："妓院里本来就没有什么真正的爱情，所以留恋你，不过是图你的钱财罢了。如果现在还舍不得离去，必定要遭大祸的。"赵东楼听鸦头这么一说，才如梦初醒，着了怕。他临走时，偷偷去看鸦头，鸦头给了他一封信，嘱咐他转交给王文。赵东楼就这样回来了。

赵东楼把自己的遭遇讲了一遍，当即拿出鸦头的书信交给王文。只见正面写着："知道孜儿已经回到您的身边了。我遭受的厄难，东楼君自然会当面告诉您，这也是前世造下的孽，没什么说的！我被关闭在一间阴暗的小屋子里，难见天日；鞭子把我抽打得皮开肉绽，饥火烧心，实难再忍；过一天好像比过几年还漫长。您如果还没有忘记咱们在汉口雪夜里盖草被相互拥抱取暖的情义，就应当和咱儿商量个办法，一定能把我救出火坑。母亲和姐姐虽说有些太狠心了，总是同胞骨肉。您要嘱咐咱儿，千万别伤害她们，这是我的心愿。"

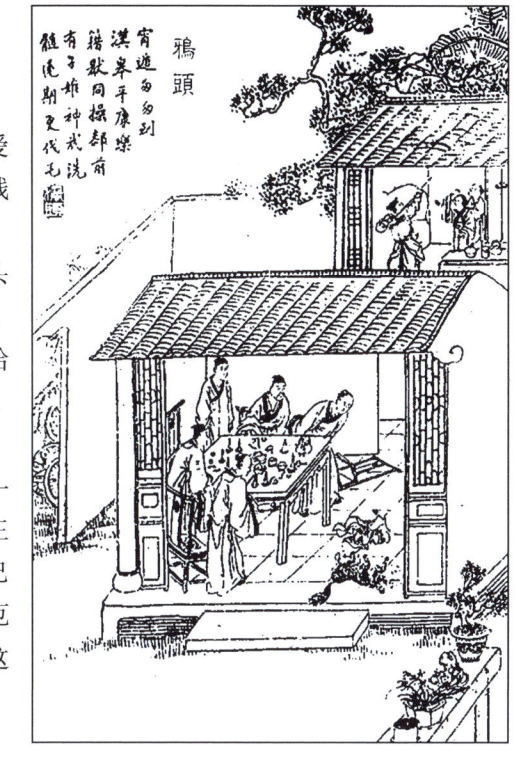

王文读着读着泪水顺着面颊滴个不停。哭了一会儿，他拿了些银子和布匹赠送给赵东楼，赵东楼就辞别走了。这时王孜已经十八岁，王文把事情的前因后果告诉他，还给他看了母亲的书信。一时把王孜气得眼眶都要瞪裂了，当天就起身去了燕京。王孜打听清楚老太太住的地方，去到那里一看，正是门前车马稠密的时候。王孜不管这些，径直进到里面。大姑娘正和一个湖南客吃酒作乐，看见王孜，立刻吃惊地站了起来，吓得脸都变了颜色。王孜猛然扑上去，一刀就把大姑娘杀死了。嫖客们大吃一惊，以为是强盗来了，但低头看时，大姑娘的尸体竟是一只死狐狸。王孜又持着刀奔到后院，老太太正在那里看着婢女做羹汤。王孜刚走近门前，她却突然不见了。王孜四下一看，急忙抽出箭来，朝屋梁射去。只听"砰"的一声，从上面掉下一只狐狸来，那箭不偏不倚，恰射了个前心透后背，接着挥手一刀把狐狸的脑袋砍下来。王孜寻到囚禁母亲的地方，立刻用石头砸开门进去，母子二人抱头痛哭了一场。母亲问起她娘的情况，王孜告诉她，已经杀掉了。母亲埋怨他说："你怎么不听我的嘱咐呢！"说完，又命王孜去把姥姥她们到野外葬掉。王孜假意允诺，出来后却把她们的皮剥下来，藏在一只口袋里。随后又把姥姥的箱子、盒子打开，取了所有的金银财宝，搀扶着母亲回老家去了。

　　王文夫妇分隔多年，重新相聚，悲喜交集。后来父亲问起鸦头的母亲和姐姐，王孜在一旁说："在我的一个口袋里。"父亲一愣，问其缘故，王孜就把两张狐皮拿出来交给了父亲。母亲一见，便发了怒，说："忤逆的畜生，怎么能这样做！"说着一边号啕大哭，一边用拳头捶打自己的胸脯，伏在床上翻身打滚，悲痛得要死。王文只得上前好言相劝，并骂着儿子要他立刻去把狐皮葬掉。王孜听父亲叱骂，也火了，说："如今才得到一个安乐的所在，就把以往遭受折磨的痛苦忘了吗？"母亲更加恼怒，哭得更伤心，劝也劝不下，直到王孜回来告诉她已经把狐皮葬了，才稍微好了点。

　　自从鸦头回来，王文的家境越来越兴旺。王文不忘赵东楼资助和送信的恩德，赠给他许多银两。这时赵东楼才知道，鸦头一家和她的儿子都是狐狸。

　　王孜侍奉父母非常孝顺，但要是错怪或触犯了他，他就会凶暴地大喊大叫。鸦头对王文说："这孩子生有犟筋，不把它挑去，终究会遭来杀身大祸。"

　　一天夜里，鸦头等王孜睡熟，悄悄地把他的手足捆绑起来。王孜醒来一看，说："我没有罪，你这是要干什么？"母亲说："准备治一下你的坏脾气，你要暂时忍着点疼痛。"王孜听说，便大喊大叫起来，但是翻来覆去，总也挣脱不开。鸦头用一根大针在王孜的脚踝骨旁刺了三四分深，挑出一根筋，然后用剪刀"嘣"的一声剪断。接着，在他的肘部和头部也这样做了。完事后，才给他松开了绳子，并拍打着让他安心睡觉。

　　第二天一早，王孜跑到王文屋里给父母请安，流着泪说："我半夜醒来回想起以往的所作所为，都不是人干的！"父母听了很高兴。从此，王孜的脾气竟变得像个温顺的女孩子，深受乡亲们的称赞。

封三娘

　　在江浙一带有一个姓范的官宦人家，不但很有钱财，而且是当地很有名望的诗书之家。范家有个千金小姐名叫十一娘，风华正茂，才艺出众，是方圆百里出了名的美人，被范老爷夫妇视为掌上明珠，有人求婚，就让她自己挑选，但是挑了很久也没有挑中一个可意的人。

　　元宵节，水月寺的尼姑们举行"盂兰盆会"。这一日，车水马龙，十分热闹，十一娘也乘兴而来。正在游玩观赏的当儿，有个少女一直跟在十一娘身后，不住地打量她，似乎有话要跟她说。十一娘返身细看，原来是个十五六岁的美貌佳人。十一娘十分喜欢她，一直用眼睛注视她。少女被看得不好意思，微微一笑，说："姐姐不是范十一娘吗？"十一娘说："是呀，你怎么知道的？"少女说："早就听说范家有个才貌双全的女儿，人们说的果然一点不假。"十一娘问她姓名住址，她说她姓封，排行第三，就住在不远的邻村。

　　两个人手挽着手，又说又笑，娇声细语，谈得十分投机。于是相互产生了爱慕之意，恋恋不舍。

　　十一娘问她为什么没人陪伴。封三娘告诉她，父母亲很早就去世了，只有一个老妈子留在家里看门，所以不能跟来。

　　时候不早，十一娘就要回去了。封三娘目不转睛地望着她，显出一副要哭的样子，十一娘也觉得像丢了什么似的好不自在，当即就邀请三娘到自己家里去玩。封三娘说："姐姐是富贵人家的千金小姐，我和你素无瓜葛，怕惹人讨嫌。"十一娘再三请她，她才答应改日再说。于是十一娘拿下一支金钗赠送给三娘；三娘也从发髻上摘下一支绿色的簪子作为回谢的礼物。

　　十一娘回家以后，十分想念三娘。她拿出三娘给她的簪子让家里人看：既非金镂，也非玉琢，谁也没见过这样的东西，都觉得很奇异。十一娘天天盼望三娘到来，盼的得了病。当父母得知她生病的原因后，便派人在附近的村子里打听三娘，但是问来问去没有一个知道的人。

　　转眼就是重阳节，十一娘在病中感到无聊，就叫侍女扶着她勉强来到花园，在东边的篱笆下坐了赏菊。就在这时，忽然看见一个女子扒着墙头向里探看，仔细看时，却是三娘。只听她大声喊道："喂，快来搭我一把呀！"侍女急忙过去将三娘扶下墙来。十一娘又惊又喜，拉着她一齐在锦褥上坐了，责备她不守信用，又问她从哪里来。三娘说："我家离这里很远，以前告诉你住在邻村，说的是我舅父家。"说到这里，缓口气接着说："那次分手以后，实在叫人想你，但因我出身低下，还没有登你家门心里就感到很忐忑，生怕婢女们另眼看待，所以没有来成。刚才我在墙外听得是女人说话声，便扒着墙头看了看，希望是你，真的就是你，怎么能叫我不高兴呢！"十一娘也向三娘诉说了别后相思之苦。三娘含着激动的泪水说："我这次来，你可要给我保密。不然，让爱造谣生事的人说长道短，我可受不了。"

封三娘见十一娘答应了自己的要求，便跟着来到十一娘的绣房。日同食，夜同眠，高高兴兴地说着心里话。十一娘的病很快就好了。十一娘和封三娘结拜为异姓姐妹，衣服、鞋子经常换着穿，相处得非常亲密。

三娘在这里住了五六个月，终于被十一娘的父母听说了。一天，十一娘和三娘正在下棋，范母忽然悄悄走进来，见三娘生得如花似玉，不禁惊喜地说："真不愧是我儿的好朋友啊！"接着又埋怨十一娘不该瞒着她。十一娘把三娘的意思说给母亲听，母亲笑着问三娘，说："你和我的女儿做伴，使我感到很安心，为什么怕人知道呢？"三娘没吭声，只是红着脸，低着头，一声不响地搓弄着系裙的带子。

范母一走，三娘就要告别。十一娘苦苦相留，才又住下来。

一天夜里，三娘急匆匆地从外面跑进来，哭着说："我一直说不能留，今天果然叫我受了这样大的侮辱。"十一娘吃惊地问她出了什么事。三娘说："刚才到外间去换衣服，一个少年男子硬要拖拽我，幸亏逃出来了。像这样，叫我怎么再见人呢！"十一娘详细问了问那个人的相貌，很抱歉地说："请你不要见怪，那是我哥哥，等我告诉母亲重重责罚他。"三娘执意要走，十一娘劝她等到天明。三娘说："我舅父家很近，只需要用一架梯子把我送过墙那边就行了。"十一娘知道再也没法挽留，就叫了两个侍女去送她。

侍女送走三娘回来，只见十一娘趴在床上哭哭啼啼，比死了丈夫还痛心。一晃眼，又是几个月过去了。一天，十一娘的侍女有事到东村去，傍晚在回来的路上遇见三娘跟一位老妇人赶路。侍女高兴地迎上去向三娘问好，三娘也不住地向侍女打问十一娘的起居饮食。

侍女拉着三娘的衣袖说："你跟着我回去吧，我家小姐盼你盼得要死了。"

三娘说："我又何尝不想她呢，只是不乐意让家里的人知道。你回去把后花园的门开开，我自己就去了。"

侍女把三娘的话说给十一娘，十一娘很高兴。刚叫侍女打开后门，三娘果然就来了。二人见面，悲喜交集，各自诉说别后之情，话越说越长，夜深了还全无睡意。等侍女们睡熟，三娘起来和十一娘躺在一个枕头上悄声对她说："我已经知道你现在还没有许配人，凭你这样的才貌和家庭，不愁找不到个有本事的女婿。浪荡公子自然不值一提，你要想得到一个好丈夫，可不能以贫富论人。"十一娘连连称是，三娘又说："听说水月寺明天又要做道场，你再受点辛苦去一趟，管叫你能见到一个如意郎君。我小时候读过相面的书，绝对没有差错的。"

天不大亮，三娘就走了。临行前，和十一娘约好，在庙院里等她。

十一娘来到水月寺时，三娘已经在那里等候多时。两人在各处游览一番，十一娘便邀请三娘一同上车。两人挽着手刚出庙门，看见一个十七八岁的秀才，虽然穿着不太讲究的布袍，但眉清目秀，仪表不俗。三娘暗暗指指秀才对十一娘说："这就是个做翰林的人才。"十一娘斜着眼稍微看了一下。三娘又说："你先回去，我随后就到。"

黄昏时候，三娘回来了。她对十一娘说："我刚才已经打听清楚，那个秀才就是此地人，名叫孟安仁。"十一娘知道孟安仁家里很穷，以为不太合适。三娘生气地说："你怎么也落到世俗庸人的地步！假如这个人老是这样贫穷，我就把眼睛挖掉，再也不给天下的人相面了。"

十一娘说："即使真像你说的又该怎么办呢？"

三娘说："这有什么难的，请你给我一件物品，送给他，和他立了婚约不就完了吗？"

十一娘说："哎呀，你倒说得轻巧。家里还有父母，要是他们不答应呢？"

三娘说："我就是怕他们不答应，才这样做的，假如你决心已定，就是死也阻挡不了的。"见十一娘依然连连摇头，三娘又说："你的婚门已经开了，但灾难还没有消除。我之所以这样做，是为了报答你以前对我的好处。我现在就去，把你送给我的金凤钗以你的名义赠给他。"十一娘正想说再商量商量，封三娘已经出门走了。

当时孟秀才虽然博学多才，但因家境贫寒，十八岁还没有定下婚事。白天在水月寺忽然见到两个美丽的女子，回家后一直胡思乱想。

这天晚上一更以后，封三娘叫开了孟秀才的门。孟秀才点上蜡烛一看，原来正是白天见过的女子，便热情地接待她。三娘告诉她自己姓封，是范十一娘的女伴。孟秀才十分欢喜，也顾不得细问，突然上前拥抱她。三娘推开他说："我不是自己要嫁给你的，是给别人送信的；十一娘愿意和你结为夫妇，请我来做媒。"

孟秀才听了十分吃惊，似乎不大相信。封三娘就把金凤钗拿出来给他看。孟秀才喜不自胜地发誓道："难得她一片真情，我要是得不到十一娘，情愿终身不娶。"

次日早晨，孟秀才托邻居的一个老妇人去见范夫人。夫人嫌孟秀才家寒，也不同女儿商议，立即就把老妇人打发走了。

十一娘听了很失望，怨恨封三娘耽误了自己，但因为金凤钗再也要不回来，只好死也不嫁别人。

又过了几日，有一个绅士想给自己的儿子娶十一娘，怕事情办不成，就请县官去做媒人。当时，那绅士很有权势，范家害怕人家，就去和十一娘商议，十一娘很不高兴。母亲问她为何不乐，她也不说，只是流泪不止。后来，她叫人暗暗告诉母亲，除了孟秀才谁也不嫁。

十一娘的父亲知道后很恼怒，索性把她许配给绅士的儿子为妻；又怀疑她和孟秀才有私情，就想尽快选一个好日子为她完婚。

十一娘气得不吃饭，每天只是痴呆呆地躺着。迎亲的前一天晚上，十一娘忽然起来，对着镜子梳妆打扮。母亲不由暗暗高兴。但没过多一会儿，侍女突然跑来说："小姐上吊寻了短见！"全家人先是大吃一惊，接着便传出一片哭声，只是再难过、再后悔也来不及了。停尸三日，十一娘就被安葬了。

孟秀才自从托邻居老妇人办事不成，心里愤恨得要死，但依然向别人转弯抹角打听消息，希望十一娘的父母有所反悔。后来听说十一娘已经有了婆家，心里就像点了一把火，把各种想头都烧断了。

后来，又听说十一娘寻了短见，心里万分悲痛，恨不能同她一起死去。

傍晚，孟秀才从家里出来，想趁黑夜到坟前去哭十一娘。忽然有一个人影走来，近前一看，原来是封三娘。只见她向孟秀才祝贺道："你的喜事总算可以成了。"

孟秀才含着眼泪说："你不知道十一娘已经死了吗？"

三娘说："正是因为她死了，我才给你道喜的。你赶快叫人把坟刨开，我有一种药能把她救活。"

孟秀才照着三娘的话，把十一娘的尸体从坟墓里刨出来，亲自背了同三娘一起回到家里。

孟秀才把十一娘的尸体放在床上。三娘给她灌了汤药，不大工夫，她就慢慢苏醒过来。十一娘看着三娘问："这是什么地方？"三娘指着孟秀才说："这就是孟安仁的家呀！"于是把怎样救她的事说了一遍，十一娘才知道自己又活了。

封三娘怕有人走漏风声，便把十一娘藏在离这里有五十多里路的一个小山庄。

这样过了几天，封三娘想和他们告别，但被十一娘以无伴为由哀求她不要走，她只好留下来，住在另一所院子里。十一娘把殉葬的首饰卖掉，用以支付日常花费，日子过得还算富裕。封三娘每次遇见孟秀才走来，就要躲出去。十一娘却安详地说："像我们姐妹俩的情意，就是骨肉同胞也比不上的。只是世上哪有百年不散的宴席？以我说，咱们不如效仿古代的女英和娥皇姐妹俩，都嫁给孟秀才好了。"

封三娘说："我从小就得到了吐纳养生的秘诀，指望修炼个长生不老的身子，所以不愿嫁人。"

十一娘笑了，说："世上流传的关于养生强身术的书不知道有多少，可是有谁去认真学习和实行它呢？"

封三娘说："我得到的不是人世间所知道的。世间流传的并非真诀，只有华佗的五禽戏还差不多。大凡修炼家，无非是要让气血流通罢了。若是得了厄逆症，做老虎独立的动作就会好，不正是它灵验的地方吗？"

十一娘见劝不转三娘，就和孟秀才订了个计策：让孟秀才假装出走，到夜里用酒强把三娘灌醉，然后让孟秀才悄悄进去和三娘同床。三娘酒醒后对十一娘说："妹子你可把我害了！倘若色戒不破，得道后便可升天。如今被你们算计了，也是命该如此啊！"说完起身告辞。十一娘拦住她，向她诉说自己的真情实意，并哀求她不要怪罪。封三娘说："我就把实话说了吧。我原是个狐仙，因为看见你美丽的容貌，顿时生了爱慕之心，自己像茧一样，用情丝把自己缠住了，才有这一天。不过这是爱情的魔鬼降的灾难，并非人力可以办到的。我要再留下来，爱情的魔鬼更要缠绕我，那就无休无止了。妹子福分不浅，前程远大，你要多多珍重自己。"说罢就不见了。夫妻二人惊叹了半天。

过了一年，孟秀才乡试、会试都考中了，在翰林院里当了官。

孟秀才拿了自己的名片去拜见十一娘的父亲。十一娘的父亲又惭愧又后悔不肯见他。经孟秀才再三请求才答应了。孟秀才进去，拿做女婿的礼节恭恭敬敬地参拜他。他很生气，怀疑孟秀才为人轻薄，是有意嘲弄他。

孟秀才看出他的意思，请他把别人打发出去，才把事情的经过原原本本说给他。十一娘的父亲还是不十分相信，派人打听后才大为惊喜。他告诉孟秀才不要宣扬，以防招来祸害。

又过了两年，那个绅士因犯行贿罪，父子两个都被贬到辽海充军，十一娘才开始走娘家。

花姑子

　　陕西有一个贡生名叫安幼舆，为人慷慨大方，心地善良纯正。他自己从不杀生，要是看见哪个人捕获了活的禽兽，总是不惜重金买回来放掉。别人都笑他傻，可他从不介意。

　　有一次，舅父家办丧事，他遵从母命去行孝拉灵。回家的时候已经是傍晚，路过华山迷了路，在山谷间东游西转总也出不去，心里正害怕，不知如何是好，忽见百步开外的地方闪着灯亮儿，于是便急急地朝那里走去。就在这时，他又看见在离他几步远的一条斜路上走出一个老头儿，正弯着腰、拄着拐杖急急地走着。安幼舆停了脚步，正想问老头儿什么，老头儿倒先问起他是谁来。他告诉老头儿姓名后，又说他回家迷了路，看见前面灯火，想是个村庄，要赶到那里投宿。老头儿听了忙说："那可不是个太平地方。幸亏碰上我，你就跟我到我家过夜吧。"

　　安幼舆高兴地跟着老头儿约莫走了一里多路，来到一个小庄子上，在一个荆条编的大门前停下来。老头儿敲了敲门，里边走出一个老婆婆，开了门说："那位少年来了？"

　　"来了。"老头儿应着把安幼舆让进屋子里去。这是一间又低又窄的屋子。老头儿点了灯催安幼舆坐了，就叫人立刻备办酒饭。他对老婆婆说："这不是别人，是我的恩人到了。你行走不便，可以把花姑子叫来让她斟酒。"

　　老婆婆出去不大工夫，一个少女端着酒具进来，立在老头儿身旁，不住斜着眼看安幼舆。安幼舆见少女唇红齿白，如花容颜，恰是天仙一般人物。老头儿看了少女一眼，让她去温酒。趁少女进内室火炉子前拨火温酒的工夫，安幼舆问老头儿道："这个女子是您的什么人？"

　　老头儿回答道："老汉姓章，七十多岁了，只有这一个女儿。田家小户，少婢无仆，您又不是旁人，才敢让我的老妻和女儿出来见您，您可不要见笑。"

　　"婆家是哪个村的？"

　　"还没有出嫁哩。"

　　安幼舆左一个聪明，右一个美丽，赞不绝口；老头儿也不住说些谦虚话。正说着，那个被称作花姑子的少女，忽然惊叫起来。老头儿急忙跑进去一看，只见火苗蹿起老高，原来是溢了酒。老头儿一把将酒壶从火里抢出来，向花姑子呵斥道："老大闺女，连酒溢了也不知道！"回头见炉旁放着一个没有插完的玉米秆芯做的美女娃娃，又呵斥道："头发都那么长了，还像小孩儿那样淘气！"老头儿说着把玉米秆芯做的美女娃娃拿起来对安幼舆说："只顾闹这个东西，把酒溢了。刚才还受到您的夸奖，岂不要把人羞杀！"

　　安幼舆细细看时，只见眉眉眼眼、衣服裙子，制作得很是精巧，不由称赞道："虽然是孩子们玩的把戏，也可以看出她是很聪明的。"

安幼舆和老头儿喝着酒,过了一会儿,花姑子才过来为他们斟满杯。花姑子面带妩媚的笑容,大大方方没一点羞涩的样子。安幼舆看着看着,不觉动了情。这时,老头儿听见老伴呼唤,就出去了。安幼舆见屋内无人,便对花姑子说:"见到你美丽如仙的容貌,我的魂都叫你勾了去,我想通过媒人说你做妻子,又怕这事办不成,怎么办呢?"花姑子抱着酒壶,低头看着炉火,像是没有听见一样默不作声,安幼舆问了几次,也没有回答。

安幼舆实在忍不住,就起来进了内室。花姑子突然站起,变了脸,大声说:"大胆,你来到我的屋子里,要干什么呢!"

安幼舆急忙跪在地上求她不要声张。花姑子正要夺门而出,安幼舆又猛然起来将她拦住,搂着她接吻。花姑子用发颤的嗓音大声喊叫,老头儿忽然跑进来,问出了什么事。安幼舆急忙放了花姑子的手从内室走出,他以为被老头儿看见了,也以为花姑子一定会把刚才发生的事说出来,心里非常不安,也十分害怕。然而花姑子却不慌不忙地对父亲说:"刚才酒又溢了,要不是郎君帮我,怕连酒壶也要烧化了。"

听了花姑子的话,安幼舆的心才安稳了,同时对花姑子产生了更强烈的爱,到了神魂颠倒、忘乎所以的地步。于是便装作吃醉了酒,离开席间,花姑子也走了。

老头儿铺好被褥,打发安幼舆睡下,轻轻掩上门出去了。这一夜,安幼舆翻来覆去怎么也睡不着,天不明就起来和老头儿一家告别了。

安幼舆回到家里,当即就请他的朋友到老头儿家去求亲,但是他的朋友走了一天回来,却没有找见老头儿的住处。

安幼舆觉得奇怪,就带着仆人骑了马,回忆着回来时走过的路,亲自去找了。到了那里一看,只见到处都是断壁悬崖,竟然没有一个村落。到附近的村子里打听,都说这一带很少有姓章的。安幼舆感到很失望,回来后,一直快快不快,睡不着觉,吃不下饭,从此得了个头昏目眩的病。勉强着吃些汤、粥,就恶心得搅肠翻胃想要呕吐,精神迷乱时,就不住地喊"花姑子"。

家里人不懂得他的意思,只是终夜围在他身边守护着。只见他气喘吁吁,病得一天比一天厉害。

一天夜里，守护的人因为太困乏都睡着了。安幼舆迷糊中觉得有人轻轻地拍打、摇动他，他微微睁眼一看，原来是花姑子站在床前，神气立刻清醒了许多。他目不转睛地看了一阵花姑子，不觉涕泪交流。花姑子歪着头笑着说："痴情的人呀，怎么成了这副模样？"说完上了床，坐在安幼舆的腿上，侧着身子，用两手给他按摩太阳穴。这时，安幼舆觉得有股樟脑和麝的奇香穿进鼻孔，沁入骨髓。这样按摩了有几刻工夫，出了满头大汗，慢慢地身上也出了汗。花姑子低声对安幼舆说："你屋里人多，我不便住下，三天上再来看你吧。"说着又从绣花的衣袖里取出几个蒸饼放在床头，悄悄离去了。

　　到了半夜，安幼舆出罢汗，觉得肚子很饿，就顺手从床头摸了蒸饼吃。不知蒸饼里包了什么作料，吃着非常香甜，一会儿就吃了三个。他把剩下的蒸饼又用衣服盖好，便酣然睡去，直到红日临窗才醒了来，身上的病痛立刻减轻许多。

　　第三天，安幼舆把蒸饼全都吃完了，精神倍加旺盛。他想到花姑子说三天上要来看他，就把看守他的人全打发走了。他怕花姑子进不了门，又悄悄从屋里出来，把所有门上的门闩都拉开了。不久，花姑子果然来了，笑着说："痴情的郎君呀！病好了，也不说谢谢巫神吗？"

　　安幼舆一见花姑子，心里十分高兴，顾不得再说什么，便把她抱在床上，如鱼得水，恩爱非常。二人温存一番后，花姑子说："我所以冒着风险，蒙受耻辱来和你相会，是为了报答您的大恩呀。说实话，咱们并不能成为永远相爱的夫妻，请您还是要早做别的打算。"

　　安幼舆沉默了好久，才问道："你我素不相识，在什么地方和你家打过交道？我实在想不起来。"

　　花姑子并不正面回答，只是说："你自己去想吧。"

　　安幼舆一再要求和花姑子结为终身伴侣，花姑子说："夜夜私奔，当然是不可能的；永结亲好，也是办不到的。"花姑子见安幼舆听了她的话，显出一副郁郁不乐的样子，又说："你一定想要娶我的话，明天晚上请你到我家去一趟。"

　　安幼舆这才转悲为喜道："路这么远，你一双小小的脚，是怎么走来的？"

　　花姑子说："我本来就没有回去，东头的聋老婆子是我姨母，为了你的缘故一直留到今天。要是住在你家，怕是有人要疑怪的。"

　　安幼舆和花姑子合被而眠，只觉她的气息、肌肤无处不香。安幼舆问道："你熏了什么香，居然浸透到骨髓和肌肉里面去了？"

　　花姑子说："我生来就这样，并非熏了什么香的缘故。"

　　安幼舆听她这样说，更觉奇怪。天还不明，花姑子就起身告别了。安幼舆怕去的时候再迷了路，花姑子便同他约好，到时在路上等他。

　　到了晚上，安幼舆急匆匆向山里走去，花姑子果然在路上等他。花姑子把他带到原来的住处，老头儿夫妇高高兴兴地把他迎进屋里。招待他的没有什么上好的酒、菜，添了些吃食，也无非粗茶淡饭而已。吃过饭，老头儿请他安歇，这时花姑子却看也不看他一眼，他不由产生了强烈的疑念。

直等到夜半时分，花姑子才来了，说："父母亲絮絮叨叨一直不睡觉，让你久等了。"说着便上床与安幼舆一起躺下了，你贪我恋一夜没合眼。

天快亮时，花姑子对安幼舆说："这夜相会是最后一次，以后就永远分别了。"

安幼舆吃了一惊，问她为什么。花姑子说："父亲嫌这小村荒凉孤寂，要迁到很远的地方去住。我和您的欢好，都在这一夜了。"

安幼舆心里很是难过，他把花姑子紧紧搂在怀里，像怕她立刻飞走似的。二人正在相互悲叹，依依难舍之间，天渐渐亮了。老头儿忽然闯进门来，骂女儿道："不害臊的东西，竟敢玷辱我这清白人家，不把人活活羞死！"

花姑子不由大惊失色，慌乱地穿了衣服，跑了出去。老头儿也跟了出去，一边走，一边骂。安幼舆又惊又怕，无地自容，就悄悄跑回家去了。

安幼舆回到家来，一连几日坐卧不安，心焦火燎实在难熬。于是就想夜间再去一趟，翻墙而入，瞅机会和花姑子相会。他觉得老头儿一直说自己对他有恩，即使事情败露，也不致遭受多大的谴责。他这样一想，便定了主意，天一黑就上了路。可是一到山里，他又迷了路，漫山遍野转悠了好一阵，也没弄清方向，心里害怕极了。正要寻找归路往回返，只见山谷间隐隐约约有所院落。他高兴地过去一看，门楼高大壮观，像是世代官宦人家，好几重大门都还没有关闭。安幼舆正向看门人打听章家的住址，这时有个婢女走出来问："是谁深夜来问章家？"

安幼舆回答道："章家是我的亲戚，一时迷路，找不见他家的住处。"

婢女说："要这样就无须再问章家了，这里是他的妗母家，花姑子现在就在这里，你等一会儿，我去告诉她。"

婢女进去不久，便出来邀请安幼舆。安幼舆来到院内，才准备上台阶，只见花姑子迎出房门，对婢女说："安郎奔波了大半夜，想来很累了，快去把床收拾好。"

一会儿，花姑子便和安幼舆双双携手同入床帐。安幼舆问道："你妗母家怎么没有人呢？"

花姑子说："妗母有事外出，留下我在这里替她看门，恰巧又和你相遇了，这不是算有缘分吗？"

但是依傍之间，安幼舆觉得她有一股腥膻味，心下很是怀疑。就在这时，花姑子抱着安幼舆的脖颈，突然用舌尖去舔他的鼻孔，他觉得像有一根刺进他的脑子里。安幼舆害怕得要死，急欲挣脱，身子却像被一条粗绳捆着，动弹不得。不大工夫，因出不来气，死去了。

安幼舆夜出未归，家里人很是着急，但是几乎寻遍了所有的村庄，连个人影子也没有。又听人说，有人傍晚在山路上碰见过他，家里的人又到山里去寻，果然在山崖下发现了他一丝不挂的尸体。家人感到很惊奇，弄不清他为什么会死在这里。

家里人把安幼舆抬回来，正聚集在他身边哭泣，忽然有个女子前来吊祭，从门外号啕大哭着进来了。原来这女子不是别人，正是花姑子。她一手抱着安幼舆的尸体，一手按着他的鼻子，泪水像断线的珠子滴进他的鼻孔里。花姑子一边哭，一边叫道："天呀！天呀！你怎么这样痴情，这样愚呀！"直到把嗓子都哭哑了，又过了一会儿，才收住泪对安幼舆家里的人说："把他的尸体停放七天不要装殓。"

大家不知道她是谁，正想问个明白，花姑子却连个礼也不见，含涕带泪出门而去。家里人留她，她也不理。有人跟在后面想看她到什么地方，谁知一眨眼就不见了。大家怀疑她是神仙降世，就遵从了她的话。

次日夜，花姑子又来了，像昨夜一样哭了一场又走了。这样哭了六夜，到第七夜上安幼舆忽然苏醒过来了，翻着身子不住地呻吟着，家里的人见了都很吃惊。就在这时，花姑子走了进来，和安幼舆相对垂泪。过了一会儿，安幼舆举起手挥动了一下，示意家里人全都出去。花姑子拿出一把青草，煎了半碗汤，伏在床头喂安幼舆喝了，一会儿他就能说话了。安幼舆叹了口气，说："让我死的是你，叫我活的也是你呀！"

花姑子听安幼舆把他的遭遇讲了一遭后，说道："这是蛇精变化了来冒充我的呀！你头一回迷路时看见的灯光，就是它作的怪。"

"你为什么可以把死人变活？莫非你是仙人吗？"安幼舆问。

"我早想告诉你，只是怕你惊怪。"花姑子接着说，"你五年前，不是在华山路上曾经向猎人买了一只活獐子放掉了吗？"

"是呀，有这么回事。"

"那獐子便是我的父亲啊！"花姑子说，"以前说你是我家恩人，原因就在这里呀。你前天已经转生到西村王主事家，我和父亲到阎王那里给你申冤，阎王说什么也不放你复生，直到我父亲表示，愿意坏掉多年修炼的功夫，来代替你的死罪，又哀求了七天，才把事情办好。今日相逢，实在幸运呀！不过，您虽然复活了，却要落个瘫痪的病根儿。只有得到蛇精的血和了酒喝，才会把这病除掉。"

一提蛇精，安幼舆恨得咬牙切齿，只是发愁没有办法可以擒住它。花姑子说："这倒不难。但是多害生命，连累我一百年不能飞升。蛇精的洞穴在一个老荒崖下，可在黄昏时候堆积了柴草用火烧它，外面多备弓箭手防它窜逃，这样就可以把蛇精逮住了。"说完，又向安幼舆告别说："我不能终身侍奉你，心里实是难过。但为了你，我的道行已经损坏了七成，还望你能怜悯、体谅我。一个多月来，我觉得肚子里微微振动，恐怕是怀了胎，或男或女，一年后转交给你吧！"花姑子流着泪出门走了。

过了一夜，安幼舆觉得腰部以下不能动弹，又抓又搔，没有一点痛痒的感觉。安幼舆把花姑子临别说的话告诉了家里人。家里人来到老荒崖，照花姑子说的，在洞穴中点起大火来。这时，只见一条巨大的白蛇从火焰里冲出，大家赶忙用箭把它射死了。等火熄灭后，进洞一看，大大小小几百条蛇都被烧死了。家里人取了蛇精的血回来和了酒让安幼舆饮用，只饮用了三日，他的两条腿便能转动了，半年后才能起来走路。

后来，安幼舆独自行走在山谷中，遇见花姑子的母亲，她把一个用小被子包着的婴儿交给他说："我女儿向你问安。"

安幼舆正想打听花姑子的情况，一转眼，花姑子的母亲就不见了。打开被子一看，是个男孩。安幼舆把孩子抱回家去抚养，竟然没有再娶妻子。

西湖主

　　河北有个青年书生名叫陈弼教,表字明允,因为家道艰难,便在朋友的举荐下跟了一位名叫贾绾的副将军做文书。

　　有一天,陈明允和贾绾在洞庭湖上乘船游玩,忽然看见一只猪婆龙浮游在水面上,贾绾兴致大发,扬手一箭射中了它的背脊。奇怪的是,竟然有一条鱼衔着猪婆龙的尾巴不肯离去,结果被他们一起捕获了锁在桅杆下面。这时,气息奄奄的猪婆龙嘴一张一合的,好像在向人求救。陈明允看着看着,不由得产生了恻隐之心,便请求贾绾把猪婆龙和那条鱼放掉。陈明允带有专治箭伤的金创药,在猪婆龙的患处涂了一些,又把它们放回湖里。猪婆龙在水中时而沉没,时而浮起,足有一刻多钟,才游得看不见了。

　　一年以后,陈明允要回河北,又经过洞庭湖的时候,船只被大风吹沉。幸亏抓住一只竹筐子,漂泊了整整一夜,才被伸进水里的树根挂住。他正攀了树根要上岸时,又漂来一个人,一看,原来是他的书童。他用力把书童拖到岸上,但书童已经死了。

　　陈明允目睹惨景,又难过又无聊,只得独自坐在那里长吁短叹,从天不明到半晌午,一直闷闷不乐。忽然,书童的身体微微动起来,他高兴得什么似的,赶忙给他按摩、捶背。不一会儿,书童吐了许多水,猛然清醒过来。他和书童相互搀扶着来到一块石头旁晾晒衣服,快到中午时分才勉强可以穿了,然而肚子却又咕咕噜噜地叫唤着,饿得实在难以忍受。

　　于是,主仆二人急急地朝山那边走去,希望很快找到一个村落。谁知他们才走到半山腰,就听见响箭的声音,正迟疑,只见两个女郎乘着骏马,一前一后在山路上奔驰而过,远远看去,那马蹄像豆子撒落在地上。两个女郎都是一样打扮:头罩红巾,发髻上插着野鸡翎子,身穿紧袖锦衣,腰系绿色缎带。一个手持弹弓,一个带着青色的臂套。她们翻过一道山梁,又看见十个装束一样的美丽女子,骑着马正在树林子里打猎。陈明允主仆站在那里不敢过去。这时,一个驭手打扮的男子跑过来,陈明允迎上几步问他是哪里的人,在这里干什么。男子说:"这是西湖主在首山打猎哩!"陈明允把自己的来历向男子讲了一遍,并告诉他肚子实在太饿了。那男子很慷慨,随即从袋子里拿出些干粮来,给了陈明允主仆,说:"你们最好赶快到远处去躲一躲,要是冲犯了西湖主的车驾,是要被杀头的。"

　　陈明允心里害怕,急忙带了书童向山下走去。

　　山下有一片茂密的树林子,透过繁茂的枝叶,隐隐约约看见里面有殿阁楼台。陈明允以为是一座庙院,走近一看,周围是一道粉刷雪白的围墙,溪水叮叮咚咚绕墙流去,溪上一座石桥一直通进半开的红漆大门。扒着门扇侧身向内望去,那气象简直可以同皇帝的宫廷相比,那景致又好似贵族大户人家的后花园。主仆二人徘徊多时,终于进到里面。一路来,藤葛牵衣,花香扑人。过了几道曲栏,又是一座

白话聊斋　蒲松龄　西湖主

二一七

院子，几十株高大的垂杨扫拂着红椽绿瓦。山鸟鸣叫着在花树间飞来飞去，把花瓣踏的满院乱飞；从深长的小巷里吹来的微风，使榆钱片片飘落。陈明允看到此处，早已是心荡神怡，暗想，这大概不是人间吧！他这样想着，不觉又穿过一个小小凉亭，来到一架秋千旁边，向上一看高入云霄，高挂的绳索一动不动，四面一看，杳无人迹。正疑心这地方离闺阁不远，心里害怕，不敢再往前走的时候，忽听门外传来乱糟糟的马蹄声，似乎还有女子的说笑声。

陈明允拉了书童藏在花丛里，不一会儿，笑声越来越近。只听一个女子说："今日打猎的兴味不好，猎获的飞禽太少了。"

又一个女子说："要不是公主射下一只大雁，几乎是空忙一场。"

过了一会儿，几个穿红衣服的女子，簇拥着一个女郎来到凉亭里坐下。女郎身着戎装，十四五岁年纪，漆黑的头发像罩上一层薄雾，细细的腰肢吓得风也不敢吹动，那如花似月的容貌，仙女一般的姿色，简直难以用言语形容。

众女子献茶的献茶，熏香的熏香，环立在女郎的周围，远看活似一堆闪闪发光、五颜六色的锦缎。

又过了一会儿，女郎起身，顺着台阶一步一摇走下凉亭。一个女子说："公主骑马打猎已经够累的了，还能再荡秋千吗？"公主笑着点了点头。于是有扶着她肩膀的，有拉着她手臂的，有为她撩起裙子的，一时间哄笑着把她扶在秋千上。但见那公主舒展开洁白的手腕，小脚使劲一蹬，像轻捷的空中飞燕荡入云霄。荡罢秋千，众女子把她扶下来，说："公主真不愧是仙人呀！"大家一路说笑着簇拥着她走了。

陈明允在花丛间偷看多时，被迷得神魂颠倒。他等到笑语声渐渐消失后，来到秋千架下，来回踱步，苦思冥想。就在这时，他突然发现，篱笆下有一块红绸手帕，他知道一定是刚才的美人们遗落的，便高高兴兴捡起藏在袖筒里。接着，他又来到女郎刚才歇息的凉亭，见桌子上放有文房四宝，便拿起笔在捡得的红手帕上题诗一首。那诗道：

雅戏何人拟半仙？
分明琼女散金莲。
广寒队里恐相妒，
莫信凌波上九天。

写完，又一边吟诵着走出凉亭。正要寻旧路出去，一看，几道门都已上关落锁。想来想去没法子，索性折回去到处游览起来，几乎走遍了所有的亭台楼阁。他正在一所宫殿里流连，忽然有个女子推门侧身而入，见到陈明允，吃了一惊，问："你怎么来到这里的？"

陈明允说："我是个迷了路的人，请救救我吧！"

"你捡到一块红手帕吗？"

"是的。可是已经叫我弄脏了，怎么办呢？"说着拿出来让女子看。

"你是没地方死了呀！"女子大吃一惊，说："这是公主经常带着用的东西，现在涂抹成这个样子，如何使得！"

陈明允一听，吓得面如土色，哀求女子为他求情免罪。

女子又说："偷看宫廷的罪过已是不可赦免的了。念起你是个儒雅书生，原想私下成全你；如今又弄脏了红手帕，是你自己造罪，我还有什么法子！"说完，拿了手帕急匆匆地走了。女子一走，陈明允不由得更加心惊胆战，恨自己不能立刻长了翅膀飞出去，只好伸长脖子等死了。

过了好一阵，女子又来了。他以为这次是拿他问罪的，不料那女子却悄悄向他祝贺道："你有活的希望了，公主拿着手帕看了三四遍，只是微微含笑，并无半点怒意，或许会把你放走的。最好再耐着性子等一会儿，千万不要爬树、跳墙的，要是被公主知道了，定不轻饶的。"

已是太阳落山的时候，是凶是吉还没个结果，肚子饿得像着了火，又忧心忡忡，快要把人煎熬死了。这样又等了一会儿，只见女子挑着灯走来。一个婢女提了酒壶，拿出酒饭招待他。他急忙向女子打听消息，女子说："刚才我瞅了机会对公主说：'亭园里那个秀才，如果可以宽恕，就把他放掉。不然的话，会把他饿死的。'公主皱着眉头想了想，说：'深更半夜的叫他到哪里去呢？'于是就命我来给你送饭吃，这并不是坏消息呀。"

不管怎么说，陈明允只是恐惧不安，整整一夜在忧郁、徘徊中度过。

次日早饭毕，女子又来给他送饭，他又哀求女子帮他说几句好话，快把他放走。女子说："公主不说放，谁敢把你私自放掉？我们都是下人，怎么敢有一点点冒犯？"

等啊，等啊，不觉又是太阳偏西的时候，他正隔着窗棂不住向外眺望，女子气喘吁吁地跑进来，说："糟了，不知哪个多嘴的把这事告诉了王妃，王妃展开手帕一看，扔在地上，大骂'狂生'不止，看样子大祸就要降临了！"

听到此处，陈明允吓得毛骨悚然，面如死灰，急忙跪拜在地，向女子求救。就在这时，忽听外面传来纷乱的捉拿他的喧闹声，那女子赶紧向他摆摆手示意他躲避起来。

说时迟，那时快，几个手持绳索的婢女，"呼啦"一下闯进来。正待动手，其中有个小婢女睁大眼睛看着陈明允，说："还说是什么人呢，你不是陈郎吗？"说着随手拉住拿绳子的，说："先不要捆，等我禀报王妃去。"说完返身便走。

不大工夫，小婢女回来说："王妃请陈郎进去说话。"

陈明允战战兢兢地跟着婢女，穿过几十道门户，来到一个宫殿，正殿挂一幅绿色的帷幕，两边垂了银做的帘钩。见陈明允进到殿里，有个美女揭起帘子，大声禀报道："陈秀才到！"

正殿上坐着一个美貌的妇人，裙服鲜丽，耀眼夺目。陈明允跪倒在地叩头拜谢道："臣孤身一人，家在万里之外，请饶性命。"

王妃急忙离座把陈明允搀起来，说："要是没有您，我哪里还会有今天。婢女们有眼不识泰山，以致得罪了我的好客人，实在是有罪！有罪！"王妃说完，连忙叫摆了酒筵，用金镂玉琢的杯子向他敬酒。

陈明允突然受到如此厚遇，茫然不解其故。王妃说："生还之恩，永世难忘，只恨没有机会报答你。我的小女儿承蒙你题诗相爱，应当说是天做的良缘，今天晚上就让她去侍奉你好了。"

陈明允刚才还担惊受怕，哪里还会想到这些，如今听王妃一说，反倒觉得神情恍惚，无所着落了。

傍晚，小婢女来到酒席筵前向王妃回话，说是公主已梳妆完毕，接着就领陈明允往公主住处去玩花烛。就在这时，忽听锣鼓喧天，笙管和鸣，台阶上全铺了花毡，门前里外，篱笆间，厕所内，到处点着彩灯、红烛。陈明允刚踩着花毡进入洞房，就有几十个美女争先恐后扶着公主和他交拜。屋子里洋溢着麝香和兰花的香味。婚礼既毕，二人携手同入帷帐，两相爱悦，欢好非常。这时，陈明允说："臣长久旅居他乡，从来不曾看望、拜会过你们，弄脏了你的手帕，得以免罪就算万幸了，反而结为姻亲，我实在是想也不敢想的。"

"我的母亲是洞庭湖君的妃子，扬江王的女儿。"公主说，"去年母亲回娘家，偶然在湖上游走，被飞箭射中，承蒙你解救了她，又给她敷了金创药。我们一家对您十分感激、敬佩，把此事常常挂在心上。你不要以为咱们不是同类而产生疑心。我从父王那里学会了长生不老的秘诀，愿意和你共同享用。"

听公主这样一说，陈明允才立刻醒悟，原来他遇到了神仙。陈明允又问："那个小婢女是怎么认识我的呢？"

"你那天在船上不是看见有个小鱼衔着母亲的尾巴吗？那就是这个小婢女呀！"

陈明允又问在手帕上题诗的事，说："我弄脏你的手帕，你既然不把我杀掉，又为何迟迟不放我走呢？"

公主笑了，说："我其实是爱上了你的才华，但上有父母，不能自作主张。那夜我翻来覆去睡不着，只是谁也不知道罢了。"

陈明允听到这里，不由感慨万端地说："你真是我的知心人呀！那个给我送饭吃的是谁？"

"她叫阿念，也是我的心腹之人。"

"那么叫我拿什么来报答她呢？"

公主又笑了，说："她侍奉你的日子长着呢，以后再慢慢想法报答她也不为晚。"

陈明允问："你父王哪里去了？"

公主答道："跟着关圣帝君去征服蚩尤还没有回来。"

陈明允在这里住了几天，想到家里不知他的消息，心中十分惦念，就写了一封平安家书让书童先回去了。

原来，家里人听说陈明允乘的船在洞庭湖上被风吹翻，以为他死了，妻子已经为他服孝一年有余，直到书童回来，才知道他还活着。然而音信梗塞，总担心他漂泊在外难以回来。

又过了半年，陈明允忽然骑着高头大马，穿着名贵的服装回来了，行囊里满满的尽是珠宝。从此，陈明允家成了家财万贯的大户人家，楼阁连亘，婢仆成群，就是世代官宦人家也比不上他家奢侈、豪华。

这样，陈明允在家住了七八年，有了五个儿子。家口兴旺，自然高兴，他天天摆酒设宴，邀朋聚友，吃的喝的都是宫廷里的山珍海味、琼浆玉液，非常丰盛。有人问起他是怎么发了财的，他说起来一点也不避讳。

陈明允有个小时候的朋友，名叫梁子俊，在南方做了十多年的官。一次回家，他在洞庭湖上见到一只画船，雕栏、红窗，曲幽歌细，正在一碧如烟的湖水中缓缓游荡，不时有美丽的女子推窗眺望。梁子俊向船内一看，只见一个光着头的少年男子，跷了二郎腿坐在上面，旁边站着个十五六岁的少女，正在那里搓手呢。梁子俊心想，必定是当地的贵官了，然而却瞧不见骑马随从。他又睁大眼睛向船内细瞅，想不到那位少年竟是他小时朋友陈明允，心情一时激动，不由隔船呼叫起来。

陈明允听到喊声，立即叫停了船，来到船头，把梁子俊接过来。梁子俊进去看时，桌子上放满了吃剩的美酒佳肴，船内依然散发着浓烈的酒香。陈明允立即叫撤了残席，时过不久，就有几个标致的婢女献上了茶、酒和山珍海味，都是梁子俊从来没有见过的。梁子俊吃了一惊，说："十年不见，怎么就富贵到这个样子？"

"怎么！"陈明允笑了，"你看我这个大穷人就不会发迹吗？"

二人取笑一番，梁子俊又问："刚才和你对饮的那位是谁？"

"是我的妻子。"

梁子俊又奇怪起来，说："你带了家眷要到哪儿去？"

"西边。"陈明允见梁子俊还想说什么，就立刻叫人唱歌以助酒兴。话语未落，随着一阵聒耳的呼应，就听歌声四起，再也听不见说笑的声音了。

梁子俊见眼前站满了美丽的女子，不觉借酒大喊道："明允公，能叫我真的乐个够吗？"

"足下醉了！"陈明允笑着说，"虽不能让你十分满足，但有足够买个美妾的钱可以赠给朋友。"说完，就命侍女送给梁子俊一颗明珠。又说："绿珠不难买，我也不吝惜。"接着又向梁子俊拱手作别，说："我还有点小事忙着要办，恕不能和老朋友久聚了。"陈明允把梁子俊送过船去，便解缆开船去了。

梁子俊回到家里，到陈明允家去探看，只见陈明允正和客人吃酒呢。他更加怀疑起来，便进去问陈明允，说："昨天你不是还在洞庭湖吗？为什么往返这样快？"

"没有呀！"陈明允故作惊讶地说。

梁子俊见他不承认，就把昨天遇到的事从头讲了一遍，在座的人都感到很惊讶。这时陈明允笑了，说："你大概认错了人吧，难道我有分身法吗？"

不管他怎么说，大家还是感到很奇怪，只是终究也解不开这个谜罢了。

后来，陈明允八十一岁时去世了。出殡那天，抬棺的人都奇怪棺木太轻，打开一看，原来里面什么也没有。

伍秋月

　　王鼎，表字仙湖，高邮人。他有勇有谋，慷慨好义，结交下不少朋友。此外，他还特别喜欢四处游玩，每次离家，不过一年半载是不会回来的。他的哥哥王鼐，是江北名士，兄弟相处十分友爱。王鼐因弟弟十八岁上就夭了未婚妻，一心想在家乡给他选择一个可意的对象，总是劝他不要远游，王鼎只是不听，竟又搭了船到镇江访问朋友去了。

　　王鼎来到镇江，访友不遇，就暂住在一家旅馆楼上。他推开窗子一看：浩浩荡荡的江水，从旅馆近处流过；连绵苍翠的金山，从远处映入眼帘；山青水碧，环境幽雅，心里很是高兴。

　　第二天，他的朋友从外地回来，得知他住在旅馆，就来请他到家里去住。王鼎贪恋旅馆附近的湖光山色，辞谢了朋友的好意，不肯搬走。

　　王鼎在旅馆住了半个多月后，忽然在半夜梦见一位十四五岁的美丽少女，上床和他同睡。醒来后，竟遗了精，心里颇觉奇怪。转念一想，又以为不过是偶然入梦，也就没有放在心上。不料次日夜里，又梦见那个少女来和他交合。接连三四夜，梦境相同，他这才感到真的有点怪异了。到了夜里，他不敢再熄灯，身子虽然躺在床上，却又不敢放心睡去。夜已经很深，还不见有什么动静，谁知刚合眼欲睡，又梦见那个少女来了。只是由于心存警惕，正在交合之间，忽然惊醒过来，睁眼一看，自己怀中确实抱着那个美丽如仙的少女。

　　少女见王鼎醒了，又羞、又愧、又胆怯。而王鼎虽然明知她不是人，但觉得能够和这样一个美丽少女相交，也很为得意。于是，也顾不得多问，就真和少女缠绵起来。少女似乎受不了他狂热的爱，半推半就、羞羞答答地对他说："像您这样狂暴，怪不得人家不敢在您醒着的时候来见您！"

　　王鼎这时才询问她的来历，少女回答道："我姓伍名秋月，我父在世时，原是一个名儒，对《易经》很有研究，能预知人的命运。他对我很珍爱，但说我不能长寿，所以不准我嫁人。我活到十五岁，果然病死了。父亲就把我埋葬在这个楼的东边，不起墓堆，坟与地平，也没个碑志。只是在我的棺材旁边，立了块石片，上面刻着十二个字：'女秋月，葬无冢；三十年，嫁王鼎。'现今已满三十年，而您也可巧在这个时候来到，我心中自然很是欢喜，因为急于想让您知道，而又感到羞怯，所以借梦来和您相会。"王鼎听了大喜，又央求和少女同房。秋月对他说："我需要得到一些阳气才能够复活，但实在经不起您这样的风雨。好在我们日后还要白头偕老，何必一定在今夜呢！"说罢，就起身走了。次夜，秋月又来了，二人对坐笑谈，好像是老相识。玩笑到深夜，王鼎拥抱着秋月熄灯上床，觉得秋月的体态和活人没有两样。

　　一天夜里，明月当空，晶莹皎洁，二人乘兴在月下散步。闲谈中，王鼎问秋月道：

"阴曹地府也有城市吗？"秋月回答道："和阳世一样，阴间的城市不在这里，离这儿还有三四里地。不过，他们是把黑夜当作白天罢了。"王鼎又问："活人能去玩吗？"秋月说："也可以。"于是王鼎就请求秋月带他去玩，秋月答应了。二人一前一后在月光下走着，秋月在前，飘飘忽忽地像风一样快，王鼎极力追随，才能赶上。不一会儿，他们来到一个地方，秋月说："不远了。"但是王鼎抬头远望，却什么也看不见。秋月在他的眼上涂了唾沫，再睁开眼时，王鼎觉得自己的视力倍于往常，看见夜间的景色和白天一样：城墙垛出现在不远处的薄雾中，路上的行人来来往往，如同赶庙会似的。

又过了一会儿，两个穿黑衣服的差役，用绳子拴着三四个人朝他们走过来。拴在绳子最后的一个，很像王鼎的哥哥王鼐。王鼎急忙走近去细认，果真就是。王鼎惊问道："哥哥！您怎么被带到这里？"王鼐见了弟弟，不禁涕泪交流，哽咽着说："我也不知道，是他们强把我拘捕来的。"王鼎听了哥哥的话，不由大怒道："我兄一向奉公守法，是个重礼貌、讲道德的君子，为什么竟被捆绑成这样？"他请求两位差役将哥哥释放。

差役很傲慢地斜视着他，不肯答应。王鼎非常气愤，就要和差役争执。王鼐见弟弟发了脾气，急忙阻止道："他们是奉了官长命令才来逮我的，我也应该遵法守法，见了官长就可以辩明冤情了。只是他们苛刻地向我索取贿赂，而我身边又缺乏钱用，你快回家去与我筹借些来。"王鼎听了，手把着哥哥的臂膀，失声大哭起来。

差役被他激怒了，就猛地将系在王鼐脖颈上的绳子一拉，将王鼐摔倒在地上。王鼎见此情状，怒火填胸，再也不能克制，"嗖"地从腰间拔出佩刀，将一个差役杀死了。另一个差役正喊叫救人，也被他一刀切成两截。秋月见王鼎杀死公差，很是惊慌，说："你杀了官家的差役，所犯的罪是不容宽恕的。请你们立即雇船远离此地，再迟就要遭祸了。你们回家后，不要把哥哥死后挂在门外的丧幡摘去，闭门在家隐藏着，过了七天，就不怕了。"王鼎依着秋月的吩咐，拉着哥哥就走，当夜在江边雇了小船，火速北返原籍。

王鼎和哥哥回到家里，见到吊唁哥哥的亲友，还来往不断，原来哥哥果然死了。他好言将亲友辞去，朝外锁了院门。回头看时，哥哥已经不见了。王鼎走进屋里，见停在灵床上的哥哥竟然苏醒过来。哥哥刚坐起身，就大叫道："饿死我了，快给我做点饭吃！"当时，王鼐死了已经两天，家里人忽见他坐起来说话，以为是闹鬼，都很害怕，王鼎向他们诉说了全部经过，家里人才变忧为喜。过了七天，开了院门，摘掉丧幡，人们才知道王鼎的哥哥又复活了。亲友们都惊奇地赶来问候，他们只好编了一套假话来敷衍。

哥哥复活后，王鼎非常想念秋月，就又雇船南下了。到了镇江，依然住在旅店楼上，想着再和秋月相会。但是，到了夜间，点着灯烛久久等待，秋月竟没有来。已经深夜了，王鼎朦胧间，忽见一位中年妇女进来，对他说："秋月小娘子让我告诉你，前些时候，因为两个公差被杀，凶犯在逃，官府就将小娘子捉去，如今被押在监狱里，狱官总是虐待她。她天天在盼望你来，希望你能替她想想办法。"王鼎听了,又悲又气,就急忙起身,随了这位妇女去找秋月。

妇女领了王鼎进了城,来到西街,指着一个大门,说:"秋月就被监押在这里。"王鼎走进去,看见院内有许多房子,关着许多囚犯,但找来找去,却找不到秋月。又走进一个小门,看见一所很小的房子里有灯火亮光,挨近窗子,从窗缝往里窥探,只见秋月正坐在床上,掩面痛哭。两个狱卒站在床边,又摸她的脸,又抓她的鞋,正在调戏她。受到狱卒的欺侮,秋月哭得更厉害。最后,王鼎看见一个狱卒竟掐着秋月的脖子说:"你既已成了罪犯,还守什么贞操?"王鼎不见犹可,一见此状,那真叫怒从心头起,恶向胆边生,他顾不得说话,就拿出身边的佩刀,奔入门内,一刀一个,将两个狱卒杀掉了。随后就拉着秋月跑出来,幸而没有被别人发觉。

回到旅馆,刚一进门,他就忽然醒了,原来是梦。正在疑怪,一翻身,只见秋月站在床前,两眼脉脉含情地瞅着他。王鼎吃惊地翻身坐起,把秋月拉在床边坐下,向她诉说刚才的梦境。秋月听了说:"这是真事,不是梦啊!"王鼎更加惊恐地说:"这该怎么办?"秋月叹了一口气道:"凡事都有定数,我该等到月底,才是复活的日子。如今又闯了祸,事在紧急,不能再等待了。你赶快到埋葬我的地方,把我的尸体刨出来载回家去,每天连声呼叫我的名字,这样,我到第三天就可以复活。不过因为还差几天,没满三十年的天数,所以我的骨头软弱,两脚无力,还不能多做家务。"说罢,就要急急出门,忽然想起什么,又返身嘱咐王鼎道:"我几乎忘了告诉你,要是阴间派人追赶,我们该怎么办?在我活着的时候,父亲教给我写符的法子。他告诉我,三十年后,夫妇都可以佩戴。"她向王鼎索取笔砚,飞快地写了两道符,说:"你自己佩戴一道,另一道粘贴在我的背上。"

王鼎将秋月送出门去,亲眼看到她入地不见的地方,便赶紧拿工具去刨,只刨了一尺多深,就看见了棺木。棺木已经腐烂,棺木旁立着一块小石碑,果真刻写着秋月所说的十二个字。打开棺木一看,见秋月肌肉完好,颜色如生。他急忙将秋月的尸体抱回房中,但见衣裳都随风化尽。接着又将符贴在她的背上,用被褥严严实实地裹好,抱到江边,喊来一只过往的舟船,假托妹妹有急病,要往她婆家送。上船后,幸而刮起顺风来,船行很快。天刚亮的时候,就已回到家中。王鼎把秋月的尸体在床上安置好,才去告知兄嫂,一家人都怀着惊恐的心情去看,虽有疑惑,也不敢当面直说。

王鼎解开裹在秋月尸体上的被褥,连连呼叫着秋月的名字,到了夜里,就抱着她睡在一处。就这样,秋月的尸体,一天比一天温暖,到了第三天,果然复活了;到第七天,就能下地走路了。秋月换上新衣服,去拜见嫂嫂,只见她体态轻盈,面貌美丽,真和仙女一般。但走到十步以外,必须有人搀扶着才行,不然,就像随风摇摆的小草,仿佛要跌倒的样子。看到她的人,都以为她原有这种病,轻轻盈盈,分外妩媚,反而更增加了人们对她的喜爱。秋月在房中、枕边,每每劝告王鼎说:"你连着杀了四个鬼差,罪孽太大,应该广积阴德,诵念佛经以赎罪。不然的话,你的年纪恐怕活不长。"王鼎本来不信佛,从此就很虔诚地信奉了佛教。后来,也没有遭到什么不幸。

莲花公主

有个姓窦名旭字晓晖的书生，家住山东胶州一带。这一天，天气不错，窦旭闲来无事便躺在床上睡午觉。不知过了多久，他睁开眼看见一个内官打扮的人立在床前，正局促不安地看着他，似乎有话要和他说。

窦旭问他有什么事。

他说："我家相公让我请您过去。"

"你家相公是谁？"

"就住在您家附近。"

窦旭跟来人出了门，转过墙后，被引到一个去处，但见楼阁重重，万椽相接。他们沿曲径向前走去，又见门户万千，和人间大不相同。宫娥彩女过往去来十分频繁。她们见到内官打扮的人便问："窦郎来了？"

"来了。"

应酬间，一位贵官客客气气地迎出门来。

窦旭随贵官来到客厅里坐了，说："平日既不相识，我也从未过府拜访，今日受宠若此，实不知是何原委。"

贵官说："我家父王知您出身清门，德高望重，深相倾慕，很早就想同您见面。"

窦旭听了"父王"二字，不觉吃了一惊，说："您的父王是谁？"

"一会儿您就知道了。"

不久，来了两个女官，各举彩旌一面领窦旭向内走去。进了不知几道门，只见正堂大殿坐着一位大王。大王见是窦旭到了，慌忙离开宝座，走下台阶，上前迎接。二人各以主、宾的身份相互礼拜毕，便双双携手来到酒席宴上坐了。筵席上，山珍海味应有尽有，金杯彩盘光艳夺目。如此丰盛的筵席是窦旭从来没有见过的。他不由得抬头朝殿上看了一眼，只见有一匾额，大书"桂府"二字。

窦旭正感到惶恐不安，不知说些什么才好，大王先开了口，说："有幸和您这样的好邻居相处，缘分就是很深的了。您应当开怀痛饮，不必有什么疑虑和担心。"

窦旭连连点头称是。

酒至数巡，殿下的乐队奏起了音乐，歌女唱起了歌。没有聒耳欲聋的打击乐，音调纤细而幽雅。稍停一阵，大王看了看左右文武大臣，说："朕有一联是'才人登桂府'，烦诸位卿家作对。"

众大臣正在思考，窦旭却已想就，不觉脱口应道："君子爱莲花。"

大王一听十分高兴地说："奇怪，奇怪！莲花是我女儿的小名，怎么碰得这样巧？难道不是缘分吗？快去告诉公主，不能不出来见一见这位君子。"

大王的话刚刚落音，就有个女官应声出去了。不大工夫，只听环珮丁当，由远而

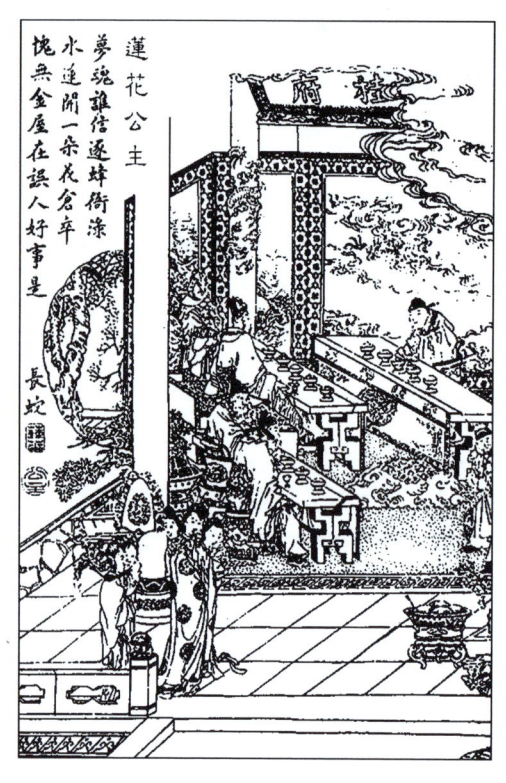

近，接着闻到一股麝香和兰花的浓香，原来是公主到了。公主十六七岁年纪，金枝玉叶，妙好无双。大王命她上前向窦旭见礼，并对窦旭说："这就是我女儿莲花。"

莲花公主向窦旭见礼后翩然而去，窦旭却有些心动了，木呆呆地坐在那里，极力回想着公主的模样。大王举杯向他劝酒，他竟没有看见；大王似乎看出他的意思，又对他说："我女儿和您倒也才貌相当，只是惭愧和您并非同类，怎么办呢？"

窦旭依然痴了似的，在那里坐着出神，竟也没有听见。这时，有个紧靠窦旭坐着的大臣，暗暗用脚踢了他一下，悄声说："大王给您敬酒，您没有看见；大王跟您说话，您也没有听见吗？"

窦旭一听，顿时觉得像丢了什么似的，心里很是惭愧不安，于是起身离座说："臣蒙大王盛情款待，不觉喝过了酒，失了礼节，请您原谅。不过天色已晚，大王也很劳累，我就要告退了。"

大王也起身离座，说："能见到您，朕心里很是高兴，为什么急急就说要走呢？您既然不肯住下，朕也不敢强留。如果感到烦闷，想念您的时候，再去请您吧。"

大王说完命内官把窦旭送了出去。内官在路上对窦旭说："刚才大王说'才貌相当'，似乎是想把公主嫁给您，您为什么竟悄悄地一句话不说呢？"

窦旭听内官这样一说，后悔得直跺脚，怀着一腔悔恨回到自己家里。他忽然醒了，左右看看依然躺在床上，再看窗户已是夕阳西下时光，才知道是做了一场梦。他呆呆地坐着苦苦思索，梦中所见历历在目。晚上，他吹灭蜡烛早早睡下了，还希望再做那样的梦，然而总也进不了那个梦境，只好又后悔又惋惜罢了。

一天晚上，窦旭和一个朋友睡在一张床上。忽见前次来过的那个内官又来了，向他传达大王的诏命。

窦旭高兴地跟随内官又来到王宫。他见到大王急忙倒身跪拜。大王把他扶起让他一旁坐了，说："知您别后深怀相思，冒昧将我女儿许给您做妻子，想您该不会推诿吧？"

窦旭正等这句话呢，听后立即向大王三叩谢恩。

接着，大王让设了酒宴款待娇客，并命内阁学士大臣席间相陪。酒至半酣，一宫女前来回说："公主梳妆已毕。"

　　时过不久，就有几十个宫女簇拥着莲花公主来了。只见公主头蒙红纱，被宫女左右扶着，迈着细碎的步子踏上红毡，与窦旭交拜成礼。礼毕，窦旭夫妇就被宫女们送进洞房。

　　洞房内红烛耀眼，陈设华丽；芳香袭人，温凉适宜。这时窦旭却说："有公主在我身边，真叫人高兴死了也不知道，然而只恐怕今日相遇，依然是梦。"

　　公主一听，掩口一笑，说："明明是我和您在这里，哪会是梦呢？"

　　欢娱夜短，转眼天明。窦旭起来亲自替公主涂脂描眉。而后，又拿了带子量公主腰身粗细，用手指量公主脚的大小。公主不由笑了起来，说："你敢是疯了吗？"

　　窦旭说："我老是被梦哄弄，所以要细细把您的模样记下来。如果这次还是梦的话，也足以触动相思的念头。"

　　二人正调笑间，一个宫女慌慌张张跑了进来，说："妖精闯入宫门，大王已躲到偏殿，大祸临头了！"

　　窦旭听罢，大吃一惊，赶忙跑着去见大王。大王说："蒙君子不弃，方图永好，不料祸从天降，国家即将灭亡，叫我怎么处置呢？"

　　窦旭惊问到底是怎么回事，大王从龙案上取过一份奏章递给他。窦旭拆开一看，原是含香殿大学士黑翼据黄门官报称，就国家出现了一个不同寻常的妖怪闹事，请求早日迁都，以保存江山社稷一事上的奏章。奏章里说道：

　　　　自五月初六日，来了一只千丈巨蟒，整日盘踞宫外，吞食内外臣民一万三千八百余口，所到之处，宫殿楼阁皆成废墟，等等，不一而足。臣奋勇当先，亲往窥看，果见妖蟒：头如大山，目似湖海；昂头张口把殿阁一下吞进肚子，伸腰摆尾把宫墙一扫而平。真是千古罕见的凶恶，万世不遇的大祸！国家存亡，危在旦夕！望我王早日带领内眷，速速迁往太平之地。

　　窦旭看完奏章，吓得面如土色，毛发倒竖。就在这时，又一宫人跑来奏道："妖物来了！"

　　一时间，哀号声、哭泣声充满了整个宫殿，十分凄惨。大王也慌慌乱乱不知如何是好，只是哭着对窦旭说："小女可要连累您了！"

　　窦旭气喘吁吁返回住处，正和宫女抱头痛哭的莲花公主见他进来，急忙上前扯住他的衣襟说："你打算怎样安排我呀？"

　　窦旭一听，悲痛欲绝，握着公主的手想了一下，说："我家贫寒，惭愧没有华丽的住舍，只有茅屋三间，暂同我回去躲避一时可以吗？"

　　公主说："情况危急，还有什么选择的余地，请您带我快走吧！"

　　窦旭搀扶了莲花公主离开宫廷，走不多时就来到自己家门前。公主四下看看，说："这是一所又大又平安的宅院，比我的祖国要强多了。只是我虽跟您来到这里安然无恙，父母亲又该去依靠谁呢？请您再修一所房子，当举国相从。"公主见窦旭面有难色，又说："不能急人所急，要你这男人干什么！"

窦旭向公主说了几句宽心解气的话，相跟着进到屋里。公主一头倒在床上哭哭啼啼，劝也劝不住，就在窦旭着急想不出办法时，忽然醒了过来，才知道又是一梦。只是啼声"嘤嘤"依然在耳边萦绕，细细一听，又不像人的声音，扭头一看，原来是两三只蜜蜂在枕边飞鸣，不由连声大叫："怪事！怪事！"

这时他的朋友也惊醒了，忙问他什么事，他就把刚才梦中之事告诉了一遍。朋友听了也觉得很是奇怪。

窦旭和朋友急忙起来看那蜜蜂，只见蜜蜂不时飞落在窦旭的衣、袖间，大有依依不舍之意，赶也赶不走。朋友劝窦旭为蜜蜂筑窝巢。

窦旭听了朋友的话，当即就请了工匠，并亲自督促他们修造。但是，才垒起两堵墙，就有一群蜜蜂从墙外飞来，嗡嗡嘤嘤，络绎不绝。窠顶还没有合住，里面已经聚集了一斗多。

窦旭顺着蜜蜂飞来的方向去察看踪迹，原是从邻居老汉的旧花园里飞出来的。据说这窝蜜蜂已经在这花园里住了三十多年，繁殖一向都很旺盛。今日突然飞去，人们觉得很是奇怪。

一天，有个爱管闲事的人把窦旭的事统统告诉了老汉。老汉到花园一看，那座蜂房果已悄然无声。他叫人拆开蜂房，里面竟盘着一条一丈多长的大蛇，当即就把它捉住杀掉了。这才知道所谓"巨蟒"就是这条大蛇呀。

蜜蜂迁到窦旭家，繁殖更加旺盛，也再没有出现别的怪事。

绿衣女

　　山东益都一带,有一个姓于名璟字小宋的书生寄宿在醴泉寺读书。一天夜里,已经是很晚了,但一向勤奋的于璟还坐在书桌前看书。正读得入迷,忽听窗外飘来一女子的赞叹声:"于相公读书好刻苦啊,这么晚了还不休息!"

　　于璟听了,大吃一惊,不由心中暗道:"深山野谷哪来的女子?"正疑惑间,女子已推门进来,笑着重复道:"好用功呀!"于璟一惊,急忙站了起来。一看,是个上着绿衣、下罩长裙的女子,神态姿色美妙绝伦。他知道女子定非人类,便问她家乡、姓氏。女子道:"就依您看,我也不会是个吃人的妖吧,何劳苦苦相逼?"于璟心里对女子很是喜爱,便不再追问,索性留她和自己同宿。于璟等她脱下衣裙看时,腰肢竟细得不满一把。

　　天色将晓,女子穿衣着裙翩然而去。自此,那绿衣女子无夜不来。有天晚上,于璟同绿衣女子对坐饮酒。从谈吐言笑里,觉得她很懂音乐。于璟便道:"我听你声音娇细,如果唱一支歌,一定会叫人高兴得忘乎所以。"绿衣女子笑了,道:"要那样我可不敢唱了,恐怕把您的魂摄了去。"经不住于璟再三请求,绿衣女子又道:"并非舍不得为您歌唱,怕的是让外人听见。您既然要我唱,我就给您唱一支,唱得不好可不要见笑。不过只能低声唱,表达意思罢了。"说完,一边用脚踢着床腿作拍,一边唱道:

　　　　树上乌臼鸟,赚奴中夜散。
　　　　不怨绣鞋湿,只恐郎无伴。

　　声音细小得好像蝇子叫,仅仅可以辨别清楚。但是再侧耳静听,时而婉转悠扬,时而激烈奔放,十分动听、感人。绿衣女子刚刚唱完,就去开门,向外看了一下,返身说道:"以防窗外有人。"接着又出去,绕着屋子转了一圈才回来。于璟见她这样,问道:"你为什么那么害怕呢?"绿衣女子笑道:"俗语说'偷生鬼子常畏人',我夜夜私奔你处,这句话不正是说我的吗?"二人说笑一阵,便一起

上床安歇了。这时绿衣女子忽然心神不宁，很不高兴地说："难道我一生和您的情分就到此为止了吗？"于璟急忙问她这话是什么意思，女子又说："我心跳得很厉害，怕是不久于人世了。"于璟安慰道："心动眼跳原是常事，为什么突然要说这话呢？"绿衣女子听了于璟的话，心似乎放宽了一些，二人才又欢好了一番。不觉天又将晓，女子披衣下床，正要开门时，反倒犹豫起来，返身对于璟道："不知为什么，我总提心吊胆的，请你送我出去吧。"于璟急忙起床把她送到门外。女子又道："您就站在这里看着我，见我过了墙，您再回去。"于璟应道："好吧。"就这样，于璟一直看着女子转过房廊，正想返回去睡觉时，忽然传来女子急切的呼救声。于璟跑到出事地方，四下搜寻，什么也没有，仔细一听，声音竟在屋檐下。抬头一看，见一只珠子大小的蜘蛛网着一个小虫，正声嘶力竭地哀鸣。于璟寻了杆子挑破蛛网，把小虫挑下来。等解去它身上的蛛丝看时，原是一只绿蜂，已经奄奄一息了。

于璟把绿蜂捉回屋里放在桌上，停了一会儿，它才苏醒过来；又停了一会儿，它才能够爬行了。只见它慢慢爬到砚台里，染了一身墨汁后，又爬出来，在书桌上爬了一个"谢"字。而后，不断地抖动双翅，接着便"嗡"的一声穿过窗户飞走了。从此，绿衣女子再也不来了。

大 人

　　济南长山举人李质君去青州时遇到几个人,他们说话是河南口音,面颊上都有铜钱大小的斑痕。

　　李质君于是问他们怎么得了相同的病。

　　那些人说:"我们去年到云南旅游,因为贪玩,天黑便迷了路。我们进到峭壁悬崖的大山里,怎么走也走不出来了。

　　"山谷中有一棵大树,树枝几尺长,绵绵下垂,遮阴一亩多。我们想没地方可去,便系马解装,靠树休息。夜深时,虎豹鸮鸥轮番嗥叫,我们吓得围坐在一团,不敢入睡。

　　"忽然,我们看到一个身形巨大的人走过来,他身高一丈多,手臂和腿都像柱子一样。他用手抓过我们的马就吃,吃马就像吃鸡一样,六七匹马一下子就吃完了。然后他从树上折断一根长树枝捉住我们的头,像穿鱼一样从我们的腮帮子穿过去。穿完后提着走了几步,树枝脆弱,发出折断声,大人好像怕我们掉下去,就把树枝的两头扭弯,并用巨石压住。

　　"我们感到他已经走远,这才拿出佩刀砍断穿腮的树枝,顾不得脸上的伤痛拼命地奔跑。没走几步,看见大人领着一个人来了。我们赶忙躲在草丛里。只见后面的那个人更高大,他在树下来往巡视。后来,他发出可怕的叫声,显得怒气冲冲,大概是责怪那个小大人骗了自己。小大人毕恭毕敬地弯着腰乖乖地接受训斥,不敢争辩。

　　"一会儿两个大人都走了。我们这才仓皇逃出。跑了很久,远远看见山头上有灯火,到了那儿看见一个男子居住在一间石房子里,我们进去向他参拜,诉说我们的痛苦。男子道:'这东西很可恨,但我也不能够制服他。等我妹妹回来,可以和她商量。'

　　"不久,一个女子背着两只老虎从外面进来,问客人从什么地方来。大家叩头,趴在地上告诉她事情的原委。女子说:'很早就知道这两个家伙作孽,没有想到竟这样凶顽,应当马上除掉他们。'她说着就从石房子里拿出重三四百斤的铜锤,出门就不见了。

　　"男子煮了一大锅虎肉招待客人,肉还没煮熟,女子便回来了,她说:'他看见我就想逃,我追了几十里,斩断他一根手指就回来了。'说完就把比我们的小腿骨还粗的手指扔在地上,大家惊讶极了,问她的姓名她不回答。

　　"过了一会儿,肉熟了,大家因为伤痛不想吃,女子便用药粉给大家一涂,疼痛顿时止住了。

　　"天亮后,女子送我们到树下,我们找到各自的行李,背着走了十几里路。我们出了山,女子才返回去。"

　　这几个人讲这个故事时神情依旧后怕不已,但庆幸捡回了一条命。李质君也感叹这事很奇特,真是世界之大,无奇不有啊。

向杲

向杲，山西太原人，表字初旦，他有个异母哥哥名叫向晟。二人虽非一母同胞，但彼此相处得很是融洽，简直比嫡亲的兄弟还亲几分。

哥哥向晟恋着一个名唤波斯的妓女，二人情投意合，曾有割臂之盟，发誓要结为夫妇，但因为老鸨要钱太多，事情没有办成。

后来有个姓庄的公子听说老鸨要改业从良，并且传出口风要事先把波斯打发出去。庄公子平素和波斯就有交往，便去和老鸨商量，愿意买了波斯做妾。

波斯知道后，对老鸨说："既然愿意一同跳离火坑苦海，这实在是出地狱升天堂的好事。若还叫我给别人做妾，和现在又有什么区别！你要是肯听我，嫁给向晟这样的人还是可以的。"

老鸨答应了波斯的要求，并将波斯的意思转告给向晟。那时，向晟死了妻子还未续娶，听到这个消息很是高兴，便带了所有的积蓄把波斯娶了来。

庄公子知道向晟夺去了他的心上人，心下十分恼怒，蓄意寻衅生事。

一天，他和向晟在途中偶然相遇，先是破口大骂，见向晟不服，又唆使仆从们拿棍棒把向晟打了个半死才扬长而去。等向杲听说去看时，向晟已经死了。

向杲怀着满腔悲愤写了状纸到府衙告状，但因庄公子到处行贿送礼，致使兄长的冤案长期得不到审理。

向杲郁忿难消，又苦于没地方控诉，想着只有半路行刺这一条路可走了，于是便天天怀揣锋利的匕首，藏在山路边的树林野草中。

时间一长，向杲的机密泄漏了。

庄公子知道向杲要谋刺自己，就格外小心，出出进进戒备森严。他听说汾州府有个名叫焦桐的勇士，善于射箭，便不惜重金请来做他的保镖。向杲无计可施，但还是每天藏在树林野草里等待时机。

一天，他刚在树林野草里藏起来，忽然下了场暴雨，浑身上下淋了个透湿，不住打着寒战。雨过后狂风乍起,接着又下起冰雹来。这时,他已经不觉痛、不觉痒,快要失去知觉了。山岭上原来有个山神庙,他就强打精神站起来往庙里奔去。

进去一看,他平素认识的那个道士也在里面。这个道士经常在村里讨要,而向杲每次见到他都要管他一顿饱饭,所以道士也认得向杲。道士见向杲身上湿淋淋的,就从身上脱了件布袍递给他,说:"先换上这件衣服吧。"

向杲刚换了衣服忍着冷蹲在地上,看了看自己,竟浑身长了长毛,变成一只老虎。回头看道士,道士已经不在了。

他心里又惊又怕,但一转念,又觉得变成老虎能逮住仇人吃他的肉,喝他的血,这个办法倒也使得。向杲这样想着离开山神庙来到原来潜藏的地方,他发现自己的尸体躺在野草里,才醒悟到自己的原身已经死了。他怕老鹰糟害自己的尸体,就在周围转来转去看守着。

过了一天,庄公子从此处经过,老虎突然从树林窜出,把他扑下马来,一口咬掉了他的脑袋。走在前面的焦桐听到主人的惨叫,立即回马相救,一箭射中老虎的肚子,老虎猛跳一下倒在地上死了。

向杲好像做了一场噩梦,从痛苦中慢慢醒来。又过了一夜,可以勉强行走了,才拖着极端困倦的身子一步步挨到家里。

这时,家里人正为向杲一连几夜没回来感到担心,纷纷乱猜哩,一见他回来了,自然又惊又喜。大家围上去问长问短,但向杲舌头发硬说不出话来,只是痴痴呆呆地躺在床上。

不久,家里人听到庄公子被老虎吃掉的消息,争先恐后到床头给向杲报告喜讯。向杲这才说:"那老虎就是我呀。"于是就把变虎的经过一五一十地讲了一遍,从此传播开去。

庄公子的儿子对父亲的惨死感到非常悲痛,当他听到向杲变虎一事后,就到官府告状。官府认为他的理由荒诞,又没有确凿的证据,便不去追究了。

鸽 异

　　山东省邹平县有个养鸽成癖的青年，名叫张幼量。他养的鸽子都是按标准不惜重金购得的，各样品种无所不有：山西的"坤星"、山东的"鹤秀"、贵州的"腋蝶"、江苏的"翻跳"、浙江的"诸尖"，此外还有"靴头""点子""大白""黑石"等各种名目，真是数不胜数。

　　张幼量对鸽子的喂养十分精心，简直就像保护他的儿孙一样。鸽子受寒了，就用粉草给它们治疗；天气热了，就放些盐粒叫它们吃。鸽子有个爱睡的特点，睡得太多就会得麻痹病死去。就为这，张幼量专程到广陵花十两纹银买得一种鸽子。这种鸽子身体最小，爱走动，它要是转起圈子来，不到死是不会停止的，所以需要人常常用手捉着它。晚上把这种鸽子放在鸽群里去惊扰，可以避免鸽子因贪睡而得麻痹病。人们管这种鸽子叫"夜游"。

　　在山东一带养鸽家中，张幼量养的数量最多，品种最全。他经常在众人面前以此炫耀。

　　有天晚上，张幼量正在屋里闲坐，忽然有个身着白衣的少年敲门进来。一看，并不相识。问他叫什么名字，他说："我是个四处漂泊、居无定所的人，身世姓名不值一提。听说你养的鸽子十分繁盛，这也是我生平所好，倒是很想看看。"张幼量把各样品种都拿来一只供他观赏：多彩多色，宛若灿烂的云霞。少年不觉喜形于色，说："果然名不虚传，您可真算得养鸽能手了。我也带来两只，您是不是也愿意看看啊？"张幼量听了很高兴，二话不说，随即跟那少年走出门来。见月色苍茫，旷野萧条，心里不觉有点害怕。少年似乎看出什么，说："再辛苦一会儿，就到我住的地方了。"

　　又走了几步，眼前闪出一座小小寺院。少年拉着他的手进到里面，四下一瞅，暗无灯火。少年立在院里，学着鸽子叫了几声，就有两只鸽子忽然飞了出来。借着朦胧的月色，隐约看到那两只和平常的鸽子差不多少，只是浑身羽毛像雪一样白。两只鸽子飞得有屋檐那么高，一边鸣叫，一边争斗，而且每次相互扑击时总要翻个跟头。

　　张幼量正看得入神，少年把胳膊一挥，两只白鸽便一起飞去了。这时少年又撮着嘴发出一阵奇怪的鸣叫声，接着就又飞出两只鸽子来：大的像鹜鸟，小的才有拳头大小。它们一起落在廊阶上学白鹤舞蹈。大的伸长脖子，张开两翼作屏，在那里一边鸣叫，一边欢跳，声音婉转悠扬，似乎在招呼小的；小的上下飞鸣，不时落在大的头顶，活像翩翩飞舞的燕子飞落在蒲叶上一样轻捷。鸣声细碎，宛若摇拨浪鼓，大的似乎怕小的摔下来，一动也不敢动，只是鸣叫声越来越急，渐渐变得如敲钟磬一般，与小的鸣叫声粗细相和，长短间杂，而且很有节奏。

这样鸣叫一阵，小的振翼起飞，大的频频鸣叫，依然像在招呼小的。张幼量看到此处，喜不自禁，夸赞不绝，大有望洋兴叹之意。于是急忙向少年打躬作揖，求他忍痛割爱，分赠自己两只。少年有点舍不得，但又经不住张幼量再三央求，便把眼前这两只吓走，又学着鸽子叫了几声，把先前两只白鸽招了来拿在手里，说："如不嫌弃，就把这两只赠给您略表心意吧。"张幼量把鸽子接过来仔细打量：只见那鸽子的眼睛在月光映照下呈现出琥珀色，而且像小溪一般通明透亮，清澈见底，中间的黑瞳仁仿佛两颗圆溜溜的胡椒粒儿；翻起翅膀，肋下嫩肉晶莹如玉，甚至可以望见体内五脏。张幼量如获奇宝，但还是觉得不够满足，好说歹说求告不已。少年笑了起来，说："我还有两种鸽子没拿出来，现在可不敢再请您观看了。"二人正在那里争执，忽见家里人点了火把来找张幼量。就在这时，张幼量回头一看，少年竟然变作一只鸡一般大小的白鸽冲天飞去。再看寺院，寺院也不见了。原来是座长着两株柏树的小坟墓。

张幼量抱着鸽子一路惊叹而归。回家后，试着教白鸽飞舞，那白鸽就像原初那样驯服而奇异。虽说不算最好的品种，但人世间还是绝少的。因此，他对这两只白鸽护养的非常精心。两年以后，白鸽孵育出三只小公鸽和三只小母鸽，就是亲戚朋友也别想要走一只。

后来，父亲一个做大官的朋友，一日见到张幼量，说："你养着多少鸽子呀？"张幼量不肯实说，含糊其辞地支吾几句便借故躲开了。他怀疑父亲的朋友一定也喜欢鸽子，想着拿两只赠送，又实在舍不得忍痛割爱。他又想，既是父辈的好友，不仅不能执意拒绝，还不敢拿一般的鸽子搪塞。于是便挑选了两只白鸽，装在笼子里，送给了父亲的朋友。他自以为别看只是两只鸽子，却不亚于以千金相赠。

过了几天，张幼量见到了父亲那位朋友，脸上带着喜悦的神色，却没有说一句表示感谢的话。他实在忍不住了，就问："那两只白鸽好不好？"

"倒也肥美。"父亲的朋友漫不经心地回答道。

张幼量不由大吃一惊："你把它们烹着吃了？"

"不错，我把它们烹着吃了。"

张幼量大惊失色地说："那可不是平常的鸽子，是人们俗称的'靼鞑'呀！"

父亲的朋友并不理解张幼量此时的心情，想了想说："味道也没有什么特殊的地方呀！"

张幼量见他答非所问，只好叹口气，满怀不悦地走了。

这天晚上，张幼量梦见白衣少年又来了。少年责备他说："我原以为您是个爱鸽子的人，所以才把儿孙托靠给您。您怎么能把明珠往暗处扔，致使我的儿孙遭到杀身之祸！今天我就要领着儿孙们走了。"说完，少年化作白鸽，家里所养白鸽也都跟着它鸣叫着一起飞走了。天明一看，鸽子果然都不见了。张幼量心里气愤不过，干脆把自己养的鸽子全部分赠给他的朋友，几天工夫就一只也不剩了。

八大王

冯生是个没落的贵族子弟。有个捉鳖的人欠了他的债不能偿还，就以鳖抵债。一天，那个人献给他一只大鳖，冯生见它形状奇特就放了它。

一天，他从女婿家回来，走到恒河畔时，天色已近黄昏。这时，他见一个醉汉后面跟着两三个随从，一颠一跛地走来。

醉汉远远看见冯生就问："什么人？"

冯生随便答道："行路人。"

醉汉生气地说："难道没有姓名，为什么只说是行路人？"

冯生急着赶路，对他的话置之不理，直走过去。那醉汉更生气了，抓住他的袖子不让他走。冯生解脱不了，就反问一句："你叫什么？"

醉汉回答说："我是从前的南都令尹，你想怎么样？"

冯生说："世间哪有这样的令尹！幸亏是从前的令尹，如果是现在的令尹，那不得把行人都杀光吗？"

醉汉非常愤怒，打算对冯生动武。

冯生大声说："我冯某人不是好惹的！"

醉汉听了，竟变怒为喜，跌跌撞撞地下拜说："你是我的恩人，刚才冒犯你了，请不要怪罪！"

他叫随从先回去准备酒菜。冯生推辞不得。两个人握着手走了几里路，才到一座小村子。走进去，只见房屋华丽漂亮，好像是富贵人家。醉汉的酒渐渐醒了，冯生问他的姓名。

他说："说出来你不要吃惊，我是本地的八大王。刚才西山的青童请我去喝酒，不觉过量了，冒犯了你，实在惭愧。"

冯生一听，这才明白他是妖怪，但他的情感和言词都很诚实，也就不害怕了。

一会儿，八大王摆设了丰盛的筵席，催冯生痛饮。八大王最豪爽，连饮了几杯。冯生担心他又喝醉了，再纠缠骚扰，便假装喝醉了，请求去睡觉。

八大王已明白他的意思，笑着说："你莫不是怕我癫狂？请不要畏惧。说喝醉了酒的人没有品行，不记得隔夜的事情，这是骗人的。酒徒不讲德行，故意冲犯的十个中就有九个。我不会把无赖的行为施加给年长的人的，你就放心地喝吧。"

冯生又坐下，劝道："你既然自己知道，为什么不改变你的行为呢？"

八大王说："我担任令尹时，天天喝得酩酊大醉。自从触怒了天帝被贬到这个岛，我发誓要痛改前非，不走老路。现在衰老得快要死了，加之又穷困潦倒，所以旧态复发。你的教诲我恭敬地领教了。"

两人倾心交谈之际，远方的钟声响了。八大王站起来，抓住冯生的手臂说：

"我藏有一件东西，姑且报你的大德。这东西不能长期佩戴，如愿以后，再还给我。"

说完，八大王从口里吐出只有一寸多高的小人，用手掐冯生的手臂，冯生痛得像皮肤裂开了一样。八大王急忙把小人按在上面，一松手那小人已进入皮肤里，指甲的痕迹还在。皮肤慢慢凸起，鼓起一个小肉包。

冯生惊问这是什么东西，八大王却笑而不答，只是说："你应该走了。"

他送冯生出门，自己返回去。冯生回头一看，村舍全都消失了，只有一只巨鳖，缓慢爬入水中不见了。

冯生惊讶了很久。自从得到宝贝，他的眼睛变得无比明亮，凡是有珠宝的地方，埋得再深他都可以看见。

一次，他从卧室里挖出几百串钱。后来有个人要卖房，冯生知道房屋地下有无数钱，就用重金买下来居住。从此，他变成了富翁，还收藏了各种难得的珍宝。

一天晚上，冯生在睡梦中梦见八大王气宇轩昂地进来说："我赠送给你的东西现在应该还给我了，戴久了会耗人精血，损人寿命。"

冯生答应马上奉还，请八大王留下来作客，八大王辞谢说："自从听了你的规劝，我戒酒已经三年了。"说完，就用嘴咬冯生的手臂。冯生痛极了，醒过来一看，那个小肉包已经消失了。

从此以后，他又和普通人一样了。

巩 仙

有一天，鲁王府前来了一个道士，自称姓巩，想求见鲁王。看门人见他是个穷道士，不肯给他通报。正闹得不可开交，鲁王府里走出一个太监来，道士见状，连忙拦住太监恳求他引见。

太监上下打量那道士，见他土头土脑，就将他撵了出去。可是过了不久，道士又来了。太监很生气，就叫人一面追赶他，一面打他。道士被赶到一个没人的去处后，笑嘻嘻地从怀里拿出二百两黄金递给那人，说："麻烦你代我转给太监，就说我也不是要见鲁王，只是听说王府后花园里的花草林木十分繁盛，楼台亭阁举世无双，要是能领我看看，就一辈子心满意足了。"道士说完又拿些白银塞给那人。

那人一见银子，立刻换了笑脸跑去告诉太监。太监也是见财眼开，便领着道士从后门进去，把各样景致看了一遍，而后又领道士到楼上去玩。当太监刚走近窗口时，被道士推了一把。太监只觉得从楼上掉下来，腰让一根细藤拴着，悬挂在半空；往下一看，离地很高，一时把他吓得头晕目眩，浑身冷汗直流；又听见细藤隐隐传出格格嘣嘣似乎要断的响声，他十分恐惧，便大喊大叫起来。一会儿，有几个太监闻声赶来，抬头一看，都愣住了。见他离地很高，一起上楼看时，发现藤的一头拴在窗棂上；想把他吊上来，那藤又实在太细，怕一用力就会被拉断。到处寻那道士，道士也不知哪儿去了。大家干瞪眼没办法，只好去禀报了鲁王。鲁王到那里去一看，感到很是惊奇，于是就命令手下的人在楼下铺了厚厚一层茅草和棉絮，然后再去把藤割断。谁知等他们刚准备好，那藤却自动断了。那太监一掉下来，才发现原来他离地还不到一尺。大家忍不住地笑了起来。

鲁王叫人去寻访那个道士，打听到他住在尚秀才家。到那里一问，说是出游未归。去寻访的人从尚秀才家出来准备回去，不料在半路上和道士相遇了，就引了他去见鲁王。鲁王见了道士又是赏酒，又是赐坐，让他变戏法。道士说："臣是个山乡野人，没别的本事。既然受到您优厚的招待，如果您愿意的话，我可以献出一班歌女为您祝寿。"说着便从衣袖中拿出一个美女放在地上。美女向鲁王行礼毕，道士教她唱一折《瑶池宴》的戏曲，祝大王万寿无疆。美女刚唱几句，道士又从衣袖中拿出一个女人，那女人自称是王母娘娘。接着，董双成、许飞琼等仙女都先后出来了。最后织女出来拜见，献上一件天衣，绚丽多彩，金光灿烂，把宫殿照得一片通明。

鲁王怀疑天衣是假的，要讨来看看。道士忙说："不行。"鲁王不依，拿去一看，果然是无缝天衣，绝非人工可以制作的。这时，道士很不高兴地说："我实是尽心竭力奉承大王，才暂时从天孙那里借来。如今让污浊的俗气沾染，叫我怎么去归还物主呀？"

鲁王觉得天衣既不假，那仙女也定是真的了。正想着要请道士留下一两个最好的，但仔细打量时，却发现原来都是自己宫中的歌女，而她们所唱曲子又是平素没有学过的。问她们为什么会唱，她们迷迷糊糊弄不清楚。

道士当场把那件天衣烧了，然后将炭灰拢进袖子里。让人去查看，已经什么也没有了。由此，鲁王对道士十分敬重，想把他留在府里居住。道士说："山乡野人自由惯了，我看这宫殿就像牢笼一般，还是住尚秀才家吧。"打那以后，道士经常出入鲁王府，但每次都是到了半夜就要回去。有时实在推辞不过，也偶尔在王府过夜。

道士常常在宴席上为他们表演颠倒四时花木的戏法，可以让本来不是这个季节开的花，转眼间立刻开放。一次宴席上，鲁王忽然问起道士，说："听说仙人也不忘男女情爱，是真的吗？"

道士回答说："仙人也许是这样吧。我不是仙人，所以也没有那样的念头。"

一天晚上，道士留在府中过夜，鲁王打发一个年轻美貌的妓女去试探他。妓女来到道士住室，连唤几次，不见应声，点了灯烛看时，只见他闭了眼睛死人一般坐在床上。用手摇他，他两眼一睁，立刻又合上了；再摇他，反而发出了鼾声；又去推他，他便顺势倒下，卧床酣睡，鼻息如雷；用手指去弹他的额头，发出敲击铁器般的音响。妓女觉得奇怪，忙去告诉鲁王。鲁王叫人拿针扎他，针扎不进去；推他，重得不可摇动；又加上十来个人把他抬起来扔到床下，就像块千斤重的石头"咚"地落在地上。第二天去看他，仍旧睡在地上。他醒过来笑着说："啊呀，一场好觉，睡得从床上掉下来都不知道！"后来这些女子们常在他打坐的时候按着他的身子玩，刚按还软和和的，再按就像铁石那样硬了。

巩道士住在尚秀才家，常常通夜不归。尚秀才把他住的屋子锁上，但到第二天早晨开门去看，他已经好好睡在里面了。

这尚秀才和一个名叫惠哥的歌女很要好，二人曾经盟誓要结为夫妻。惠哥很会唱歌，弹奏器乐的技艺在当时也是第一流的。鲁王听说惠哥的名气很大，就把她召入王府长期为他演唱，从此，两人不能见面了。尚秀才时时思念惠哥，但又没办法互通消息。

一天夜里，尚秀才问那巩道士，说："你经常出入鲁王府，见到惠哥没有？"

巩道士说："鲁王府的歌女我全都见过，但不知哪个是惠哥。"

尚秀才把惠哥的相貌、年龄向巩道士细细叙述一遍，巩道士才想了起来。尚秀才求道士再去时替他向惠哥转达一句话，道士笑着说："我是个超脱尘俗的人，不能替你捎书带信。"道士嘴里这么说，却是经不住尚秀才苦苦哀求，于是将袍袖一展，说："好了，好了。你一定想见惠哥一面，就请藏进我的袖子里吧。"尚秀才迟疑一下，从袖口往里一看，原来里面竟有屋子那么大。他躬身进去，只见光明如昼，宽若厅堂，桌椅床帐应有尽有，而且住在里面，一点气闷的感觉也没有。

巩道士袖了尚秀才到王府和鲁王下棋。他见惠哥走来，就装作拂尘的样子，只把袍袖一抖，惠哥已被装了进去，而别的人却没有一点觉察。尚秀才正独自坐着沉思，忽然从屋檐上飘下一个女子，定睛一看，原是惠哥。二人见面自然悲喜交集，你拥我抱欢喜非常。尚秀才说："今日得见，也算奇缘了，不能不留个纪念。让我们联句作一首诗吧。"说完先在墙壁上写了一句：

侯门似海久无踪，

惠哥续道：

谁识萧郎今又逢。

尚秀才又写了一句：

袖里乾坤真个大，

惠哥又续道：

离人思妇尽包容。

诗刚题完，忽然闯进五个人来，头戴八楞甲壳帽，身穿淡红色的衣服，都是素不相识的生人。他们一句话也不讲，就把惠哥抓了去。尚秀才吓得什么似的，也弄不清是为了什么。

巩道士回来以后，把尚秀才从袖子里叫出来，问他在里面做了些什么。尚秀才吞吞吐吐不肯全部实说，道士也不追问，微笑着把衣袖翻过来让他看。只见上面隐隐约约有虮一样大小的字迹，细细辨认，原来正是他题的诗句。

过了十来天，尚秀才又请求道士带他到王府去了一次。这样，前后共去了三次。最后一次，惠哥对他说："我觉得腹中胎动，心里很犯愁，只好每天用布带子把腰扎紧。但是府里耳目甚多，倘是有一天生了孩子，小孩子一哭该藏到哪里呢？麻烦你和巩道士早做商议，见到我用手在腰间叉三次，就请他设法救我。"

尚秀才答应了，回来见了道士，就跪在地上不肯起来。道士把他扶起来，说："你想说的话，我已经全知道了，请你只管放心好了。你们尚家就靠这一点骨血传宗接代，我怎么敢不尽力帮助呢？但是从此以后，你就不必再进去了。我所以报答你的，原不在儿女私情呀！"

几个月后，巩道士从外面回来，笑着说："我给你把儿子带来了，快点去拿包布来！"尚秀才的妻子是个贤惠善良的女人。她已经快三十岁了，生了好几胎，只一个儿子活下来了，最近生了个女孩，刚满月就死了。听到丈夫一讲，又惊又喜地走出来。道士从袍袖里把婴儿取出，婴儿睡得正甜呢，脐带还没有剪断。尚秀才的妻子把孩子接过来抱在怀里，孩子才"呱呱"地哭开了。这时，巩道士解下衣服，对尚秀才说："产血溅在衣服上，这是道家最大的忌讳。如今为了你的缘故，二十年旧物，弃于一旦，深为可惜。"

尚秀才给巩道士换了一件新道袍。道士又嘱咐他说："那件旧衣服要妥为收藏，不可弃掉。烧一钱灰吞服，可以治疗难产和堕死胎。"尚秀才把道士的话牢牢记在心里。

巩道士在尚秀才家又住了一些时候，忽然对他说："你收藏的旧衣服，应少留一点备自己急用，我死了以后千万不要忘记。"尚秀才怪道士的话不吉利，道士也不言语就走了。接着，道士来到鲁王府对鲁王说："臣要死了！"鲁王惊奇地问他为什么说这话，道士说："人的生死都是有定数的，还有什么可说呢？"鲁王不相信，强把他留下来。二人下了一盘棋，道士急忙站起要走，鲁王又把他拦住，请他到外间休息。道士答应着，来到外间床上躺下。等鲁王出去看时，他已经死了。鲁王命人准备上等棺木，按一定的礼节把他葬了。安葬那天尚秀才亲自赶到坟前哭祭了一番，这才醒悟到，道士以前说的话是预先告诉他的呀。

尚秀才把道士留下的旧衣，用以催生、治疗难产和死胎十分应验。求他治病的人接连不断，都要把屋子挤破了。开始他剪了被产血污了的衣袖给人；衣袖完了，又剪了领襟给人，也没一个不见效的。他想起道士生前嘱咐的话，怀疑自己的妻子必定要遭难产的灾难，就剪下巴掌大一块血布珍藏起来。

此后不久，正好鲁王有个爱妃要生产了，三天还没有生下来，请了许多名医高手也不顶用。鲁王正着急的时候，有人告诉他尚秀才会治难产，他便立即教人把尚秀才请来，只吃了一次破布灰，就平安无事了。

尚秀才治好了鲁王的爱妃，鲁王十分高兴，赏给尚秀才许多银两和彩缎，但尚秀才却一样也不要。鲁王问他想要什么，尚秀才道："臣不敢说。"鲁王又请他说，并表示绝不怪罪，他才向鲁王叩了头，说："如果大王肯成全我，只把那个叫惠哥的歌女赏给我，也就心满意足了。"鲁王即刻把惠哥召来，问她多大年龄了，惠哥说："我是十八岁到府上的，如今整整十四年了。"鲁王觉得惠哥的年龄太大，就命人将全部歌女召来，任凭尚秀才选择，但选来选去没一个称尚秀才的意。鲁王不由笑起来，说："你真是个书呆子啊！难道十年前都和惠哥定了情吗？"

尚秀才把同惠哥的关系老老实实告诉了鲁王，鲁王就叫准备了彩车骏马，还把尚秀才不肯收的银两、彩缎给惠哥全部做了嫁妆，把惠哥送到了尚家。惠哥生的儿子取名秀生。"秀"取"袖"的同音，这时秀生已经十一岁了。尚秀才他们时刻不忘巩道士的恩德，每逢清明节就要到他的坟上祭扫。

本地有个久在四川旅行的人，一天在路上遇上了巩道士。巩道士从怀里拿出一本书，说："这是鲁王府的东西，来时很仓促，来不及奉还，请你替我捎回去吧。"那人回来后，听说道士早已死去，担心弄错，不敢贸然去见鲁王。尚秀才知道了这件事，就告诉那人，情愿替他转达，于是便拿了书去见鲁王。鲁王把书打开一看，果然是以前道士借的那本书。这下鲁王动了疑心，教人刨开坟墓，原来埋的是一具空棺材。

后来，尚秀才的嫡子少亡，全靠惠哥生的秀生为尚家顶门立户，传宗接代。于是尚秀才更加佩服巩道士的先见之明。

二 商

　　山东莒县有两户姓商的人家，户主是亲兄弟。年长的人称大商，家里很是富有，年幼的人称二商，却穷得一贫如洗。兄弟俩的住宅虽只一墙之隔，但却犹如天上人间，悬殊极大。

　　康熙年间，有一年遭了大旱，赤地千里，颗粒无收。二商一家，吃了上顿没下顿，啼饥号寒，叫谁看了也可怜。

　　那一天，已近中午，二商家还没生火做饭。二商饥肠辘辘地在屋里光转圈子，就是想不出一点法子。他的妻子让他去向大商借贷，他说："去也是白搭。要是哥哥肯接济的话，早就该有个安排，哪能落到这般地步？"

　　妻子再三要他去，他才打发儿子去了。可是去不多久，儿子就空着两手回来了。二商看了看妻子，说："怎么样？我说什么来着？"

　　妻子没言声，转身去问儿子："你伯伯都说了些什么？"

　　儿子说："伯伯倒没说什么，只是犹犹豫豫地给伯母使眼色。伯母说：'兄弟既已分居，就该有衣各穿，有饭各食，谁还能顾得了谁？'"

　　二商夫妻一听，顿时气得目瞪口呆。只好依旧睡破床，用破碗，吃糠咽菜，苟全性命。

　　当时，村上有三四个流氓恶棍，探得大商家中殷实富足，就瞅准一个月黑天，跳墙而入，前去抢劫。大商夫妻被惊醒后，敲着洗脸盆子大喊大叫，但由于邻居们都恨他财迷心窍，一毛不拔，谁也不肯去援救。实在不得已，大商的妻子才隔着墙壁喊起二商来。二商听得嫂嫂呼救，就要去救助时，妻子却拖住了他，并隔着墙壁大声对嫂嫂说："兄弟既已分居，有福各享，有祸各当，谁还能顾得了谁！"

　　过了一会儿，二商听得盗贼砸开了大商的门，又过了一会儿，听得大商夫妇被捆起来打，还可以闻到一股烫灼皮肤的臭味，同时传来一阵阵凄惨的哭喊声。

　　二商再也忍不下去了，说："他们虽然无情无义，但我怎么能见死不救呢！"说完，便叫了儿子一起翻过墙去，连连大喊"捉贼！"

　　二商父子原来就以勇力过人出名，盗贼又怕惊来别的外援，便仓皇逃走了。二商急忙进屋看视兄嫂，只见他们大腿都被烫烂了。他把兄嫂扶到床上，唤来仆人和婢女，便和儿子回去了。

　　大商夫妇虽然受了些伤，金银财物却一点也没有丢失。大商很感激弟弟，就对妻子说："今日能保住这份家业，全凭弟弟舍命相救，应当分一些给他。"

　　妻子瞅了他一眼，抢白道："你要是有个好兄弟，还不会受这罪哩！"

　　大商一时不知如何答对。

　　二商救了哥哥，满以为他一定会来报答的，哪知过了好久也没一点响声。妻子等不得了，就叫儿子拿了口袋去借粮，回来一看，只有一斗，便生了气，要儿子再送回去，二商过来拦住了。又过了两个多月，二商穷得再也没法生活下去，和妻子商量道："现在已到山穷水尽的时候，不如干脆把房子卖给哥哥。哥哥要是怕我出走，说不定不仅不收房契，反而还会周济咱们呢。即便不这样，卖个十来两银子，也还能勉强活下来。"

妻子觉得丈夫说得有理，就叫儿子拿了卖契去见大商。大商把此事告诉了妻子，并说："就算弟弟不仁不义，也是手足骨肉。他一走，我就孤立了，有事谁来相帮？不如把卖契退还给他，再接济他一下。"

妻子听了老大不高兴，说："可不能这样做，他说走，是要挟咱们，真这样做了，恰好中了他的奸计。人世间没有兄弟的多着哩，还都不活得好好的？况且咱家的院墙修得又高又结实，足可以自卫。不如收下他的卖契，凭他上哪里好了，也可以扩大咱们的宅院。"

二人计议已定，便叫二商在卖契上画了押，给了他一些钱让他走了。二商无奈，只好迁到别村去住。

还是村上那几个流氓恶棍，听说二商走了，便又在深夜到大商家行劫。把大商夫妇打得七死八活，金银财物被抢劫一空。他们临走时，还打开仓库，让村上的穷人来随便取粮，不大工夫便颗粒无存了。

第二天，二商才听到这个消息，等他跑来看时，哥哥已经丧失了神志，说不出话来。只见哥哥睁开眼看着他，两只手直抓床席，不久就咽了气。二商心里又悲痛又气愤，便亲自到衙门去告状。但这时主要案犯已逃之夭夭，没法缉捕，从仓库取粮的一百多人，全是村上的穷人，县、府衙门也没有什么办法。

大商死后，留下个才五岁的独生子。因家里穷了，没吃没喝，经常跑到叔叔家，一住就是好几天；一说送他回去，便啼哭不止，二商的妻子很是讨厌他。二商说："他父亲不好，孩子有什么罪？"于是便在街上买了几个蒸饼亲自把他送回家去。

过了几天，二商又背着妻子给嫂嫂送去一斗米，让她抚养孩子，从此，隔几天就要去一次。又过了几年，嫂嫂把田地房产也卖了，卖的钱足够维持生活，二商才不去了。

后来几年，连年遭灾，真是赤地千里，哀鸿遍野。这时二商家口更大，确实再也顾不了嫂嫂。十五岁的侄子又生来体弱，做不了什么营生，就叫他跟了自己的儿子一起贩卖烧饼。

一天夜里，二商梦见哥哥来了，凄凄惨惨地对他说："我听了你嫂嫂的话，绝了我们手足之情。弟弟不记旧恶，使兄倍加羞愧。你嫂嫂卖掉的房子，现在还空闲着，你可以去租了来住，后院的荒草下面埋有金银，挖出来也可以过个小康的日子，就叫你侄儿跟你过活，你那个说长道短的嫂嫂我恨死她了，不要去管她！"

二商梦醒后，觉得很奇怪，就花大价钱把房子租来住。依照哥哥梦中指示的地方去刨，果然得到五百两金银。从此，二商便不再做小买卖了，在街上开了个大商店。侄儿很聪明，账记得清清楚楚；为人又忠厚诚实，就是进一文钱或者出一文钱，也要告诉叔叔，因而二商更加喜爱他。一天，侄儿哭着求叔叔给母亲弄点粮食。二商的妻子不想给她，二商念起侄儿的孝心，干脆按月供给她。

几年以后，二商家更加富有了。大商的妻子已经病死，二商也老了，就给侄儿分了一半家业让他另居。

阿 英

　　江西庐陵人甘玉，表字璧人，从小父母双亡，与一个弟弟相依为命。甘玉的弟弟名叫甘珏，字双璧，五岁上就跟着哥哥过活。甘玉对弟弟非常疼爱，有什么好吃的好喝的，总是先让着弟弟。

　　后来，甘珏慢慢长大了，不仅一表人才，而且聪明好学。因此，甘玉对弟弟更加喜爱，逢人就说："我弟聪明俊秀，不能没有个很好的妻子。"但由于要求的标准过高，婚事一直定不下来。

　　这时，甘玉正在匡山一个寺院里读书。一天夜里，他刚刚睡下，忽听窗外有女子的说笑声。从窗缝往外一看，地上坐着三四个绝色女郎，旁边几个婢女斟酒上菜忙个不停。

　　一个女子说："秦娘子，阿英怎么没来？"

　　坐在下手的女子回答道："昨天她从函谷关回来，半路被恶人咬伤右臂，因此不能同游，正在家暗自发恨呢。"

　　女子又说："前晚做了场噩梦，现在想起来还头炸哩。"

　　坐在下手被称作秦娘子的连连摆手，说："快别说了，快别说了！今夜姐妹会，别尽说些吓人的话，惹人不快。"

　　女子笑着奚落道："看你那个胆小的样！难道立刻会有虎狼把你叼了去吗？若要我不说，除非你唱支曲子为老娘祝酒兴。"

　　秦娘子被逼无奈，只好低声唱道：

　　　　闲阶桃花取次开，
　　　　昨日踏青小约未应乖。
　　　　付嘱东邻女伴少待莫相催，
　　　　着得凤头鞋子即当来。

　　唱罢，立即引起众女郎的喝彩和赞赏。就在她们兴高采烈地谈笑时，忽然有个眼如灯盏、面目狰狞、身材高大的男子从外面闯进来，吓得她们连哭带喊："妖怪来了！妖怪来了！"慌慌张张哄然四散。只有那个唱歌的秦娘子因体弱脚软，躲避不及，被男子抓住，正在哀啼、挣扎呢。男子发了怒，大喊一声，先咬断她一根手指，接着张开大嘴就要吞食她。

　　甘玉看到这里，由于恻隐之心的驱使，他再也忍耐不住了，就急忙拿了宝剑，拉开门栓，冲了出去。他把剑用力一挥，正好砍在那男子的大腿上。男子见大腿被削去一块，只得负痛而逃。

　　甘玉把秦娘子扶进屋内，只见她面如土色、鲜血淋漓，再看她的手，原来右拇指被咬断了，便急忙从衣襟上扯条布给她包扎起来。这时秦娘子才呻吟着说："您在危难之中救了我的性命，这大恩大德叫我拿什么来报答呢？"

甘玉在窗间窥看的时候，就已暗暗产生了给弟弟从中挑一个做妻子的念头，见秦娘子这样说，就把自己的心意告诉了她。秦娘子听了，说："我是个残废的人了，不能操持家务。应当另给您的弟弟找个好的。"甘玉又问她姓什么，她告诉甘玉说姓秦。

甘玉给秦娘子铺好床，让她暂时在这里休养，自己却抱了被子到别的屋子去睡了。第二天早上甘玉过去看时，床上已经没了人，想着她可能是自己回去了。但是到附近的村子去察访，却很少有姓秦的，又多方托亲求友，也没打听到一个确实的消息。回去和弟弟说起此事，竟像丢了什么宝贝似的悔恨不已。

一天，甘珏偶尔在野外游玩，遇见一个十五六岁的少女，真是"身材苗条岸边柳，面目秀丽画中人"。打眼看去，唇边含笑，似乎有话要说。她向四面看看，见路上无人，果然开口问道："你是甘家的老二吗？"

"是呀。"甘珏急忙回答。

"您父亲曾和我有约，让我与你为妻。为什么现在要悔婚约，另订秦家女儿呢？"

"小生自幼父母双亡，这桩亲事从来不曾听说，请问家住何处，何名何姓，也好回去禀告家兄。"

"这也无须细说，只要您说句'同意'的话，我自己会到您家去的。"

甘珏以还未得到长兄应允为由推辞再三。

少女见他这样，不觉笑了起来，说："呆郎君呀！就这样害怕你哥哥？现在告诉你，我姓陆，家住东山望村，三天以内，专等你的好消息了。"说完，作别而去。

甘珏回去把此事向哥嫂说了。哥哥说："简直胡说！父亲去世时我已经二十多岁，要是有这事，我还能没听说过？"又想那少女独自在旷野行走，竟敢和男子随便交谈，心里很是反感。问起少女的长相，甘珏只是红着脸不吭声。嫂嫂笑着说："想来一定是个佳人吧。"

甘珏说："我年纪还小，哪能辨出好坏？就是好，也必定不如秦家女子；待秦家说不好，再说这个也不迟。"说完低着头退了出去。

过了几天，哥哥甘玉在路上看见一个女子哭哭啼啼地在前边走着。停下马斜眼一瞥，是个旷世无双的美丽少女，便叫仆人前去问她因甚啼哭。少女回答说："我旧日曾许配甘家老二为妻，只因家境贫寒，迁往远方居住，就此断了音信。最近回来，又听说甘家反三复四，背弃前盟。我要去问问甘家哥哥甘璧人，看怎么安置我？"

甘玉一听又惊又喜，说："甘璧人就是我呀。家父在世定的婚约，我确实不知道。此处离我家不远，请回去商量好了。"于是便把马让少女骑了，自己步行，跟在后面招呼着一同回家去。

少女说她姓陆，小名叫阿英，上无兄长，下无弟弟，只跟秦家表姐住在一起。这时甘玉才知道，她就是弟弟甘珏遇到的那个美人。甘玉要去通知她的家里人，她却再三阻止。甘玉为弟弟能得到这样一个美丽的妻子暗暗高兴，但又怕她性情轻薄招来闲话。万万没料到阿英在甘家住了很长时间，举止行为很是稳重，又温顺，又会说，对待嫂嫂像母亲一样，很得嫂嫂欢心。

转眼已是中秋佳节。夜里甘玉夫妇正吃酒说笑，嫂嫂想起阿英，就让人去叫她。阿英见甘珏有点不高兴，就把来人先打发走，说是随后就到。夫妻二人又说笑了好一阵，阿英却一点走的意思也没有。甘珏怕嫂嫂久等，连连催她起身，她只是笑，终于没有去成。

第二天早晨，阿英刚刚梳洗完毕，嫂嫂就来了，问她昨天夜里和自己一块饮酒，为什么老不高兴。阿英只是微笑，并不言声。甘珏觉得奇怪，再三追问，阿英支支吾吾，说话含混。嫂嫂十分吃惊，急忙回去对丈夫说："阿英准是个妖怪变的。要不，她怎么会有分身法？"

甘玉也很害怕，便到弟弟屋里隔着帘子向阿英祝告道："我家世世代代积德行善，平日无仇，近日无怨，如果你是个妖怪的话，希望你不要伤害我的弟弟！"

这时，阿英羞红了脸，说："我本来就不是人类，只因你父亲在世时曾订为婚好，所以表姐秦氏劝我来甘家。我知道自己不会生男育女，早就想走了，但因兄嫂待我很好，迟迟不忍离别。如今你们既然怀疑我，只好从此分别了。"说完，变作一只鹦鹉，把翅膀一拍飞了去。

原来，甘玉的父亲在世时，曾经养过一只鹦鹉，因那鹦鹉伶俐乖巧，被他视为宝物，常常亲自喂养。当时甘珏才四五岁，一次问他父亲："喂鸟干什么？"

父亲要笑着说："等长大给你做媳妇。"

说也奇怪，打这以后，每逢鹦鹉没了吃食，就要呼叫甘珏："不拿吃食来，饿死媳妇了！"家里人都把这话拿来谈笑。后来，那鹦鹉挣断绳索不知飞到哪里去了。

甘玉想到这里，才醒悟到阿英说的"旧日已许配给甘家老二"的话就是指的这件事。

甘珏虽然已知阿英本是一只鹦鹉，但因情投意合，一直思念不止；尤其是他的嫂嫂想得更厉害，一天到晚暗自哭泣。哥哥甘玉也很后悔，却又无法挽回。过了两年，他给弟弟娶了姜家女儿为妻，但始终不称弟弟的意。

不久，甘珏到广东去看望一个在那里做官的表哥，一直没有回来。恰在这时，家乡遇上土匪作乱，附近的几个村子多半被糟蹋成一片废墟。甘珏心里十分恐慌，领着全家人逃进深山野谷。在山里避难的男男女女很多，却没有一个熟人。甘珏正在那里发愁，忽然听到有个女子小声说话，声音很像阿英。嫂嫂催他过去看个究竟，一看，果然是阿英。甘珏高兴极了，死死拖住阿英的胳膊不放。阿英不得已就对她的同行女伴说："姐姐先走一步，我去看看嫂嫂就来。"

阿英走到嫂嫂跟前，嫂嫂一见，先自泣不成声，阿英再三劝解，才止住了泪水。阿英说："这里并不是个平安的地方，你们还是回去为好。"嫂嫂和家里的人都担心回去会碰上土匪，阿英却说："不妨事的。"说完便搀着嫂嫂一同回家去了。

阿英在门口用土撒了个道道，嘱咐家里人尽管住在里面不要出去，又坐下和嫂嫂说了几句话，返身要走，嫂嫂急忙抓住了她的手腕子，又叫两个婢女一人拖住她一条腿，阿英没法，只得住下来。

阿英虽然住下来了，却不多到甘珏屋里，早晚只和嫂嫂在一起。甘珏和她约了三四次，才肯去一次。当嫂嫂告诉她，甘珏老觉得新娶的媳妇姜氏不称心时，她就每天早早起来亲自给姜氏梳妆打扮，涂脂抹粉。人们再看，姜氏竟漂亮了好几倍；这样，阿英一连帮忙打扮了三天，姜氏居然变成了一个美人。嫂嫂觉得奇怪，一天对阿英说："我身边没儿子，想给我丈夫买一个妾，暂时还没时间办这件事。不知道婢女是不是也可以打扮成个美人？"

阿英说："什么人也可以叫她变美的。只是基础好一点的，容易一些罢了。"

嫂嫂把所有的婢女叫来让阿英相看。看了半天，只有一个又黑又丑的婢女有生男孩的兆头。于是，阿英就把她叫到自己屋里亲自为她洗了脸，接着取了香粉和着药面给她涂了一层。三天以后脸色渐渐由黑变红，由红变黄；又过了三四天，粉脂的光泽慢慢浸入肌肤，居然变得很好看了。

阿英和嫂嫂每天关门闭户闲话说笑，至于土匪作乱的事连提也不曾提到。

一天夜里，忽听村中喊声四起，全家人慌慌张张不知如何是好。不久，又听门外一阵喊叫过后，土匪竟轰然离去。这时，大家才又安下心来。

天明一看，村上的房屋被烧掉不少，财产也被抢劫一空。原来躲进深山野谷、藏在石洞崖畔的人全被搜寻出来，有的被杀，有的被俘。自此，甘家对阿英更加敬重，把她看作神仙。但就在这时，阿英忽然对嫂嫂说："我这次来，是因为忘不了嫂嫂的好处，暂且为您分担离乱之苦的。哥哥很快就要回来了，我在这里，正像俗话说的'非桃非李'，让人笑话。我暂时走了，以后趁空闲就来看望您。"

嫂嫂听说丈夫快回来了，忙问："他在路上不会有什么祸恙吧？"

阿英说："最近有大难。但这事和别人无关，只有秦家姐姐受过他的大恩，我想她一定会极力相救的，所以也不必担心。"

嫂嫂拉着阿英的手再三挽留。阿英又和嫂嫂一起住了一夜，第二天天不亮就走了。

甘玉从广东回来的路上，听说家乡土匪作乱，正心急如焚，不分昼夜往回赶路，偏偏在一个山上遇了劫路贼。他和仆人急忙扔下马匹，把银钱捆在腰里，钻进荆棘丛中躲避。这时，只见一只鹩鸟飞落在上面，张开翅膀遮盖他们。甘玉还发现这只鹩鸟的足缺一个指头，心里感到十分奇怪。一会儿，劫路贼从四面赶来，在荒草野蒿里走来走去，似乎在搜寻他们，吓得他们连气都不敢出。直到劫路贼都走了，那鹩鸟才展翅飞去。

甘玉回到家里，一家人惊喜之余，各自诉说所见所闻，这才知道鹩鸟正是甘玉曾经救过的那个自称秦氏的美貌女子。

后来每逢甘玉外出不归，阿英每晚必至，估计他快回来了，第二天便早早离去。有时甘珏在嫂嫂屋里遇到阿英，便悄悄约她会面，但阿英只是满口答应，却总不肯去。

一天晚上，甘玉因事外出未归，甘珏想到阿英一定要来，就藏在一边等她。不久阿英果然来了，他便突然窜出挡住去路，把她弄到自己屋里。阿英说："我和您的缘分已经尽了，若是强合，恐怕会引起老天发怒的。不如留点余地，还可以不时相见，怎么样？"甘珏不听劝告，终于又和阿英做起夫妻之事来。天明，阿英去拜见嫂嫂，嫂嫂怪她昨夜不来。阿英说："半路上叫强盗劫了去，害您空盼了一夜。"说了几句便转身走了。

几天后的一个清晨，嫂嫂正梳洗时，忽然看见一只大狸猫衔了一只鹦鹉从卧房门口经过。她一下想到阿英身上，吃了一惊，急忙大声喊叫起来，婢女们赶来又喊又打，才把鹦鹉从狸猫嘴里抢出来。嫂嫂发现鹦鹉的左翅沾着血，已是气息奄奄了。她把鹦鹉放在膝盖上，抚摸了半天，才慢慢苏醒了。这时只见鹦鹉不住地用嘴梳理自己的翅膀。又过了一小会儿，便飞起来在屋里转着圈子呼叫道："嫂嫂，告别！我怨甘珏呀！"说完，便拍着翅膀飞出屋门，从此再也不来了。

青　娥

　　山西人霍桓，字匡九，自幼聪敏过人，十一岁上就考中了秀才，被乡里人誉为神童。但不幸的是，他的父亲在他很小的时候就去世了，母亲把他看作掌上明珠，平素绝不肯叫他随便出门。因此，霍桓十三岁了还分不清叔、伯、甥、舅。同村有个姓武的，早年做过评事，因他喜欢道术，进山求仙访道一去不返。这武评事有个女儿名唤青娥，十四岁了，生得美貌无比。她小时偷看过父亲的书，对何仙姑的为人十分羡慕，父亲隐居后，她便立志永不嫁人，母亲也拿她没法。

　　有一天，霍桓在门外看见了青娥，一下子就深深地爱上了她，只是年少无知，心有感而口不能言罢了，于是就直截了当地告诉母亲，要娶她做媳妇。母亲知道青娥立志不嫁，很作难，但又见儿子每日里闷闷不乐，怕把他闷出病来，只得硬着头皮叫媒人到武家说合，结果还是没有办成。

　　霍桓走也想，坐也想，百思无计。就在这时，他看见有个道士拿着一柄一尺来长的小铲站在门外，便借来一看，问："你拿这要做什么用？"

　　道士说："这是个采药的工具，别看它很小，却能把坚硬的石头砍碎。"道士说完，见他还不肯相信，随即用小铲去斫墙上的石头，像切豆腐一样，石头应手而落。霍桓见小铲竟如此锋利，很觉奇异，接在手里反复把玩，爱不释手。道士笑了，说："你要是喜欢它，我可以赠送给你。"霍桓听了十分高兴，拿钱给道士，道士也不要就走了。

　　霍桓把小铲拿回去，又试了好几次，斫石石破，斫砖砖碎，没有什么东西能挡得住。他由此立刻想到，如果用它把墙挖透，马上就可以见到他心爱的人，根本没有去考虑这样做是要犯法的。

　　等到夜深人静，霍桓翻墙而出，一直来到武家。他用小铲凿透两层墙壁，才来到中院。这时，有一间小厢房还亮着灯，他蹑手蹑脚爬到窗台一看，恰就是青娥的住处，她正脱衣服准备睡觉呢。过了一会儿，灯灭了。又过了一会儿，屋内一点声响也没有了。霍桓急忙拿出小铲，凿个洞钻了进去。他轻轻脱掉靴子上了床，但又怕惊醒青娥把他撵走，就悄悄躺在绣被外面，略微闻到些粉脂的香味，便觉得心满意足了。他掏墙凿洞辛苦了半夜，已经十分疲累，此时又躺在青娥身边也稍感安慰，才一合眼，不觉呼呼睡去。不知过了多久，青娥醒了。先是听到床上有鼻息声；接着睁眼一看，又发现光亮从被凿的墙洞里透过来，把她吓得什么似的，急忙悄悄开门出来，隔着窗子轻声把家里的老妈子和婢女叫醒，一同点了火把，拿了棍棒来到自己住处。一看，原来是一个少年书生睡在床上，又细细一看，才认出是霍桓。

　　众婢女把霍桓推醒，霍桓"呼"地一下站了起来。两眼像两颗星斗闪闪有光，似乎并不十分害怕，只是羞红着脸一语不发。直到大家说他是贼，又吓唬，又责骂，他才哭着说:"我不是贼,实在是因为我很爱小姐,愿意和她亲近,才这样做的。"

大家又怀疑一连凿透几道墙,绝不是一个文弱书生力所能及的。霍桓就把小铲子拿出来,说它如何如何神奇。大家拿去试验,果然不假,都惊讶的不得了,认定是神仙传给他的宝物。大家想把这件事去告诉夫人,只见青娥低头沉思,看样子有点不大同意。一个贴心婢女似乎看出她的心事,就说:"这个人无论名声、门第,都和咱家相称,也算门当户对了。不如把他放走,让他托媒人来说亲也好。等天明,告诉夫人,就说昨夜有贼,怎么样?"青娥没有回答,大家就催促霍桓快走。霍桓向婢女们讨要他的铲子,婢女们都笑了,不知谁说了句:"傻小子,什么时候了,还不忘你的凶器吗?"有个婢女顺势把铲子藏在一边。这时,霍桓看见枕头边有凤钗一支,悄悄拿了往袖里放时,已被婢女发现了。婢女急忙告诉青娥,但青娥既不说话,也不恼怒。一个老妈子拍拍霍桓的脖颈,说:"莫说他傻,怪有心眼呢!"说完拖了他仍从墙洞送了出去。

霍桓回到家里,不敢对母亲实说,只是要母亲叫媒人再去武家提亲。母亲不忍心拒绝儿子的要求,又明知武家女儿立志不嫁,只有多方托媒,给儿子另找一个好对象。

青娥听到这个消息,心里很是着急,就悄悄打发贴心婢女,向霍母婉转表达自己的心意。霍母听了十分高兴,随即请了媒人到武家去了。

事有凑巧,偏在此时,武家一个小婢女把前边的事泄露了,惹得夫人又气又恨,把女儿辱骂了一场;听说媒人来了,越发触怒了她,用手杖指天画地,骂了霍桓,又骂霍母。吓得媒人脚不着地跑回来,把经过从头到尾说了一遍。霍母听了也很恼怒,骂道:"不成器的儿子做了这事,到现在我还蒙在鼓里,怎么竟这样对待我们?当他们一起睡觉的时候,你哪儿去了?为什么不把荡儿淫女一起杀掉?"从此,霍母见了武家的亲友,就要以此事数落武家。青娥听了羞愧得要死,武夫人也深感后悔,但又无法叫霍母不说。后来还是青娥背地打发人去向霍母说好话,并表示决不另嫁别人。言词婉转,情意悲切,霍母深受感动,这才不到处张扬了。但是两家的婚事却也从此不提了。

当时在这个县做县官的是个姓秦的陕西人。秦公见霍桓文章写得好,很器重他，不时召在内衙热情款待。

一天，秦公问起霍桓："有妻子了吗？"

霍桓回答："没有。"见秦公细问，又说："以前和前评事武某之女有过盟约，后因两家有点小隔阂，只得半路搁下。"

"你还愿意吗？"

霍桓红着脸，不说话。秦公笑着说："把这事包在我身上好了。"当即他就委派手下两个官员到武家去下聘礼。武夫人见是县官亲自做媒，心里很是高兴，这样，两家才正式订了亲。

过了一年，霍桓把青娥迎娶过来。

一进门，青娥就把那个小铲扔到地上，说："这是做贼的工具，收拾起来吧！"

霍桓笑着说："可不能忘记咱们的媒人。"说着从地上拣起小铲，珍藏身边，时刻不离。

青娥性情温和，少言寡语。除一日向婆母三问安，剩下的时间，只是闭门静坐。同时，也不大留心家务。但要遇上婆母到亲友家办婚丧大事，家里的事就都要过问，并且办得井井有条。

又过了一年，她生了个儿子，取名孟仙。一切都委托给乳娘，似乎不很关心。

光阴荏苒，儿子孟仙已经五岁。一天，青娥忽然对霍桓说："你我夫妻相爱，到现在已经八年了。今天就要和你永别，又有什么办法呢！"霍桓吃惊地问她为什么要说这话，她却再也不讲了。只见她换了身新衣服，拜过婆母就又回去了。母子两个不明就里，追去问她时，她已经仰面躺在床上咽了气。母子二人想她平日许多好处，痛哭不止，但又无起死回生之术，只得买了一副好棺木，把她安葬了。

霍母年高蜡尽，怎经得住这样的打击！一抱住孙子，就想起儿媳，难得心肝都要碎了，从此得了重病，卧床不起。老人什么东西也吃不下，只想着喝鱼汤，近处又没有，需到百里以外去买。当时家里所有马匹都被官家拉去当差未回，霍桓偏又对母亲十分孝顺，一日也等不得，就拿了钱，步行上路了。由于脚不着地，昼夜赶路，傍晚返到山里时，两足又酸又疼，踮踮跛跛，行路十分艰难。

这时，从后边赶来一个老汉，问道："敢情脚上打了泡吗？"霍桓连连点头。老汉扶他在路旁坐了，打着火石，用纸裹了药面给他熏脚。而后让他试着走了几步，不仅不痛，而且走得更快了。霍桓很感动，急忙行礼表示谢意。老汉又问："有什么急事，急成这个样子？"霍桓忙把母亲生病及生病的原委向老汉讲了一遍。老汉听了说："为什么不再娶一个妻子呢？"霍桓说："还没有选中一个好的。"老汉用手指着一个山村说："那里有个美貌女子，假若能跟我去，我愿意给你做个媒人。"霍桓告诉老汉，母亲病重，等着吃鱼，暂时没有空闲。老汉也没相强，向他拱拱手，约他改日去山村，只问老王就行了，说完，便各自分手而去。霍桓回到家里，立即做鱼汤给母亲喝，见母亲多少还能喝点，心里很高兴，几天以后，母亲的病居然慢慢好了。他这才叫仆人备了马去寻那位自称老王的老汉。

霍桓来到旧日和老汉相遇的地方，那个山村却看不见了。进退周旋多时，夕阳渐已西下；山谷错杂，峰峦叠嶂，看又看不远，就和仆人向山头爬去，想寻找那个村子。然而山路曲折崎岖，再也不能骑马。等他们攀藤扶岩来到山顶时，夜幕已经降临。这边看看，那边望望，根本不见一个村落。欲待下山，又迷了路。霍桓心里急得直冒火，正慌慌张张、东奔西跑寻路，一不小心从绝壁上掉下来，落在半山腰间一块突出的石头上。而那块石头仅仅能容纳一个人，往下一看，黑洞洞的不知道有多深，吓得他一动也不敢动。幸亏四周长满了小树，做了一道天然的栏杆，他才稍微壮了些胆。过了一会儿，他发现脚旁边有个小小的洞口，心里暗暗高兴，便以背贴石，一屈一伸，虫子似的钻了进去。他这就更放心了，只等天明呼救。又过了一会儿，又发现石洞深处有星星点点的亮光，便慢慢向内走去，大约走了三四里路，忽然看见里面有许多房舍，没有灯烛，却像白天一样明亮。

　　这时，有一个美丽的女子从房中走出来，一看，原来是青娥。青娥一见霍桓也吃了一惊，说："你是怎么来的？"霍桓顾不得细说，一下扑上去抓住她的手臂呜咽不止。青娥劝住霍桓，问起婆母和儿子来。他把近来的悲苦一一诉说后，青娥也感到十分难过。二人相对悲切一阵，霍桓问："你已经死了一年多，这地方莫非是阴曹地府吗？"

　　青娥说："不是，这里是仙人洞府。以前我并没有死，埋葬的不过是一根竹杖罢了。你今天能到这里，一定也有成仙的缘分。"说完，便引了他去朝拜岳父。原来他的岳父是个长胡子老翁，此时正坐在厅堂上。霍桓连忙过去向上叩头，只听一旁青娥说了声"霍郎到了"，岳父慌忙站起，握着霍桓的手寒暄几句后，说："你来了，很好。按缘分，是应当留在这里的。"霍桓告诉岳父，老母在家盼望，不敢久留。岳父又说："这个我也知道。不过，只住三两天，想也不会有什么妨碍。"于是立即叫人端来美酒佳肴招待他。接着，又叫婢女在西屋放了一张床，铺了锦褥缎被。

　　霍桓回到西屋，要青娥和他同床寝歇。青娥拒绝道："这是什么地方，能容许做那种事？"霍桓却不肯依，紧紧搂着她的两臂不放。这时，窗外忽然传来婢女们吃吃的笑声，青娥更是满面羞惭。二人正争执不下，岳父闯进来，喊道："叫他马上走吧！免得俗骨弄脏了我的洞府！"

　　霍桓平素就是爱使性子的人，哪里受得了这样侮辱，也不由变了脸色，说："儿女之情，人所共有。你作为长辈怎好意思监视我们？想叫我走倒也不难，但一定要把你的女儿带去。"

　　岳父理屈词穷，只好叫青娥随了他，说是要开后门把他们送走。谁知却是假意，等骗得霍桓刚离开门，父女俩忽然把门扇关上了。霍桓回头一看，只见断壁巉岩，原无一丝缝隙。孤身只影，不知该去何处才好，仰望长空，斜月在天，星斗已稀，正当夜半时分。霍桓坐在那里叹息半天，思前想后又悲又恨，不由面对石壁大喊大叫，见无人应，更加愤怒。索性从腰间拿出小铲猛凿石壁，转眼竟凿了三四尺深，而且隐隐约约听到里面有人说："孽障啊孽障！"听到话声，霍桓凿得更猛更急。忽然洞底开了两扇石门，有人把青娥推出来，说："快去吧，快去吧！"说完，石门又合上了。

青娥随霍桓从石洞走出来，说："你既然爱我，哪有这样对待老岳父的？是哪里的老道士，给了你这凶器，活活要把人缠死？"

霍桓得到青娥，已经心满意足了，也就不再说什么，所担心的只是路险难归。他正在发愁，只见青娥折了两根树枝，和丈夫一人骑了一根，转眼就变成了两匹骏马，而且行走如飞，一会儿就到了家。这天，霍桓失踪已经七天了。

原来，霍桓从绝壁掉下去后，仆人找了半天，生不见人，死不见尸，只好回家告诉霍母。霍母又派了许多人，几乎把深山野谷搜寻遍了，还是无踪无影。霍母正日夜忧愁不安，忽然听说儿子回来了，立刻欢天喜地地迎了出去。一抬头又看见了儿媳，几乎把她吓煞。霍桓赶忙上前，把经过简单说了一下，母亲才又高兴起来。

青娥因为自己形迹奇异，使人几次遭到惊吓，要求迁到别处去住。母亲见她说得有理，也就同意了。霍桓的父亲在世为官时，曾在外省修过一座别墅，很少有人知道，于是霍桓夫妇便选了一个吉日带着孟仙，搬到那里去了。

霍桓和青娥欢欢喜喜在一起住了十八年。他们又生了一个女儿，嫁给本县一家姓李的。后来，霍母老死了。青娥对霍桓说："我家的荒地里，有只野鸡抱着八颗蛋，那是块好地方，可以安葬母亲，你和儿子回去发丧吧。儿子现在已经成人，应把他留在家里看守家户、坟地，不必再来了。"霍桓果然照着青娥的话，回去葬了母亲，独自返了回来。

过了一个多月，孟仙千里跋涉去拜望父母，父母却都不在。问起守门老仆，只是说："回去办丧事还没有回来。"孟仙知道父母形迹异常，只有仰天长叹而已。

这孟仙从小聪明好学，早以文才出众而驰名于世，但因考官昏聩，屡困名场，四十岁未得金榜题名。后来，他以拔贡的身份前往京都应试，遇到一个十七八岁的少年举子。那少年眉清目秀，举止飘洒，使他顿起爱慕之意。他见少年的书卷上注有"顺天禀生霍仲仙"字样，不由吃惊地瞪大了眼睛。他把自己的名字告诉了仲仙，仲仙也觉十分奇怪。接着仲仙问起他的家乡住址及一些别的情况，孟仙全都说了。这时仲仙高兴地说："小弟进京时，父亲再三嘱咐，在考场中若遇到山西一个姓霍的，和咱是同族，应和他结交，现在果然遇到了。可是我万没想到，为什么名字也这样相近呢？"

二人越谈越亲热。当孟仙得知仲仙的祖父母和父母的名讳后，更加吃惊，说："原来你的父母正是我的父母呀！"仲仙怀疑年龄不相当。孟仙又说："父母都是仙人，哪能凭相貌去判断他们的年岁呢？"于是就把过去的事情从头说了一遍，仲仙才相信了。

考试完毕，孟仙和仲仙也顾不得歇息一日，便骑了马一同回到父母居住的地方。可是才到家门口，家里人便迎出来告诉仲仙，说昨天夜里，他的父母突然不在了，兄弟二人相顾大惊。仲仙进去问他的妻子，妻子说："昨天夜里还在一起吃酒，母亲说：'你夫妇俩年轻不懂事，明天你大哥来了，我就没什么记挂了。'早上去父母屋里一看，已经静悄悄的没人了。"兄弟二人一听，很是伤感。仲仙还要去追寻，孟仙以为去也是白搭，才不去了。

这次考试，仲仙中了举人。后来便跟着哥哥回到了山西老家。仲仙总希望父母还在人间，走到哪里，访到哪里，但始终没有踪迹。

胡四娘

　　剑南人程孝思，自幼聪明机灵，写得一手好文章。可惜父母很早就去世了，家道日趋艰难，为了生计，程孝思托人求胡银台雇用他做文书，胡银台便让他写一篇文章试试看。文章写得很好，胡银台十分高兴。他觉得这样的人总会有富贵之日，就想把四女儿嫁给他。

　　胡银台有三个儿子四个姑娘，都是在他们很小的时候，找有钱有势的人家订了亲。只有最小的女儿胡四娘是妾生的，而且她的母亲死得很早，虽已成年，尚未婚配，于是就把四娘许给胡孝思，招他为上门女婿。

　　有人讥笑他，说他年老糊涂办了件傻事情。他不管这些闲话，收拾了书房让程孝思读书，衣食住行，供应的很宽裕。

　　但是胡家三个公子，却看不起程孝思，连吃饭也不肯和他同桌，那些仆人和婢女也都经常耍笑他。这些，程孝思都默默地忍受了，从不计较别人的好坏，只是读书更加刻苦了。众人在一旁嘲讽他、讥笑他，他仍是不停地读书；他们又在他耳边敲打乐器扰乱他，他就拿了书到四娘房里去读。

　　原来，四娘没有许配人的时候，有个能知人一生祸福穷富的巫人来到她家，把全家人挨个儿看了一遍，没有说一句奉承的话。只有四娘一到，他才说："这才是真正的贵人呢。"没料到她却配了穷书生，因此姐妹们都带着嘲笑的口气叫她"贵人"。而四娘还是和平素一样庄庄重重，不多说话，好像听不见似的。慢慢地就连婢女和奶娘们也跟着这样叫她。

　　四娘有个心腹婢女名叫桂儿，听到人家都这样称呼小姐，心里很是不平，就大声嚷道："难道你们就敢料定我家姑爷做不了贵官？！"

　　二姐听了耸耸鼻子说："哼，程郎要是能做了贵官，叫你把我的眼睛挖了去。"

　　桂儿发怒地说："到那个时候，怕是舍不得你那粿珠子吧！"

　　二姐的婢女春香接过话头，说："二娘说话不算数，用我的两只眼睛来替她。"

　　桂儿气愤不过，就和春香打赌击掌，说："管叫你两只眼睛都瞎了！"

　　二姐恼怒桂儿说话骂人，就动手打她。夫人听得桂儿哭叫，也不说谁是谁非，只是微微冷笑。

　　桂儿向四娘哭诉，四娘不发怒也不说话，依然没事人一样在那里织布。

　　一天，正逢胡公生日，四个女婿都来祝贺，寿礼满满摆了一屋子。

　　大嫂嘲笑四娘，说："你家是什么礼物呀？"不等四娘答话，二嫂接了嘴去："她家呀，俩肩膀扛一张嘴呗。"

　　四娘听了，并不感到羞愧，显出一副满不在乎的样子。大家见她不管碰到什么事都那样憨傻，就越发戏弄她。独有胡公的爱妾——三姐的亲娘李氏对四娘一直很敬重，经常照顾她。李氏和三姐每次谈论起四娘来总是说："四姐内心秀美，外表朴素，聪明而不外露，姐妹们都给她闷在葫芦里还不知道。况且那程郎日夜刻苦读书，难道是久居人下的吗？你不要跟着他们学，要好好和她相处，日后若有相求，也好见面。"所以三姐每次到娘家来，对四娘更加亲热。

这一年，程孝思在胡公帮助下考中了秀才。次年，举行科试，胡公恰好去世了，程孝思披麻戴孝像儿子一样在家守丧，没来得及参加考试。

守丧期满，四娘给丈夫打点银钱，让他报名参加录科考试，并再三嘱咐他说："以往一直住在这里，所以没有人敢撵走我们，是因为有我父亲；现在可是说什么也不行了呀！假如你能够高中，就是回去也还可以成家立业。"临别，李氏和三姐也赠给他许多衣物银两。

进了考场，程孝思冥思苦求，认真答卷，想一举成名，没料等放了榜一看，竟然名落孙山。程孝思怨天忧命很是气闷，生怕回去没脸见人。幸亏包裹里还有不少盘缠，一气之下，便收拾行李到京都去了。

当时，程孝思岳父家有许多亲戚在京城做官，他恐被他们责难讥笑，便改名埋姓，捏造了一个假籍贯，以便暗中投靠在一个做大官的人家。

有个做御史的李大人，见他文才很好，十分器重他，收他做自己的幕僚，给他读书的费用，还出钱给他捐了个贡生，让他参加国家举行的大考。

程孝思场场都考得很好，皇上就封他做吉庶士到翰林院学习。这时他才向李大人讲了实话。

李大人立即给程孝思一千两黄金，派仆人先到剑南为他修造府第；恰好胡公的长子因父亲去世，钱物空乏，要卖那所高大的房子，仆人便买了下来。事成之后，又借车马把四娘接了过去。

起初，程孝思考中以后，送报单的人到胡府报信，全家人连听都不想听，又了解到姓名不符，就把报信的人骂走了。正好又碰上胡公的三公子完婚，亲戚眷属都来赠送礼物，妹妹、姑舅齐聚一堂。只有四娘深为兄嫂不齿，没有人请她。

这时，忽然有一个骑马的来到府上，呈递程孝思写给四娘的信。兄弟三个拆信一看，你看我，我看你，大惊失色。正在吃酒席的亲戚

们这才催他们去请四娘，姐妹们心里很是不安，只恐怕四娘抱恨不来。

但是事情偏偏出乎他们的意料，时过不久，胡四娘迈着轻盈的步子走了进来。

一时间，有给四娘祝贺的，有为四娘让座的，还有向四娘问寒问暖的，满屋子都是杂乱的喧哗声。大家见四娘依然和过去一样庄重安详，并没有说什么不好听的话，才稍微放了心，于是都争着向四娘敬酒。

正在吃酒谈笑，门外传来急促的哭叫声。大家奇怪地刚要问出了什么事，一会儿，只见二姐的婢女春香跑进来，满脸血污，大家问她，她哭得说不出话来。二姐大声训斥她，她才止住了泪，说："桂儿要挖我的眼睛，要不是我挣脱出来，几乎被她挖掉。"二姐惭愧得满脸冒汗，四娘却没有任何表情。

宴席上静悄悄的没有一个人说话，人们便一一告别而去。四娘也随即穿了华丽的服装，只向李氏和三姐拜了一拜，出门乘车走了。这时大家才猛然醒悟：买房子的原来就是程孝思。

四娘初到新居，短缺不少家什。上自夫人、下至诸位兄弟婢仆都有所赠，但四娘一样东西也没接受，只收下李氏赠送的一个婢女。

四娘在新居住下不久，程孝思请假回来祭扫祖先坟茔，带着许多车马、随从，前呼后拥好不威风。

程孝思来到岳丈家，先祭过胡公的灵柩，随后参拜李氏。等胡家兄弟穿好礼服，他已经坐着车走了。

胡公去世之后，三个儿子天天争夺家产，顾不得办父亲的丧事。几年以后，灵柩烂坏了，也没人管，到了用活人的房子作坟墓的地步。程孝思看到这种景况，心里很难过，也不和胡家兄弟商量，选了日子把胡公安葬了。事事按礼数办得很周到。

出殡那天，前来吊祭的官员接连不断，乡里人没有不称赞的。

程孝思做官十多年，历任清高重要的职务。凡遇到乡邻有沉冤大难，总是尽心竭力去帮助他们。

当时胡公的次子胡二郎，因为人命官司被差役捉拿归案，直接交给视察地方的官员处理。这个官员和程孝思同姓共宗，法度十分严明。大郎请岳父王观察给他写信求情，却没有得到处理和答复，就更加害怕了。有心去求妹子四娘，自己又觉得没脸见她，不得已，只好带了李氏的亲笔信去碰碰运气。来到京都，又不敢贸然进府，等看到程孝思入朝议事去后，才去拜见妹妹，希望妹妹看在兄妹的情分上，忘却不愉快的往事。

守门人进去禀报后，随即有个老妈子出来把大郎引到客厅，虽然准备了酒饭，却不是很丰盛。

等他吃过饭，四娘才出来，和颜悦色地问："大哥是个大忙人，这么远怎么会有工夫来看我？"

大郎跪拜在地，哭着告诉妹子来京的原因。

四娘赶忙扶起他，笑着说："亏大哥还是个男子汉，这算什么了不起的事，还值得这样？我虽是女流之辈，什么时候见我向别人哭求过？"大郎听妹子话中带刺，就把李氏的信递了上去。

四娘看完信说："诸位兄长的娘子，个个神通广大，都有了不起的本领，只要求求各自的父兄就把事情办了，何苦跑到这里来呢？"

大郎答不上话来，只是再三央求。

四娘突然变了脸说："我以为大老远地来探望妹子，原来是出了人命官司来求贵人的。"说完便拂袖而去。大郎又羞又怒地离开程府。

大郎回到家里把见妹子的经过说了一遍，一家老少没一个不骂的。李氏也说四娘太狠心了。

时过数日，二郎被释放回家，全家人都很高兴。正在那里笑话四娘白白讨了一场怨恨和谩骂的时候，四娘派了一个仆人来拜见李氏。李氏将仆人唤了进去，仆人把带来的金钱放在桌子上，说："夫人因为二舅爷的事，派人奔走事情很忙，顾不得写信，姑且寄上薄礼一份代替书函。"

这时大家才知道，二郎被释放全是程孝思暗中帮助的结果。

后来三姐家渐渐败落下来，程孝思给她的资助每每超出常礼。

李夫人因为老而无子，被四娘接到程府，当作母亲奉养起来。

宦　娘

温如春，陕西人，家里颇有些钱财。他自幼喜欢弹琴，无论走到哪里，总是琴不离身。

有一次，温如春有事到山西去，途经一个古寺，想进去休息一下，就把马拴在了寺门外。他刚走到里面，就看见一个道士，身穿土布道袍，盘坐在廊下，道士的身旁还放着一只装琴的花布琴囊。这正中温如春的喜好，他上前问那道士说："你也喜欢弹琴吗？"道人谦虚地说："就是还弹得不到家，很想跟一个行家领教一番。"

道士从琴囊里拿出琴递给温如春。温如春一看，琴上的纹理十分细致、精巧，才用手拨了一下，就发出清脆、激越的声响，于是便愉快地弹了一支短曲。道士微微一笑，似乎对他的琴艺并不怎么欣赏。温如春又拿出他的绝招弹奏了一阵，道士微微笑着说："也还不错，也还不错，可是要做我的先生还差得远。"

温如春听道士说话的口气很自负，以为是在吹牛，就请他也弹一曲听听。道士把琴接过放在膝上，刚一拨动，就觉得和风徐徐应指而生，又弹一会儿，引得千百只小鸟纷纷飞来，落满了院子里所有的树。温如春见道士的琴艺果然绝妙，大为吃惊，便恭恭敬敬地拜他为师，请他传授琴技。道士反复地弹了几次，如春侧着耳朵专心倾听，才在节拍上稍微有点领悟。道士让如春试着弹弹，并纠正他弹的不入调的地方，然后对他说："弹成这个样子，人世间就已经没有可以超过你的了。"从此，温如春精心研习，刻意追求，琴技达到了顶点。

后来，他回到陕西，离家还有几十里路，天就黑了，又遇上暴雨，正发愁没有投宿的地方，恰好路旁边有个小村庄，便急忙朝那里跑去，也顾不得仔细选择，看见一家就匆匆闯了进去。进屋一看，静悄悄的好像没人，过了一会儿，才有个十七八岁的少女从里屋出来，长得和仙女一般美丽。她抬头看见来了生人，愣了一下，就往回跑。这时，温如春还没有妻室，那少女引起他深深的恋慕之情。

一会儿，一个老婆婆出来问话，温如春报了姓名，并请求借宿。老婆婆说："借宿倒也无妨，只是没有床铺，如果你不嫌委屈，就铺点草，将就在地上睡一夜吧。"说完，老婆婆去拿了蜡烛来，把草铺在地上，对客人很是殷勤。问她姓名，回答说姓赵。又问刚才那个少女是她的什么人，她说："她叫宦娘，是我的侄女。"温如春说："我有句话不知当不当讲，如不嫌家寒人丑，把她嫁给我怎么样？"老婆婆皱着眉头说："哎呀，这件事我可不敢做主。"问她为什么，她只是说一言难尽，脸上显出很不快意的样子来，蹒跚着走了。温如春看着铺在地上的草又湿又烂，不能在上面睡觉，就端端正正坐着弹琴，想以此打发漫漫长夜。不久，雨停了，便连夜赶回家去。

他们那个县有个告老还乡的葛姓京官，很喜欢同文人来往。一次，温如春偶然前去拜访，他请温如春弹一曲。弹奏时，帘幕内隐隐约约似乎有女眷窥听，忽然一阵风刮起帘幕，温如春看见一个刚刚成年、美丽绝顶的少女。原来这就是葛公的女儿，小名叫良工，会吟诗作赋，很有才气，尤其是她的美丽在附近一带是早已出了名的。

温如春动了心，回去告诉母亲，叫打发媒人去葛家提亲。但葛公嫌他家已经衰败下来，不肯应诺。而他的女儿良工，自从听了温如春弹琴，便悄悄地爱上了他，常常想再听听他的演奏。温如春见提亲不成，心灰意懒，再也不愿踏进葛家的大门了。

一天，良工在花园里捡到一张旧稿纸，上面是一首用《惜余春》的词牌填的词，词里写道：

因恨成痴，转思作想，日日为情颠倒。海棠带醉，杨柳伤春，同是一般怀抱。甚得新悲旧愁，铲尽还生，便如青草！自别离，只在奈何天里，度将昏晓。今日个蹙损春山，望穿秋水，道业已摒弃了！芳衾妒梦，玉漏惊魂，要睡何能睡好？漫说长宵似年，侬视一年，比更犹少：过三更已是三年，更有何人不老！

良工读了好几遍，心里很喜欢这首词，就把它带回房里，拿出很漂亮的稿纸，用正楷誊了下来，放在桌子上。可是过了一会儿，她再找就找不到了，心想大概是给风刮走了吧，也不在意。这天，葛公正好从女儿门前走过，捡到了这首词，看字体，是女儿的笔迹；看内容，很不正经，就把它一把火烧了。葛公虽然不忍责备女儿，但心里却很不是滋味，想把她及早嫁出去，免生是非。

恰好邻近一个县的刘布政使的儿子托媒来求亲，心里很觉合适，只是还想亲自见见他本人。刘公子打扮得漂漂亮亮来了。见是一个眉清目秀的美少年，葛公很是喜欢，就十分热情地招待了他。但他走了以后，却在他的座位上发现了一只绣鞋。葛公认定是刘公子遗落的，想他一定是个轻薄的人，就立刻把媒人叫来，告诉了这件事。刘公子极力辩白，说不是他的。葛公只不肯信，终于断绝了这门亲事。

葛家很早就有一种绿颜色的菊花，从来舍不得让人移栽，只有女儿良工在绣房里种了一株。温如春的院子里也种有菊花，这时突然有一两株竟变了绿的。他的朋友们听说这个消息，都纷纷上门观赏；温如春自己也非常珍惜它们，经常亲自除草浇水。

一天清早，他去看菊花，在畦边捡到一张写有《惜余春》词的漂亮的稿纸。他反复读了几遍，想不出是从哪里来的，又因为"春"是自己的名字，心里更加感动。便拿到书桌上，加了些评语，语气很不文雅。

葛公听说温家的菊花变了绿色，心里感到很奇怪，便想亲自上门去看个究竟。他来到温如春的书房，见桌子上放有一首词，拿起来就看。温如春觉得上面加的评语不好见人，急忙夺在手里揉作一团扔掉了。葛公只看了开头两句，便起了疑心，连温如春的绿菊种，他也认为是女儿赠送给他的。葛公很生气，回去一进门就把这事告诉了他的夫人，并要她逼问女儿说出情由。女儿受逼，直哭得死去活来，事情又没个见证，很难下个决断。葛夫人怕把事情闹大，张扬出去失了体面，主张不如将女儿干脆嫁给温如春。葛公也觉得只有这个办法了，就托人把这个意思告诉了温如春。温如春自然很高兴，当天就大请宾朋，摆了"绿菊宴"，还焚香弹琴，直闹到深夜才散。

温如春回去睡了，书房里的小书童忽然听见琴自动奏出了音响。起初还以为是别的仆人在闹着玩，后来发现并没有人，就跑去告诉温如春。温如春自己去听，果然是真的，只是音调生涩，仿佛在学他而又未学好似的。他急忙点灯跨进书房看时，却什么也没有。他把琴拿走，整夜就再没有动静了。温如春想着一定是想拜他为师的狐狸精在作怪，就每天夜里奏一曲给它听，然后把琴放在那里让它学弹，自己藏在外面偷听。这样过了六七夜，那琴声弹出来居然像一个曲子，很可以一听了。

后来，温如春结了婚，夫妻二人谈起过去那首突如其来的《惜余春》词，才知道了他们得以结合的原因，但始终不知道这首词究竟是怎么来的。良工又听丈夫说起琴会凭空弹响的怪事，亲自去听了一下，回来对丈夫说："那调子很凄凉，不是狐狸精，倒像是鬼弹出的声音。"温如春不大相信。良工说，她娘家有一面古镜，什么精怪都可以照出它的原形。第二天就派人拿了来。等到琴声又响的时候，他们就拿着古镜突然进到书房，点火一照，果然有个女子惊慌失措地躲在墙角，再没法藏身。温如春仔细一看，原来是他那次避雨时，曾经见到过的宦娘。温如春很是吃惊，再三追问她的来历，她才哭着说："我给你们做媒，帮助你们结合，不能说没有功劳吧！为什么要这样苦苦相逼？"温如春同她约好，要她再不要逃避。见她答应了，才叫良工把古镜收起。

宦娘远远坐在一边，说："我原是一个知府的女儿，已经死了一百多年了。小时候喜欢弹琴弄筝。筝我弹得相当好，只有琴，因无名师指点，没有学好，所以到死以后还觉得是桩恨事。那次你避雨到我家，听到你精妙的弹奏，心里对你实在敬佩，只恨人鬼相隔不能做你的妻子。为了报答你对我的爱慕之情，我便暗中设法使你们结为好夫妻。刘公子遗落的那只绣鞋，那首写得很粗俗的《惜余春》词，还有那两株变成绿色的菊花，都是我干的。"夫妻二人听了，表示非常感谢。

宦娘说："你的技艺，我觉得已学了一多半，可是那精神和韵理，我还没有全学通，请你给我再弹一遍吧。"

温如春答应了她的要求，还给她讲了许多方法和技巧。这时宦娘很高兴地说："这下我全懂了。"说完就要起身告别，良工拦住了她。良工本来也会弹筝，刚才听宦娘说她长于弹筝，希望她弹一曲听听。宦娘也不推辞，马上弹了起来。想不到她弹的竟是在人间难以听到的曲子。

良工一边听，一边击节赞叹。听完后，又要请宦娘当面指教。宦娘取笔抄下十八曲筝谱，又起身要走。夫妻二人再三挽留她，她凄凉地说："你们是幸福的结合，彼此又是知音；我是个薄命人，哪有这样的福气？如果有缘分的话，来世再相见吧。"临走，又交给温如春一卷画，说："这是我的小像。如果你还记得我这媒人，请挂在你的卧室里，高兴的时候，烧上一炷香，弹上一曲琴，我就感激不尽了。"说完，走出门去，一下子不见了。

阿　绣

　　海州人刘子固，在十五岁的时候奉父母之命到盖州去探望他的舅舅。

　　一天，刘子固外出散步，途经一家杂货店，见店里的少女长得秀气可人，顿时产生了爱慕之情，便情不自禁地走到店内，谎称想买扇子，借机和那位姑娘搭讪。少女见有人买扇子，赶忙将父亲唤了出来。刘子固觉得很扫兴，便故意压低价钱，随后假装离去。当他远远看到少女的父亲到别处去了，又返了回来。这时少女又要找她的父亲，刘子固劝止道："用不着找你的父亲了，你只说扇子的价钱好了，我不是那种舍不得花钱的。"少女听了他的话，故意把价钱要得很高。刘子固不忍心同少女争价，便按她说的数目，从钱索上解下钱来，买了扇子走了。

　　第二天，刘子固又到杂货店来买扇子，还和昨天一样付了钱。可是走不多远，忽然听得少女在身后喊道："喂，快返回来吧！我刚才是骗你的，价钱要得高了。"于是少女拿出要价的一半还给了他。

　　从此，刘子固更为少女的真诚可爱而感动，瞅机会就要到店铺里走走，日久天长，就慢慢熟识了。有一次，少女问他家住在什么地方，子固如实地告诉了她。子固问少女姓什么，少女告诉他姓姚。临走的时候，少女替他把所买的东西一一用纸包裹完好，并用舌尖蘸了唾沫粘起来。刘子固把东西揣在怀里带回去，就再也不敢翻动，只恐怕把少女留在上面的舌痕给弄乱。

　　这样过了半个月，事情被子固的随从看破了，背地里竭力撺掇他的舅舅打发他快点回家。

　　刘子固回家以后，终日闷闷不乐。他把从少女那里买的香帕、粉脂等悄悄放在一个小箱子里，没人的时候就关上门一样一样细看，睹物生情，对少女更加怀念。

　　好容易盼到第二年，刘子固又到了盖州，刚放下行李，就往少女住的地方跑。到了那里一看，只见杂货店不知什么时候已关门落锁，只得失望而归。但刘子固还不死心，想着：可能是偶然去了什么地方，还没有回来吧。于是次日早起，又去看了一遍，门户依然上着锁。向邻居一打听，才知道姚家是广宁县人，因为买卖赚钱不多，就暂时回去了，也不知道什么时候再返回这里。刘子固听了此话好不丧气，勉强住了几日，快快不快地辞别了舅舅。

　　刘子固这次返家后，母亲打发媒人给他提亲，但他每次都不肯依从。这使母亲既奇怪又恼怒。后来，子固的随从悄悄地把在盖州发生的事情告诉了子固的母亲。母亲怕别人说长道短，对子固看管得更严。从此，再不准刘子固到盖州去。

　　但是，刘子固也从此萎靡不振，茶饭不思，觉也睡得很少了。母亲愁得实在想不出好的办法，只好依顺了儿子的心思，给他备办行装，让他到盖州转告舅舅为他说合姚家少女。

舅舅听了子固的话，随即到姚家去提亲。但时间不长就返回来了，告诉子固说，事情没有办成，姚家少女阿绣已经许配给广宁人了。

　　刘子固垂头丧气地从舅舅家回来，捧着那个小箱子哭了想，想了哭，希望人世间能有一个和阿绣相像的女子。就在这时候，来了个媒人说，复州黄家的女儿生得很漂亮。刘子固怕媒人说得不真实，就叫随从赶了车子亲自到复州去探访。进了复州西门，只见坐南向北一人家，门扇半开着，里边有一女郎和阿绣十分相似。子固又瞪大眼睛注视着她，边走边看，越走越近，真与阿绣无二，一点不错。

　　刘子固见到这位女郎十分动心，便从东边的邻居家租了一间房子，住下来一询问，才知道那家姓李。刘子固翻来覆去地想："莫非世界上真有这样生得一模一样的人吗？"刘子固在这里住了几天，总得不到一个见面的机会，只好天天直呆呆地盯着李家门口，期待着那女郎会再出来。

　　一天，太阳落山时候，女郎果然走了出来。她忽然看见刘子固，随即就往回返，一边走一边用手指了指身后，接着又把手掌覆盖在额头上。

　　女郎走了进去，刘子固高兴极了，但又解不开女郎打的手势是什么意思。他站在那里凝思片刻，便信步走到李家房后。房后是一所荒落的花园，靠西边有一堵齐肩高的短墙，看到这里，刘子固终于恍然大悟，于是一声不响地蹲伏在带着露水的荒草里。

　　等了很久，有人从短墙那边露出脸来，小声呼叫道："来了吗？"刘子固应声站了起来，仔细一看，真的是阿绣啊！

　　子固见到日夜想念的恋人，悲喜交加，泪如泉涌。阿绣隔着短墙探过身来，一边用手帕替他擦泪，一边用好话劝慰他，子固收住泪说："千方百计也不能如愿，我只说今生再也见不到你了，哪里想到还会有今天！阿绣呀，你怎么会来到这里呢？"

　　阿绣说："李家是我的表叔。"

　　刘子固要阿绣过墙来团聚。阿绣说："你先回去把随从安排在别的地方歇宿，一会儿我自己就去了。"

　　刘子固照着阿绣的话把随从支使开，便坐在那里只等阿绣到来。时间不长，阿绣果然悄悄地来到他的房间。头上装饰不十分耀眼富丽，身上穿戴还是原来的服装。子固拉着她肩并肩坐在床上，把如何思念、怎样托舅舅提亲等事一一叙述了一遍，然后问道："听说你已经许配了人，为什么还没有出嫁？"阿绣笑笑说："说我有了人家，这是谎话呀。实在是我父亲嫌路程太远，不愿意将我嫁给你。这或许是你舅舅编造的假话用来断绝你对我的想念吧。"说完，两个人便做了夫妻，甜言蜜语，说不尽你恩我爱，那份高兴是无法形容的。

　　睡到四更天，阿绣急忙起床，过墙而去。从此，刘子固也就不再想去探访黄家的女儿了。就这样在这里寄住了一个多月，也不提回家的事。

　　一天晚上，子固的随从起来喂马，见子固的房间亮着灯。偷偷一看，见阿绣也在里边，不觉大吃一惊。但又没有勇气向主人直言。

次日早起，他在街市访问了一番，才回来问刘子固，说："与你在夜间来往的人是谁？"子固避而不谈，随从说："这所住宅，荒芜冷落，是狐鬼出没的地方，公子应当珍重自己。再说，那姚家的女儿为什么来到这里？"

刘子固这才红着脸说："西邻是她的表叔家，怎么能怀疑她不能到这里来呢？"

随从说："我已经详细地访查过了：东邻不过是一个孤老婆子，西家也只有一个幼子，两家都没有更近的亲戚。你所见到的一定是个精怪，要不，哪有好几年不换衣服的？而且那个女子脸色太白，两腮很瘦，还没有笑窝，比不上阿绣丰满、美丽。"

刘子固反复回忆了一遍，十分害怕地说："假如是这样，又有什么办法呢？"

随从和子固商量，等那女子来了以后，他就拿了兵器进去，两个人合伙打她。

到了晚上，那女子一进门就说："知道你有了疑心，但我也并非有别的意思，不过因为咱们俩应有这段姻缘，只是了了夙愿罢了。"话还没有说完，随从便破门而入。女子满面怒容向随从呵斥道："放下兵器！快快把酒菜端来，我要和你的主人告别。"听到女子的斥责，随从乖乖地将兵器丢在地上，像是被人夺去一样。刘子固更加恐惧不安，女子却和往常一样谈笑自如。接着又用手指指子固说道："以你的心事，正希望同我结为长久夫妻，为什么居然埋伏兵力加害于我呢？我虽然不是阿绣，但我自认为并不亚于她，你看我还不是和你以前见过的阿绣一样吗？"刘子固听到这里，吓得毛骨悚然，一句话也不敢说。女子听到滴漏报了三更，拿起杯子抿了一口酒，又站起来说："我暂且走了，等你完婚以后，再把我同你的新娘比比谁俊谁丑吧。"女子刚把话说完，一转身就不见了。

刘子固信了狐精的话，径直到了盖州。他埋怨舅舅诳骗他，也不愿住在舅舅家，就挨近姚家的杂货店租了房间住下来，亲自托媒去姚家提亲，并答应愿意出一份厚礼。姚的妻子对媒人说："阿绣的叔父在老家广宁给她找了一个女婿，因此她和她父亲一同到广宁去了，成不成还不知道，等他们回来再做商量吧。"子固听了，犹豫不定，不知怎样才好，只有安心住下等他们回来。

过了十多天，忽然传来战事的消息，起初还以为传错了，时间一长，才知道是真的，刘子固便匆匆收拾行李往回赶路。行至中途，正好遇上打仗，刘子固和他的随从给兵马冲散后被一个探子抓去了。因为刘子固不过是个文弱书生，对他的防守也不十分严密，他便趁机盗马逃走了。

刘子固逃至海州地界，看见一位女子，蓬头垢面，一步一跌向前逃命，路上艰辛实在难以忍受。刘子固正要打马过去，那女子突然叫道："马上那不是刘郎吗？"

刘子固勒马细看，原来是阿绣呀。但心里依然怕她是那个狐精，便问："你真的是阿绣？"

女子似有不解，反问道："你为什么说出这样的话来？"于是刘子固就把在盖州的遭遇向她讲述一遍。女子说："我真是阿绣。父亲带我从广宁回来，路上被乱兵捉去，给我马骑，每次都从马上掉下来，这时忽然有个女子拉着我的手催我逃走，我们在乱军中窜逃，也没有人过问。那女子行走如飞，实在跟也跟不上，走一百步不知道能掉几回鞋。走了好大一阵，听得号声、人喊马嘶声越来越远，她才放了我的手说：'我去了。前面都是平坦大路，可以慢慢走了。爱你的人马上就要来了，你最好同他一起回去。'"

刘子固一听，便知道这是那个狐精办的好事，心里十分感激她。

刘子固又告诉阿绣他这次留住盖州的原因，阿绣也告诉子固，叔父在老家给她选择了个姓方的女婿，但是还没来得及订婚就正好遭了兵乱。到这时，刘子固才知道舅舅说的并非谎言，于是便急忙搀扶阿绣上马，两个人骑了一起回海州了。

刘子固回到家里见老母亲平安无事，非常高兴。于是拴好马，同阿绣进去一同拜见老母，又把前后经过讲给母亲听，母亲也十分欢喜。

母亲亲自替阿绣洗尘，梳妆完毕，见阿绣容光焕发，艳丽动人，不禁拍着手说："怪不得我那傻小子做梦也想你呢。"说完，给阿绣铺好被褥，让她同自己睡在一起。随后又派人到盖州给姚家送信。不几天，姚家夫妇也都来了，便选了个好日子给他们两个完了婚。

刘子固把暗藏的小箱子拿出来给阿绣看，依然是当年包裹的样子，一动也没动。又打开一包香粉看，竟然变成了红布。刘子固正觉奇怪，只见阿绣掩口笑道："好几年的贼，今天才发现了。那时，你买东西任凭我包裹，哪里顾得上细看真假。我是故意和你开玩笑的。"

夫妻两个正在说笑，有一个女子打起门帘进来，说："这样快乐，还不该谢一谢给你们修路的人？"刘子固抬头一看，眼前又站了一个阿绣。他急忙呼喊母亲，母亲和家里的其他人都来了，也没有人能分出谁真谁假。刘子固回头再看时也分不出来了。他呆呆地看了一会儿，才打躬作揖表示感谢。

女子要了镜子，自己看了看自己，突然羞红着脸出去了。让人找她已经找不见了。

刘子固夫妇为了感谢狐精的恩德，就在屋子里供了她的牌位。

一天晚上，刘子固喝醉酒回来，屋子很暗，也没有人。才要点灯，阿绣从外面走了进来。他拉着阿绣问："你刚才到哪里去了？"

阿绣笑着说："一股酒气，我实在闻不惯。你这样审问我，难道你怀疑我跟了别人？"

刘子固笑着捧着阿绣的脸端详着。

阿绣说："你看我和狐精姐姐谁更好看些？"

子固说："自然是你比她强，但是只看外表的人是看不出来的。"说罢，关了房门戏耍起来。

时过不久，听到有人敲门，阿绣起身笑着对他说："你也是个只看外表的人啊。"

刘子固不懂得阿绣说的什么意思，走过去一开门，进来的又是一个阿绣，他不禁大吃一惊。这才意识到，刚才和他说话的又是那个狐精。

黑暗中，狐精咯咯地笑着，夫妻两个赶忙跪下望空祝告，要狐精显露身形。狐精说："我不愿意见到阿绣。"

"为什么不另外变一个相貌呢？"

"我不能。"

"为什么不能呢？"

"阿绣本来是我的妹妹，前生不幸少亡。她活着的时候，和我跟着母亲到天上去，见到西王母娘娘，心里暗暗爱她的美貌，回来后便用心学她的形容举动。妹妹比我聪明，一个月就学得很像。我学了三个月才像，但总也比不上妹妹。现在已经隔了一世，自以为比妹妹强了，想不到还和过去一样。我感激你们对我一片诚心，所以不时要来看看，今天我就走了。"

打那以后，每隔三五日，狐精便要来转一趟，帮助他们解决一切疑难问题。碰上阿绣走娘家，就一连住上好几天。家里的佣人们因为害怕总是避着她。家里偶尔丢失了什么，狐精就穿起华丽的衣服，端端正正坐在那里，头上插一支几寸长的用玳瑁壳磨制镶嵌的簪子，严肃地对佣人们说："所偷的东西，夜里请送到某个地方。不然的话，就叫你们头痛死，那时，后悔就来不及了。"天明，果然在某个地方发现了丢失的东西。

三年之后，狐精再也不来了。偶尔丢失钱财或布匹，阿绣仿效狐精的打扮来吓唬家里的佣人，也往往见效。

小 翠

南方人王太常，小的时候有一次躺在床上睡午觉，不知什么时候，天忽然阴了，接着便是震耳欲聋的闪电霹雷。王太常被雷声惊醒了，这时他看见一只比猫稍大的动物急急忙忙跑进来卧在他的床下，吓得哆哆嗦嗦不敢出去。过了一会儿，天刚放晴，那动物就往外跑。一看，原来并不是猫，他心里害怕，赶忙喊叫住在隔壁的哥哥。

哥哥知道了这件事，高兴地对弟弟说："你将来必定是个大贵人，这是狐狸精来避雷霆劫难的。"

后来，王太常果然在少年时期就中了进士，又从县官升到监察御史的职位。

王御史生了一个儿子，取名元丰，又痴又傻，十六岁还分不清公鸡、母鸡，因而街坊邻居没一个肯把女儿嫁给他的。

正当王御史为儿子的婚姻大事发愁的时候，可巧有一个妇人领着一位少女来到门上，说是愿意嫁给他的儿子。

看那少女，露出美丽的笑容，真有天仙一样的美貌。

王御史高兴地问她的姓名。妇人告诉他姓虞，叫小翠，十六岁了。和妇人商议彩礼，妇人说："她跟着我连糠菜都吃不饱，来到你们家，吃的是山珍海味，用的是侍女、仆人，合了她的心思，也完了我的心愿。我又不是卖菜的，讲什么价钱！"

王夫人大喜过望，殷勤地招待她们。妇人让女儿给王御史夫妇磕了头，嘱咐道："这就是你的公婆，以后要小心侍奉。我很忙，就走了，过几天再来看你。"妇人见御史夫妇要仆人用车马去送她，又说："我住的不远，你们事多，就不用麻烦了。"说完就出门走了。小翠并不难过或依恋，随即打开梳妆匣子翻看起花样来，王夫人十分喜爱她。

过了几天，那妇人并没有来。向小翠打问住处，小翠故作憨态说是记不清道路。于是王家打扫了另一所院落，给他们夫妻举行了婚礼。

亲戚们听说王御史拾了个穷人家的女儿给元丰做妻子，都讥笑他，但一见小翠美貌无比，才慢慢不议论了。

小翠很聪明，能看得出公婆的喜怒。王公夫妇对小翠宠爱非常，只恐怕她怨恨儿子痴傻。小翠却高高兴兴并不嫌弃，只是爱开玩笑，用布缝制了圆球，来回踏着逗笑。她穿着小皮靴把球踢出几十步远，让公子跑去拾它，累得公子和婢女们汗流浃背。

一天，王御史偶然从那里经过，圆球"砰"的一声正好打在他的脸上。小翠和婢女赶忙躲藏了，只有公子还蹦跳着追逐圆球。王御史很生气，拣了石块要打他，他才趴在地上哭起来。王御史把这件事告诉夫人，王夫人过去责备小翠，小翠只是低头微笑，一边用指甲挖抠床沿。

王夫人一走，小翠憨笑、蹦跳依然如故。一次，用胭脂、香粉把公子的脸抹画得像鬼一样。夫人见了，把小翠叫来骂了一顿。小翠靠着桌子搓弄着裙子上的飘带，不害怕，也不说话。夫人对她也没办法，就拿了木棍责打儿子，直到元丰号哭起来，她才突然变了脸色，跪在地上求夫人饶恕，夫人立时就消了气，放下棍子走了。

小翠拉了公子的手回到屋里，又替他扑打身上的尘土，又给他擦泪，还用手抚摸他身上的伤痕。随后又拿来红枣和栗子让他吃，他这才破涕为笑。接着小翠关上门窗，又把公子一会儿扮作西楚霸王项羽的样子，一会儿扮作来迎接王昭君的匈奴人。她自己则一会儿装成项羽的爱妾虞姬，翩翩起舞；一会儿装成王昭君，把琵琶弹得叮叮咚咚，乐声不断。终日满屋喧笑，已是常事，王御史因为儿子痴傻，不忍心过分责备儿媳，只好装作听不见。

王御史和一个姓王的官职为给谏的人住在一条街上，中间只隔十来户人家，但两家平素就有点不和。这时，正遇上三年一次的官员考绩。王给谏怕正在做河南道监察御史的王公与己作对，就想着要陷害他。

王御史知道王给谏要耍阴谋，发愁没有办法对付他。

一天晚上，王御史很早就睡了。小翠身穿蟒服，腰系玉带，用白色的丝线做胡子，装扮成吏部尚书的模样；又用青衣把两个婢女扮作虞候，从马棚里偷偷牵了马骑着出去了，并开玩笑说，要去拜访王先生。

她们来到王给谏门首。小翠突然一边用马鞭打她的随从，一边故意大喊："我是来拜访王御史的，不是来拜访王给谏的！"说完拨转马头回去了。

转眼来到自家门前，看门人只以为吏部尚书真的来了，就跑进去向王御史禀报。等王御史急忙穿好衣服出来迎接，才知道是儿媳妇搞的把戏。

王御史大发脾气，对夫人说："人家正要找我的漏子，反而把闺阁中的丑事拿到人家门上去宣扬，我的大祸快要临头了！"夫人也很恼怒，就到小翠屋里数落小翠。小翠却憨笑不语，打她吧，不忍心；赶走吧，又没家。夫妇俩又是后悔，又是埋怨，一夜睡不着觉。

当时吏部尚书威势很大，他的面貌、服装及随从和小翠装扮的一模一样，王给谏也当成了真的。他在王御史门口打探了好几次，半夜了，客人还没有出来，便怀疑尚书和王御史有什么密谋。

第二天早上，诸大臣在朝廷议事，王给谏见到王御史问："昨天夜里尚书不是到府上去了吗？"王御史以为他讥笑自己，红着脸支支吾吾，也没个肯定的答复。王给谏更加怀疑，不仅不敢中伤王御史，反而是想方设法讨好他。

当王御史弄清王给谏讨好自己的原因后，心里暗暗高兴，又悄悄嘱咐夫人劝小翠以后再不要这样做了。小翠笑着答应了夫人的劝告。

一年以后，吏部尚书被免了官，托人给王御史捎了封信，不想错投到王给谏门上。给谏心中大喜，想借此敲王御史的竹杠。他先请一个和王御史关系要好的人去借一万两银子，被王御史拒绝后，就亲自到王御史府上去借。

王御史听说王给谏到，准备整衣相迎，但半天找不见礼服和帽子放在什么地方。给谏等候了很久，恼怒王御史对他轻慢，生气地正要离去，忽见王御史儿子穿着皇帝的服装，被一个女子从门内推出来。王给谏不觉吃了一惊，但随后又和颜悦色地哄骗王御史儿子脱去了他的龙袍、金冠，悄悄交给随从带走了。当王御史穿好衣服出来的时候，王给谏已经走远了。

王御史听说出了这事，吓得面如土色，大哭失声道："这小翠是股祸水呀，不日我们全家就要被杀害了。"

王御史和夫人拿了木棒去打小翠，小翠已经知道了，关了门窗，任凭公婆辱骂。王御史发了怒，用斧头砍她的门。只听小翠在屋子里笑着对他说："公婆呀，你们用不着烦恼，有我在，就是刀锯斧砍，也由我一身承当，一定不让二老受到连累。假若公公这样做，不是把知道内情的人杀了吗？"听到这里，王御史才住了手。

王给谏回去，果然给皇上写了一道揭露王御史阴谋造反的奏章，说是有龙袍、金冠为证。皇上听了大吃一惊，但打开包裹一看，什么龙袍、金冠，原来金冠是用高粱秆心儿插成的，所谓龙袍也不过是一块已经破烂了的黄包袱而已。又把王御史儿子召来，皇上见他一副憨憨的样子，不禁笑出声来："这样的人也可以做天子吗？"

皇上对王给谏诬陷好人很是恼怒，就把这件案子交给刑部都察院和大理寺去审理。

这时，王给谏自知罪责难逃，又不死心，便又告了王御史一状，说他家里藏有妖人。但经过严查细审，王家婢女和街坊邻里都说没有。只知道他家里有一个憨憨傻傻的儿子和一个疯疯癫癫的媳妇。于是，案子很快就定了，王给谏以诬陷罪被流放到云南。

经过这两件事，王御史对小翠有这么大的本事，感到十分惊奇；又因为她的母亲一直不来，就怀疑她不是人。王御史叫夫人试探着问问小翠，但小翠和以往一样微笑不语，问得急了，就止住笑说："儿是玉皇大帝的女儿，您怎么会知道呢？"

王御史五十多岁时由御史升任京卿，只是膝下无孙，十分忧虑。

小翠嫁给元丰虽已三年，但每天晚上却不与他同床，似乎并没有什么私情。王夫人叫人把元丰的床抬走，并嘱咐儿子夜间同小翠睡一张床。过了几天，元丰对母亲说："借走我的床，也不说还。小翠天天晚上睡觉时把腿脚压在我身上，气都喘不上来，还经常掐我的屁股。"老妈子和婢女们听了无不暗暗发笑。王夫人恨他不懂人事，就把他训斥一顿打发走了。

一天，小翠正在屋里洗澡。元丰一见，想和她一块洗，小翠却笑着拒绝了他，告诉他先在那里等等。

小翠洗完澡，穿好衣服，又给洗澡盆换上热水，为公子脱去衣服，和婢女把他扶了进去。公子觉得又热又闷，喊着要出去，小翠不仅不听，又拿了条被子把他蒙了个严严实实。一会儿，便听不见公子的声音了，掀开被子一看，公子已经断了气。

婢女吓得手忙脚乱，小翠却像没事人一样，把公子放在床上擦搓干净后，拿了两条被子给他盖在身上。

王夫人听了，连哭带跑地来到小翠房里，指着小翠骂道："好你个贱人！你疯啦？为什么要害我的儿子呀！"小翠却笑嘻嘻地说道："这样一个傻儿子，要他有什么用处？"

王夫人本来就有一肚子气，听小翠这么一说，更加悲愤难忍，疯了似的用头去抵小翠。多亏婢女们拦阻、劝解，才没打起来。正吵得难分难解，忽然有个婢女叫道："哎呀，公子醒过来了！"王夫人急忙收住泪水走过去，只见公子气喘吁吁，浑身流汗，把被褥都给湿透了。

大约有一顿饭工夫，公子忽然睁开眼，不认识似的把满屋子的人挨个看了一遍说："我今天回忆以往的事，好像做了一场梦，这是为什么呢？"王夫人见儿子说话居然伶俐起来，觉得好生奇怪。王御史也试了他好几次，果然言语有序，不痴不傻，就像得了宝贝一样高兴极了。于是叫人把原来抬出的床又给他搬了过去，还重新换了一套被褥，想看看有什么变化。夜里，公子来到卧室，把婢女全都打发了去。早起看时，他的被褥依然整整齐齐地放着。从此，公子的痴傻病再没有发作，夫唱妇随，形影不离。

不觉又是一年，王御史被王给谏的同伙奏了一本，撤职为民，心中自然不快。正想拿出过去广西巡抚赠送的一个价值千金的玉瓶去讨好当时有权势的大官，竟让小翠在赏玩时候失手打碎了。小翠已知不对，赶忙向公婆承认错误，谁知王御史夫妇一听，立刻红了脸皮，一人一句骂开了她。小翠实在听不下去，便生气地来到自己房内对公子说："我为你家保全下来的何止一个小小的玉瓶，为什么就一点面子也不给？实话告诉你吧，我真的不是人。只因我母亲要遭受雷击的时候，你父亲保护过她；又因为咱们两个有五年的姻缘，所以把我许给你，不过是一来报答你父亲过去的恩德，二来了结家母的愿罢了。我在你家遭受唾骂也不止一次了，没有走，是五年恩爱还没有满。现在，我是一会儿也不能待了。"说完就怒气冲冲地出门去了，公子急忙去追她，已经看不见了。

小翠一走，王公子失神落魄，非常懊悔。王公子看着小翠平日用剩的脂粉和穿过的绣鞋，更是悲痛欲绝，茶饭不思，汤水懒咽，眼看一天比一天消瘦，王御史担心儿子万一有个好歹，绝了王门之后，便急着要给他续娶一房妻子来减轻他的痛苦。但王公子却不同意，只是求一个有名的画匠，画了幅小翠的肖像，日日夜夜烧香祝告，一直坚持了将近两年。

偶然有一次，王公子从别的地方办完事趁着月色往回赶路。当他骑马来到村外，经过自己家一处花园时，忽然从墙内传出说笑声。他立即勒住缰绳，让马童牵稳了，立在马背上向园内观看，见有两个女子在那里追逐嬉笑。但因这时浮云遮住了月亮，看不十分清楚。只听那个穿绿衣服的女子说："真不害羞！做不了人家的妻子，被人家撵出来了，还说这是你家的财产哩！"

"就这也比你强，这么大连个主也找不下，还有脸说人。"穿红衣服的女子还了她一句。听声音很像小翠，王公子便急忙呼叫了一声。这时又听那个穿绿衣服的女子说:"我暂时不和你争论了,你家男人来了。"说完转身便走。一会儿穿红衣服的女子姗姗而来,果然是小翠,王公子一见十分高兴。

小翠叫王公子爬上墙头,把王公子接了进去,说:"二年不见,看你瘦成了什么样子!"王公子紧紧握住小翠的手声泪俱下,一五一十地诉说对她的怀念。

小翠说:"我也知道你很想我,只是觉得再没脸去见家里的人了。刚才和我大姐在园内游戏,可巧又和你相遇了,可见老天的安排是谁也躲不过的。"

王公子请小翠一同回去,小翠不答应;请她就在花园里住下,小翠应许了。于是王公子立刻打发马童跑去告诉王夫人。夫人听说,又惊又喜,急忙乘着车子来到花园。小翠见了夫人,急忙倒身下拜。王夫人扶着小翠的臂膀,流着泪向她检讨了以往的过错,说:"你要是不忌恨我,就和我一同回去,也算对我们老年人的最大安慰了。"然而小翠却再三表示不肯,也只好如此了。

王夫人考虑到花园里荒凉冷落,想多派几个婢女、仆人来侍奉她。小翠说:"别的人我都不愿意见,只是忘不了以前那两个和我朝夕相处的婢女,另外再派一个看门的老仆人,其余的什么也不需要了。"王夫人全部照着小翠的话办了,并推说公子在花园养病,不时去送些食物用品。

王公子和小翠在花园里住下来以后,小翠经常劝他另娶一个妻子,王公子一直不听。但是从那儿以后,小翠的面目、语音渐渐发生了变化。一年后,拿出小翠的画像来比,好像成了两个人。王公子觉得十分奇怪。

一天,小翠对王公子说:"你现在看我比过去怎么样?"

王公子说:"现在美倒也美,似乎不如过去。"

小翠说:"我觉得自己是有些老了呀!"

王公子说:"才二十来岁的人,怎么就能说老了?"

小翠笑着把自己的肖像放在火上,王公子正要去抢,已经烧完了。

又有一天,小翠对王公子说:"过去住在府里时,你父亲说我到死也不会生男养女。如今双亲年迈,你又是孤身一人,我真的也不会生养,恐怕要绝了你家的后代。以我的意思,你还是应该另娶一个,也好早晚侍奉公婆。你两面跑也没有什么不方便的。"

经小翠再三劝告,王公子终于同意了。不久便和钟太史的女儿订了婚。眼看完婚的日期快到了,小翠连夜为新娘子赶制了衣服送到王夫人那里。等新娘子娶过来一看,言谈举止、音容笑貌竟与小翠一模一样。

全家人都觉得很奇怪,到花园看时,小翠已经不知到哪里去了。王公子急忙问婢女,婢女拿出一块红头巾说:"娘子说暂回娘家走走,留下这一块头巾让送给您。"王公子展开头巾,只见上面缀了一块玉石,知道小翠再也不会回来了,就把婢女和仆人都带回了家。

王公子虽然十分想念小翠,但见到新娘子就像见到小翠一样,倒也心安理得。这时候王公子才意识到:小翠预先就知道他要娶钟家女儿,才变成钟家女儿的模样,为的是免除他日后对她思念的痛苦。

局 诈

　　有一天，某御史的家人在街上闲逛，迎面走来一个衣着华丽的人，和他打起招呼来。那人自称是一个公主的亲信，姓王。家人一听，顿时来了兴致。两人谈着谈着，姓王的慢慢问起主人的姓名、身世和做官的经历来，家人一一告诉了他。

　　两人越谈越投机，那个姓王的便说："如今仕途险恶，官场昏暗，大凡达官贵人都要找一个皇亲国戚做靠山，不知你家主人靠山是谁？"

　　家人回答道："我家主人没有靠山。"

　　那姓王的听了，先是一惊，接着又装出惋惜的样子说："也就是人们说的那种舍不得花小钱，反而要遭大祸的人了。"

　　"可是找谁做靠山好呢？"家人很为主人担心，急忙这样问道。

　　姓王的说："我家公主待人宽厚有礼，肯保护下人，有个侍郎就是托我引见的。如果肯拿出一千两银子作见面礼，要见公主也并不难。"

　　家人很高兴，问他住在什么地方，他指着一个大门说："就在那里，每天住在一个胡同还不知道吗？"

　　家人回去把此事回禀了御史，御史也很高兴，立即设了丰盛的酒筵，叫家人去请那个姓王的人，姓王的高高兴兴地来了。

　　他在吃酒中谈起公主的性情以及起居饮食等细节，说得非常详细、非常逼真。他还说，如果不是因为住在一条胡同，就是给他一百两银子，也是不肯去效力的。听他这样一说，御史更加感激。临别时，御史和他约定日期，他说："您尽管准备东西好了，我瞅机会和公主说说，早晚一定有好消息通知您。"

　　过了好几天，姓王的才骑着一匹漂亮的高头大马来了。他对御史说："赶快收拾一下走吧！公主的事情实在多，拜见她的人快要把门槛磨平了，从早到晚难得一点空闲。今天恰好有个空，要快点去，不然就没有见面的机会了。"

御史带了一大笔金银,跟着他就走了。曲曲折折约莫走了十多里路,才来到公主的府第。御史下了马,恭恭敬敬地在门首等候。姓王的带了礼物先自进去了,过了很久才出来喊道:"御史上堂进见!"一声令下,立即有好几个人,一个接一个往下传呼。御史俯首弯腰来到堂上,只见上面坐着个姿貌如仙的女人,浑身上下珠光宝气,耀眼夺目,侍女们一个个披锦穿绣,整整齐齐分立左右。御史恭恭敬敬跪拜后,公主赐他坐了,又用金碗赏了他一碗香茶。接着,公主又亲自问了他几句,御史一一禀过,便规规矩矩地退了出来。里面又传令,赐给他缎靴、貂帽等物。

御史回到家里,深感姓王的引见之恩,但备了礼物去拜时,只见大门关得好好的,里面没有一个人。他怀疑姓王的侍奉公主没有回来。可是,后两日又连着去了两次,还是没有见到。派人到公主府第去打听,高大的府门也上了锁。一问附近的居民,都说这里根本就不曾有什么贵公主,只是前些时有几个人租了此房居住,如今已经搬走三天了。派去打听的人,回去告诉了御史。御史和家人知道上了当,除了相对叹息,一点办法也没有。

有一个副将军,带了许多金钱到京都,想谋个好差事干干。就在他苦于没人举荐、钻营无门的时候,有个身穿皮袍、骑着骏马的人前来拜访,并自我介绍,说他的大舅子是皇帝的内臣。喝过茶,那人叫副将军把随从支使出去,说:"眼下有个地方还缺个将军,如果你肯出一大笔钱,我就嘱咐我的大舅子在皇帝面前宣扬你,这个职位一定能弄到手,再有权势的人也夺不走。"副将军觉得那人来得太突然,怕靠不住。那人又说:"这个用不着迟疑,我不过是从你给大舅子的钱里抽个小数,并不打算花你一文钱。咱们先商议个数目,立个字据,等皇帝召见后,你再给钱。如果事情不成,你的钱还在,难道谁敢从你怀里抢走?"副将军听他这样说,自然很高兴,就答应了下来。

第二天,那人又来了,带了副将军去见他的大舅子。他的大舅子说自己姓田,家里很有王侯的气派。副将军上前参拜,只见他很是傲慢,只斜着眼看了看,连身子也不欠一下。那人拿了一张票据对副将军说:"刚才和大舅子商量,非一万两银子不可,请在后边签个字吧。"

副将军签了字后,姓田的说:"人心难测,要是事后反悔了,怎么办呢?"那人笑着说:"大哥,这你就太多虑了,你既然能给他官做,还不能罢免他的官职?况且朝廷里的将相想和你攀交情还攀不上呢。这位将军前程远大,决不至丧心病狂到这等地步。"副将军也再三表示决不赖账。临走,那人把他送出来,说:"三天以内准有好消息报给你。"

过了两天,天刚黑,忽然有几个人跑进来,大喊道:"皇帝正等着召见你呢!"副将军大吃一惊,急忙赶到朝廷。只见皇帝坐在殿上,周围武士们严肃地守卫着。副将军跪伏丹墀,三呼万岁后,皇帝赐他坐下,和颜悦色地问了他一番,看了看左右的人,说:"听说此人勇武非常,今天一看,果然是个做将军的材料!"又转而对副将军说："某地是个很险要的去处，现在委派你去做将军，千万不要辜负朕的重托，有了功，将来还要封你为侯。"副将军谢了恩出来，那人便跟着他来到寓所，照票据上的数目，把银子取走了。

这下，副将军总算放心了，只管高枕无忧地等任命下来，还每天到亲戚朋友那里夸耀皇帝对他怎样重视。但是过了几日一打听，叫他去的那个地方已经另派新人去了。副将军很是恼火，便寻到兵部大堂去争辩，说："皇上亲自委派我到那里去做将军，你们怎么可以另派别人呢？"兵部尚书觉得很奇怪，一追问，副将军就把经过的情形细说了一遍，人们听了，简直以为他在说梦话。尚书大怒，立刻把他逮捕起来，送到司法部门一审问，他才供出引见人的姓名，然而朝中从来就没有这样一个人。副将军又花了一万两银子，才仅被革了职，免罪释放了。

奇怪呀！尽管这个武夫头脑简单，难道朝廷也是可以假装的吗？怀疑这里面一定有幻术了。人们所说的大盗不用刀枪，大概指的就是这种人吧。

嘉祥县有个姓李的书生，长于弹琴。有一天，他偶然在东郊碰见几个做工的，从地下挖出一张古琴，于是便出低价买了回来。用布擦拭后，古琴放出了奇光异彩；试弹一曲，声音又是那么清亮而激越。李生高兴得简直像得到一块无价宝玉，把它放进一个锦缎做的琴囊里，藏在一间密室里，就是至亲好友，也不肯拿出来叫他们看一下。

县里有个姓程的县丞，新上任不久，就拿名片去拜访李生。李生原是个很少交游的人，但因人家先来拜访，也只好去回拜一次。

过了几天，县丞请他去喝酒，一连请了几次，面子实在下不来，才去了。谁知这县丞竟是个非常风流文雅的人，举止大方，谈笑不俗，李生心里十分高兴。隔了一天，他又把县丞请来，办了谢宴。从此，两个人的关系越来越密切，花前月下，常在一起饮酒谈笑。

不觉一年多过去了。有一次，他到县丞的住处，偶然发现桌子上放着一张用绣囊裹着的琴，便拿出来玩赏了一番。这时县丞问道："你也懂琴吗？"

李生回答说："这是我生平的爱好。"

县丞感到很惊讶："你我知交，非止一日，为什么不拿出你的绝技弹一曲让我听听呢？"说完，随即净手焚香，取了琴请他演奏。李生遵照县丞的吩咐弹了一曲。县丞听了，说："果然是个高手！我也一献薄技，请勿见笑。"就弹起《御风曲》来，音调轻妙，似含出世升仙之意。李生一听，不禁为之倾倒，提出愿意拜他为师。这一来，二人知交再加琴友，情谊更是深厚。

又过了一年有余，县丞将所有的技艺全教给了李生。然而县丞每次到李生家，他还是只以一般的琴应付，始终没有泄露密室里藏的那张古琴。

一天晚上，李生多吃了几杯酒，稍有醉意。县丞说："我新谱了一个曲调，愿意听听吗？"说着便奏起曲名《湘妃》的乐曲，其声幽怨，如泣如诉，听得李生连声叫绝。县丞又说："只恨没有好琴，如果有好琴，音调会更加动听感人。"

李生一时高兴，说："我藏有一张古琴，和一般的琴大不相同。今天我好比俞伯牙遇上了钟子期，哪里还能一直藏了不叫你知道呢？"于是便从密室的柜子里拿出古琴放在县丞面前。县丞用袍袖拂拂琴上的灰尘，坐在桌前，又弹起《湘妃》的曲子来，音调果然刚柔相济，节奏分明，再加上琴技精妙，使人听得入神。李生在一旁击节赞叹，声不住口，而县丞却谦虚地说："凭我这一点点笨拙的技艺，实在是辜负了这么好的古琴。若是让我的妻子弹弹，倒还是有一两声可听。"

李生不禁惊讶起来："你的妻子也精通琴理？"

县丞笑着说："我刚才弹的曲子，就是她教给我的。"

"可惜她在深闺高阁，不能亲耳聆听了。"

县丞见李生脸上流露出遗憾的神色，便说道："你我朋友往来，原不应受男女之别的限制。明日你带了琴去，我教她隔着帘子给你演奏一番。"

次日，李生真的带琴去了。县丞急忙备了酒菜，与他相对痛饮。过了一会儿，县丞将琴送了进去，又即刻出来陪坐。这时，只见帘内隐隐约约有个女子走动，接着从里面冒出一股焚香的气味。又过了一会儿，传出幽细的琴声，一听，又不知是什么曲调，只觉得心荡神怡，叫人的魂魄都要飞舞起来。琴声刚落，他就走近帘子向内窥看，竟是一个二十多岁的绝代佳人。县丞又拿了大杯向他劝酒，帘内又弹起了《闲情之赋》的曲调，更使他神魂颠倒，忘乎所以了。

不一会儿，李生便喝得酩酊大醉，只得起身告辞，并向县丞索要古琴。县丞说："你饮酒太过了，万一在路上摔坏了怎么办？你明天再来，叫我的妻子把拿手绝技全部献出来。"

第二天，李生又来了，然而这时县丞的住处却静悄悄的，只有一个老仆在那里看门。问老仆，老仆说："五更时候就带了家眷出去，不知干什么去了，说是三四天就回来了。"到了那天，李生早早就到县丞的住处去等，可是等到天黑了，还是没有消息，就连县丞的同僚和衙役们也起了疑心。他们将此事禀明县官，打开县丞的屋子一看，里面除了床和桌子什么也没有了。又将此事报与府、省，上面也弄不清是什么原因。

李生丢失了古琴，终日闷闷不乐，甚至到了吃不下饭、睡不着觉的地步。后来，索性跋涉千里到县丞的家乡去寻访。县丞原是湖北人，是三年前花钱捐的官，被派到嘉祥县做县丞的。李生到了湖北，拿县丞的名字，到处打听他的住址，人们都说在湖北不曾听说有这个人。有人说，有个姓程的道士，擅长弹琴，据传他还有点石成金的法术。三年前忽然出走了，再没有回来。李生怀疑可能就是这个道士，又细细问了年龄、相貌，也很相符。他这才知道，程道士花钱捐官，全是为了要骗他那张古琴。两人相交一年多，道士从未谈过音乐。渐渐拿出琴来，渐渐献弄琴艺，又渐渐用美人来迷惑他。整整花费了三年时间，终于古琴到手，一走了之。道士爱琴之癖，真比李生还要大呀。

天下的骗局形形色色，诚然很多，但像程道士这样的骗子，实在要算骗子中间比较风流、文雅的了。

司文郎

  山西临汾有个书生，名叫王平子。有一年，他进京去赶考，为读书清静便租了报国寺的一间房子，住在那边温习功课，边等候考期。

  报国寺中有一个浙江余杭的书生，已经先住在那里，因为王平子所住的房子和那个余杭书生所住的房子一墙之隔，出于礼貌，王平子就先去拜访他。但是，那个余杭书生竟然傲气十足，不大理他。既然住在一处，早晚免不了碰头见面，每次碰见他时，他总是很没礼貌。王平子恼恨他的狂妄自大，就断绝了和他的来往。

  有一天，一个少年来寺中游玩，穿着一般平民所穿的衣服，戴着个平民式样的帽子，但看起来，生得很是魁梧。王平子走近去和他谈话，见这人倒很客气，出言文雅，说理深刻，不禁生了敬慕之心。问起他的家世，他说他姓宋，是山东登州人。于是王平子就从屋里搬出座椅，坐在院中和他闲谈起来。这时，那个余杭书生可巧经过他们面前，二人很礼貌地起身向他让座，余杭书生居然抢坐在上手，没有一点谦逊的样子。

  余杭书生毫无礼貌、冒冒失失地问宋生道："你也是来参加考试吗？"

  宋生谦虚地回答说："不是。我才疏学浅，早已打消了求取功名的念头。"

  余杭书生又很傲气地问："你是哪个省的？"

  宋生告诉他是山东省的。

  余杭书生十分蔑视地说："竟然不求进取，你倒有自知之明。因为山东、山西本来就没有一个通晓文章的人。"

  宋生实在忍不住了，便挖苦他说："北方通晓文章的人固然很少，而不通的人未必是我；南方通晓文章的人固然很多，而通晓的人未必就是先生你。"说罢，就鼓起掌来，王平子也随着鼓掌，接着是哄然大笑。

  余杭书生恼羞成怒，捋起袖子，横眉瞪眼地大声说："你敢当下出个题目，我们一同写成文章，比一比高低吗？"

  宋生用眼看着别处，微笑着说："有什么不敢！"说罢，就走进王平子的房间，取出一本书，交给王平子。

  王平子随手一翻，指着书上一句话让二人看，只见上面写着："阙党童子将命。"意思是：孔夫子教他的书童学礼貌。

  余杭书生看了题目，就要去取笔墨纸砚。

  宋生用手拉着他说："随口念出来就可以了。我的'破题'已经想好，是：'在宾客来往的地方，见到一个没有知识的人。'"

  王平子听了，不禁按着肚子大笑起来。

  余杭书生恼怒地说："你这不是文章，是骂人，真不够意思！"

王平子极力从中排解，建议另出题目来作，便又翻开书指着"殷有三仁焉"作题目。意思是：殷纣王时有微子、箕子、比干三个好人。

　　宋生看了题目，又立即念出："三个人对付纣王的无道，虽然做法不一样，但目标是一致的。所谓'一致'是什么呢？我以为就是一个'仁'字。大丈夫只要做到'仁'就行了，做法又何必相同？"

　　余杭书生作不出来，起身就走，他嘴里还嘟嚷着："这个人有一点小聪明。"

　　经过这一番较量，王平子更加尊重宋生，就把宋生请到自己的房里，很投机地谈起来。从上午一直谈到下午，把自己旧日所作的文章全拿出来，向宋生请教。

　　宋生阅览文章非常快，只一刻工夫，就看完一百多篇。看完后，对王平子说："从你的文章里，知道你对作文章很有研究，但在下笔时，不要先抱着必定考中的心理，也许还有被录取的希望。如果有那种心理，文章就会落到下等里去。"

　　宋生又把已经看过的文章，逐句逐段地加以解说。王平子很高兴，把宋生当作老师对待，让厨师煮了饺子来招待他。宋生吃得很香甜，他很欢喜地说："从来没吃过这样美味的饭。以后我来了，麻烦你再给我做顿吃。"

　　从此以后，王平子和宋生相处得很要好。宋生每隔三五天，就要来一次。来了，王平子就让厨师给他煮饺子吃。余杭书生有时也遇到宋生，见面虽然不多说话，但是他那骄傲自满的神气已经收敛很多了。

　　一天，余杭书生忽然拿着自己作的文章来到王平子的房里要宋生看。宋生信手翻了一遍，见文章已被他的朋友到处圈圈点点，眉批和赞语写得满满的，就推开放在桌子的一边，也不说一句话。余杭书生怀疑他没有细看，就又请他阅看。

　　宋生懒洋洋地说："已经看过了。"

　　余杭书生又怀疑他可能是看不懂，所以说不出好坏来。

　　宋生很坦率地答道："有什么难懂？只是作得不好罢了。"

　　余杭书生嬉皮笑脸地说："你只看了看评语，并没看内容，怎么知道不好？"

　　宋生听了也不答话，就开始背诵他的文章，好像早已读过似的，一边背诵，一边指责文中的错误。余杭书生听着，坐立不安，汗流满面，没有告辞，就悄悄地走了。

　　等宋生告别了王平子，余杭书生又来到王平子的住处，坚持要王平子把自己的文章拿出来给他看。王平子拒绝了他的要求，他就强行在屋里搜寻。找到后，翻开一看，见文中多经宋生圈点，就奸笑着说："这些圆圈点点很像煮饺子！"

　　王平子本来就很老实，不善于说话，经他这一讽刺，只窘得脸红脖子粗。第二天，宋生又来了，王平子就把昨天的情景如实地告诉了他。

　　宋生听后愤怒地说："我原以为他已心悦诚服，像三国时孟获那样心服了诸葛亮，谁知这个无赖竟敢这样无礼！我必定要想法子惩治他一下。"

　　王平子急忙将轻率办事、刻薄待人对人对己都没有好处的道理，说给他听，劝他不要感情用事。宋生听了，也很佩服和感谢王平子。

　　考试结束后，王平子把考试时作的文章交给宋生看，宋生看了很是赞许。

一天，宋生和王平子偶然在寺中观赏建得很漂亮的殿阁，见一个瞎和尚坐在廊下，摆着药摊在卖药。宋生十分吃惊地对王平子说："这是个奇人！最知道文章的好坏，不可不向他请教。"

他让王平子回房去取考试时的文章，王平子返回时，在院中碰到余杭书生，就与他一同来到廊下。

王平子走到瞎和尚跟前，恭恭敬敬地喊了一声老师，行了一个礼。瞎和尚以为是个求医买药的，就问是什么病症。王平子很诚恳地说出请教的意思。

瞎和尚笑着说："这是谁向你多嘴？没有眼睛怎么能看文章！"

王平子说自己可以高声朗诵，请他静听，用耳朵来代替眼睛。

瞎和尚不以为然地说："三篇文章有两千多字，谁耐烦长久地听下去！你不如在我面前用火烧了它，让我用鼻子来'看'吧！"

王平子就依从他的话去做。每烧一篇，瞎和尚就用鼻子去嗅，而后点着头说："你初次模仿大作家，虽写得还不够逼真，但已经很近似了。我刚才是用我的脾脏接受了它。"

王平子问道："可以考中吗？"

瞎和尚说："也还能考中。"

余杭书生不相信和尚的话，就暗暗地先拿出古时大作家的一篇文章，在和尚面前烧着试。

瞎和尚连连嗅了两次才说："妙啊！这篇文章，我用心脏接受了，除了归有光和胡友信，谁能作出这样的好文章！"

余杭书生听了，很是吃惊，这才去焚烧自己的文章，让和尚来嗅。

瞎和尚一嗅，就说："刚才我只嗅到一篇文章，还没有把你进考场的三篇文章烧完，怎么就又换成另一个人的？"余杭书生撒谎说："那一篇是我的朋友作的，我手边只有那一篇，刚才烧的才是我的作品。"

瞎和尚又将刚才烧的灰嗅了一下，好像是浓烟呛了鼻子一样，连声地咳嗽起来。只见他摆着手说："算了！不要再烧了！哽哽入喉，很难下咽，我勉强把它接受在胸膈以上，再要焚烧，我就要呕吐了！"

余杭书生听了，就很惭愧地走了。

几天以后，挂出皇榜，余杭书生竟考中了头名，而王平子却落了榜。宋生与王平子都把这个消息告诉了瞎和尚。瞎和尚叹着气说："我虽然瞎了眼，但并没有瞎了鼻子，那些考官们连鼻子也都瞎了。"

不大会儿，余杭书生也来了。他洋洋得意地诈唬着说："瞎和尚！你也吃了人家的煮饺子了吗？你看现在怎么样？"

瞎和尚很认真地说："我是根据文章的好坏来作评论，我没有打算给你算命。现在你可试着搜寻来所有考官的文章，各取一篇烧掉，我就可以知道谁是你的阅卷老师。"

余杭书生和王平子共同去搜寻，只得到八九个考官的文章。余杭书生很傲慢地对瞎和尚说："如果你说错了人，怎样罚你？"瞎和尚十分气愤地说："把我的瞎眼珠子剜去！"

余杭书生开始烧文章，每烧一篇，和尚都说不是，到第六篇，忽然面对着墙拼命呕吐，屁响如雷。在场的人都笑了起来。和尚擦去眼泪对着余杭书生说："这真是你老师的文章！开始不知道，猛然一闻，刺痛了鼻子，肚子也被弄得像针刺一样，连膀胱都承受不了，一直从肛门里冒出来才好受些！"余杭书生大怒，走的时候说："明天就见分晓了，不要反悔，不要反悔！"

过了两三天，竟然没有见到他，到他寓所一瞧，已经搬到别处去了。这才知道那位考官果然是他的老师。

宋生劝王平子说："我们读书人不应该怨天尤人，要多反省自己。不怨人就德行日益光大，多严格要求自己就学业日益进步。这次落榜，本来是命运不佳，凭良心说，你的文章也没达到登峰造极的地步。那么从此更应加倍地磨炼自己，天下总有不瞎眼的考官。"

王平子听了，心里更敬佩宋生。又听说第二年还要举行乡试，便索性不回去了，在这里跟宋生学习。宋生说："尽管京中物价贵，但费用不用担心。你房子后面埋藏着银子，可以取出来用。"就把埋银的地方告诉了他。

王平子辞谢说："前人窦仪、范仲淹尽管贫困，但还保持廉洁，我现在幸好还能维持生活，怎敢用非分的钱玷污自己！"

一天，王平子喝醉了酒，睡在床上，他的仆人和厨师就偷偷地去刨银窖。他忽然被屋后的响声惊醒，就蹑手蹑脚地走到房后去看，只见被刨出来的金银器物，已经堆在地上了。仆人和厨师见事已败露，都战战兢兢地跪在地上。

王平子正在斥责他们的当儿，忽然看见其中有一个大酒杯，上面似乎还刻着字，取起来仔细一看，在上面刻的是他祖父的名字，其他的金银上也刻着同样的字。原来，他的祖父在明朝曾经做过南京某一个部里的郎中官，在进京朝见皇帝时，也曾住在这里，因突然暴病，就死在这里，埋藏的金银正是他祖父的遗物。王平子见是自己家里的东西，心里很高兴，称了一下，共有八百多两。第二天，他把这个情况告诉了宋生，并且拿出那个大银杯请宋生看，说明要把这八百多两银子和宋生平分。经宋生坚决推辞，才没有分。他拿出一百两银子，要送给瞎和尚，但是到了和尚住处，瞎和尚已经到别处去了。

王平子在寺中又住了好几个月，学习更加勤奋，转眼到了考试的日期。入考场前，宋生对他说："如果这次还考不中，就真是命了！"谁知在考试中，王平子竟因为犯了场规，被取消了考试资格。王平子还没说什么，而宋生竟放声大哭起来，越哭越痛，止不住泪水直流，王平子反而安慰开他了。

宋生很是悲痛地说："由于我遭遇很坏，所以每次参加考试都不顺利。现在又使我的好朋友也受了累，这难道真是命该如此吗？"

王平子宽慰他道："万事都有它发展的规律，这就是通常所说的'数'。你所以没有考中，原是你自己无意进取，并不是命该如此。"

宋生擦着眼泪说："有一件事，早就想向你说明，只恐怕说出来让你受惊。实话告诉你，我并不是一个活着的人，乃是一个流浪的游魂。我在少年时，被人们称为才子，但是每次考试，都榜上无名。那年，我装疯到京，希望能碰到一位了解我的人，把我的著作传扬出去。谁想正遇上李自成打进京城，就在乱人杂马中被杀害了。此后，我的游魂就年年到处飘游。见到你后，幸而得到你的了解和爱护，所以我竭尽全力来勉励、帮助你，希望能把我生前的愿望，借好友的考中来实现。不料那些混账考官给我们读书人造成的危难竟还是和过去一样，谁还能不感到气愤呢！"

王平子经他这么一说，也哭泣起来。

他向宋生问道："你为什么滞留在这里不走？"

宋生说："去年，上天有了一道命令，委任孔子和阎王考查冤鬼，有才能、有品德的让各部门任用；余下的，就让他们转生投胎。我的名字已被录用，所以没有去报到是想见到你金榜题名，和你共同享受一下考中的快乐呀！现在我就要向你告别了。"

王平子问道："你考选的是什么职务？"

宋生回答道："梓潼府缺少一位司文郎，暂且让一个耳聋的人代理，所以在考试时，贤愚颠倒了。我万一能得到这个职务，一定要做到廉洁公正、文教昌明。"

第二天，宋生高高兴兴地来了。他对王平子说："遂了我的心愿了！孔子让我作了一篇题为《性道论》的文章，他阅后，显出很欢喜的神色，说是可以掌管文章的事。阎王查看了一下'功过簿'，想以我说话尖刻、爱挖苦人的毛病取消我的任用资格，经过孔子争辩，才任用了我。我下跪致谢后，孔子又把我叫到桌前，嘱咐我说：'现在因为怜惜你的才智，所以把你提拔到重要的位置。你应该改正过错，忠于职守，不要再犯以前的错误。'从这里可以知道，在阴曹里的行为品德更比文学重要了。你所以没有考中，必定在品德上有不够的地方，希望你以后要积善修德，只要你坚持不懈，就可以达到目的了。"

王平子不以为然地说："要是果真是这样，那么，余杭书生那样高傲无礼反而考中了，他有什么德行？"

宋生回答说："现在我还不了解他。不过，我知道，阴曹的赏罚都很严明，没有丝毫宽恕。就拿前日那个瞎和尚来说吧，他也是个鬼，原是前朝有名的文学家。因为他在生前抛弃的字纸太多，所以罚他当瞎子。他所以假托卖药，在人多的地方摆药摊子，自愿无报酬地医治人们的疾苦，就是为了积善赎罪。"

谈到这里，王平子让人准备酒菜。

宋生制止说："不需要准备酒，我叨扰了你一年多，这是我俩最后欢聚的时刻，请你再给做一顿煮饺子吃，我就很满足了。"

饺子端上来，王平子因为就要和宋生离别，悲伤得吃不下去，就坐在一边，让宋生自己吃。顷刻工夫，宋生就吃了三碗。

宋生摸着肚子说："这一顿饭，可以饱我三天，我是用吃饱肚子来纪念你对我的恩德的。以前我所吃的饺子，都在房子后面，已经变成蘑菇了。把它藏起来当药用，可以增长小儿的智慧。"

王平子向宋生问以后见面的日期，宋生说："我既然有了官职，就应当避嫌，后会就很难了。"

王平子又问："我如到梓潼祠中去祭拜你，我的祭品可以转达到你手里吗？"

宋生说："这都没益处。祠庙离九天很远，只要你做到品德好、心灵美，自有地府的官员向我报告，我就一定能知道你的情况。"

说罢，就向王平子告别，刚出门就不见了。王平子到房后去看，果然地上生长出很多紫色的蘑菇，就采集回去，珍藏起来。

王平子又看见旁边有一堆新土，刨开一看，原来是宋生新吃的饺子，原样不变地埋在那里。

王平子回到家乡后，更加重视道德品质的修养。

有一天夜里，梦见宋生坐着轿子来了。宋生对王平子说："你过去为了一件小事生气，竟误杀了一个丫鬟，所以取消了你的功名。今天由于你坚持品德的修养，已经抵消了你的过错；可是你的命薄，不适宜做官。"

就在这一年，王平子考中了举人，第二年到京会试时，又中了进士。他牢记宋生的话，不再去做官。他有两个儿子，其中一个很愚蠢，王平子就取出所藏的紫蘑菇让这个儿子吃了，就变得聪明起来。后来因事到南京，在旅馆遇到了余杭书生，互相诉说了别后的境况。只见余杭书生的态度，没有以前那种趾高气扬的神气了，这时他的头发已经斑白。

丑 狐

长沙有一个书生，姓穆，家里穷得要命，冬天连件棉衣都没有，经常冻得哆嗦。

有一天晚上，穆生正孤零零地坐在家中，忽然走进一个华服女子，环佩叮当，面孔却长得又黑又丑。女子笑吟吟地对穆生说："公子，你孤身一人，嫌不嫌冷啊？"穆生大吃一惊，忙问："你是谁？"

女子说："我是个狐仙，可怜你冷冷清清，寂寞无聊，特来与你相伴。"穆生一来知道她是个狐狸，心中害怕，二来见她面目丑陋，心上不悦，便大声喊叫起来。女子见他这样，忙将一锭元宝放在桌上，说："你要是愿意和我相好，就把这锭元宝赠给你。"穆生见钱眼开，便高兴地答应了。

穆生的床上少被无褥，女子就脱下衣裙铺在上面。天快亮的时候，女子起来嘱咐他说："你赶快拿我赠给你的元宝去买绸缎和棉絮做点铺盖，剩下的做件棉衣，再买些柴米什么的也足够了。如果你和我永远相好，是用不着担心贫穷的。"说完，便走了。

穆生把这事告诉了妻子，他的妻子也很高兴，随即买来绸缎、棉絮，赶制衣服、被褥。夜里女子来了，看见新做的铺盖，高兴地说："你家的娘子实在太辛苦了！"便留下一些银子酬谢他的妻子。从此，女子没有隔过一夜不来，每次临走时总要留给一些钱财。

这样过了一年多，穆生家的房舍修理得整齐清洁，里里外外焕然一新，摆设、衣着也都非常考究，居然成了一个十分富足的人家。然而，女子的赠送却越来越少，于是穆生便对女子产生了厌恶之情，他去请了一位法师，给门口贴了一道驱妖辟邪的符。女子咬牙切齿地一把将符扯下来撕个粉碎，然后走进去，指着穆生的鼻子骂道："像你这般忘恩负义，已经到了极点！但你这样做，又能把我怎么样！如果你嫌弃我，我自己会走的。不过话得说回来，你既是如此瞒心昧己，你以前收过我的东西，必须全部还给我！"说着悻悻地走了。

穆生十分恐惧，赶忙告诉法师。法师设了法坛，还没有布置完毕，忽然倒在地上，满脸流血，一看，耳朵被割去一只。大家惊叫着四散奔逃。法师也捂着耳朵鼠窜而去。这时，盆子大小的石块接连不断地向屋内抛去，门窗、锅碗被砸得七零八落，没有一样完好的。穆生战战兢兢地蜷缩在床下，直冒冷汗。一会儿，他看见女子抱着一只猫头狸尾的小动物进来放在床前，接着嘴里发出"嘘嘘"声，说："嘻嘻！可以去咬奸人的脚。"

小动物立刻钻到床下去咬穆生的鞋子，它的牙齿比刀子还要锋利。穆生大惊失色，想把脚藏起，但四肢却一动也不能动。只听"噌噌"一声脆响，脚趾被咬断了。他实在痛得不行，只好向女子苦苦哀告。女子说："你必须把所有的金银珠宝全部拿出来，一点也不准隐瞒！"见他答应了，女子又"嘘嘘"两声，小动物才停住不咬。

穆生痛得起不来，只好说出存放的地点。女子亲自去搜寻，除去珠宝、首饰和衣物之类，只得到二百多两银子。女子觉得不够，就又吩咐小动物扑上去咬他。他又哭着，求女子宽恕。女子限他十日内退还六百两银子。等穆生应诺后，她才抱着小动物走了。

过了大半天，家里的人才探头探脑，渐渐聚拢在穆生的屋里。把他从床下拖出来一看，脚上鲜血淋漓，两个脚趾被咬掉了；再看屋子里，各种财物给取了个精光，只有原来那条破被子还在，便给他盖在身上，让他休息。穆生怕十天头上女子要来，就教人赶紧卖婢女、卖衣物，凑足六百两银子。到那天，女子果然又来了。穆生赶忙把钱如数交给她。她一句话没说就走了，从此，再没有来过。

穆生的脚，医治了半年才好，而他的家境却又像当年那样贫穷了。

不久，狐精又嫁给邻村一个姓于的农夫。这农夫家境也不十分富裕，但是仅仅三年，他不仅花钱捐了功名，而且盖起了连栋的高楼大厦。身上穿得华丽服装，一多半原是穆生家的财产，穆生见了，问也不敢问。

一次，穆生偶然到野外闲走，路上正好碰上了女子，便跪在路旁求她周济。女子没有说话，只是拿块白手帕，包了五六两银子，远远扔给他，返身而去。

后来，姓于的农夫去世了，女子还不时到于家走动。但每来一次，家里的财物就要少一些。姓于的儿子见她来了，就都跪下求她，说："父亲虽然去世了，但我们都还是您的儿子，即便再不来帮助，您怎么忍心看着我们穷下去呢？"自此，女子再不见回来。

诗谳

山东青州有个小商人名叫范小山，经常到外地贩卖毛笔。这年四月间，范小山外出做生意不在家，留下妻子贺氏独自一人在家看门。不料，一天深夜，他的妻子突然被强盗杀害了。

那天夜里下了一夜蒙蒙细雨。第二天，有人在泥水里发现了一把扇子，上面还写着一首诗。细看落款处，原是王晟赠送给吴蜚卿的。王晟，不知道是什么人；吴蜚卿却是益都县一家富户的子弟，他和范小山是一个村的，平素作风、行为又不大正派，所以村上的人都怀疑范小山的妻子一定是他杀死的。

郡县衙门把吴蜚卿拘捕了来进行审讯，但他始终没有招认，白白受了许多苦刑，最后还是被诬认为是他而定了案。案子送上去，又驳回来，驳回来，又送上去，反反复复，经过十几个官，都说没有什么问题。这时，吴蜚卿也估计到自己没有活的希望了，便嘱咐妻子拿出所有的家产，救济孤儿寡母和别的穷人。结果，凡是对着他家诵念一千遍"阿弥陀佛"的，就赏给一条棉裤，要诵念到一万遍就赏给一件棉袄。于是乞丐们纷纷闻风而来，门里门外像闹市一样，念佛的声音传到几十里以外。由于这样施舍，他的家很快就穷得不像样子，家人只好去变卖田产度日。他还买通狱卒，给他买来毒药准备自杀。但就在这时，他突然在夜里梦见一个神人告诉他说："你不要自杀。以前是'外边凶'，现在是'里边吉'。"醒后，没太在意。一会儿，他又睡着了，又梦见神人来了，告诉他的还是那句话。他觉得两梦相投，便打消了自杀的念头。

不久，周元亮先生分管青州府，将各案登名造册，逐一复审。当他问到吴蜚卿一案时，忽然想起什么似的，叫来原告问话，说："吴蜚卿杀人，有什么确凿的证据？"

原告范小山说："有扇子为证。"

他把扇子细看一番，又说："王晟是什么人？"身边的人都说不知道。周先生又把审讯记录细看一遍，立即命令除去吴蜚卿的死罪枷，把他从死囚牢移到一间仓库关押。范小山极力争辩，周先生发了怒，说："你是想错杀一个无辜的人了事呢，还是想找到真正的仇人才甘心？"

人们都怀疑周先生和吴蜚卿有私情，但又不敢当面说出。周先生随即标了一支朱签，着人到城南去传一个酒店的主人。店主人心里很害怕，不知道出了什么事。来到衙门以后，周先生问道："你店里墙壁上东莞李秀的题诗，是什么时候写的？"

主人想了想，说："是去年提学使大人下来主考，日照的几个秀才在本店吃醉酒后写下的，不知道他们的家乡住址。"

周先生派人到日照拘捕李秀。几天以后，李秀被带到。

周先生怒容满面地说："既是秀才，必然知理，你为什么要干谋杀人命的勾当？"

李秀一听，大惊失色，一边叩头一边分辩说："大人明察，我实在没有杀人呀！"

周先生随手将扇子扔到堂下，让李秀自去看来，并说道："明明是你作的诗，为何假托王晟？"

　　李秀把扇上题诗细细一看，说："诗确实是我作的，可是那字并非我写的。"

　　"那么是谁写的呢？那人既然知道你的诗，一定是你的朋友了。"

　　"看笔迹很像沂州王佐写的。"

　　于是又派人去通过沂州府拘捕王佐。王佐来了，周先生像呵斥李秀那样呵斥他。这时王佐供认："这扇面上的题诗，是益都做铁货买卖的张成叫我给他写的。他还告诉我，王晟是他的表哥。"

　　周先生听王佐说完，不觉放声大笑起来，说："看来，真正的强盗就在这儿了！"叫人把张成捕来，只过了一次堂，他便认罪了。

　　原来，在这个案子发生之前，张成见范小山的妻子生得很美貌，想去勾搭，又怕对方不从，心想：吴蜚卿平素为人轻浮，如果冒名吴蜚卿前去调戏，即使露了马脚人们也不会怀疑到他。于是他就假造了一把王晟赠给吴蜚卿的扇子，拿着去找贺氏。他走在路上还想，要是贺氏从了，不妨将真名告诉她；要是不从，就嫁祸于吴蜚卿，原来并没有打算要把贺氏杀掉。他一路想着，不觉已到贺氏家，便跳墙而入，去强奸贺氏。谁知贺氏因独自在家，常常随身带把刀子用以自卫。她发觉张成进来，便一把揪住他的衣服，拿着刀跳了起来。张成害怕，去夺了刀子。但贺氏却紧紧拖住他不放，还一面大声嚷叫。张成更加害怕，一时发怒，将贺氏杀死，又将扇子扔在外边走了。

　　三年未结的冤案，周先生一朝给以昭雪，人们没有一个不称赞他明察如神的。这时，吴蜚卿也才悟到：梦中神人说的"里边吉"，正是一个"周"字呀。但是到底不知这案子是根据什么破的，后来，县里的绅士们瞅机会去向周先生请教。周先生说："这件事很容易了解。细看审讯记录，就知道贺氏被杀是四月上旬，那夜又是阴雨天气，气温一定不会很高，因此，那扇子在当时并非急用之物。再说，他既然做非法之事，心情一定是很紧张，行动一定是很忙乱的。难道在这种情况下，他会带了扇子给作案增加不必要的累赘吗？显然是为嫁祸于人才带去的。那天我在城南酒店避雨，曾经看过墙上的题诗，后来发现扇子上的题诗与墙上题诗的口气、风格差不多，就大胆推断作者一定是李秀无疑。依据这条线索，果然找到了真正的凶手。"听到他这段议论的人，无不赞叹、佩服。

佟 客

徐州有个姓董的年轻人，非常喜好击剑，他自以为剑法高超，常常在别人面前表现得不可一世。

一天，他骑着驴子外出，在半路偶然遇见一位客人，那人也骑着驴子，两人便相约结伴同行。董生与客人攀谈，客人出语豪爽。问到客人姓名，客人说："我姓佟，家住辽阳。"

"你到哪里去？"

"离家二十多年，刚从海外回来。"

董生又问："你遨游四海，见到的人一定很多，可曾遇过异人？"

佟客反问："怎样才算异人？"

董生就将自己如何喜好击剑，恨不能得到异人传授的意思说了一遍。

佟客说："异人到处都有，但要得异人传授，必是忠臣孝子才行。"

董生很自负地说他就是个孝子，也会击剑。说罢，取出身边的佩剑，用手弹着剑唱了一首歌，以显示自己有气魄，又用剑砍断路旁一棵小树，以炫耀自己的佩剑非常锋利。

佟客捋着胡须微笑着，要借董生的剑看。董生把剑递给佟客，佟客仔细端详一番，便对董生说："这是最次的甲铁铸造的，经过汗臭熏蒸，是最下等的。我虽不懂剑术，但有一剑倒还可用。"说着，就从身边取出把一尺多长的匕首来，去削董生的佩剑，就像切瓜一样，佩剑被切断了。

董生看了很是吃惊，也把佟客的匕首借来细看，越看越爱，颠来倒去地用袖子拂拭了好几遍，才恋恋不舍地交还佟客。他把佟客请到家里住宿，要佟客向他传授剑术。佟客坚持说自己不懂，董生就昂首挺胸地坐在那里，两手托着膝盖，云云雾雾地自吹自擂起来。佟客只是恭恭敬敬地在一旁倾耳细听。

已是夜深人静时候，董生正说在兴头上，忽听隔院传来吵吵嚷嚷的声音，像是在捉拿人。因为隔院住着他的父亲，他不由得惊疑不安。他走到隔墙边仔细谛听，只听有人怒声怒气地说："把你的儿子交出来受刑，就饶你不死！"

稍停一会儿，又传来似乎是打人声和父亲的呻吟求告声。董生回到屋里拿出一支长矛，想去救父亲。

这时佟客突然拉住他说："你这样莽莽撞撞地去了，恐怕活不成，应该想个万全的办法。"

董生听了，就惶恐不安地向佟客求计，佟客说："人家是点名抓你的，必定把你打死才甘心。你没有兄弟，应该把后事向你的妻子嘱托一下。让我替你去开大门，把家里的童仆都叫起来。"

董生点头答应了，便走到内室去告诉妻子。妻子一听，扯着他的衣襟哭起来，不让他走。董生见妻子哭哭啼啼，那种奋勇救父亲的念头一下子就打消了。为了预防盗贼来这里抓他，就和妻子一同上楼，寻弓找箭，准备自卫。正在张张慌慌地准备，忽听佟客在房檐上笑着说："盗贼已经走了。"

董生举着灯火向房檐上看去，佟客已经不见了。夫妻两个走下楼来，董生躲躲闪闪地走出门去察看，只见他的父亲手里提着灯笼刚从邻家吃酒回来。跟着父亲到隔院去看，见正房前留着好多刚烧过的高粱秸秆灰。这才知道佟客原来是个异人。

于中丞

巡抚于成龙到江苏高邮检查公务,途中碰上豪绅家准备嫁女儿,但在女儿出嫁前夕,他家的好多嫁妆夜里却被盗贼挖穿墙壁给偷光了。知州无法破案,于是这件案子转由巡抚办理。

于公命令把所有城门都关上,只留一个城门放行人出入。与此同时,他派公差守门,严格搜查进出的人所携带的行李。又出告示通知全城人都回家去,等候第二天全城大搜查,他坚信一定能找到赃物。精明的于公暗中嘱咐公差说,看见反复出入城门的人就抓起来。刚过中午,公差就发现了两个人。他们除了身上衣服,并未带行李。于公说:"他们就是真强盗。"这两个人诡辩不承认。于公下令解开他们的衣服搜查。只见长袍里面还穿着两套女衣,都是那女子嫁妆中的东西。原来,盗贼害怕第二天全城大搜查,急于转移赃物,但赃物太多很难带出,所以暗中穿在身上多次出城。

于公对侦破案件很有高招。他在当县令时,有一次到邻县去办事,大清早经过城外,看见两个人用床抬着一位病人,病人身上盖着大被子。枕头上露出病人头发,头发上插着一只凤头钗,病人侧卧在床上。有三四个壮汉子夹在两边紧跟着走,不时轮番用手推塞被子,压在病人身子底下,好像怕风吹了。一会儿,他们放下病人在路边休息,又换两个人抬。于公走过去后,派随从转回去问他们,他们说是妹妹病危,要送她回丈夫家去。于公走了两三里路,又派随从回去,查看他们进了哪个村子。随从暗中跟着他们到一个村子,看到有两个男人出来迎接。随从回来告诉了于公。于公到县里,问这县的县令:"贵县城中有没有出盗劫案?"县令说:"没有。"当时对地方官的政绩考核得很严,上下各级官员都忌讳出现盗劫案,即使有被盗贼抢劫甚至杀害的,也隐瞒不报。于公到客馆住下,吩咐家人仔细查访,果然打听到附近有个有钱人被强盗闯进家里,用烙铁烫死了。于公把死者的儿子叫来问情况,他却坚持不承认有这事。于公说:"我已经替你们县把大强盗抓来了,并无别的意思。"死者的儿子这才叩头痛哭,请求为他的父亲报仇雪恨。于公于是连夜去见县令,县令派了强健的差役四更天出城,到那村中,捉了八个强盗,经过审讯都认了罪。盘问那病妇是何人,强盗供认:"作案那夜都在妓院里,所以与妓女合谋,把金银放在床上,叫她抱着,抬到窝主家才瓜分。"

大家都佩服于公断案如神,有人问他怎么识破这案子的。于公说:"这很容易识破,只是人们不留心罢了。哪里有年轻妇女躺在床上,而让别人把手伸进被子里去的道理?而且,他们不断换人抬着走,一定很沉重。床两边的人交替保护,就明白里面一定藏有贵重东西了。如果真的是病妇病重抬回家,一定会有妇女出门迎接,但出来接的却是男人,又没有问一句病情,因此我判断这伙人就是强盗。"

张鸿渐

河北永平府有个人叫张鸿渐，他年少得志，十八岁便成了名士，名扬全省。

河北下属的卢龙县有个姓赵的县官，此人贪暴不仁，恨不得榨出老百姓的骨髓来。有个范秀才因一件不大的事，竟被赵县太爷用刑杖活活打死。这让范秀才的同窗愤愤不平，他们请张鸿渐写状子，并联合签名到省城去控告这位县官。

张鸿渐的妻子方氏，是个既漂亮又贤惠的女人，她听说这件事，就劝阻丈夫，说："大凡秀才做事，只可以有福同享，却不能有祸同当；胜了，无非是大家都来争功劳；败了，便土崩瓦解，别想再抱成团。如今又是谁有势力谁有理的世道，根本不讲什么曲直是非。况且你又没靠山，倘若事遭变故，谁肯舍命相救？"张鸿渐听了妻子的话，觉得很有道理，后悔当初不该轻易应允，没办法，只好婉言谢绝签名的要求，只替他们写了写状子。

状子递上去，上司马马虎虎只过了一堂，就搁在一旁不管了。这时，赵县官又出了很多银子买通一个有权有势的大官，这伙倒霉的秀才不仅没告成状，反而被诬陷为结党造反给抓了起来。

上司还要追查写状人，张鸿渐听说后，十分害怕，就连夜逃走了。

他逃到凤翔县地界，天已经快黑了，身边的钱也花光了，独自一人在空旷的荒野上走来走去，不知该到何处安身。忽然看见一个小村子，便急忙走了进去。一个老婆子正好从屋里出来要关大门，发现了他，问他有什么事。张鸿渐老老实实说明来意后，老婆子说："吃饭睡觉都是小事，只是因为家里没有男人，不便留客。"张鸿渐说："我也不敢有什么过高的希望，能在你家大门洞里过一夜，避避虎狼，也就心满意足、感激不尽了。"

老婆子见他说得可怜，就把他领进去关了大门，给了他一个草垫子，说："我可怜你没处投宿，私下留你过夜，天不亮你就得赶紧出门。不然，要让我家小娘子知道了，可是要怪罪我的。"说完便走了。

张鸿渐靠着墙壁，刚闭眼休息，忽觉灯光闪耀。一看，原来老婆子打着灯笼，领了一位女子从屋里出来。他急忙躲到暗处，偷偷看过去，竟是一个二十多岁的美人。女子走到大门口，发现了地上的草垫子，就扭头问老婆子，老婆子据实说了。女郎立刻动了怒，说："我们一家都是女的，怎么能随便留下生人！"稍停一下，又问："那个人到哪去了？"张鸿渐慌了，忙出来跪在台阶下。女子问了他的家世、姓名，脸色才稍微好看了些，说："幸亏你是风雅的文人，留下过夜倒也不妨。可是这老婆子也不通报一声，这样潦潦草草的，难道就这样招待客人？"当即叫老婆子把他领到屋里去了。

过了一会儿，老婆子用精致的杯盘端来了浓香的美酒和可口的食品。接着，又抱来缎被、锦褥，铺好了床。张鸿渐很是感激，私下向老婆子询问主人家的姓名。老婆子说："我家姓施，老爷和太太都去世了，只留下三位小姐，你刚才看见的是大小姐舜华。"

老婆子走了。张鸿渐抬头打量屋子，发现桌上放着一本《南华经注释》，便顺手取了下来躺在床上翻阅。就在这时，舜华突然推门进来。张鸿渐放下书，连忙找帽子和鞋，准备起身迎接。舜华过去拦住他，说："不必了，不必了。"挨着他在床边坐下来，羞答答地说："因为你是个风流才子，欲以终身相托，所以顾不得避嫌，来找你谈谈，该不会因此而轻视我、拒绝我吧？"张鸿渐愣住了，不知道该怎么回答是好，只是说："实不相瞒，小生家中已有妻室。"舜华说："这就更证明你是个忠诚老实的人了。不过，依我看这也没有什么妨碍。你既然不嫌弃我，明天就托媒人来说合好了。"说罢要走，张鸿渐向前探探身子，一把拖住了她。舜华也不推辞，便留了下来。

第二天，天还没亮，舜华就起了床，临走赠给了他一些银两，说："你拿去留作游玩的费用，晚上要回来的迟一点。千万不要叫别人看见。"张鸿渐依照舜华的吩咐，早出晚归，半年多来天天如此。

一天，他回得比以往早了一点。来到原来的地方一看，村庄、房屋，什么都没有了。他觉得很奇怪。正在那里犹豫徘徊，只听老婆子的声音说："今天为什么来得这样早呀！"一转眼，院落又出现了，而自己已经在房子里了。这一来，使他更加惊疑。舜华从里面走出来，笑着说："你是不是怀疑我了？实话告诉你吧，我是个狐仙，同你有前世姻缘。如果你一定要见怪，就请从此分手好了。"张鸿渐因贪恋她的美貌，心上未曾有一丝不安。

又不知过了多久，一天晚上，他对舜华说："你既然已经成仙，一定有瞬息千里的本事。我离开家已经三年了，一直思念妻子和儿子，你能带我回去一趟吗？"

舜华听了似乎不大高兴，说："以夫妻之情而论，我自己觉得对待你实在够忠诚了。原来你却是身子守着我，心里想着别人，那么你对我的爱一定是假的了！"

张鸿渐百般劝慰道："你怎么能说这样的话？俗话说'一日夫妻百日恩'，他日想你的时候，还不同今日想她一样？假如我是一个喜新厌旧的人，你还会爱我吗？"

舜华笑了，说："这么说是我有点偏心了。对我，希望你永远不要忘记；对别人，又希望你能够忘记。你想回家一趟，也确实不难，在我看来，你的家就在眼前。"说完，拉着他的袖子出了门，只见夜色昏暗，道路漆黑，张鸿渐摸摸索索不敢迈大步子。舜华拖着他向前走。走不多时，舜华说："到了，你回去吧。我走了。"

张鸿渐停下来细细一看，已经来到自家大门前。他从矮墙爬进去，见屋里还亮着灯，就上前用两个指头轻轻敲门。里面传出女人的问话声："是谁？"张鸿渐隔着门将回来的经过大致说了一遍。里边有人拿了灯烛来开门，开门人正是方氏。二人各自惊喜，手挽手一起来到屋里，只见小儿子躺在床上。张鸿渐感慨地说："我逃走时，儿子才只有我膝头那么高，如今已经这么大了。"夫妻二人抱在一起，仿佛梦中相会。张鸿渐把离家以后的遭遇细细说给妻子，接着又问起那桩案子来。他这才知道那伙秀才，有的死在狱中，有的流放到边疆充军，不由更加佩服妻子的远见卓识。这时方氏在他怀里撒娇说："你有了美丽的女子相陪，只道你再不想还有人独卧空床、整日啼泣呢！"张鸿渐说："不想你，我怎么回来了？我和她虽说感情很深，毕竟不是同类，只是难忘她的恩德罢了。"方氏说："你以为我是何人？"张鸿渐仔细一看，原来不是方氏，竟是舜华；用手去摸儿子，却是一根竹杖。张鸿渐一时惭愧得说不上话来。舜华又说："你的心我是看透了！按理说应该从此与你绝交，幸亏你还没有忘记'恩德'二字，还可以勉强原谅。"

又过了两三天，舜华忽然说："我想只是痴情恋着人家，终究没有什么趣味。你常是埋怨我不肯送你，今天我正好有事要到京都，顺路捎你回去好了。"说着，从床头取出那根竹杖，一同骑在上面，并嘱咐他把眼睛闭了。张鸿渐只觉得离地不高，但听耳边风声飕飕，不一会儿就落了地。舜华说："从此分手了！"他还想嘱咐几句什么，舜华早已飞得看不见了。

张鸿渐望着舜华飞去的方向呆呆站了一会，忽然听见从村子里传来鸡叫狗吠的声音。在苍茫的夜色里，隐隐约约看见那些树木和房舍都是故乡的景物，便沿着路往回走去。和上次一样，翻过矮墙，近前敲门。方氏被敲门声惊醒起来，她不相信丈夫回来了，在里面盘问确实后，才点了灯，哽哽咽咽地出来开门，一见面，更是哭得抬不起头来。

张鸿渐还疑心是舜华在变戏法，再往床上一看，儿子也和上次那样睡着，便笑着说："你那根竹杖子又带来了吗？"

方氏莫名其妙，生了气，说："我天天盼望你，过一天就像过了一年，枕上的泪痕都还没有洗掉；刚刚盼得和你见了面，你却没有一点痛惜之情，你安的什么心！"张鸿渐见她情真意切，才相信这次是真的到了家。他拉着妻子的手伤感一番，把自己刚才为什么那么说，以及过去的经历，一一告诉了妻子。问起那起案子的情形，妻子和舜华说的一模一样。二人正相对感慨，只听门外有脚步响动。问了几声，也没人答应。

原来，村子里有一个流氓，老早就看中了方氏的美貌。这夜，他从别的村子回来，远远看见有个人影翻过张家矮墙，以为是方氏相好的，就暗暗尾随而来。原来那流氓并不认识张鸿渐，就趴在窗下偷听。起初，方氏在里面问了几声，他没答应。方氏再三追问，他才反问道："里边是什么人？"方氏怕官司发，便说："没有人。"那流氓说："我已经在外面听了半天了，我是来捉奸的。"方氏不得已，便将实情讲出来，指望引起他的同情。不想反被流氓抓住把柄，说："哈哈，是张鸿渐呀，他的案子还没有了结。就是回来，也要捆起来送到官府去！"方氏只得苦苦哀求，但越是这样，那流氓越是软硬兼施，用话威胁、调戏她。张鸿渐气愤不过，便手执钢刀，破门而出，朝流氓的脑袋砍去。流氓身一晃倒在地上，但嘴里还不住喊叫，张鸿渐又朝他砍了几刀才砍死他。

方氏看着出了人命，心里十分着急，说："事已至此，这是罪上加罪。你赶快逃走，让我来承担这个罪名！"

张鸿渐似乎已经豁出去了，说："男子汉大丈夫，要死就死，有什么了不起！我怎么忍心教你母子替我遭罪，我自己却逃跑！你不必多虑，只要能把儿子抚养成人，教他好好读书，我死了也可以合眼了。"

次日天明，张鸿渐便到县衙去投案自首。赵知县见是张鸿渐，知道他和秀才结党造反一案有关，是朝廷大案，便将他打了四十大板，转到府里，押往京都查办。

一路上，张鸿渐带着枷锁，非常凄惨。

一天，在路上他遇见一个骑马的女子，有个老婆子替她牵着缰绳，一看，竟然是舜华！张鸿渐唤住老婆子，正想说话，眼泪却如珠子般滚落下来。舜华调转马头，惊讶地说："啊呀，是表兄啊！你怎么到这里来了？"张鸿渐把经过简单说了说。舜华又说："照表兄从前的行为，我应该扭头不管才是，但我却忍不下心。前面就是我家，请两位解差一道进去休息一会儿，也好送你们一点路费。"

两个解差见有利可图，就押着张鸿渐跟着舜华去了。走了二三里路，看见一个山村，那里有一座高大整齐的院落。舜华下了马先进去了，叫老婆子开了客房把他们迎到里面。接着，就摆上了丰盛的酒宴，似乎早有准备。舜华又叫老婆子对张鸿渐和解差说："我家小姐说了，家里没有男人，叫张官人代她向解差多劝几杯，一路上还要请你们多作方便呢。小姐正叫人筹办几十两银子，一来给张官人做路费用，二来也好酬谢两位解差。钱再等一会儿就送来。"

见老婆子这样说，两位解差自是眉开眼笑，也不催着走了。酒一直喝到黄昏时分，两位解差已经醉成两摊稀泥。这样，舜华从里面出来，用手朝张鸿渐身上的刑具一指，刑具立刻脱落下来。她拉了张鸿渐，骑上一匹马，飞快地跑了。过了一会儿，舜华勒住马缰，说："只能送你到这里了。我和妹妹约好要到青海，为了你又耽误了半天。恐怕她们已经等得焦急了。"张鸿渐问她后会之期，舜华没有言语。张鸿渐还要再问，却被她一把从马上推了下去。

天亮了，张鸿渐一打听，原来已经到了太原。张鸿渐在省城租了一间房子，化名宫子迁，招了几个学生，教书度日。这样在省城住了十年，听说追捕他的事已经松懈了，才又走走停停，慢慢往家里走。

张鸿渐来到村外，怕人发觉，不敢贸然进村。等到深更半夜才来到自家门外。他见墙头修得又高又结实，爬不进去，只好用马鞭子轻轻敲门。过了好一阵子，妻子才出来问话。张鸿渐低声说："是我呀。"妻子听出丈夫的声音，心里十分高兴，急忙开了大门把他迎了进去，并故意大声呵斥道："你少爷既在京城缺乏费用，就该早些回来，怎么叫你半夜三更回来？"

夫妻进到屋内，各诉别后情形，张鸿渐这才知道，那两个解差自他逃走后再没回来。他们正说着话，帘子外面有个少妇不时走过来张望。张鸿渐问她是谁，妻子说："是咱们的儿媳妇。"他又问儿子哪去了，妻子又说："赴京赶考还没有回来。"张鸿渐一听，感慨万端，不由流下泪来，说："我十几年逃亡在外，儿子居然已经长大成人，更想不到还能进京应试。你把心血都用尽了呀！"话还没有说完，儿媳已经把酒温好，饭也做好了，满满地摆了一桌子。此时，张鸿渐破碎的心感到格外欣慰。

张鸿渐回得家来，怕人知晓，一直没敢露面。几天以后的一个晚上，刚刚睡下，忽听外面喧喧嚷嚷，敲门敲得很急。全家人都很害怕，慌忙起床。这时又听外面有人问："有后门吗？"一听，更加惶恐不安。妻子和儿媳急忙抬了块门扇当梯子，让张鸿渐跳墙逃走了。然后才去开门，一问，原来是儿子考中了，刚才是报喜的人来敲的门。方氏很是高兴，后悔不该叫丈夫逃走，但事情已无法挽回。

张鸿渐那夜从家里逃走，慌慌张张，哪认得路，顾不得荆棘刺人、草露湿衣，一直跑到天明，简直要把他累死了。他原是想往西走的，一问过路的人，才得知离进京的大路不远了。于是他来到一个乡村，想卖件衣服换碗饭吃。他看见有一家门上面贴着一张报喜的单子，走近一看，知道这是一家姓许的，家里有人新中了举人。

过了不久，一个老人从里面出来，张鸿渐上前行了个礼，说明了自己的来意。老人见他文雅老成，知道不是个骗饭吃的坏人，便请进去款待他，并问他要到哪去。张鸿渐编了一套谎话，说他原在京都教书，回家路上遇上了强盗。老人听说是个教书先生，就让他留下教自己的小儿子。张鸿渐问到老人的家世，原来老人是京城的一个大官，如今已告老还乡。新中的举人，便是他的侄儿。

一个月以后，许家新举人带来一个同榜考取的朋友，说他是永平人，姓张，十七八岁了。张鸿渐听了，觉得和自己同乡同姓，就怀疑是自己的儿子，但因永平姓张的很多，也不敢肯定，只好暂时把话闷在肚里。

到了晚上，许举人打开行李，拿出一本同科考取记有三代姓名的同年名册来。张鸿渐借来一看，果真是他的儿子，不由流下眼泪来。大家都很惊讶，问他是怎么了。他指着名册上自己的名字，说："张鸿渐，就是我呀。"便将事情的始末细细说了一遍。张举人如梦初醒，立刻扑到父亲怀里大哭起来。许家叔侄劝慰多时，张家父子才各自转悲为喜。许家老人立即写了信，备了礼品，去疏通那些专管张鸿渐一案的官员，张鸿渐父子才得以团圆回家。

方氏从接到儿子考中的喜讯那天起，就天天为丈夫仓促外逃感到悲伤。这天忽然听说儿子回来了，更觉难过。一会儿，方氏见他父子二人一起回来，就感到丈夫仿佛是从天上掉下来一样。问清原委后，大家不禁悲喜交集。

那个流氓的父亲，看见张鸿渐的儿子做了举人，便打消了报复的念头。张鸿渐也对他格外照顾，尤其是向他详细说明当时的情况后，那老头儿又惭愧，又感激。从此，两家处得非常好。

折 狱

　　山东淄川西崖庄出了一件不幸的事：村里有个做买卖的人，不知怎么在半路上被人杀死了；仅仅相隔一夜，他的妻子也上吊死了。那买卖人的弟弟见哥嫂都含冤而死，伤心地到县官那里去告状，希望能为哥嫂报仇。

　　那县官是个浙江人，姓费名祎祉。他接到状子后，就亲自去验尸，发现买卖人身上的钱包里有半两银子，还原封未动。他断定，这不是图财害命。把相邻的两个村子的保长传来，查问和质对了一遍，也找不出个头绪。县官审问时并没有殴打他们，问完后，就把他们释放了，叫他们仍然回家去种地。只是命令两村的保长负责暗中观察，让他们把观察到的情况，每十天向他报告一次。

　　过了半年，也没弄清情况，这个案子就渐渐松懈下来。买卖人的弟弟抱怨县官太软弱，屡屡上堂去催案，说话很不好听。县官火了，很恼怒地对他说："你既指不出凶手的名字，想叫我用严刑诬赖好人吗？"斥责了他几句，让衙役把他撵出衙门来。他找不到申冤的地方，就气愤地把哥嫂都埋葬了。

　　一天，县官逮捕了几个不交田税的人。其中有一个名叫周成的，恐怕挨打，说是已将税款筹借齐了，就从腰中取出个包袱来，交给县官，请县官验收。县官看了一下，就问："你是哪村的？"

　　周成回答说："是李村的。"

　　"离西崖庄有多远？"

　　"五六里。"

　　县官又很仔细地问他："去年被人杀害的那个买卖人，是你的什么人？"

　　周成说："我不认识。"

　　县官忽然勃然大怒道："是你杀了他，还说不认识？"

　　周成吓了一跳，竭力向县官申辩，说是没有杀过人。县官不相信他的话，就吩咐衙役严加拷问。周成在严刑拷问下，就招供了。

　　原来，买卖人的妻子王氏要去探亲，因为自己没有钗环等首饰，吵着让丈夫向邻人去借；丈夫不肯，她就亲自去借。因为是借用别

人的,怕损坏了或者丢失了赔不起,所以很是爱护。探亲返回时,她在半路上把首饰从头上卸下来,用包袱包好,藏在袖子里。谁知回到家里后,探手去取,竟不知在什么时候弄丢了。她既不敢让丈夫知道,又无力赔偿,想来想去,也想不出个法儿来,很烦恼。

那天,首饰可巧被周成拾到了。他知道是王氏失掉的东西,就趁买卖人不在家的时候,半夜跳进墙去,想利用这个把柄去奸淫王氏。当时正在大暑天,王氏为了凉爽,睡在院里。周成跳进院子后,就悄悄地走到王氏身边去强奸她。王氏被惊醒后,就大号大叫起来。周成急忙劝止了她的叫喊,从包袱里拿出首饰交给王氏,却把包袱留在自己身边。王氏得到了首饰,就勉强满足了周成的要求。事后,她嘱咐周成说:"以后可不要再来了。我丈夫很凶恶,要是犯在他手里,恐怕咱俩都得死。"

周成恼怒地说:"我拿出这么值钱的东西,要是到妓院去,至少能睡她好几夜,难道这一回就能够抵尝吗?"

王氏假意安慰他说:"我不是不愿意和你交好。我的丈夫有病,等他死了,我不受管束,就可以了。"

周成听了这话就走了。在回去的路上,可巧碰到那个买卖人,于是就把他杀了。隔了一夜,周成又来了,他对王氏说:"现在,你的丈夫已被人杀了,你按照我们约定的话来和我成婚吧!"

王氏听了,大哭起来。周成怕惊动了邻人,就逃走了。到天亮的时候,王氏也上吊死了。

县官问清这个情况后,就判了周成死刑,让他抵罪。

人们知道这件凶案的破获经过后,都很佩服县官的本领,可是谁也不知道他能弄清这个案子的缘故。县官向大家解释说:"天下没有难办的事,关键在于能否随处留心。起初验尸的时候,我看到买卖人的钱包上绣着万字纹,而周成的包袱上也有万字纹,样式和针脚一模一样,显然这是同一个人做的。我问周成是否还有别的私情,他又说没有。细心分析他的供词,内有诡诈;注意观察他的表情,很不自然,所以知道他是真正的凶手。"

有一个名叫胡成的,也是淄川人,他和一个名叫冯安的同住在一个村子里。可是他两家祖辈有仇,见面虽也说话,就是嘴和心不和。胡家父子生得凶头凶脑,爱欺负人。冯安心里虽然忌恨胡成,表面上却点头哈腰地假意奉承。可是,胡成总是怀疑他。

有一天,冯安到胡成家里去,两个人就吃开了酒。吃到半醉,就互相借酒装疯,似乎说开了心里话。

胡成夸口说:"不要发愁穷,百把两银子很容易到手。"

因为胡家并不富裕,冯安不由冷笑起来。

胡成装作很正经的样子说:"实话告诉你,昨天我在半路上遇见一个大商人,我见他带着很多财物,就把他推到南山的一个枯井里,夺取了他的财物。"

冯安不大相信，就又笑起来。当时，胡成有个妹夫名叫郑伦，想买一块田地，正在托他说合，而且把买田地用的几百两银子也都寄存在他家里，他就把这笔银子都拿出来，摆在桌上，向冯安夸耀。冯安见了银子，就信以为真了。

冯安回家后，就暗中写了状子，到县里去报告。县官费祎祉认为这是一起图财害命的大案，当下就派人把胡成抓起来。审问时，胡成才把原是和冯安开玩笑以及银子的真正来源实说了一遍。县官把郑伦和卖田人都拘留起来对证，证明胡成供的都是实话。为了进一步证实胡成的供词，县官就带着有关的人去检验那个枯井。他让一个衙役用绳子吊下井去看，果然在井里发现了一具无头尸体。胡成听到井里果真有个尸首，吓得说不出话来，真是百口难辩，只是向县官喊冤。县官大怒道："井里确实有尸首，这就是你图财害命的真凭实据，你还喊什么冤枉？"说罢，就命令衙役打了他几十大板，给他带上犯死罪的大枷和手铐脚镣，并且命令暂且不要把尸首捞上来。只是向附近的村子宣告，让死者家属到县里去告状。

过了一天，有个妇女来告状，说她是被害人的妻子。丈夫叫何甲，拿了几百两银子去做买卖，被胡成杀死了。

县官说："井里的死人恐怕不一定就是你的丈夫。"

那个妇女很肯定地坚持说是，县官就又带着她去验尸。县官让人从井里把尸首捞上来，一看，果然是她的丈夫。但是那个妇女却不敢走近尸首去，只是站得远远的不流一滴泪地干号着。县官观察到这个情景，就假意抚慰她说："我已经拿到了真正的凶手。但是，你丈夫的尸首不见了头，你暂且回去，等着找到了死人的头，就通知你，好让凶手偿命。"接着，就命令衙役到狱中，将胡成押解来，当众呵斥道："明天不把人头拿来，非打断你的腿不可。"随即又派衙役押解着胡成去找人头。找了一天也没找着，胡成空手回来了。县官问他，他只会哭。县官就把一些审案的刑具扔在他面前，虚张声势地做出要给他上刑的样子，可是又没有真正给他上刑，并当着众人对他说："想是你在当夜害死他后，慌忙扛着尸首转移，不知道将头落在什么地方了，为什么不仔细地去找？"

胡成因为没法子辩清自己的冤枉，只得哀求县官准许他再去寻找。

县官回过头来，问那个妇女道："你有几个子女？"

"没有。"

"何甲有什么亲属？"

"只有一个堂叔父。"

县官很同情地对她说："年轻轻地就死去了丈夫，孤苦伶仃地怎么生活？"

这时，那个妇女才被感动得真哭了，给县官磕着头，请求怜悯她。县官又对她说："凶手的罪已经定了，只要找到了头，使你的丈夫得以全尸安葬，这个案子就了结了。结案后，你就找个合意的人嫁给他。你是一个年轻妇人，就不必抛头露面地再出入衙门了。"那妇人又被感动得流下泪来，给县官磕了个头，就回去了。接着县官又传谕附近村子里的人，都帮她寻找何甲的头。

过了一夜，就有个和何甲同村的王五拿着头来报案。县官问清情况，验明这个头的确是何甲的，当堂赏给他一千文铜钱。又把何甲的堂叔叫来，对他说："这个案子已经弄清了。可是，人命关天，必须经过一年多的时间才能结案。你侄子既然没有子女，他的年轻的妻子很难生活下去，应该早点让她改嫁。今后，官府里也没有什么事了，如果上面来检查这个案子，只要你随传随到就行了。"

何甲的堂叔不肯答应，县官就扔下两根注明应打多少板子的竹签子来。他又申辩了两句，县官又扔下一根签子来。何甲的堂叔怕挨打，就勉强答应了。何甲的妻子得知县官的判决后，就到县里向县官谢恩，县官又安慰了她一番。

县官又当着她的面让衙役去外面传谕说："如果有买她为妻的，要经过县官的批准。"

何甲的妻子高兴地下堂后不久，就来了一个投"婚状"的人，状纸上写着："请求批准我和何甲的妻子结婚。"县官看了这个人一眼，原来就是那个找到人头的王五。县官又把何甲的妻子叫到堂上，问她说："你知道谁是杀害你丈夫的真正凶手吗？"

何妻回答说："是胡成。"

县官很严肃地说："不是。你和王五才是真正的罪犯！"

二人听了，十分恐惧，竭力申辩自己冤枉。县官说："我早已了解到这个情况，所以等到现在才说明，是恐怕万一有差错，会冤枉好人。当时，尸首还没有从井里捞出来，你怎么就知道一定是你的丈夫？这必定是你先已知道他死了。况且何甲在死的时候，还穿着破烂的衣服，说明他很穷，他怎么能有几百两银子？"又对王五说："谁也找不到何甲的头，你怎么就知道在什么地方？如果不是你亲手埋藏，怎么能够在一个晚上就能找到？所以这样快，是你想早点娶她。"

两人听了县官的判断，吓得面如土色，说不出一句话来。县官才给他们俩上了一次刑，他们就如实招供了。

原来，王五和何甲的妻子早就勾搭上了。日久天长，有了感情，两人就谋划要杀害何甲，以达到他们长期苟合的目的。胡成和冯安开玩笑的时候，碰巧就是他俩杀害何甲的时候。情况彻底弄清了，真正的凶犯也抓到了，胡成被无罪释放回家。冯安以诬告罪，被重重地打了一顿板子，判处劳役三年。

查牙山洞

　　山东章丘查牙山上,有个井口大的石洞,大约有几尺深。石洞北面的石壁上,又有个洞门,只要伏在地上,伸长脖颈就能看见。附近村子里有几个人,早就想进洞看个究竟。

　　这一年,九月初九重阳节登高那天,他们约好在石洞那儿饮酒,共同商量进洞的办法。商量的结果是三个胆大的人拿着灯火,用绳子吊下去观察。他们进去以后,发现这洞高大宽敞,像大厅一样,进去走了几十步,才渐渐狭窄了。他们又发现洞底还有一个小洞,人伏下去,可以像蛇一样钻进去,用灯火一照,漆黑漆黑,深不可测。其中两个人胆怯了便想退回来。另一个小伙子夺过灯火,冷笑一声,挺身往小洞里爬去。幸好狭窄的地方仅比墙厚一点,一过去就又高又宽了。

　　这个小伙子站起来往前走。头顶上的钟乳石参差不齐高悬着,像要往下坠落。两壁上怪石突兀重叠,很像寺庙中的雕塑,显现成鸟兽人鬼的形状:鸟像在飞,兽像在跑,人有的像坐,有的像站,妖魔鬼怪表情愤怒凶恶,奇奇怪怪,丑陋的多漂亮的少。这个小伙子心里紧张起来。幸好路还平坦,没有什么陡坡。他小心谨慎地走了几百步,西面石壁开处,现出一间石房子。门的左边有一块鬼样怪石,正面对人站着,眼睛突出,口张得有簸箕大,长舌獠牙,狰狞凶恶。左手握成拳,撑在腰上,右手叉开五指,像要抓人。他大吃一惊,寒毛都吓得竖起来了。远远望见门里有烧过的柴草灰,知道有人曾来过,胆子又大了一点,勉强走进几步。只见地上摆着杯子、碗,满是泥垢,但都是近代东西,不是古代器皿。旁边还放着四把锡壶,他很喜爱,便解开带子捆住壶颈系在腰上。又向旁边一看,西角有一具尸体,两手两脚四面叉开,他害怕极了。仔细一看,死去的人脚上穿着尖尖小鞋,鞋底的梅花图案还看得清楚。他知道死者是年轻女人,只是既不知是哪里人,也不知是哪一年死的。衣服的颜色已变得灰暗,分不

清是黑色还是红色。头发蓬乱不堪，好像一筐乱丝粘在骷髅上。他想这尸体头上可能会有珠宝首饰，便把灯火照近头颅。这时，他突然觉得好像有人在嘘气吹灯，灯火飘闪不定。火焰呈红黄色，女尸的衣服也似轻轻掀动。他大惊失色，手直颤抖，灯火顿时熄灭了。这个小伙子心想，这下糟了，得赶紧回去。他沿着进来的路线急忙回奔，不敢用手摸石壁，害怕碰那些像鬼一样的石头。不料，黑暗中他一头撞在石上，连忙又爬起来继续找路，又冷又湿的液体流到脸颊上，他知道是血，但也不觉得疼，也不敢呻吟。喘着粗气跑到刚才爬进来的洞口，正要伏下身往外爬，却好像有人抓住了他的头发，头一晕，就昏死过去。

　　没进洞的伙伴们坐在洞口等了好久，还不见他返回，便怀疑他出了问题。于是，又吊下两个人。他们走到小洞口，探身进去，发现那个小伙子的头发挂在钟乳石上，血流如注，人已昏迷。这二人大惊失色，不敢进去，坐在那儿发愁叹气。一会儿，井上又吊下来两个人。其中有个胆子大的，奋勇钻进小石洞，把那小伙子拖出来。过了半天小伙子才醒过来，把刚才所见到的详细说给他们听。只可惜他没有探索到洞的最底层，如果进到最底层，一定会有更奇妙的境界。

　　后来章丘县令听到这件事，吩咐用土把洞堵死，于是，人们不能再进去了。

鸟 语

　　河南有一个道士，居无定所，经常走村串户化点饭吃。

　　有一天，他在一家吃完饭，临走时警告主人家："当心火灾呀！"主人听了很奇怪，他解释说："我听到这树上的黄鹂一直在叫：'失火了呀，真可怕！'"主人家觉得这个道士神神怪怪的，很可笑，就没把他的话放在心上。然而，道士的话第二天就应验了：主人家的房子果然烧起来，还殃及好几户邻家的房子。人们这时才感叹：道士真神哪！

　　村里有几个好事的青年想问个究竟，就追上道士，并称他为仙。道士说："什么仙不仙的，我不过是懂得鸟语罢了！"正好有一只羽毛黑白相间的山雀在树上唧唧喳喳地叫，大家就问他山雀说的是什么。道士说："山雀说：'初六生了，初六生了；十四、十六死了。'想是树下这家生了双生子。今日是初十，不出五六日应该都会死。"一打听，这家果然生了双胞胎；不久，也果然都死了，而且和道士说的日期分毫不差。

　　县官听说有这么个奇异的道士，就把他请到官府，待为上宾。一天，县官看见一群鸭子从院里经过，就问道士鸭子在说什么，道士说："你的内眷一定有争吵。鸭子说：'罢罢！偏向她！'"县官十分信服地点了点头。原来，他刚才正是因为大小老婆生气，被吵得不耐烦才出来的。

　　道士被县官留在府衙，享受着很优厚的待遇。他经常给县官辨别鸟语，往往说得很准。只是由于常年居住乡野，不讲忌讳，出语有些粗鲁。

　　这县官是个贪心不足的人，凡是有送礼物的，不管什么东西都要换成银钱存起来。

　　有一天，他刚和道士坐下，就见那群鸭子又来了，他问道士，道士说："今天说的和以前说的不一样，这次是专门替你计算财物的。"

　　县官问："计算什么？"

　　道士说："鸭子说：'蜡烛一百八，银子一千八。'"

　　县官怀疑道士在讥讽他，脸上顿时露出惭愧的神色。道士见他不高兴，便向他告辞，县官又不准道士走。

　　又过了几天，县官设宴请客，忽然听得杜鹃鸣叫。客人问道士，道士说："杜鹃说：'丢官而去。'"满座宾客大惊失色。县官也发怒了，立即叫人把道士轰了出去。不久，县官果然因贪赃枉法被罢了官。

　　呵呵！其实那些话都是仙人对县官的警告，可惜他利欲熏心，祸到临头还不肯醒悟啊！

乔 女

平原一带住着一户人家,户主姓乔,是个老秀才。这老秀才身边有个女儿,但长得相貌丑陋,还跛着一条腿,虽然已经二十五六岁了,但还没有一个人上门提亲。老秀才心里很是着急。

有个穆生,四十多岁时死了妻子,但因家贫无力再娶,就出了一份很薄的彩礼,把乔女娶来做妻。

婚后三年,乔女生下一个男孩。不久,穆生去世了,家里更加贫寒,乔女实在困难得没法子,就去求母亲周济,但母亲很是不耐烦。

乔女赌气,再也不去娘家,只靠纺棉织布熬日子。

这时,有个孟生,恰好妻子下世,留下一个名叫乌头的孩子,刚满一岁,没人喂奶,急于说一门亲事。但媒人一连给他提了好几个,他都没有相中。一次,偶然见到乔女,心里倒十分喜欢她,于是就打发人暗中把自己的意思透露给她。

乔女婉言谢绝,说:"家境这样贫寒,跟上官人有衣穿、有饭吃,怎么能不愿意呢?但是我又残废又难看,不能和佳人相比。我向往的,是纯洁的爱情。今天再嫁给别人,难道官人情愿要这样的人吗?"

孟生听了这话,更觉得乔女十分贤惠,因而对乔女的追求也就更加迫切。

孟生拿了金钱叫媒人去同乔女的母亲商量。母亲很高兴,亲自到女门上,逼着女儿嫁人,但乔女怎么也不答应。

母亲收下人家的金钱,不好意思反口,愿意把小女儿嫁给孟生。孟生家里的人都很高兴,孟生却无论如何也不愿意。

时过不久,孟生突然得急病死去。乔女亲往奠祭,哭得非常痛心。

孟生本来没有什么近亲,所以他一死,村上那些无赖之徒,便来欺负他家的人,家具什物被抢得一干二净。无赖们谋划瓜分孟家田产,家里的婢女、仆人也趁机偷了东西走了,只有一个老妈子抱着乌头在床上啼哭。

乔女了解情况后,心里愤愤不平。她听说林生和孟生关系很好,就来到林生门上,说:"夫妇有别,朋友有信,这是做人的准则。我因为长得很丑被人看不起,独有孟生能够了解我的为人,以前虽然拒绝了他的婚事,但我的心却早已嫁给了他。现在他死了,儿子还小,我当然应该报答他。但是抚养孤儿不难,防止别人欺侮就不容易了。如果他没有兄弟父母,就看着他家破人亡而不去救助,那么五伦之中不是就可以没有朋友吗?我并不需要你更多的帮助,你能够写个状子告到县官那里就行了,孤儿我来抚养。"

乔女见林生应许下就回去了。

林生正准备照着乔女的话办事,无赖们听说后十分恼怒,扬言要杀掉他。林生心里非常害怕,就把自己关在家里不敢再出来。

乔女等了好几日，没有听到任何消息，去找林生的时候，孟家田产已经被瓜分完了。

乔女实在气愤不过，便挺身而出，到县衙告状。县官问她是孟家的什么人，她说："您管辖一县人，凭仗的就是理呀！如果说的是假话，就是再近的亲戚也逃脱不了罪责；如果说的是真情实话，就是过路的人说了也应当听。"

县官恼她出言憨直，有辱官威，就骂了她一顿，赶出去了。

乔女满怀悲愤，却没有地方申诉，就到一些很有权势的绅士家去哭诉。有一个先生听了，觉得乔女知礼重义，便替她把事情的来由向县官说清楚。

县官经过考察，果然是那么回事，就狠狠整治了那些无赖，把他们抢夺的财物、田产全部退还给孟家。

有人同乔女商议，要乔女留在孟家，替孟生抚养孤儿，但乔女执意不肯。

乔女把孟家的房子上了锁，叫老妈子抱了乌头都到自己家里住。凡是乌头日常所用，就和老妈子一起到孟家去拿来，替她们经管、办理，从不占孟家一点点便宜，而是和以往一样，依然同儿子过着苦日子。

几年以后，乌头慢慢长大了，乔女就请了老师教他读书，叫自己的儿子耕田种地，做杂务。老妈子劝她让儿子和乌头一起读书。乔女说："乌头的费用，是他自己的。我用人家的钱财来教育自己的孩子，我原来的心愿怎么能向人说得明白呢？"

又过几年，乔女为乌头积赚下好几百石粮食，给他和有名望的人家订了亲，并为他修整好房屋，让他回自己家过活。

乌头再三哭求要乔女也搬到自家去住，乔女才答应了，但依然日日纺织不停。

乌头夫妇夺去她纺织的工具，乔女说："我们母子俩坐享其成，怎么能安心呢？"

于是就早起晚睡为乌头经管家务，并让他的儿子在田地里奔波效力，好像雇的佣人一样。但乌头夫妇稍有不对的地方，乔女就要训斥，从不宽容；稍有不改，就使着性子要走，直到夫妻双双跪下说出悔过的话才肯罢休。

不久，乌头考中秀才，乔女又要同他们告别。但乌头不同意，并出钱给穆生的儿子完了婚。

乔女见儿子有了妻室，硬要他回去。乌头知道留也留不住，就在附近的村子里为穆生的儿子买了房产和一百亩好地让他走了。

后来，乔女得了病要回去，乌头不答应。

乔女的病越来越重，就嘱咐乌头夫妇说："一定要把我葬到穆家。"

乌头含着泪点头允诺。

乔女死后，乌头用金钱买通穆生的儿子，让她母亲同孟生葬在一起。

转眼葬期到了，但乔女的棺材特别重，用三十个人都抬不起来。正在这时，穆生的儿子忽然倒在地上，七窍流血，并大声说道："不成器的儿子，怎么可以卖掉你的母亲！"

乌头心里害怕，连忙跪下磕头祷告，穆生的儿子才算好了。

这样又停了几天，等把穆生的坟墓修整好，才把乔女同穆生合葬了。

公孙夏

保定有一个监生，想花点钱，到京城里打点打点，买一个县官来当当。正当他如意算盘已定、整顿行装要出发时，突然病倒了，而且一病就是一个多月卧床不起。

一天，书童忽然进来禀告说："客人来了。"他当即忘了自己的病，急忙跑出去迎接客人。只见那客人穿着华丽的服饰，很像一个有身份的人，就毕恭毕敬地把客人迎进屋里，问他从哪里来。

客人说："我叫公孙夏，是十一皇子的朋友。听说您准备去买个县官，既然有这样的打算，买一个知府不是更好吗？"

监生感谢了他的一番好意，只是说："我钱不多，不敢有更高的奢望。"公孙夏表示愿意帮忙，叫他先出一半钱，上任以后交齐就行。

监生很高兴，问走什么门路，公孙夏说："省里的巡抚、总督都是我的老相好，暂时出五千贯，事情就成了。眼下真定府正缺个知府，可以很快弄到手的。"

监生一听，不禁有些惊疑地说："真定府不是本省的吗？"按当时规定，本省人是不能在本省做官的。

公孙夏笑笑说："您真是太老实了！只要有钱，还问您是哪里人吗？"

但监生到底有些踌躇，怀疑这个陌生人靠不住。公孙夏看出来了，就明明白白地对他说："不必疑惑了，老实告诉您吧，这是阴间府城隍的缺呀！您的寿数尽了，阎王已经把您注入死册。趁此机会周旋着把此事办了，到阴间还可以落得一身富贵。"说着起身告辞，临出门时说："你暂且考虑一下，三日后再回话。"便出门骑马走了。

监生病得昏迷不醒，忽然睁开眼，和妻子告别，说他马上就要死了，叫妻子把家里藏的银子拿去，买一万串纸钱来，为他送灵。妻子只得照丈夫的嘱咐，把全城里的纸钱都买空了，一起堆积在院子里，白天黑夜地焚烧，纸灰积得像小山那样高。

三天以后，公孙夏果然来了。监生把钱如数交了，就立刻被带到一个衙门里。只见一个大官坐在堂上，监生走上去跪下就拜。那大官简略地问了一下姓名，又勉励了几

句做官要清廉谨慎之类的话，便取出文书，唤他到公案前亲自授给他。

监生叩头谢恩，然后走出衙门来。心里想着，一个监生，出身微贱，如果没有华贵的车马和讲究的袍服来炫耀自己，要想唬得住下属官员，显然是有困难的。于是，便不惜耗费大量金钱，买了漂亮的车马，又派鬼差用彩轿把他美貌的小老婆接了来。一切筹备停当，真定府接他到任的人也来了。

上路以后，车驾仪仗拖了足有一里多长，一路上前呼后拥，吆吆喝喝，好不威风。监生坐在车内，想着荣华富贵，不免心花怒放，洋洋得意。忽然间，前面开道的锣声不响了，探头一看，旗也倒了。他正在惊疑，只见骑在马上的下属都慌忙下马，齐刷刷地跪在路边。刚一眨眼，奇怪！人都缩小得只有尺把高，马也变得只有猫儿那样大了。只听车前的差役吃惊地说："关帝来了！"

监生非常恐惧，连忙下车也跪在地上。远远看见关帝带着四五个骑马的随员，慢慢地走过来了。他偷眼一看，那关帝一脸络腮胡须，并不像世间所描述的那样。但是神气挺威严、勇猛，两只眼睛长得几乎和耳朵挨在一起了。

关帝在马上问："来的是什么官？"

"真定知府。"随员答道。

关帝说："小小一个知府，竟敢这样铺排场炫耀！"

监生听了这话，吓得毛骨悚然，只觉得身子突然缩小，自己一看，已经矮得像一个六七岁的娃娃了。

关帝唤他起来，叫他跟在马后步行着一道走。走到路边一个庙宇里，关帝进去面朝南坐下，叫随员取出笔墨给监生，要他把姓名籍贯写出来。

监生写好后，呈了上去，关帝一看，大怒道："字写得又错又不成形！这样一个庸俗市侩，怎么能去管一府的事情！"接着，又叫随员审查他的德行如何。旁边一个人跪着禀奏了几句，不知讲些什么。关帝厉声说道："这人钻营求官，罪还轻些！那些受贿卖官的人，罪责更大！"话音刚落，就见金甲神带了锁链，怒气冲冲地去了。当下有两个人捉住监生，剥了衣服帽子，狠狠地打了五十大板，直打得屁股稀烂、血肉横飞，这才把他拖出门外。

监生睁眼四下一看，车马彩轿全没有了，想站起来试着走走，又疼痛得一步也不能挪动，只好在草地上狼狈地躺着。他抬起头来仔细辨认周围，这儿似乎离家不远，幸好身子轻得和树叶一样，于是就爬啊爬啊，一直爬了一天一夜，才回到家里。

这时，他好像大梦初醒，在床上痛苦地呻吟起来。家里人赶紧围上来问他，他只说屁股痛得厉害。原来他昏过去已经七天了，到现在方醒转来。监生问："阿怜怎么不来看我？"——阿怜是他小老婆的名字。

原来在前一天晚上，阿怜正坐着说话，突然告诉别人说："他做了真定知府，派人来接我了。"说着就到房里去装扮得漂漂亮亮的，当即就死了。

家里人把这件怪事告诉了他，他悔恨得简直要抓破胸膛，叫人把阿怜的尸首停着不要下葬，希望她能复活。但等了几天，毫无一点气息，只得埋了。

监生的病渐渐好些了，但腿上的棒疮严重起来，脓水淋漓，苍蝇轰轰，半年以后才医治好，可以起身下床了。他时常伤心地回想，买官的钱白白丢了，阴间里又遭受一顿毒打，这还可以忍受，但心爱的小老婆不知被抬到哪儿去了，想起来实在痛心。

真 生

　　长安读书人贾子龙，偶然经过邻近的街巷，看到一个客人，风度潇洒，便主动上前打招呼。原来那人叫真生，是从咸阳来的房客。子龙对真生很有好感。

　　第二天，他到真生的住处去报名帖，不巧，真生已外出。子龙来回几次都没有遇见真生，于是派人暗中察看，等他在客店时再拜访他。

　　真生开始硬是不开门见子龙，子龙好说歹说，真生才肯相见。两人促膝交谈，十分投机，子龙就请真生喝酒。

　　真生很能喝酒，酒很快喝完了。真生从箱子里拿出一只没底的玉杯，倒一杯酒进去，已经是满满的；用小杯子把酒舀出来放进酒壶，玉杯中的酒并不见减少。

　　子龙对这个玉杯感到很奇怪，一定要学习他的法术。

　　真生说："我玉杯中的酒不愿意见你，是因为你没有别的短处，只是贪心没有去净。这是仙家的秘术，怎么能教给你呢！"

　　子龙说："冤枉啊！我偶尔产生奢望，只是因为贫穷罢了。"

　　从这以后两人往来亲密，无拘无束。每当子龙拮据窘迫时，真生就拿出一块黑石头，对着它念咒语，拿它磨瓦砾，瓦砾立刻就会变成了银子，真生就把银子赠给贾子龙。但变出来的钱仅仅够用，没有多余。子龙常常要求都给他一点。

　　真生说："我说你贪，怎么样，怎么样？"

　　子龙想，公开跟真生要那块石头一定不能得到，准备趁他喝醉睡着了把石头偷来要挟他。

　　有一天喝完酒，真生便睡了，子龙偷偷起来，搜他的衣服。

　　真生发觉后说："你品性不好，我不能与你相处了。"便告辞分手，迁到别处住了。

　　一年以后，子龙在河边游玩，偶然看见一块晶莹光洁的石头，很像真生的东西，便捡起来，像宝贝一样珍藏起来。

　　过了几天，真生忽然来了，像是丢了什么。

　　真生说："你先前看到的，是仙人的点金石。我从前和仙人抱真子交游，他喜欢我讲节义，把石头送给了我。我不慎在酒醉后丢了，暗地占卜应在你这里。如果你肯还给我，我会报答你。"

　　子龙笑着说："我从来不敢欺骗朋友，点金石倒真的在我这儿。"

　　真生请求用一百两银子作为答谢。

　　子龙说："一百两银子不算少，但我只求你把口诀教给我，亲自试它一次，便没有遗憾了。"

　　真生怕他不讲信用。

子龙说："你自己是仙人，难道不知道我贾某不愿对朋友失信吗？"

真生把口诀教给了他。

子龙看到台阶上有个大石头，准备用它做试验。真生扯住他的肘，不让他向前走。

子龙便弯身拾起半块砖头，放在砧上说："这个，不多吧？"

真生便听任了他。子龙不磨砖却磨砧。真生变脸同他争夺，但砧已变成了浑金。子龙这才把石头还给真生。

真生叹息说："已经这样了，还有什么话说！但胡乱地把福禄给人，一定会受到上天的谴责。如果要使我逃脱惩罚，你就得施舍一百具棺材、一百件棉衣，你肯这样吗？"

子龙说："我的确想得到钱，但并不是想把它私藏在家里。你把我看成守财奴吗？"

真生听了这话才高兴地离去。子龙得到银子，一边施舍一边做生意。不到三年，施舍的数目已满。

一天，真生忽然来了，握着他的手说："你是讲信义的人啊！分别后我被天帝开除仙籍，承蒙你广泛地施舍，现在才用功德抵了罪。希望你继续行善，不要放松。"

子龙问真生是天上哪类神仙。

真生说："我只是得了道的狐狸，出身很低贱，经受不少罪孽的连累，所以生来自爱，一点也不敢乱来。"

子龙为他摆酒，像当初那样与他愉快地喝酒。

子龙到了九十多岁，狐仙还时常到他家来。

席方平

东安人席廉,是个憨厚老实、笨嘴拙舌的乡下人,但却不知因何事和村里一个姓羊的富豪结下了怨仇。席廉有个儿子名叫席方平,是个有胆有识的年轻人,对父亲很孝顺。后来,那个姓羊的富豪先死了。几年以后,席廉突然得了重病,快死的时候,对家里人说:"姓羊的如今花钱贿赂了阴曹的官吏,要拷打我了。"果然不多一会儿,浑身就红肿起来,他疼痛得号叫了一阵,就咽了气。

父亲一死,席方平万分悲痛,整日不吃不喝,他说:"我父亲老实巴交的,一不会说,二不会道,现在居然被恶鬼诬告,遭受欺凌。我要到阴曹去替父亲申冤。"说完此话,就再也不开口了,忽而坐下,忽而站起,痴痴呆呆的,像个傻子。原来,他的魂灵已经离开家了。

席方平觉得自己出了家门,懵懵懂懂也不知该到何处去。只见路上有行人来往,他就询问向城里去的路。到了城里,发现他的父亲已被关进监狱。他来到监狱门口,远远看见父亲躺在屋檐下,那形状十分凄惨。父亲抬眼看见儿子,痛苦的泪水流个不止,哭着说:"管监狱的官吏都受了羊家的贿赂,白天、黑夜拷打我,我的两条腿已经被打烂了!"席方平见此惨状,不由怒火冲天,大骂监狱官:"我父亲如果有罪,自有王法处治,难道能由你们这些死鬼任意摧残吗!"他气愤地走出门来,立即写了状子,准备起诉。正好遇着城隍早晨升堂,席方平就喊着冤枉把状子递上去。

姓羊的听说席方平告了他的状,心里很害怕,赶忙用钱把衙门里外的关节都打通,这才出来听候审问。那城隍由于受了贿赂,就说席方平所告没有什么凭据,断他无理。席方平满肚冤气,无法申诉,只好趁黑夜走了一百多里路,跑到郡府,把县城隍和衙役们徇私舞弊、陷害好人的恶劣行径上诉给郡司。他满希望郡司会讲理的,谁知等了一天又一天,一直等了半个月,郡司不但不给他做主,反而把他狠狠打了一顿,仍然批给城隍去复审。无奈,席方平只得又回到县城。

城隍一见状子,便淫威大发,动用各种刑罚,对席方平进行残酷的折磨,致使他身陷囹圄,一筹莫展。城隍怕他再上告,就派了差役押解他回阳间,差役把席方平送到门口就走了。席方平摸摸身上的伤痕,想想父亲的冤屈,哪里能就此罢休!于是,他等差役走远,就又返回去,跑到阎王殿,向阎王控告了郡司和城隍贪污受贿、残害良民的罪恶。阎王立即下令传人对质。这一下把郡司和城隍吓坏了,连忙暗中派心腹和席方平谈判,承诺给他一千两银子,叫他撤回状子,彼此了结。席方平严词回绝了。

过了几天,席方平住宿的旅店老板告诉他说:"你这个人也有点太负气了,官府给你出那么多银子来讲和,你反而不答应。现在听说阎王面前都有他们的信函,你的官司恐怕要糟了。"席方平听后,似乎还有些不大相信。不多一会儿,有黑衣衙役来传他去见阎王。席方平上了殿堂，只见阎王满脸怒色，不容分说，就命衙役打他二十大板。席方平厉声问道："小人犯了什么罪？"阎王好像没听见似的，并不搭理他。席方平挨着打，高声大喊道："我挨打活该！谁叫我没钱啊！"

这一声带刺的喊叫，更把阎王激怒了，阎王命令把他放在火床上。席方平被两个鬼卒拖在堂下东侧的台阶上，只见上面一张铁床，床下燃着熊熊的烈火，整个床面烧得通红。鬼卒剥去他的衣服，把他抬起来放在床上，翻来覆去地揉他按他。席方平浑身骨肉都被烧得焦臭黑烂，他感到疼痛极了，恨不能马上死去，这样折磨了大约一个时辰，鬼卒才说："行啦。"把他扶起来，催促他下床穿衣，幸而还可以一瘸一拐地走。他又被拉到殿堂上，阎王问："还敢再控告吗？"席方平说："冤未了，心不死！如果说不控告，那是欺骗大王。一定要控告！"阎王说："你要控告些什么？"席方平直言不讳地回答："我所遭受的一切痛苦，都要说！"阎王又大怒，命令上锯刑。二鬼卒又把他拉去，只见殿堂下有一根立柱，约有八九尺高，立柱上连着两块木板，木板上下糊满殷红的血迹。鬼卒正要绑他，忽听堂上大声呼叫："席方平！"二鬼卒又把他押回去。阎王又问："你再回我一句话，到底敢不敢控告了？"席方平毫不犹豫地答道："一定要告！"阎王气急败坏，命令拉下去，立即把他锯开。下殿后，鬼卒就用两块木板把他夹住，绑在立柱上。锯齿刚下，他就觉着头顶渐渐开了，痛得难以忍受，但他紧咬牙关，强忍着不吭一声。这时，只听鬼卒说："真刚强啊！是个汉子！"锯声像雷一样，隆隆地响着，快锯到胸脯时，又听一个鬼卒说："这个人是个大孝子，本来无罪，稍偏一点，不要损坏他的心。"席方平马上觉得锯锋曲折而下，然而那股痛劲更加难忍。不大工夫，身子被锯开了。鬼卒把木板解开，被锯开的身子血淋淋地倒向两边。

鬼卒上堂大声报告，堂上传来命令，叫把锯开的身子再合起来，到堂上回话。于是，两个鬼卒又下来将席方平的两半身子推上去，合成原来的身子，拖着他上殿。席方平觉得身上有一道缝，疼痛得好像要裂开，刚迈半步就跌倒了。一个鬼卒从腰间抽出一条丝带递给他，说："给你这条带子吧，以报答你的孝行。"席方平接过带子一扎，全身顿时复原了，一点也不觉得痛了。接着就被带上殿去跪着听审。

阎王还是问他敢不敢再告状。席方平恐怕再遭受更残酷的刑罚，便回答说："不控告了。"阎王立即命令把他送还阳世。两个鬼差领着他出了北门，指给他回家的路途就返身走了。这时，席方平心想：阴曹的黑暗腐败比阳间还厉害！怎奈没有上天的路径，不能把冤屈控诉到上天那里去。忽又想起世人传说，二郎神是玉帝的外甥，又是功臣，这个神聪明正直，把冤状递给他，也许会灵验。他暗自庆幸两个鬼差已经回去，没人再管他，正是个好机会，于是折转身向南跑去。正奔着，后面两个鬼差又追来了，骂道："阎王就疑心你不回去的，你果然又跑了！"一把抓住他，拖他去见阎王。

席方平寻思：这回完了，阎王一定会更加发怒，对我的残害必然会更甚。可是出乎意料，来到堂上，阎王反而变得和颜悦色了，对席方平说："你确实是个孝子。

不过，你父亲的冤，我已经给你昭雪了。现在他已转生到富贵人家，不用你再为他鸣冤啦！现在就把你送回阳间去，赐给你价值千金的财产、一百岁的寿命，这对你的心愿来说总该满足了吧？"说着，便把这些许诺写在生死簿上，并盖上大印，让席方平亲眼看了看。席方平说了声"感谢"，便走下大殿，鬼差和他一起出来，走到路上，一边驱赶他，一边骂道："你这个奸猾贼！屡屡反复，叫人奔来跑去，快把我们折磨死了！再要跑了，就把你捉回去放在大磨中，将你磨成肉酱！"席方平瞪起眼睛斥责道："鬼儿孙子，你们是干什么的！我这性子就是耐刀锯，受不了抽打。请回去见阎王，阎王如果叫我自己回去，还何必劳你们相送！"说着就返身往回跑。两个鬼差害怕了，赶忙用好话把他劝回来。席方平故意缓慢地走，走几步，就坐在路旁歇一歇。鬼差只是眼里含怒而不敢再说什么。

约莫走了半天，来到一个村子。见一家的门半开着，鬼差就拉他一起坐下休息。席方平靠门槛坐着，两个鬼差趁他不注意，猛地将他推进门里去。他一惊，定神看看自己，身子已经变成初生婴儿。他气愤地啼哭不止，奶也不吃，三天就夭亡了。他的魂飘飘摇摇，仍然不忘找二郎神。大约跑了几十里路，忽然看见一辆顶盖饰有羽毛的车子威风凛凛地过来了。他赶忙跨过路去躲避，不想却冲撞了仪仗队，被前边一个骑马的人抓住捆送到车子前。他抬头一看，车内坐着一个少年，长得仪表堂堂、体态魁梧。少年问他："你是什么人？"席方平满肚冤屈正发愁无处申诉，心想此人必定是个大官，或许能施展他的威力为自己做主，因而便把自己所遭受的痛楚全部倾诉出来。那少年一听，就命令手下人给他松了绑，叫他跟着车子行走。不一会儿，来到一个地方，有十多个官员在道旁迎候。少年下了车，向每个人问了话。然后，指着席方平对一个官员说："这是下界人，正想找你诉冤，应当立即给他裁决。"席方平向随从的人一打听，才知道那少年原是玉帝的儿子九王，他所叮嘱的那个人就是二郎神。席方平仔细看那二郎神：高大的身材，满脸胡须，不像世间所传说的那副模样。

九王走后，席方平就跟着二郎神来到一个官署，只见自己的父亲、姓羊的富豪以及衙役们都在那里。不多一会儿，囚车内押出几个犯人，啊！正是阎王、郡司和城

席方平
一心忠父
竟离魂红
日何由照覆
岂不过二郎
神讯决九此
呼籲怨無門

白话聊斋　蒲松龄　席方平　三〇九

隍。于是当堂对质、审判。由于席方平所控告的都是事实，三个官吓得浑身战栗，那形状就像蜷缩的老鼠一样。二郎神立刻提起笔来写判词。过了一会儿，判词传下来，叫案中所涉及的人一起来看。判词说：

阎王：职任阴间王侯，身受玉帝恩惠。自己应当廉洁奉公，以作臣僚的表率，完全不该贪污受贿以招来人们的怨骂。可你耀武扬威，徒然夺去爵位的尊贵，狠毒贪婪，竟然玷污了大臣的节操。从上到下，形成斧敲凿，凿入木，层层榨取，就连女人和小孩的皮骨都被刮净。鲸吞鱼，鱼食虾，以强凌弱，细小的生命实在可怜。真应该引来西江的水，为你涮胃洗肠；马上烧红东墙根的火床，叫你也尝尝那种滋味。

城隍、郡司：身为百姓的父母之官，奉玉帝之命，主管下界事务。虽然职位较低，但是一个忠于职守的人就应该尽心竭力，不辞劳苦，把民众的事情办好；即便有时上官以势相压，有志者也应该敢于抵制。可你们竟如同凶猛的老鹰，上下勾结，鱼肉乡里，早已不考虑百姓的疾苦，甚至像狡猾的猴子一样，竞相敲诈，百般勒索，哪里还嫌瘦鬼身上无油！一味贪赃枉法，真是人面兽心！本应该将你们刮除骨髓，剥去皮毛，处以阴间死刑，现考虑还不能让你们马上死去，必须剥下人皮，换上兽皮，驱到阳间投生，去给人们服劳役。

当差役的：既在鬼府，就不是人类。只应当在衙门里修身洁行，多办好事，或许能回阳间重新做人；怎么能够在苦海里推波助澜，愈发造下弥天的罪孽？飞扬跋扈，像狗一样翻脸无情，肆意制造冤案；横冲直撞，吃人咬人，如同猛虎一般，阻断了交通。在阴间滥施淫威，让人们都知道监狱长的尊严；帮昏官大干坏事，使百姓全惧怕刽子手的凶残。应当在刑场上，剁去你们的四肢，再放进油锅里煮炸，然后从油锅里捞出你们的筋骨。

羊某人：为富不仁，作恶多端。你家的金银，光遮地面，因此使阎王殿上尽布阴云；你家的铜钱，臭气熏天，结果叫冤枉城内充满黑暗。真是余腥驱鬼卒，力大可通神！应当全部没收你家的财产，以奖赏席生的孝行。

最后一行写着：立即把阎王、郡司和城隍押赴东岳泰山正法。

案件处理完毕，二郎神又对席廉说："考虑到你儿子大孝大义，你的性格善良软弱，可以再赐给你阳寿三十六年。"说完就派了两个差役送他们父子回家。席方平抄录了二郎神的判词，归途中父子二人高兴地一起阅读。

他们回到家后，席方平先苏醒过来，叫家里人打开棺材看他父亲，僵硬的尸体还冷冰冰的；等了一整天，才渐渐有了体温，复活了。当再找那抄录的判词时，却已经不见了。从此，家里一天天富起来，三年之内，肥沃的良田遍布四野。可是羊家的子孙却日益衰败，楼阁田产，全部都归了席家所有。有人想买羊家的地，夜里必然梦见神人叱责他："这是席家的田产，你怎么能占有！"起初还不大相信，等买过去种上庄稼，全年升斗不收，于是又卖给席家。席方平父亲一直活到九十多岁才死。

素 秋

　　俞慎，表字谨庵，河北人，是个有钱人家的读书人。

　　有一年，他进京赶考，寄居在郊区的一所房子里。房子对门住着一位少年，生得眉清目秀，俞慎对他很有几分好感。一次，他们在门口偶遇，俞慎便主动走上前去和少年攀谈起来。他看那少年对人很有礼貌，说话也很文雅，心里更是喜欢，就拉着他的手，把他邀请到自己的住处，用好酒好饭招待他。问起他的姓名，原来也姓俞，名士忱，表字恂九，是金陵人。俞慎听到和自己同姓，觉得更是亲近，两人就结拜为兄弟。少年觉得俞慎是单名，而自己却是双名，就减去"士"字，单用一个"忱"字，叫作俞忱。这样，既是同姓，又是同一偏旁的名字，就越发显得像亲兄弟一般了。

　　第二天，俞慎到俞忱家回访。只见俞忱的书房和住室收拾得相当整洁，然而却静悄悄的，连个应门的老仆和端茶的书童也没有。

　　俞忱领着俞慎走到内室，叫出妹妹来拜见兄长。俞忱的妹妹名叫素秋，大约十三四岁年纪，模样生得很俊，细皮嫩肉的，就是雪白的玉石也比不上她的洁白。过了一会儿，素秋亲手端了茶来敬客，好像她家根本没有丫鬟。俞慎感到奇怪，只随便说了三两句话，就辞别了。自此以后，两人相处得像一奶同胞，十分友爱，俞忱没有一天不来俞慎的住处。有时天晚了，俞慎要他留宿，他总以妹妹无人做伴为由，不肯住下。俞慎很关心地对他说："弟弟离家千里，流落外乡，连个接待客人的书童也没有。兄妹二人，又年轻，又柔弱，可怎么能生活啊！我想，不如同到我家，给你们一处房子住，怎么样？"

　　俞忱听了很高兴，约定等他考试后随他回去。

　　不久考试已毕，俞忱把俞慎邀到家里做客，他对俞慎说："今天是中秋佳节，月明如昼，清光似水，不可不乐，妹妹素秋为你准备了一些酒菜，请不要辜负她的好意。"

　　说罢，拉着俞慎走进内室。素秋从套间走出来，向俞慎道了好，就又走进去，放下帘子，在里面整治饭菜。不大工夫，又亲手端出酒菜为二位兄长斟酒。俞慎很抱歉地说："让妹妹来回奔忙，怎么过意得去？"

　　素秋没有答话，只是微笑，只见她刚返回套间，就有一个身穿青衣的丫鬟捧着酒壶，还有一个中年妇女端着一盘红烧鱼到桌上来。俞慎很奇怪，问俞忱道："这些人是从哪来的？为什么不早点出来侍候，却要麻烦妹妹呢？"

　　俞忱微笑着说："妹子又作怪了。"

　　此时，只听素秋在帘内吃吃地笑，也不知在笑什么。到了散席的时候，那个丫鬟和那个妇女来桌边收拾杯盘碗筷。碰巧俞慎正在咳嗽，一时不慎，把一口痰吐到丫鬟的衣服上，只见那丫鬟竟随着唾声倒在地上，碗摔破了，菜汤撒了一地。低头一看，原来那丫鬟是一个用布剪成的小人儿，只有四寸多长。俞忱见俞慎又吃惊又纳闷，不禁哈哈大笑起来。素秋也笑着从套间走出来，把布人拾了回来。不大会儿，那丫鬟又走出来，和以前一样进来出去拿取东西。俞慎依然待在那里，俞忱这才向他解释道："没有什么奇怪的，这不过是妹妹从小学会的用纸人、布人变戏法的小魔术罢了。"

俞慎见如此说，也便不再惊疑，就提起别的话来。他说："弟妹都已经长大成人了，为什么还没有婚嫁？"

俞忱回答道："父母去世之后，是留在这里，还是到别处去，连个定居的地方还没有定下来，所以婚嫁大事一直耽搁到现在。"

俞慎听了，立即同俞忱商量好起身回家的日期。于是，俞忱便将房子卖掉，带着妹妹随俞慎走了。

俞慎回到家里，叫人打扫出一处房子，把俞忱兄妹安顿下来，又派了一名丫鬟去侍候。俞慎的妻子是韩侍郎的侄女，特别喜爱素秋，每顿饭都要在一起吃；俞慎和俞忱也是这样。

俞忱天天在书房中陪伴着俞慎读书。俞忱的脑子很聪明，读书时能同时阅读十行字，试着让他作了一篇文章，无论文才、结构，就是久经锤炼的老先生也比不上。俞慎见他文章写得这样好，就劝他去考秀才。

俞忱说："我暂且陪你在一块读书，是想帮你消除寂寞，我知道我的福薄，不可能考中。况且，一经走上这条路，就不得不提心吊胆、患得患失，所以我不想参加任何考试。"

他们在一处同住三年，俞慎在考试时又落了榜。俞忱愤愤不平地说："榜上挂一个名字，怎么就难到这个地步！我本来宁愿清清静静地活下去，也不愿为功名所累。如今大哥的文才遭到埋没，实在令人不服，我这个十九岁的老童子，也要去试一试了！"

俞慎听到他也要去参加考试，非常欢喜。到了考试日期，亲自把俞忱送到考场，经过县考、府考、道考三级考试，都中了第一名。俞忱心中自然高兴，参加考试的劲头更高。回来后，与俞慎一道，更加勤奋刻苦地读起书来。过了一年，二人一同去参加科试，又都得中了府、县的第一名。因此俞忱更出名了，远远近近有不少人家都愿意把女儿嫁给他，争着托媒来说亲，但是俞忱都拒绝了。俞慎竭力劝他，他只是说等会试后再说不迟。不久，会试完毕，仰慕他的人都争先恐后地来抄录他的应试文章，互相传诵，俞忱也满以为魁首在握。谁知等到放榜，兄弟二人竟都名落孙山。

当时，他们正在书房对坐吃酒，突然听到落榜的消息，俞慎还能强打精神，像是满不在乎地大笑着；而俞忱却大惊失色，手中的酒杯也掉在地上打碎了，身子不由自主地跌倒在桌子下面。俞慎把他扶到床上，见他病得十分危险，急忙将素秋喊来。他这才睁开两眼，喘着粗气，断断续续地对俞慎说："我们二人的交情虽然像同胞兄弟，其实并非是同族。小弟自己感到很快就要去做鬼了，你待我兄妹的大恩也无法报答。素秋已经长大成人，嫂嫂既然很爱她，就让她给你做二房吧！"

俞慎嗔怪地说："弟弟，你真是胡言乱语！我怎么能那样做，岂不是叫人骂我衣冠禽兽？"

俞忱听了，感动得流下泪来。他让人把自己抬进屋子，强打精神躺进俞慎用高价给买的棺材里，嘱咐妹妹说："等我咽了气，就把棺材盖好，千万别让人看。"

俞慎还想和他说什么，已经来不及了。俞慎见俞忱突然死去，悲痛得真像死了亲兄弟一样。但是，心下又暗暗怀疑他向妹妹嘱咐的话有点奇怪。因此趁素秋外出时，揭开棺盖看了一下，只见棺材中光堆着一堆衣服，却不见了尸体；再揭开衣服一看：一条一尺多长的蠹鱼，直挺挺地僵卧在下面。俞慎正在惊异，素秋已急急忙忙地走进来，她看到俞慎将棺盖揭开了，便十分悲痛地对他说："你们两个情同手足，自然也就无需避忌了。所以不让人开棺，并不是为了避你，但恐传扬出去，我也不能在你家久住了。"

俞慎很坦然地说："一切礼节，都是根据人情来制定的。只要感情真挚，即非同类，也没有什么区别。妹妹难道还不了解我的心吗？就是你嫂嫂，我也绝不会向她泄露一句的，请你不要忧虑。"

为了免于因拖延暴露，就很快决定了埋葬的日子，很隆重地把俞忱安葬了。

俞忱活着的时候，俞慎就想把素秋嫁给一家富贵人家，可是俞忱不同意。他死后，俞慎又和素秋商量，素秋只是低着头不言不语。他很庄重地对素秋说："妹妹已经二十岁了，这么大还不嫁人，人们不是要说我的闲话吗？"

素秋说："要是那样，我一定听从您的意见。可是我不愿嫁给富贵人家；要嫁，就嫁一个穷书生吧！"

俞慎说："可以。"

素秋嫁人的话传出不几天，说媒的人相继而来，但素秋都不中意。

先前，俞慎的小舅子韩荃来吊丧，见素秋人才出众，很喜爱她，想买她做姨太太。他和姐姐去商量，姐姐急忙告诫他："别再说了，恐怕你姐夫知道了，要发脾气的。"韩荃回去后，还不死心，就托媒婆径直向姐夫去说，并承诺在姐夫考试时，给姐夫疏通关节，保证考中。俞慎听了，勃然大怒，大骂一顿，把媒婆赶出门去，从此就和韩荃断绝了来往。

后来，又有个名叫某甲的，是已经去世的老尚书的孙子，因为未婚妻死了，也托媒人来说合。某甲家宅第连云，十分富有，这是人们平素就知道的。可是，俞慎还想亲自看看他的人品，就和媒人约定日期，让某甲亲自来一趟。

约定的日期转眼就到了。俞慎让人把内室的门帘放下来，让素秋在帘内相看。不久，某甲来了，只见他穿着贵重的皮袍，骑着高大的骏马，还跟着很多随从，向乡党夸耀自己的富有，而他的长相也很秀雅白净，和一个未出嫁的大姑娘一样。俞慎见了很高兴，可是素秋却不大乐意。也是俞慎一时糊涂，竟许下这门亲事，张罗着为素秋备办丰盛的嫁妆。素秋制止他，他也不听，给素秋陪送了很多东西。

素秋出嫁后，夫妻相处得倒也和好，只是非常想念兄嫂，每月总要回来一次，而每次来的时候，又总要从妆奁中拿回几件珠钗、绣衣之类的东西交给嫂嫂保存。嫂嫂不知道她是什么意思，也暂且由她。

某甲少年丧父，又因母亲过于溺爱，无人管教，因此常常和坏人接近，被引诱得吃喝嫖赌，学下一身毛病，借下许多外债。为了还债，他把祖传的珍贵书画和金银器皿都拿去卖了。韩荃也和他认识，每日请他吃酒，暗中探试他对素秋的感情，渐渐地向他提出：愿意用两个姨太太和五百两银子和他换素秋。起初某甲还不肯，经不起韩荃的死磨硬缠，心里有些活动了，只是担心俞慎不肯甘休。这时韩荃又花言巧语地对他说："俞慎和我是郎舅至亲，况且素秋又不是他家的人，事情当真办成了，他也拿我没有办法。万一他要出面阻拦，一切由我负责。此外，还有我父亲给我撑腰，还惧怕一个俞慎不成！"说罢，就让他的两个姨太太打扮得漂漂亮亮的到桌前来给某甲斟酒，又对某甲说："你果真能照着我的话去办，这两个女子就是你的人了。"

某甲觉得用一个妻子能换到两个女人，而且还能得到五百两银子大赌几场，倒也痛快，就满口答应了，并约定了交换日期，然后辞别出来。

到了约定的日期，他怕韩荃欺骗他，就到半路上去等候。等了不久，果然有两乘轿子来了，他掀开轿帘，看见轿中人果然不假，就领着她们回家，暂且把两个女人安置在书房里。等韩荃的仆人又将五百两银子当面交清后，他才跑进内室诳骗素秋说："你哥哥得了急病，派人来叫你了。"

素秋听了，心急如火，顾不得梳妆，急急走出门来，上了轿子。因为月暗路黑，轿子启程不久，就迷了方向。走啊，走啊，不知走了多久还没有到家。就在这时，忽然看见两支巨大的蜡烛迎面而来，韩荃的仆人们心中暗暗欢喜，以为可以向拿蜡烛的人问路。及至走到跟前，原来是一条大蟒，瞪着两只像灯一样的大眼，闪闪发光。众人大惊，害怕被蟒吃掉，便把轿子往路边一扔，跑散了。天亮的时候，韩家的人才又聚集到轿前来，打开轿帘一看，竟是一乘空轿。他们想着素秋必定被蟒吃了，就抬着空轿回去向主人报告，韩荃听了，也只有垂头丧气而已。

几天以后，俞慎派人来看望素秋，才知道素秋被坏人骗走了，并没有怀疑到是某甲搞鬼。直到陪嫁的丫鬟回来，仔细问过，才对事情的始末有个大概了解。俞慎愤怒极了，跑遍县、府、省直至京都，到处去告状。某甲很害怕，就向韩荃去求救，韩荃因为人钱两丢，正在悔恨，所以拒绝了他的请求，并把他撵出门来。某甲再也想不出什么办法，而这时各处衙门又都派公差拿着拘票来传他，他只得用银钱贿赂公差，才暂时没被带走。仅仅一个多月，为了向官府行贿，他把家里的珠宝、衣物和首饰变卖得一干二净。

俞慎在省里的按察使衙门追究得很急，府、县官员都得到严厉的命令，务必将某甲拘捕到案。某甲知道不能再躲避了，才自动到公堂，招供了实际情况。按察使又发下拘票，要拘捕韩荃去和某甲对质。韩荃也害了怕，只得把作案的经过告诉了父亲。那时，韩荃的父亲韩侍郎已告老回乡，很恼怒儿子的不法行为，就亲自把韩荃绑了，交给公差。到了官府，韩荃交代了遇蟒的变故，主审官说他是借故支吾，把他连同仆人狠狠地打了一顿。这时，某甲也屡次受到严刑拷问。幸而韩荃的母亲卖去房产土地，上下行贿，韩荃才得以苟延残喘，而他手下的仆人却一个个都被折磨死了。

韩荃挨不过长期蹲监狱的苦楚，愿意给某甲一千两银子，让他出面哀求俞慎撤销这个案子。俞慎不答应，某甲的母亲又请求再加送那两个姨太太，只求不要再到官府去催促，暂且当作一件疑案，让他们慢慢去找寻素秋的下落。这时，俞慎的妻子韩氏受了她叔母的嘱咐，天天劝解丈夫，为韩荃开脱。俞慎这才答应了不再去催案。由于某甲经常吃喝嫖赌，再加上打官司的巨大花销，家中已经破产了，想把仅留的住宅卖掉，以凑足送给俞慎的银子，而当下又卖不了，就先把两个姨太太送来，乞求缓期交银。

几天以后的一个夜晚，俞慎正在书房坐着，忽见素秋和一个老婆子走进来。他吃了一惊，急忙迎上去说："原来妹妹并没有被蟒吃掉啊？"

素秋笑着说："那条蟒不过是我变的戏法。那天夜里，我逃避到一个秀才家，和他母亲住在一块儿。那个秀才也认识你，现在就在门外。"

俞慎听说是个熟人，顾不得穿好鞋子就出去了。一看，原来是宛平名士周生。他拉着周生的手一同来到书房，立即叫人摆了酒宴，互相说起心里话来。说了半天，才弄清了素秋遇蟒前后的全部经过。

原来，素秋用大蟒把韩家的人吓跑后，拂晓时候来到周生门前，叫开了门。周母把她迎进屋去，细细问了一番，才知道是俞慎的妹妹。周生当下就要派人去通知俞慎，素秋不让，就和周母住在一起。周母很喜欢素秋，想把她娶来给儿子做妻。但素秋对周母的每次试探都借口说没有得到哥哥的同意，不敢答应。周生也认为自己和俞慎交好，不能在没有媒人的情况下马马虎虎地结合，只好先一次又一次地派人探听诉讼的结果。当听到诉讼已经过去时，素秋就要告别周母回家。周母让周生带一个老婆子去送她，嘱咐老婆子就便做个媒人。俞慎听了这番话，又因为素秋已在周家住了一段时日，互相都有个了解，也有把素秋嫁给周生的意思。后来，听到老婆子要为他们做媒，心中很是高兴，就和周生当面定了亲。

素秋是夜里回来的，别人都不知道。她想让俞慎拿到银子后再对别人说，俞慎不肯这样办。他说："以前，我的忿气无处发泄，想借索取他们的银子叫他们也尝尝败家的苦头。今天，我又见到妹妹，便是很大的安慰，这是万两黄金也难以换到的啊！"

随后，他就自动撤销了诉讼并正式通知了韩荃和某甲两家。

俞慎顾虑到周生的家庭不怎么富裕，道路又远，迎亲实在有困难，就把周母迁到自己家来，让周家住在俞忱住过的院里。周生也按风俗赠送了彩礼，请上吹鼓手，欢欢乐乐地举行了婚礼。

一天，嫂嫂和素秋开玩笑说："你今天有了新女婿了。从前和某甲的枕席之爱，还记得吗？"

素秋回头看着丫鬟笑着问："记得吗？"

这下倒把嫂嫂弄糊涂了，就向她们追问究竟。原来，素秋在某甲家的三年，枕席上的事都让丫鬟来代替，每到夜晚，素秋就用笔给丫鬟画了眉毛，让她上床去陪某甲，自己对灯独坐，某甲也分不清是谁。嫂嫂听了，更是感到奇怪，就要求素秋把魔术传给她，素秋只是笑着，不肯答话。

第二年，是三年一次的大比之年，周生要随俞慎去参加考试，素秋认为周生不必去，俞慎竟强拉着周生走了。放榜时，俞慎考中了，周生落了榜。又过了一年，周母逝世，周生就再不参加考试了。

一天，素秋忽然对嫂嫂说："前些日子，你要我把魔术传给你，我本来不肯拿这些邪魔歪道吓人。今天我们将要永别了，让我秘密教给你，也可以用来避避战火。"

嫂嫂很吃惊地向她询问缘故，素秋答道："三年后，这个地方要遭战乱，人们死的死，跑的跑，恐怕要没有人烟了。我的身体很柔弱，受不得惊吓，将要到海边上去隐居。大哥是留恋富贵的人，不能和我们同去，所以向你诉说这离别的话。"

说罢，就把她的魔术都教给了嫂嫂。几天后，素秋又来告别，俞慎再三挽留也留不下，竟急得流下泪来。问她到什么地方，她又不回答。

公鸡刚叫过，周生夫妻就早早地起来，带着一个白胡子老仆骑着两头毛驴走了。俞慎暗中派人在后边紧跟着去护送，到了胶州和莱州两地的边界上，忽然尘雾遮天，对面不见人。等到天色晴朗时，已经不知道他们往哪儿去了。

三年后，李闯王起事，俞慎的妻子用布剪了个人物，放在大门内。义兵们来了，看见在这个院子的上空站着一个一丈多高的杀气腾腾的天神，四周都被白云围绕着，谁也不敢过去。就是用这个法子，才保住俞慎全家平安无事。

后来，村里有个商人到海边去做买卖，偶然遇见一个老头子，相貌很像素秋的那个老仆人，但是头发和胡子却变黑了。商人正在注目打量他，老头子停下步来对商人笑着说："我们的俞公子还健康吗？请你给他捎个口信，素秋姑娘也很安乐，请他不要挂记。"

商人问他们住在什么地方，老头子连连说："远得很，远得很！"说罢，就匆匆忙忙地走了。

俞慎听了商人的话，派人到海边到处寻访，也没打听到他们的所在。

胭 脂

　　山东东吕县有个牛医，姓卞，这卞老汉十分敬重读书人。他有个聪明美丽的女儿，取名胭脂。卞老汉对女儿很是疼爱，一心想把她嫁给一户清廉的读书人家。可是那些名门大户却又嫌他们家庭贫贱，不屑与他们结亲。因此，胭脂已经长大成人了，还没有找到合适的对象。

　　卞家对门住着一个姓龚的，他的妻子王氏是个轻薄风流的女人，能说会道，又喜欢开玩笑，常常到胭脂房中谈论男人的事情。

　　一天，胭脂把她送出门外，正好有一个青年从门口走过。那青年穿一身素净的白衣服，模样长得很英俊。胭脂一见就动了心，两只眼睛滴溜溜跟着他转。青年人不好意思地低下头匆匆走去，已经走出很远了，胭脂还在凝眸张望。

　　王氏显然看透了这女孩子的心事，故意同她开玩笑说："你这样的才情美貌，要能和那青年配成一对，才不至于太委屈呢！"胭脂脸一红，羞得低下了头。王氏问："你认识他吗？"胭脂说："不认识。"王氏说："这是南巷的秀才鄂秋隼呀！他父亲是个举人。我以前和他家是紧挨的邻居，老早就认识的。近来他妻子死了，你不见他穿一身白吗？大概丧期还未满哩。这可是个温柔多情的男子！你如果有心思，我可以把话传过去，叫他打发媒人来。"一席话，把胭脂说得很是害羞，微笑不语。王氏就嘻嘻哈哈地走了。

　　自打这天起，胭脂就朝思暮盼地等着消息，可是几天过去了，也不见回音。她疑心王氏没有立刻去办这件事，又疑心人家是宦门之后，恐怕嫌她贫贱，不肯低就。因此，心情郁郁不乐，渐渐不进饮食，躺在床上苦苦相思，病情一天比一天加重起来。

　　这一天，王氏来看她，问她是怎么得的病。胭脂说："我也不知道是怎么回事。反正自那日别后，身子觉得越来越不舒服，茶不思，饭不想。看来我这条命不过是拖日子，说不定什么时候就完了。"说着便流下两行痛苦的泪来。

　　王氏凑到她跟前，小声说："我男人外出做生意还没回来，到现在也没个人去鄂家说一声，你的病是不是就为这个？"

　　胭脂的脸一下子红了，半天未吐一字。王氏又同她开玩笑说："如果真是想他，已病成了这样，还顾忌什么？不妨先叫他晚上来一趟，他还会不肯吗？"

　　胭脂叹口气说："事已到了这步田地，也顾不得害羞了，只得把话说给他。如果他不嫌弃我这穷家小户，就请他即刻差媒人来，我的病就会好的；要想私下约会，那是断断不可的！"王氏点点头走了。

　　王氏年轻的时候，曾和名叫宿介的邻居书生有私情。出嫁以后，二人仍然没断往来，只要侦察到她男人不在家，宿介就会来。这天黑夜宿介正好又来到王氏家。枕头

上，王氏就把胭脂的事当作笑料说给他听，并叮嘱他把这个意思透露给鄂秋隼。宿介一向知道胭脂长得很美，听了后暗暗高兴，觉得有机可乘。他想求王氏给他撮合一下，但又怕她吃醋，只好装作无意的样子，用拐弯抹角的话语把胭脂家的门户出路打探出来。

第二天黑夜，宿介从墙头上爬进卞家，径直来到胭脂的住处，用手指轻轻叩她的窗户。胭脂吓了一跳，惊问："谁呀？"宿介捏着声音回答："我是鄂秋隼。"

胭脂听了，先感到有点奇怪，后来一想王氏说过的话，心里才稍微踏实了些。就隔窗对他说："鄂郎，我把心里话告诉你。我所以想你，是希望同你做百年夫妻，不是为了图一时的快活。你如果真心爱我，就应当早点打发媒人来；如果想私下相会，我是不会答应你的。"

宿介假意说："我听你的就是了。可是，你既然想我，我好不容易来了，你反而不见，我心里有多难受啊！哪怕让我捏捏你的手腕也好啊！"

胭脂不忍过分拒绝，就撑着病体给他开了门。不料，宿介竟像饿虎一般猛一下窜进去，抱住她就要求欢好。胭脂本来没有一点力气，被他一冲一激，更难支撑抗拒，一下子跌倒在地上。宿介着了急，赶忙把她拉了起来。

胭脂很是恼怒，喘息着说："你是哪里来的恶棍？一定不是鄂秋隼！如果是他，那样温柔的人，知道我的病为他而起，一定会怜惜我，哪能这样狂暴！你若再乱来，我就要喊叫啦！这样坏了你的品行，咱们谁都没有好处！"

宿介恐怕露了马脚，不敢再胡闹了，只是要求答应他后会的日期。胭脂说要等到结婚，宿介嫌时间太长，又再三恳求她。胭脂讨厌他纠缠不休，只得推说病好以后再见面。宿介还不肯走，又要讨一件东西作凭信。胭脂不给他，他就突然抓住她的脚，脱了一只绣鞋，急急出门。

胭脂喊住了他，伤心地说："我的心已经许给你了，还有什么舍不得的？只是怕'画虎不成反类犬'，落得人家侮辱笑骂。现在贴身的东西已到了你手里，料也拿不回来了。你要是变了心，那我就只有一死！"

宿介从卞家出来，又到王氏家里过夜。躺下后，心里还一直惦记着绣鞋，就暗暗去摸衣袖，可是摸了半天，竟然不见了！急忙起来点着灯，抖着衣裳寻找，还是没有。问王氏，王氏不吭声。他怀疑是她藏了，王氏又故意对他笑笑，他更猜疑是她捣的鬼，于是觉得隐瞒不住了，就一字一板地把实情告诉了王氏。说完，又拿灯到门外寻找，仍未找到，只得懊丧地回房睡觉。他想半夜三更外面也没有人，即使掉落，也掉在路上了，一时半刻也不会被谁拾去。天刚发亮，他就赶着去寻，结果毫无踪影。

原来，街巷中有个叫毛大的，是个游手好闲的二流子，曾几次调戏王氏遭到拒绝，但仍不死心。他知道宿介与王氏相好，就想用捉奸的办法把她拿住，以便一块肥肉分着吃。那天夜里，他偷偷来到王氏门口，一推门没有上闩，便暗暗溜了进去。刚走到窗下，脚底踩着一个软绵绵的东西，拾起来一看，是一条手帕裹着女人的绣鞋。趴在窗台偷听，正好把宿介告诉王氏他去胭脂家的那段话从头至尾听了个一清二楚。毛大喜得什么似的，也无心捉奸了，一心想着意外的美事。

过了几个黑夜，他终于爬墙进入胭脂家。可是门户不熟悉，居然走到胭脂父亲住的房间去敲门。老头儿窥看窗外，见是个男子，看样子，知道是来勾引女儿的，于是心中大怒，拿了一把菜刀就破门而出。毛大一见，吓得掉头就跑，刚要扒墙头，老头已追到跟前。毛大急得无处可逃，索性返身来夺刀。这时，胭脂母亲也起来了，大声喊叫，毛大见脱身不得，就一刀把老头儿杀了。

当时，胭脂的病也稍微好了一点，听得外面喊叫，急忙起身。她点火来看时，父亲直挺挺地躺在地上，脑袋被砍裂，已经不能说话了，不大工夫就断了气。此刻，凶手已逃得无踪无影，只在墙下拣到一只绣鞋，母亲一看，是胭脂的东西，又气又怒。当下逼问女儿，胭脂哭哭啼啼把实情告诉了娘，但她不忍心连累王氏，只说是鄂秋隼自己来的。

天明以后，母女俩把状告到县官那里。县官马上派人把鄂秋隼捉拿归案。鄂秋隼平素为人拘谨，不会说不会道，已经是十九岁的人了，见了生人还羞涩得像女孩子似的。他被差役一抓，几乎吓死，上了公堂，更连一句话都说不出来，只会发抖。县官见他害怕成这样，越发相信他是凶手，就严加拷打。鄂秋隼哪里受得了这种痛楚，只得含冤服罪。送到府里，知府和县官一样严刑逼供。鄂秋隼憋着满肚冤气，总想同胭脂当面对质；可是一见了面，胭脂就劈头盖脸地痛骂他一顿，弄得他张口结舌无法申辩，于是就把他判了死刑。

官府经过几次复审，都没有什么变化。后来上司又把此案交给济南府复审。那时的济南知府名叫吴南岱，他一见鄂秋隼，就觉得他不像个杀人凶手，便暗地派人用聊天的方式从从容容地和他个别交谈，这才把真实情况了解到。由此，吴知府更觉得这是一起冤案。又经过几天的周密考虑，他才开始正式审问。

第一个先问胭脂，问她和鄂秋隼订约以后有人知道没有？胭脂说没有。问她遇到鄂秋隼的时候，另外还有人没有？胭脂说没有。

知府就唤鄂秋隼上堂，用温和的语气安慰他不要紧张，慢慢地讲。鄂秋隼交代说，他曾经路过卞家门口，看见一个从前的邻居王氏和一个少女走出，当时他就立刻避开了，此后再没有讲过一句话。

吴知府就训斥胭脂道："刚才你说没有旁的人，怎么又有个邻居女人？"当场就要动刑。胭脂害怕了，连忙说："虽然有王氏，但和她确实没有关系。"

吴知府下令拘捕王氏。把王氏抓来后，不让她和胭脂通气，立刻就升堂审问，劈头问她："杀人的是谁？"

王氏说不知道。

吴知府就诈唬她道："胭脂供认，杀卞老头儿的事，你全知道，为什么不说实话？"

王氏喊叫道："冤枉啊！是她自己想男人，我虽然说过给她做媒，其实也不过寻她开心罢了。她自己勾引奸夫上门，我怎么知道呀？"

知府听她话里有话，仔细一追问，她才把前前后后和胭脂开玩笑的事全部讲了出来。吴知府喊胭脂上堂，怒声问道："你说王氏不知情，与案子没有关系，现在她为什么承认给你们做过媒？"

胭脂流着泪说："我自己不好，害得父亲惨死，又不知官司拖到何年何月，连累别人，我实在不忍心啊！"

知府问王氏："你戏弄胭脂以后，曾对谁讲过？"

王氏说对谁也没讲过。知府大怒道："夫妻在枕头上总是无话不谈的，怎么能说对谁也没讲过？"

王氏说："我丈夫在外做生意，好久没回家了。"

知府说："虽然这样，但凡一个爱捉弄人的人，无不是背后笑人愚笨，以夸耀自己聪明，说不向一人讲起，能骗得了谁？"就命公差把她十个指头吊起来。王氏不得已，只好以实招供，说她曾和宿介谈过这件事。

知府确定鄂秋隼是无罪的，就把他释放了，下令把宿介抓来。宿介一到，只推说自己不知道。知府大怒道："一个乱搞女人的人，必然不是好东西！"便严刑拷问，宿介不得不供认说："骗胭脂确是事实，但自绣鞋丢失以后，就没有敢再上门，杀人的事切切实实不知道。"知府说："半夜爬墙头的人，什么事干不出？"又用重刑拷打。宿介受不了苦，终于被迫承认了。招供报上去，人人都称赞吴知府是个神明似的人物。这案子就像铁打的一样，宿介只等秋后砍头就是了。

但是，宿介虽然行为放荡，品质不好，却也是山东一带的名士。他听得学使施置山是一个贤明能干的官员，而且很怜才惜士，就写了一张状子诉说自己的冤枉，语句写得相当凄切动人。施学使看了，又调来他的供词，反复阅读寻思，拍案大叫道："这个人冤枉啊！"就请求负责的衙门把案子移送去重审。

施学使问宿介："当时绣鞋掉落在什么地方？"宿介说："忘了，不过敲王氏门时，还在袖筒里。"学使转问王氏："除了宿介以外，还有几个奸夫？"王氏说没有了。学使说："哼！一个淫荡的女人，哪会只同一个人相好？"王氏说："我同宿介是从年轻时就相好的，因此不好拒绝。以后也不是没有人勾引我，但我实在没有答应他们。"学使就要她指出一个来作证明。王氏说："同巷里的毛大，好几次调戏我，每次我都拒绝了。"学使说："你怎么忽然变得这样贞节起来？一点不老实！给我打！"王氏只是连连叩头，叩得头破出血，竭力声辩此外的确没有奸情。学使饶了她，又追问说："你丈夫远出家门，难道没有人借故到你家去的？"王氏说："有，有的。张三、李四都以借钱送礼为名，去过我家一两次。"原来这些人都是巷里的浪荡子，对王氏怀有想头，但还没有下手。

学使把他们的名字都记录下来，一起拘捕起来。人抓齐后，带到城隍庙，叫他们统统跪在神案面前。学使训话说："前两天梦见神道告诉我，杀人凶手出不了你们这几个人。现在对着神明，不得有一句假话！如果肯自首，还可以从宽处理；要是欺骗的话，查清以后，决不饶恕！"几个人异口同声，都说没有杀过人。学使叫把刑具拿出来，把他们的衣服剥下，头发扎住，准备用刑，几个人一齐大叫冤枉。学使命令暂先放下，对他们说："你们既然不肯招供，就请鬼神把凶手找出来。"

他命令差役，用毡毯被褥把大殿上的窗户完全堵起来，不让有一点缝隙漏光。然后将露着背脊的嫌疑犯驱入暗室，又放进一盆水，一个一个地叫他们自己把手洗干净。最后把他们并排捆在墙下，命令说："面对墙壁不准动，谁是杀人凶手，神就会在他的背上写明白。"

过了一会儿，把他们喊出来，施学使上前一查看，指着毛大说："这就是真正的杀人犯！"

原来，学使先叫人在墙上涂了一层灰，又在暗室洗手的水里掺了烟煤。凶手害怕神在他背上写字，就把脊背紧紧靠着墙壁，因而粘了墙上的灰。出来的时候，凶手又用手护着背，因而背上粘了手上的烟煤。学使本来就怀疑凶手是毛大，这一来就更加相信是他。一用重刑，他就老老实实地全都招认。

自从吴知府审问以后，胭脂才知道鄂秋隼是冤枉的。退下堂二人相遇时，胭脂只得羞涩地含着眼泪，似乎有满肚子痛惜的话，却怎么也说不出口。鄂秋隼也从这件事中感受到她对自己的眷恋之情，因而对她产生了深深的爱慕。但他想到胭脂出身微贱，而且上公堂吃官司，给许多人看着指指点点，怕娶了她惹人笑话。正在日夜愁思，感到没办法的时候，官府的判词下来了，要县官给他俩做媒成亲，鄂秋隼十分高兴。一对有情人终于结成了恩爱的夫妻。

瑞 云

杭州有个名叫瑞云的妓女，在当地很有名气。她娇艳美丽，才艺出众，凡是见过她的人，无不啧啧称赞。

时光飞逝，转眼瑞云已经十四岁了，按妓院的规矩，老鸨蔡婆开始逼她接客。瑞云说："沦落风尘，我知道这是逃不掉的事，但这是我一生的开端，我想自己选择客人。"

老鸨答应了，给他定了十五两银子的身价。从此，瑞云日日见客，然而过了好久也没有相中一个能和她第一次度夜的人。对那些带了见面礼求见的，礼厚的，陪他下一盘棋，或者送他一幅画；礼薄的，只是留他喝一杯茶就打发走了。瑞云的名声本来早已远近传扬，自从正式接客的消息传出后，富商贵官们接踵而来，门庭若市，热闹非常，都为能和瑞云见一面感到荣幸。

余州县有个姓贺的书生，是当时很有名气的才子，只是家境不太富裕。他早就倾慕瑞云，虽然没有和瑞云同床共枕的奢望，也尽力筹借了小小的一笔钱，希望能见她一面。他担心瑞云交往太多，不会把一个穷书生看在眼里。谁知，二人初次相见就情投意合，瑞云对他的接待出乎意料地殷勤。二人倾谈了很久，瑞云的一眉一眼都饱含着深情，并且作了一首诗送给他。诗中写道：

何事求浆者，
蓝桥叩晓关？
有心寻玉杵，
端只在人间。

意思是：为什么追求仙液的人们，偏要到蓝桥敲神仙的门？如有心求得幸福的锁钥，那倒是在人间才有处寻。

贺生得到这首诗，欢喜极了。正想再说几句心里话，忽然小丫头来报有客来了，只得匆匆告别。

回去以后，他反复玩味着这首诗，时刻想念着瑞云，简直到了席不安寝、食不甘味的程度，才闭上眼，就梦见瑞云来了。过了两天，他实在控制不住自己的感情，就又打点了一些钱，去和瑞云会面。瑞云见到他也很喜欢，把自己的座位移到他的身边，悄声问道："你能想法子和我欢聚一夜吗？"

贺生无可奈何地说："我一个穷书生，能有什么法子可想？别说十五两银子，就是筹集这为数不多的见面礼，也已经费了很大周折。现在能够见到你的面，把一腔痴情献给你，也就心满意足了，至于进一步的亲近，是想也不敢想的。"

瑞云听了闷闷不乐，两人愁眉苦脸地对坐着，谁也不说一句话。贺生坐了很久还不肯走,只听老鸨又三番五次地呼叫起瑞云的名字来。他知道这是催他快走的意思,只得恋恋不舍地告别出来。

贺生心里十分忧闷,很想把家产全部变卖,以求一夜之欢,但是想到只能住宿一夜,天明的时候就得分手,那种凄凉扫兴的情景更是难以忍受时,满腔的热情一下子全都冷却了,从此再也不去瑞云那里了。

瑞云选择第一个和她过夜的客人,已经过了几个月还没有选中。老鸨心里很不高兴,准备强迫她接客,只差还没有说出口来。

有一天,忽然有一个秀才来见瑞云,只见他没说几句话,就站起来伸出一个指头在瑞云的额头上按了一下,连连说道:"可惜,可惜!"说罢就走了。

瑞云送走客人回来,大家看到她的额头上留下一个墨黑的指印。她急忙用手去洗,谁知越洗指印反而越显得清楚了。过了几天,黑印竟渐渐地扩大起来。一年后,连面颊带鼻子全都黑了,见到她的人都嗤笑她。从此,也就门前冷落车马稀了。

老鸨见她身上已无利可图,就夺走了她的全部妆饰,让她和丫头们在一起干活。瑞云的身体本来很虚弱,做不了重活,再加上心情不愉快,面色一天比一天憔悴了。

贺生听到这个消息,心里很难过,就亲自上门去看她,只见她蓬松着乱发在厨房里干活,面貌丑得像个野鬼。瑞云抬头看见了他,连忙扭回头来面对着墙壁,遮掩自己的丑相。贺生觉得她非常可怜,就找老鸨商量,愿意把她赎回去做自己的妻子。老鸨看到有人要这个赔钱货,便很乐意地答应了。于是贺生就卖了田地,把她赎买回去。

贺生把瑞云领回家里。一进门,瑞云就拽着他的衣服落泪,说是不敢做他的正房太太,甘心给他做个妾,情愿把正房太太的位置让给别人。贺生不以为然地说:"人生最可宝贵的是知己。从前你走红运的时候还能看得起我这个穷书生,如今我怎么能因为你变丑而忘掉你呢!"

后来,他果真没有再娶别的女人。听到这件事的人都讥笑他,但他对瑞云的情分却更深了。

过了一年多,贺生偶然到苏州去,有个姓和的秀才和他同住在一个旅馆里。一天,和秀才忽然问他道:"杭州有个出名的妓女瑞云,现在怎么样了?"

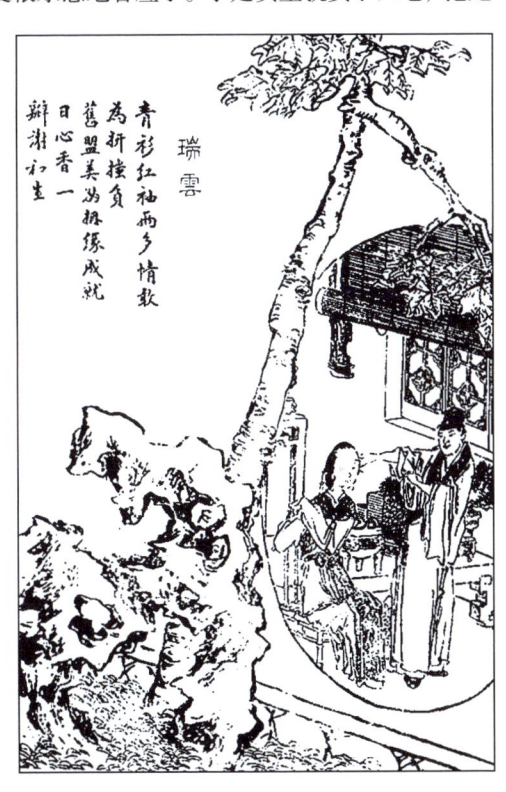

贺生告诉他瑞云已经嫁了人。姓和的又问她嫁了个什么人，贺生说："那个人和我差不多少。"

和秀才说："如果真能像你，那可以说她是嫁了个好丈夫。但不知花了多少银钱？"

贺生说："因为她得了一种奇怪的病，所以妓院就把她贱卖了。不然的话，和我一样身份的人，哪能在妓院中买到一个漂亮的女人呢？"和秀才又问："她嫁的那个人真和你一样吗？"

贺生感到他问得很奇怪，就反问道："你为什么老问这个？"

和秀才笑道："不瞒你说，从前我曾见过她一面，觉得像她那样美丽出众的人，竟流落到妓院，很是可惜。所以用了一点小法术把她的光彩隐蔽起来，使她得以保持美玉般的纯洁，留给一个真正爱她的人去赏识。"

贺生又问道："你能给她点黑，也能给她洗白吗？"

和秀才笑着说："怎么不能？不过必须那个娶她的人诚心诚意地来恳求一下才行。"

贺生急忙向和秀才拜求道："瑞云的丈夫，就是我呀！"

和秀才很欢喜，说："天下只有真正的才子才能懂得真正的情爱，不会因为美丑而改变他的意志。那么，我就跟你一同回去，保管送还你一个美丽的妻子！"于是，和秀才就随贺生一同回去。

一进门，贺生就要忙乎着招待，和秀才制止他说："别忙！让我先施用法术把尊夫人治好了，让她高高兴兴地去准备酒食吧！"说罢，就让贺生打来一盆清水，他伸出指头在水面上画了几下，然后对贺生说："让尊夫人一洗就好了，可是得让她亲自出来谢谢我啊！"

贺生笑着捧了洗脸水走进内室，站在那里立等瑞云洗净。一洗，满脸黑污果然随手而落，肌肤光洁，又变得像当年那样艳丽动人了。

夫妻二人都很感激和秀才，但当他们一同走出内室要向和秀才拜谢时，和秀才已经不见了，到处找都没有找到，他们想：这大概是个神仙吧！

仇大娘

　　山西人仇仲，很年轻就死了妻子，于是就续娶了邵氏为妻。有一年兵荒马乱，仇仲不幸被强盗掳走了，这一去音信全无，留下两个儿子由邵氏抚养，一个叫仇福，一个叫仇禄，当时年纪尚幼。开头几年，凭着一份薄薄的家业还可以勉强维持生活，后来因为连年收成不好，加上那些豪门大户又常常欺侮他们，以致弄得越来越活不下去了。

　　仇仲有个叔父，名叫仇尚廉，对这孤儿寡母不但不照顾，反而想从邵氏身上捞一笔钱，就三番五次地劝她改嫁，但邵氏执意不肯。仇尚廉见劝说不行，就干脆耍了个花招，暗地里把她卖给了一个有钱有势的人家，想叫那家强行把她抬走。这事双方已经讲妥了，别人还一点儿也不知道。

　　村里有个叫作魏名的人，一向很刁滑，和仇家素有积怨，仇家的事情他样样都想破坏。因为邵氏是个年轻的寡妇，他便伪造了许多谣言，说她这长那短，就是想败坏仇家的名誉。话一传出去，传到那个要娶邵氏的人的耳朵里，便嫌她品行不好，反悔了，订妥的事情就告吹了。

　　久而久之，仇尚廉的阴谋和外面的谣言都慢慢地被邵氏知道了。她胸中结满了怨愤，成天又哭又气，好端端的人弄下一身病，四肢麻木，瘫在床上再也起不来。

　　仇福那时刚满十六岁。邵氏一躺倒，家里连个缝缝补补的人也没有了，就急急地给他娶了亲。儿媳妇是秀才姜屺瞻的女儿，人很贤惠，又很能干，一过门，家里的大小事务就都靠在她身上。她也确实是把理家好手，不长时间就把这个家经营得一天天宽裕起来，便叫兄弟仇禄仍去上学念书。

　　看到仇家的日子又好了，魏名心里很不舒服。但他表面上却装得挺和善，经常到仇家去问候，又不断请仇福到他家喝酒。这一来仇福便把他当作知心朋友看待。魏名趁此机会对仇福说："你母亲病在床上，已经成了残废，不能劳动了。你兄弟坐着吃白饭，一点活计也不干，你们夫妻二人何苦给他当牛做马！况且你兄弟将来还要娶媳妇，少不了又得花费一大笔钱。我为你着想，不如早点分开家，那么你一定会富起来，而你兄弟只能受穷。"

　　仇福想了想，觉得人家说得对，就回家和妻子商量，妻子不同意，并且骂了他几句。但是魏名成天挑唆他，仇福已经迷了心窍，便直截了当地向母亲提出分家的要求。母亲一听很生气，把他痛斥了一顿。仇福嘴上不敢吭声，心里却更加恼恨。从此，他把家里的东西都看成是别人的，毫不心疼地胡花乱用，任意挥霍。狡猾的魏名又趁机引诱他赌博，渐渐地把家里的粮食都输光了。媳妇虽然知道也不敢讲，直到没米下锅，母亲惊疑地问起来，她才说了实话。母亲气得无可奈何，只好和他分了家。幸亏儿媳妇贤惠，一日三餐照常给母亲烧火做饭，殷殷勤勤，侍奉得仍和往日一样。

仇福分家以后，更加毫无顾忌，发疯似的大赌大嫖起来。几个月时间，把一份家产挥霍一空，而母亲和妻子还一点不知道。仇福看看家里空了，再想不出其他办法，就写了一张字据：谁肯借钱给他，将来用老婆抵债。可是这号人谁敢相信？任他急得团团转，也没人买他的账。

县里有个绰号叫赵阎罗的，原是一个漏网的大强盗，在乡间横行霸道，无人敢惹。他当然不怕仇福耍赖皮，便很慷慨地把钱借给了他。仇福前脚把钱弄到手，后脚就进了赌场，不到几天就又输得一干二净。这时，他心里犯了犹豫，有点舍不得老婆，想悔契。可是赵阎罗一来，眼珠子一瞪，吓得他不敢开腔，只得乖乖地把妻子诓骗到赵家去。魏名听了暗暗高兴，急忙跑去告诉了姜秀才，他觉得这一下仇家就彻底垮了！

姜秀才得知消息后非常生气，立即到官府告了一状，吓得仇福手脚无措，仓皇地逃走了。

姜氏到了赵家，才知道是被丈夫骗出来把她卖了，就大哭大闹，想要寻死。赵阎罗开始用好言相劝，她扭着不听；接着就进行威逼，她反而越发大骂起来。赵阎罗火了，吼叫着打她，但她始终不肯屈服。趁着赵阎罗不注意，她突然从头上拔下钗子，猛一下刺进自己的咽喉。赵阎罗急忙把她救住，然而食管已经被穿透，鲜红的血冒了出来。赵阎罗只得赶忙用布条扎住她的脖子，还希图慢慢地折磨她。

第二天，县官派人来传赵阎罗。赵阎罗满不在乎地来到公堂，根本不当回事。县官一验，姜氏伤势很重，就命令衙役狠打赵阎罗。可是那些衙役你看我，我看你，谁也不敢对他用刑。县官早就听说赵阎罗横蛮凶暴，现在看到这种情形，就更加相信。不由火冒三丈，喊自己的家丁出来，当场把他打死了。姜秀才见赵阎罗已经完蛋，便抬着女儿回了家。

自从姜家告了状，邵氏才知道大儿子的无耻行为，一时悲愤涌心，惨叫一声，几乎断气，从此昏昏迷迷，病情越来越重。仇禄那时才十五岁，孤孤单单，无依无靠，守着气息奄奄的母亲，毫无一点办法。

仇仲的前妻有个女儿，名叫大娘，嫁在很远的外府。她的性格很刚强，脾气很不好，每次回娘家，送她的东西稍不如意，便同父母吵起来，十回有九回是生着气走的。因为这个缘故，仇仲很不喜欢她，最后一次竟把她痛骂出门。从那儿以后，已有好多年不与家里通音信了。

邵氏的病到了垂危的时候，魏名就想把仇大娘招来，企图让仇家大闹一场。凑巧有个做生意的商贩，和仇大娘是同村，他便托那小贩带一个口信给大娘，而且用分家产的话头去引诱她。

过了几天，大娘果然带着她的小儿子来了。一进门，看见小兄弟侍候着生病的母亲，家里冷冷落落，一片凄惨景象，不由心里非常难过。便问起兄弟仇福，仇禄哭着把前前后后的情况告诉了姐姐。她一听，怒气塞满胸膛，说："家里没有大人，竟被人欺侮到这种地步！我们家的田产，贼子们哪个敢骗去！"说完，便走进厨房里，手脚麻利地生着火，很快煮了一锅稀粥，先侍候母亲吃了，然后叫弟弟和儿子一起来吃。吃完以后，她就愤愤地出门，一口气跑到县上，去控告那伙骗仇家财产的赌徒。

赌徒们听说大娘告了状，一个个都害怕起来，急忙凑了些钱来贿赂大娘。大娘不客气地把钱收下，但仍然继续告状。县官看她追得不行，就把赌徒们抓起来打了一顿，田产的事情却没有过问。大娘不肯甘休，就带着儿子到府里去告。那知府最恨赌博，大娘又着意诉说了娘家的孤苦，以及赌徒们故意做圈套骗人钱财的恶劣行径，讲得慷慨激昂，句句是理。知府被她打动了，就下了一道判令，叫县官把田产追还给原主；但对仇福仍然要惩罚一下，以警戒他的不务正业。大娘回到县里，县官奉命追逼赌徒，于是原有的田产又全部退了回来。

仇大娘那时已经守了寡，家里只有她和两个儿子过活。她便打发小儿子回去，并且嘱咐他跟着哥哥好好生活，不要再来。从此，她就住在娘家，奉养母亲，抚育弟弟，里里外外料理得井井有条。母亲一高兴，病也渐渐好起来，就把家务事都交给大娘管。村里的豪强稍微欺侮她家一点，大娘就拿着刀找上门，从容不迫地和他们争论，常常辩得那些豪强理屈词穷，不得不服她。

过了一年多，仇家的田产一天天增多起来，光景比过去更好了。大娘惦记着姜氏，就时常买些滋补的药品和好吃的食物亲自送去，嘱咐她好好保养。

她看见兄弟仇禄渐渐长大成人，就嘱托媒人给他说亲。这时，魏名又在暗地到处造起谣来，告诉人说："仇家的产业都是大娘一手闹回来的，如今全归大娘经管，恐怕将来不可能再落到仇家兄弟手里了。"人们听信了他的话，谁也不肯和仇家谈论婚事了。

当地有一个范公子，名叫范千文，家里有一座有名的花园。那奇特的建筑和优美的景致在山西是首屈一指的。园中有一条甬道，甬道两旁栽满奇花异卉，一直通进公子居住的内室。有人不摸底细，曾经顺着甬道闯了进去，公子一见大怒，把其当作小偷捆起来痛打一顿，几乎丧了命。

可巧清明那天，仇禄从学校回来，半路上遇到魏名，就带了他一道去游玩。魏名有意把仇禄引到范家花园门口，因为他和那园丁熟悉，就把他们放了进去。仇禄第一次看到这么好的景致，便很有兴味地跟着魏名游遍了里面的亭台楼阁，转眼间，来到一个更为奇异的所在，只见一条清清的溪流，上边架着一座镶有红漆栏杆，像画一样美的桥，桥的一头通向釉光闪闪的大门，远远望去，门里盛开着五彩缤纷的花朵，原来那就是范公子的内宅。可是仇禄哪里晓得！魏名便诳他说："那里面才有看头呢，你先进去，我解个小手就来。"

仇禄信以为真，就沿着桥走过去，进到一个精致的院子里。忽然传来女子的笑声，他刚停住脚步，一个婢女跑出来，偷偷看他一眼，转身返回去了。仇禄这才害了怕，拔腿就往外跑。可是，范公子已经走出大门，吆喝家人拿着绳子捉他。仇禄吓得无处躲藏，便一下跳进了溪流。

范公子见状，一脸怒气马上换成笑容，赶忙命令仆人把他拉上来。仔细一看，他的容貌和服装都很文雅，于是就叫人把他的湿衣服、湿鞋子换了，拉着他走进一个亭子，和蔼亲热地询问起他的姓名来。一会儿，公子匆匆地进去了一下，随即又匆匆出来，笑嘻嘻地握住仇禄的手，拉他过桥，一步步走到红漆大门前。仇禄不理解他是什么意思，踌躇着不敢进入，范公子硬是把他拖了进去。

仇禄进得院来，只见花篱背后，隐隐约约有个漂亮的女郎在偷眼看他。他被范公子拉着坐下后，一群婢女就忙忙乱乱地摆上酒来。仇禄心神不安，连忙求告说："我年轻无知，不懂规矩，竟然闯进贵府内宅，能得到您的原谅，已叫我喜出望外，只求放我早点回去，就感恩不尽了！"

公子哪里听他的！顷刻间，名酒好菜已上满桌子，仇禄又站起来要走，推辞说已经酒醉饭饱了。公子把他按着坐下，笑着说："我有一个乐曲的名字，你要能对一个对子出来，就放你走。"

仇禄无奈，只得请他出那上联。公子用吟诵的声调说："拍名'浑不似'。"仇禄默默地思索半天，忽然想出一个下句，也吟诵着说："银成'没奈何'。"公子一听，乐得心里开了花，情不自禁地说："果真是石崇啊！"弄得仇禄越发糊涂了。

原来公子有一个女儿，名叫蕙娘，长得美丽聪明，很有才华，近来天天在选择称心如意的女婿。前一天夜里梦见一个人告诉她说："石崇就是你的女婿！"问在哪里？那人说："明天他就要跳水了。"早晨起来把梦告诉了父母，一家人都感到奇怪。仇禄今日跳水，正好应合了梦里的先兆，所以公子把他邀进内院，让妻子和女儿一起偷着相看相看。

此刻，公子听了仇禄的对子，自是欢喜，便直言不讳地说："拍名是小女拟定的，想了好久也想不出一个对句，今日你能对出来，也是由天定的缘分。我想把她许配给你，我家里房子不算少，你过来居住就行了，也无须再麻麻烦烦迎亲了。"

仇禄听了，很是惊慌，他一面谦虚地表示感谢，一面又以母亲生病，不能前来入赘婉言推辞。公子也没有勉强他马上答应，只是叫他回去和家里人商量商量，说着就派马夫给他拿了湿衣服，备了马送他回家。

仇禄到家后，把事情的经过原原本本地告诉了母亲。母亲很吃惊，认为这事不大妙，才知道魏名这个人居心阴险，但因为没有出事，反而逢凶化吉，得了喜事，也就不记他的仇，只告诫儿子以后不要和他来往罢了。

过了几天，公子又打发人来向邵氏提婚事。邵氏考虑来考虑去，始终不敢答应。最后还是仇大娘硬做主应下了，当即就请媒人下了聘礼。不久，仇禄就到范家做了入赘女婿。

过了一年多，仇禄中了秀才，文名也渐渐大起来。范公子一家自然感到满意、体面。但是蕙娘的弟弟一天天长大成人，不免对仇禄稍微冷淡了一些。仇禄一生气，便带了妻子返回到自己家里。

那时，邵氏的病已经大有好转，能拄着拐杖走路了。几年来靠着大娘的经营，家里的房子收拾得又整齐又美观，很像个样子。新媳妇一回来，婢女和仆人跟来一大群，出出入入，人声喧闹，简直像一个大户人家了。

魏名看见仇家又兴旺起来，而且同他断绝来往了，心里更加嫉妒，只恨没有陷害他们的机会。正好那时到处抓捕旗下逃犯，魏名就同一个逃犯暗中勾结，密谋策划，诬称有钱寄放在仇禄家里。结果，官府就依照朝廷拟定的严酷法令，把仇禄当作逃人的窝主，判到关外充军。

范公子知道后，上下求情贿赂，费尽周折，才算免了蕙娘不去，而仇禄的田产却要全部没收充公。幸亏大娘拿着过去两兄弟分家的文书，奋不顾身地出头辩解，才把新买的几顷肥沃良田挂在仇福名下，母女俩也才得以安居如常。

仇禄临行前，料想这一去很难回来了，便写了一个离婚的字据交给岳父家，一个人孤苦伶仃地走了。

走了几天，到了京城北边一个地方，在一家旅馆里吃饭。这时，门外有一个叫花子神情惶恐地向里边张望，仇禄看那样子，很像他哥哥。走过去一问，果然是仇福，于是便把家里的情形和自己的遭遇告诉了一遍，兄弟二人都很悲伤。说话间，仇禄解开外衣，分了几两银子递给哥哥，嘱咐他赶快回家。仇福流着泪收下，痛苦万分地走了。

仇禄到了关外，在一个将军手下服役。因为他识字能文，身子又细弱，将军便叫他做文书上的事务，并且让他和自己家里的仆人住在一起。一天，仆人们问起他的家庭情况，仇禄便一字一板地说了。内中有一人吃惊地叫道："啊？你原是我的儿子啊！"

原来，仇仲当年被强盗掳走后，先是给强盗喂马，后来强盗投诚了，把他卖到旗下，就做了将军的仆人。他向仇禄从头至尾一叙述，才知道彼此真是父子。两人不禁抱头大哭，哭得满屋子的人都辛酸起来。

哭完后，仇仲愤怒地说："不知是哪个狗东西逃离主人，竟然去讹诈我的儿子！"于是，便把家中被逃犯诬告、财产尽被没收的冤情向将军哭诉了一番。将军当即任命仇禄代理书记，并给亲王写了一封信，叫仇仲带着亲自去北京。

仇仲到了京城，侦察到皇帝的车子出宫后，先把冤状递上去，又把将军的信设法交给亲王。亲王给他从中辩白说情，冤案终于得到昭雪，皇上命令地方官给仇禄消除罪名，把没收充公的产业仍然归还给仇家。

仇仲返回到旗下，把事情一说，父子俩都很高兴。仇禄因为要回去，便详细问起父亲的家庭人口，准备给父亲赎身。到此，才知道父亲自来到旗下，曾经娶过两次老婆，然而都没有生下子女，如今还是单身独居。仇禄弄清了情况，便收拾行装启程回去了。

当初仇福和弟弟分手后，就回了家，爬行着去见大娘。大娘把母亲扶在正堂上，拿着棍子问他道："你要愿意受责打，就暂且把你收留下；否则，你的田产早已被你赌光了，这里没有你吃饭的地方，请你仍然走好了。"

仇福痛哭流涕地趴在地上，表示愿意挨打。

大娘把棍子一丢，说："一个卖老婆的人，打你一顿太轻了。反正旧案还在衙门里未消，再要犯事，就让官府处罚算了。"

　　接着，大娘就打发人把仇福回来的消息告诉了姜家。姜氏气愤地骂道："我是仇家什么人，何必来告诉我！"大娘又不断把姜氏的话转告仇福，故意嘲弄、刺激他。仇福惭愧得连气都不敢出。

　　仇福在家里住了半年，大娘虽然给他吃、给他穿，侍候得周周到到，然而役使他却如同仆人一样。仇福埋头干活，一句怨言也没有。大娘又托他去办银钱出入的事，他也老老实实，一丝不苟，不敢胡花一个。大娘看他确实已经改邪归正，没有其他毛病了，便同母亲商量，去把姜氏接回来。母亲认为姜氏决不肯再回头了。大娘说："不见得。她如果愿意再嫁人，岂肯自己刺破喉管，受那份痛苦？前次去，人家有气，也在情理之中。搁到谁身上，也不能不气愤呀！"

　　大娘带着兄弟弯腰屈背地到他岳父家去赔罪。岳父母见他可怜巴巴的，又是恨又是疼，那态度十分感人。大娘吆喝着兄弟四肢着地跪下，然后请姜氏出来相见。可是再三再四地请她，姜氏硬是不肯出来。大娘就进去找着她，把她拖了出来。姜氏一见仇福，愤恨地指着他的额头，又唾又骂。仇福惭愧得无地自容，一身一身地出大汗，也不敢抬抬头，最后还是丈母娘把女婿拉了起来。

　　大娘一见事情已经成了，就问哪天回去？姜氏沉痛地说："我一向得到姐姐的恩惠，今天姐姐亲自上门叫我，我还敢有其他说的吗？但恐怕不能保证人家不再卖啊！况且，他和我的情义已经绝了，还有什么脸面和这黑心无赖子在一起生活？请姐姐另外给我准备一间房子，我去侍候老母。只要比出家做尼姑好一点，我就满足了。"大娘一再代替兄弟辩白，说他已经悔改了，今后不会再干那种事了。临别时，约定第二天去接她。

　　次日，仇家用车子把姜氏迎回来。母亲亲自走出大门，跪在地上给儿媳磕头。姜氏一见，也跪下大哭。大娘劝了半天，才止住悲痛，高高兴兴地摆起酒来。她叫仇福坐在桌边，然后举起杯子，痛痛快快地说："我这几年苦苦相争，不是为给自己谋私利啊！现在，兄弟已经悔改了，贞烈的弟媳妇也回来了，家里的财产账目都交还你们。我光着身来，仍然光着身去！"仇福夫妻一听，连忙离开席位，并排跪在姐姐面前，流着热泪哀求她千万不能走。大娘见他们一片诚心，也就打消了回家的念头。

　　时隔不久，仇禄昭雪的命令下来了。不几天，充公的田产就全部退了回来。魏名知道后，大吃一惊，也弄不清究竟是什么缘故，自恨再没有什么办法可以去陷害仇家了。

　　就在这个时候，可巧仇家四邻发生了火灾，魏名就假借救火，趁人们忙乱中，暗暗用草束点着了仇禄的房子。偏偏这时又刮起大风，火势越烧越猛，仇家的房屋几乎全部被烧光。唯有仇福住着的两三间房子幸存下来，全家老小只好挤在里边将就。

　　不过几日，仇禄回来了。一家人相见，又悲又喜。

　　仇禄充军走后，范公子得到他的离婚书，便拿去同女儿商量。蕙娘一看，失声痛哭，当下把离婚书撕碎丢在地上。范公子只好随她的心意，没有勉强她再嫁人。仇禄回来后，听说蕙娘没有嫁，就高高兴兴地到岳父家去探望。范公子知道他家遭了火灾，想把他留了住下，但仇禄不肯，仍然回到自己家里。

但家里实在住不开啊！幸好大娘这些年积存下一些钱，便拿出来修补烧掉了的房子。万万想不到，在仇福提着铁锹清理旧基时，居然发现了一个银窖子。等到黑夜，兄弟二人一挖开，下面是个丈把长的石池子，里面装得满满的，尽是大块大块的白银！于是，请了许多能工巧匠，大兴土木，一院又一院楼房很快盖了起来，层层叠叠，宏伟壮丽，就连那些贵族世家也比之逊色！

仇禄感念着关外那个将军的义气，就准备了一千两银子去赎父亲。仇福愿意去，便派了两个强健精干的仆人，陪同他前往。仇禄又把蕙娘接回家。过了不久，父亲和哥哥也一道回来了，合家团圆，满门欢庆。

仇大娘自从到了娘家，就不准儿子来看她，只怕人说她有什么私心。父亲回来后，她决意要走。可是兄弟俩怎能忍心！父亲便把财产一分为三，姐弟三人各得一份，大娘再三推辞，两个兄弟都泪汪汪地说："我们要不是姐姐，哪里能有今天！"大娘这才安下心来，并派人把儿子叫来，全家搬到娘家来一起居住。

有人问大娘："你和仇福、仇禄不是一个娘生的，为何这样关心他们？"大娘说："光知道有母亲而不知道有父亲，唯有禽兽是那样罢了，人岂能仿效禽兽？"仇福和仇禄听了，都感动得流泪，就叫人把姐姐住的房子里里外外修饰得和自己的一样，自己有啥，姐姐也有啥。

魏名失意地躺在床上暗自反省，十多年来，一次次想陷害仇家，可是害一次，人家得一次利，害人反而帮了人。思前想后，觉得又惭愧，又后悔。现在看到仇家那么阔气，心里更是眼热，就想和人家拉拉交情。于是，便以祝贺仇仲回家为名，带了些礼物去道喜。

来到仇家门上，仇福想把他拒之门外，但仇仲不忍心给他难堪，就叫儿子收下了他的鸡和酒。他的那只鸡是用布条捆着脚的，不知怎么跑进厨房里，灶火烧着了脚上的布条，鸡又飞上了柴垛，家里的仆人也没有发觉。不一会儿，柴垛燃烧起来，房子也着了火，一家人惊慌失措。幸亏人手多，立刻就扑灭了，但厨房里的东西烧得什么也没有了。仇福和仇禄兄弟俩都说魏名是个害人精，就连他送来的东西也都怀着黑心肠。

后来，仇仲做寿，魏名又牵了一只羊进来。仇家推辞不掉，只好收下，把羊拴在院子里的树上。那天夜里有一个小厮，被仆人打了一顿，那小厮就一气跑到树下，解下拴羊的绳子上吊死了。事后，仇家兄弟叹气道："魏名这个人，他来给你好处，还不如让他来害你呢！"从此以后，魏名虽然常来献殷勤，送这送那，但仇家竟连一寸线也不敢收他的，宁肯多给他一点东西。

到后来，魏名年老时，穷得活不下去，只得当了乞丐。但仇家以德报怨，常常送些粮食、衣物周济他，待他一直很客气。

葛 巾

　　常大用，河南洛阳人，酷爱牡丹。有一次，他偶然听说曹州的牡丹是山东第一流的，心中又是仰慕又是兴奋，很想亲自去看一看。

　　这一年，他可巧因为别的事情到曹州，就借住在一个官绅的花园里。当时才是二月天，天气还有点冷，牡丹还没有开放。他在园中走来走去，察看牡丹花的嫩芽，很希望它早日绽开。他作了一百首《怀牡丹》诗来抒发他喜爱牡丹的感情。没过多久，嫩芽由小而大渐渐长到含苞待放了，但是他带的钱也快用完了，就到当铺典当了春衣，暂作盘缠。他留恋着观赏牡丹，竟忘记了回家。

　　一天凌晨，他早早地起来到栽花的地方，只见有一个姑娘和一个老婆子已经先在那里。他以为是官绅的家属，便急忙返回住处；等到黄昏时分他又去栽花的地方，又在那里遇上了她们。姑娘和老婆子见有人来，不慌不忙地躲避了去。大用远远地朝那姑娘看了一眼，只见她身着宫装，面貌十分艳丽。他心中很是迷惑，觉得那姑娘必定是仙女下凡，要不世上哪有这样美丽的女子！想到这里，急忙返身查找，他很快地绕过假山，正好迎头碰上了那个老婆子，那姑娘正坐在不远处的石凳上，互相看了一眼，各自显出吃惊的样子。老婆子用身子遮着姑娘斥骂道："大胆狂徒，你想要干什么！"

　　大用双膝跪地，说："姑娘必定是个神仙。"

　　老婆子吆喝着说："简直是一派胡言，就该把你捆起来送官究治。"

　　大用被吓得哆嗦起来。那个姑娘却微笑着说："咱们走吧！"说罢，就带着老婆子转过假山不见了。大用吓得两腿发软，往回返时，几乎连步子也迈不开了。想到如果姑娘回去告诉父兄，必定要遭凌辱。他仰面躺在床上，很后悔自己的冒失；又想到幸而姑娘没有怒容，或者不至于把这当回事吧。心中又后悔又害怕，左思右想，一夜也没睡好，到天明时就生病了。然而等到太阳升起老高，还不见有人来问罪，心里暗自欢喜，心情也渐渐地平静下来。他回忆着姑娘的音容笑貌，又把惧怕变成了想念。饭也吃不下，觉也睡不着。这样过了三天，弄得他面容又黄又瘦，精神萎靡，像要快死的样子。

　　一天夜里，仆人已经睡熟了，他还点着灯独坐在床边，忽见那个老婆子端着一个大茶杯走进来，送到他面前，说："我家葛巾姑娘亲手给你调配了一杯毒药，要你赶快喝下去！"

　　大用听了非常惊恐，呆呆地想了一下说："我与姑娘素无仇怨，何至逼我一死？这杯毒药既然是姑娘亲手调配，我与其患这难挨的相思病，还不如喝上毒药死了好。"说完，抢过茶杯一饮而尽。老婆子笑着接过茶杯走了。

　　大用喝下去后，觉得药的气味又香又凉，似乎不像毒药。过了一会儿，只觉得胸部逐渐宽松舒适，头脑也清爽得多，刚一躺下就沉沉地睡着了。一觉醒来，已是旭日临窗。试着下地走了两步，发现病好了，心里更相信姑娘是个神仙。想去谢谢她，但又没门路，只得在没人的时候到她站过、坐过的地方，很虔诚地跪下去默默祷告。

有一天，他在花园里散步，忽然在树丛中见到葛巾，幸而没有别人在场，他就十分高兴地跪在她面前。葛巾弯腰去拉他时，他闻到葛巾身上散发出一种奇异的香味。他实在有些情不自禁了，就大胆地握住她白嫩的手臂站了起来。此时，他又感到她的肌肤柔软光滑，令人骨酥筋麻。正想和她说话，只见老婆子远远走来。葛巾让他隐避在一块大石头后面，指着南边说："到了夜里，你用梯子越过那个墙去，四面是红窗的屋子就是我住的地方。"说罢，就匆匆忙忙地走了。

老婆子的打扰使他很不痛快，而和葛巾的会见又使他心旌摇荡。好不容易盼到了夜里，他搬着梯子登上了南墙。一看，墙那边也有一架梯子，他高兴极了，蹬着梯子下去，果然看见一个四面红窗的房子。他听到屋里有下象棋的响声，在墙下站了好久，也不敢走近前去，只好依旧扒过墙头返回来。待了一会儿再过去，听得还有棋子叩击的声音。他蹑手蹑脚地慢慢走近窗户偷偷地向屋里观看，只见和葛巾下棋的是一个身穿素服的姑娘，老婆子也坐在一旁，还有一个丫鬟站在那里伺候。他不得不再次返回，这样往返了两次，已打过三更。第三次，他正伏在墙外的梯子上等待着，忽听老婆子从屋里走出来，追问墙内的梯子是谁放的，并且叫丫鬟来一同把梯子抬走。他扒上墙头一看，梯子果然不见了，想下去也不行，只得闷闷不乐地返回来。

第二天黑夜他又去了，上墙一看，墙下又摆上了梯子，幸而静悄悄地没有人声，他急忙顺着梯子下去，蹑手蹑脚挨进房中。这时葛巾正独自坐在那儿想心事，骤然看见他来了，先是吃了一惊，接着羞羞答答地侧着身子站起来。大用走近去恭恭敬敬地向她行了一个礼，说："我以为自己没福，怕得不到您的赏识，想不到能在今夜和您相会！"说着就去拥抱她，觉得葛巾的腰很细，口中吐出来的气味像芝兰那样香。她双手撑着大用的胸脯推拒着说："您怎么急成这个样子！"

大用迫不及待地说："好事多磨，迟了就后悔也来不及了。"

话还没说完就听到远处有人说话。葛巾着急地说："玉版妹子来了，您可以暂且藏在床底下避一避。"

他很顺从地钻到床底下。不大一会儿，一个姑娘走进来，笑着说："你这个败军之将还敢和我战一场吗？我已经烹好了茶，特来邀请你，我俩痛痛快快地玩它一夜。"

葛巾借口身子疲乏推辞，玉版非要她去不行，她只是坐在那里不走。玉版说："你这样恋恋不舍，难道在家里藏着个男人吗？"

葛巾终于被玉版强拉硬拽弄走了。大用从床底下爬出来，可也把玉版恨透了。他把床上的枕头、席子底下翻了个遍，想得到一件纪念品。偏是没有一件梳妆用的东西，只有床头上放着个搔痒用的水晶如意，柄头拴着紫色丝穗，洁白无瑕，很是可爱。于是他就把它揣在怀里，仍然沿着梯子越墙回去。回到屋里，他先整理了一下因钻床、扒墙揉皱了的衣服，觉得葛巾身上的香味还凝聚在袖口上，这就使他更

加倾心她了。然而，因为经了钻床的委屈和惊吓，唯恐被人发觉要吃官司，想来想去不敢再去了，只得把水晶如意珍藏起来，希望她能亲自来寻找。

隔了一夜，葛巾果然来了，笑着说："我向来以为您是个正人君子，想不到您竟是个小偷。"

大用说："倒是真有那么一回事！不过，我所以偶然干那不君子的事，是希望能真正随心称意！"

说着，就把葛巾抱在怀里替她脱去衣裙，上床安眠。只见她浑身玉白，温香四溢；拥抱之间，更觉她鼻息、汗气无处不香，因而对她说："我本来就认为您是个仙女，今天更证实我的话不假。幸而得到您的赏识，真可以说是三生有幸，但恐怕像古时的仙女杜兰香下凡嫁人之后又返回天上，终造成离别之恨呀！"

葛巾笑着说："您的顾虑也太过了。我不过是个离魂倩女，偶然被情意纠缠罢了，我俩的事要谨慎保密，万不要让别人知道，谨防爱搬弄是非的人造谣生事。到那时，你不能长上翅膀高飞，我不能骑着清风脱逃，那么，遭到祸事的苦楚比分离更惨。"

大用认为她说得很有道理，但总是怀疑她是个仙女，就再三询问她的姓氏。

葛巾说："您既然把我当作仙女，仙女又何必把姓名传给人。"

"那个老婆子是你的什么人？"

"她是桑姥姥。我在小的时候受过她的抚养，所以对待她跟丫头们不一样。"

葛巾说罢，起身要走，又嘱咐大用道："我那里耳目多，留在这里的时间不能太长，有空时我会再来的。"

临别的时候，葛巾向大用索取那个水晶如意，说："这不是我的东西，是玉版忘在那里的。"

"玉版是谁？"大用问道。

"是我的堂妹。"葛巾回答。

大用把如意交给她，她就走了。走后，被褥和枕头上都沾染上异香。从此，葛巾三两夜就来一次，大用迷恋着葛巾，根本不想回故乡。可是盘缠都花完了，就想把马卖掉。葛巾知道了，对他说："您为了我的缘故，把口袋里的钱都花光了，又典当了衣服，我实在过意不去。今天您又要卖马，您家离这儿一千多里，怎么回去？

我平时积攒下一点钱，可以拿出来帮助您。"

大用推辞道："我很感激您对我的钟情，就是粉身碎骨也不足以报答您的恩德，而今我又贪鄙地耗费您的钱财，让我怎么做人呀！"

葛巾坚决要他取用，说是暂且借给他。她拉着大用到一棵桑树下，指着一块石头让他搬到一旁，又拔下头上的簪子在石头下的土上戳了几十下，让他把松土扒去，露出一个缸口来，她蹲下去从缸里拿出一锭银子来，约有五十多两。大用拽住她的手臂制止她不要再拿，她不听，又拿出十几锭来，大用强迫着放回一半，然后再埋好。

一夜，她对大用说："近来听到一些闲话，看来我们的交往必不可长，不可不预先谋划一下。"

大用吃惊地说："这该怎么办？我生来谨慎，遇事没有个主见，现在为了您，我像寡妇失去贞洁，自己也没有个主张了。一切我都听您的，就是刀、锯、斧、钺加在我的头上，我也顾不得了。"

她和他商量，要背着人一同离开这里，让他先回家去，约定在洛阳相会。大用收拾行李准备起身，计划自己先回去再来接她；想不到刚回到家，只见葛巾坐着车也到了门口，于是二人便相随着走进正房去拜见长辈。邻友们见他从外地娶来个美貌的妻子，都来贺喜，并不知道她是偷偷地逃来的。大用心里暗暗感到可能有危险，而葛巾却很安然。她对大用说："别说在千里外他们找不到，就是万一知道了，我是官绅人家的女儿，也没有什么了不起。古时，卓王孙的女儿不也是逃走的吗，但她家人对女婿司马相如却没有办法。"

大用的弟弟名叫大器，十七岁了。葛巾见到他就对大用说："这是个聪明人，他的前途比你强。"

大器已经订了完婚的日子，不料在完婚前他的未婚妻竟死了。葛巾又对大用说："我的堂妹玉版你是见过的，容貌不丑，年岁也相当，如果让她嫁给大器，可以说是天生一对。"

大用听了，笑着请她做媒，她说："一定要娶她，却也不难。"

大用很欢喜地问道："你有什么办法？"

"妹妹和我最相好。只用两匹马驾一辆车子，派一个老婆子去一趟就娶回来了。"

大用怕这一去反而会暴露自己的事，不敢听从她的计谋。葛巾坚持说不怕。大用就派了一辆车让桑姥姥随去，没几天就到了曹州。桑姥姥在将近花园的时候就下了车，让车夫把车停在半路上等着，她乘夜进了花园。好大一会儿，领着一个姑娘出来了，就一同上车往回返。天黑就睡在车里，天刚亮就出发，每天如此。

葛巾计算了一下她们回来的时间，让大器穿着新衣服去迎接。走了五十多里才碰到，葛巾就坐上车去陪着新媳妇回到家里。家中早已准备好了，一进门，吹鼓手吹打起来，接着便拜堂成亲了。兄弟俩都娶了美媳妇，家业也一天比一天兴旺。

一天，忽然有几十个土匪骑着马闯进他家，大用怕被土匪杀害，率领全家都登上了内院的高楼。土匪进入内院后，包围了这座楼。大用在楼上俯身向土匪问道：

"你们和我家有仇吗?"

"没有。"土匪头子在下面说,"只有两件事求你,一是听说你们家的两位夫人生得很美,是世间找不到的,请让我们见一见;二是我们一共有五十八个人,每人要给五百两银子。"

土匪们把很多柴草堆在楼下,装作要放火的样子来威胁他。大用只答应了银子的要求,土匪不满意,就虚张声势地要放火,吓得全家人都魂飞魄散。葛巾为了满足土匪的愿望,以制止土匪行凶,便不顾常家兄弟的劝阻,穿了华丽的衣服,同玉版一齐走下楼来。她们站在第四组台阶上向土匪说:"我们姐妹俩都是临时下凡的仙女,还怕什么土匪!我很想给你们万两黄金,恐怕你们不敢接受吧!"

土匪听说她俩是神仙,就一齐跪在地上叩头,连声说:"不敢。"

姐妹俩正想转身往楼上走,只听一个土匪说:"这是欺骗我们!"

葛巾听了,就返转身来,站在台阶上很严肃地对土匪说:"你们想干什么?趁早说出来还不迟!"

土匪们你看看我,我看看你,没有人敢说一句话。姐妹俩这才从从容容地走上楼去。土匪们仰着脖子看不见她俩的影子了,才哄然散去。

又过了两年,姐妹俩各生下一个儿子,这才告诉家人,她们都姓魏,母亲是受过敕封的曹国夫人。大用常去曹州,很少听说有姓魏的官宦人家。他又想如果真是一个官宦人家,丢失了女儿还能不寻找吗?嘴上不敢问,心里却更加怀疑,就借口有别的事,到曹州察访去了。他一进曹州界,便到处打听,果真没有打听出来,只得仍然借住在那个花园里。一天,他忽然看到在墙上有人写下一首《赠曹国夫人》的诗,内容涉及一些奇情怪事,便向主人询问。这一问倒把花园主人问得笑起来,主人就请他一同去观看曹国夫人。到了跟前,主人指着让他看:原来是一棵牡丹,长得和房檐一样高。问起这个名字的由来,才知道这棵牡丹在曹州居于第一,所以一般读书人就开玩笑地把它叫作曹国夫人。他又问起原来的名称,主人说是"葛巾紫"。听了主人这一番解说,他心里更加惊疑,怀疑葛巾姐妹一定是花妖。

回家后,他不敢和葛巾当面对质,只是向她叙述《赠曹国夫人》的内容来试探她。葛巾听了,立刻皱起眉头变了脸色,突然走出门去呼喊玉版把儿子抱来。她对大用说:"三年以前,我感激你对我的思慕,所以才把身子许给你。现在你既然猜疑我,哪能还在一起同住!"说罢,就和玉版同时举起新生的小儿扔到院中。很奇怪,两个孩子扔在地上就不见了。大用正吃惊地看着,扭头一看,葛巾和玉版也都不见了。他很是后悔。

过了几天,孩子被摔落的地方,忽然生长出两株牡丹来,一夜间就长了一尺多高,当年就开了花,一株开的是紫花,一株开的是白花,花朵有盘子那么大,比起平常的葛巾、玉版花来,花瓣更繁碎。几年后,枝繁叶茂,各长成一大丛,把它移栽到别的地方,就变成了异种,也不知道叫什么。从此,洛阳就成了有名的牡丹产地。

黄 英

　　河北有个姓马名子才的人，祖祖辈辈都爱好菊花，家中一个不大不小的院子里到处种的都是菊花。到了马子才这一辈，更是爱菊如命。他家虽然并不是很富有，但一旦听到哪里有优种，总是不惜千金买到手才罢休。

　　一天，有个南京来的客人住在他家里，据说客人的表兄有一两种好菊花，是北方没有的。子才听了很欢喜，立刻带着行李跟随客人到了南京。客人想尽办法给他采购，买到了两棵，他包裹得严严实实，好像是得到了什么宝贝。

　　在回来的路上，他遇上了一个面目英俊、举止庄重的少年，骑着一头毛驴跟随着一辆有帷幕的轿车。他们一道走着，就渐渐地攀谈起来。少年说他姓陶，言语很文雅。他问起子才的来历，子才就把到南京的事据实说了一遍。少年说："花种没有不好的，关键在于种花人。只要精心栽培，适时浇水，就能开出好花。"

　　两个人谈论着栽培菊花的技术，很是投机。子才十分高兴，就问少年："你要到什么地方去？"

　　"姐姐厌烦南京的喧闹，想在黄河以北找一个地方住。"少年回答说。

　　子才高兴地说："我家虽然很穷，但有几间草房还可以住。如果你们不嫌狭小，就不需要再找别的地方了。"

　　姓陶的少年赶到车前去问姐姐。只见车里的人掀起车帘和少年说话，乃是一个二十来岁的绝世美人。她看着弟弟说："房子我们不嫌小，院子却要宽阔些。"

　　子才听了，就在一旁插嘴应承了。随即带领他们一同回到河北。

　　他家院子的南边有一块荒芜了的园地，园地旁边还有三四间小草房，姓陶的少年看了这块地方很欢喜，就和姐姐居住了下来。

　　少年每天总要去子才住的北院去，帮助子才培育菊花。有的菊花已经枯萎了，他就连根拔起来重新栽种，没有一株不复活的。少年似乎十分清贫，他每天都在马家吃饭，家里很少有生火的时候。子才的妻子吕氏很喜爱陶家姐姐，不时送去一些粮食去周济她。陶家姐姐小名黄英，能说会道，也经常到吕氏房中帮她做针线。

　　一天，姓陶的少年对子才说："你家也不富足，我们姐弟俩每天扛着两张嘴拖累你，怎么能经常这样。为了减轻你的负担，我们卖些菊花也能够维持生活。"

　　子才素来是个耿直人，听了少年的话很不高兴，甚至有些鄙视他，说："我原来以为你是个风流文雅的人，一定能在贫困中洁身自爱，今天你竟说出那样的话来，拿菊花当货物出卖，把菊园变作市场，那是对菊花的侮辱。"

　　少年笑着说："我自食其力，不算是贪；贩花为业，不算是俗。一个人固然不应该采取不正当的手段去追求富贵，但也没有必要去追求贫穷啊！"

　　子才没有做声，少年就起身离开了北院。

自打这天起，少年就把子才扔掉的菊花残枝和他所认为的劣种都拾掇回去。也不再到子才家中去吃饭了，子才叫他，他才偶尔去一趟。不多时，菊花快要开放了，子才听到他的门前嚷嚷闹闹，和市场上的杂乱声音差不多。他感到很奇怪，就走到门外去看。只见到陶家买花的人，有的用车载，有的用肩扛，来往不断。而买花人所买的花又都是子才从来没有见过的异种。子才心里讨厌他的贪鄙，想和他绝交；又怀恨他私藏良种不肯让自己知道，于是径直走到南院去叫门，要去责备他。

少年开了大门，热情地把子才拉了进去。这时子才才发现，半亩大的荒地都开垦成菊畦，住房的几尺以外没有一点闲着的地方。砍了花的空地上已经补栽了菊枝；那些长在畦里的菊花，没有一株不是佳种。走近前去细细辨认，原来都是他平时扔掉的残枝劣种。

少年从屋里端出酒菜来摆在菊畦边，对他说："我因贫穷，不能遵守清贫的信条，连日来，幸而得到几个钱，很够我们醉饱一顿了。"

不大会儿，听到房中有人呼叫"三郎"，少年应声而去，又端出几盘菜肴来，做得相当精致。子才品尝了几口，问道："你姐姐为什么还没有嫁人？"

三郎说："因为还不到时期。"

"什么时候？"

"四十三月。"

"这是什么意思？"

陶三郎只是笑，不说话，等到喝足吃饱了，才尽欢而散。

过了一夜，子才又来到南院，看到新插的花枝已经长到一尺多高。他非常奇怪，就苦苦地央求陶三郎把这种技术教给他。

三郎说："这本来是不可以言传的。况且你又不是以卖花为生，哪里用得着这个！"

又过了几天，门前买花的人不多了，三郎就用蒲席捆包着菊花，载了好几车到别处去卖。第二年，春天过了一半的时候，他才载着南方的奇花异卉返回家来。他又到北京摆了个卖花的摊子，十天工夫就把全部花卉卖完了。

他从北京回来后，又开始栽培菊花。去年买花的人都把根留下自己栽种，不料在第二年都变成了劣种，就又来向三郎购买。三郎因此一天比一天富裕起来，一年内增盖了好几间新房。第二年又修起了高楼大厦。修建的布局都是按着自己的心意办，从来不和主人商量。原来的花畦渐渐地都修成了房屋。又在墙外买了一块地，在四周修上了土墙，里边都种了菊花。到了秋天，他又载着菊花去了南方，但是到第二年，春天已经过去了，他还没有回来。而这时，子才的妻子吕氏也病死了。子才看中了黄英，托人把这个意思说给她，黄英只是微笑，看她的意思好像是允许了，只是等三郎回来才能办事。

又过了一年多，三郎还是没有回来。但黄英带领仆人栽培的菊花和三郎在家时一个样子。卖花的收入积攒的更多了，她就拿出一部分钱又在村外买了二十顷土地，修造了更加壮丽的宅第。

有一天，忽然有个从广东来的客人，给子才捎来三郎一封信。拆开一看，是嘱咐他姐姐嫁给子才的。查了一下他的寄信日期，正是妻子病死的日子。回想起和三郎在南院园中饮酒的日期，到今天正好是四十三个月。因此，对三郎的言行更加惊奇。

他拿着这封信到南院去见黄英，并且问她该到哪里去纳聘。黄英坚决不接受彩礼。又因为北院的旧房子不好，想让他到南院来住，像是招赘的样子。子才不同意，就选定日子把黄英迎娶到北院去了。

黄英嫁给子才后，在院墙上开了个通往南院的便门，每天要到南院去督促仆人们做活。子才认为享用妻子的财物是个耻辱，常嘱咐黄英要准备两本账簿，南北两院的收支各记各的，以防混杂。但是家中一时缺少什么，黄英就要到南院去取，不到半年，家中大大小小的用品便都成了陶家的东西。子才看到后，派人送回南院去，并且告诫黄英不准再往这边拿。可是不到十天就又弄乱了。这样拿来送去地经过好几次，子才也有点心烦了。

黄英笑着说："你真像战国时的陈仲子，我的和你的有什么分别，搬来搬去的不怕麻烦吗？"

子才感到很惭愧，就不再过问这些事了，一切都听黄英的。于是黄英准备了建筑材料，请来很多工匠，大兴土木，子才也制止不住。经过好几个月，亭台楼阁修建了一大串，南北两院竟然合成了一个大院，再也分不出界限来了。此后黄英遵从子才的意愿，不再做卖菊花的营生了，然而一切享受比官宦人家还优越。子才心里感到很不安，一天，他对黄英说："三十年来，我在乡亲中的好名声，让你给破坏了。今天我白白地活在世上，依靠女人生活，真不像一个男子汉。别人都希望富，我只希望穷。"

黄英说："我并不是贪财之人。我觉得，晋代的陶渊明一生爱菊，生活却很穷困。你也是十分喜爱菊花的人，如果我们不把家业弄好些，后代的人就要嘲笑爱菊的人都是穷骨头，一百辈子也不能富裕。我是想借你为爱菊的陶渊明消除人们的讥笑啊！但是，穷人想富是很难办到的，富人想穷却是很容易。从今以后，你可以把家里的钱随便花掉，我绝不吝惜。"

子才说："花费别人的钱，也实在不光彩。"

黄英无可奈何地说："你不愿意富，我也没办法做到穷。不然的话，咱们分居吧，你享你的清高，我活我的污浊。咱们俩不相干，也就不致损害你的名声了。"

子才同意了。黄英就让人在花园里给他修了一座茅屋，并且挑选了一个美貌的丫鬟去服侍他。子才住在茅屋中很觉得称心。可是没过几天，他就想念起黄英来。打发丫鬟去叫她，她不肯来。不得已，子才反而去找她了。每隔一夜，子才就要到黄英的屋里去睡，成了常事。

黄英笑着对他说："你在东家吃饭，却到西家睡觉，廉洁自守的人当该不会这样做吧！"

子才听了，也哈哈大笑起来，找不出理由反驳，就又合在一起生活了。

一天，子才因事到南京去，正是菊花开放的深秋季节。早晨起来到花市去游览，见市上摆列的盆花很多，枝叶花朵都很俏丽，心中一动，怀疑是三郎栽培的。不大会儿，花铺主人走出来，果然是三郎。他高兴极了，就走上前去诉说别后的情况。晚上，就住在花铺里。他要三郎随他一同回去，三郎说："南京是我的故乡，我将要在这里完婚。几年来，我积存下一些钱，请你捎给我姐姐。到年终的时候，我一定回去。"

子才不听，极力劝他回去，并且说："现在，家中富裕了，你只管回去坐在家里享受，不需要再卖花了。"

他坐在花铺内监视着店员替三郎减价卖花，不几天就全卖完了。他立即催三郎整理好行装，雇了一条船就往回走。进门后，只见黄英已清扫出一处房子，床、帐、被、褥都铺设得齐齐整整，好像预先知道弟弟要回来似的。

三郎自从回来后，每天督促仆人大修亭园，自己却成天与子才下棋吃酒，也不和外人接触。子才为他选择对象，他又不愿意，姐姐就派两个丫鬟去服侍他，过了三四年，丫鬟生下一个女儿。

三郎酒量很大，从来没有见他喝醉过。有一天，一个姓曾的朋友来看望子才，他的酒量也不小，子才就让他和三郎比酒量。于是两人毫无拘束地大喝起来，越喝越高兴，只恨没有早点认识。自打早晨起一直喝到四更天，计算了一下，每人喝了一百壶。姓曾的已烂醉如泥，趴在桌子上睡着了，三郎才起身要回房去睡。出得门来，一脚踏在菊畦上，一个趔趄摔倒了。所穿的衣服都堆在一边，他却就地变成一株菊花了，有人身那么高，枝上开着十几朵菊花，都有拳头那么大。子才被吓坏了，急忙去通知黄英。黄英急步走到畦边，把那棵菊花拔起来，放在地上，喃喃地说："怎么醉成这个样子？"

她把衣服覆盖在那株菊花上，让子才和她一同回去，告诫他不要出来看。等到天明去看，只见三郎卧在畦边。子才这才明白，原来他姐弟俩都是菊精，他并不以为意，反而更加敬爱他们。三郎自从暴露原身，更爱喝酒了。常常写上请帖派人请姓曾的来喝酒，结成了很好的朋友。

农历二月十二百花生日的那天，姓曾的带着两个仆人，抬着一大坛子药酒来拜访，他和三郎约定要共同喝完这一坛子酒。坛里的酒快完了，二人还没有喝足，子才暗中又把一坛子酒续进去，二人又喝完了。这时，姓曾的已醉得不成样子，他的仆人就把他背走了。而三郎也醉得卧在地上又变成了一株菊花。子才见惯了，也就不以为然，他按照黄英的法子把它拔起来，守在一旁观看它的变化。不料过了好长时间还没变过来，而菊花的茎叶却更加蔫萎了。他这才害了怕，就急忙去告知黄英，黄英十分吃惊地说："你杀了我的弟弟！"

说罢就跑着来到三郎卧倒的地方，只见根茎都已枯萎。她悲痛到了极点，在枯茎上掐了一段，埋在花盆里，端回自己的房中去，亲自守着日日浇水。子才又悔又恨，很是抱怨姓曾的。过了几天，听说姓曾的已经醉死了。而盆中的花渐渐地长出嫩芽来，到了九月就开了花，茎梗短短的，开着粉红色的花，用鼻子去嗅，透出一股酒的香味，就起名叫作"醉陶"，只有浇上酒才长得茂盛。后来，三郎的女儿长大嫁给了一个官绅人家。黄英一直到老也没有什么变化。

书 痴

　　彭城有个书生，名叫郎玉柱。他的父亲曾经做过太守，但因为为官清廉，家中并不像有些官宦人家那么富有。这郎太守非常爱书，所得俸禄，大半被他用来买了书。结果，各种各样的书籍把几间房子都堆满了。

　　轮到玉柱，更成了一个爱书如命的书呆子。家里穷得活不下去，无物不卖，唯有父亲的藏书，却一卷也舍不得卖掉。父亲在世时，曾经亲笔书写了宋真宗皇帝作的《劝学篇》，贴在座位前面，叫玉柱天天诵读，还专门用白纱罩起来，以免磨损。

　　玉柱读书，不是为了升官发财，而是实心实意地相信书中真的有金银，有米粮，有他所需要的一切东西。所以，不分寒暑，昼夜研读。已经二十多岁了，也不求婚配，一心希望书卷中有美人自己走出来。平常，见了亲戚朋友也不知道叙叙寒暖，简单打个招呼，说上三言两语，就自个儿诵起书来，弄得客人常常无趣地自己走开。他每次参加乡试前的预考——岁试、科试，总是第一名；可是一上正式考场，又总是名落孙山。为此事，他感到十分苦恼。

　　一天，他正在院子里读书，忽然一阵大风吹来，把书刮跑了。他急忙去追，追着追着，地一下子陷落了，脚也陷了进去；玉柱用手一探，抓出一把腐败的草。刨开看时，原是古人贮藏在窖中的糜谷，已经烂成粪土了。这些糜谷虽然不能吃，但他越发相信"书中自有千钟粟"的话不是骗人的。因此，读书更加用功。

　　又有一天，他架着梯子登上高处，在乱书堆中拣到一个金制的小车子，大约有一尺来长，把他高兴坏了，以为是"书中自有黄金屋"这句话应验了。当他拿出去叫人看时，却发现车子只是镀金而不是真金，于是又暗暗埋怨古人欺骗自己。

　　没多久，有一个和他父亲同年考中进士的人，在道衙里任观察使，特别喜欢敬神拜佛。有人就劝玉柱把金车子献给这位观察使做佛龛。观察使得了金车子，很是高兴，便赠给玉柱三百两银子、两匹好马。玉柱喜得什么似的，以为《劝学篇》里说的金屋、车马都有了应验，因此，更加不顾一切地刻苦读书。

　　眼看已经三十岁了，有人就劝他找个对象，他却说："'书中自有颜如玉'，我何愁一个漂亮的妻子？"于是又埋头苦读了二三年，但是仍然没有见效，人们不免冷言冷语地嘲讽他。当时民间流传着一种谣言，说是天上的织女私自逃走了。有人就借此和玉柱开玩笑说："天女偷偷私奔，原是为了您呀！"玉柱知道这是戏弄他，但他听之任之，也不去争辩。

　　一天夜里，他翻出《汉书》来读，读到第八卷将近一半时，发现有一个用布剪成的美人夹在书页里。他猛然吃了一惊，自言自语道："书中颜如玉，莫非就以这个应验吗？"心里感到很是惆怅、失望。可是，细细看那美人，黑黑的眉毛下，闪着一双有神的眼睛，如同活的一样，再看背面，隐隐约约有两个小字——"织女"，又感到非常奇怪。于是，每天把她放在书卷上，反复赏玩，以至迷恋得废寝忘食。

一天，他正在凝神观看，那布美人忽然直起腰来，坐在书卷上微笑。郎玉柱大吃一惊，赶忙跪下就拜。等他站起来，布美人已经变得有一尺多高，更把他吓煞了，连忙又跪下叩头。只见那布美人轻飘飘地下了桌子，亭亭玉立，俨然一个真正的绝代佳人。玉柱一边作揖，一边问她是什么神。美人笑了笑，说："我是颜氏，名叫如玉，你本来早就知道了。因为你日日夜夜在盼望，假如我不来一趟，恐怕千载以后再也不会有相信古人的人了。"玉柱听了很高兴，便和女子朝夕相处。可是，躺在枕头上，她甜言蜜语、百般亲爱，而他却像木头人一样，根本不知道夫妻之间是怎么回事。

他还是照常读他的书，并且每次读起来，非叫她坐在身边陪着不可。女子一直劝告他不要再读了，但他总是不听。一天，女子对他说："您所以不能飞黄腾达，就因为您只知道读书。您看看自古以来的考榜上，像您这样的读书人有几个？如果再不听，我就走了。"玉柱只好暂时依了她。但是过不了片刻，他就把她的话忘了，又无休无止地吟诵起来。

玉柱贪婪地读了一会儿书，猛抬头，她已经不在了，到处找也找不见，不由伤心起来。跪在地下再三祈祷，也不见踪影。忽然，他想起女子隐藏的地方，便取来《汉书》细细地检查，一直查到原来的书页，果然找着了。可是，一遍又一遍地叫她，她却像没有听见似的一动不动。无奈，他只得又跪在地上痛楚地祷告。女子这才走下来，说："你要再不听，我就同你永别了！"玉柱只好答应听她的话。

于是，女子叫他买来棋盘、赌具，每天同他一块儿游戏、玩耍。然而玉柱对这些毫无兴趣，任凭怎么教也学不会，一颗心仍在书海里泡着，只要看见女子不在，他就偷偷地翻阅浏览。但又怕她发觉了再逃走，便暗暗地把《汉书》第八卷杂混在其他书籍中，乱糟糟地堆在一起，以迷惑她的归途。

一天，玉柱正读得兴味很浓的时候，女子进来了，他竟然没有觉察，忽然抬头瞧见了她，赶紧掩卷藏书，但她已经不见了。玉柱非常恐慌，连忙去寻找，可是把一堆书翻遍了，连个影子也没有。最后，费了很大的劲，仍旧在《汉书》第八卷里找到了她，只是不在原来的页数里了。他又跪在地上再三祷告，发誓再也不读书了。女子见他决心挺大，才下来和他下棋，并且说："三天以内，你再学不会下棋，我还是走好了。"

到了三天头上，忽然有一局，玉柱赢了女子两颗子，她一下子高兴了，就又给了他一把胡琴，限他五天时间学会一个曲调。玉柱只得集中精力，手眼并用，专心致志地下工夫，再没时间顾及其他事情了。这样白天黑夜地练习，慢慢地练得手顺了，曲熟了，节拍越来越和谐，调子越来越好听，不觉受到鼓舞。接着，女子与他每天对坐着喝酒、赌博，玉柱终于欢乐得忘了读书。女子又抓紧机会，让他出去结交朋友，从此，玉柱放荡不羁的名声很快著称于世。一切都成熟了，女子便对玉柱说："你可以去参加考试了。"

一天黑夜，玉柱躺在床上和女子说："天下的人，男女同居就会生孩子，可我和你同居这么久，为什么你不生孩子呢？"女子微微一笑，说："你成天读书，我向来以为没有多大用处；现在看来，你连什么叫夫妇都还不十分清楚，自然也不懂得何谓'枕席之爱'了。"玉柱惊奇地问："什么是枕席之爱？"女子只是笑，并不回答。过了一会儿，她悄悄地钻进他的被窝去撩拨他，玉柱抱住她那软绵绵的身子乐到了极点，傻乎乎地说："我真没想到夫妇之乐，还有一种说不出来的滋味。"

从此，他逢人就告诉夫妻行房事如何如何快乐，人们听了，没有一个不捂着嘴笑他的。女子知道后，就责怪他，骂他是个傻瓜，他却满有理由地说："钻窟窿、越墙洞的偷窃行为才不可以告诉人，天伦之乐，人所共有，何必忌讳！"

过了八九个月，女子果然生下一个男孩，便买了一个老妇人来照料抚养，夫妻二人都十分满意。一天，女子对玉柱说："我跟你已经两年了，孩子也生下了，我可以走了。时间久了，恐怕要给你带来灾祸，到那时后悔也就晚了。"玉柱听了，不禁泪下，跪在地上不起来，央求说："你不念咱们的儿子吗？"女子也凄凄惨惨，好半天才说："你一定要留我，就把你架上的书全部扔掉。"玉柱说："这本是你的故乡、我的性命，怎么能说出这种话来！"女子也不十分勉强他，只是说："我知道那些书藏不了多久了，所以预先告诉你一声。"

原来，玉柱的亲戚们也偶尔见过女子，对她的美貌无不感到惊奇。可是，又没有听说他和哪家结了亲，只好悄悄地问玉柱。玉柱不会编造瞎话，只是默默不语。因此，人们就更加产生了怀疑，便一传十、十传百，到处议论起来，闹得知县史公也知道了。这史公是福建人，青年时就中了进士。他听到人们的议论，心也动了，就想暗暗看看这位女子生得究竟有多好，于是决定把玉柱和那女子一起抓来。

女子听到消息后，立刻逃得无影无踪。差役扑了空，把个知县惹火了，就将玉柱逮起来，剥掉他的衣服，上了重刑，逼他交代女子的去处。可是，玉柱被折磨得快死了，也不吐一个字。又抓来婢女拷打，但这婢女也不知道详细情况，只能说个大概。史知县以为这女子是个妖怪，就命令准备车子，他要亲自到玉柱家里看看。

史知县进了郎家，只见屋子里堆得尽是书卷，多得无法搜查，就下令放火全部焚烧了。院子里浓烟滚滚，好久不散，昏暗得如同阴云密布，不见天日。

玉柱被释放以后，跑了很远的路，求父亲的朋友给史知县写了一封信，才给恢复了功名。玉柱当年参加秋试，中了举人，第二年就考中了进士。他对那个史知县恨之入骨，真想一下子抓住他雪耻报仇。他给颜如玉立了牌位，每天早晚在牌位前祝告："你如果有灵，就该保佑我到福建去做官。"

后来，玉柱果然以御史的身份巡视福建。在福建用了三个月时间，详详细细地查清了那个史知县的罪状，抄了他的家。当时，玉柱有一个表弟担任司理职务，便抓住史知县心爱的小老婆，逼她给玉柱做妾，假说是买来的婢女，把她寄养在官署中。等案件处理完毕，玉柱立即写奏章自述过错，请求免职，带着史知县的小老婆辞官回家去了。

白话聊斋　蒲松龄　书痴

三四三

晚 霞

　　镇江有个姓蒋的孩子，名叫阿端，自幼就很聪明灵巧，七岁时已是镇江一带很有名气的人了，他的灵巧谁也比不上。

　　那时，每到端午节，江苏、浙江一带就有一种赛龙船的活动。据说当地人用木头雕刻成一条龙，画上鳞甲，漆得金碧辉煌。龙的中腰雕成一个船舱，船舱上是刻得很精致的顶盖和红漆的栏杆，帆上挂着锦绣的旗帜；船后面是一个龙尾巴，翘起一丈多高，尾巴上系着布做的绳子，垂下来吊着一块木板，木板上有一个小孩子在那里翻跟头、打虎跳，做各种各样惊险的表演。木板下临着汹涌的江水，一不小心就会掉进江里。因此赛龙船时必须拿很多钱给这个孩子的父母，孩子要预先训练好，如果掉进江里死了，父母也不能反悔。苏州的龙船上还有漂亮的妓女来表演，这和别处稍稍有一点不同。

　　阿端十六岁的时候，龙船雇用了他，可不幸的是，船刚到金山脚下，他却失足落水死了。蒋老太婆只有这一个独生子，也只有痛哭哀号了。

　　阿端却不知道自己已经死了，有两个人领着他往前走，他看见水底下别有天地，回头一望，见四面都被水波围绕，像墙壁一样直立着。不久，走进一座宫殿，见一个戴头盔的人坐在上面。领他的那两个人说："这就是龙王。"叫他跪下磕头。

　　龙王和蔼地说："阿端动作灵巧，可以编到柳条部去。"

　　于是他又被领到一处四面都是宽广的殿堂的院子里，他走到东边的走廊上，有许多年轻人迎出来和他相见，大都是十三四岁的年纪。接着又来了一个老太婆，大家都叫她解姥姥，她坐在那里让阿端表演了一番。表演完后，她就教他们跳《钱塘飞霆舞》，吹奏《洞庭和风乐》，只听得钟鼓齐鸣，四邻的院里也都响起了乐声。一会儿，诸院的乐声都停了，解姥姥恐怕阿端还没有学会，就单独对他一个人絮絮叨叨地指点着，哪知道阿端刚学了一遍，就已经完全学会了。解姥姥高兴地说："来了这个孩子，就显不出晚霞来了。"

第二天，龙王要检阅各部的技艺，全体都集合齐了。首先检阅"夜叉部"，只见这个部的人个个都是鬼脸，穿着鱼鳞衣服，敲着的大钲，围起来约有四尺多；打着的大鼓，四个人也合抱不住，发出来的声音像打雷一样，使人什么也听不清楚。他们一跳舞，就掀起了巨大的波涛，浪头在空中汹涌，不断地有一点一点的星光掉下来，落到水里就熄灭了。

龙王急忙叫他们停止，命令"乳莺部"进场。"乳莺部"都是十五六岁的美丽少女，她们吹奏着芦笙，发出悠扬清细的声响。霎时，吹过一阵微风，波涛的响声也随着静了下来，水都凝结成一个水晶世界，上下四方一片透明。检阅完了，她们都退到西边的阶沿下。

接着该检阅"燕子部"了，这个部都是披散着小辫的年轻姑娘。其中有一个姑娘，年纪大约有十四五岁，甩着长长的袖子，飘散着环形的小辫，跳着《散花舞》。当她轻飘飘地舞动起来的时候，衣襟上、袖子里、鞋袜中都散出五颜六色的花朵，随风飘荡，撒得满地都是。跳舞结束后，她也随着本部的人一道退到西边的阶沿下。

阿端在一旁注视着这个少女，心里很喜爱她，向同部的人探问，原来她就是晚霞。

不大会儿，轮到了"柳条部"。龙王特地要试试阿端的技艺。阿端跳着昨天刚学会的舞蹈，随着乐声表演出喜怒哀乐的感情，依着节奏舞出起伏俯仰的姿势。龙王很欣赏他的聪明，奖给他一件五彩的连裤衣和一顶鱼须形的黄金束发帽，帽上还镶着一颗夜明珠。阿端拜谢了，也退到西边阶沿下。各部的人都各自站在本部的队伍里。

阿端在人群中远远地盯着晚霞，晚霞也在远处看着阿端。停了一会儿，阿端躲躲闪闪地慢慢地向北走去，晚霞也从自己的队伍里向南移动，两人相隔只有几步远了，但是规矩很严，谁也不敢乱了队伍，彼此只好用目光传送着内心的爱慕。

最后检阅的是"蝴蝶部"。这个部都是童男童女，他们都是一对一对地起舞。每对的身材高低、年纪大小、服装颜色都一样。各部都检阅完后，就按着次序一个跟着一个地退了下去。

"柳条部"走在"燕子部"的后面，阿端赶紧抢步排到本队的最前面，而晚霞也缓缓地落在本队的最后面，回头看看阿端，故意把一支珊瑚钗掉在地上，阿端急忙拾起来藏进自己的袖子里。

回来以后，阿端一心想念晚霞，饭也吃不下，觉也睡不着，竟然得了病。解姥姥不断地给他送饭送菜，一天跑三四趟来照顾他，照顾得十分周到，可是他的病却一点也没有好转。解姥姥很发愁，也想不出个办法来，她叹着气说："吴江王快要做寿了，这该怎么办呢？"

一天黄昏时分，有一个小孩子来看阿端，坐在床边和阿端谈话，他说他是"蝴蝶部"的。他悄悄地问阿端："你是不是因为想晚霞才病了的？"

阿端很吃惊地反问道："你怎么知道？"

他笑道："晚霞也同你一样，她也病了。"

阿端很难过地挣扎着从床上坐起来，问那个小孩子是不是有办法使他们见面。

那孩子问他："你还能不能走路？"

"还勉强能走。"阿端回答说。

孩子就搀扶着他走出来，从南边打开一个便门，向西拐了个弯，又打开一道门，看见外面有几十亩大的一片莲花，花都是从平地上长出来的，叶子有一张席子那样大，花朵大得像一把伞，落在花梗下的花瓣堆有一尺厚。小孩把阿端领进莲花丛中，让他先坐在那里等一等，就返身走了。

过了一会儿，只见一个美人拨开莲花走进来，原来正是晚霞。两个人相见，又惊又喜，互相诉说着别后的想念，又各自介绍了自己的身世。他们用石头压着荷叶，使叶片侧转过来像一扇屏风一样，正好遮蔽住他们；又把一些莲花瓣在地上均匀地铺平，两人就躺在上面成了夫妻，并且约定以后每天到太阳下山的时候，仍旧在这里相会。一切安排好了，这才分了手。阿端回家以后，病就好了。自从那天以后，两人每天都在莲花丛中幽会。

过了几天，大家都跟着龙王去给吴江王祝寿，拜完了寿，所有各部都回来了，只留下晚霞和"乳莺部"的一个女子，在吴江王王宫里教舞，一去好几个月也没有回来的信息。阿端怅惘地盼望着，整天是一副失魂落魄的样子。后来了解到只有解姥姥每天往来于吴江王府，阿端就假称晚霞是他的表妹，要求解姥姥带他去，希望能见上一面。阿端在吴江王府里住了几天，因为王宫里警卫监视得很严密，晚霞想尽办法也不能出来，他也只好垂头丧气地回来。

又过了一个多月，阿端昼思夜想真要想死了。有一天，解姥姥从吴江王府回来，急匆匆地来找阿端，眼中含着泪花，以悲痛的声调向他说："真可惜呀！晚霞投江自尽了！"

阿端一听，惊呆了，热泪忍不住涌出眼眶。他痛心极了，觉得没有了晚霞，自己也活不下去了，也想投江自尽，他天真地认为，死了就能和晚霞永远在一起了。想到这里，就悲痛地扯坏了帽子，撕破了衣服，拿了一些自己得到的金银珠宝等奖品跑出去。可是江水和墙壁一样直立着，他用劲拿头去碰，无论如何也钻不进去。本想返回去，又怕因为自己把帽子、衣服都撕坏了，龙王会判他的重罪。左思右想也想不出办法来，急得浑身是汗，汗水沿着两腿流下来，把脚后跟都泡湿了。正在为难，忽然看见墙下有一棵大树，就攀登上去，渐渐地爬到了树顶，猛力往江里一跳，谁知身上既没有沾上水，也没有沉下江底，竟浮在了水面上。四下一望，一切景物都和自己家乡的一样，万没有料到这一跳，竟使他又回到了人世。他飘飘荡荡地洇着水，一会儿就浮到了岸边。上岸后，他坐在江边休息，突然想起了母亲，就搭了一条便船回家。

回到自己的村子，他向四周的房院环视了一下，忽然看见村子里的环境起了很大变化，好像离开六七十年又重返故乡一样，一下子认不出来了。很多地方变了样，有的地方原来的房子没有了，有的地方修上了新房，有的院门改变了方向。到了第二天，他才寻到自己的家门。正要往里走，忽然听得窗子里有一个女子的声音喊道："妈，您儿子回来了！"

这声音很像是晚霞的。一会儿，果然是晚霞同他母亲一起出来了。这时候，两人由悲而喜，而老母亲呢，却是又悲哀又疑惑，又吃惊又喜欢，各种表情都从老人的脸上涌现出来。

原来晚霞在吴江王府里，觉得自己肚子里的婴儿动了起来。龙宫里的法律是很严的，只恐早晚生出孩子来，一定要遭受毒打，而且打死了也不能和阿端见一面，因此就想到不如死了好，于是就偷偷地投了江。可是身子却被水托了起来，在波浪中浮起来、沉下去，沉下去、又浮起来，和水波搏斗了好长时间，才被一艘载客的船搭救起来。她本来是苏州有名的妓女，也因为赛龙船掉进江里，未找到尸首。当船上的客人问到她的家乡住处时，她不想回到妓院去受罪，就随口答道："镇江姓蒋的是我的婆家。"

船上的客人就替她雇了一条小船，把她送回去。阿端的母亲开头疑心是她认错了门，晚霞把在龙宫里和阿端相遇的前后情况讲了一下，老太婆才放了心。又见她生得姿态韵妙，容貌美好，所以很喜欢她。只是担心她年纪太轻，恐怕终究不能守寡。然而晚霞又孝顺，又谨慎，看见家里穷，就把自己珍贵的首饰卸下来，卖了几万两银子，婆婆看见她毫无二心，更加高兴。可是儿子不在，恐怕媳妇一旦生下孙子来，亲戚邻居都不相信，就把这个顾虑说给媳妇听。晚霞坦然地说："只要母亲能得到个真孙子，何必让别人知道？别人信不信又有什么关系！"

婆婆听了，觉得说得对，也就安心了。

就在这个时候，阿端回来了。晚霞高兴得简直难以形容，母亲也疑惑儿子没有死，但是偷偷地掘开埋阿端的坟墓，揭开棺盖一看，他的尸骨还在棺中。母亲又惊又怪地把这事告知儿子，追问他的来历，阿端这才回忆起自己的死。但是恐怕晚霞嫌恶他，就嘱咐母亲不要把自己死的事告诉给她。母亲就故意编造假话欺哄村上的乡亲们，说是儿子当时并没有死，随水漂流到别处被人救活，给人家当了儿子，在外边娶了媳妇才回来的。又说是当日把尸首打捞错了，根本不是儿子的。可是，又担心儿子既然不是个活人，一定不会生下孩子。但没有多久，媳妇竟生下一个胖胖的男孩，抱起来细看，和平常的孩子一样，老太太这才高兴了。

时间长了，晚霞也渐渐地觉察到阿端不是个活人，就对他说："你为什么不早点告诉我？凡是鬼，如果穿上龙宫的衣服，七七四十九天，魂魄就能凝聚在一起，那就和活人没有两样了。如果再能得到龙宫的'龙角胶'，还可以接续骨节，生出肌肤，可惜没有早点买到。"

后来，阿端把自己带回来的夜明珠卖给一个姓胡的商人，得了一百万两银子，因此成了大富人。

有一年，在母亲生日的那天，阿端夫妇在酒宴前歌舞祝酒。他们的名声被传到了王爷的王府里。王爷就想把晚霞抢进王府，供他玩乐。阿端听到这个风声后，非常害怕。就亲自去见王爷，向王爷说明他们夫妻都是鬼。王爷在太阳下检验了一下，看见他果然没有影子，这才相信了，不敢再去抢晚霞。只是派人把晚霞叫去，让他的宫女们在别的宫院里向她学习跳舞。晚霞把龟尿抹到脸上，毁坏了自己的容貌，才去见那个王爷。在王宫里住了三个月，专门给宫女们传授歌舞，可是宫女们还没有完全学会，她就回来了。

白秋练

　　慕小寰是河北的一个商人,他有个儿子,取名蟾宫。蟾宫自幼聪明可爱,也很喜欢读书,可是他父亲认为读书没用,还不如学做生意的好,就让他弃学从商,跟着自己到湖北去做买卖。这一年,蟾宫十六岁。

　　但是,他还忘不了读书,在船上每逢无事可做的时候,就背诵过去学过的诗文。到了武昌,他和父亲到旅馆去看守历年囤积的货物。父亲一出门,他就拿出诗集高声朗诵起来,音韵铿锵,节奏分明,很是动听。每当这时,他总看见窗外有个人影晃动,似乎有谁在那里偷听,不过他并没有感到有什么奇怪。

　　一天夜里,父亲去赴宴,已经深夜了,还没回来。他正在那里起劲地读书,忽见月光把一个人影清晰地投射在窗子上,那人影时隐时现,分明在来回走动。他感到奇怪,悄悄走出去察看时,原来是个十五六岁长得很美丽的姑娘。她见有人出来,就慌忙躲走了。

　　过了两三天,他们办齐了货,装了船要回北方。傍晚,把船停泊在一个湖边。父亲上岸到别处辞客去了,忽然有个老婆子走进船来说:"小郎君!你可把我的女儿害死啦!"

　　他吃了一惊,问她是怎么回事。

　　老婆子说:"我姓白,有个女儿名叫秋练,很懂得一些诗文。她说在省城里曾经听到过你读诗,她十分想念你,想得连饭也不吃,觉也不睡。我想把她嫁给你,请你不要推辞。"

　　蟾宫自从那夜见了秋练,心里实是爱她,可是又怕父亲怪罪,就把实情告诉给白婆婆。白婆婆不相信,一定要他拿出一件订婚的礼物来,他不肯。白婆婆恼火了,说:"世上的婚姻,常常是男方上门去求还不一定求到。今天我情愿把女儿送给你,你反而推三阻四,太不给我面子了!告诉你,你要不答应,就别想回家!"说罢,气呼呼地走了。

　　一会儿,父亲回来了。蟾宫就委婉地把这件事告诉给父亲,心里暗暗希望得到他的许诺。但是父亲一来以为离家太远,二来又嫌这个姑娘主动追求男子,觉得她轻薄,所以根本看不起她,只是淡淡一笑,不再理会。

　　他们停船的地方,水本来很深,一桨扎下去,也探不到底。不料一夜之间,忽然在船底下拥起一堆沙来,船被搁浅在湖里,一动也不能动。原来,在这个湖里每年都有客船被搁浅,等到第二年桃花开放、湖中涨潮的时候,其他的货船还没到,这些搁浅船上的存货售价很高,能赚百倍的盈利。所以父亲既不感到奇怪,也没有什么忧虑。只是希望明年再来的时候,多凑些资本,多办些货。于是,留下儿子守货,自己回去了。

　　父亲走了,蟾宫心里暗暗欢喜。他很后悔当时没有问清白秋练的家乡住址。不想,就在这天傍晚,白婆婆和一个使女扶着秋练来了。她们替秋练脱去衣服,扶她躺在床上，盖好被子，然后对蟾宫说："人已病成这个样子，你不要高枕无忧地不当一回事！"说罢，就带着使女走了。

蟾宫起初听了很吃惊，定了定神就端着灯走到床前去看，只见秋练病态里含着娇媚，两个眼珠子转来转去，含情脉脉地盯着他。问了她几句，她只是微笑着。蟾宫硬缠着要她开口，秋练羞涩地说："'为郎憔悴却羞郎'这句诗，正是我心里的话。"

蟾宫真是喜欢极了，想上床去和她亲近，又怜惜她身体衰弱，就把手伸到被窝里，去摸索她的乳房。秋练禁不住咯咯地笑起来，说："你给我朗诵三遍王建作的'罗衣叶叶'的诗，我的病就好了。"

蟾宫听了她的话，当即朗朗地念起来。才念了两遍，秋练就披上衣服坐起来，说："我好了。"

蟾宫再念第三遍的时候，她也用娇滴滴的声音一同念了起来。蟾宫更加沉醉，就吹熄了灯和她一同睡了。

天还没亮，秋练就起床了。她说："我母亲快要来了。"

不久，白婆婆果然来了。看见女儿打扮得好好的，欢欢喜喜地坐在那里，心里自然也很高兴。她要女儿回去住几天，而女儿却低着头不吭声。白婆婆说："你要乐意留在这里和他玩，就随你的便吧！"说完，她就独自走了。

白婆婆走后，蟾宫问起秋练的家乡住址来。秋练说："我和你不过是露水夫妻，是否能成亲还说不定。何必要告诉你住在哪里！"

话虽这样说，可是两人你恋我爱，立誓要结为夫妻。一天夜里，秋练起来点着灯，翻开一本书，忽然流下泪来。蟾宫见了，也急忙起来问她为了什么事伤心。秋练说："你父亲快要来了，我们俩的婚事恐怕不太顺利。我刚才翻开诗集算了一卦，一翻就翻到李益的《江南曲》，这首诗的意思是不吉利的。"

蟾宫安慰她说："这首诗的第一句'嫁得瞿塘贾'，就说你要嫁给一个商人，这不是很吉利吗？有什么不祥！"

秋练听了，才稍微高兴了一点。她站起来向蟾宫告别道："让我们暂时分手吧！等到天亮了走出去，就要被很多人看见了，多不好意思。"

蟾宫伤心地流下泪来，拉着她的手说："如果我父亲答应了婚事，该到哪里去通知你？"

秋练说："我不断地叫人来打听，事情行不行我都会听到的。"

蟾宫要下船送她，秋练竭力拒绝了他的好意，独自走了。不久，他的父亲果然回来了。蟾宫渐渐地向他吐露了白秋练曾经来到船上的事。父亲怀疑他是叫来妓女鬼混，就大发脾气，狠狠地骂了他一顿。但是仔细检查了一下，船里的货物没有什么短少的，才不再骂了。

一天晚上，父亲不在船上，秋练忽然又来了。两人相见，依依难舍，但却想不出个好办法来。秋练说："事情的成败，在于时机的迟早，我们只得暂顾眼前了。我先想办法让你在这里多住两个月，以后再商量长远之计。"

临走，双方约定：听到蟾宫朗诵诗歌的时候，她便来相会。从此以后，每逢父亲出外，蟾宫就大声念起诗来，一念诗，秋练就来了。

　　船一直搁浅到四月底，货物如果还运不出去，就要错过时机，卖不上好价钱了。商人们都毫无办法，大家就凑了一些钱买上祭品，到湖神庙去祷告。希望湖水赶快涨起来，好开船。盼到端阳节后，总算下了一场大雨，船才能开行了。

　　蟾宫回家后，时刻想念白秋练，竟想成了病。他父亲很忧愁，医生、巫婆都请遍了，也治不好。蟾宫背着父亲对母亲说："我这病用什么药也治不好，求神也不行。只要白秋练来了，病就能好。"

　　他父亲知道了，开头很生气，后来看见蟾宫的病越来越重，瘦得只剩一把骨头，才害怕起来，便又雇车载上货物带着儿子到武昌去，雇船停在老地方。到附近一打听，谁也不知道有个姓白的老太婆。一天，可巧有个老太婆划着船经过这里，自称姓白。慕小寰到了她的船上，看见秋练，心里暗暗欢喜。问到她们的家庭情况，原来是个以船为家的船户。他便将儿子生病的缘由老实地告诉了她，希望她女儿到自己的船上去，先救治儿子的重病。白婆婆因为两家没有正式订过婚，不让女儿去。秋练在舱后微微地露着半个脸，聚精会神地偷听老人们的谈话。当她听到母亲不准她去的时候，就急得流下泪来。白婆婆看见女儿的泪眼，又见慕小寰苦苦哀求，也就答应了。

　　当天黑夜，慕小寰故意躲下船去，秋练果然来了。一见面就趴在床边抽抽噎噎地哭起来。她哭着说："以前我为你害过的病，现在也轮到你身上了。其实你也应该尝尝这种滋味！可是你已经病成这个样子，一下子怎么能医治好呢？好吧，我先给你朗诵一首诗。"

　　蟾宫听了当然很高兴。秋练就给他念了两遍王建的《宫词》。蟾宫说："这是结合你自己心事的诗，咱俩的心事不一定一样，医治两人都用这首诗怎么行？不过，听到你的声音，我的精神已爽快得多了。请你念念'杨柳千条尽向西'那首吧！"

　　秋练依着他的话念了几遍，蟾宫称赞道："听了它，我心里太痛快了！我还记得你从前唱过《采莲子》这首词，里面有一句'菡萏香连十顷陂'，心里老忘不了，请你用优美的嗓音唱一遍给我听吧！"

　　白秋练依着他刚唱了一段，蟾宫就从床上跳起来说："我哪里有什么病！"

　　他立刻把秋练抱在怀中，一身的重病马上就消失了。接着，蟾宫又问秋练道："我父亲见到你母亲后，都说了些什么？我们的婚事能成吗？"

　　白秋练早已看透了他父亲的心思，就说："恐怕不行。"

　　白秋练走后，他父亲也回来了。看见儿子已经起来了，很高兴。但是他又劝告儿子说："这个姑娘确是不错，但她从小就在船上干活，且不说她出身微贱不微贱，她的行为肯定也不可能规规矩矩。"

　　蟾宫听了只是一声不吭。父亲走后，秋练又来了。蟾宫就把父亲的意思告诉了她，秋练说："我早已料到这一点了。世界上的事情，你追求得越急，就离你越远，你越将就他，他越拒绝你；只有叫他回心转意，回过头来求你，才可以办到。"

蟾宫问秋练有什么办法能叫父亲回心转意，秋练说："凡是商人，无非是想赚钱。我有办法能预知物价的涨跌，刚才看了船上的货物，并没有一件能赚钱的。你替我告诉你父亲：贩卖哪些货物，可以赚三成利，哪些货物可以赚十成利。如果一回家，我的话应验了，那么他就把我当作好媳妇了。等你明年再来的时候，你十八岁，我十七岁，完婚的日子就到了。你还愁什么？"

蟾宫把秋练所预言的物价告诉了父亲。他父亲不大相信，但也试着以剩余资本的一半，买了一些她所指出的货物。回去以后，自己所买的货物，大大地赔了钱。幸亏听了秋练的话买了那一小部分货，大赚了一笔，盈亏才能勉强相抵。他这才信服了秋练的先见之明。蟾宫又在父亲面前竭力夸耀秋练，说她自己说过能使他们家发大财。慕小寰因为又增加了一些资本，再次南下。

船到湖里好几天，也没有见到白婆婆经过。又等了好几天，才看见她在一棵柳树下停着船。慕小寰就拿着聘礼去求婚，白婆婆一概不受，只选了个日子把女儿送过船来。慕小寰另外租了一条船，给儿子完了婚。白秋练拿给公公一张能赚钱的货物单，叫他再往南去收购货物。白婆婆就把女儿、女婿接了去，住在自己的船上。过了三十日，慕小寰回来了，所收购的货物，到了湖北，都以几倍的价钱卖掉了。将要北上的时候，白秋练要求转载一些湖里的水回去。回到家里后，每次吃饭都要像加醋一样加上一点湖水。从此，每次到南方，一定要给她装几坛水回去。

过了三四年，秋练生了个儿子。一天，她想起了母亲，哭哭啼啼地想回南方。慕小寰就带着儿子和儿媳一道前往湖北。到了湖里，等了几天，也没有见到白婆婆。白秋练就敲着船舷喊她的娘。突然，她脸色大变，催促蟾宫赶快沿着湖边去打听。他走出不远，看见一个钓鱼的捉到一条大白鱼。蟾宫走近一看，那鱼大的不得了，样子长得像一个人一样，乳房和下部全都长得很明显。他很奇怪，就返回去告诉秋练。秋练一听，大惊失色，便说她过去许过放生的誓愿，要蟾宫去买下来放了。蟾宫和钓鱼的一谈价钱，那人要价很高。秋练对蟾宫说："我在你家，帮你们做生意，赚到的银子总不下一两万吧！为什么花这一点钱还舍不得？如果你不肯买来放了，我干脆跳进湖里死了算啦！"

蟾宫害了怕，也不敢去告诉父亲，偷了点钱把大鱼买来放了。

放生回来，不见了秋练，到各处去寻找也没有找到。到了天快亮的时候，她才回来。蟾宫问她："你到哪儿去了？"

秋练说："去看望母亲呀。"

他又问："母亲在什么地方？"

她羞涩地说："现在我不得不把实情告诉你啦。今天你所放生的鱼，就是我的母亲。她一向在洞庭湖里，被龙王派来管理船只来往的事务。最近龙王宫里选妃子，有些造谣的人说我很美丽，龙王就下令要我母亲把我送去，我母亲向龙王报告了你我已经结婚的事。龙王不听，把我母亲赶到南岸边上，饿得她快要死了，以致吞了钓饵，遭到了昨天的灾难。现在虽然没有死，但龙王的责罚还没有取消。你如果爱我，请你代求真君，他一答应，罪就可以赦免了。如果你认为我不是人类，那么我只好把孩子交给你，自己到龙宫去了，那里比起你家来，恐怕不止舒服一百倍吧！"

蟾宫很吃惊，担心见不到真君，秋练告诉他说："明天下午真君要经过这里，你看见一个跛脚的道士，就赶紧跪下去求他，他下水你也跟着下水。真君是很喜欢文人的，一定会答应你的请求。"

秋练又取出一张用鱼翅做成的鱼绫纸，交给蟾宫说："如果真君问你需要什么？你就拿出这张纸，请他在上面写一个'免'字。"

蟾宫按照秋练的话，守在那里等候着真君。不多久，果然有个道士一瘸一拐地来了。蟾宫就朝着他跪了下去。道士一见就跑，蟾宫站起来就追。道士把手杖往水里一丢，一下子就跳了上去，蟾宫也紧跟着跳上手杖。一看，原来不是手杖，竟是一条船。他在船上又跪下来请求，道士问他要什么，他拿出那张鱼绫纸来求道士在上面写个"免"字。道士打开一看说："这是白鱼的翅膀，你怎么遇到她的？"

蟾宫不敢隐瞒，便把他和白秋练的恋爱经过说了一番。道士听了笑着说："这东西倒是很风雅的，老龙怎么可以那样荒淫无耻？"就拿出笔来，用草字在上面写了个"免"字，像符的形状一样。遂即将船靠岸，让蟾宫下去。只见道士还是踏在手杖上飘着前进，一转眼就不见了。

蟾宫把道士写的字带回去，白秋练一见，很是喜欢，只是叫他不要把这事告知父母。

回到北方又过了两三年，慕小寰又到了南方，走了好几个月，还没有回来。存着的湖水已经干了，白秋练就此病倒，日夜不停地喘气。她嘱咐蟾宫说："如果我死了，你不要埋我，每天要在清早、中午和傍晚这三个时辰朗诵一遍杜甫的《梦李白》诗，我就不会腐烂。等到湖水一来，你往盆里倒一些水，关了门，把我的衣服脱了，抱进盆子浸到水里，我就能复活了。"

她喘息了几天，就断气了。

过了半个月，慕小寰回来了。蟾宫急忙依照白秋练嘱咐的办法去做，浸泡了才一个时辰，她就渐渐地苏醒过来。从此以后，她就常常想回南方去。直到慕小寰死了，蟾宫才依着她的心愿，把家搬到了湖北。

王 者

有一年，湖南巡抚某公亲自召见一位平日办事可靠的州佐，要他带人押送六十万两饷银进京。不巧的是，行至中途，突然下起了倾盆大雨，眼看天色也不早了，却没个地方投宿。正发愁间，忽见前面隐隐约约有一座古寺，他们就加快脚步赶路。当夜，就在古寺里歇了脚。

天亮以后，州佐起来一看，糟了！所有的车辆都是空荡荡的，六十万两银子全都不见了！大伙都给吓坏了，连忙四处察看，可是大门依然关着，院墙完好无缺。说是盗，不见盗的痕迹；说是抢，没听到一点响动，这银子丢得实在令人奇怪。莫非它会长了翅膀全部飞走吗？州佐思来想去，急得浑身出冷汗，可又不能责怪谁。没办法，只好带着差役速速回去禀告。

巡抚听了州佐的叙述，不由火冒三丈，大发雷霆，认为州佐是胡说八道，欺骗上官，准备拿他治罪。等到详细询问了送银的差役，一个个的供词都和州佐一样，切切实实没有发现什么其他情况。巡抚气得七窍生烟，命令他们立即返回原处，并说如果找不到饷银的线索，就将对他们严加惩处。

州佐等一肚冤屈，满腹愁肠，闷闷不乐地回到古寺前。举目一看，山野茫茫，天远地阔，到哪里去寻找银子的踪迹呢？恰在这时，远远走来一个人。近前一看，原来是个瞎子。那瞎子长得身奇貌异，用棍子挑着一块木片，上写着"能知心事"四个字。州佐就请求他给自己算一卦。

瞎子开口就说："你是为丢银子的事吧？"

一句话，把州佐的心抓住了。想不到他竟这么神，就赶忙说："对对对，正为此事。"于是就把丢了银子而遭受到训斥的苦楚诉说了一遍。

但瞎子并没有算卦，只是要求用轿子抬着他。他说："只要随我去，你自然就知道了。"

州佐急于想找到银子的下落，也顾不得做官的体面，便让瞎子坐了轿，他和差役老老实实跟在轿子后面。一路上，听从瞎子的指挥。瞎子说："往东！"就往东走。瞎子说："向北！"就向北行。一共走了五天，进入一座深山里，忽然看到一座城，楼房鳞次栉比，人烟稠密。进城后，穿街过巷，走了好大一会儿，瞎子才说："停！"

瞎子下了轿，用手向南边一指说："看见有一个朝西开的又高又大的门，就可以自己敲门去问了。"说完，双手一打拱径自去了。

州佐按瞎子指示的方向往前走，果然有一个又高又大、朝西开着的大门。当他渐渐走近时，就见一个人从里面出来，那人穿的衣服和戴的帽子都是汉朝时的式样。州佐不等那人问，就把自己的身份和来意讲了。那人挺热情地说："好吧，请在这里暂留几天，我一定和你去见当事的人。"说着就把州佐领了进去。

州佐被安排在一个单独的房间里住着，吃饭都有专人送。他闲着没事做，就独个儿出来散步。绕到房子后面，发现一个景色秀丽的花园，便进去游览。只见苍翠的古松像伞一样遮住日光；绿茸茸的细草如同毡子似的铺满平地。欣赏着这一切，郁闷沉重的心情顿时轻松了许多。于是信步走去，转过几个廊台亭阁，又见一座高阁，他便沿着台阶往上走。刚登上去，一眼看见墙上挂着几张人皮，五官俱全，散发出一股腥臭味。他不禁毛骨悚然，慌忙退下来，三脚两步地奔回住处。心想：完了，我的皮恐怕也要留在这里了！又一想：反正进退都是一死，也只好姑且听任这里的处置。

第二天，穿汉朝衣帽的那个人来叫他，说："今天可以去见了。"

州佐心里害怕，但也只得应诺而去。那人骑一匹烈马在前面奔驰，州佐跑步跟在后面。不一会儿，来到一个官府的辕门前，看样子像是个总督的衙署，身穿黑衣的衙役排列在大门两侧，气氛庄严肃穆。

那人下了马，领着州佐进去。又过了一道门，看见一个大王模样的人，头戴王冠，身着龙袍，面朝南坐着。州佐忙走上去跪下拜见。

大王问："你是湖南押送银子的官吗？"

州佐回答："是。"

大王说："银子都在这里。不过仅是一点点小数，你们巡抚即使慷慨相赠，也没啥了不起的。"

州佐哭泣着诉苦道："规定寻银的期限已经到了，空手回去必遭大刑。我说银子都在这里，上司相信吗？叫我拿什么做凭证呢？"

大王说："这个不难。"于是将一封又大又厚的信交给他，说："拿这个回复你的上司，可以保证你平安无事。"

大王说罢，就命令武士去送他。州佐吓得大气不敢出，也不敢再说什么，接过信就急急忙忙往回赶。但见山川道路都不是来时所经过的，走出深山后，护送他的人就回去了。

州佐起早贪黑走了几天，好容易回到长沙，把情况恭恭敬敬地回禀给巡抚。哪知巡抚一听，越发认

为他是瞎编的，怒气冲冲，不容分辩，就要命令手下的人把他捆起来。

州佐忙解开包袱，取出那封信递上去。巡抚拆开信，还没看完，脸色就变得像死灰一样，命令衙役给州佐解开绳子，只是说了句："银子也不过一件小事，你暂且出去吧。"随即便给所属各级官员下了公文，叫他们设法把饷银补上完事。

几天以后，巡抚得了病，不久就死去了。在丢饷银这件事发生之前，巡抚和他心爱的小老婆一起睡觉，醒了后，发现小老婆的头发全没了，居然变成个秃子。此事惊动了整个衙门，大家都感到很奇怪，可谁也弄不清到底因为什么。原来州佐带回的信封中装的竟是他小老婆的头发。另有一信，写道："你从做县令、郡守起家，一直高升到朝廷的大臣，贪财受贿，所有金钱无法计算。上次那六十万两银子，已经验收入库。你应当把贪污的钱拿出来，补足原数。押送银子的官员是无罪的，不得任意加以谴责。前番取走你小老婆的头发，已经是给你一次小小的警告。如果还不遵守我的教诲和训令，早晚取走你的脑袋。你小老婆的头发随信附还，以作证明。"巡抚死后，他家里的人才把这封信传出来。

后来，下属官员曾派人去寻找那大王的住处，看到的却是重重叠叠的高山和深沟，再也没有可行的路径。

竹 青

湖南有一个秀才，名叫鱼客，他家里很穷。有一年，他考试落榜回家，带的盘缠不到半路就花光了。可鱼客是个很要面子的人，无论如何都不愿向别人乞讨。他肚里饿得很，路也走不动了，就走进路旁的一座吴王庙里去歇息。在神殿上，他对着神像说了些愤愤不平的话，就走出殿来躺在廊檐下。

过了一会儿，他迷迷糊糊地见一个人领着他去见吴王，那个人跪下报告说："黑衣队还短少一个兵，可以让他去补缺吗？"吴王说："可以。"就叫那个人交给他一件黑衣服。他往身上一穿，竟变成了一只乌鸦，展开双翅飞了出去。只见外面聚集着一群乌鸦，就随它们一起飞去，落在一条大船挂帆的横木和桅杆上。船上的客人们都争着拿肉向上抛掷，那些乌鸦就在空中接着吃。他也仿效着吃，不大一会儿就吃饱了。他飞到岸边的树梢上，觉得很得意。

过了两三天，吴王可怜他没有配偶，就给他配了个叫作竹青的雌乌鸦，彼此很是相爱。他在取食的时候，行动迟慢，一点也不机警，竹青常常规劝他，他总不听。一天，有一队清兵乘船经过那里，就举起枪来向他射击，打中了他胸部。幸而他被竹青衔去，才没有被逮住。乌鸦们见他受了伤，很是愤怒，就都展开双翅向江中猛扇，随着翅膀的扇动，大江里涌起滚滚的波涛，把兵船都给撞沉了。

竹青很关心他，一次一次地从江边衔上食物来喂他，但是因为他伤得很重，到天黑就死了。

他像做梦一样忽然醒来，才知道自己还在庙中躺着。原来，居住在附近的人见他死在庙中，也不知道是哪里人，摸摸他的身体，还没有冷，所以有人轮流守着他。他醒来后，人们问明缘由，就凑集了些钱把他送回家去。

过了三年，鱼客又经过这里去赶考，参拜了吴王的神像后，又专门为乌鸦撒了很多吃食，乌鸦们都飞下来啄着吃。他向乌鸦祷告说："竹青如果在里边，就请你留下来。"

可是乌鸦们吃饱后，都飞走了。

鱼客在这次考试中考中了。他在回家时，又到吴王庙去参拜吴王，献上了整猪整羊。献过后，就把猪羊肉都切成碎块，撒在院内喂乌鸦，又像前次那样向乌鸦祷告。那天黑夜，他住宿在船上，点着灯正在那里坐着，忽然听得在桌子前面发出好像是飞鸟飘落的声音，抬头望去，原来是个二十来岁的美貌女子。女子对他笑着说："离别以来你的身体好吧？"

他惊疑地问道："你是谁？"

女子反问道："你不认识竹青了吗？"

他高兴地问："你从哪里来？"

竹青说："我现在已经做了江汉神女，回来的时候很少。前日吴王派乌鸦使者两次向我讲述你的情谊，所以特来和你相见。"

他既高兴又感激。两人很像是久别的夫妻，非常爱恋。他要带竹青同到湖南，而竹青又想邀请他同去湖北。到入睡的时候，还没有决定好究竟去哪里。鱼客一觉醒来，见竹青早已起床了，举目向周围一看，只见宽阔油亮的桌子上点着巨大的蜡烛，辉煌耀眼，竟不是在船上，也不知自己是在什么时候来到这个高大的厅堂的。他非常吃惊地坐起来，问："这是什么地方？"

"这里是汉阳。我的家就是你的家，何必要到湖南去？"竹青笑着说。

天色渐渐地明了，只见好多丫鬟、老妈子进来出去地干活。不多会儿就端来了酒菜，在一个大床上摆了一张低矮的小桌子，夫妻俩就坐在两厢喝起酒来。鱼客喝着酒，忽然想起了自己的仆人，就问竹青："我的仆人在哪儿？"

"还在船上。"竹青回答说。

他担心船家不能久等，竹青说："不碍事，我可以派人去通知他们。"

鱼客放心了，就住在这里日日夜夜地吃酒谈笑，竟快乐得忘了回家。

再说船上的人在那天睡醒以后，走出船舱一瞧，不知怎么地竟来到了汉阳，感到非常奇怪。鱼客的仆人不见了主人，到处询问，也没有个信息。船家想到别的地方去，可是拴在岸上的缆绳怎么也解不开，只能待在这里等待鱼客回来。

过了两个多月，鱼客才忽然想到回家，他对竹青说："我住在这里，和亲戚们都断绝来往了。况且你与我名为夫妻，而不去认识家门，怎么说得过去？"

竹青说："别说我根本不能去，纵然去了，你家里自有妻子，将怎么安置我？不如让我住在这里，当作你的另一个家。你可以两地来往，有什么不好？"

他嫌路远，恐怕不能够常来。竹青就取出一件黑色衣服交给他，说："这是你以前穿过的旧衣服。在你想念我的时候，穿上它，就能很快地来到这里了。你来到的时候，我给你脱下来。"

商量妥当，竹青大摆宴席给他送行。他在酒宴上喝得大醉，被扶到床上去睡。到他醒来的时候，却躺在船上。走出船舱一瞧，原来还在洞庭湖旧日停泊的地方。船家和仆人都还在船上，你看我、我看你地都非常惊奇。船上的人问到他的去向，他故意装作迷惘吃惊的样子。他低头看见枕头旁边放着一个包袱，打开一瞧，原来是竹青赠给他的新衣服和鞋袜，那件黑衣服也包在里边。摸了摸身上，还有个绣花的钱包缠在腰里，用手探了一下，里边装满了金银。船家这才把船往南开。到了岸上，他多多地给了船家一些船钱，就回家了。

回到家里只住了几个月，鱼客就日夜难熬地想念起竹青来。他悄悄地拿出那件黑衣服穿在身上。忽然间，两肋就长出翅膀来，飕的一声凌空而起。只有两个时辰，就到了汉阳，他来回飞着往下瞧，看见在汉江中有一个小小的孤岛，小岛上有一片楼房，他就朝着小岛飞落下来。可巧有个丫鬟已经看见了他，就呼喊道："官人来了！"

不多一会儿，竹青也走了出来，让丫鬟们给他解开黑衣上的扣子，只觉得全身的羽毛一下子都脱落了。夫妻二人握着手走进房里，竹青说："你来得正好，就在这两天，我要生孩子了。"

鱼客开玩笑说："胎生呢，还是卵生？"

竹青说："我现在已经成了神，皮骨也已更换了，应该和以前不一样。"

过了几天，果然生产了。但是胎衣很厚，像一个很大的鸟蛋，把它弄破，里边裹着一个男孩。鱼客非常高兴，给他起名汉产。三天后，所有汉水的女神，都拿着珍贵的礼物来庆贺。她们生得都很好看，没有一个三十岁以上的。她们进门来就走到床前，用大拇指去按一下婴儿的鼻子，这叫作"增寿"。她们走了以后，鱼客问她道："刚才来的都是谁？"

竹青说："这都是我的同事。那个走在最后、身穿藕白色衣服的，正是人间传说的'汉皋解佩'故事中的一个。"

鱼客在这里住了几个月，竹青用船去送他，船上没有帆，也没有桨，轻飘飘地自动地走着。到了岸上，已经有人把马拴在路边等着他，他就骑着马回了家。

过了几年，他的儿子汉产长得更加俊秀了，他爱得像掌上明珠似的。他的妻子和氏苦于不能生育，常想见见汉产。他把和氏的心意告诉给竹青，竹青就整理好行装，送他父子俩回家，并且约定以三个月为期。

回到家里后，和氏也非常疼爱汉产，比自己生的照顾得还周到。已经过了十个多月了，还舍不得让孩子返回去。一天，孩子竟得了暴病死去了。和氏十分悲痛，成天哭哭啼啼，气得要死。

鱼客自然也很悲痛，又觉得对不起竹青。就起身到汉阳去，准备把这个不幸的消息告知竹青。谁知刚一进门，竟看见汉产赤着脚卧在床上。这一下可把他喜坏了，很高兴地询问竹青是怎么回事，竹青说："原来我们约定让孩子在你那里住三个月，可是你失了信。时间太长了，我想得很厉害，所以把他接了回来。"

鱼客把和氏疼爱汉产的情形说了一番，竹青说："等我再生下一个，就让汉产回去。"

又过了一年多，竹青一胎生下两个孩子，一个男的，一个女的。男的取名汉生，女的取名玉佩。

鱼客又住了一段日子，就领着汉产回家了。可是，一年总要去汉阳三四次，感到很不方便，因此，就把全家移到汉阳，另买了一所房子居住。汉产十二岁时就进了县立的学堂。竹青以为人间没有美好的女子，就把汉产叫到她的住处，为他娶了媳妇后，才将汉产夫妻打发回去。媳妇名叫卮娘，也是一个神女所生的。后来和氏死了，汉生和玉佩都来行孝。安葬后，汉生就留下来不走了；鱼客领着玉佩回到竹青那里。从此以后，他再也不回去了。

香　玉

　　听人说，崂山的下清宫里长着许多珍奇的花卉，皆世间罕见。其中有一株梅花，大约有两丈多高；另外还有一株牡丹，也有一丈多高。据说那牡丹甚是奇妙，它开放的时候，花色鲜艳，光彩夺目，犹如美丽的锦缎一般。

　　胶州有个姓黄的秀才，借住了里面一间空房读书。有一天，他从窗子里看见一个身穿素衣的姑娘在花丛中散步，心里怀疑道士住的地方哪来的女子，就想去看个究竟。可是一出门，那姑娘已经不见了。此后，他又多次看见过那个姑娘，便时时在意，处处留心起来。一次，他专门藏在树后去等。没多久，那个素衣姑娘又跟着一个红衣姑娘来了，远远望去，都很美丽。快要走近的时候，红衣姑娘朝后退了几步，说："这里有生人！"话音没落，黄秀才突然从树后钻了出来。

　　两个姑娘吃了一惊，扭头就跑，飘拂的裙袖洋溢出一股扑鼻的清香。黄秀才在后面追了一阵，只见她们转过那堵矮墙，不知哪儿去了。由于爱慕心切，他就在树下的石凳上写了一首诗：

　　　　无限相思苦，含情对短窗。
　　　　恐归沙吒利，何处觅无双？

　　他回到屋里，正坐在桌旁默默地想着，素衣姑娘忽然走了进来。他又惊又喜，急忙起身迎接。姑娘笑着说："猛然看到你那气势汹汹的样子，很像个强盗，让人家害怕。谁知你原来是个文雅的才子，所以才来和你相见，料也没什么妨碍的。"

　　黄秀才问起她的家世，她说："我叫香玉，原是平康巷妓院的人，被道士弄来住在这个偏僻的深山里，实在不是我的心愿。"

　　黄秀才又问："道士叫什么名字？我替你出出这口气。"

　　香玉说："没有必要，他也不敢逼迫我。只要我们能在这里时常相会，也很不错。"

　　"那个穿红衣的姑娘是谁？"

　　"她叫绛雪，和我是结拜姊妹。"

　　两人谈笑了一阵，便解衣上床安歇了。一觉醒来，已是日上三竿。

　　"哎呀，我们只贪图欢乐，竟忘记天明了。"香玉急忙坐起来，一边穿着衣服一边说，"我也赠你一首诗，随口念来，可不要见笑。"于是她清了清嗓子，便念出下面的诗来：

　　　　良夜更易尽，朝暾已上窗。
　　　　愿如梁上燕，栖处自成双。

黄秀才听了很是赞赏，握着香玉的手说："你不仅容貌秀丽，而且天资聪慧，可真要把人爱煞了，难免给人一日相离如作千里之别的感觉。希望你有空就来，未必非到晚上不可。"

香玉点头答应了。从此，二人日夜相守，俨然一对恩爱夫妻。黄秀才每每要她去邀绛雪，然而总也没能请来，这使他感到很遗憾。香玉说："绛雪姐性情爽直，不像我这样痴情，等我慢慢地说服她，你不要性急。"

黄秀才觉得香玉说得有理，也只好耐心等待。他万万没有想到，几天后的一个晚上，香玉忽然面带悲伤走进门来，一见面就流着眼泪对他说："你还在这里做那得陇望蜀的美梦吗？如今怕是连一个都保不住了，今天就是我们永别的日子。"

黄秀才急了，问："你要到哪儿去？"

香玉用袖子拭着泪说："这也是命里注定，我也实在没有法子对你说清楚。你以前作的诗，竟成了今天的预兆，我现在的处境真像宋朝王晋卿的诗中所说'佳人已属沙吒利，义士今无古押衙'了。"

向她追问原因，她也不说，只是呜呜咽咽地哭着。她一夜也没合眼，天不亮就起来走了，黄秀才感到很奇怪。

第二天，有个姓蓝的即墨人来下清宫游览。他看到院中有棵白牡丹，心里十分喜爱，未经主人同意，就连根掘起悄悄地移走了。这时黄秀才才突然醒悟到，香玉原来是个花妖。他感到十分惋惜，心里很难过。

过了几天，听说牡丹被那个姓蓝的移栽到家里后，一天比一天萎黄，心里更加难过。于是他便怀着满腔怨恨，作了五十首《哭花诗》，天天到牡丹被掘后留下的坑穴旁，流着眼泪逐一诵念。

有一天，黄秀才扭头正要往回返的时候，忽然看见那个绛雪也在一边擦眼泪。便从从容容地走了过去，她也不躲避。黄秀才就牵着她的袖子一同伤感，好大一会儿，二人才勉强忍住泪。他邀请她去屋里坐，绛雪也很痛快地答应了。回到屋里，绛雪长长地叹了口气说："唉！从小就在一起的姐妹，竟见不到了！看到你的悲伤，更增加了我的哀痛。我们的泪或许能感动她复生吧！不过，她的神气已散，在很短的时间里，怎么能和我们两人在一起谈笑呢！"

黄秀才说："这怨我的命薄，以至妨害了情人，当然更谈不到消受双美了。以前我曾好几次托香玉向你传达我内心的爱慕，你怎么不肯来？"

绛雪说："我以为年轻的书生们，十有九个是薄情人，没料到你竟如此多情。可是，我和你只能从感情上互相关心，如果白天、黑夜干那种不庄重的事，那是我所办不到的。"

绛雪说罢，就要告别，黄秀才挽留道："因为很长时间见不到香玉，使我吃不下饭、睡不着觉，幸而由于你的来到，我心里才感到一点安慰。你怎么这样不近人情？"

绛雪这才留下来过了一夜，此后好几天也不见她再来。

窗外淅淅沥沥地下着小雨，屋内冷冷清清地无人做伴，更加引起他对香玉的无限怀念。他躺在床上翻来覆去怎么也睡不着，止不住的眼泪把枕头都浸湿了。他实在安静不下来，就披着衣服走下地，拨去灯花，按照以前那首诗的韵脚，又作了一首诗：

> 山院黄昏雨，垂帘坐小窗。
> 相思人不见，中夜泪双双。

作成后就高声吟诵起来。刚一落口，忽听窗外有人说："既有作诗的人，不可没有人唱和。"

听语声，是绛雪来了，急忙开门把她让进来。绛雪仔细把这首诗阅读了一遍，便拿起笔在后面续了一首：

> 连袂人何处？孤灯照晓窗。
> 空山人一个，对影自成双。

黄秀才读了，不禁感动得流下泪来。他怨绛雪来得太少，绛雪说："我当然不能像香玉那样热乎乎地体贴你，不过还是可以多少为你分担一些寂寞之苦的。"

黄秀才一时心动，想要和绛雪做那不正当的事，绛雪说："难道只有那样才算相见的欢乐吗？"

于是，每到黄秀才感到无聊的时候，她才来。来了，也不过是饮酒、作诗，有时不睡就走了。黄秀才也尽由她。

他经常对绛雪说："香玉是我亲爱的妻子，你就是我最好的朋友了。常想你到底是院中哪一株？希望你早点告诉我，也好把你移到家里。免得像香玉那样被人夺去，再造成百年遗恨。"

绛雪说："故土难移，告诉你也没有什么好处。妻子都不能跟你一辈子，何况是一个朋友呢！"

黄秀才不听，拖着她的手臂走出来。到了牡丹生长的地方，一株一株地指着问她："这是你吗？"

绛雪也不应声，只是掩口微笑。

到了腊月底，黄秀才回家去过春节。住到二月间，忽然梦见绛雪来了，见她脸色很不好。她悲哀地说："我要遭大难了，你去得早些，还能够相见；迟了，就来不及了。"

黄秀才醒来后，觉得很奇怪，立刻骑着马不分昼夜地赶到崂山。到了下清宫一看，原来是道士想修建一所房子，而修建的地方恰好长了一株梅花。这时，道士正叫了木匠拿着斧子去砍梅花，他便急忙上前拦住了。

到了夜里，绛雪来谢他。他笑着说："以前你不说实话，应该担这份惊！今天我已知道你是哪个。如果你不来，我就要点燃艾草烧你。"

绛雪说："我早知道你会这样，所以以前才不敢以实相告！"

坐了一会儿，黄秀才突然对绛雪说："今日面对好友，使我更想娇妻。我们好久没有提香玉了，你能同我去祭拜她吗？"

二人相随着去到坑穴前，悲悲切切地哭起香玉来。哭到一更多天，绛雪先收住泪，劝慰黄秀才不哭了，才一同回去。

又过了几夜，黄秀才正在屋里坐着，绛雪笑着进来说："给你报个喜信！花神被你的多情感动，让香玉又回到这里来了。"

黄秀才很高兴地问道："什么时候？"

绛雪说："不知道，日子大概不会很远。"

天亮的时候，绛雪起身下床，准备要走。黄秀才嘱咐她道："我是为了救你才从家中赶来的，不要让我常受寂寞才好。"

绛雪笑着答应了。隔了两夜没来，黄秀才就走到梅花跟前，抱着树干摇动抚摩，接连地呼唤着绛雪的名字。叫了好大一会儿，也听不到她答应。他返回屋里，在灯下搓捏着艾草，准备去灼树时，绛雪突然闯进来，夺去他手中的艾草扔到地上，抱怨地说："你真可恶！要是给我烧上伤疤，我就要和你绝交了！"

他笑着把绛雪搂在怀里，还没坐好，香玉就喜盈盈地走了进来。他抬头看见香玉，不由得悲喜交集，眼泪直流，急忙上前紧紧握住她的手。香玉用另一只手握住绛雪，三个人相对着抽泣了半天才罢。坐下后，他又去握香玉的手，觉得好像自己的手空拳握着一样。他吃惊地问她，香玉流着泪说："过去我是花神，所以凝聚在一起，有血有肉；今天我成了花鬼，所以飘散到四方，无肉无骨了。今天我们相聚，不要当成真的，只当是做梦好了。"

绛雪说："妹妹回来太好了！我真要被你家丈夫纠缠死了！"说罢就走了。

香玉的一举一动和从前一样，但在睡下之后，好像是抱着个影子，黄秀才心里很不痛快。香玉也很恨自己，她对黄秀才说："你把中药里的白蔹研成细末，少掺上一点硫磺放在水中，每天给我浇灌一杯水，到了明年的这一天，我就能和从前一样来报答你的恩情了。"

天刚明，黄秀才就到坑穴旁去看，只见地下又长出牡丹的嫩芽来。他日日浇水，百般培植，又让木匠做了一个雕着花卉的栏杆，围护在牡丹的周围。黄秀才的精心护理使香玉非常感激。黄秀才和香玉商议，想把牡丹移栽到家里，香玉不同意，说："我已被害得非常虚弱，禁不住再遭残害。况且万物的生长，各有各的适宜环境。我这次回来，本来就不计划生在你家，要是违反了，反而要少活几年。只要我俩相怜相爱，自然能有好合的日子。"

他又恨绛雪不来。香玉说："你一定要强迫她来，我自有办法。"

二人打着灯笼走到梅花树下，香玉拿了一棵草，在自己的衣服上比试了尺寸，再用草去量树，自下而上，到四尺六寸的地方，用手按住，让黄秀才用两手一起去搔。不大一会儿，绛雪从背后出现了，笑着骂道："你这个小妮子！来了不干好事，反而帮助别人越发来欺负我！"

三个人牵着手一同回到屋里。香玉说:"姐姐别怪!暂且麻烦你替我陪伴黄郎,一年以后,我就不再叨扰你了。"

从此,绛雪每夜必来。黄秀才每天去看花芽,一天比一天茂盛。春天快尽的时候,已经长了二尺多高。回家的时候,他送给道士一笔钱,嘱咐他早晚培育。

第二年四月间,他又从家里来到下清宫。他看见那株新生的牡丹结出一个花骨朵来,花苞还öffnen长得严严密密地没有开放。他正在那里看着,只见那花苞摇摇颤颤,不多一会儿,花苞就裂开了,渐渐地开放出一朵鲜艳的牡丹花来,有盘子那样大。花蕊上坐着一个小美人,才有三四指那样高。一眨眼的工夫,这个小美人就轻飘飘地从花蕊上跳下来,一落地就变成了一个大美人儿,原来是香玉。她笑着对黄秀才说:"我忍受着风雨的折磨等你,你怎么来得这样迟?"

二人说说笑笑地回到屋里,绛雪也来了。她笑着对香玉和黄秀才说:"我天天替别人当媳妇,今天幸而能退到朋友的位置了。"

三个人就摆开酒宴,一边吃酒,一边谈笑。直到半夜,绛雪才走了。他们二人解衣上床,幽会的欢乐完全和从前一样。后来,黄秀才家里的妻子死了,他就住在山上,再也不回家去。那时,牡丹长得已有胳膊那样粗。黄秀才每每指着牡丹说:"我死后的魂魄,就要住在这里,生长在你的左边。"

香玉和绛雪笑着说:"你可不要忘了啊!"

过了十几年,黄秀才忽然病了。他的儿子来看他,对着他流泪。他却笑着对儿子说:"这是我复生的日期,并不是死期,为什么要哭?"他又对道士说:"在牡丹下将会有一个红色的花芽生长起来,同时长出五个叶子的就是我。"说罢,就不再说话了。儿子用车把他带回家后他就死了。

第二年,牡丹旁果然有个肥硕的红色花芽生长出来,果然长着五片叶子。道士认为这是件奇事,更加勤快地打理它。它长了三年,已有好几尺高,有一把粗,然而总不见开花。老道士死了以后,徒弟们不知道爱惜,又因它不开花,就把它砍了。想不到那株白牡丹也渐渐地死了。没有多久,梅花也死了。

石清虚

北京有个叫邢云飞的人，他有个特别的嗜好：喜欢石头，只要见了奇形怪状的石头，即使倾家荡产，也要弄到手。

有一天，邢云飞去河边打鱼，渔网被一个东西钩住了。他潜入水底捞出那个东西，原来是一块直径一尺来长、四面玲珑的石头，上边有层层叠叠的峰峦的图案，显得异常精美。邢云飞高兴极了，如同得了珍奇的宝贝。回到家里，他就用紫檀木雕了一个底座，把石头安上去，供在桌子上。每当天快下雨的时候，石头上的小孔就吐出一朵朵白云，远远望去好像在小孔内塞了棉花。

当地有一个有权有势的土豪，听说这件事后感到很新奇，就亲自来到邢云飞门上，要求看一看石头。邢云飞以为他只是想欣赏一下，便领着他来到客厅。谁知那家伙一看，二话不说，搬起石头交给一个健壮的仆人，自己返身骑了马，扬长而去。邢云飞眼睁睁看着土豪把石头抢走，心里非常难受，却也无可奈何，只是跺着脚，把一腔悲愤化作满眼泪水而已。

那仆人背着石头来到河边，路过桥面时，想放下来歇歇脚，却不料一失手，石头滑落到河里。土豪大怒，举起皮鞭把仆人打了一顿。随即出钱雇了几个水性好的人下去打捞，可是怪得很，满河都找遍了，竟然不见石头的踪影。于是，只好在桥上贴了一个悬赏打捞的告示走了。从此，贪图得赏钱的人，就纷纷来找石头，几乎每天都把河心挤满了，但终究没有一个人能找到它。

后来，邢云飞来到石头落水的地方。正站在桥头暗自悲叹，只见那块石头依然静静地躺在清澈见底的河水里。啊！那不是自己的宝贝吗？邢云飞惊喜若狂，连忙脱了衣服，跳入水中，把心爱的宝贝抱起来，一路欢喜地带回家中。这回他不敢再把石头摆在客厅里了，便专门收拾了一间内室，把它放在比较隐蔽的地方。

一天，有个老头儿登门求见。

邢云飞吃过一次亏，唯恐再出问题，就推说石头已经丢失很久了。老头儿却笑着说："别骗我了，客厅里那不是吗？"邢云飞知道石头不在客厅，便很大方地请老头儿进去看个究竟。谁知一进门，傻了！那块石头果然在一张条桌上摆着，邢云飞惊愕得说不出话来。老头儿抚摸着石头说："这是我家的老古董，已经丢失很久了，现在才知道原来在这里啊！既然见了面，就请您把它还给我吧。"邢云飞十分恼怒，说石头是他的。两个人争了半天，都说自己是石头的主人。

老头儿笑道："既是你家的，有什么标记可作证明？"邢云飞无法回答。老头儿说："我倒是老早就认识它。它前后共有九十二个小孔，孔内刻着五个字——'清虚天石供'。不信你看。"

邢云飞细细一瞧，孔中果然有一行小字，好似米粒那么大，用尽眼力细看才可以辨认出来；又数了一下小孔的数目，果然和老头儿说的一样。邢云飞无话可讲了，但他还是死死抱着不肯还。老头儿又笑了，说："谁家的东西可以任凭你来作主呀！"说完，一拱手，走了。

邢云飞把老头儿送到门外，转身返回屋内，发现石头已经不在了。他连忙跑出去追赶老头儿，只见老头儿慢悠悠地还没有走远。他赶快奔上前去，扯住老头儿的衣袖，哀求他把石头还给自己。老头儿说："奇怪！一尺见方的石头，岂是可以在手里握着、袖筒里藏着的吗？"邢云飞知道他是神仙，所以硬是把他拉回来，恭恭敬敬地跪在地上，请求赐还。老头儿说："我们要说清楚，这石头到底是你的，还是我的？"邢云飞诚恳地说："确实是您的，我不过求您割爱罢了。"老头儿："既然你这样说了，那石头不仍旧在老地方吗？"邢云飞忙走进内室察看，石头真的已放在原处。

老头儿这才吐露了真情，他说："天下的宝物，应当归于真心实意爱惜它的人。这块石头，能自己选择主人，我也很喜欢它。不过，它急于自我显露，出来的早了一点，灾难还没有除尽。我实是想把它带回去，过三年以后，再送给您。您既然现在一定非要不可，就必须减您三年寿数，它才可以与您始终在一起。这样您愿意吗？"邢云飞说："愿意。"于是，老头儿便伸出两个手指去捏一个小孔，那孔边的石质在他手里就像泥一样，随手就捏闭了。这样捏闭三个孔后，老头儿说："现在石头上有多少孔，您就能活多少岁。"说完就告辞要走，邢云飞苦苦挽留，问他姓名，也不肯回答，还是走了。

过了一年多，邢云飞因为有事外出未归。黑夜小偷进了他家，所有的东西都不偷，偏偏偷走了石头。邢云飞回来后，一见石头被盗，悲痛得要死，到处察访寻找，费尽千辛万苦，也没有找到它的踪迹。

又隔了几年，邢云飞有一次偶然进入报国寺，看见有个人在卖石头。他走过去一看，正是自己的那块石头，就抓住那人要认领。卖石头的人不服，两个人就扛着石头去打官司。县官问卖石头的："凭什么证明是你的？"那人就说石头上有多少小孔。邢云飞问他还有什么标记，他却茫然地回答不出。邢云飞就说孔内还有五个

白话聊斋

蒲松龄

石清虚

三六五

字，另外在三个封闭的小孔上还有三对指头的痕迹。县官详细一验，果然不错，于是就把石头判还给邢云飞，并且要打那个卖石头的。那人跪下求饶说，他是花了二十两银子从街上买的，不是偷来的，县官才放了他。

邢云飞好不容易重新找回宝贝，从此对它更加珍爱。他用锦缎把石头包裹好，小心翼翼地放进箱子里锁起来。有时想观赏一下，就先焚一炉好香，然后才慢慢取出，好像怕把它伤着、吓着。

有一个在朝廷里做尚书的大官，知道这块石头是个神奇的宝物，就想用一百两银子购买它。邢云飞说："别说一百两，就是给一万两也不卖！"尚书碰了钉子，又气又恨，就找了一个原因，硬是把邢云飞关进了监狱。

邢云飞的妻子和儿子又典房子又卖地，多方乞求，想把人赎回来。那尚书托人传话给邢云飞的儿子，说只要把那块石头拿出来，就可以保他父亲没事。儿子告诉了父亲，父亲非常气愤，说："我宁愿死在这儿，也不拿出来给他！"儿子没法，只好同母亲商量；母子俩为了救人，不得不狠心把石头偷偷地献给那尚书老爷。

邢云飞出狱后才知道把石头送掉了，气得痛骂老婆，殴打儿子，几次想上吊自尽，幸亏被家里人发觉，才没有死成。一天夜里，他梦见一个男子来到家里，那男子说自己叫"石清虚"，劝他不要悲伤，告诉他说："我不过同你分别几年时间罢了。明年八月二十日天亮的时候，请你到海岱门，用两贯钱就可以买回来。"邢云飞得了这个梦，很高兴，牢牢地把日期记在心里。

这块石头到了尚书家里，不管阴天下雨，小孔里从来没有出过一次云彩。尚书见它没什么奇异的地方，慢慢地也就不怎么珍视它了。第二年，这个尚书犯了罪，被革了职，不久就死了。邢云飞如期到海岱门，果然见那尚书家的仆人把那石头偷出来卖，只要两贯钱。邢云飞便很顺利地把它买了回来。

后来邢云飞活到八十九岁时，想起石头上的小孔数目，知道自己快要寿终了，就准备了寿衣、棺木等物，并嘱咐儿子在他死后，一定要用石头殉葬。不久，邢云飞果然死了，儿子遵照遗嘱，把石头埋入了坟墓。

大约过了半年左右，有两个小偷掘开邢云飞的坟墓盗走了石头。邢云飞的儿子知道后，也无法追查寻问。过了两三天，他同仆人在路上行走，忽然看见两个人跑得满头大汗，望着空中求饶说："邢先生，不要逼我们了，我俩把石头盗走，不过卖了四两银子罢了。"于是邢云飞的儿子同仆人把那两个小偷抓住，送到官府，一审问，小偷就伏法了。县官问小偷石头哪去了，回答说卖给一个姓宫的了。

等到把石头取来，县官一看，喜得眉开眼笑，赏玩了半天，想把它占为己有，就命令先将石头寄存在官库里。一个小吏举起石头刚走几步，只见石头一摇动，"砰"一声落在地上，碎成几十片。满堂的人无不大惊失色。县官也气坏了，就将两个小偷上了重刑，判处死罪。邢云飞的儿子拾了碎石片，仍旧把它埋入父亲的坟墓里。

嘉平公子

有位公子是嘉平人士,他出身书香门第,生得眉清目秀。

转眼,这位公子长到十七八岁,容貌俊朗,身形修长。他去省城参加考试,偶然经过一家妓院,老鸨叫许婆,看见里面有个正当妙龄的美貌女子朝他嫣然一笑,就走不动了,驻足门外两眼一眨不眨地死死盯着人家看。

又见女子不住地朝他微笑点头,便走近前去和女子说起话来。

女子问他住在什么地方,他据实告诉了她;女子又问他家中有无别人,他说没有。

女子听了说:"我晚上亲自登门拜访,千万不要让人知道。"

公子回到住处。天刚黑,他就把书童和仆人支使出去。

不一会儿,那女子果然来了。女子自我介绍叫温姬,她还说:"你的风流、文雅,让我心里非常地爱慕,所以才背着许婆前来找你。我想把自己的终身托付于你,希望你能够体谅我这微薄的心意。"

公子也对温姬一见钟情,自然十分高兴。从此,那温姬每隔两三夜就要来一次。

一天晚上,温姬冒雨而来。一进门就脱下湿衣服挂在衣架上;接着,又脱下小靴子,让公子替她除去粘在上面的泥。她自己便上了床,扯条被子盖在身上。

公子拿起小靴子,原来是五色新锦做的,见被泥污涂抹得不成样子,心里很是惋惜。女子似乎看出他的心思,便娇声细气地说:"我并不敢劳烦公子替我收拾那脏东西,不过是想让公子知道我是个痴情之人。"

说完,听窗外淅淅沥沥雨声不断,顺口吟了"凄风冷雨满江城"的诗句,教公子续吟。

公子对不上来,女子说:"以公子这样的人才,怎么就一点不懂得风雅呢!实在叫我扫兴啊!"说完就劝公子要好好温习功课,公子欣然应诺了。

由于他们往来频繁,不久就给仆人们发觉了。

公子的姐夫宋生,就住在省

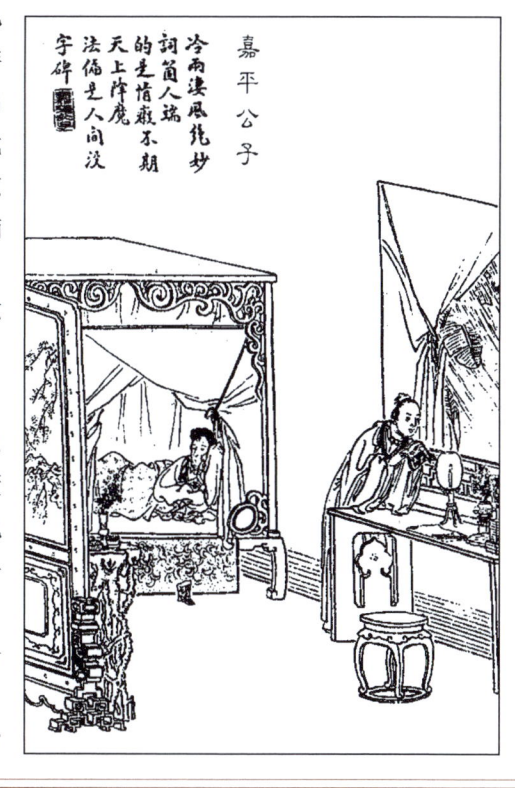

城，也是名门之后。他听说这件事，就暗中请求公子带他见温姬一面。公子告诉温姬，温姬说什么也不肯。宋生没办法，便藏在仆人住的屋子里，等到温姬来了，悄悄爬到窗台上向里偷看。

温姬的美貌惹得他神魂颠倒，欣喜若狂，急忙上前敲门，吓得温姬跳出后窗，翻过短墙逃走了。

宋生自从见了温姬，心里十分向往，就准备了一份礼物去见许婆，指名要见温姬。

许婆一愣，说："这里倒是有过一个女子名叫温姬。可是，她已经死去很多年了呀！"

宋生又惊又怕地退了出来。回去告诉公子，公子这才知道美丽的温姬原来不是凡间女子，而是鬼。

到了晚上，公子把宋生的话说给温姬听，温姬听了后，说："是的，我确实是个鬼。不过你是愿意得到美貌的娘子，我是愿意得到英俊的丈夫，也是各遂心愿的事，还有必要管什么人鬼之分呢？"

公子听后，觉得温姬的话也很有道理。

考试完毕，公子要回乡，温姬也跟上他走了，别人都看不见她，只有公子才能看见。

到家后，他把温姬安置在书房里，自己也在那里过夜，好久也不回房。

公子的父母有些怀疑。等温姬去走娘家，公子才把此事悄悄告诉了母亲。母亲心里害怕，要公子和温姬断绝交往，公子却舍不得那样做。公子的父母感到十分忧虑，又求神，又请巫，不知想了多少办法也没能把她赶走。

有一天，公子外出，把一张吩咐仆人办事的纸条压在桌子上。其中有不少错别字：把花椒的"椒"写成了"菽"；把生姜的"姜"写成了"江"；把"可恨"写成了"可浪"。

温姬看了，接着在后面写道："何事'可浪'？花'菽'生'江'。有婿如此，不如为娼！"

一会儿，公子回来了，温姬对他说："起初，我以为你是个世家文人，所以不顾羞耻自愿把终身托付于你，想不到你徒有其表而已！以貌取人，岂不是要叫天下的人笑掉大牙吗？"说完，一晃身就不见了。

公子受到温姬的奚落，虽说又愧又恨，但还是看不懂那几句话的意思，竟拿了叫仆人去看。此事一经传出，便成了人们茶余饭后的谈资。

王桂庵

　　河北大名府有个人，姓王名樨，字桂庵。有一次，王桂庵下江南游览，把小船泊在岸边，自己放眼观望。忽然，他看见邻船有个漂亮女子，身材、面貌样样都好，正坐在船上刺绣。他盯着那女子看，那女子似乎没有注意到。等王桂庵卖弄风流，大声朗读起"洛阳女儿对门居"的诗句来，那女子才好像意识到他是对自己说的，就微微地抬起头来，斜着眼睛看了他一眼，仍然低下头来去绣鞋。这下，他更加忘情了，便把一锭银子扔到女子的衣襟上。女子仿佛认不得那是块银子，随手捡起来就扔到岸边。他上岸把银子拾回来，又拿出一只金镯扔过去，正好落在女子的脚边，但女子仍然绣着鞋子，看也不看一眼。没有多久，船家从别处回来了。他怕船家看到金镯后要追问来历，心里很是着急。想不到女子竟从从容容地用双脚踏在上面遮掩过去了。

　　船家解开缆绳把船划走了，他像丢失了什么东西似的十分懊丧，痴痴地坐在那里想着心事。那时，他刚死了妻子，很后悔自己没有当下托个媒人去定下这门亲事，他问遍了附近的船家，都不知道他家姓什么；他让船家赶紧开船去追，但是已经看不见踪影了。不得已，只得让船家回船南下。南方的事情办完，北返时又沿江细访，也没得到个音讯。回到家里后，就连吃饭睡觉也时刻想念着那个船上的美丽女子。

　　过了一年，他又去南方游览，雇了一只小船停泊在江中，好像住家一样。每天细细地数着来往的舟船，对每只船上的帆桨式样都熟识了，也没有找到以前的那只船。在江中住了半年，直到把盘缠用完了，才又回了家。

　　王桂庵走着也想，坐着也想，那个船家女子的形象，无时无刻不在他的脑子里出现。有一夜，他梦见自己来到了江边的一个村子。经过几户人家，看到一个向南开的篱笆门，他以为是个花园，就径直地走了进去。院中长着一棵夜合花，红色丝绦样的花穗，挂满了树枝。夜合花又名马缨花。王桂庵心里暗想：古诗中有"门前一树马缨花"的句子，这大概就是了。向前走了几步，只见一排用苇子扎成的篱笆，很是整齐光洁。再往里走，见有三间北房，两扇门紧闭着。南边有一个小房子，窗外栽着一株红蕉，红色的蕉叶荫蔽着窗户。他探着身子偷偷地看了一下，只见一个衣架放在当门口，有一件绣着花草的裙子搭在上面。他知道这是女子住的闺房，就仓皇地往回走，但是已经被屋里的人发觉了。有人出来察看，透过蕉叶的缝隙，微露着一张玉白的脸，啊，原来正是船上的那个女子。王桂庵不由地喜出望外，感叹道："原来也还有见面的日子啊！"正想走上前去和她亲近，可巧女子的父亲回来了。他忽然惊醒，才知道是个梦。回忆梦境，一景一物，清清楚楚，如同在眼前一样。他对这个梦十分保密，只恐怕向别人说了要破了这个好梦。

白话聊斋

蒲松龄

王桂庵

三六九

過了一年多，他又到镇江去。在镇江的南郊，住着一家做过太仆的姓徐的官绅。因为两家祖辈就有往来，知道他来到镇江，就派人请他去赴宴。他骑着马往徐家走，走错了路，误入一个小村。路途中的景象，仿佛以前就很熟悉。有一家大门里，长着一棵夜合花，和梦里见到的一模一样。他感到很奇怪，就跳下马来走进去。只见院里的种种景物，一切都和梦中毫无分别。再往里走，房屋的间数和式样也完全与梦相符。既然梦已应验了，他就不再疑惑，一直向南边那间小房子走去。只见船上的那个女子，果然就在屋里。女子远远地看见了他，就把门闭了，大声喝道："哪来的男人，随便闯进人家的院子！"

　　王桂庵一边犹犹豫豫地向前走着，一边又怀疑是梦。女子见他越走越近，就"砰"的一声把门关上了。王桂庵在门外说："你不记得向你扔金镯的那个人了吗？"他就把他日夜相思的苦恼叙述了一番，并且谈到那次梦里的情形。

　　女子隔着窗子细问他的家世，他一一回答，女子说："你既然是官宦人家的后代，家中必有妻子，要我有什么用？"

　　王桂庵说："要不是因为你，我早已娶上妻子了。"

　　女子说："如果真像你说的那样，足知你的心意。我的心意，也难以告知父母。可是，我已经违背父母之命，拒绝了几个媒人。你的那只金镯，我还保存着，我早已料定，如果真是个有情的人，必定要来寻我。我的父母串亲戚去了，不久就要回来。你暂且回去，请媒人来说合，没有个说不成的。倘若你想马马虎虎和我相好，那就不对了。"

　　王桂庵听了，急忙往外走时，女子又远远地叫住他说："王郎！我的名字叫芸娘，姓孟，父亲叫江蓠。"

　　他把姓名牢牢记在心里，就到徐家赴宴去了。

　　酒席一散，王桂庵立刻赶回去，拜访孟江蓠。老人把他迎了进去，请他坐在竹篱下。不料他很性急，刚坐下，就迫不及待地自述家世，并且说明来意，还拿出一百两银子作为聘礼。而老人却回答说："我的女儿已经许给别人了。"

　　王桂庵说："我问得很确实，还没有许人，为什么这样拒绝我？"

老人说："这是前不久刚刚许诺的，实在不敢欺瞒你。"

王桂庵只得垂头丧气地告别出来，也不知老人的话是真是假。当天夜里，他翻来覆去地睡不着，也想不到个合适的人去说媒。他本来想把实情告知徐太仆，又觉得孟家出身卑贱，怕徐太仆耻笑。现在心情急切，也顾不了许多，只好去求徐太仆。

天刚发亮，他就急匆匆地去见徐太仆，把实情告诉了他。

徐太仆说："这个老头子和我有亲戚关系，是我祖母的内孙。你为何不早说？"

王桂庵把自己的顾虑说了一番，徐太仆很是怀疑，他说："江篱固然贫穷，但是他平素并不靠撑船过活。你不是弄错人了吧？"

徐太仆派他的大儿子到孟家去说媒。江篱对大郎说："我虽然穷，也不能把女儿当货物卖。昨天，王公子拿着一百两银子亲自来说，他认为我必定要见财眼开，所以我不敢高攀他。既然徐先生打发你来说，必定没有差错。可是我的女儿从小娇生惯养，好些人家来订婚，她都闹别扭不肯，所以不得不和她商量一下，免得日后又抱怨我把她嫁远了。"说罢，就起身走到屋里，不多一会儿出来，向大郎拱拱手，答应了这门亲事，并且约定了完婚的日期。

徐家大儿子回去把说媒的经过说了一遍，王桂庵就准备好丰厚的彩礼，送到女家订了婚。后来，又借用徐家的房子，举行了婚礼。

婚后住了三天，王桂庵就辞别岳父回家了。船行到从前初遇芸娘的地方，可巧天色已晚，只得在船上过夜。这时他问芸娘："以前，我们就是在这个地方初次相遇的。我本来怀疑你不像个船家女儿。你那天是划着船到哪里去了？"

芸娘答道："我的叔父住在江北，是借用别人的船去看望他的。我家的生活，只能勉强自给，但是不义之财，我们绝对不要。你的眼光太小了，只知道金银中用，真是令人可笑！我起初听到你念诗的声音，以为你是个风流文雅的人，但又怀疑你是个放浪之人，故意调戏我。那时，如果让我父亲看见了那只金镯，你我结合就毫无希望了。你说，我怜爱才子的心意，不是也很迫切吗？"

王桂庵故意开玩笑说："你固然很聪明，可还是中了我的计谋了。"

芸娘问他："什么事？"

王桂庵故意不吭声。经过再三追问，他才装作很正经的样子说："我们离家一天比一天近了，这个事也遮掩不住了。实话对你说，我家中本来就有个妻子，她是吴尚书的女儿。"

芸娘不信，王桂庵又故作严肃地说了一些话来证明。芸娘听了，马上变了脸色。她呆呆地坐了一会儿，突然起来就往外跑，王桂庵跋拉着鞋子就往外追。还没有来得及拽她，她已跳进江里了。王桂庵大声呼救，把周围的船客都吵醒了。但是夜里一片昏暗，除了满江星光，什么也看不见。王桂庵又悔又恨，痛哭了一夜。第二天沿江而下，出很多钱让人们寻找尸首，但是也没有人找到。

他垂头丧气地回到家里，又悲痛，又忧虑。悲痛的是，一句玩笑话把新婚的妻子送上死路；忧虑的是，如果岳父来看女儿，将拿什么话来答对。正好他有一个姐夫在河南做官，他就到姐夫家去躲避，住了一年多才回来。

他在回家的路上遇上了雨，就卸下行李来，在一户人家暂避。一看，这家的房子收拾得很整洁，有个老婆婆抱着一个婴儿在那里逗着玩。小孩子看见王桂庵进来，就伸出两臂要他抱。他觉得很奇怪，仔细端详了一下，觉得这个孩子很可爱，就把孩子抱过来放在膝头上，老婆婆怎么叫也叫不下来。

不多一会儿，天晴了。王桂庵把孩子交给婆婆，走到院中去整理行李，准备起身。不料，孩子在婆婆怀里哭着说："爹爹要走了。"

老婆婆认为孩子叫别人爹是很羞耻的事，但是，怎么哄也哄不住，就硬把孩子抱走了。王桂庵正在那里整理行李，忽见一个美貌的女人抱着那孩子从屏风后走出来，抬头一看，原来是芸娘。正在惊疑之间，芸娘骂道："你这个没良心的东西！你给我丢下这一块肉，该怎么处理？"

王桂庵这才知道这孩子真是自己的儿子，一阵心酸。顾不得问她以往的踪迹，先把自己本来是开玩笑的话，表白了一番，并且指着太阳赌咒发誓。芸娘这才转怒为悲，两口子都哭起来。

原来这一家人姓莫，老夫妇俩年过六十，没有儿女。老头子带着老伴到浙江普陀山去拜佛，返回来的时候，把船停在江中休息。芸娘跳江后，随波而下，刚巧碰到老头子的船帮上。老头子把她救起，放在船上让她吐了水，才渐渐地苏醒过来。老夫妇俩见她生得很端庄，心里很欢喜，就把她认作自己的女儿，一同回到莫家。

住了几个月，老夫妇要给她选女婿，她坚决不肯。过了九个多月，她生下一个孩子，取名寄生。这一天，寄生刚满周岁。王桂庵了解到这些情况后，就又解下行李，进屋里去拜谢莫老夫妇，认作岳婿。

又住了几天，举家才起身往回走。到了家里，才知道岳父孟江篱已来家里等了两个月了。初来的时候，问到女儿女婿，家里的人都表情不自然，言语不痛快，孟老先生心中很是怀疑。今天见到后，自然皆大欢喜，坐下来详细地谈起了遭到的变故，才知道王桂庵家人的敷衍搪塞是有原因的。

姬 生

南阳有户鄂姓人家，家里闹狐狸精，金钱器物常常不翼而飞。要对狐狸精稍有冒犯，它闹得就越发厉害，丢的东西就更多。

姬秀才是鄂家主人的外孙，是县里的名士，性情洒脱不羁。

他去外祖父家焚香祷告，请求狐狸精不要再闹，但毫无效果；他又请求狐狸精离开外祖父家到自己家去，也不见效。大家都说他太迂腐了，他却说："狐狸精既会变化作祟，必定也是有人性的，我一定要设法把它引上正道去。"

自此，每隔三五天姬秀才就要到外祖父家祷告一次，虽不十分灵验，但他一到狐狸精就躲开了，因此，常被留在外祖父家过夜。夜间，姬秀才望空拜祝，邀请狐狸精和他相见，态度十分诚恳。

一天，姬秀才回到家里，正在书房独坐，忽见房门慢慢地自动开了。他站起身，作揖说："莫非是狐兄来了吗？"但是一点响动也没有。

又一天晚上，房门又自动开了，姬秀才说："如果是狐兄驾到，这正是我日夜盼望的事，露面相见又有何妨？"但又是一点响动也没有，只是到了天明，原来放在桌子上的二百个铜钱不见了。

到晚上，姬秀才又放了几百个铜钱放在那里。

半夜里，忽听布帘子上的挂钩发出声响，他便说："来啦？我已经准备了几百个铜钱放在那里，等你拿了去用。我虽说不算富裕，却也不是那种小气鬼。如果你以后手头不便，不妨老实相告，何必要偷呢？"过了一会儿看时，钱又少掉了二百。姬秀才依旧把钱放在老地方，过了几夜钱都原封不动。

一次，他煮了一只鸡，原是准备请客用的，忽然不见了。到了晚上，他又煮了一只鸡，并且还添了一壶酒，准备让狐狸精来拿。奇怪的是，狐狸精不仅没拿，反而从此再也不来了。

只是外祖父家还是和以往一样

常闹狐怪。于是姬秀才又去祷告，说："我在家里放了钱你不取，准备了酒你不吃；我外祖父年迈无能，请不要老在这里麻烦他了吧。我今天准备了一点小礼物，夜间随你自己来取。"说罢，将十贯钱、一壶酒、两只切好的鸡放在桌子上，自己躺在桌旁等候。可是整夜一点动静都没有，放在桌上的钱和食物纹丝没动。从此，狐精再也不来闹了。

一天，姬秀才回家很晚，打开书房门一看，桌子上放着一壶酒、一盘鸡肉，还有四百钱。钱用一根红绳穿着，正是以前丢失的东西。他知道这是狐精送来的。闻酒，酒很香，斟了一杯，颜色是铜绿色的，品了品，味道很醇。

姬秀才喝了这壶酒，就已经半醉了。突然，他心里起了贪财的念头：立刻想去做贼。

他开门出来，想到村上一家富户，就去爬人家的墙。墙虽然很高，但跳上跳下，就像长了翅膀一样随便。他悄悄走进屋里，偷了一些貂皮衣和金银器皿出来，回家放到床头，才心安理得地睡下了。

第二天天刚亮，他把偷来的东西带到内室给妻子看。

妻子问他这些东西是从哪里来的，他吞吞吐吐告诉了她，脸上流露着得意的神色。妻子以为不过是开玩笑，一看他的脸色又不像，这才吃惊地说："你一向为人正直，光明正大，怎么竟然做出这种事情来？"丈夫倒满不在乎，也不觉得有什么奇怪，还一面沾沾自喜地讲述了同狐精的交情。

妻子终于恍然大悟，意识到一定是吃了狐精的酒，中毒入迷了。她想起朱砂可以驱邪避妖，就拿来一些研碎放在酒里给丈夫吃。

过了一会儿，姬秀才忽然惊惶地叫道："哎呀，我怎么做了贼？"

妻子便把他被狐狸精用药酒迷惑的事讲了一遍，他感到很是懊丧。又听到乡间到处传着那家富户失盗的消息，更使他茶饭不思、坐立不安，不知该怎么办才好。妻子给他出了个主意，叫他趁黑夜把偷来的东西给那富户扔到墙里去。丈夫照着她的话办了。富户发现丢失的东西又回到手里，也就不再追究，事情就这样平息下去了。

那年岁考，姬秀才得了头名。他又以品行优良被保举上去，本应当受到加倍的奖赏。可是到了宣布奖赏的那天，学官衙门的屋梁上忽然发现了一张纸条，上面写着："姬秀才做过贼，某年某月某日偷过人家的貂皮衣和金银器皿，怎么可以说品行优良？"

按说屋梁很高，就是踮着脚尖也是无法贴上去的。学官很奇怪，拿着帖子去问姬秀才。姬秀才也很吃惊，心想，这件事除了妻子再没第二个人知道，况且学官衙门防守森严，有谁能来贴呢？因而想到，一定是狐精干的了。于是便把以前如何和狐精来往的过程给学官讲了一遍。学官见他很诚实，不仅不怪罪，反而重重地奖赏了他。

姬秀才心里暗想：自己并没有得罪狐精，而狐精为什么老是要陷害自己？他想来想去，想出一个道理：也许是因为坏人干了坏事，不甘心独自承担恶名，要拖一个人下水吧！

梦 狼

　　河北一带住着一个姓白的老汉，他有个大儿子名叫白甲，在南方某地做县官，整整两年了未通音讯。

　　这一天，一个姓丁的远亲来拜访白老汉。白老汉听说这位远亲非同一般，经常死而复生，据说还在阴曹地府当差，因此在席间说了些想念儿子的话之后，便向那位远亲打听起阴间的事情来。他见姓丁的说得云山雾罩，不着边际，也就没有放在心上。

　　谁知几天以后的一个晚上，白老汉刚刚躺下，就看见那位姓丁的远亲又来了，说是请他去游玩。他跟着姓丁的走进一座城门。一会儿，姓丁的指着一所府第对他说："你家外甥就住在这里。"

　　当时，白老汉的姐姐有个儿子正在山西做县官。白老汉听了姓丁的话，不禁惊讶起来，说："哪会在这里呢？"

　　姓丁的说："你要是不信，进去看看就知道了。"

　　白老汉进去一看，果然是他的外甥，穿着御史官服，坐在大堂上；堂下左右长戟林立，旌旗招展，十分威严，没有人敢在这个时候去通报。

　　姓丁的拉着白老汉退了出来，又说："你儿子的衙门离这儿不远，也愿意去见见他吗？"白老汉一听，越发惊讶起来，但由于见儿心切，便高兴地答应了。

　　姓丁的领着白老汉，又走了一会儿，停在一所官衙前说："到啦，请进去吧！"白老汉抬头一看，但见一只大狼横卧在官衙门口，吓得他心惊胆战，一连往后退了好几步。姓丁的赶忙扶住他说："进去吧，不要怕，有我呢。"

　　白老汉和姓丁的相跟着走进二门，只见堂上、堂下，有坐的、有卧的，有胖的、有瘦的，有大的、有小的，遍地是狼。再看阶前廊上，鲜血淋漓、白骨如山，令人毛骨悚然。白老汉战战兢兢在后边，牵着姓丁的衣服来到大堂。这时白老汉的儿子白甲也正好从里边走出来，一见是父亲和姓丁的来了，十分高兴，寒暄几句，就命令手下的仆人端茶送酒。正要大摆宴席，忽然有一只很大的恶狼衔着一个死人跑进来。这一下可要把白老汉活活吓死，他急忙起身离座，语不成声地说："这……这是怎么啦？"

　　"厨房里肉不多了，这有什么大惊小怪的。"白甲随口答道。

　　白老汉见儿子一副得意的神色，心里很是不安。坐不是，站不是，有心走吧，狼又挡住了路。就在他进退两难的时候，突然满地恶狼嚷叫着向四处奔逃，有的躲在床后，有的藏在桌下……

　　这一来倒把白老汉弄傻了，正惊奇不知什么原因呢，一扭脸，只见两个头戴金盔金甲的武士，手拿一条黑色绳子，满面怒气走了进来，刚要动手捆绑白甲，白

白话聊斋 蒲松龄 梦狼 三七六

梦狼

梦回无计砍愁颜
客至门闾稠消者诚
官场真面日尼
狼不必在深山

甲却往地上一倒即刻变成一只龇牙咧嘴的猛虎。有一个金甲武士嗖地拔出一把利剑对准老虎的脑袋正要砍下，另一个金甲武士说："不要，不要，先留着它吧。这是明年四月间的事，暂且把它的牙齿敲掉算了。"于是便拿出大锤，对准虎口猛敲。那老虎痛得一声吼叫，震得山摇地动。

白老汉大吃一惊，睁眼一看，原来是一场噩梦。

白老汉觉得梦很奇怪，就派人去请姓丁的，但姓丁的一直借口有事，不肯再来。于是白老汉只好把梦详细地记录下来，让次子去探望白甲，告诫白甲清廉为官，不可胡作非为。

不久，白老汉的次子来到白甲的府衙，他见哥哥的门牙全都脱落了，就吃惊地问哥哥牙是怎么丢的。白甲告诉他是吃醉酒从马上摔下来碰的。计算了一下日期，正好是白老汉做梦那天。

白甲的弟弟见梦、事相符，更加吃惊，急忙拿出父亲的书信交给哥哥。白甲读了家信，起初很吃惊，但转念一想，说道："这不过是巧合罢了，用不着大惊小怪的。"再说这时，白甲正在行贿，想被重用，所以也不把父亲的告诫放在心上。

弟弟在白甲的府衙住了几天，亲眼看见白甲手下的官吏个个都是贪赃枉法之人，请客送礼的到半夜还络绎不绝，便哭着劝他的哥哥，但白甲却一句也听不进去。白甲对弟弟说："你一直待在乡下，哪里知道升官发财的诀窍，官好、官坏，重用、罢免，还不是上司一句话，老百姓怎么能管得了！上司喜欢你，你就是好官；老百姓喜欢你，怎么能讨得上司的欢心呢？"

弟弟见哥哥不听劝告，便回去告诉了父亲。白老汉一听气得哭了一场，实在没办法，就拿出家里的钱财接济穷人，天天烧香拜佛，只求老天对长子的报应，不要连累到全家。

第二年，有人来报，说是白甲被推荐做了吏部主事。这时，前来庆贺的人很多，真可算是门庭若市了。但白老汉却更加悲痛了，推说有病不肯出来见人。不久，又听说白甲在路上遇上响马，白甲和他的随从都被杀死了，白老汉才从床上起来，对人说："神鬼只恼怒他一个人，而保佑了我全家。这恩德实在是够厚的了。"于是便摆了香案叩祝神鬼保佑之恩。白甲被杀的消息一传开，自然招来不少安慰白老汉的人，都说是道路谎信，不一定是真的，只有白老汉坚信不疑，忙着给儿子准备后事。但究竟是怎么回事呢？

原来这年四月间，白甲被免官返乡，刚离了县境，就遇上了一伙强盗，白甲愿意把全部金银献出来以保全性命，但那伙强盗却大怒道："我们这次来，是要为全县的老百姓报仇雪恨的，难道说是专门为了你这些钱财吗？"说完手起刀落，将白甲的脑袋砍了下来。接着又拷问白甲的随从："快说，你们中间谁叫司大成？"司大成是白甲的心腹之人，和白甲狼狈为奸做了许多坏事，随从们都怕掉头，只得以实供了出来。另外还有四个专门鱼肉乡民的衙役同司大成一起被杀掉了。

白甲死后，魂魄并没有立刻离去，只见一个过路的官员走过来问他的随从，说："那个被杀的人是谁？"随从近前一看，回禀道："是白知县。"

"嗯，这是白老汉的儿子。"那官员沉思少顷说："念在白老汉的分上，给他把头接上吧。"话音刚落，白甲就觉得有人把他的脑袋给他往脖子上安。这时，又听那官员说："邪人不应该长个正脑袋，让他的下巴对着肩膀好了。"说完便驱马而去了。

过了一会儿，白甲慢慢苏醒过来。前去收敛尸骨的妻子见他还有一口气，就用车把他载着走了，灌他水，也慢慢能喝一点。但由于身无分文，在店里住了半年也回不去。

后来，白老汉打听到了确实的消息，才派次子去把白甲领回家来。

白甲虽然没有死去，但自此头歪眼斜，再没有人把他当人看待了。白老汉的外甥也在这一年因为官清正，由县官一跃而升为御史。两件事都应了白老汉的梦。